제인 인 러브

Jane in Love

제인 인 러브

레이철 기브니 지음 | 황금진 옮김

"여자로 태어난 천재는 모두 공공의 이익에 스러진다."

_ 스탕달

차례

1부 오스틴 스캔들 _ 9

2부 단 하나의 진실한 사랑 _ 77

3부 제인의 심장과 펜 _ 447

감사의 말 _ 538

1부
오스틴 스캔들

1

생울타리를 타고 넘어 진흙 구덩이에 빠지는 바람에 그 진흙 일부가 높이 튀어 올라 제인의 신발과 드레스, 얼굴에까지 안착했다. 제인은 잠시 멈춰 곰곰이 생각해보았다. 이러고 다녀서 신랑감 찾는 게 그토록 힘든 걸지도 모르겠다고.

참한 신붓감에서 점점 멀어지는 게 자신의 가장 큰 재주가 아닐까 생각하게 된 건 아침 8시부터 어느 농부의 울타리 친 순무 밭을 돌아다닌다는 사실, 그 하나 때문만은 아니었다. 돌담을 넘어 다른 밭(엄밀히 말해서 밭이라기보다 수렁에 가까운)에 들어서며(어째서 결국 그녀가 발을 딛는 곳은 어김없이 잉글랜드에서 가장 더러운 밭인 걸까? 진흙에 자석이라도 달려 있는 걸까?), 제인은 자신의 성격 중에서 결혼에 부적절한 상대로 여겨질 만한 면을 모조리 헤아려보았다.

제인은 모임보다 책을 더 좋아했고 혼자 몇 시간이고 시골길을 돌아다니는 걸 좋아했다. 동네 사람들 모두 이런 점은 여자가 지니고 있기에 미덥지 못하다는 데 뜻을 같이했다. 제인은 또 드레스를 흙투성이로 만들기 무섭게 헤어스타일도 엉망진창으로 만들어버렸다. 그날 아침 일찍 어머니가 그리스식 매듭으로 꼬아 정수리에 얹어준 엷은 황갈색 곱슬머리는 이제 망가진 뭉텅이가 되어 왼쪽 귀 아래 놓여 있었다. 하지만 독서와 산책, 그리고 헤어스타일 암살자라는 방정치 못한 행실에 더해 제인에게는 혼인 성사를 가로막는 사소한 흠이 하나 있었다. 하지만 그 흠은 모두를 곤혹스럽게 만들었다.

그 흠이란 제인이 글을 쓴다는 사실이었다.

편지와 시를 말하는 게 아니었다. 물론 둘 다에 재능을 보이기는 했지만. 제인의 분야는 다름 아닌 소설이었다. 숲에 있다가 또는 모임 도중에라도 이야기의 싹이 트면 제인은 언제까지든 생고생을 마다하지 않고 기꺼이 그 씨앗을 꼬투리에서 끄집어내곤 했다. 그 이야기를 빠짐없이 글로 다 쓸 때까지는, 그러니까 자매들은 화해하고, 악당들은 처단되고, 연인들이 결혼할 때까지는 그 어떤 다른 일에도 마음을 두지 못한 채 의기소침하게 서성거리곤 했던 것이다. 일단 글을 다 쓰고 나면, 제인은 깃펜을 내려놓은 후 머리가 개운한 상태로 잠에 빠져서는 자신이 글로 쓴 세계를 꿈꾸며 잠꼬대를 하곤 했다. 다음 날 아침, 잠에서 깨었을 때 새로운 아이디어가 머릿속을 떠나지 않으면 또다시 그 생고생이 시작되었는데, 제인한테 그 과업의 중요성은 가히 숨쉬기에 맞먹을 정도였다.

성과물로서 글은 자수품이나 수채화만큼 대접받지는 못했지만 그래도 깔끔한 글씨체를 뽐낼 순 있었다. 이 점 때문에 한때는 가족들의 사랑을 받은 적도 있었다. 제인은 초보적이고 재미있는 이야기들을 들려주기도 했는데, 다들 그런 이야기를 좋아했고, 저녁 먹기 전 시간을 보내기에는 더없이 좋은 오락거리라고도 입을 모았다. 하지만 매년 해가 바뀌는데도 제인이 미혼으로 남아 있게 되자, 이야기를 들려주던 습관은 해로울 것 없는 장난에서 제인의 인생이 실패하게 된 원인이 되고 말았다. 숙녀들은 책을 쓰지 않았다.

제인의 작품을 책으로 내주겠다는 이가 있는 것도 아니었다. 제인이 열아홉 살이 되던 해, 그녀의 아버지는 아비로서 자부심이 차올라 제인의 소설 가운데 한 편을 런던의 출판업자 토머스 카델한테 보내면서 출판 비용을 자비로 부담하겠다는 제안까지 했다. 가족들은 오스틴이란 이름이 책에 찍혀 나올지도 모른다는 설렘 가득한 기대를 품고 기다렸지만, 몇 주 뒤 카델한테 받은 것은 '봉투를 열어보지도 않고 그대로 반송되는 수모'였다. 제인의 글이 서면 거부라는 대접조차 받지 못한 것이다. 조지 오스틴은 그 뒤로 출판업자 근처에도 가지 않았고, 제인은 그 원고를 자기 방 마룻널 아래 숨겼다.

하지만 퇴짜를 맞고 재능이 없다는 선고를 받고도 제인은 글쓰기를 도저히 멈출 수가 없었다. 여성 작가들도 분명 존재하기는 했지만 그들은 모두 이상한 사람, 사회에서 버림받은 사람, 부도덕한 사람 취급을 받았다. 제인의 우상인 앤 래드클리프는 소설을 다섯 편이나 발표했지만, 사람들이 더 잘 알고 있는 건 그녀에게 자식이 없다는 사실이었다. 이런 이야기들을 듣다 보니 제인의 미래가 어떠할지 훤히 내다보였던 제인의 어머니는 어느 화요일 오후 엄포를 놓았다. 만일 제인이 쇼핑 목록이 아닌 다른 어떤 글을 쓰다가 걸리기라도 하면 거기에 불을 질러버리겠다는 것이었다.

그날 이후, 제인은 남몰래 글을 썼다. 자신의 취미를 계속 영위해나가되 세상에는 숨겼다. 생각난 게 있으면 숲속에서 종잇조각에 휘갈겨 써놓았다가 나중에 어머니가 외출하신 동안 모든 종잇조각의 순서를 맞춰놓았다.

제인은 이 문제에 대해 고민하면서 새벽부터 내내 바스 위쪽 큰 숲과 작은 숲을 산책하던 중이었다. 젊은 신사인 찰스 위더스와 그의 아버지가 제인을 보러 제인네 집에 방문하기까지 한 시간도 채 남지 않은 상황이었다.

제인은 위더스 씨를 만나본 적이 없었지만 그의 방문이 지닌 의미는 아주 잘 알고 있었다. 한 2주에 한 번은 처음 보는 신사분이 제인의 안부를 물으러 제인의 집에 방문하는 것 같았던 때도 있었다. 그때는 제인이 스무 살 때였다. 제인이 스물여덟 살에 이른 지금, 7개월 동안 제인을 찾아온 남자는 한 명도 없었다. 그래서 제인은 앞으로 다시는 자신을 찾아오는 남자가 없을지 모른다는 사실을 받아들이고 있었다.

제인에게 남편이 필요한 이유는 두 가지였다. 첫째, 만일 제인이 남편을 못 구하면 어머니가 날마다 잊지 않고 상기시켜주듯, 노처녀가 되어 늙어 죽을 것이기 때문이었다. 제인은 친언니 카산드라를 제외하고 웨스트 컨트리에서 최고령 미혼 여성이라는 어마어마한 타이틀을 보유하고 있었다. 그나마 카산드라 언니가 미혼으로 남은 이유는 약혼자가 세상을 떠나서였다. 제인에게는 그런 변명거리도 없었다. 나이가 늘면서 친구들, 가족들의 동정 어린 시선

또한 늘었는데, 동정심은 남자에게 결혼하고 싶은 마음을 불러일으키는 요소가 아니었다. 만약 제인이 서른 살까지도 미혼이면, 모든 걸 잃게 될 판이었다.

제인이 꼭 결혼해야 하는 두 번째 이유는 재정 문제와 관련이 있었다. 부모님이 돌아가시게 되면 얼마 안 되는 아버지의 재산은 장남인 제임스 오빠한테 가게 될 테고, 제인은 오빠들이 자비를 베풀어 자신의 몫을 챙겨주기만 바라는 신세가 되는 것이 정해진 수순이었다. 부유한 오빠들은 제인을 좋아하지 않았고, 제인을 좋아하는 오빠들은 가난했다. 아니면 제인이 직접 꽃을 팔거나 남의 옷을 세탁해주거나 해적이 되어 스스로 돈을 벌 수도 있을 것이다.

제인한테는 남편이 있어야 하는, 그녀만의 세 번째 이유가 있었다. 이유라기보다 쓸데없는 욕망에 더 가까운 것으로, 이제껏 감히 그 누구에게 입도 뻥긋하지 못했을 정도로 바보 같은 감정 때문이었다.

그것은 다름 아닌 사랑이었다.

하지만 제인은 스스로에게 매일같이 상기시켰다. 사랑이란 자신과 같은 처지의 여성에게 사치나 다름없다고. 이 세 번째 항목이 다시금 소환될 때마다(좀처럼 사라지지 않는 귀찮은 녀석이었다) 제인은 억지로 머릿속에서 그 생각을 밀어내버렸다. 희망 사항을 자꾸만 곱씹어 생각한들 득 될 게 전혀 없었기 때문이었다.

회양목 생울타리를 뛰어넘어 옆 목초지에 내려서면서 제인은 그 생각을 또다시 밀어내고 있었다. 흙탕물은 이제 허리 위까지 튀어 올라왔고 생울타리 한 가닥까지 머리카락 속에 얹혀 있었다. 이로써 제인은 반점 있는 알의 모양새를 아주 제대로 완성시켰다. 이 위더스 씨란 남자를 신랑으로 확보할 가능성을 최대한 높이려면 뭔가 조치가 필요했다. 경제력이나 나이 같은 건 어떻게 해볼 수 없겠지만, 한 시간만이라도 본성을 숨길 수만 있다면 희미하나마 가망이 있을지 몰랐다.

제인은 주머니에서 깃펜과 종이 쪼가리를 하나 꺼내 목록을 적어나갔다. 우선 침묵이 탁월한 전략일 듯싶었다. 그래서 침묵이라고 적었다. 재치는 불안을 유발했다. 꼭 대화를 나눠야 할 경우엔 날씨에 대한 언급만 하거나, 더욱 바람직하게는 위더스 씨가 이끄는 방향에 따라 여자들이 낼 법한 소리만 내주면 될 것이다.

이런 상황에서는 미소 또한 미덕이었다. 뭔가 골똘히 생각할 때면 제인의 얼굴은 잔뜩 찌푸려져서는 좀처럼 바뀌지 않았다. 아, 맞다. 제인은 '생각 금지'를 목록에 추가했다.

지시문이 완성되자 제인은 그 종잇조각을 주머니에 넣고 서머싯의 들판을 떠났다. 세인트 스위딘 교회의 첨탑이 보이는 바스 변두리로 돌아왔을 땐 이미 늦은 때였다.

자갈길에 올랐을 때 제인은 한 백발노인의 뒷모습을 보았다.

제인이 아까 그 종잇조각을 주머니 깊숙이 밀어 넣으며 물었다. "아버지, 이 동네엔 어쩐 일이세요?"

뒤를 돌아본 아버지의 푸른 눈이 초롱초롱 빛났다. "서머싯의 맑은 공기를 음미하고 있었단다. 이 애비가 그만 길을 잃은 것 같구나. 이 노인네를 집까지 좀 바래다주겠니?"

"좋고말고요." 제인이 아버지의 팔을 잡고 토닥이며 대답했다.

오랜 세월 얼어붙은 듯 추운 교회에서 설교를 하느라 아버지의 척추는 상할 대로 상해 있어서 열 걸음만 내디뎌도 입에서 험한 소리가 나올 지경이었다. 그래서 제인은 아버지가 산책 중이었던 게 아니라 딸을 찾으러 나왔다는 걸 알고 있었다. 제인이 또 어느 들판에서 옷을 더럽히지나 않을까 확인차 나온 것이었다.

아버지는 제인을 채근하지도 않았고, 위더스 씨와의 임박한 약속에 대해서 아무 말도 하지 않았다. 아버지는 일흔이 넘었건만 젊은 목사였을 시절을 그린 초상화에서처럼 여전히 잘생긴 모습이었다. 아버지는 기다란 백발을 엷은 녹청색 리본으로 묶어놓았는데, 그 리본은 제인이 켄트로 여행을 갔다 사드린 거였다. 아버지는 막 쓰기엔 너무 좋은 리본이라면서 평소엔 그 리본을 거의 안 쓰셨는데, 내색은 안 했지만 제인은 속상했다. 그런 아버지가 지금 그 리본을 쓰셨다. 제인은 아버지가 그날 아침, 딸의 호감을 사려고 그 리본으로 머리를 묶었다는 걸 알 수 있었다. 아버지는 소기의 목적을 달성한 셈이었다.

아버지를 모시고 집으로 돌아가는 길에 제인은 스톨 스트리트에 있는 펌프룸(온천 목욕을 마친 후 본격적인 사교에 들어가기 위해 들르는 곳-옮긴이)을 지났다. 웅장한 건물 입구에 거대한 황갈색 석재기둥이 우뚝 솟아 있어 마치 고대 그리스 신전 입구라도 되는 듯, 사람들을 반겨주고 있었다. 모피 단이 달린 에메랄드빛 망토를 걸친 어떤 여자가 그 기둥 앞에 잠시 멈춰 서서 그 건물의 전면을 마치 기도라도 올리는 듯 경건하게 올려다보고 있었다. 제인은 얼굴을 찌푸렸다. 이런 이상한 행동은 바스에서 심심찮게 보이곤 했다. 사실상 펌프룸은 교회나 다름없는 곳이라서 과연 기도를 받을 만한 장소가 되었기 때문이다. 차 마시기와 온천수 마시기, 그리고 그곳에서 벌어지는 이런저런 흥미로운 일들 외에도, 잉글랜드에서 가장 극적인 혼약 가운데 일부가 이곳에 있는 어셈블리 룸(각종 무도회나 음악회를 즐기던 장소로 사교계의 중심이었다-옮긴이)에서 성사된 적이 있었다. 제인은 그 안에 절대 들어가지 않았는데, 하루가 다르게 나이를 먹어가고 있는 미혼 여성인 제인은 그곳 방문객들에게 나병 환자 못지않은 기피 대상이었기 때문이다.

제인은 자신이 살고 있는 마을이 무조건적으로 좋지만은 않았다. 부모님은 아버지가 사제직을 은퇴하자마자 햄프셔에 있는 시골 목사관에서의 안락한 생활을 버리고 이 마을로 이사를 왔다. 제인의 부모님은 아버지의 건강에 이롭기 때문에 서쪽으로 이사한 거라고 주장하지만(동네마다, 신문마다 바스 온천수의 약효에 대해 떠들어댔다), 제인은 다른 이유가 있었을 거라 보고 있었다. 조지 오스틴과 카산드라 오스틴 본인들이 바스에서 만나기도 했고 하루가 다르게 노처녀가 되어가고 있는 딸이 둘이나 있으니, 오스틴 부부가 가족의 거처를 옮긴 이유는 오스틴 목사의 소화력을 향상시키려는 게 아니라 여식을 시집보내려는 최후의 시도를 도모하기 위함이었을 것이다. 이런 행복한 사건을 성사시키는 데 잉글랜드 결혼의 성지이자 부모님 두 분이 결혼하신 장소이기도 한 바스보다 더 좋은 데가 있을까! 제인이 주시한 결과, 서머싯으로 이사 와서 제인의 삶에서 달라진 건 딱 한 가지였다. 푸른 들판과 고요로 채워졌던 일상이 이제는 안개와 가십으로 채워졌다는 것.

그래도 제인은 바스를 미워할 수만은 없었다. 바스에 떠도는 스캔들과 어리석은 인간들, 바스에서 벌어지는 불륜과 허튼짓이 없다면 제인한테 글감이 없어지는 셈이기 때문이었다.

제인은 녹색 외투 차림으로 펌프룸에 계속 기도를 올리는 여자를 피해서 걸어갔다. 적어도 제인은 저 여자만큼 이상한 여자는 아니었다. 어쩌면 그건 제인의 희망 사항일 뿐일지도 몰랐다.

2

제인이 바스에서 낙으로 삼고 있는 그 모든 것 가운데 가장 큰 즐거움을 주는 건 함께 거주하는 구성원들이었다. 시드니 하우스(제인 오스틴이 바스에서 살았던 집-옮긴이)에 거주하는 나머지 구성원들은 이런저런 마음씨 좋은 사람들의 모임이었지만, 언제든 이 집에 사는 사람들의 불행을 화제로 삼을 준비가 되어 있는 사람들이었다. 그중 한 명인 레이디 존스톤이 입구 홀에서 제인과 제인의 아버지에게 인사를 건넸다.

"두 분 오늘 아침, 켄트의 위더스 부자를 만나기로 되어 있잖아요." 레이디 존스톤이 큰 소리로 말했다.

그녀는 기다랗고 주름이 풍성한 망토를 걸치고 있었다. 만약 자기 몸을 덮는 데 들어가는 직물의 양을 통해 남편의 부를 과시하려는 것이 의도였다면, 레이디 존스톤은 성공했다고 할 수 있었다. 또 프랑스산 실크로 제작된 작은 손가방을 만지작거리고 있었는데, 가방을 든 각도 때문에 실크 표면에 빛이 반사되었다.

"위더스 씨는 푸른색 코트를 입고 있답니다. 단추가 생각보다 더 작더군요. 염려스러운 건 두 분이 늦었다는 걸 그 신사분이 알아차렸을지도 모른다는 거예요." 레이디 존스톤이 최대한 상냥하게 조언을 해주었다.

20년 전에 유행이 끝났는데도 레이디 존스톤은 여전히 머리에 파우더를 뿌리고 있었는데, 그래서 말을 할 때도 파우더 가루가 제인의 팔에 떨어졌다.

"감사합니다, 레이디 존스톤. 저희한테 정말 친절하시군요. 가방이 아주 예쁜데요, 마담. 새건가요?" 제인의 아버지가 물었다.

제인이 입을 열어 외교적 수완이 다소 떨어지는 발언을 하려고 했지만 미처 그러기도 전에 아버지가 제인을 계단 쪽으로 이끌었다. 부녀는 그들의 집으로 들어갔고, 제인은 어머니가 방으로 쳐들어오기 전에 재빨리 드레스를 갈아입고 세수를 했다. 곧이어 어머니가 부녀를 응접실로 끌고 들어갔다.

"위더스 부자는 벌써 와 계신다고요." 오스틴 부인이 신랑 후보가 주변에 있을 때면 늘 하던 대로 속닥속닥 말했다. "두 분은 지금 거실에서 기다리고 있고요."

가벼운 바람이 복도를 타고 불어와 응접실 문이 빼꼼 열렸다. 제인은 살금살금 걸어가 슬쩍 안을 훔쳐본 후 심호흡을 했다.

"네 생각은 어떠냐, 제인?" 아버지가 물었다.

제인 위더스라……. 제인은 생각했다. 복도 맞은편 응접실에 서 있는 남자는 보고도 도무지 믿지 않는 남자였다. 지난번에 제인한테 구혼하겠다고 찾아왔던 남자는 꼭 삶은 달걀처럼 생겼었다. 이렇게 조각상처럼 잘생긴 남자를 중매쟁이는 대체 어디서 데리고 온 걸까? 위더스 씨는 키가 너무 커서 창밖을 보려면 몸을 굽혀야 할 정도였다. 그의 어깨는 다른 남자들보다 두 배는 더 양쪽으로 넓게 뻗어 나와 있었다. 창밖을 내다보고는 미소를 짓더니, 응접실 바로 옆에 서 있는 자기 아버지한테 무슨 말인가를 하고는 다시 한번 미소를 지었다. 제인이 관찰한 바로, 위더스 씨는 미소를 자주 짓는 사람이었다.

위더스 씨가 등을 돌려 창문을 가리킨 순간, 잉글랜드의 햇살 딱 한 가닥이 그의 밤색 머리칼 사이에서 금빛으로 빛나는 머리카락을 한 가닥도 놓치지 않고 비췄다. 제인은 깜짝 놀랐다. 대천사 가브리엘이 자기 구름에서 나와 지금 이 응접실에 들어온 것 같아서였다.

곧이어 황홀감에 제동이 걸리더니 불안감이 바통을 넘겨받았다. 이 중매쟁이가 이번에도 또 저울질을 잘못한 게 틀림없었다. 전에는 멍청하고 목소리만 큰 평균 이하 신랑감을 데려다놓더니, 이번에는 너무 수준 높은 신랑감을 데려다놓았다. 제인은 잠재적 배우자의 준수한 외모와 재정적 안전성, 지위의 합산 가치를 계산해본 다음, 그걸 자신의 합산 가치와 비교해보았다. 그랬더니 총점이 너무 차이가 났다. 아무 여자나 고를 수 있는 이 부유한 아도니스가 소설이나 쓰고 하루가 다르게 늙어가고 있으며 지참금도 턱없이 부족한 여자한테 빠질 일은 없을 것 같았다.

제인의 눈에 복도에 걸린 거울에 비친 자신의 모습이 들어왔다. 진흙투성이 구두와 들판을 휘젓고 다닌 망토를 실크 슬리퍼와 개중 가장 좋은 드레스로 갈아입긴 했지만, 가장 좋은 옷이라고 해봐야 위더스 씨가 입고 있는 양모 외투에 비하면 누더기처럼 보였다. 그러던 중 제인은 최악의 신체 부위에 놀라 숨이 턱 막혔다. "참, 내 머리!" 어머니가 만들어주신 고대 그리스식 매듭에는 새가 둥지를 튼 것 같았다.

"그 떡진 왼쪽 부분을 위로 올리면 어떻겠니?" 아버지가 도움이 되지 않을까 하는 목소리로 말했다.

제인은 아버지 말대로 했다.

"당신 때문에 더 이상해졌잖아요." 오스틴 부인이 제인의 두 손을 찰싹 때리더니 딸아이의 머리를 움켜잡고는 생울타리 가닥을 뽑아 없앤 후, 손가락으로 머리를 긁어냈다. 아프긴 했지만 모양은 훨씬 그럴싸해졌다. "얼굴 좀 보자." 어머니는 뒤로 물러나 제인의 외모를 전체적으로 뜯어보고는 얼굴을 잔뜩 찌푸린 채 투덜거린 후 목에 걸린 굵직한 순금 목걸이를 손으로 쭉 훑었다.

계급과 작위와는 아무 관련이 없는 오스틴 씨보다 부유한 가정 출신인 오스틴 부인은 시골 목사와 결혼을 하면서 가족과 사이가 멀어졌다. 조용한 교구에서 보낸 세월이 길어질수록, 오스틴 부인의 수입은 줄고 지위는 낮아져만 갔다. 급기야 오스틴 부인이 누리던 예전 삶의 흔적은 딱 하나만 남게 되었다. 그것은 결혼 생활 동안 얻은 싸구려 황동 장신구와는 비교도 되지 않는 순금 로켓 목걸이였다. 1600년대 남작 부인이었던 증조모가 거액에 샀던 이 목걸이의 가치만 그 이후 나날이 치솟았다. 오스틴 부인은 여봐란듯이 그 목걸이를 목에 둘렀고 매주 일요일 비단으로 목걸이를 광이 나게 닦았다.

오스틴 부인이 제인의 어깨를 붙잡고 말했다. "엄마 말 잘 들어, 제인. 이 남자한테는 애교 있고 여우 같은 말만 해야 해. 책 얘기든 정치 얘기든 남자를 바보가 된 것처럼 느끼게 만드는 말은 하지 말고. 남자는 똑똑한 여자랑은 결혼하지 않는단다."

제인은 발끈했다. 오전 내내 스스로에게 다짐하지 않았더라면 엄마와 말다툼을 했을 것이 분명했다.

"알겠어요, 어머니. 최대한 멍청하게 굴게요."

곧이어 아버지가 제인의 손을 토닥이며 말했다. "잘될 거다, 제인."

제인은 고개를 끄덕였다. 사태의 심각성도 제대로 전달되었고, 사나운 눈길과 걱정 어린 시선도 주고받을 만큼 주고받은 후, 세 사람은 각자 심호흡을 하고 응접실에 들어갔다.

오스틴 목사가 먼저 들어가 위더스 씨와 위더스 씨의 아들 찰스한테 인사를 건넸다. 그 후 양가의 소개가 이루어지는 동안 오스틴 가족은 깜짝 놀랄 만한 자제력을 발휘했다. 오스틴 부인조차 이 구혼자의 재력과 외모에 말을 잃고 아주 조금 점잖아질 정도였다. 그녀는 자그마치 7분이나 기다렸다가 아들 에드워드가 보유하고 있는 집을 모조리 읊고는, 자신의 특기인 의례적이고 사소한 수다로 응접실을 채웠다.

제인은 이번만은 어머니의 대화 수완에 감사한 마음을 느끼며 한시름 놓을 수 있었다. 그 덕분에 자신에게 이목이 집중되는 걸 피할 수 있어서였다. 제인은 눈앞의 이 젊은 남자와 눈이 마주치지 않는 데 온 신경을 모았다. 제인의 얼굴을 제대로 보게 놔두었다가는 그 즉시 이 남자가 천 리 밖으로 달아날 것 같았기 때문이었다. 제인은 대신 마룻널 개수만 셌다. 그러다 결국 남자가 있는 쪽을 흘끔 훔쳐본 제인은 깜짝 놀랐다. 남자가 그녀를 보며 미소를 짓고 있었던 것이다.

"위더스 씨, 제가 알기로 위더스 씨는 박물학자시라던데요." 오스틴 부인이 아버지 위더스한테 물었다.

"네, 맞습니다. 그렇기는 해도 전문 식물학자는 못 되고 그냥 취미 수준이랍니다." 아버지 위더스가 말했다.

어머니가 자연에 대한 열정을 두고 아버지 위더스 쪽을 칭찬하고 띄워주는 동안, 제인은 아들 위더스를 다시 한번 흘깃 훔쳐보았다. 설마? 위더스 씨가 정말 제인을 보고 미소를 짓고 있는 걸까? 정말 그랬다. 제인은 자제력을 발휘해서 호흡을 가다듬었다.

"정원에 제가 도통 모르겠는 장미꽃 밭이 있거든요. 그게 어떤 장미인지 좀 알려주시겠어요?" 오스틴 부인이 말했다.

아버지 위더스가 동의하자, 이 5인조는 그 즉시 시드니 정원을 살피러 밖으로 나섰다. 제인은 어머니가 말한 장미가 핑크색 퀸메리 장미이며 바스의 석회토에서 흔히 볼 수 있는 품종이라는 걸 알고 있었고, 어머니도 알고 있다는 것도 알고 있었다. 제인은 10리 밖에서도 어머니의 작전을 알아차릴 수 있었지만, 보아하니 남자들은 그러지 못한 모양이었다.

"잘 관찰해보시면, 위더스 씨. 정원 담장 옆에 장미꽃 봉오리가 보이거든요." 오스틴 부인이 말했다.

"제 눈엔 봉오리가 전혀 보이지 않는군요. 우리가 너무 안달복달하는 걸지도 모르겠네요. 지금은 3월이니까요." 아버지 위더스가 대답했다.

정원은 맨땅과 나뭇가지로 이루어진 묘지 같았지만 제인의 어머니는 이 계획을 계속 밀고 나갔다. "옳은 말씀이에요. 저랑 같이 좀 더 가까이 가서 봐주시겠어요? 그러면 이 문제를 매듭지을 수 있을지 모르니까요." 오스틴 부인이 말했다.

오스틴 부인이 아버지 위더스와 오스틴 목사를 데리고 가면서 제인과 구혼자 단둘이 남게 되자, 제인에게 두려움이 엄습했다. 어머니가 수를 써주어 감사한 마음은 들었지만 이제 상황상 제인이 무슨 말이든 할 수밖에 없게 되었는데, 말을 하는 즉시 다 망쳐버릴 것 같아서였다.

위더스 씨와 함께 침묵 속에서 정원 길을 걸어 올라가면서 제인은 아까 어머니가 지시한 사항을 떠올렸다. 그래서 뭔가 애교 섞인 말을 하려고 머리를 쥐어짜고 있었다. 날씨 얘기? 비는 이미 그친 것 같았다. 제인이 어떻게 하면 비 얘기를 여우처럼 할 수 있을까 생각하다 절망의 구렁텅이에 빠지려는 찰나, 찰스 위더스가 고개를 돌려 미소를 지으며 말했다.

"물맞이해보신 적이 있나요, 제인 양?"

제인은 말 대신 대꾸할 방법을 짜내려 애썼다. "못해봤어요, 위더스 씨."

길게 늘여 말하지도 못하고 결국 한 대답은 그게 다였다. 찰스 위더스가 지심에서 콸콸 솟아올라 바스 한가운데 모여 웅덩이를 이루었다는 유명한 고대의 온천 얘기를 꺼냈다. 조지 왕은 그 물을 마시고 통풍이 나았다고 했다. 조지 왕의 기적 이후, 이 웅덩이에서 나오는 마법의 액체를 마시겠다고 도처에서 사람들이 모여들었다. 존 볼드윈은 이 신비로운 장소 옆에 웅장한 찻집인 펌프룸을 지어 그 물을 우아하게 마실 수 있게 해주었다. 제인이 아는 사람 중에 그 안에 들어가본 유일한 사람은 오스틴 집안의 하녀인 마거릿밖에 없었다. 옆구리를 찔린 끝에 마거릿은 유황물 한 숟가락을 마시려고 일주일 치 품삯을 낸 일이 있다고 시인한 적이 있었는데, 그것도 친구들이 포기하고 돌아서려는 순간 실토한 것이었다. 마거릿이 제인한테 확신에 차서 말한 바로는 유황물을 입안에 머금고 있었던 짧은 순간만큼은 확실히 몸이 좋아졌다고 했다.

"그게, 그러니까 물맞이란 게 뭔지 아시나요, 제인 양?" 위더스 씨가 물었다. "제가 그게 뭔지 아는 체하면서 사흘 동안 바스 주변을 돌아다녀봤습니다. 너무나 오랫동안 이어져온 바보짓이라서 차마 누구한테 물어볼 수가 없더군요." 찰스 위더스가 외투 단추 하나를 다시 끼웠다.

제인은 걸음을 멈췄다. 이 잘생긴 남자가 지금 농담을 한 건가?

제인은 그를 시험해보기로 했다. "그게 무슨 뜻인 것 같은데요, 위더스 씨?"

"제가 짐작한 바로는 어둠을 틈타 펌프룸에 잠입해서 온천물을 최대한 많이 주머니에 담은 다음 밖으로 도망쳐 나오는 겁니다." 찰스 위더스가 다시금 미소를 지었다.

제인은 마른침을 삼켰다. "모르는 걸 모른다고 말씀하시는 걸 보니 굉장히 가식이 없으시군요, 위더스 씨. 물맞이가 말씀하신 바로 그거랍니다."

"저희 집 욕조물로 물맞이를 하거나 욕조물을 그 영험한 물웅덩이에 넣었다가 빼도 되는 걸까요? 아니면 펌프룸 수도꼭지에서 나오는 물만 마법의 물인 걸까요?" 찰스 위더스가 물었다.

"마법이 돈을 내고 사먹어야 하는 물에만 발휘된다니 유감일 뿐이네요."

"하지만 전 그 물을 훔칠 작정입니다."

"물론이죠." 제인은 웃음을 참을 수가 없어서 살짝 웃었다.

"공범이 필요한데, 혹시 저와 함께해주시겠습니까?"

남자가 동행을 요청한 지가 너무 오랜만이라 제인은 하마터면 제안을 못 알아들을 뻔했다.

"기꺼이 해드리죠." 제인은 이번에도 미소를 지으며 대답했다.

제인은 이제부턴 웃지 않기로 마음먹었다. 두 번이면 족했다. 더 웃었다가는 너무 좋아했다고 험담을 들을지도 모를 일이었다.

"내일은 제가 브리스톨에 볼일이 있어서 안 되고, 모레면 가능할 것 같은데요." 찰스 위더스가 말했다.

그 후 이어진 대화에서 드러난 바에 따르면, 소름 돋게도, 찰스 위더스는 제인이 가장 좋아하는 책인 프랜시스 버니의 『세실리아』를 높이 평가하고 있었다. 제인은 슬슬 걱정이 되었다. 이 남자와 함께하는 시간이 즐거워지고, 이 남자의 의견이 중요해지고, 이 남자와 함께 바스를 조롱하고 싶어졌기 때문이었다. 최대 단점이 고작 외투 단추가 작은 것밖에 없는 이 남자, 위더스 씨를 제인은 좋아할 수밖에 없었다.

두 사람은 각자의 부모님들과 다시 만나 다 함께 집으로 돌아갔다. 제인과 어머니는 이틀 후 펌프룸에 가는 데 동의했다. 찰스 위더스와 그의 아버지가 즐겁고 기쁜 마음으로 떠날 때 오스틴 집안 사람들은 그들의 이륜 마차 옆에서 작별 인사를 했는데, 그때 오스틴 부인에게는 응접실 커튼 뒤에서 훔쳐보고 있던 레이디 존스톤한테 손을 흔들, 고소하기 짝이 없는 기회가 생겼다.

3

다음 날 아침, 카산드라가 제인한테 보낸 편지가 도착했다. 편지에는 이렇게 쓰여 있었다.

사랑하는 제인, 우리가 대화를 나눈 지가 언제인지도 모를 만큼 까마득하구나. 집을 떠나 있는 동안 내가 놓친 일들이 많을 거라 믿는다. 나 못지않게 바스도 내가 별로 보고 싶진 않겠지.

바스에서의 삶이 제임스 오빠의 일요일 설교보다 더 지루했기 때문에, 언니는 이런 농담을 종종 하곤 했다. 자매의 시간은 끝도 없이 뿜어져 나오는 수중기와 보잘것없는 일들로만 채워졌다. 자매가 만나는 사람들은 일주일 머물렀다 집으로 돌아가는 멍청한 사람들, 일단 스톨 스트리트를 벗어나고 나면 두 번 다시 그곳을 떠올리지 않는 멍청한 사람들밖에 없었다. 하지만 오늘 제인에게는 진짜 뉴스거리가 생겼다. 지금 제인은 카산드라 언니가 너무 간절했지만, 언니는 에드워드 오빠네 새언니의 여덟 번째 출산을 도우러 12일 전 동쪽으로 떠나고 없었다. 카산드라 언니는 제인이 이따금 그러듯 멍한 슬럼프 상태에 빠진 것 같다며 제인 곁을 떠나기 꺼려진다고 했었다. 하지만 제인은 언니한테 그냥 가라고 고집을 부렸었다. 오스틴 집안의 후손을 한 명 더 무사히 세상에 내놓는 일에 비하면 자신의 마음속 싸움은 아무 일도 아니기 때문이었다. 그렇기에 제인의 소식을 읽으면 언니도 기뻐할 터였다.

제인은 응접실 창가, 바로 전날 위더스 씨가 서 있던 자리 옆에 놓인 작은 책상에 자리를 잡고 앉아 답장을 쓰기 시작했다. '사랑하는 카산드라 언니에게'라고 아버지의 깃펜으로 종이 위를 쓱쓱 긁어가며 썼다. 기절하면 안 돼, 언니. 바스에서 전할 새로운 소식이 생겼거든. 제인은 깃펜 끝을 잉크에 담근 후 머릿속으로 위더스 씨와 위더스 씨의 외투 단추, 레이디 존스톤에 관한 내용을 몇 줄 떠올렸다. 하지만 생각해보니 그중 아무것도 쓸 수 없었다. 잉크 한 방울이 깃펜에서 종이로 뚝 떨어졌다.

제인은 바보 같다는 생각이 들었다. 다음 날이 되니 모든 게 허황된 일처럼 보였다. 위더스 씨가 자신에게 미소를 지어 보였고 공개된 사교 장소에 자신을 초대했다. 절박한 심정인 그녀의 마음이 그의 이런 관심 부스러기를 주워 모아서는 그걸 진정한 사랑으로 둔갑시킨 게 분명했다. 위더스 씨가 제인을 펌프룸으로 초청한 건 십중팔구 동정심에서였을 것이다. 제인은 자신의 공상을 저주하며 깃펜을 내려놓았다.

"뭘 쓰고 있는 거니, 제인?" 어머니가 응접실로 들어오며 제인의 편지를 낚아채듯 집어다가 살폈다. "설마 이야기는 아니겠지."

"아니에요, 어머니." 제인이 대답했다.

제인의 어머니는 편지를 보며 눈을 가늘게 떴다. "소설을 발견하는 날엔 무조건 태우겠다는 엄마의 이전 결정은 여전하단다. 너한테 위더스 씨가 생긴 지금도 그건 마찬가지야."

"위더스 씨, 생긴 거 아니에요, 어머니."

제인의 어머니가 종이를 내려놓으며 말했다. "자, 언니한테 편지는 나중에 쓰고. 우린 마을에 가야지."

어머니와 함께 펄트니 다리를 건너 바스 중심지 쪽으로 향하던 중, 제인은 어딘가 이상한 분위기를 알아차렸다. 보통 때라면 주민들 대부분이 지나가는 그녀를 모른 체하거나 그녀를 보고 고개를 절레절레 저었지만 오늘은 어떤 여자 한 명이 싱글벙글 웃는 얼굴로 지나가는 모녀한테 "안녕, 제인!"이라고 큰 소리로 인사를 건넨 것이다. 제인과 어머니가 자갈이 깔린 거리를 걸어 내려가는 동안,

이 요상한 인사에 이어 그에 못지않게 열렬한 인사가 10여 차례 이어졌다. 모녀가 모퉁이에 다다르자 골목길에 있던 상인의 부인, 교회 신도, 너나 할 것 없이 모두가 제인을 보고 손을 흔들거나 깔깔댔다. 오스틴 부인이 만족스러운 얼굴로 제인의 팔에 팔짱을 꼈다.

"어째서 다들 저렇게 기분이 좋은 걸까요, 어머니?" 제인이 물었다. "저 사람들 웃는 거, 무서워요."

"쉿, 그런 소리 마. 다들 같이 기뻐해주는 거란다." 제인의 어머니가 말했다.

제인이 걸음을 멈췄다. "저 사람들이 왜 기쁜데요? ……어머니, 위더스 씨 얘기를 대체 몇 명한테 한 거죠?"

"거의 아무한테도 안 했어!" 어머니가 파리라도 잡으려는 것처럼 손을 흔들면서 발끈했다. "그리고 몇 명한테 말하든 뭐가 문젠데? 그런 기쁜 소식을 감추는 사람이 어디 있니?"

"고작 모임에 초대받았을 뿐이잖아요."

"어떨 때 보면 넌 정말 말도 안 되는 소리를 하더라." 어머니가 말했다.

어머니가 제인을 질질 끌고 스톨 스트리트를 내려가 왼쪽으로 돌자, 바스 인구의 절반이 보내는 손 인사와 미소 폭격이 기다리고 있었다. 제인이 당황해서 마른침을 삼키고는 경솔했다며 어머니를 나무라려던 순간, 오스틴 부인이 웨스트게이트 스트리트 끝에 있는 옷가게, 메종 뒤 부아 앞에서 멈춰 섰다. 제인은 처음엔 어머니가 구두끈을 매려고 거기서 잠깐 멈춘 줄 알았다. 그런데 잠시 후 어머니가 매장에 들어가는 게 아닌가!

"어머니, 제정신이세요?" 제인이 말했다.

메종 뒤 부아는 잉글랜드는 몰라도 적어도 바스에서는 가장 비싼 드레스를 파는 옷가게였다. 현지 사람들은 이 매장에서 절대 옷을 사는 법이 없었기 때문에 매장의 유일한 존재 이유는 휴가차 바스에 왔다가 쇼핑에 나선 부유한 런던 사람들과 귀족들밖에 없었다. 아직 어린 샬럿 공주가 여기서 옷을 전부 다 사 입은 적이 있었는데, 왕실재정 담당자로서는 경악스럽게도 드레스면 드레스, 장갑이면 장갑, 구두면 구두까지 모두 파리에서 독점 수입한 것만 골랐다고 한다.

오스틴 부인은 등 뒤로 제인을 잡아끌며 매장에 들어섰다. 제인은 문을 지키는 사람이 없어서 깜짝 놀랐다. 문 앞에 선 경비가 제인이나 제인 어머니 같은 사람이 얼룩투성이 구둣발로 들어오는 걸 막을 거라 예상했지만 모녀는 아무런 제제도 받지 않고 문을 통과했다. 내부로 들어가자 세상에서 가장 아름다운 실내가 제인의 눈을 희롱하는 듯했다. 새하얀 회반죽 장미꽃들은 천장을 화려하게 장식했고, 황동을 써서 반짝반짝 빛나는 처마 돌림띠는 수납장 하나하나에 축복을 내린 듯했다. 웅장한 참나무 계단이 내부 뒤편으로 우뚝 솟아 있었는데, 그 계단의 끝이 어디로 이어졌을지는 알 수 없었다. 아마도 천국? 유리 수납장들 안에는 실크와 다마스크로 짠 스카프, 레몬빛 보닛, 깃털처럼 가벼워 보이는 복숭앗빛 슬리퍼, 순금으로 짠 숄이 들어 있었다. 벽면에는 드레스가 빼곡히 걸려 있었다. 옷가게라기보다 프랑스의 제과점처럼 보였다.

"정말 무서운 곳이네요. 여긴 정말 안 되겠어요." 제인이 말했다.

"사후세계가 있다면 분명 이런 모습일 거야." 오스틴 부인이 속닥속닥 말했다.

한 점원이 수납장 뒤에서 모녀를 보고 얼굴을 찌푸렸다. "혹시 길을 잃으셨나요?"

점원은 모녀를 머리에서 발끝까지 훑어보더니 자신이 내린 평가 결과를 숨기려는 시도조차 하지 않았다.

제인이 고개를 끄덕이고는 출구 쪽으로 향했다. "가요, 엄마."

어머니는 제인의 말을 들은 체 만 체하고 점원을 보며 말했다. "여기가 드레스 파는 데 맞죠?"

"보시다시피 그렇습니다, 부인. 아주 비싼 드레스를 팔죠."

제인의 어머니가 고개를 끄덕이며 말했다. "잘됐네요. 한 벌 사고 싶습니다만."

"어머니, 안 돼요!" 제인이 말했다.

"얘, 가만히 있어, 안 그러면 혼난다." 오스틴 부인이 말했다.

"부인, 이 매장에서 마리 앙투아네트를 위해 모자를 제작한 적이 있다는 사실을 알고 계신가요?" 점원이 말하고는 오스틴 부인한테 콧방귀를 뀌었다.

"물론 단두대에 모가지가 잘리기 전이겠죠." 오스틴 부인이 한쪽 눈썹을 치켜세운 채 고개를 갸웃하며 말했다.

어머니의 말과 말투를 들으니 제인은 힘이 났다. 어머니는 필요할 땐 재치를 발휘할 줄 아는 사람이었다.

점원은 움찔했다. "저희는 독점 주문에 걸맞은 최고급 드레스를 제작 및 수입합니다."

"듣던 중 반가운 얘기군요. 제 딸 드레스도 한 벌 만들어주세요." 제인의 어머니가 가슴 위로 팔짱을 끼며 말했다.

점원이 움직이길 거부하고 오스틴 부인이 매장을 나가길 거부하면서 팽팽한 신경전이 벌어졌다. 결국 분별 있게도 점원은 자신의 고집보다 오스틴 부인의 지구력이 더 크다는 사실을 깨달았다. 점원은 코웃음을 치며 쪼그려 앉더니 줄자로 제인의 치수를 재기 시작했다.

점원은 제인의 팔 길이며 허리둘레를 보고 들릴 듯 말 듯 작은 목소리로 혀를 끌끌 차고 쯧쯧거리고 투덜거리면서 아주 요란하게 일을 진행했다. 제인의 아담한 비율에도 점원은 치수를 잴 때마다 놀랍다는 듯 굴었다. 좀 더 객관적인 사람이라면 제인을 예쁘다 또는 날씬하다고까지도 생각할 수 있었겠지만, 흠을 찾아내고야 말겠다고 단단히 마음먹은 이 사람은 그렇지 않았다. 점원은 땅이 꺼질 듯 한숨을 푹 내쉬더니 비단 옷걸이에 걸려 있던 드레스 한 벌을 찾아가지고 와서 단언했다.

"저희 매장에 따님 몸에 맞는 옷은 이 옷 한 벌이 답니다."

제인은 그 드레스를 보고 놀라 숨이 막힐 지경이었다. 제인이 한 말이라고는 '어머니'가 다였다. 누가 봐도 한 달 동안 기량과 애정을 쏟아부어 탄생시킨 드레스였다. 얇은 상아색 오버드레스(드레스 위에 다시 겹쳐 입는 긴 겉옷-옮긴이)가 연한 베이지색 모슬린 드레스를 덮고 있었다. 침모가 수놓은 여러 줄의 장미꽃은 금색 띠가 되어 드레스 아래까지 이어져 있었다. 제인은 꽃잎과 이파리를 하나하나 뜯어보면서, 한 여자가 파리 센 강 좌안에 있는 외풍 심한 작업실에서 얇은 실을 꿴 바늘을 들고 수백 시간 동안 테이블 위로 상체를 숙이고 있는 모습을 상상했다. 마감에는 견사를 꼬아 만든 수술이 쓰였는데, 그래서인지 군인 외투처럼 보였다. 제인은 그 부분이 가장 마음에 들었다. 해군 장교가 된 오빠 프랭크와 동생 찰스가 에스파냐 해안을 항해할 때 입었을지 모르는 군복을 연상시켜서였다. 제인은 투명한 옷감을 어루만졌다.

"너무 예쁜 하얀색이네요. 제가 입으면 아침 산책 중에 더럽히고 말 거예요." 제인이 말했다.

"드레스는 하얄수록 좋은 법이죠. 이런 드레스 차림으로는 걷는 게 아니라 마차를 타는 겁니다." 점원이 드레스를 다시 받으려 손을 뻗으며 말했다.

"너한테 맞는지 보렴." 점원의 손이 닿기 전 오스틴 부인이 드레스를 가져가 제인에게 건넸다.

제인은 손가락 하나만 갖다 대도 대번에 찢어질 것만 같아 손사래를 쳤지만, 어머니가 다시 한번 험한 표정을 짓자 마음을 바꿨다. 제인은 중국풍 가리개 뒤로 들어가 옷을 갈아입었다.

"맙소사." 제인이 나오자 어머니가 감탄했다.

"왜요, 어머니? 잘 안 맞아요?" 제인이 물었다.

"제인." 어머니가 말하더니 제인이 한 번도 본 적 없는 표정을 지었다. "정말 아름답구나."

제인은 코웃음을 쳤다. 어머니는 평생 그녀에게 그런 말을 한 적이 한 번도 없어서였다. 아니, 그 누구도 없었다. 하지만 거울에 비친 자기 모습을 보았을 때는 제인도 말문이 막히고 말았다. 엷은 베이지색 섬유가 제인의 엷은 황갈색 눈동자 중 금색을 돋보이게 해주었다. 제인의 얼굴이 핑크빛으로 상기되었다. 이런 식으로 옷을 입어본 적은 이제껏 없었다. 제인은 가슴을 활짝 폈다. 이 드레스는 그래야 하는 드레스였다.

"얼마죠?" 제인의 어머니가 물었다.

"20파운드입니다." 점원이 의기양양하게 웃으며 말했다.

오스틴 부인이 손가방을 꼭 쥐었다. "그 드레스 살게요."

"안 돼요, 어머니." 제인이 다급하게 말했다.

20파운드면 시드니 하우스의 집세 6개월 치였다. 오스틴 부인에게 그만한 돈이 있을 리 없었다. 그런데도 오스틴 부인은 가방에서 지폐를 꺼내 점원에게 건넸다.

"돈이 어디서 났어요?" 제인이 물었다.

제인은 어머니를 흘깃 쳐다보다가 어딘가 달라졌음을 알아차렸다. 평소에 묵직한 금목걸이가 버티고 있던 어머니의 목이 허전했다.

"어머니! 할머니한테 받은 목걸이, 어디 있어요?"

간만에 햇빛에 드러난 어머니의 창백한 목이 가볍게 떨렸다. 제인은 어머니가 이 소중한 장신구를 몸에 걸치지 않은 모습을 본 적이 없었다. 목걸이가 없으니 어머니는 초라하고 연약해 보였다.

어머니가 맨 목을 만지더니 이내 손을 거두었다.

"내 딸이 펌프룸에 가는데 남들 앞에 설 정도는 되어야지."

제인은 너무 놀라 고개를 절레절레 저었다. "어머니……."

"엄마 말 잘 들어, 제인. 이러면 계약이 순조로울 거란다. 특히 그 댁 아버지를 생각하면 말이야. 이걸로 우리가 빈민이 아니라는 게 확실히 입증되잖니." 어머니가 턱을 치켜들었다.

"어머니, 어머니가 굉장히 아끼던 목걸이잖아요."

어머니는 얼굴을 찡그리며 말했다. "다 내 잘못이야, 제인. 네가 아버지랑 허구한 날 책만 읽는데도 가만히 있었으니까. 무도회니 파티니 데리고 다녔어야 했는데. 차 끓이는 법도 가르치고."

"차 끓이는 법은 저도 알아요."

"제대로 못 끓이잖니, 제인. 찻잎을 깜빡 잊고 건지지 않는 바람에 차에서 양철 냄새가 나잖아. 부모로서 우리가 널 야단도 치고 외모도 최대한 가꾸도록 곁에서 도왔으면 지금쯤 이미 결혼해 있겠지. 내가 널 잘못 키웠다, 제인. 널 천방지축 날뛰게 내버려뒀어. 그러니 엄마가 이 드레스라도 사줄 수 있게 해다오."

제인은 천방지축 날뛰면서 맛보았던 기쁨을 잠시 떠올렸다. 그러곤 어머니의 휑한 목을 다시 한번 보면서 고개를 가로저었다. 제인으로서는 어머니가 도저히 이해가 되지 않았다.

"괜찮아요, 어머니."

오스틴 부인은 아주 잠깐 미소를 지었다가 찡그린 얼굴로 돌아왔다. 그러곤 제인에게 옷을 다시 갈아입으라고 손짓으로 일렀다. 제인이 탈의실에서 나왔을 때, 오스틴 부인은 그 지폐를 점원의 손아귀에 올려놓았다. 점원은 방글방글 웃으며 그 돈을 낚아채더니 제인이 들고 있던 드레스를 가져다 포장하기 시작했다. 제인은 그 하얀 드레스의 주인이 되었다. 평생 그 무엇도 그토록 아름다운 건 가져보지 못한 제인이었다.

4

모녀가 시드니 하우스에 다 와가는데 서른쯤 되어 보이는 잘생긴 남자가 보였다. 문 앞에서 기다리고 있는 남자는 너무 멋있어서 단번에 눈에 띄었다. 남자의 해바라기색 머리카락은 검은색 리본으로 묶여 있었다. 제인은 너무 놀라 숨이 막혔다.

"헨리 오빠!" 제인이 오빠를 불렀다.

"안녕, 제인." 헨리가 미소 지으며 인사를 건넸다.

헨리의 부인인 일라이자가 헨리의 팔을 붙잡고 있었다.

"봉주르, 제인." 일라이자가 인사를 건넸다.

"목요일까진 도슨 씨 댁에 머무는 거 아니었어?" 제인이 물었다.

제인의 오빠 부부는 콘월에 사는 친구를 방문 중이었는데, 두 사람은 원래 일주일 후 런던으로 돌아가는 중에 본가에 들르기로 되어 있었다.

헨리가 고개를 가로저었다. "어머니께서 우리한테 속달로 편지를 보내서 일정을 바꾸라고 하셨거든. 내일 우리도 펌프룸에 같이 갈 거야. 우리 부부도 네가 잘돼서 얼마나 기쁜지 모른다, 제인. 정말이지 이 얼마나 반가운 소식이니."

"그렇고말고." 오스틴 부인이 자랑스러운 얼굴로 고개를 끄덕였다. "이번 일이 바보 같은 로버트 도슨보다야 훨씬 중요하지."

"어머니, 왜 그래요!" 제인이 당황한 목소리로 울부짖듯 말했다. 최악의 사태가 벌어질 것만 같은 기분이 들었다. "너무 앞서나가고 있잖아요. 딱 한 번 만난 남자일 뿐인데."

"제인, 이 오라비 말 잘 들으렴. 넌 펌프룸에 초대받았어. 그런데 거기선 다들 약혼을 한다고. 거기 그거 말고 다른 이유 때문에 가는 사람은 없어. 그 끔찍한 물 마시는 것 빼고는 말이야." 헨리가 웃자 새하얀 이가 햇빛에 환하게 빛났다. "그뿐이니, 넌 제인 오스틴이야. 내가 아는 여자 중에 가장 사랑스럽고 가장 똑똑한 여자지. 넌 현모양처가 될 거다. 미안, 여보." 헨리가 자기 배우자 쪽으로 고개를 끄덕여 보이며 덧붙였다.

"미안해할 것 없어요, 여보." 일라이자가 프랑스 출신다운 억양으로 부드럽게 말했다. 일라이자는 그냥 말하는 법이 없이 늘 애교를 섞어 말하면서 이국적인 매력을 발산했는데, 제인으로서는 도저히 흉내조차 낼 수 없는 말투였다. "제 생각도 같아요." 일라이자가 남편을 향해 고개를 끄덕여 보였다. "게다가 이제 그 드레스도 있으니 세상에 아가씨한테 안 반할 남자는 없죠." 일라이자가 미소를 지으며 한마디 더 보탰다.

모두 함께 저녁 식사를 했다. 어머니는 농담을 했고 아버지는 부유한 교구민이 햄프셔에 살 때 선물로 주었던 와인을 땄다.

"다아시는 요새 무슨 일을 꾸미는 중이니?" 헨리가 한참 식사를 하던 도중 제인에게 물었다.

헨리는 양고기 한 점을 입속에 넣고 우물우물 씹으면서 제인에게 장난기 가득한 미소를 던졌다. 갑작스러운 침묵이 저녁 식사 자리를 휩쓸었다. 모두 제인이 쓴 글을 불태우겠다는 엄마의 협박을 알고 있었고, 헨리도 당연히 알고 있었지만 늘 청개구리였던 헨리는 제 어머니 놀리기를 너무나 좋아했다. 식구들은 모두 오스틴 부인 쪽을 바라보며 반응을 기다렸다. 그러나 혹여 분노가 폭발하리라 기대했던 사람이 있었다면 그 사람은 오스틴 부인한테 실망했으리라. 오스틴 부인은 호통 대신 미소를 발사했기 때문이다.

"오늘은 네가 어떤 말을 해도 이 어미 화를 돋우지는 못할 거란다, 아들아. 결혼만 하면 제인은 글을 얼마든지 쓸 수 있을 테니까."

헨리는 폭소를 터뜨리며 박수를 쳤다. 나머지 식구들도 이에 합류했다. 몇 년 만에 처음으로 집 안에 낯선 기운이 감돌았다. 그것은 바로 행복감이었다. 헨리는 은행에서 상대했던 별난 사람들 이야기로 모두를 포복절도하게 만들었다. 일라이자가 피아노포르테를 연주하자, 평상시에는 수줍음 때문에 딱딱하게 굳어 있던 오스틴 목사조차 함께 노래를 불렀다. 이에 제인은 놀람과 기쁨을 동시에 느꼈다. 어머니의 흥분은 가쁜 숨과 헐떡거림, 와인 때문에 불그레해진 뺨을 통해 온몸으로 발산되는 것 같았다.

집 안이 얼마나 지루하고 슬픈 분위기였는지 제인은 미처 몰랐었다. 그런데 자신이, 아니, 자신의 애정운이 집 안 분위기에 변화를 일으켰다. 지금 느껴지는 감정의 무게에, 부모님의 마음이 자신의 결혼 여부에 따라 얼마나 크게 좌우되는지에 겁이 난 제인은 마른침을 꿀꺽 삼켰다. 그래서 도중에 자리를 뜨고 말았다.

헨리가 계단에 있던 제인을 발견했다. 헨리는 다시 한번 제인을 포옹해주었다.

"네가 잘돼서 정말 기쁘구나, 제인." 오빠가 말했다.

"오빠, 모든 게 다 너무 갑작스러워." 제인이 걱정스럽게 말했다.

헨리가 제인의 말을 자르며 말했다. "이러지 마, 제인. 위더스 집안 아버님은 내가 잘 알아. 그분하고 거래해본 적이 있거든. 사리를 아는 분이야. 때가 온 거란다, 동생아. 널 놓친다면 그 남잔 바보겠지. 약 오르지만 넌 행복하게 잘살 거야. 이제 너도 그런 생각에 익숙해질 때가 됐어." 헨리가 환하게 미소를 지으며 말했다.

헨리는 천성적으로 행복한 사람이었다. 그래서인지 늘 웃는 얼굴이었다.

제인은 고개를 끄덕이며 입을 다물기로 했다.

오스틴 부인이 햄프셔에 있을 때 가족끼리 늘 해오던 대로 다 같이 산책을 하자고 하자, 모두 기꺼이 가겠다고 했다. 다들 외투를 입고 구두를 신고 쌀쌀한 저녁 공기를 쐬러 나갔다.

헨리와 일라이자가 팔짱을 낀 채 앞장서 걸었다. 오스틴 부인은 남편 팔을 놓고, 혼자 걷고 있던 제인 옆으로 갔다. 시드니 플레이스에서 멀어지는 동안, 오스틴 부인은 제인에게 달라붙어 청혼을 유도하기에 가장 좋은 로맨틱한 시나리오를 짜주었다. 만일 제인이 에이번 강이나 곰 구덩이에 빠져서 오스틴 부인한테 살려달라고 해도, 찰스 위더스가 구해준 다음 결혼해야 할 판이었다. 제인이 서머싯에 곰 구덩이가 있다는 말은 못 들어봤다고 말했지만 그래도 오스틴 부인은 아랑곳하지 않고 계속 시나리오를 짰다. 오스틴 부인은 제인에게 남자의 귓가에 속삭여주면 좋을 달콤한 말들도 각본으로 짜서 알려주고, 제인 머리로는 도저히 만들어낼 수 없는 헤어스타일도 몇 가지 골라 알려주었다. 보통 때 같았으면 그만하라며 발끈했겠지만, 헨리 오빠가 내려준 결론을 머릿속에 각인시키며 다른 생각을 하고 있던 제인은 미소를 지으며 작전 하나하나에 칭찬을 아끼지 않았다.

"저기 하우드 씨가 계시네. 안부 인사나 드리자꾸나." 치프 스트리트에 들어서는데 어머니가 권했다.

백발에 수선한 흔적이 보이는 장갑을 낀 자그마한 여자가 자기 집 문간에서 손을 흔들었다.

"어머니, 잘되길 빈다는 말은 제발 그만 듣게 해주세요."

제인이 애원했지만 어머니는 이미 하우드 씨의 집 쪽으로 방향을 틀었고 저녁 인사까지 건넨 후였다.

"가까이 오시는 걸 못 봤네요. 밤새 바빴거든요. 그래도 차 한잔하고 케이크 정도는 내올 수 있을 거예요." 하우드 씨가 안으로 들어가려고 했다.

"고맙지만 사양할게요, 하우드 씨." 제인의 어머니가 답했다. "저희가 집에 가야 해서요. 석탄이 얼마나 남았는지 여쭤보려고 들른 것뿐이랍니다."

하우드 씨가 어깨에 두른 숄을 더 단단히 여미더니 미소를 지으며 말했다. "제 석탄은 걱정 없답니다, 부인. 어쨌거나 불을 피울 필요도 없지만요."

"불을 안 피우신다고요? 어제 땅에 서리가 내려앉았으니 오늘밤에도 그럴 텐데요."

헨리와 일라이자는 다리 옆에 서서 지켜보고 있었다. 하우드 씨가 목소리를 낮추고는 눈을 내리깔았다. "집 안에 저밖에 없을 땐 석탄을 낭비하지 않거든요."

"석탄이 얼마나 있나요, 하우드 씨?"

"세 개요."

"세 자루요? 어머나, 충분하네요."

"아니, 그냥 세 개요." 하우드 씨가 말했다.

"뭐라고요, 세…… 개라고요?" 제인이 말했다.

"오라버니 되시는 분이 지난주에 오신 걸로 알고 있었는데요?" 오스틴 부인이 말했다.

"새뮤얼은 중요한 사람이랍니다, 부인. 그래서 약속이 여기저기 많죠." 하우드 씨가 턱을 치켜들며 말했다.

"시드니 하우스에 들르시면 마거릿이 석탄 네 자루를 준비해드릴 겁니다." 오스틴 부인이 덧붙여 말했다. "석탄 값으로는 하우드 씨의 그림 한 점을 달라고 하려고요."

"구상해둔 게 이미 있답니다." 하우드 씨가 한시름 놓았다는 듯 큰 소리로 말했다. "펄트니 다리를 그린 풍경화로요."

제인의 어머니는 독창적인 아이디어라며 하우드 씨를 칭찬했다. "그렇다고 손을 너무 혹사시키지는 말아주세요."

하우드 씨가 제인 쪽을 보자 두 사람의 눈이 마주쳤다. 하우드 씨가 시선을 돌렸다.

"저희 집 난로 좀 살펴봐주시겠어요, 오스틴 부인? 굴뚝이 막힌 것 같아서요." 하우드 씨가 말했다.

"봐드려야지요, 하우드 씨."

제인의 어머니는 아치형 문 아래로 몸을 숙였다. 오스틴 부인이 안으로 사라지자, 하우드 씨가 제인의 팔을 붙잡았다.

"내일 펌프룸에 간다고 들었다. 만사가 제대로 풀리지 않으면 나를 찾아오너라." 하우드 씨가 제인을 가까이 잡아당기며 속삭였다.

제인은 몸을 뒤로 뺐다. 너무나 이상한 말에 깜짝 놀라 자신이 잘못 들었을 거라 생각했다.

"잠깐만요, 무슨 말씀이시죠, 하우드 씨?"

주변을 살피던 제인은 아무도 두 사람을 못 보았길 바랐다.

"길이 이것만 있는 게 아니야." 하우드 씨가 말했다.

제인의 팔을 얼마나 세차게 흔들었던지, 하우드 씨가 참새 정도의 힘밖에 없는 사람이 아니었다면 제인의 팔은 어깨 관절에서 빠져버렸을 것이다.

"아, 팔이 너무 아파요, 하우드 씨."

"넌 내가 불쌍하기 짝이 없는 사람이라고 여기겠지. 동정과 조롱을 받아 마땅하다고 말이야."

"그렇지 않아요." 제인이 거짓말을 했다.

"우린 똘똘 뭉쳐야 해, 너나 나 같은 여자들 말이야."

제인은 이 늙은 여인의 얼굴을 유심히 살폈다. 하우드 씨의 눈이 좌우로 휙휙 움직였다. 흐트러진 백발 한 가닥이 보닛에서 삐져나와 있었다. 하우드 씨는 그 머리카락을 침까지 튀어가며 후 하고 불어 머리에서 치웠다.

"날 보러 오겠다고 약속해." 하우드 씨가 강요하다시피 말했다.

제인은 그러겠다고 하고는 에이번 강에 놓인 다리를 건너 집으로 돌아왔지만 그 이상한 약속이 귓가에 계속 맴돌았다. 하우드 씨가 석탄 자루 대신 그리겠다고 불길하게 말했던 바로 그 다리를 건너는 동안 내내.

5

다음 날 아침, 아래층으로 내려온 제인을 보고 온 가족이 새 드레스에 감탄을 금치 못하고 있는데 초인종이 울려서 모두들 화들짝 놀랐다.

"누굴까?" 오스틴 부인이 흥분해서 소리쳤다. "이 중차대한 시간에. 지인이면 우리가 펌프룸에 간다는 걸 들어서 알고 있을 텐데."

마거릿이 현관에 나갔다가 초인종을 누른 사람이 누구인지 알려왔다. "부인, 놀랍게도 레이디 존스톤이에요."

오스틴 가족은 서로를 보며 어깨를 으쓱했다. 모두 똑같은 생각을 하고 있는 것 같았다. 레이디 존스톤이 이 시간에 웬일이지?

레이디 존스톤은 마거릿한테 외투를 던지며 집 안으로 들어왔다. 오스틴 부인이 이 이웃 주민에게 무릎을 굽혀 인사를 했다.

"레이디 존스톤, 저희가 어쩐 일로 부인이 광림하시는 기쁨을 누리게 된 건지요?"

"가장 가까운 이웃하고 사심 없이 차 한잔 못 마시나요?" 레이디 존스톤이 역정을 내며 대꾸했다.

기사 작위까지 받은 퍼트니 출신 사무변호사의 미망인인 레이디 존스톤은 오스틴 가족이 시드니 하우스에 도착한 첫날 이후로 단 한 번도 격 떨어지게 그들과 차를 마신 적이 없었다. 그런 그녀가 미천한 오스틴 가족 집에 하필 이 시간에 행차한 것이었다.

"안 될 것 없죠. 하지만, 저희가 오늘 아침, 시내에 볼일이 있어서 부인과의 만남을 황급히 끝내야 할 것 같네요. 여긴 제 아들 헨리하고 며느리 일라이자랍니다. 헨리는 런던에 은행을 갖고 있지요."

헨리는 고개를 숙이고 일라이자는 무릎을 굽혀 인사를 했다.

레이디 존스톤은 두 눈을 감은 채 두 사람 쪽으로 고개를 끄덕였다. "아드님의 작은 사업체는 저도 들어서 알고 있습니다. 고인이 된 제 남편 퍼트니의 존스톤 경은 알고 계셨겠지요."

"들어서 알고는 있었습니다, 부인." 헨리가 대답했다.

"부인, 죄송하지만 저희가 시간이 나는 오후에 다시 와주실 수 있을까요?" 오스틴 부인이 말했다.

"당치 않은 소리. 나는 차를 빨리 마시는 사람이고 케이크도 한 조각만 먹을 거예요. 10분도 지체하지 않을 겁니다." 레이디 존스톤이 복도를 걸으며 말했다.

제인의 아버지가 복도에 걸린 괘종시계를 흘낏 보며 머리를 긁적였다.

"나도 켄트의 위더스 씨와 안면을 트게 돼서 대단히 즐거웠답니다." 레이디 존스톤이 응접실에 친히 모습을 드러내며 말했다.

"그러셨겠지요. 훌륭한 젊은이니까요." 대꾸하는 오스틴 부인 뒤로 온 가족이 응접실까지 따라 들어왔다.

"앉으시지요." 제인의 아버지가 말했지만, 레이디 존스톤은 이미 의자에 앉고 난 뒤였다. 제인의 아버지는 제인, 오스틴 부인과 함께 긴 벤치에 앉고, 헨리와 일라이자는 소파에 끼어 앉았다. 외투를 입고 구두까지 신은 채 응접실에 앉은 오스틴 가족들은 다들 어리둥절한 모습이었다. 제인이 듣는 둥 마는 둥 하는데 레이디 존스톤이 다음 말을 꺼냈다.

"위더스 씨 약혼을 축하하게 되어서 얼마나 기쁜지 모르겠습니다." 레이디 존스톤이 말했다.

그 자리에 있던 사람들이 모두 레이디 존스톤의 말이 무슨 말인지 곱씹느라 잠깐 침묵이 흘렀다. 마침내 무슨 말인지 이해가 다 된 것 같은 오스틴 부인이 자리에서 벌떡 일어나 기쁜 얼굴로 제인을 가리키며 말했다.

"제인, 넌 어쩜 아무 말도 안 하고!" 오스틴 부인이 반쯤 비난조로 말했다.

자리에 있던 나머지 사람들도 마침내 오스틴 부인의 생각을 알아차렸다는 듯 일제히 놀라더니 미소를 지었다.

제인은 고개를 절레절레 저은 후 힘주어 말했다. "저도 전해 들은 말이 없는걸요."

그런 제인의 가슴은 터질 듯 방망이질 치고 있었다.

"어제 브리스톨에 서리가 아주 심했다는군요. 그 때문에 우편물도 지체되고 여행 계획도 많이 틀어졌지요. 여러분이 아직 아무 소식도 못 들은 건 그 때문일 겁니다." 레이디 존스톤이 차근차근 설명을 했다.

"저흰 서리 소식도 몰랐어요, 부인. 감사합니다. 저희한테 크나큰 도움을 주셨어요." 오스틴 부인이 말했다.

오스틴 목사는 제인의 손을 꼭 붙잡았다. 아버지의 손가락이 따뜻하고 부드럽게 느껴졌다.

"무슨 이유로 그리 말씀하시는지요?" 레이디 존스톤이 물었다.

"부인께서 저희 딸 약혼 소식을 저희한테 전해주셨으니까요." 오스틴 부인이 웃음을 터뜨리며 말했다.

"죄송하지만 뭐라고요?" 레이디 존스톤 역시 웃으며 말했다. "내가 위더스 씨 약혼을 축하하게 돼서 기쁘다고 말한 건 톤턴의 클레멘타인 우저 양하고의 약혼을 말한 건데요. 어제 성사되었다네요, 브리스톨에서." 이 사무변호사의 미망인은 최선을 다해 환하게 비웃는 표정을 지었다.

제인과 어머니, 그리고 나머지 오스틴 가족들은 이 소식에 어떻게 반응해야 할지 몰라 잠시 가만히 있었다. 어머니의 머릿속이 보이는 건 아니었지만 제인은 어머니가 속으로 어머니 자신과 중요한 토론을 벌이고 있으리라 가히 짐작할 수 있었다. 어머니가 푸른색 모슬린 주름 하나하나를 접고 또 접으면서 가지고 있는 것 중 가장 좋은 스커트의 주름을 만지작거리고 있었기 때문이었다. 제인 역시 아무 말도 하지 못하고 바닥만 뚫어져라 내려다보면서 숨만 쉬고 있었다. 제인은 가슴이 오그라드는 것만 같았다.

잠시 후, 고맙게도 제인의 어머니가 뼈아픈 침묵을 깼다.

"저희도 축하를 드려야지요." 어머니가 마침내 밝은 목소리로 말을 꺼냈다.

제인은 자리에서 일어나 부지깽이로 불을 쑤석쑤석하면서 아무하고도 눈을 마주치지 않았다.

오스틴 부인이 잽싸게 말을 더 걸었다. "우저 양은 재산이 많은가요?"

"우저 양 아버지인 우저 경이 사무변호사랍니다. 전문 분야는 부동산 양도법이고요. 퍼트니에 사무실을 가지고 있죠."

"퍼트니요?"

"네, 퍼트니요. 위더스 씨의 신부인 클레멘타인은 스물한 살도 안 됐답니다."

"아주 어리네요." 오스틴 부인이 말했다.

"어리기는요. 스물둘이면 혼기가 지난 거죠."

제인이 불을 더 쑤석쑤석했다.

"그럼, 오늘은 엄청 바쁘게 생겼네요." 레이디 존스톤이 일어서며 말을 계속 이어나가는데 마거릿이 차 쟁반을 가지고 들어왔다. "지금은 그 사람 귀찮게 하지 마세요." 레이디 존스톤이 찻주전자를 가리키며 덧붙였다. 그러고는 능글맞게 웃으며 자리를 떴다.

제인은 한동안 가만히 앉아 있었다.

처음에는 레이디 존스톤이 잔인한 농담을 한 걸지 모른다는 희망이 있었다. 하지만 마거릿이 시장에 갔다가 돌아왔는데 위더스 씨가 머물고 있는 집의 세탁일하는 여자한테 소식을 들었다고 했다. 위더스 씨가 어제부로 브리스톨에서 약혼남이 되었다는 것이다.

오스틴 부인은 사악한 계략이 있었을 거라 주장하면서 불신감과 당혹감을 노골적으로 드러냈다. "누가 위더스 씨를 협박했거나 매수한 걸 거야."

제인도 고개를 끄덕이기는 했지만 속으로는 그보다 훨씬 평범한 힘이 그날에 영향을 미쳤으리라고 생각했다. 위더스 씨(와 그의 아버지 역시)는 상식에 설득당한 것이었다. 위더스 씨는 남은 평생 동안 화요일 저녁 난롯가에서 웃기보다 가장 부유한 남자로 그레이브젠드 공동묘지에 묻히는 쪽을 택했다. 따라서 결국 위더스 씨가 자신의 부와 혈통이 요하는 길을 택한 것은 그렇게 사악한 행동이 아니라고 할 수 있었다.

"정말 유감이구나, 제인." 헨리가 말했다.

제인의 아버지는 아무 말도 하지 않았다. 공포감과 혐오감이 제인을 엄습했다. 너무나 창피해서 간장이 죄어드는 기분이었다. 지난밤과 오늘 아침까지 느꼈던 근심과 기쁨은 모두 사라지고 없었다. 오스틴 부인이 눈물을 훔쳤다.

"헨리 오빠는 도슨 씨 댁으로 돌아가면 되겠다." 제인이 차분한 목소리로 말했다.

"아냐, 제인. 당연히 우리도 네 곁에 있어줘야지."

"그런 말 마. 오빤 다시 그 집으로 가야지. 여기 계속 있으면서 바보같이 휴가만 낭비해서 되겠어." 제인이 일어나서 문 쪽으로 향하며 말했다. "오빠랑 새언니 다시 태우고 갈 수 있는지 내가 마부한테 확인해볼게."

"그러지 마, 제인. 내가 가볼게." 헨리는 제인을 지나쳐 거실로 갔다.

"휴가를 망쳐서 미안해요, 일라이자." 제인이 말했다.

"미안해할 것 없어요, 아가씨." 일라이자가 부드럽게 말했다.

모두 바닥만 내려다보았다. 제인은 아버지의 책상에서 카산드라 언니한테 보낼 뻔했던 편지를 발견했다. 위더스 씨의 잘생긴 외모와 재치를 찬양한 그 편지를 보자 민망해졌다.

제인은 양해를 구하고 응접실에서 나와 위층으로 올라갔다. 시계는 11시를 가리키고 있었지만 제인은 침대로 기어 올라갔다. 그러곤 점심 식사 때도, 저녁 식사 때도 내려가지 않았다. 마거릿이 방문을 두드리며 헨리와 일라이자가 떠날 거라고 알려줬을 때도 제인은 마거릿에게 그냥 가버리라고 말했다. 제인은 작별 인사를 하러 내려가지 않았다. 오후 중반 즈음 헨리와 일라이자가 정문을 지나 집을 나가는 소리를 듣기는 했다. 제인은 밤새 뜬눈으로 누워 있다가 새벽 5시가 되어서야 잠이 들었다.

한 시간 뒤 잠이 깬 제인은 침대에서 벌떡 일어나 앉았다. 흥분이 가라앉지 않아 머리가 윙윙거렸다. 단어들이 머릿속을 가득 채워서였다. 제인은 베개를 뒤로 휙 던지고 무언가를 찾았다. 그렇다, 한때 그곳에 숨겨뒀지만 지금은 없는 그것. 제인은 방 안을 서성거렸다. 그때 물체 하나가 바닥에서 어렴풋이 보였다. 제인은 그쪽으로 달려갔다. 작고 새하얀 막대 하나가 마룻널 두 장 사이에 끼어 있었다. 제인은 씩 웃으며 그 물건을 빼냈다. 어머니가 그녀의 방을 싹 훑으면서 몇 십 개를 찾아냈건만 이건 못 보고 놓친 모양이었다. 남들은 매끄러운 갈색빛이 도는 굴의 속살이 최고라고들 하지만 제인한테는 거위의 가장 아름다운 부분인 이 가늘고 하얀 막대가 최고였다. 제인이 깃대를 엄지와 검지로 잡자 힘줄이 본능적으로 그걸 엄지와 검지 사이 오목한 곳으로 이동시켰다.

제인은 침대 끝에 놓인 소나무 수납장의 문을 열어젖힌 후 그 안에 든 물건들을 손으로 파헤쳤다. 살구 크기만 한 유리병이 하나 나와서 그걸 집어 들었다. 하지만 아무것도 들어 있지 않자 방 구석으로 던진 후, 수납장을 다시 한번 뒤적였다. 유리병이 하나 더 나왔지만 거기에도 역시 먼지만 있었다. 제인은 그것도 어깨 너머로 휙 던져 아까 던진 유리병과 같은 신세로 만들었다. 더 파헤치자 베일용 레이스 한 필이 나왔다. 제인은 레이스를 수납장에서 휙 잡아당긴 다음 바닥에 내팽개쳤다. 세 번째 유리병이 그 밑에 놓여 있었는데 이 병에는 타닌, 황산염, 아라비아고무로 만들어진 가루 더미가 조금 들어 있었다. 제인은 그 병이 트로피라도 되는 양 하늘 높이 번쩍 쳐들었다. 이제 물이 있어야 했다.

창턱에 갈색으로 시들어가는 장미꽃이 담긴 꽃병이 놓여 있었다. 제인은 고약한 냄새가 나는 꽃을 거꾸로 빼든 다음 눈을 가늘게 뜨고 꽃병 안을 들여다보았다. 꽃병 바닥에 썩은 물이 손가락 하나 높이만큼 있었다. 제인은 그 냄새나는 물을 신속하되 쏟지 않도록 주의를 기울여가며 유리병에 부었다. 얼룩덜룩 모래 같은 결정체가 녹아 액체가 되고 있었다.

이제 종이가 필요했다. 하지만 방에는 종이가 하나도 없었다! 카산드라 언니한테 편지를 다시 쓰고 싶다고 우기면서 응접실에서 종이를 집어올 수도 있겠지만, 그러면 어머니는 제인의 얼굴을 보고 진짜 의도를 눈치챌 게 뻔했다. 구와 단어들이 머릿속을 떠나려 하자 두려움이라는 마수가 제인의 마음을 더 바삐 주무르기 시작했다.

제인은 몸이 굳는 것 같았다. 방에 종이가 없어서였다. 제인은 한 마룻널의 벌어진 틈에 손가락을 넣고 느슨한 널빤지가 위로 세워질 때까지 잡아당겼다. 바닥의 텅 빈 공간으로 손을 뻗었다. 거기에는 제인이 직접 양면 가득 채운 600페이지짜리 원고가 놓여 있었다. 열다섯 살 생일부터 쓰기 시작한 원고였다. 제인은 이 원고를 '첫인상'이라고 불렀다. 런던까지 갔다가 출판업자인 카델한테 퇴짜를 맞고 돌아온 원고였다. 그 후 제인은 어머니가 찾아내서 불을 붙이는 불상사를 막으려고 그 원고를 9년 내내 숨겨놓고 있었다.

제인은 원고를 집어 들고 누렇게 바랜 종이를 손가락으로 어루만졌다. 종이에서 바닐라와 나무 냄새가 났다. 페이지를 넘겨 마지막 장을 보니 비어 있었다. 제인은 책상에 두텁게 쌓인 먼지를 쓱 털어내고 깃펜을 잉크에 담갔다.

6

이소벨 손턴은 이제 가질 수 없는 걸 욕망하는 게 어떤 느낌인지 이해하게 되었다.

멜번 하우스는 점점 더 견디기 힘든 곳이 되어갔다. 이소벨의 어머니는 이소벨의 방에 올 때마다 살면서 그렇게 부당한 대우를 받은 적이 없었다는 불평을 입버릇처럼 했다. 그 넋두리로도 나머지 식구들의 이목이 충분히 집중되지 않으면, 응접실로 돌아가 똑같은 넋두리를 늘어놓았다. 이소벨의 아버지는 더 심했다. 최근에 있었던 딸의 연애 사고를 가지고 딸과 농담을 주고받는 대신 자기 서재에 틀어박혀 대화 자체를 피했던 것이다. 이소벨은 모두 자신과 똑같은 기분이었음을 알고 있었다. 다들 존 윌슨 같은 남자가 이소벨 정도의 지위와 연령의 여성에 관심을 가질 거라는 감언이설에 넘어갔었다.

하인이 리본을 수선해야 한다고 알려왔지만 이소벨은 오로지 집을 벗어나기 위해 자신이 직접 처리하겠다고 말했다. 하지만 이소벨이 리본 가게에서 터너 부인한테 아침 인사를 건넸을 때, 답인사는 가게 주인인 터너 부인이 아니라 다른 손님한테서 왔다.

"안녕하세요, 손턴 양." 존 윌슨이었다.

문제의 남자이자 지금 겪고 있는 이 고통의 원천인 남자, 그녀에게 퇴짜를 놓은 남자, 다시는 볼일 없기를 바랐던 남자. 윌슨은 말을 하고는 마른침을 꿀꺽 삼킨 후 시선을 다른 데로 돌리더니, 스카프가 놓인 수납장을 뚫어져라 바라보았다.

이소벨은 침착 또 침착하자고, 그가 곁에 있어서 괴롭다는 티를 절대 내지 말자고 다짐했다. 이소벨은 자신이 상점에 머물다 무례를 범하지 않고 나갈 수 있는 최소한의 시간이 예의범절이 허용하는 범위에 들지 말지를 생각했다. 그래서 그 시간에 3초만 더한 후 출구 쪽으로 향했다.

"설마 지금 가시는 겁니까?" 윌슨이 말했다.

이소벨은 이제 꼼짝없이 대화를 해야겠구나 하는 생각에 한숨이 나왔다. 마을에서 최근에 열린 무도회에 대해 몇 마디 의례적인 말을 한 다음, 최근 내린 폭우에 대해서도 간단히 언급했다. 하지만 연극과 비에 관한 말할 거리가 다 떨어졌을 때, 윌슨 씨 쪽에서는 대화를 이어가려는 노력을 전혀 보이지 않았다는 사실을 깨닫고는 경악을 금할 수 없었다. 신사라면 떠올릴 만한 소재가 두어 가지는 있게 마련이었다. 가령 비 때문에 길이 질척해졌다든지 우편물이 늦어졌다는 말 정도는 할 수 있었을 것이다. 하지만 그는 아무 말도 하지 않았고 아무 일도 하지 않았다. 차마 입이 떨어지지 않는 것처럼 보이기는 했다. 이소벨은 여성에게 정중하지 못한 윌슨이 너무 싫어서 빨리 가게에서 벗어나고만 싶었다. 계산대에서 다 지켜보고 있던 터너 부인이 신중하기로 정평이 난 여자는 아니었기에, 이소벨은 저녁 식사 즈음이면 이 자존심 상하는 대화 소식이 램스게이트까지 퍼지겠구나 하고 생각했다.

이소벨은 부아가 치밀어 올랐다. 그래서 아까의 가식적인 점잔은 버리고 공격적으로 나가자고 작전을 바꿨다.

"늘 즐겁고 행복하시길 기원할게요, 윌슨 씨." 그러곤 그의 눈을 똑바로 쳐다보았다.

"고맙습니다, 손턴 양." 윌슨은 답을 하면서도 얼굴을 붉적이는 것이 당황한 것 같았다.

"곧 켄트로 떠나시나요? 아니면 여행부터 할 계획이신가요?"

자신에게 퇴짜를 놓은 남자의 신혼여행에 대해 묻고 있자니 이소벨은 새삼 비굴한 기분이 들면서 기가 죽었다.

"몇 주 더 서머싯에 머물 계획입니다." 윌슨이 이번에도 당황한 기색이 역력한 얼굴로 답했다.

"윌슨 부인도 곧 있을 무도회에 놀러 가고 싶으시겠죠?" 갈

수록 울화가 치밀어 오른 이소벨이 물었다. "윌슨 부인 수준에 맞을지 모르겠지만 다음 달에 쿠퍼 희곡이 재연된다던데요."

"저희 어머니가 바스를 좋아하시긴 하지만 지금은 켄트에 계속 계셔야 해서요. 아무튼 저희 어머니의 연극 관람까지 신경 써주셔서 감사합니다."

이소벨은 가장 민감한 주제를 분명하게 짚고 넘어가야 할 수밖에 없게 된 모욕적인 상황에 이맛살을 찌푸리며 움찔했다.

"저는 존 윌슨 부인을 말한 건데요. 새 신부 말이에요." 이소벨이 말했다.

눈앞의 이 신사가 스카프 관찰을 중단하고 고개를 들었다. 실낱같은 희망이 그의 얼굴 위로 일렁이는 듯했다.

"아하, 프랜시스 윌슨 부인을 말씀하시는 거군요. 제게 새로 생긴 가족인." 윌슨이 이소벨 쪽으로 다가갔다.

"프랜시스 윌슨 부인이라니!" 터너 부인이 계산대 뒤에서 되풀이해 말했다.

존 윌슨이 매장을 가로질러 가던 길을 계속 갔다. 이소벨은 윌슨을 외면하고 식식거리며 레이스 더미에 점점 집중했다.

"이소벨 양, 저는 제 동생 프랭크와 버나데트 마틴 양의 약혼을 축하해주어야 해서 꼼짝없이 브리스톨에 갇힌 신세였습니다."

"당신이 약혼한 게 아니고요?" 이소벨이 물었다.

"제가 약혼한 게 아닙니다. 브리스톨에 서리가 내리는 바람에 그날 밤 발이 묶였어요. 그래서 속달로 전갈을 보냈습니다. 도로나 영국 우편제도를 고려하면 다음 주 중 언젠가 당신한테 도착하겠군요. 난 당신을 찾으려고 눈길을 뚫고 달렸습니다."

이소벨은 이 말을 듣고 마음이 가벼워졌다.

"함께 펌프룸에 가기로 했었죠, 손턴 양." 윌슨이 상냥한 미소를 지으며 말했다. "이소벨, 제게 함께할 영광을 베풀어주신다면, 지금 가고 싶습니다만."

윌슨이 팔을 내밀자 이소벨이 잡았다. 이소벨은 존 윌슨과 함께 스톨 스트리트로 나아갔다. 말은커녕 표정 변화도 없지만, 이소벨의 가슴은 감상적인 사람이라면 희열이라고 부를지 모를 감정으로 두근거리고 있었다.

제인은 깃펜을 내려놓고 손가락 마디를 꺾어 딱딱 소리를 냈다. 지금까지 쓴 글을 다시 읽어보았다. 어휘는 나중에 다듬으면 될 테고, 일단은 가슴속 쓰라림이 사라졌다. 결혼한 당사자가 다름 아닌 남자의 남동생이었다는 사실을 터뜨린 건 정말 기발한 해법이었다. 이야기가 아직은 초기 단계라서 어떻게 흘러갈지, 어떤 대사와 등장인물들이 이야기를 끌고 나갈지는 제인도 몰랐다. 하지만 가장 중요한 이 장면은 아주 훌륭한 결말이 되어줄 터였다. 오해 때문에 두 연인의 가슴이 갈기갈기 찢어졌다. 이제 혼선이 말끔히 정리되어 남자와 여자는 화해할 수 있을 것이다. 인연도 복구되고 행복도 되찾았다.

백지에서 애써 새로운 단어를 끄집어내는 일은 모진 고문을 끊임없이 받는 것과 같았다. 제인은 스스로를 궁지에 몰아넣을 때의 두려움도, 깔끔하게 그 궁지에서 빠져나왔을 때의 희열도 잘 알고 있었다. 제인은 어휘가 머릿속에 바로바로 떠올랐다는 사실에 미소가 지어졌다. 단어들이 그냥 백지 위로 우수수 떨어져 자기들이 알아서 작문한 것만 같아 웃음이 나왔다. 제인은 앞으로 얼마나 더 많은 단어들이 기다리고 있을지 궁금할 지경이었다. 영감이 이렇게 찾아오는 경우는 거의 없었다. 제인의 마음은 찰스 위더스에 대한 생각, 찰스 위더스가 무엇을 하고 있을지에 대한 생각에 빠졌다. 그래서 종이를 책상 위에 내버려두고 침대로 기어 올라갔다.

잠에서 깬 제인의 침실에 누군가 있었다.

"그렇게 입고 자면 드레스가 망가지지." 오스틴 부인이 말했다.

제인은 지금 자신이 입고 있는 20파운드짜리 드레스를 내려다보고는 그 꼬락서니에 움찔했다. 섬세한 실크 오버드레스가 엉망으로 주름지면서 금빛 리본 일부가 풀려 있었다. 담요 때문에 장미꽃 자수의 꽃잎도 뭉개져 있었다.

"지금 몇 시예요?" 제인이 물었다.

"3시가 넘었어." 오스틴 부인이 답해주었다.

오스틴 부인은 고개를 숙인 채 손에 쥔 종이에 쓰인 내용을 읽고 있었다. 제인이 벌떡 일어나 앉아 두 눈을 비볐다.

"뭘 읽고 계신 거예요, 어머니?" 제인은 답을 이미 알고 있으면서도 물었다. 말이 목에 걸려 제대로 나오지 않았다. "그거 이리 주세요."

"이제 이야기는 안 쓴다고 했잖니."

"안 썼어요. 그건 예전에 써놓은 거예요, 어머니."

오스틴 부인이 페이지들을 자세히 살펴보았다. "이건 네 아버지가 런던에 보냈던 이야기구나. 네 아버지도 참 잔인하시지, 너한테 헛바람을 불어넣어서 헛된 희망을 품게 하다니. 이런 걸 왜 여태 가지고 있으면서 자학을 하는 거니, 응?" 오스틴 부인이 페이지를 넘기며 물었다. "게다가 이건?"

오스틴 부인이 방금 쓴 장면이 담긴 원고의 마지막 장을 들이밀었다. 제인은 대답하지 않았다.

"너도 이제 다 큰 여자야. 엄마 말이 틀렸니?"

"아니에요, 어머니. 저도 다 큰 여자예요."

"네가 괜찮은지 보려고 와봤다. 보아하니 괜찮은 모양이구나." 오스틴 부인이 읽던 페이지를 손가락으로 폭 찌르며 말했다. "우린 이 상황이 얼마나 심각한지 알고 있는데, 너한텐 결혼이 장난이구나. 우리가 가고 나면 네가 어디까지 추락하게 될지 넌 몰라. 우린 널 도우려고 죽어라 애를 쓰는데 넌 네 멋대로구나."

"그렇지 않아요, 어머니. 제발 저한테 그 종이 주세요."

하지만 오스틴 부인은 종잇장을 한 무더기로 모으더니 일어섰다.

"그걸 어디로 가지고 가시려고요?" 제인이 애원조로 말했다.

"다 널 위해서야." 오스틴 부인이 단호히 말하더니 그 소설을 벽난로 속에 집어던졌다.

제인은 비명을 질렀다. 아까까지만 해도 죽어 있던 불길이 불쏘시개가 더해지자 다시 활활 타올랐다. 제인은 황급히 난로 앞으로 달려갔다. 어렸을 때 불을 묘사하는 단어들을 너무나 좋아했던 제인이었다. 제인은 'incalescent'라는 단어를 특히 좋아했는데 점점 뜨거워진다 또는 열의가 점점 커진다, 불타오른다는 뜻이었다. 카산드라 언니와 아버지는 초와 불꽃에 관심이 별로 없었지만, 제인은 어머니와 마찬가지로 뭔가가 활활 불타는 모습을 지켜보는 걸 좋아했다. 제인은 불꽃 속으로 팔을 뻗어 종잇조각 딱 하나를 가까스로 꺼낼 수 있었다. 한때 여러 장의 페이지를 묶었던 핑크색 리본이지만 이제는 새카맣게 변한 리본도 꺼냈다. 불꽃은 신나게 나머지 페이지들을 먹어치웠다. 불덩이가 방 안을 후끈하게 데웠고, 마른 종이는 곧 폭발할 것만 같았다. 그 기세에 제인은 뒤로 밀려나 몸을 쪼그렸다. 제인은 이 광경에 정신을 빼앗겼다. 방에는 종이가 불타는 냄새가 가득 찼는데, 그 냄새에 마음이 편해지기도 하고 한편으론 무서워지기도 했다. 이제 탈 것이 아무것도 남지 않게 되자 오스틴 부인은 일어서서 방을 나갔다.

'첫인상' 원고가 난로 안에서 서서히 타다가 재가 되고 마침내 불이 꺼졌을 때, 제인의 손에는 장작더미에서 건진 종이 쪼가리 한 장이 쥐어져 있었다. 제인은 그 종잇조각을 주머니에 넣고 집을 나왔다.

하우드 씨가 문간에서 기다리고 있었다. 제인이 오자 문을 열고 제인을 안으로 안내했다.

"그 남자하고 어떻게 될지 당신은 알고 있었군요." 제인이 말했다.

"유감스럽게도 그랬지."

하우드 씨가 제인에게 의자를 내주자 제인이 그 의자에 앉았다.

"넌 달라." 하우드 씨가 말했다.

이제 막 불길이 살아난 난로에는 석탄이 가득 차 있었다.

"난 다른 거 싫단 말이에요." 제인이 말했다.

"성내지 말고." 하우드 씨가 종이에 뭔가를 휘갈겨 쓰더니 제인에게 건넸다. "넌 런던으로 여행을 가게 될 거다."

제인이 움찔했다. 쥐가 들끓고 사람 바글바글한 수도에?

"런던이면 하루는 걸리는 여정인데요."

"더 나은 대안이 있니?" 하우드 씨가 물었다.

제인은 어깨를 으쓱거리며 종이를 받았다. "어차피 지금 저한텐 아무것도 없는걸요."

다음 날 평판 나쁜 마차를 타고 런던으로 떠난 제인은 어떻게 해야 발각되지 않고 도착할 수 있을지 고민했다. 구할 수 있는 가장 낡은 우편 마차를 골랐는데, 이 마차는 블랙 프린스 주막 뒤에서 출발하는 데다 런던까지 가장 한적한 길로만 간다고 장담했다. 찢어진 베스트에 얼룩 문은 제독 모자 차림의 남자가 이 역마차에서 제인의 유일한 길동무였다. 남자에게 럼주 냄새가 나서 제인은 시선을 피했다. 두 사람 모두에게 안성맞춤인 소통 정도였다. 혼자 여행길에 나선 미혼 여성의 죄악을 두고 제인에게 아무것도 따지지 않는 걸 보면 남자는 제인보다 더한 궁지에 놓인 걸 거라고 짐작했다. 싸움에 휘말린 건지, 아니면 바스의 도박장에서 빚을 지기라도 한 건지, 남자는 웨스트 컨트리에서 최대한 빨리, 최대한 아무도 모르게 벗어나고 싶어 안달인 것 같았다. 따라서 남자는 제인에게 더없이 완벽한 길동무가 아닐 수 없었다. 남자는 마차가 움직이기도 전에 두 눈을 꼭 감고 있었다.

7

지금까지 제인이 여성이라는 성별에 초래한 모든 불명예 중, 오늘 아침에 저지른 행동은 단연 최악이었다. 미혼 여성이 시골을 혼자 여행하면서 마차 삯을 흥정한 후 직접 지불하고 생판 모르는 남과 함께 마차에 올랐는데, 이는 매춘부와 마녀들이나 저지를 만한 짓이었기 때문이다. 양갓집 아가씨 치고 그런 식으로 자기 영혼을 타락시키는 아가씨는 없었다.

그날 아침 집을 나오면서 제인은 죄책감에 가슴이 아팠다. 모두에게는 평상시처럼 산책을 나간다고 말을 해두었다. 어머니는 산책을 다녀와도 좋다는 뜻으로 고개만 끄덕여 보인 후 제인을 쳐다보지도 않았다. 제인은 식품저장실에서 챙긴 비스킷 세 개(딱딱해서 아무도 찾지 않을)와 5파운드 조금 넘는 돈(제인의 전 재산이었다)을 주머니에 넣었다. 아버지한테 거짓말을 할 때는 부끄러워 죽는 줄 알았다. 아버지는 산책 잘 다녀오라면서 같이 가주마 물어주기까지 했는데, 제인을 보며 미소를 지을 때 눈가가 촉촉했었다. 집에서 나오기 직전 제인은 부모님 사이에 감도는 싸늘한 분위기를 감지했다. 오스틴 목사와 오스틴 부인은 대개 내닫이창에 함께 앉았다. 그런데 오스틴 목사는 책상에서 《로이드 포스트》를 읽고 있었고, 오스틴 부인만 홀로 내닫이창에 앉아 있었다. 제인은 두 분의 불화 원인이 자신이란 걸 확신했다.

마차는 아침 9시 반, 바스를 떠나 도시 외곽을 통과해 동쪽으로 향했다. 마차 창문 밖 황갈색 팔라디오풍 석재기둥은 석조 오두막으로, 그다음엔 굴뚝에서 연기가 피어오르고 있는 목조 오두막으로, 그다음엔 서머싯의 옥색 들판으로 바뀌었다.

경사가 완만한 웨스트 컨트리의 들판은 버크셔의 참나무 숲이 되었다. 마차는 말한테 물을 먹이기 위해 레딩에서 정차했다. 마부는 마차에서 내려 잠깐 걸었지만 제인도, 드르렁드르렁 코를 골고 있는 제인의 길동무도 안전한 목재 마차 안을 떠나지 않았다. 제인은 조심조심 마차 창밖을 응시하며 레딩의 마을 광장 주변을 둘러보았다. 어머니가 마차 안으로 뛰어올라 제인한테 집으로 돌아가야 한다고 하지는 않을까 내심 기대하면서.

바스로 돌아가는 다른 우편 마차 한 대가 도로 맞은편에 정차했다. 그 마차의 마부도 제인이 탄 마차의 마부와 마찬가지로 말에게 물을 먹이고 자신도 물을 마셨다. 제인은 반대편 마차의 창문 너머를 보았다. 한 가족이 웃으며 대화를 나누고 있었다. 밝은 색 옷과 커다란 여행가방으로 보건대, 그 가족은 바스로 휴가를 가는 중일 거라고 짐작했다. 제인은 그 가족이 탄 마차에 뛰어오를까 생각했다. 하나 남는 자리가 있어서였다. 그녀가 사라졌다는 사실이 알려지기 전에 바스로 돌아가면 아무 일 없던 걸로 할 수 있을지 몰랐다. 제인이 마차 문에 손을 올린 순간, 마부가 자리를 잡고 앉아 다시 한번 고삐를 획 당겼다. 마차가 앞으로 굴러가자, 제인은 다시 자리에 앉았다. 조금이나마 남은 자존심과 평판을 지켜내고자 하는 바람이 털끝만큼이라도 있었다면, 지금 제인은 그 바람을 완전히 날려버린 셈이었다. 이젠 돌이킬 수 없었다.

읜저 외곽에는 적어도 15미터는 넘는 멋있는 떡갈나무 한 그루가 서 있었는데, 그 나무는 런던 방향 이정표나 다름없었다. 제인은 한순간 굴욕과 심란함을 잊고 고개를 돌려 날씨와 세월을 이겨낸 이 대견한 나무의 가지를 감탄하며 바라보았다. 그 나무 이후로는 초록으로 물든 들판 말고 도로의 이정표가 될 만한 건 아무것도 없었다. 마차 바퀴가 쿵 하고 부딪히고 구르는 리듬에 익숙해지자 제인은 잠에 빠졌다.

제인이 잠에서 깬 것은 마차가 켄징턴을 통과할 때였다. 예쁘장한 건물들이 눈에 들어오기 전에 냄새가 먼저 코를 공격해왔다. 하이드 파크의 푸르름과 켄징턴궁의 위풍당당함 위로, 제인은 석탄 연기 냄새, 코를 찌르는 하수 냄새, 간조 때 하구에서 풍기는 불쾌한 악취로 숨이 막힐 지경이었다. 사람과 건물, 골목과 그을음 냄새를 토해내는 이 도시는 우글우글, 뒤죽박죽인 곳이었다. 마차가 임뱅크먼트를 통과하는 동안, 사우스뱅크의 한 공장은 시커먼 연기 기둥을 대기로 뿜어냈고, 공장 밑바닥에서부터 이어진 파이프는 썩어가는 동물의 노폐물을 템스 강으로 쏟아냈다. 제인은 자신이 런던을 얼마나 싫어했었는지를 떠올렸다. 고래고래 소리 지르는 행상인들과 권모술수가 난무하는 궁정, 거기다 검댕과 안개까지. 제인은 대리석과 사람보다는 나무와 잔디를 선택했다. 그런데 쿠퍼가 『올니 찬송집』을 썼던 곳이 바로 이곳, 처량한 부둣가 아래였다. 프랜시스 버니가 『에블리나』를 쓴 곳은 화려한 왕궁 한가운데, 셰익스피어가 『햄릿』을 쓴 곳은 서더크의 증기 아래였다. 제인은 그런 천재들을 배출한 이 불쾌한 도시를 마음에 내키진 않았지만 존경할 수밖에 없었다. 제인은 '압력이 다이아몬드를 만든다', '모래알이 진주를 만든다'는 말이 진짜라는 걸 깨달았다.

　제인은 마지막 정거장인 피커딜리에서 내렸다. 하우드 씨가 적어준 이스트 런던의 집 주소는 3킬로미터 정도 떨어진 곳에 있었다. 제인은 위를 올려다보았다. 크리스토퍼 렌 경(영국의 위대한 건축가이자 수학자, 천문학자-옮긴이)의 세인트폴 대성당 돔이 동쪽에서 어렴풋이 보였다. 임뱅크먼트를 따라 세인트폴 대성당을 향해 걷던 제인이 딱 한 번 걸음을 멈춘 이유는 다름이 아니라 템스 강 넘새 때문에 손가락으로 코를 막기 위해서였다.

세인트폴 대성당 구내에서 나와 동쪽으로 이동하자, 보이는 사람들이 주교, 부목사, 부유한 교구민들에서 그 사람들이 구원할 임무를 띤 사람들, 즉 치프사이드(런던을 동서로 가로지르는 큰 거리로 중세 시대 유명한 시장이었다-옮긴이)의 침모, 꽃장수, 세탁부들로 바뀌었다. 건축물도 우아한 대리석 기둥과 사색적인 황동 돔에서 다 썩어가는 목재와 무너져가는 벽돌로 바뀌었다. 골목길은 울퉁불퉁한 자갈로 포장되어 있고 진흙이 덕지덕지 묻어 있었으며, 메이페어와 피커딜리의 고상한 배수 시설은 양동이 비우기와 중력이라는 민간 개선책으로 대체되어 있었다. 두터운 기름때는 초벽 건물들을 뒤덮고 있었다. 제인은 이런 곳은 난생처음이었다. 수프 얼룩이 묻은 크라바트를 맨 남자가 제인을 보고 혀를 내밀며 큰 소리로 사랑한다고 외치더니 골목길에서 제인 뒤를 따라왔다. 생면부지의 남자라는 건 알았지만 그럼에도 제인은 그 남자의 사랑이 진짜면 어쩌나 걱정이 되었다. 제인은 서둘러 남자를 추월하고는 아버지가 순경이라고 말했다. 이 말이 통했는지 사내는 썩은 양배추 더미에 주저앉아 코를 골기 시작했다.

제인은 안도의 한숨을 내쉬며 숨을 돌렸다. 세 블록을 더 걸어 문제의 집에 도착한 제인은 종이에 쓰인 주소를 다시 한번 확인했다. 이 집이었다. 제인은 머리를 긁적였다. 문제의 집은 튜더 양식의 2층짜리 건물로 두 개의 커다란 현대식 건물 사이에 끼어 있었는데, 그 두 건물이 양옆에서 쥐어짜고 있는 모양새였다. 중앙의 검은색 목골이 휘어 있었다. 흰색 점토벽은 누렇게 얼룩져 있었고, 초가지붕은 주저앉아 있었다. 한마디로 이 집은 무너지고 있었다.

제인이 참나무 문짝을 두드렸지만, 아무도 대답하는 사람이 없었다. 격자 모양의 여닫이창은 온통 검게 칠해져 꽁꽁 닫혀 있었다. 제인은 문을 한 번 더, 이번엔 더 세게 두드리면서 "계세요?"라고 외쳤다. 지붕을 올려다보았지만, 굴뚝에서 연기는 피어오르지 않았다.

"누구야?" 어떤 목소리가 물었다.

제인이 뒤를 돌아보자 어떤 여자가 제인 쪽으로 절뚝거리며 다가왔다. 백발은 허리까지 자랐는데 머리를 고정하거나 묶은 핀도 끈도 없이 커다란 솜뭉치처럼 아무렇게나 늘어뜨려 마치 솜사탕 같았다. 검은색 드레스는 서로 어울리지 않는 이상한 천 조각으로 여기저기 대충 기워져 있었다. 네모난 체크무늬 천은 한쪽 어깨를, 갈색 마름모꼴 천은 치마 부분에 난 커다란 구멍에 덧대여 있었다. 여자는 품안에 양배추 몇 개를 들고 있었는데 정확히 몇 개인지는 알 수 없었다.

"저는 오스틴이라고 합니다. 싱클레어 부인인가요?" 제인이 자신을 밝힌 후 물었다.

"그야 알 수 없지." 여자가 내뱉듯 대답했다.

그러고는 문을 열고 안으로 들어가더니 닫아버렸다.

"하우드 씨 조언을 듣고 왔어요." 제인이 묵직한 참나무 문짝에 대고 큰 소리로 말했다.

문이 조금 열렸다. 제인은 조심조심 안으로 들어가면서 생각했다. '죽음을 향해 들어가고 있는 건 아닐까?' 검게 칠한 창문 때문에 집 안은 사실상 암흑에 휩싸여 있었다.

"거들지 않고 뭐해? 불이 저절로 켜지진 않는다고." 싱클레어 부인이 초에 불을 붙이며 말했다.

제인은 여기저기를 더듬어 다른 초를 찾아서는 싱클레어 부인이 한 대로 했다.

"에밀리는 어찌 지내?" 여자가 물었다.

"석탄이 없어 고생하세요." 제인이 주위를 두리번거리며 대답했다. "하지만 화가로서의 전망을 살피고 계시죠."

여자가 몇 개 더 초에 불을 붙이자 실내가 밝아졌다. 그러자 더러운 바닥과 벽난로 하나, 의자 두 개가 제인의 눈에 들어왔다.

"집이 아늑하네요." 제인이 고개를 끄덕이며 말했다.

제인은 여자가 왜 굳이 초를 밝혔는지 그 이유가 궁금했다. 불을 밝혀서 꼭 보여주어야 할 물건이 하나도 없어서였다. 제인은 촛불 속에서 여자를 곁눈질했다. 여자의 얼굴은 꼭 건포도 같았다.

싱클레어 부인이 불을 피웠다. "이런 곳엔 나 같은 사람이 늘 있어왔고 앞으로도 있을 게야."

제인은 의아한 얼굴을 했다. "그렇겠죠."

제인은 더러운 실내를 둘러보았다. 여기 같은 노후 건물이 치프사이드에만 1,000채는 널려 있었다.

"원하는 게 뭐야?" 싱클레어 부인이 물었다. 그러곤 제인에게 손짓으로 앉으라고 했다.

"하시는 일이 뭔데요?" 제인이 너무 낡아서 흔들리지도 않는 흔들의자에 앉으며 되물었다.

"중매쟁이." 싱클레어 부인이 말했다.

제인이 벌떡 일어나며 말했다. "정말 놀랍기 그지없네요! 영국 땅 절반 거리를 가로질러서, 그것도 얼마나 남았을지 모르겠지만 아무튼 평판까지 망쳐가면서 왔더니 기껏 중매쟁이네 집이라니. 고향에선 세 집 건너 한 명 꼴로 있는 중매쟁이를."

제인은 자신의 어리석음을 자책하며 절망했다. 런던으로 올 때까지만 해도 무슨 일이 기다리고 있을지 알지 못했다. 런던에서 뭘 찾게 될지 제대로 생각해보지도 않은 채, 아무에게도 들키지 않고 집에서 벗어나는 데에만 골몰했던 것이다. 하지만 제인이 무슨 생각을 했든 거기에 바보 같은 중매쟁이가 낄 자리는 없었다. 제인은 이루 말할 수 없이 속상한 심정으로 문 쪽으로 몸을 움직였다.

"난 그런 부류의 중매쟁이가 아니야." 싱클레어 부인이 말했다.

그녀가 새카매진 부지깽이로 통나무를 옮기자 불길이 살아났다.

"그러면 어떤 부류인데요? 바스를 활개 치고 다니는 흔해 빠진 중매쟁이들하고 어떻게 다르신데요?"

"난 배달을 해주거든."

제인이 코웃음을 쳤다. 난롯불은 딱딱 소리를 내고 지글지글거리며 불쏘시개를 삼켜버렸다. 불을 보자 제인은 이제는 그냥 시커먼 재가 되어버린 원고를 생각하며 다시 앉았다.

"저한테 배달을 해주실 수 있다고요? 전 남편이 필요한데요."

"그러면 하나 데리고 오면 되겠네."

"바로 거기에 문제가 있는 거라고요. 저한테는 남편을 데리고 오는 데 재능이 별로 없는 것 같거든요."

"그 이유가 뭐라고 생각하는데?"

"전 나이도 많고 재산도 없으니까요." 제인이 대답했다.

"참 나." 싱클레어 부인이 응수했다. "젊은것들은 자기들이 사랑을 발명하기라도 한 것처럼 말하면서 가장 예쁠 때에만 사랑이 존재한다고 생각하지. 사랑은 가장 추할 때 비로소 드러나는 거야. 난 너보다 나이도 더 많고 못생긴 데다 돈도 더 없는 여자가 결혼하는 것도 본 적 있어. 분명 뭔가 다른 이유가 있을걸. 어쩌면 네가 결혼을 원치 않아서 그런지도 모르지.”

“전 결혼에 거부감 없거든요.” 제인이 반발했다. “모든 남자들이 절 원하지 않은 거라고요. 당신 중매쟁이가 맞긴 한 거예요? 저 돈 있어요. 돈 낼 수 있다고요.”

“하나뿐인 너의 진정한 사랑이 그 남자들 중에 없었던 거야. 그 남자를 찾으려면 넌 여행을 해야 돼.” 여자가 불길한 분위기를 풍기며 말했다.

제인이 망설이다 말했다. “전 이미 여행을 했는걸요. 덜컹거리는 마차를 타고 버스에서 일곱 시간을 왔다고요. 유일한 길동무인 해적일지 아닐지 모르는 남자하고요.”

“넌 만사를 우스갯감으로 취급하는구나. 그러면 너한테 득 될 거 하나도 없어.” 싱클레어 부인이 말했다.

제인은 입을 다물었다.

“내가 말한 여행은 그런 여행이 아니야.” 싱클레어 부인이 양배추를 하나 내려놓았다. “난 널 도와줄 수 있어. 하지만 네가 그럴 마음이 없다면 얼마든지 가도 좋아.”

제인은 목적을 달성하려고 이미 치른 대가에 한숨이 나왔다. “보상을 바라시겠죠. 당신보다 앞서 많은 여자들이 기울였던 노력하고는 비교도 되지 않을 마법 같은 중매의 대가로 말이에요.”

“그럼, 네가 가진 것 중에 귀중한 걸 내놔.”

제인은 4파운드하고 몇 실링을 테이블 위에 올려놓았다. 런던까지의 여비를 쓰고 난 후 남은 전 재산이었다.

"가진 돈이 이게 다네요."

거액은 아니었지만 어떤 중매쟁이라도 요구했음 직한 금액이었다. 제인은 가진 돈이 더 많지 않아서 다행이라고 생각했다. 이 여자가 자신에게 사기를 치고 있다는 확신이 들어서였다.

"돈으로 따질 수 있는 걸 달라는 게 아니야. 귀중하게 여기는 걸 달라는 거지." 싱클레어 부인이 말했다.

제인은 이번에도 한숨을 쉬며 흔들의자에서 몸을 뒤척였다. 이 발상 자체에 이미 진력이 난 제인은 소지품 중 잠재적 부를 지닌 물건 목록을 만들어보았다. 십자가 목걸이는 동생 프랭크가 귀엽게도 자신만만하게 황동이라고 호언장담하며 선물로 준 목걸이였다. 청동 부스러기가 종종 쇄골에 떨어지기는 했지만 제인은 도색한 양철이라는 분류가 더 편하게 느껴졌다. 외투와 장갑은 튼튼한 재질이지만 낡은 상태였다. 이 외투와 장갑을 기워보려고 하다가 제인은 해진 부분을 봉합하는 동시에 옷을 아예 망쳐버리는 신기한 재주를 보여주었었다. 손가락에 반지도 없었고 머리에 장신구도 없었다. 이 여자의 마음을 동하게 할 만한 귀중품은 진짜 아무것도 가지고 있지 않았다.

"부인도 봐서 아시겠지만 저는 부유한 여자가 아니랍니다. 제가 지금 가지고 있는 것 중에 유일하게 귀중한 건 테이블에 놓여 있고요." 제인이 지폐를 가리키며 말했다. "돈 말고는 가진 게 없어요."

"내 말을 제대로 듣지 않는군." 싱클레어 부인이 백발 한 가닥을 귀 뒤로 넘기며 말했다. "돈으로 따질 수 있는 걸 원하는 게 아니라고. 너한테 소중한 걸 달란 말이야."

제인은 좌절감에 양손을 들어 올렸다가 주머니 속으로 넣었다. 손에 얇고 바스러질 것 같은 무언가가 잡혔다. 제인은 손아귀에서 그걸 뒤집은 다음 주머니에서 꺼내 테이블 위에 놓았다.

8

제인이 주머니에서 꺼낸 것은 반 페이지 크기도 안 되는 불에 탄 종잇조각이었다. 불의 열기에 누렇게 탄 종잇조각에는 갈색 반점들이 여기저기 있었다. 네 모퉁이는 마치 입술 검은 괴물이 뜯어먹기라도 한 것처럼 반달 모양으로 까맣게 타 있었다. 멀쩡한 면은 제인의 손이 만들어낸 깔끔한 선들, 그러니까 가로 방향으로 쓴 단어들과 여백에 쓴 단어들로 빼곡히 차 있었다. 종이가 사치품이었기 때문에 제인은 글씨를 늘 작게 썼다. 그 단어들은 '첫인상'의 중반에 다 와가는 장에 쓰인 단어들이었다. 이 물건은 제인 필생의 작품 중 유일하게 남은 부분에 해당했다.

"분명 하찮은 걸로 보이겠죠." 제인이 초조하게 웃으며 말을 꺼냈다. "하지만 이거야말로 제가 지금 가지고 있는 것 중에서 가장 귀중한 거예요."

"그거면 더할 나위 없이 충분하다." 싱클레어 부인이 말했다.

그러곤 불에 탄 페이지를 집어 들고 빤히 쳐다보았다. 1분이 흘렀다. 싱클레어 부인이 아무 소리도 내지 않았다.

제인은 점점 불안해졌다. "무슨 문제라도 있나요?"

"쉿, 지금 읽고 있잖니." 싱클레어 부인이 말했다.

제인은 흔들의자에 몸을 깊숙이 묻었다.

"꽤 괜찮구나." 싱클레어 부인이 마침내 입 밖에 낸 말이었다.

"너무 관대하시네요." 제인이 풀 죽은 목소리로 말했다. 그러곤 혼자 웃었다.

"그런데 이걸 기꺼이 포기하시겠다, 사랑 때문에?" 싱클레어 부인이 불에 탄 종이를 제인 쪽으로 들어 보이며 말했다.

제인은 어깨를 으쓱했다. "그냥 종잇조각일 뿐인걸요."

제인은 진작부터 그 위에 쓰인 단어들을 모두 외워놓았었다.

"사랑을 어느 정도로 원하는 거지?" 싱클레어 부인이 물었다.

이 물음에 깜짝 놀란 제인은 다시 한번 자세를 가다듬고 곰곰이 생각해보았다. 위더스 씨가 다른 여자와 약혼했기에 이제 상관없어지긴 했지만, 제인과 위더스 씨는 시드니 정원의 나무 아래에서 산책을 하는 동안 통하는 순간을 공유했다. 위더스 씨는 자기 커프스단추를 다시 채우려고 잠깐 멈췄다가 제인 쪽으로 고개를 돌렸다. 그때 두 사람의 눈이 마주치자, 위더스 씨가 제인을 보고 미소를 지었고 제인도 위더스 씨를 보고 똑같이 미소를 지었다. 정말 별것 아닌 접촉이었고 서로를 알았던 시간도 몇 분에 지나지 않았지만, 그 순간 제인은 이 세상에서 혼자가 아니었다. 그보다 더 따뜻했던 순간은 떠올릴 수 없을 정도였다.

제인은 싱클레어 부인을 보고 고개를 끄덕거리며 말했다. "세상 그 무엇보다 사랑을 바랍니다."

싱클레어 부인이 제인을 빤히 쳐다보더니 고개를 끄덕이며 말했다. "그 정도로 마음이 확실하니까 넌 사랑을 가지게 될 거다." 싱클레어 부인이 깃펜을 깎고는 자투리 원고를 뒤집은 후 아랫면에 뭔가를 적었다. "네 바람을 적어보자꾸나. 이건 딱 한 번만 효과를 발휘할 거야. 그리고 역시 딱 한 번만 되돌릴 수 있지. 네 손가락 좀 다오."

제인이 엄지를 내밀자 싱클레어 부인이 깃펜 끝으로 찔렀다.

"아얏!" 붉은 핏방울이 페이지 위에 똑 떨어졌다. "이게 지금 뭐 하는 짓이죠?"

제인의 인내심이 순식간에 한계에 다다랐다.

싱클레어 부인이 두 눈을 꼭 감는가 싶더니 주문이 튀어나왔다. 제인은 얼굴을 찡그리며 손가락을 빨았다.

"거기 적은 단어들을 말해." 싱클레어 부인이 말하더니 다시 한 번 양배추 쪽으로 몸을 돌렸다.

제인은 웃음이 나왔다. "죄송한데, 그게 다인가요?"

"더 있었으면 좋겠어?" 싱클레어 부인이 물었다.

"전 어디로 가야 하죠? 소개시켜줄 남자는 어떤 남자인데요? 제 핏방울로 대가를 치른 남자는 대체 누구죠? 이해가 안 가네요."

"난 그 누구도 너한테 소개해주지 않는다. 네가 직접 그 남자를 만나게 될 거야."

"누군데요? 누굴 만나게 되는 건데요?"

"그 남자." 싱클레어 부인이 대답했다.

그러곤 제인에게 시커멓게 탄 자투리 원고를 다시 건네더니 더 이상 아무 말도 하지 않았다. 제인은 종이를 받아들고 무기력하게 그 자리에 서 있었다. 보아하니 싱클레어 부인은 제인하고는 용건 이 끝났다고 여기고 있는 듯했다. 제인은 한 바퀴 돌고 나서 한숨 을 쉬었다.

"전 이만 가봐야겠죠?" 제인이 물었다.

싱클레어 부인은 고개만 끄덕일 뿐 이번에도 아무 말 하지 않았다. 불만으로 속이 부글부글 끓어오른 제인은 땅이 꺼져라 더 크게 한숨을 쉬었다. 그러고는 급기야 떠났다. 제인은 그 집을 나와 자갈 깔린 골목으로 나섰다. 악마의 형상을 한, 머리부터 발끝까지 새카맣게 숯 칠갑을 한 섬뜩한 괴물이 제인을 향해 길을 걸어 내려오고 있었다. 그 괴물이 제인을 보고 미소를 짓자 새하얀 이가 시꺼먼 얼굴 안에서 환하게 빛났다. 숨이 막힌 제인은 깜짝 놀라 황급히 뒤로 물러났다.

"안녕하세요, 아가씨." 괴물이 제인을 보고 그을음투성이 모자를 살짝 들어 올려 인사를 건넸다. 그 형상은 지옥에서 온 귀신이 아니었다. 양어깨에 손잡이가 긴 빗자루를 걸치고 숯을 온몸에 뒤집어쓴 채 하루 일과를 마치고 집으로 가는 중인 굴뚝 청소부였다.

또 다른 남자는 미끌거리는 장어 더미가 담겨 있어 악취를 풍기는 두 바퀴 손수레를 끌면서 지나갔다. "비켜, 멍청한 여편네야." 그 남자가 제인한테 고함을 쳤다. 손수레가 자갈길 위를 울퉁불퉁 튀어 오르며 지나가자 비늘 때문에 번들거리는 장어들이 미끄러지듯 움직였다.

"아저씨, 저도 볼일이 있어서 여기 온 겁니다." 제인이 말했다.

"그럴 리가." 남자가 바삐 움직여 제인을 지나치며 웃었다. "흔해빠진 상사병 걸린 계집이구먼. 그런 애들이 그 집에 밤이고 낮이고 드나들더만."

"뭐 때문에요?" 제인이 말했다.

"사기당하려고 온 거지. 그 여자, 사기꾼이야. 멍청이들하고 히스테리 환자들을 등쳐먹는다고."

남자가 이번에도 낄낄거리며 고개를 절레절레 젓더니 악취 풍기는 수레를 끌고 골목을 내려갔다.

제인은 두 눈을 꼭 감았다. '내가 정말 바보였구나!' 오늘 느낀 즐거움과 신기함은 치프사이드의 검댕투성이 공기 속으로 사라지고 엄혹한 현실이 되어 돌아왔다. 절망감과 모욕감 때문에 잘 속아 넘어가는 바보가 되어 제 발로 혼자 런던까지 왔다. 그리고 지금 런던에서 가장 불결하고 구린 구역에 홀로 우두커니 서 있었다. 제인은 어리석은 심장에 이제 그만 뛰라고, 남한테 더는 창피한 꼴을 보이지 말라고 명령했다.

제인은 세인트폴 대성당 쪽을 향해 임뱅크먼트를 따라 터덜터덜 무거운 발걸음을 옮겼다. 이번에 템스 강을 지날 때는 굳이 코를 막지도 않았다. 그러고는 피커딜리에서 우편 마차에 올랐다. 이번엔 길동무 없이 혼자 집으로 가는 여정을 시작했다.

제인은 시드니 플레이스에서 모이기로 되어 있던 연회로 돌아왔다. 시드니 하우스 주민 전체, 서튼 스트리트 주민의 대부분, 그리고 심지어 그레이트 펄트니 스트리트 주민 일부까지 시드니 플레이스 건물 앞에 우두커니 서 있었다. 사람들의 근심 어린 표정과 끄덕거림으로 보아 모두 저녁 식사까지 기꺼이 미룰 정도로 대단한 스캔들이 벌어지고 있는 모양이었다. 제인은 또 어떤 불상사가 어떤 불운한 가족에게 닥친 건지 물어보려고 건물 앞에 서 있던 무리 쪽으로 다가가다가, 뺨이 눈물로 얼룩진 그녀의 어머니가 건물에서 나오자 그대로 걸음을 멈추고는 생울타리 뒤로 숨어버렸다. 한 순경이 어머니가 말을 하는 동안 옆에 서서 고개를 끄덕이며 수첩에 뭔가를 적어 넣었다. 보통 땐 뒤로 넘겨져 우아하게 손질된 고수머리 형태였던 어머니의 머리가 지금은 축 늘어진 채 승마용 보닛 아래 젖어 있었다. 언제나 빳빳하게 풀을 먹여 입던 어머니의 가장 좋아하는 푸른색 드레스도 진흙이 묻고 시커멓게 때가 탄 데다 오른쪽 소매는 찢어져 있기까지 했다. 어머니의 부드러운 뺨에는 붉은 줄이 가느다랗게 나 있었는데, 나뭇가지에 긁혀서 생긴 상처 같았다. 제인은 미간을 찡그렸다. 어째서 어머니의 옷차림이 저리 된 걸까? 제인은 어머니의 머리가 젖어 있는 걸 본 적이 없었다.

제인은 몸서리를 쳤다. 그녀는 하루 종일 사라졌으면서 어디를 간다는 말도, 친구를 방문하거나 신분이 확실한 일행과 여행을 다녀올 계획이라는 말도 남기지 않았다. 어머니는 그녀를 찾으러 밖으로 나갔던 게 분명했다.

제인은 모여든 이웃을 좀 더 자세히 살폈다. 레이디 존스톤이 맨 앞에 서서 손님들을 한 곳으로 모으고는 모두와 잡담을 나누고 있었다. 레이디 존스톤은 신이 나서 구경꾼 사이를 누비고 다녔다. 그들은 이날을 오랫동안 기억할 것이다. 대단했던 오스틴 스캔들을. 교구목사의 딸이 아무에게도 알리지 않고 집을 나가는 데에는 딱한 가지 이유가 있었는데, 그 이유는 정숙한 것이 아니었다. 제인이 이번엔 또 어떤 범죄를 저질렀는지 곧 밝혀질 것이라는 기대감이 군중 사이에 번지고 있는 것 같았다.

제인은 어머니를 보았다. 오스틴 부인은 군중이 느끼는 희열을 함께 느끼지 못하고 있었다. 군중은 개의치 않은 채 수첩 든 순경만 보고 있었다. 그녀의 손에는 제인의 초상화가, 카산드라가 그린 초상화가 들려 있었다. 그 초상화는 실물과 별로 닮지도 않았고 코가 너무 매부리코처럼 나왔지만 제인의 얼굴을 파악할 정도는 되었다. 어머니는 분명 그 초상화를 찾으려고 집 안을 샅샅이 뒤졌을 것이다. 어머니가 그 초상화의 존재를 알고 있는지조차 제인은 몰랐다. 비루하고 작은 그림이었지만 어머니는 그걸 손에 올려놓고 있었고, 경찰관한테서 떨어진 물방울을 손으로 털어냈다. 제인은 어머니가 자신의 그림을 들고 있는 걸 한 번도 본 적이 없었다. 그래서 어머니한테 다가가서 어머니의 팔을 토닥이며 미소를 지을까 고민했다. 모녀가 전에는 한 번도 꺼내지 못했던 말을 할 수 있을지 몰랐다. 하지만 어머니가 소설을 태운 일이 마음속 깊이 각인되어서인지, 제인은 뒤로 물러나 어머니가 괴로워하는 모습을 지켜보았다. '인간은 자신이 사랑하는 사람에게 벌을 주면서 이렇게나 기뻐하는 존재로구나!' 게다가 제인은 마을의 모든 보모, 생선 장수 아낙네, 교구민, 관심을 가진 주민들 앞에서 가족과 재회하고 나면 이내 펼쳐지게 될 광경을 버텨낼 괴력을 끌어 모을 수도 없었다.

제인은 그 대신 페어리 우드로 달려가 버려진 산지기의 집으로 피신했다. 해 질 녘이 되어, 모여든 마을 사람들이 스캔들에 대한 갈망보다 저녁 식사에 대한 갈망에 못 이겨 제인이 귀가할지 모른다는 희망을 완전히 버리게 될 때까지 숨어 있기로 했다. 그때 집에 가서 부모님과 대면하면 될 것 같았다. 제인은 석조 오두막에 앉아 기다렸다.

제인은 주머니에서 '첫인상'이 쓰인 종잇조각을 꺼내 손에 올려놓고 뒤집어보았다. 싱클레어 부인이 뒷면에 쓴 것은 딱 한 줄이었다. 제인은 얼굴을 찌푸렸다. 싱클레어 부인은 사기꾼일 뿐만 아니라 천하의 악필이기도 했다. 충격적인 글씨체는 제인도 알고 있었다. 가령 오빠인 헨리의 필체는 흥겹고 쾌활하게 휘갈겨 쓰는데, 술 취한 개미가 종이 위에서 오도 가도 못 하게 된 모양새에 더 가까웠다. 해상에서 새 셔츠를 보내줘서 고맙다고 제인한테 편지를 쓸 때 프랭크의 글씨는 제인한테 해상 생활이 어떤지 정말 보여주고 싶다는 듯, 편지지 위에 대서양 바닷물이 스며들어 있었다. 하지만 두 남자 형제들이 필체에 저지른 범죄는 싱클레어 부인의 대역죄에 비하면 가벼운 절도죄에 불과했다. 페이지의 위쪽이 어느 쪽인지 알아내는 데만도 몇 분이 걸렸기 때문이다. 그 글은 게르만 문자라거나 손으로 그린 그림문자의 우아함 때문에 알아보기 힘든 게 아니었다. 글로브 극장에 걸린 〈한여름 밤의 꿈〉 포스터에서 볼 수 있는 글씨처럼, 한때 s를 f로 쓰던 식으로 곡절 악센트나 길게 늘인 꼬리로 멋을 부린 것도 아니었다. 그 글자의 해독 불능성에 멋들어짐 같은 건 없었다. 그저 검은색 물방울을 여기저기 흩뿌려놓고 각양각색의 성난 듯한 검은색 작대기를 아무 데나 배치해놓은 형상이었다. 차라리 잉크병을 거꾸로 엎은 다음 쏟아진 잉크를 재채기로 종이 위에 흩뿌렸으면 글씨가 더 깔끔하고 그럴싸하게 보였을 것이다.

제인은 초가 거의 다 타고 눈이 피로할 때 어머니가 하듯, 종이를 코앞으로 들어올렸다. 눈길이 이상하게 갈겨쓴 글씨의 시작 지점으로 갔다. 첫 번째 글자는 확실히 T였다.

그다음 글자는 뭐지? a인가? 맞군.

"Take." 제인은 크게 소리 내어 읽었다.

첫 번째 단어. 그다음 단어는 더 짧았다. 철자가 두 개에 불과했는데 모양이 확연히 달라서 판독이 가능했다. m-e. Me. Take me 구나. 제인은 계속 읽었다. 그다음 단어는 'to'였고 그 뒤에 오는 단어는 'my'였다. 그다음 글자는 반점을 모아놓은 것 같았다. 제인은 의미는커녕 글자 수조차 제대로 헤아릴 수 없었다. 가운데 잉크 방울이 단서였다. 그 잉크 방울은 꼭대기가 구부러져 있었다. 그걸 단서 삼아 제인은 r, q, o, p, n을 고를 수 있었다…… 잘 보니 n이었다!

"One." 제인은 읽어냈다.

미소가 나왔다. 그녀는 악필이라는 용을 한 번에 한 글자씩 처치하는 겁 많은 기사였다. 다음 단어는 시작과 끝의 글자가 첫 번째 단어와 같았다. 읽어보니 'true'였다.

마지막 단어는 쉽게 알아볼 수 있었다. 'Take me to my one true love(나를 단 하나의 진실한 사랑에게 데려다주세요).' 제인이 소리 내어 읽었다. 잉크방울 암호를 깼다는 사실에 흡족해진 그녀는 몸을 뒤로 젖히고 편히 앉아 미소를 지었다. 그러다 김빠지는 내용에 얼굴을 잔뜩 찌푸렸다. 그때 실내가 점점 어두워지더니 눈이 내렸다. 제인은 깜짝 놀랐다. 눈송이가 오두막 안, 천장에서 떨어지고 있었기 때문이었다. 곧이어 실내에서 쉭 소리가 나면서 천둥소리가 나더니 제인은 미립자가 되었다. 산들바람이 오두막 안으로 들어와 제인을 날려 보냈다.

2부
단 하나의 진실한 사랑

9

소피아 웬트워스는 바스 마을회관 무대 옆에 서서 갈색 종이봉투에 공기를 불어넣었다.

섭정시대 엠파이어 라인 의상을 내려다보고 있자니 몸서리가 쳐졌다. 푸른색과 갈색 줄무늬가 마치 시들어 썩은 꽃처럼 그녀의 몸에서 요란한 빛을 발하고 있었다. 머리에서부터 뻗은 타조 깃털 장식은 천장까지 닿았다. 전반적으로 앙심 품은 한 마리의 공작새, 덤불 속에 숨어 있다가 공원에 브런치를 즐기러 나온 사람들을 공격하는 바람에 안락사를 당하고 마는 덜 떨어진 공작새 꼴이었다.

소피아는 갈색 종이봉투를 움켜쥔 후 한 번 더 숨을 들이마셨다.

잡역부가 무대 뒤로 뛰어 들어와 극장 뒷문을 열었다.

"웬트워스 씨, 혹시 여기 계세요? 조금 있으면 리허설 시작이에요." 청년이 겁에 질린 목소리로 외쳤다.

소피아는 무대 막 뒤로 숨었다. 세계 최고의 유명 영화배우가 무대 막 뒤로 피신하다니 품위에 어긋나는 짓일지 모르겠지만 지금으로선 그게 가장 적절한 대처법이었다.

잡역부 청년이 찾기를 포기하고 홀로 돌아갔다.

소피아는 종이봉투에서 공기를 더 들이마신 후 내뱉었다. 나긋나긋한 목소리로 언제 고개를 쳐들지 모를 공황발작의 치료법이랍시고 이 방법을 권해준 치료사를 저주했다. 유감스럽게도 갈색 종이봉투는 그녀가 겪고 있는 상황에는 역부족이었다. 압생트 한 모금과 진정제 몇 알이 더 효과적이었을 것이다.

소피아는 지금 입고 있는 시대극 의상 주머니에서 휴대폰을 꺼내 맥스 밀슨에게 전화를 걸었다.

"맥스, 미안하지만 나 이 영화 더는 못할 것 같아요."

"무슨 일인데요?" 그녀의 에이전트가 전화선을 통해 물었다.

"몸이 안 좋아요. 임신했거든요." 소피아가 말했다.

소피아로서는 맥스의 표정을 상상만 할 수 있을 뿐이었다.

"축하해요!" 맥스가 기계적으로 말한 뒤 이어 말했다. "예정일이 언젠데요?"

그것까지는 미처 생각을 못 했다.

"5월 7일?" 소피아가 말했다.

"그러면…… 열한 달 뒤인데요." 맥스가 대꾸했다.

젠장. 임신 기간을 깜빡했네.

"소피아, 무슨 일이에요?"

시달릴 대로 시달린 아버지 같은 그의 말투가 두 사람이 함께 일해온 12년이란 세월이 어떠했는지를 보여주는 듯했다.

소피아가 자신을 내려다보고는 오만상을 찌푸린 채 말했다. "내 의상 말인데, 너무 흉하단 말이에요."

"어떤 점이?"

"내 몸매가 하나도 안 드러나요."

"시대극이잖아요. 의상이 원래 그런 거죠. 그럼 무슨 옷을 입을 줄 알았어요, 비키니?"

"아니죠. 그냥, 옛날이 그렇게…… 코믹할 줄은 몰랐다고요."

"소피아가 맡은 역이 앨런 부인 역이잖아요. 앨런 부인은 코믹해야 하는 역이라고요."

맥스 말이 옳았다. 미술 디자이너가 자신의 업무 지시 사항을 어찌나 성실하게 이행했던지 소피아를 제대로 우스꽝스러워 보이게 만드는 의상을 떡하니 내놓았다. 소피아는 자신의 배역이 멍청한 여자라는 점은 이해하고 있었지만 지금은 그래도 괜찮을 거라 생각한 자신이 원망스러웠다. 사실, 이렇게 익살맞은 옷을 입고 오스틴의 재치 넘치는 그 대사들을 읊으면 등장하는 장면마다 주연보다 더 스포트라이트를 받을 공산이 크기는 했다. 신참 배우한테는 대단하게 들렸을 것이다. 하지만 소피아한테는 문제였다.

그녀는 주연보다 스포트라이트를 받는 데 너무나 익숙했다. 배우 경력을 그걸로만 쌓아온 탓이었다. 하지만 그녀가 주연보다 스포트라이트를 받는 조연이 된 건 관객 중 모든 이성애자 남자(어쩌면 여자 중에서도 몇몇)의 욕망을 자극한 덕이었다. 이걸 어찌나 손쉽게 해내는지 그게 그녀의 명함이 되어버릴 정도였다. 영화에 캐스팅되는 이유, 영화사들이 제작 일정을 그녀에게 맞추는 이유가 되어버린 것이다. 그녀의 이런 면은 관객을 끌어들였고, 대히트를 가능케 했고, 망작을 흥행작으로 만들어주었다. 그런데 이제 그녀가 주연보다 스포트라이트를 받게 될 이유는 하나같이 다 엉뚱한 이유가 될 예정이었다. 웃음거리가 되리라는 건 불을 보듯 뻔한 일이었다. 관객은 그녀의 이런 면을 본 적도 없거니와, 좋아하지도 않을 게 뻔했다. 관객은 그녀가 자신들의 욕망을 건드려주기를, 두 시간 동안 앉아서 환상의 세계에 빠져들 수 있게 해주기를 바라는데, 그녀는 그들에게 냉수 한 바가지를 끼얹으려는 참이었다. 다들 그녀가 바보같이 굴고 있는 거라고 말할 테지만, 소피아는 이 바닥에서 자신의 쓸모는 딱 한 가지, 섹시해 보이는 것밖에 없다는 걸 잘 알고 있었다. 이런 꼴로 바깥세상에 나가는 건 큰 실수가 될 터였다.

그녀가 왕립연극학교를 나오자마자 올드 빅(런던의 레퍼토리 극장으로 셰익스피어 극으로 유명하다―옮긴이)에서 오필리아로 연극계를 처음 뒤집어놓은 이후로 15년이 흘렀다. 한 비평가가 입에 거품을 물고 단언했듯, 그녀는 '섹스 심벌'이었고, 그 덕분에 그녀는 여배우에서 유명 인사로 변신할 수 있었다. 할리우드 에이전트와 계약을 맺었고, 5년도 안 되어 세계에서 가장 돈 잘 벌리는 시리즈물인 〈배트맨〉에서 배트맨의 육감적인 파트너, 배트걸을 연기했다. 지금까지도 영국 배우가 연극계에서 영화계로 진출해 출세한 경우 중, 최단 기간으로 꼽혔다. 그녀는 세트장에서 감독인 잭 트래버스와 사랑에 빠져 결혼을 했다. 함께 레드 카펫을 걷고, 리비에라에서 휴가를 보내고, 슬로베니아에서 액션 영화를 촬영하면서 10년이 훌쩍 지나갔다.

그러다 그녀의 37번째 생일 다음 날, 업계 신문에 〈배트맨〉의 새 시리즈를 찍을 계획이라는 소식이 실렸다. 이 소식은 모두에게 희

소식이었다. 배트맨의 콧대 높은 이상형 여자이자 공범, 어떤 세대의 팬들에게는 소피아여야만 하는 바로 그 역할이 코트니 스미스에게 갔다는 사실을 알게 된 소피아만 빼면 그랬다는 얘기다. 코트니 스미스는 스물세 살짜리 LA 토박이로 배트걸 역할에 '에너지'를 불어넣었으며, 자신이 '진정한 배트걸'이라는 걸 '항상 알고 있었다'고 했다. 소피아는 그 이후 주역을 하나도 따내지 못했다.

"그 사람, 당신이 무슨 옷을 입든 관심 없을 거예요, 소피아." 그녀의 에이전트가 조심스레 말했다.

"관심 있을 거거든요." 소피아가 반박했다.

"그냥 연기에만 집중할 수 없어요?"

소피아가 얼굴을 찌푸리며 말했다. "앞으로 두 번 다시 나한테 그런 말 하지 말아요, 맥스."

맥스가 전화선 너머에서 한숨을 푹 내쉬었다. "이번 일은 시작부터 별로일 것 같더라니."

소피아도 맥스 말에 맞장구를 치고 싶었지만 입 밖에 내지는 않았다. 이 역할을 맡겠다고 고집을 부린 게 자신이었기 때문이다.

"왜 이렇게까지 애를 쓰는 거예요, 소피아?"

"잭 트래버스와 일하는 건 영광이니까요." 그녀가 로봇처럼 말했다. 처음 이 영화를 하기로 계약했을 때, 일곱 개 신문사에 남긴 바로 그 코멘트 그대로. "잭은 세계 최고의 감독 중 한 명이잖아요. 어떻게 그런 기회를 놓칠 수 있겠어요?"

"누구한테든 영광이기야 하죠, 그 사람 전 부인만 아니라면."

"아직 이혼 안 했거든요, 맥스." 소피아가 주저앉으며 말했다.

공황발작, 종이봉투 불기, 도피의 진짜 이유가 바로 이거였다. 소피아가 남편과 함께 제인 오스틴 영화를 하기로 계약한 건 두 사람이 아직 부부일 때였다. 잭 트래버스가 시대극을 하고 싶어 하기도 했고 그 자신이 제인 오스틴의 먼 후손이기도 해서였다. 제인 오스틴의 남자 형제들 중 한 명의 후손이었던 것이다. 남들은 몰랐지만 소피아는 잭이 제인 오스틴 영화를 찍고 싶어 한 진짜 이유가 벽난로 선반에 트로피를 하나 더하고 싶었기 때문이라는 걸 알고 있었다. 폭력 장면이 난무하는 필모그래피로 흥행 기록을 깨오길 수년째, 잭은 이제 명예를 바랐다.

소피아도 이 모험에 기꺼이 합류했다. 제인 오스틴을 많이 좋아하기도 하거니와 잭과 시간을 보낼 기회도 주어지기 때문이었다. 지금 생각해보면 웃기지만, 소피아는 자신이 주인공 역을 맡을 줄 알고 계약한 거였다. 주인공의 샤프롱(사교계에 나가는 젊은 여성의 보호자-옮긴이)인 앨런 부인 역이란 사실을 남몰래 알게 되었을 때(샤프롱이라니 영어에서 이보다 더 푼수처럼 들리는 단어가 있었나?), 소피아는 적극적으로 동의하면서 자신이 그 사실을 내내 알고 있었던 척했다. 그 덕분에 지금까지 남편 곁에 남아 있을 수 있었는데, 바로 그 점이 소피아가 원하던 바였다.

계약서에 서명한 지 몇 달이 지났을 때, 소피아가 할리우드 힐즈에 있는 두 사람의 스테인리스 스틸 주방에서 잭에게 달걀 흰자와 시금치를 넣은 오믈렛을 직접 만들어주었을 때, 잭은 그녀를 떠나겠다고 선언했다. 두 사람 사이가 소원해졌다는 말과 함께.

모두 사려 깊은 말과 지지의 뜻을 표명했다. 제작사는 소피아가 잭과 일하지 않아도 되도록 계약을 해지해주겠다고 제안했다. 내색은 안 했지만 가슴도 아프고 잭한테 벌을 주고 싶은 마음도 있었던 데다 남몰래 희망도 품고 있던 소피아는 작품에서 빠져야 할 사람이 있다면 그건 잭이 되어야 한다고 우겼다. 잭이 작품에서 빠지지 않자, 소피아는 이걸 일종의 신호로 받아들였다. 그러곤 계획을 꾸몄다.

영화 촬영 기간은 길었다. 그 정도 시간을 함께 보내고 나면, 잭은 다시 자신과 사랑에 빠지게 될 터였다. 애초에 두 사람이 사랑에 빠졌던 것도 정신없이 영화를 찍던 때였으니 이번에도 못 하란 법은 없었다. 공교롭게도 소피아는 여전히 남편을 끔찍이 사랑하고 있었다. 소피아는 처음 남편한테 빠졌을 때의 감정, 아니 그와 비슷한 감정을 느껴본 적이 없었다. 그리고 그런 감정은 일생에 한 번 찾아오는 법이었다. 다들 각자 일생의 인연을 만나게 마련이고, 소피아에게는 잭이 바로 그 일생의 인연이었다. 그래서 소피아는 이 영화를 이용해서 잭을 되찾을 계획이었다.

지난 몇 개월 동안 소피아는 결혼 생활의 잠재적 종말에 훌륭하게 대처해왔다. 소피아는 세상 사람들이 지켜보는 가운데 사랑하는 사람과 헤어질 때만 알 수 있는 고통을 알게 되었다. 소피아는 사소한 일상을 다룬 헤드라인으로 규정되는 사람이었다. '소피아 웬트워스, 강아지 산책 중 모두를 감탄케 한 검정 레깅스 자태.' 최근, 그녀에 관한 헤드라인은 바뀌었다. '친구들, 소피아의 정신 건강에 대한 우려를 표명하다'도 있었고(이 친구들이 누구를 말하는 건지는 모르겠다), '별거 후 은신에 들어간 불쌍한 소피아'도 있었다. 길을 가다가도 생판 모르는 사람들이 마치 지인이라도 마주친 듯, 아니 소피아가 자기네들 것이라도 된다는 듯(어떤 면에선 맞는 얘기다) 가까이 다가와 부부 관계에 관한 조언을 해주었다.

이 모든 와중에도 소피아는 품위 있게 침묵을 지켰다. 출장연회업자들이 결혼식용으로 구입하는 대용량 아이스크림으로 슬픔을 달래지도 않았고, 주방 바닥에 주저앉아 질질 짜지도 않았다. 체육관에 나가서 별거 전 허리 사이즈를 유지했고, 눈부시게 아름다운 길고 풍성한 빨간 머리를 여느 때처럼 완벽하게 스타일링했다. 그녀의 남편은 탐미주의자였다. 아름다운 것들을 사랑했고 재능과 자신감의 진가를 알아보는 사람이었다.

하지만 보석을 주렁주렁 달아 꼭 날개 없는 새처럼 보이는 지금, 그동안의 노력이 물거품이 될 판이었다. 별거 후 처음 만나는 남편한테 이렇게 치렁치렁 우스꽝스러운 옷을 입고 나타나 스스로를 웃음거리로 만들고 나면, 그동안 정성껏 가꿔온 탓에 이제 와서 거부할 수는 없는 허울뿐인 행복도, 괜찮은 척해오던 겉껍데기도 유지하기 힘들어질지 몰랐다. 소피아는 명랑하고 떳떳하게 자신을 조롱거리로 삼을 수 있는 그런 부류의 여자가 아니었다. 닭 의상을 입거나 웃기려고 남장을 한 채 토크쇼에 출연해서 스스로를 놀림거리나 조롱거리로 만드는 사람이 아니었다. 그녀는 아름다운 옷만 입었고 사람들은 그런 그녀를 원했다. 이제 그 모든 걸 무너뜨리려는 것이었다. 이 역할로는 팬들의 마음도 차게 식을 것이고, 잭의 마음도 차게 식게 되어 있었다.

한때 요지부동이었던 그녀의 자신감이 흔들리고 있었다. 무대 막 뒤에 숨어 소피아는 이런 말을 했다. "내가 이번 일을 해낼 수 있을지 모르겠어요, 맥스."

맥스가 한숨을 푹 내쉬었다. "내가 의상부하고 얘기해볼게요. 어떻게 될지 두고 봅시다."

소피아가 전화에 대고 안도의 한숨을 내쉬었다. "고마워요, 맥스."

"그 사람 적어도 오늘 밤엔 거기 안 와요."

소피아의 얼굴이 환해졌다. "나도 알아요."

"그럼 이제 리허설 현장으로 돌아가 줄래요?"

소피아가 휴대폰에 대고 고개를 끄덕였다. "알았어요."

"긍정적으로 생각해요. 사람 일은 모르는 법이니까. 이번 영화가 당신한테 득이 될 수도 있잖아요." 맥스가 전화를 끊었다.

소피아도 전화를 끊었다. 모자에 꽂은 거대한 깃털이 무대에 설치된 밧줄에 걸리면서 두피를 한층 더 파고들었다. 소피아는 자신도 맥스 말에 동의할 수 있기를 바랐다. 하지만 종이봉투에서 마지막으로 공기를 들이마신 후, 자신이 지금 관객의 기대를 저버리고 일생의 사랑이 자신의 매력을 재발견하지 못하게 가로막을 참이란 사실이 떠오르자, 이번 제인 오스틴 영화가 인생 최대의 실수가 될 거란 확신이 들었다.

이번 일이 최악의 실수라는 확신이 더더욱 확고해진 건, 돌아서서 목격한 광경 때문이었다. 그녀 앞에 쌓여 있던 무대 막에서, 조금 전 뒤로 몸을 숨겼던 바로 그 무대 막 더미에서 어떤 사람이 난데없이 나타났던 것이다.

10

제인은 눈을 떴다. 더 이상 숲속 오두막집에 앉아 있지 않았다. 대신 어떤 바닥, 어두컴컴하고 널찍한 공간에 있었다. 새카만 직물로 이루어진 바닷물이 사방에서 넘실거리는 것 같았다. 천장에 매달려 있는 밧줄과 더 많은 새카만 직물이 그녀 쪽으로 드리워져 있었다. 커튼이구나. 제인은 자세를 바로 했다. 어떤 여자가 앞에 서서 제인을 노려보고 있었다.

"당신은 제게 일어난 일을 목격하셨겠군요?" 제인이 그 여자한테 물었다.

'당신, 쌓여 있던 저 무대 막에서 나왔어요'가 여자의 대답이었다. 여자도 제인과 똑같은 스타일의 드레스인 그리스풍 드레스를 입고 있었지만 옷감이 기가 죽을 정도로 번쩍거렸다. 어찌나 흰히 번쩍거리던지 똑바로 보려면 실눈을 떠야 했을 정도였다. 거대한 공작새 깃털로 머리를 장식한 여자가 갈색 종이로 만든 손가방에 후 하고 숨을 불어넣었다.

제인이 눈썹을 치켜세우며 물었다. "여기가 어디죠?"

반짝이 의상을 입은 여자가 코를 찡긋했다. "바스?"

제인은 안도의 한숨을 내쉬었다. 산지기의 오두막에서 잠이 든 상태에서 잠결에 이곳까지 걸어온 게 틀림없었다. 자신이 몽유병 환자라고 생각한 적이 없었기에 이상하기는 했지만, 모든 일엔 다 처음이 있게 마련이었다. 둔탁한 쿵 소리와 함께 머리가 욱신거렸다. 그래서 눈을 비빈 다음 주변을 제대로 둘러보았다. 제인과 반짝이 드레스 여자는 어떤 극장의 무대 옆 대기 공간에 앉아 있었다. 제인은 불안했지만 그래도 이상 행동을 무사히 넘겼기에 다행이란 생각도 들었다. 잠결에 에이번 강물 속으로 걸어갈 수도 있었다.

"저를 좀 도와주시면 감사하겠습니다. 저는 제인 오스틴이라고 해요."

"이거 혹시 몰래카메라예요?" 여자가 눈을 부라리며 제인을 보았다. 그러고는 고개를 들어 천장을 보더니 종이가방에 대고 다시 숨을 쉬었다. "날 속일 수 있을 것 같아요?" 여자가 천장을 향해 외쳤다. "이거 방송에 내보내는 거 난 동의 못 해요!"

여자는 어두운 복도를 걸어 내려갔다.

"제발 돌아와주세요." 제인이 소리쳤다.

하지만 여자는 멈추지 않았다. 여자를 따라가다 제인이 도착한 곳은 커다란 홀로 들어가는 입구였다. 조명이 어찌나 밝은지 순간 눈도 뜨지 못할 정도였다. 그 안에서는 시골 무도회가 열리고 있었다. 여러 남녀가 두 줄로 나뉘어 춤을 추었다. 음악은 있는데 악단이 연주하는 건 아니었다. 남성용 바지를 입은 나이 많은 여자가 홀 한쪽 끝에 선 채 춤을 추고 있는 남녀가 마치 어린아이라도 되는 양 큰 소리로 이것저것 지시를 내렸다.

"하나, 둘, 앞으로, 뒤로 둘, 앞으로." 남자 바지를 입은 여자가 제인을 향해 고래고래 소리를 질렀다. "거기 흰옷, 당신 큐 사인을 놓쳤잖아요."

제인이 자기 가슴을 가리키며 말했다. "누구요, 저요?" 여자가 고개를 끄덕이자 제인은 깜짝 놀랐다. "고맙지만 저는 지금 춤을 추고 싶지 않아요." 제인이 홀 맞은편에 대고 큰 소리로 말했다.

보통 때 같으면 기꺼이 춤을 추었겠지만, 너무 혼란스러운 이 판국에 즐겁게 춤을 추고 싶은 기분 자체가 들지 않았다.

바지를 입은 여자가 눈을 부라리며 제인을 쳐다보았다. "구경하라고 돈 주는 거 아니거든요."

무대 막에서부터 만난 여자가 춤추는 사람들 줄에 가서 섰다.

여자가 다시 한번 제인을 노려보더니 한쪽 눈썹을 치켜세웠다.

"그럼 이제 어떻게 해야겠어요?" 바지 입은 여자가 사납게 물었다.

제인은 어깨를 으쓱했다. 저 여자가 왜 자기한테 춤을 추라고 요구하는지 영문을 알 수 없었다. 이 무도회에는 얼굴을 아는 사람이 한 명도 없었고, 제인이 알기로 바스에는 이런 모양새의 무도회도 없었다. 제인은 변명거리를 찾았다.

"부인, 제가 스텝을 몰라서요." 무도회 대열에 끼는 걸 피할 수단으로 족하길 바라며 말했다.

"부인, 이라고 부르지 마세요. 그리고 그림스톡이잖아요." 바지차림의 여자가 말했다. "몇 주 동안이나 연습했으면서."

"친애하는 여사님, 제가 세계 최고의 댄서는 아닐지 몰라도 장담컨대 그건 그림스톡이 아니었답니다."

음악이 도중에 멈췄다. 양쪽 줄에 있던 댄서들 모두가 일제히 고개를 돌렸다. 바지 입은 여자가 살기를 띤 채, 성큼성큼 돌진하더니 제인의 코앞에서 멈췄다.

"이게 바로 〈오만과 편견〉 95년작(1995년 BBC One에서 방영한 6부작 드라마-옮긴이)에서 춘 그 그림스톡이거든요. 그나저나 당신 파트너는 어디 있죠?" 여자가 호통을 쳤다.

"전 파트너 없는데요." 제인이 말했다.

"프레드." 바지 입은 여자가 뒤를 돌아보더니 홀 구석에 혼자 서 있던 남자를 가리키며 말했다. "영화에서 춤 한 번 출래요?"

남자는 자기 이름이 불리자 화들짝 놀라더니 기둥 뒤로 숨어버렸다. "사양할게요."

"자기 누나처럼 유명해질 수도 있다고." 바지 입은 여자가 밝은 목소리로 말했다.

"전 됐거든요." 남자가 껄껄 웃으며 말했다.

"하지만 자긴 너무 잘생긴 조각 미남인걸! 골격은 또 어떻고? 자기야말로 이 앞으로 나와야 할 사람이라고."

"제발 거기까지만요, 셰릴. 창피하잖아요." 남자가 대꾸했다.

여자가 남자를 쫓아 기둥을 빙 돌았다. "마침 의상도 입고 있고 거기 서 있잖아. 이렇게 부탁할게, 프레드. 날 봐서라도, 응?"

이렇게 애원해도 남자는 아랑곳하지 않는 것 같았다. 걸음을 더욱 빨리해서 기둥을 빙 돌아갔기 때문이다.

제인은 이 이상한 줄다리기를 지켜보며 고개를 내둘렀다. 뭐가 어떻게 돌아가고 있는 건지 도무지 종잡을 수 없었다.

"난 몸치란 말이에요." 남자가 날쌔게 기둥을 또 한 바퀴 돌았다. "진짜라니까요, 셰릴. 나보다 당신이 더 제대로 망신당할 거라고요."

"자기라면 아주 잘할 거야." 셰릴이 밝고 적극적인 목소리로 말했다. 그러곤 남자의 팔을 붙잡아 제인 쪽으로 질질 끌었다. "여긴 프레드예요."

격식을 전혀 차리지 않은 소개에 충격을 받은 제인의 얼굴이 하얗게 질렸다. "죄송하지만, 부인. 이분의 성을 알 수 있을까요?"

"아니, 몰라도 돼요. 프레드, 여긴……." 셰릴이 제인을 유심히 살피면서 머리를 긁적이더니 고개를 끄덕였다. "맞아요, 내가 그쪽 이름을 잊은 거예요."

"난 말해준 적 없는데요. 제인 오스틴이라고 합니다."

"이봐요, 놀림이 받고 싶었으면 내가 우리 딸하고 있었겠죠." 셰릴이 오만상을 찌푸리며 프레드 쪽으로 고개를 돌렸다. "프레드,

춤 좀 춰봐요……. 이 사람하고."

그러곤 제인을 '프레드'라고 알려준 남자 쪽으로 밀었다. 그 바람에 제인은 비틀거리다 프레드의 가슴에 부딪혔다.

"죄송합니다, 프레드 님."

프레드가 제인이 균형을 잡을 수 있게 도왔다. 부축해주려고 팔꿈치를 꽉 붙잡은 남자의 손에서 강한 힘이 느껴졌다.

"걱정 *끄세요*." 프레드가 말했다.

이상하게도 마음이 든든해지는 말이었다. 무슨 말인지 알아듣기는 했지만 난생처음 듣는 말이었다. 셰릴이 자리를 떴다. 프레드가 제인을 보고 멋쩍은 미소를 짓자, 제인도 미소를 지었다.

생전 처음 보는 남자와 한 번도 와본 적 없는 무도회장에서 춤을 추려니 너무 어색해서 제인은 머리만 긁적였다. 얄궂은 상황이기는 했지만 그렇다고 이 '프레드'라는 남자와 춤을 추지 않겠다고 하면 말도 못하게 무례한 짓이 될 터였다. 그래서 제인은 남자 쪽으로 몸을 돌려 그림스톡을 출 자세를 잡았다.

"저희 둘이 춤을 추어야 할 것 같네요." 제인이 경직된 미소를 지으며 말했다. 그러곤 어깨를 쫙 펴고 시작할 준비를 했다.

프레드란 남자가 제인 쪽으로 몸을 기울이더니 고개를 절레절레 저었다. "미안한데 전 진짜로 어떻게 추는지 몰라요. 원래 여기 있어야 할 사람도 아니고요. 대신 제3조감독한테 가면, 저쪽에 주눅 들 정도로 대니 드 비토 닮은 사람이거든요, 그 사람이 다른 파트너를 찾아줄 거예요, 알겠죠? 그럼 이만." 프레드가 고개를 끄덕여 보이더니 제인 곁을 벗어났다.

멍하니 있던 제인은 남자가 정말로 자신을 두고 가려 한다는 사실을 깨달았다. 제인은 깜짝 놀랐다.

"최소한의 예의라는 것도 없으신가요, 프레드 님?" 제인이 본능에 따라 남자 뒤통수에 대고 소리쳤다.

제인으로서는 춤추고 싶은 마음도 없었고, 이 행사도 온통 혼란 그 자체였지만, 그렇다고 이런 무례를 그냥 넘어갈 순 없었다.

"정말 파렴치한이네요!" 제인이 여봐란듯이 큰 소리로 외쳤다.

남자가 걸음을 멈추고 돌아보았다. "뭐라고요?"

제인은 남자가 크게 화를 내리라 예상했지만 남자는 제인에게 미소를 지어 보였다.

"지금 저더러 파렴치한이라고 한 건가요? 그렇게 불린 건 처음인 것 같군요. 그보다 더 심한 말은 숱하게 들어봤지만 말이에요."

남자가 다시 한번 미소를 짓자 제인은 머리끝까지 화가 났다. 갑자기 자신도 모르게 걷잡을 수 없이 화가 치밀어 올랐다. 자신이 지금 왜 여기 있어야 하는지조차 이해가 안 갔지만, 이왕 있게 된 바엔 자기 다리 길이에 비해 지나치게 짧은 바지를 입고 있는 이 무뢰한이 자신과 춤추길 거부하도록 내버려두진 않을 작정이었다.

"내가 뭐라고 했는지 다 제대로 들었잖아요. 어떻게 여자랑 춤을 추기로 해놓고 약속을 저버릴 수 있는 거죠?"

제인이 말하는 동안 남자가 느릿느릿 제인 쪽으로 다가왔다. 제인은 거기에 정신이 팔리지 않으려고 애를 썼다.

"내가 당신하고 춤추고 싶어 했다고 너무 우쭐해하지 말아요. 내가 그런 마음이 든 건 순전히 합의가 이루어졌다는 사실에서 비롯된 건데 당신이 발을 빼려고 하기 때문이니까요. 확신컨대 합의 사항이 쌍방 모두에게 썩 바람직한 건 아니었겠지만 그래도 일이 이렇게 됐잖아요. 이렇게 거절함으로써 당신은 내가 아니라 여기 있는 모두를 우습게 여긴 게 된다고요."

계속 제인 쪽으로 다가오고 있던 남자가 제인 코앞까지 다가왔다. 제인은 남자를 무시하고 헛기침을 해가며 계속 말을 했지만, 말하는 속도도 빨라지고 어조도 높아졌다. "사람들이 더 이상 서로 춤추지 않게 되면 가장 먼저 무너지는 건 사회 자체가 아닐까요!"

제인은 자신의 분노를 가시화하기 위해 주먹을 들어 올렸다가, 과장된 몸짓이 역효과를 낼지 모른다는 생각이 들어 다시 내렸다. 그러곤 헛기침을 한 후 바닥을 응시했다.

"당신이 날 전 세계 기독교 국가를 통틀어 가장 추한 여자로 생각하든 말든 상관없어요. 나랑 춤을 추겠다고 당신 입으로 말했잖아요." 제인이 조금 전보다 차분해진 목소리로 덧붙이고는 마른침을 삼켰다.

제인이 지금까지 한 말 중에 제인 자신만을 위해 한 말은 물론 하나도 없었다(심지어 춤을 추고 싶은 마음도 없었다). 그보다 퇴짜 맞은 여성 전체를 대변한 발언이었다. 춤을 권유했다가 철회하는 건 무례의 극치이므로 이 남자는 교육을 받아 마땅했다.

"난 그쪽이 추하다고 생각하지 않는데요." 남자가 말했다.

남자가 제인을 바라보았고 두 사람의 눈이 마주쳤다. 제인은 안도의 한숨을 내쉬면서 남자가 못 보았길 바랐다.

"그럼 왜 그런 거죠?" 제인은 헛기침을 한 후 눈길을 돌리며 말했다.

남자가 어깨를 으쓱거렸다. "춤을 안 좋아하거든요."

제인이 코웃음을 쳤다. "그것참 안됐네요."

"저는 춤을 잘 못 춥니다. 사실 춤만 못 추는 게 아니라 다른 것도 다 잘 못 하죠. 나중에 가면 저랑 춤을 안 추게 돼서 참 다행이었다며 고맙게 여기실걸요."

"춤을 잘 못 추신다고요? 그럼 이번을 기회 삼아 연습하면 되겠네요."

남자가 제인을 보고 미소를 지었다. "셰릴보다 더 무서운 분이네요. 댄스 파트너마다 다 혼내시나요?"

"화나게 한 상대만요." 제인이 대꾸했다.

"그 말인즉슨 전부 다란 얘기?"

미소를 지을 때처럼 입꼬리가 씰룩거리는 게 느껴졌지만 제인은 억지로 입을 꾹 다물어 일자로 만들었다. 제인은 자신이 생면부지의 사람과 이렇게 순식간에 논쟁에 휘말렸다는 생각에 화가 났다.

남자가 입을 떡 벌리고 껄껄 웃자 제인이 지금껏 보았던 그 어떤 치아보다도 새하얀 치아가 드러났다. 제인은 너무 놀라 헉 소리가 나올 뻔했지만 꾹 참았다. 담배나 음식으로 인한 얼룩도 없고 빠진 앞니나 송곳니도 없이 더할 나위 없이 가지런한 상아색 치아 두 열이 남자의 입안에서 제인에게 환한 빛을 비췄다.

"당신 브리치스(무릎길이까지 오는 17세기 초기의 남성 바지-옮긴이)는 너무 짧아요." 제인이 힐난조로 말하고는 남자의 무릎을 손가락으로 가리킨 채 고개를 돌렸다.

"브리치스요? 이 바지 이름이 그건가요? 의상부에 있는 게 이것밖에 없어서요. 전 그냥 단역이거든요. 불성실한데 누나의 곁다리라고나 할까요. 누나는 저 위 어딘가 높은 물에서 노는 유명 배우거든요. 원래는 춤도 예정에 없던 거라고요. 가만히 서서 배경 효과음이나 몇 번 내라는 지시를 받았거든요. 보아하니 말할 때 당신 입 모양은 화면에 예쁘게 잡히겠네요."

"잡힌다고요? 누가 잡혔는데요?" 제인이 걱정스러운 얼굴로 주위를 두리번거리며 물었다.

"잡힌 사람 같은 건 없어요." 남자가 어리둥절한 표정으로 고개를 저으며 말했다. "영화 화면 말이에요."

제인에게 이 대화는 여태까지 춤 파트너와 나눠본 대화 중 가장 기묘한 대화였다.

"그럼 이제?" 그때 남자가 말했다.

"이제 뭐요?" 제인이 되물었다.

"우리 춤추는 건가요, 마는 건가요?"

"춤추고 싶지 않은 줄 알았는데요."

남자가 미소를 지으며 양팔을 가로질러 팔짱을 끼었다. "그렇긴 하지만 지금 안 추겠다고 하면 당신이 날 흠씬 두들겨 팰까 봐 무서운걸요. 게다가 우리가 같이 춤을 안 추면 사회가 무너지잖아요." 남자가 새침하게 말했다.

제인은 못마땅했다. 은근슬쩍 한마디해도 되는 건 그가 아니라 그녀였다. 남자가 제인을 비웃고 있었다.

"지금 저 비웃은 건가요?" 제인이 격앙되어 물었다.

"비웃는다고요? 난 비웃는 게 뭔지도 모르는걸요." 남자가 대꾸했다.

"알고 계시잖아요. 지금 직접 하고 있기도 하고. 꽤 잘하는 걸 보니까 평소에도 자주 하시나 봐요. 낭패당하기 전에 그만두시는 게 좋을 거예요."

제인은 자신의 마음속에서 두 가지 감정이 서로 우위를 다투고 있다는 걸 깨달았다. 하나는 순전한 당혹감이었고 또 하나는 지금 자기 옆에 서 있는 사람에 대한 순전한 짜증이었다. 이 사람은 호시탐탐 자신의 분노를 북돋우려 작정하고 덤비는 것 같았다.

"음악!" 셰릴이 소리쳤다.

음악이 다시 시작되었다. 정교한 선율의 느린 행진곡이었다. 두 줄로 선 댄서들은 잽싸게 자세를 취하고 제자리로 정렬했다. 프레드가 제인을 보더니 어깨를 으쓱했다. 그러곤 두 손을 내밀었다.

제인은 고개를 들어 프레드를 보았다. 이 상황에 너무 화가 난 나머지 정중히 거절할 수 없었던 제인은 자신의 손을 그의 손에 올려놓았다. 그의 손은 크고 따뜻하게 느껴졌다.

"저게 신호예요." 프레드가 말했다.

음악 소리가 점점 커졌다. 프레드가 제인을 붙잡고 열 아래쪽으로 끌고 갔다. 제인은 황급히 나아가면서 휘청대다 발이 걸려 넘어질 뻔했다. 모든 스텝을 놓쳤고 한두 번인가는 프레드의 발을 밟기까지 했다.

프레드가 웃으며 말했다. "당신, 정말 못 추는군요! 그 난리를 쳐놓고."

셰릴이 잔뜩 화가 난 얼굴로 두 사람을 향해 부리나케 달려왔다. "하나, 둘, 앞으로, 뒤로, 한 바퀴 돌고 파트너 뒤로." 셰릴이 마치 북을 치듯, 스타카토처럼 한마디 한마디 끊어가며 명령조로 말했다. "자칭 그림스톡 전문가께서 아쉬운 점이 너무 많으신데요. 이번이 마지막 경고예요!"

셰릴이 분기탱천하며 자리를 떴다.

제인은 괴로운 표정으로 프레드 쪽을 보았다. "제가 길을 잃었거든요, 프레드 님. 사실 제가 왜 여기 있어야 하는 건지도 모르겠어요." 눈에 눈물이 차오르는 게 느껴졌다.

"춤 때문이 아닌 건 확실한 것 같군요." 프레드가 웃으며 말했다. "나보다 더 심한 걸 보면 말이에요."

눈물을 삼킨 제인은 걷잡을 수 없는 분노에 휩싸였다. "이렇게 궁지에 몰린 사람을 어떻게 감히 비웃을 수가 있는 거죠? 이 스텝은 내가 모르는 스텝이라고요!"

"그건 나도 알겠던데요." 프레드가 말했다.

제인은 말 그대로 충격에 휩싸여 그를 빤히 쳐다볼 뿐이었다. 평생 이보다 더 얄미운 댄스 파트너는 만나본 적이 없었다. 사실, 제인도 어이없는 사람과 춤을 춰본 적은 있었다. 스텝 도중에 자꾸 발을 밟았던 남자, 숨 쉴 때마다 럼주나 그레이비소스 냄새가 났던 남자, 대화 솜씨가 형편없었던 남자. 하지만 이 남자는 그 모든 불쾌한 상대 중 단연 1위였다. 지금까지 발등을 밟히지도 않았고 입 냄새도 상쾌했지만(아마 지금껏 맡아본 입 냄새 중 가장 상쾌하다고 할 수 있을 것이다), 이 남자는 나머지 모든 사람들보다 훨씬 짜증 나는 괘씸죄를 저질렀다. 그것은 바로 오만한 죄. 온 세상이 자기한테는 조롱거리라는 듯 시종일관 득의양양하고 비꼬는 듯한 웃음을 짓고 있었던 것이다.

"하늘에 맹세하는데 저도 춤추는 법은 알고 있거든요. 그러니까 그만 좀 비웃어요. 내가 이 스텝을 잘 해내지 못하면 무슨 일이 일어나는 건데요? 내가 잘 모르겠어서 그래요."

"물론 모가지가 날아가겠죠. 셰릴은 아주 무서운 여자거든요. 스턴트맨도 울렸을 정도로." 프레드가 말했다.

제인은 프레드를 쏘아보았다. 프레드가 무슨 말을 하고 있는지 이해는 안 갔지만 말투에서 지금 자신을 희롱하고 있다는 사실만은 분명하게 알 수 있었다. 제인은 머리끝까지 화가 치밀어 올랐다. 호통을 치며 명령을 내리는 바지 입은 여자가 프레드더러 잘생겼다고 말했지만, 자세히 보니 그 여자의 평가가 정확하다고 하긴 어려웠다. 프레드는 전혀 잘생기지 않았다. 절대 그렇지 않았다. 나이는 서른을 넘긴 것 같았다. 짧은 갈색 수염이 얼굴을 덮었고 금빛 코밑수염이 입술을 따라 나 있었으며 머리카락은 흐트러져 있어서 한마디로 추했다.

"당신 머리, 지금 사방팔방으로 뻗쳐 있어요." 제인이 그의 머리를 가리키며 말했다. "머리에 빗이 닿은 적이 있기나 한 건지 모르겠군요."

"처음엔 내 브리치스가 싫다더니 이젠 내 머리가 싫군요. 또 나한테 뭐 지적질하고 싶은 건 없나요, 같이 있는 동안 말해봐요."

제인은 그를 노려보았다. "지금 당장은 생각나는 게 없지만 나중에 알려드리죠. 이제 스텝이나 가르쳐주시죠."

"가르쳐준다고 나아질지 모르겠는걸요." 그가 웃으며 말했다.

"와우, 축하드려요. 방금 제가 만난 사람 중에 가장 마음에 안 드는 사람에 등극하셨거든요. 저희 어머니까지 제치고."

"어머니가 마음에 안 든다고요? 당신이 누굴 닮았는지 알겠네요." 그가 대꾸했다.

제인이 매서운 눈초리로 그를 노려보았다. "댁이 아주 최소한의 가르침만 준다고 해도, 그 작은 뇌로 가능한 일일지 모르겠지만, 장담컨대 나는 파악할 수 있다고요. 이 춤 스텝, 알고는 있는 건가요?"

"그럴걸요." 그가 어깨를 으쓱거리며 말했다.

"그럼 이제 어떻게 하는지 보여주시죠."

프레드가 눈을 부라리더니 놀라운 동작을 했다. 제인의 양팔을 가져다 있어야 할 자리로 옮겨놓은 것이다.

"아마 이렇게 갈 거예요. 하나, 둘, 앞으로, 뒤로……." 그가 나긋나긋한 목소리로 말했다.

그러곤 자신의 손을 제인의 골반에 얹었다. 손 위치에 제인은 말문이 막혔다. 제인은 그가 자신을 앞뒤로, 댄서들 행렬의 맨 아래로, 홀 맞은편으로 움직이도록 몸을 맡겼다. 그가 자신을 이리저리 이끄는 데 너무나 화가 났지만 아무 말 하지 않았다. 대신 온 신경을 그에게 집중시켜 그가 방향을 바꿀 때마다 따라 바꿨고, 그동안 자신의 몸에 닿은 그의 손에 정신이 흐트러지지 않도록 노력했다.

함께 춤을 추는 동안 그는 스텝을 제인에게 소곤소곤 알려주었다. "하나, 둘, 좋아요, 잘했어요." 역겨울 정도로 가식적이긴 했지만, 그는 사실 참을성 좋은 강사였다. 프레드는 제인이 나아진 것 같으면 알아봐주고, 제인이 스텝을 제대로 밟으면 인정해주고, 제인이 더듬거리면 도와가며 제인을 부드럽게 이끌었다. 두 사람이 행렬의 끝에 다다랐을 때 제인이 숨을 토해냈다.

"자, 어떤가요?" 제인이 그에게 물었다.

"생각보단 괜찮네요." 프레드가 조금 전의 참을성 있는 말투를 버리고 다시 재수 없는 말투로 덧붙였다. "뭐 그렇게 어려운 건 아니지만 아무튼 적어도 처음보단 낫군요."

두 사람은 몸을 돌려 다시 춤을 추었다. 프레드가 제인의 옆구리를 손가락으로 휘감았다. 그 순간 몸이 굳자 제인은 프레드가 이를 알아차리지 못했으면 하고 바랐다. 제인은 프레드가 자신을 껴안은 방식에 마음이 풀렸다. 스텝을 훤히 꿰고 있는 면모가 그의 포옹을 그럴싸하게 포장해주고 있는 듯했지만, 거기에 어떤 음흉함 같은 건 없었다. 프레드는 그저 제인이 그동안 몸에 익힌 것보다 좀 더 꼭 끌어안고 있을 뿐이었다.

"미안해요. 당신, 참 작군요. 내가 두 동강 내는 일이 없어야 할 텐데요." 그가 말했다.

"그러게 말이에요." 제인이 말했다.

프레드의 미소에 이번엔 자신이 웃음의 원인을 제공했다는 사실이 통쾌해 제인도 미소를 지었다.

"2라운드 돌 준비 됐나요? 할 수 있겠어요? 한 번만 더 하면 다 끝이랍니다."

"나야말로 학수고대하는 순간이라고요." 제인이 대꾸했다.

음악이 큐 부분에 도달했다. 현악 부분이 점점 커지고 멜로디가 빨라지더니 슬픈 곡조가 최고조에 이르렀다. 두 사람은 댄서들이 만든 통로를 또 한 번 춤을 추며 통과했다.

프레드가 열 아래쪽으로 제인을 부드럽게 잡아끌자 두 사람의 몸이 한 몸처럼 움직였다. 스텝을 파악하자 제인은 춤을 잘 추게 되었다. 하지만 춤을 잘 추게 된 것 말고 뭔가 다른 일도 일어났는데, 이 일은 꽤 오랫동안 지속될 터였다. 제인이 팔을 움직일 때마다 프레드의 팔이 나타나 제인의 팔을 잡았다. 제인이 돌 때마다 프레드가 기다렸다가 제인을 다시 안았다. 한 사람의 몸이 문장을 시작하면 나머지 한 사람의 몸이 그 문장을 완성하는 식이었다. 제인은 목에서 그의 숨결을, 그의 셔츠 속 아치형 쇄골을 느꼈다. 제인은 지금껏 그 누구와도 이렇게 춤을 춰본 적이 없었다. 화가 나면서 당혹스러웠다.

불쾌하기 짝이 없는 이 남자는 어떻게 그녀를 이리저리 움직인 걸까, 어떻게 그녀의 몸을 자유자재로 움직인 걸까? 그는 그녀를 다정하게 안았고, 그녀는 그 점에 화가 치밀었다. 몸치라는 본인의 주장과 달리 그는 사실 훌륭한 댄서여서 박자에 맞춰 매끄럽게 몸을 움직였다. 제인은 그 누구에게도 이 일을 시시콜콜 알리지 않을 작정이었다. 특히 그에게는 더더욱. 두 사람이 다시 한번 행렬의 끝에 다다르자 나머지 댄서들이 환호하며 박수갈채를 보냈다. 제인은 자기도 모르게 미소를 지었다. 아까는 알아차리지 못했지만 이제 보니 제인은 열심히 춤을 추느라 숨을 헐떡이고 있었다. 프레드가 장난스럽게 고개를 숙여 인사를 하자 제인도 이에 장단을 맞췄다. 프레드는 제인을 쳐다보지는 않았지만, 그의 따뜻한 손은 그녀의 가녀린 등 위에 그대로 얹혀 있었다.

셰릴이 두 사람에게 고갯짓을 하더니 떨떠름하게 말했다. "더 심한 경우도 본 적 있었던 것 같아."

제인은 춤추는 게 너무 좋았다. 열아홉 살 땐 파트너가 궁했던 적이 한 번도 없었다. 상대의 우스꽝스러운 모자와 볼품없는 장식띠를 지적하고 신나게 시시덕거리면서 즐거워해주겠다는 듯, 숫기 없는 무도회 파트너들을 무도회장 여기저기로 내동댕이쳤다. 사람들은 그녀의 이런 노골적인 태도를 젊은 혈기 탓으로 여겼다. 하지만 제인이 20대가 되고 다른 여자 애들이 하나둘 결혼을 하자, 춤을 추자는 권유는 점점 줄었다. 스물다섯이 되자 열 번 중 한 번이라도 권유를 받으면 다행이라 여기게 되었다. 남자들이 가까이 다가오는 것 같으면 벽에 기대 서서 심호흡을 했다. 그러다 그 남자들이 그녀보다 어린 이웃집 여자애들한테 춤을 청하면 의기소침해졌다. 두 곡이나 춤을 추자고 청했다가, 그녀가 짐작하기에, 나이를 알게 되자 첫 번째 곡만 추고 곁을 떠난 남자들도 있었다. 제인은 자존심 상했다는 걸 보여주기가 싫어서 그 남자들을 웃으며 보내준 후, 쌍쌍이 무도회장을 빙빙 도는 걸 지켜보면서 행동거지를 바꿔봐야겠다고 마음먹었다. 그래서 가만히 관찰한 끝에 가슴은 드러내고 입은 꾹 다문 여자들이 매번 춤을 권유받는다는 사실을 발견하고는 그 여자들의 행동을 똑같이 따라하려고도 해보았다.

제인보다 성격이 다정다감한 편인 카산드라는 제인한테 좀 더 많이 웃고 환심을 사보라고 조심스럽게 권했다. 하지만 그것도 소용이 없었다. 입을 다물려고 노력할수록 제인의 얼굴은 점점 찌푸려졌다. 스물여덟이 되자 제인은 구석에 앉아 노처녀가 되겠다는 농담만 했다. 사람들이 별로였다고 투덜거리며 무도회장을 떠났지만 실은 가슴이 아렸었다.

제인은 프레드를 힐끗 훔쳐보았다. 프레드는 제인으로서는 도무지 무슨 표정인지 알 길 없는 얼굴로 제인을 빤히 쳐다보고 있는 것 같았다. 제인은 남자들이 자신을 바라보는 이런저런 시선에 이골이 나 있었다. 그녀가 즐기는 철학 얘기를 하면 남자들은 두 말할 필요 없이 곤혹스러운 시선을 던졌다. 숲에서 혼자 걷기를 즐긴다는 말을 하면, 물론 애처로운 시선을 던졌다. 그녀가 가장 좋아하는 시선은 아마도 조소 어린 시선이었을 것이다. 눈가의 주름이 보일 만큼 가까이 다가왔다가 그녀의 나이를 알게 되고 거기에 열악한 재정 상태까지 더해 따져본 끝에 시간을 허비해가며 그녀와 함께 있었다는 점에 불쾌감을 느꼈을 때 보내는 바로 그런 시선. 하지만 이 남자의 시선은 그 어느 것에도 해당되지 않았다. 제인은 그의 시선을 전혀 파악할 수 없었다. 그것은 마치…… 애써 그녀를 보지 않으려는 것 같은 시선이었다. 마치 자신을 너무 많이 드러냈다는 듯한 그런 시선.

제인은 자신의 얼굴이 희한한 짓을 하려는 걸 느꼈다. 그녀의 얼굴은 이 화만 나게 하는 남자가 무슨 말을 했는지 들으려는 듯, 혹은 남자의 표정을 꼼꼼히 살피려는 듯 자꾸만 그의 얼굴 쪽으로 가까이 다가가려 하는 것이었다. 남자는 또박또박 말했고 그의 얼굴이 바로 앞에 있었는데도 그랬다. 십중팔구 그가 하는 말을 열심히 들으려 하고 그와 가까이 있으려고 한 이유는 그가 어리석은 생각을 내놓으면 재빨리 반박하기 위해서였을 것이다. 그래, 그게 다였을 거야. 제인은 자기 얼굴에 그만하라고 명령했지만, 그 명령은 그녀의 성대에서 공허하게 울렸다. 그러곤 제멋대로 이 사명을 계속하는 쪽을 택했다.

11

"수고 많았어요, 모두. 이걸로 리허설을 마칩니다." 셰릴이 댄서들 무리에게 외쳤다.

댄서들은 손뼉을 치고 환호를 지르며 서로 포옹하기 바빴다.

프레드가 제인을 보고 어깨를 으쓱했다.

"대단하시네요, 살아남다니." 프레드가 말했다.

"당신 덕분이라고 해야겠네요." 제인이 말했다.

잠깐 말을 멈춘 제인은 그냥 아무 말도 더 하지 않았다.

프레드가 양손을 자기 외투 주머니에 넣었다. "여기 사람들 대부분이 리허설 끝나면 저 위 메이 스트리트에 있는 카페에 가거든요. 난 배우는 아니지만 베레모 하나 걸치고 담배 연기 자욱한 구석 자리에 앉으면 되지 않을까 싶은데요. 같이 라테나 홀짝이면서 '일' 얘기하는 거 어때요?" 프레드가 헛기침을 하고는 다른 데를 보았다.

지금은 제인이 웃을 차례였다. '베레모'나 '라테'가 무슨 뜻인지는 몰랐지만 제인은 자신이 어딘가로 초대를 받고 있다는 건 알아들었다.

"실례지만, 설마 지금 그 카페에 동행해달라고 요청하고 계신 건가요?"

프레드가 제인을 빤히 보더니 고개를 격하게 가로저었다. "당연히 아니죠. 난 그냥 내가 거기 가겠단 얘길 하고 있는 거라고요. 당신도 거길 갈 거라면 우리가 마주칠지도 모르겠네요."

"전 제가 마음에 안 드는 사람이고 형편없는 댄서인 줄 알았는데요." 제인이 말했다.

"그렇죠." 프레드가 대꾸했다.

"그런데요?" 제인이 그에게 따지듯 말했다. "난 당신이 지금 나한테 어딘가로 같이 가자고 청하고 있는 줄 알았거든요."

"내가 한 말, 그냥 다 잊어버려요." 프레드가 말했다.

"갈게요." 제인이 무의식적으로 순식간에 내뱉고는 팔짱을 꼈다.

"달리 갈 데도 없거든요."

프레드가 제인을 바라보며 시큰둥하게 말했다. "좋아요. 그러면 같이 가야겠네요, 혹시 당신이 길을 알고 있는 게 아니라면요."

제인은 다시 한번 이 상황 자체가 후회되었다.

"당신이 말한 그 찻집은 제가 잘 모르겠으니까 당신이 날 좀 데리고 가줘야겠어요." 제인이 볼멘소리로 말했다.

그러면서 그의 얼굴을 다시 한번 쳐다보았다. 가만히 서 있는데도 그는 숨을 약간 가쁘게 쉬고 있었다. 이 프레드란 사람은 위더스 씨 발뒤꿈치도 못 따라가는 사람이었다. 위더스 씨는 유창하게 웃었고 수월하게 대화할 수 있었다. 이 남자의 태도는 그녀와 닮은 구석이 더 많았다. 서툴다는 점에서. 제인은 고개를 절레절레 저었다. 이 사람과는 어딘가에 가고 싶지 않았다. 그녀가 함께 가고 싶은 사람은 위더스 씨였다. 지금 자신은 엉뚱한 사람과 데이트를 하려는 것이다. 하지만 이미 가겠다고 했고, 약속을 지키는 게 얼마나 중요한지 일장 연설까지 늘어놓은 마당이니 이 성가신 약속을 끝까지 지킬 수박에 없었다.

"그럼 의상 좀 갈아입고 올게요." 프레드가 어깨를 으쓱하며 말했다. "당신도 갈아입어야 하지 않겠어요?"

제인이 자신의 옷을 내려다보았다. "갈아입는다고요? 다른 옷은 없는걸요."

프레드가 코웃음을 치며 말했다. "설마 그런 차림으로 돌아다니려고요?"

제인이 어깨를 으쓱했다. "왜요? 내 옷이 거슬리나요?"

"아뇨." 프레드가 체념한 듯 한숨을 내쉬며 말했다.

제인은 얼굴을 찡그렸다. 프레드는 참으로 이상한 사람이었다.

"날아갔다 올게요." 프레드가 말하곤 순식간에 사라졌다.

제인이 과장되고 부정확한 문장의 뜻을 해독했을 즈음, 프레드는 홀을 벌써 반이나 가로질러(짐작컨대 그의 다른 옷들이 있는 방향으로) 홀 바닥에 날씬한 실루엣을 드리우고 있었다. 걷는 동안 그의 외투 아랫단이 앞뒤로 펄럭였다. 갈색 머리는 짧게 잘랐는데, 굵지 않은 머리털 뭉치 두어 개가 칼라 뒷부분에 지저분하게 날 좀 봐달라는 듯 얹혀 있었다. 제인은 그 모습에 혀를 쯧쯧 찼다. 프레드는 외투 차림의 해군처럼 보였다. 제인은 프레드도 자신의 오빠나 남동생처럼 바다를 항해한 건 아닐까 하고 생각했다. 수많은 흠 가운데 그나마 칭찬할 만한 점은 그 점, 딱 하나가 다일 것 같았다.

프레드가 무대 막 뒤에서 움직였다. 제인은 고개를 절레절레 저었다. 어머니한테 이끌려 무도회를 여기저기 많이도 다녀보았지만 바스에서 열린 무도회에서는 그를 본 적이 없었다. 사실 여기 있던 사람들 중 그 누구도 본 적이 없었다. 아마도 여기 사람들은 바스로 휴가를 온 사람들로 구성된 무리이기 때문인 듯했다.

제인은 무도회장을 다시 쓱 둘러보았다. 무대 막 속에서 잠을 깼을 때의 당혹감은 사라졌지만, 여전히 특정 사물들은 이해가 가지 않았다. 이 무도회의 초대 손님들은 그녀의 파트너를 포함해서 참으로 이상한 조합의 집단이었다. 일단 말이 달랐다. 억양은 그녀가 알던 잉글랜드 남부인 켄트, 서머싯, 런던의 억양과 다르지 않았지만, 어휘 선택은 사뭇 달랐다. 이 사람들은 각종 축약어와 관용어구를 썼는데, 잘 생각해보면 이해할 수는 있었지만 생전 들어보지 못한 말들이었다. 그녀 옆에 있던 한 댄서는 셰릴에게 '오늘 밤 열라 빡돌았다'라는 말을 했는데, 무슨 말인지 제대로 이해가 가지는 않았지만 마음에는 들었다.

제인은 무도회장 장식에도 놀랐다. 이를테면 벽에 걸린 그림 중 하나가 그랬다. 어떤 남자가 바스 수도원으로 보이는 장소 앞에서 웃고 있는 그림이었다. 그 그림을 그린 화가가 남자의 표정이나 빛, 풍경을 어찌나 실감 나게 그려놓았던지 제인은 그림 속 남자가 금방이라도 자세를 바로 하고 말을 걸 것만 같았다. 게다가 음악이 어디서 나온 건지는 아직도 알 수 없었다. 바이올린이나 첼로, 또는 피아노, 각 악기 소리는 쟁쟁하게 들리는데 그 악기 중 어느 것도 눈에 보이지가 않았다. 음악 소리가 그렇게 크게 들렸다는 건 그 음악 소리의 근원이 그 무도회장 안일 수밖에 없다는 얘기였다. 또 무도회장에서는 파라핀 아니면 어떤 강력한 소독제 냄새가 났는데, 그건 제인이 여태껏 맡아본 공기 중 가장 깨끗한 공기였다. 벽난로나 연기 때문에 공기가 탁해지지도 않았는데, 안은 따뜻했다. 제인은 혼란스러움에 눈썹을 치켜세웠다.

그때 속바지 차림의 남자가 제인에게 다가와 어떤 종이를 건넸다. "잘했어요, 아가씨. 내일 일일 제작 스케줄이에요. 드레스 리허설이 한 번 더 있을 겁니다."

제인은 그 종이를 받아들고 훑어보았다. 그 종이는 이름과 장소와 번호가 적힌 목록으로 솜씨 좋은 인쇄기로 찍은 것 같았다. 종이 상단에 인쇄된 날짜에는 어처구니없는 가짜 날짜가 인쇄되어 있었다.

"저, 이게 뭔지 모르겠는데요." 제인이 그 종이를 다시 남자한테 건네며 말했다. "제가 무슨 리허설을 한다는 거죠?"

남자가 제인을 바라보며 얼굴을 찡그렸다. "이름이 뭐예요?"

남자가 자신의 손에 들려 있던 어떤 목록을 보았다.

"아까 다른 사람들한테 말해줬는데요. 제인 오스틴입니다."

"본명을 말해주면 고맙겠는데."

제인은 어깨만 으쓱하고 아무 말도 하지 않았다.

"어느 에이전시 소속이죠?" 남자가 미심쩍은 눈으로 제인을 흘겨보며 물었다.

"무슨 말씀이신지 모르겠네요." 제인이 상냥한 목소리로 말했다.

남자가 자기가 들고 있는 종이를 확인했다. 그러곤 고개를 가로저었다. "여기 오기로 한 사람 맞아요? 여긴 어떻게 들어왔죠?"

"무대 뒤에서 왔어요. 이 건물 안에 어떻게 들어오게 된 건지는 저도 잘 모르겠네요." 제인이 말했다.

그 말에 남자는 격분했는지 제인의 팔을 세게 붙잡았다. "당신도 그 오스틴 광팬인가 그거지, 그렇지? 우리한테 의상 잘못 만들었다고 말하려고 온 거잖아. 당신, 바쁜 사람들 시간을 허비하고 있는 거야. 이번 작품은 간만에 성사된 최대 규모의 제작이라고. 그러니 나가줘야겠어."

"하지만 전 제 댄스 파트너를 기다려야 하는걸요." 제인이 머뭇거리며 말했다.

이렇게 갑자기 프레드를 떠나게 되어 마음 쓰이는 건 물론 아니었지만, 야만인이 아닌 만큼 아무리 그처럼 미운 사람이라도 사라지기 전에 설명 정도는 해주는 게 도리였다.

"그건 내 알 바 아니고." 남자가 제인을 문 쪽으로 밀었다. "오늘 밤엔 단역하고 엑스트라만 있는 날이라 다행인 줄 알라고. 잭 트래버스가 여기 있었으면, 당신 이 바닥에서 다시는 일 못 하게 될걸. 경비 부르기 전에 꺼지는 게 좋을 거야."

제인은 몸을 떨었다. 이런 식으로 몸에 손을 대는 건 고사하고, 지금까지 그녀에게 이런 식으로 말을 한 사람은 없었다.

"제발요. 말해야 한단 말이에요. 제…… 동행한테." 제인이 기를 쓰고 말했다.

하지만 남자는 제인을 문 밖으로, 어둠 속으로 밀어 보냈다. 뒤로 문이 닫히면서 어둠 속에서 찰칵 하고 문이 잠기는 소리가 울렸다. 뒤돌아 문을 두드렸지만 대답이 없었다. 제인은 다시 바깥쪽으로 돌아 주변을 둘러보았다. 건물을 한 바퀴 빙 돌다가 정면에서 또 다른 문을 발견했다. 그 문을 열어보려고 했지만 열리지 않았다. 그래서 무기력하게 건물 앞에 우두커니 서 있었다. 그 문 앞에서 프레드가 나오길 기다렸지만 30분이 지나도 프레드는 나타나지 않았다. 건물 안에서는 소리는 물론이고 빛도 새어나오지 않았다. 모두 떠난 모양이었다.

제인은 더 오래 기다리고 싶었지만 상황이 여의치 않아 보였다. 프레드는 그녀 없이 이미 다음 목적지로 떠난 게 분명했다. 게다가 이 정도면 시간이 무시무시한 숫자에 도달했을 것이므로 어머니가 제인의 머리를 뽑아놓을지도 몰랐다. 결국 그녀는 한숨을 쉬며 약속을 지켜야 한다는 명분을 단념해야 한다는 걸 깨달았다. 이제는 집으로 돌아가 그녀를 기다리고 있는 불미스러운 말로에 직면해야 할 때였다. 또 다른 무도회에서 프레드를 보게 되면 억지로라도 사과를 한 다음 진심에서 우러난 말처럼 들리도록 해야겠다.

제인은 마을 쪽으로 길을 걸어 내려가면서 자신이 가야 할 방향을 찾았다. 멀리 세인트 스위딘 교회의 검은 철제 첨탑이 높이 솟아 있었다. 제인은 그 건물을 지표 삼아 걸어갔다. 교회로 올라가는 벽돌 계단에 당도한 후 주위를 둘러보았다. 자갈 깔린 도로는 펄트니 다리로 이어져 있었다. 그 도로를 따라간 다음 좌회전한 후 다리를 건넜다. 다리 아래에서는 에이번 강물이 잔잔히 흐르고 있었다. 제인은 그레이트 펄트니 스트리트를 잰걸음으로 걸었다. 줄지어 늘어선 웅장한 주택들이 검푸른 그림자 속에서 어렴풋이 보였다. 제인은 시드니 플레이스에 다다라 다시 좌회전한 후 집 쪽으로 걸었다. 안도의 한숨이 나왔다. 근심 어린 얼굴의 마을 주민들 무리가 적어도 시드니 하우스에서는 흩어진 게 분명해 보였기 때문이었다. 거리에는 지나다니는 사람이 한 명도 없었다.

제인은 바깥 현관을 두드렸다. 나오는 사람이 아무도 없었다.

"마거릿." 제인은 2층 창문에 대고 큰 소리로 불렀다.

하녀는 나오지 않았지만 어떤 남자가 창문을 열었다.

"무슨 일이시죠?"

남자가 아래에 있는 제인에게 큰 소리로 묻는 바람에 제인은 화들짝 놀랐다. 남자는 속옷 차림이었는데, 서 있는 창문의 위치로 보건대 지금 제인의 침실에 있는 것 같았다.

"저는 제인 오스틴이라고 하는데요." 제인이 위에 있는 남자를 향해 큰 소리로 말했다. "저, 이 집에 사는 사람이거든요. 들여보내 주세요."

"제발 가요." 남자가 아래에 있는 제인에게 말했다. "당신 같은 광팬들한테 말했다시피, 오밤중에 여기 찾아오면 경찰을 부를 거라고."

"무슨 말씀이신지 모르겠네요. 추워서 그러니까 제발 안으로 들여보내주시겠어요? 아니면 마거릿이라도 데리고 와주시든가요. 마거릿이 문을 열어주면 되니까요." 제인이 위층 남자에게 말했다. 말하면서도 자신이 불쌍한 표정을 짓고 있다는 게 느껴졌다.

남자가 한숨을 푹 내쉬었다. "이봐요. 댁의 열정에는 박수를 보내지만, 그나저나 의상 고증은 제법이네, 내가 여기서 열심히 호텔을 운영 중인데 댁이 그렇게 계속 기차 화통 삶아먹은 소리를 내면 투숙객들이 다 깬다고."

남자가 창문을 닫고 블라인드까지 끌어내렸다. 제인이 다시 한번 문을 두드리자 남자가 고함을 질렀다.

"지금 경찰 부를 거야."

제인은 뒤로 물러나 거리에 선 채 고개를 절레절레 저었다. 너무 당황스러워 가슴이 마구 뛰었다. 제인은 시드니 하우스 밖에서 기다렸다. 한 시간이 흘렀지만 드나드는 사람이 없었다. 어둠 속에서 제인은 오들오들 떨었다. 추위를 피할 곳을 찾아야 했다. 안 그랬다가는 얼음 조각상이 될 것 같았다. 일단은 시드니 하우스를 포기하고 펄트니 다리를 건너 아버지의 교회인 세인트 스위딘 교회로 다시 갔다. 교회 뒤쪽 덜컹거리는 철제유리창을 넘어 안으로 뛰어내린 후 붉은색 기도용 벨벳 쿠션을 찾아 바닥에 놓았다. 차가운 대리석 바닥 때문에 몸이 떨렸지만 머리를 바닥에 대자마자 하루 동안의 긴장이 바로 풀리면서 피로가 엄습했다. 눈을 감은 제인은 이내 잠에 빠졌다.

12

뭉툭한 물체가 어깨를 찌르는 느낌에 제인은 잠을 깼다. 눈을 떠보니 성직 칼라를 두른 어떤 노인이 지팡이로 자신을 콕콕 찌르고 있었다.

"코카인이 필요한가요, 아가씨?" 목사가 속닥속닥 말했다.

제인이 두 눈을 비볐다. 목사 옆에는 나이 든 여자가 한 명 서 있었다.

"코카인 얘긴 그만해요, 코카인만 알아가지고는." 노파가 목사한테 말했다. 수십 년어치의 체념이 묻어나는 얼굴을 하고 눈을 가늘게 뜬 채 쳐다보는 걸로 보아, 노파는 목사의 부인인 것 같았다. "어떻게 당신은 사람만 보면 중독자로 알아요 그래."

"저 아가씨가 꼭 마약을 한 것처럼 보이니 그렇지." 목사가 어깨를 으쓱하며 다시 제인 쪽으로 몸을 돌렸다. "저기 39번 버스 정류장 옆에 웃기게 생긴 녀석이 하나 있어요. 스캡이라고 하는데. 듣기로 바가지도 안 씌운답디다. 그 녀석이 거래해줄 거요."

"조지 오스틴을 아시나요?" 제인이 물었다. "한때 여기 목사였는데, 그분이 제 아버지예요."

목사가 고개를 절레절레 저었다. "아마도 내 전임자인가 보네. 기독교도답지 않게 나오긴 싫지만 경찰을 불렀소이다."

제인은 겁에 질려 벌떡 일어나 앉았다. "저 때문에요? 왜 그러셨어요?"

"미안하구려." 목사가 말했다. "댁이 여기서 자는 걸 보니까 겁이 나더라고! 그래서 스캡하고 코카인 얘길 해준 거라오. 경찰 부른 일은 미안하게 됐수다. 질 좋은 코카인 약간이면 아가씨한테 보상이 될 것 같은데. 어떻게 좀 드릴까?"

제인이 눈을 가늘게 떴다. "잘 모르겠네요."

"거봐요, 빌." 노파가 말했다. "이 아가씨는 마약중독자가 아니라잖아요."

노파가 목사의 팔을 흔들었다. 노파는 해바라기 그림이 있는 드레스를 입고 있었다. 제인이 열어놓은 창문을 통해 들어온 아침 산들바람에 노파의 드레스 옷감이 나풀거렸다.

"알았어, 퍼트. 거참 고맙구만." 목사가 잔뜩 찌푸린 얼굴로 창문을 잡아당겨 닫으며 말했다. "이젠 나도 알겠다고. 하지만 바닥에서 자고 있는데 낸들 어쩌겠냐고?" 목사가 제인의 어깨에 손을 얹었다. "요는 내가 경찰을 불렀다는 거지. 내가 너무 성급했나 보오. 하지만 긍정적으로 보자고. 이제 아가씨도 알았으니 선수를 칠 수 있게 됐잖소. 나라면 꾸물대지 않을 거요."

그때 참나무 문이 철커덕 열렸다. 검은색 옷을 입은 남자 두 명이 교회에 들어와 멈춰 서더니 주위를 둘러보았다.

"빨리도 오셨네." 목사가 말했다.

제인이 벌떡 일어섰다. "저 사람들이 순경인가요?"

"더 정확하게 말하자면 한 명은 경장이라고 해야겠지." 목사는 복도를 걸어 내려오는 두 남자를 곁눈질로 보았다. "그러니까 순경이란 얘기지."

"저 어떻게 해요?" 제인이 애원조로 물었다.

"도망치게!" 목사가 말했다. "뒷문으로 빠져나가면 될 거요."

제인은 제단 쪽으로 달렸다. 뒷문을 통해 빠져나가기 위해 익랑으로 쏜살같이 달렸다. 익랑 벽에는 황동판이 하나 걸려 있었다. 뛰어 지나가면서도 제인은 자기 이름이 있는 걸 보고 멈출 수밖에 없었다.

제인 오스틴이 예배 보던 곳, 1801~1805

제인은 망연자실, 아무 말도 못한 채 그 금속판을 바라보았다. 그러곤 다시 읽어보았다. 그녀의 이름이었다. 심장이 터질 것 같았다. 제인은 도리질을 했다. 검은색 옷을 입은 남자 둘이 익랑으로 뛰어오고 있어서, 제인은 자신의 이름이 쓰여 있는 평판 앞을 떠나 교회 뒷문을 빠져나가는 수밖에 없었다.

대낮의 환한 빛에 비틀거리던 제인은 눈앞에 펼쳐진 광경에 숨이 턱 막혔다.

눈앞의 풍경은 거의 바스처럼 보이기는 했다. 언제나처럼 황갈색 석재 테라스가 노스게이트 스트리트를 따라 줄지어 들어서 있었다. 펌프룸도 그대로여서 눈앞에 보이는 언덕 아래에 꿋꿋하게 버티고 서 있었다. 하지만 전체를 유리와 금속 재질로 지은 현란한 건물들 수십 채가 여기저기 산재해 있어서 눈에 눈물이 핑 돌았다. 도로에서는 녹색 강철로 만들어진 마차가 그녀 옆을 쌩하고 지나갔다. 그 마차는 끌어주는 말도 없이 스스로 움직였다. 비명을 지르며 길 밖으로 뛰쳐나온 제인은 몸을 보호하려고 철제 난간을 꼭 끌어안았다. 검은색 가죽 속바지를 입고 머리를 보랏빛으로 물들인 남자가 제인 쪽으로 다가와 전단을 내밀었다. 그 종이는 근사한 핑크색으로 채색되어 있어 다이아몬드처럼 반짝거렸다.

"트랜스젠더의 권리를 위한 행진입니다. 내일 오후 4시예요." 남자가 제인의 모슬린 드레스를 가리키며 말했다. "그 의상을 입으세요. 아주 볼만하겠는데요!"

"하늘이여, 저희를 보호하소서." 제인은 속바지 차림의 남자를 무시하고 훨씬 음란한 무언가를 가리켰다. 제인이 지나가던 여자한테 탄식조로 말했다. "발목이 보이잖아요, 부인!"

그 여자는 무릎에서 끝나는 스커트를 입고 있었고, 그 때문에 창백한 피부 아래로 동그란 무릎 뼈가 툭 튀어나와 있는 것이 훤히 드러나 보였다. 저 불쌍한 여자는 어떻게 야유를 받거나 납치를 당하는 일도 없이 이렇게 멀리까지 온 걸까? 제인은 손으로 자신의 눈을 덮었다. 여자가 제인을 보고 코를 찡그리더니 계속 걸어갔다. 제인은 혼란스럽기만 한 주변 광경에 현기증이 났다. 대체 뭐가 어떻게 된 거지?

"거기 당신, 멈춰." 제인 뒤에서 누군가 외쳤다.

교회에서 본 경찰이 거리 위쪽에서 나타나 제인 쪽으로 달렸다. 제인은 비명을 지르며 쏜살같이 도망쳤다. 흐릿한 태양을 방향의 지표로 삼아 남쪽으로 달렸다. 예전처럼 거리 표지판에는 노스게이트라고 쓰여 있었지만 그 표지판은 이제 말도 못하게 높다란 철골 건물에 매달려 있었다. 제인은 왼쪽으로 꺾어 펄트니 다리로 가는 지름길인 골목으로 들어가려고 했지만, 그 골목은 사라지고 없었다. 그래서 벽돌 벽에 쾅하고 부딪히고 말았다. 제인은 머리를 문지르며 어리둥절한 얼굴로 돌아선 다음, 대신 자신이 알아본 건물인 펌프룸 방향으로 계속 직진했다. 제인은 처음 이사 오고 얼마 안 되어 바스의 어디에 뭐가 있는지 다 암기했었다. 제인은 어릴 때부터 줄곧 지형과 지물을 파악하는 데 능숙했다. 그녀의 뇌는 늘 형태와 명칭과 숫자를 게걸스럽게 흡수했다. 초라한 골목 하나하나의 벽돌 하나하나, 넓은 무도회장 하나하나의 기둥, 비좁은 찻집의 채색까지 빠짐없이 알고 있던 그녀였다. 그런데 지금은 기억이 자꾸만 어긋나서 너무나 혼란스러웠다. 원래 있어야 할 자리에 남아 있는 것이 아무것도 없었다.

제인이 사라진 골목길의 위치를 찾아내느라 애쓰며 생전 처음 보는 건물에 맞닥뜨리는 동안에도 그녀를 쫓는 두 남자들은 몸에 밴 습성이라도 되는 듯 거리를 잘도 누비고 다녔다. 두 남자는 빠른 속도로 모든 모퉁이를 돌았고 모든 구덩이를 손쉽게 뛰어넘었다. 출발할 땐 제인이 유리했지만 이제 저 두 남자와 제인 사이의 거리는 10미터도 채 되지 않았다. 제인은 계속 달리는 와중에 두려움을 억눌렀다. 이렇게 버스인 듯 버스가 아닌 듯한 헷갈리는 곳에서 경찰에 붙잡히는 건 전혀 바람직하지 않았다.

광장 쪽을 힐끗거리던 제인은 아는 얼굴을 발견하고 깜짝 놀랐다.

"당신!" 제인이 외쳤다.

그 사람은 전날 밤 본 여자, 제인이 무대 뒤에서 말을 걸었던 여자였다. 반짝이 드레스를 갈아입었는지 여자는 지금 남자들이 입는 셔츠와 바지를 입고 있었다. 커다란 검은색 안경이 여자 얼굴의 윗부분을 반이나 가리고 있었다. 여자가 얼굴을 찡그리더니 가던 길을 계속 갔다. 제인은 그 여자를 쫓아갔다.

"잠깐만요! 저 좀 도와주세요!" 제인이 애원했다.

"싫은데요." 여자가 어깨 너머로 외쳤다.

그러곤 펌프룸 앞에 모여 있던 여자들 무리 속으로 걸어 들어갔다. 제인도 여자를 따라 군중 속에 들어갔다. 제인은 드러난 무릎과 가슴 때문에 눈을 가린 채 이 낯선 인파를 헤치며 나아갔다. 인파가 갈라지자 베스트 외에는 헐벗다시피 한 남자 둘 사이에서 걷고 있던 여자의 모습이 드러났다. 제인은 여자의 손을 붙잡아 펌프룸 정문 근처 옆길로 잡아끌었다.

"알았어요. 좋아요, 무슨 일인데요?" 여자가 한숨을 내쉬며 말했다. 두 사람은 이제 아까 그 경찰관뿐 아니라 다른 사람들 눈에도 보이지 않게 되었다. "셀카요? 아님 사인? 할머니 생일 축하 동영상? 뭐가 됐든 끝나고 나 좀 가만히 내버려두겠다고 약속만 하면 다 해줄게요."

제인은 초조하게 주위를 두리번거렸지만 다행스럽게도 순경들은 보이지 않았다. 그래서 어깨를 으쓱하며 고개를 가로저었다.

"그런 거 나는 다 몰라요. 하지만 그중 아무것도 원하지 않아요."

여자가 숨을 토해냈다. "참 나! 전성기 땐 광팬도 좀 있었는데, 그래요, 댁이 이겼어요. 원하는 게 뭔데요, 그럼?"

"왜 계속 저한테서 멀어지려고 그러는 거죠?" 제인은 뒤로 물러나 여자를 자세히 살펴보았다. "어젯밤에도 그랬잖아요."

여자가 허리에 양손을 얹고는 눈살을 찌푸렸다. "한 번 따져봅시다. 우선 당신, 난데없이 쌓여 있던 무대 막 속에서 나타났잖아요. 그러더니 스토커처럼 내 뒤만 따라다니고. 그러니 당신을 왜 피하냐고 날 비난할 수 있겠어요? 정신 제대로 박힌 사람이면?"

제인은 고개를 끄덕였다. "저한테 해명할 기회를 주시겠어요? 그런 다음 원하면 얼마든지 떠나셔도 좋아요."

여자는 제인을 위아래로 훑어보더니 어깨를 으쓱했다.

제인이 얘기를 계속했다. "잠이 들었다 깨어났더니 버스가 바뀌어 있었어요. 사람들이 옷을 걸치다 말고 건물은 유리하고 강철로 지어져 있더라고요. 원래 있어야 할 자리에 있는 건 아무것도 없고요. 이젠 순경한테 쫓기는 신세까지 되었어요. 아직도 뭐가 뭔지 하나도 모르겠어요. 제발 저 좀 여기서 벗어나게 해주세요. 뭐든 할게요. 보답으로 당신한테 뭐라도 도움을 드릴 수 있을 거예요."

여자는 제인을 빤히 바라보면서 제인의 제안을 곰곰이 따져보는 것 같았다. 자신의 양팔을 가슴 위에서 교차시켜 팔짱을 끼더니 고개를 끄덕였다. "좋아요, 콜."

제인은 예상치 못한 태세 전환에 자세를 바로잡았다. 대체 자신이 무슨 말을 했기에 여자의 마음이 바뀐 걸까?

"절 도와주신다고요?"

"도와줄게요. 내 말은, 당신도 날 도울 거라면요."

"물론이죠." 제인이 말했다. 도움이라고 할 만한 걸 줄 수 있을지 확신할 순 없었지만 순경한테서 벗어날 절호의 기회였기에, 그런 걱정은 나중에 하기로 했다. "이름이 어떻게 되시죠?"

"진짜 이러기예요? 내가 누군지 몰라요?" 여자가 검은색 안경을 벗고 「비너스의 탄생」 속 비너스 같은 포즈를 취했다. "이제 좀 알겠어요?"

"모르겠어요." 제인이 말했다.

"아, 쫌 그만해요." 짜증이 났는지 여자의 목소리가 날카로워졌다. "소피아 웬트워스잖아요."

여자가 손을 내밀자 제인이 악수를 했다.

"전 제인 오스틴이라고 해요."

13

소피아 웬트워스는 이제야 지금 상황이 또렷하게 보이기 시작했다. 35밀리미터 필름 카메라에 고정 초점 렌즈를 올렸을 때, 딱 그때처럼 또렷하게 보였다. 그 여자가 전날 밤 무대 막에서 형체를 드러냈을 때, 소피아는 그 광경이 자신의 뇌가 만들어낸 환상일 뿐이라고 치부해버렸다. 마침 종이봉투에서 산소를 너무 여러 번 들이마시는 바람에 뇌가 산소를 빼앗긴 때였기 때문이다. 그러다 좀 더 꼼꼼히 따져보았더니, 검은색 벨벳 커튼 더미에서 나타난 여자는 산소 결핍을 일으킨 그녀의 뇌가 아니라 영화 제작자의 악의가 불러낸 존재라는 사실이 분명해졌다. 영화 제작자는 가장 진부하기 짝이 없는 홍보 수단인 몰래카메라 연출로 대히트를 보장하고 싶은 마음에 그랬을 것이다. 이젠 모든 게 너무 뻔해 보였다.

그녀는 아까 에이전트하고 울먹이며 했던 전화 통화 생각에 진저리가 났다. 에이전트도 분명 그 장난에 가담했을 것이기 때문이었다. 그녀는 DVD 부록으로 제인 오스틴 작품 '촬영 뒷이야기' 관련 상품을 제안했다. 제작사는 그 제안을 거절했지만, 이제 보니 그조차 계략의 일부, 다시 말해 그녀가 자연스러운 모습을 보여줄 수 있게 계속 비밀에 부치기 위한 술책이었던 것이다. 제작사야 당연히 밀고 나갔을 것이다. 이제 제작사는 비명을 질러대는 소피아를 카메라에 담음으로써 추가 영상을 최대한 많이 뽑아낼 수 있기를 바랄 게 분명했다. 그리고 그 목적을 달성하기 위해 이 제인 오스틴 사칭꾼을 고용해 무대 막 더미에서 튀어나오게 함으로써 그녀에게 겁을 주었던 것이다. 소위 제인 오스틴 유령이 등장했는데 그녀가 비명을 지르지 않자, 필요한 영상을 확보하고자 그날 아침 이 여자를 다시 내보냈을 것이다.

이 사칭 배우가 스톨 스트리트에서 그녀를 향해 달려왔을 때, 소피아는 다른 일에는 관심을 끈 채 자신이 태어난 고장을 다시 알아가고 있던 중이었다. 곰곰이 생각해보니 작품의 원작자를 연기하라고 뽑은 이 여배우가 특정 부분에서 과장된 연기를 한 것 같았다. 소피아는 이 점에 짜증이 났다. 이 광대극에서 주연을 돋보이게 할 역할을 맡은 배우조차 제대로 된 배우로 못 구했다면 제작사는 다시 한번 소피아에게 모욕을 준 셈이었고, 이 업계가 전반적으로 그녀의 재능을 존중해주지 않는다는 점을 재차 확인시켜주기도 한 셈이었기 때문이다. 소피아는 많은 걸 바라지도 않았다. 연기 학원에서 하계 강습을 이수한 사람만 되었어도 만족했을 것이다. 그런데 이 여자는 이력서에 폭삭 망한 샴푸 광고 달랑 하나밖에 없을 것 같았다. 그러니 뉘앙스를 그렇게 파악하지 못한 것이었다.

소피아는 자신도 좀 즐기기로 마음먹었다. 제작자들이 자신을 존중해주지 않았으니, 자신도 똑같이 대갚음해줄 셈이었다. 이 확장판 몰카를 찍는 데 투입되는 제작비와 인력을 잘 알고 있는 만큼, 소피아는 몰래카메라 조작꾼들, 의상, 엑스트라, 스토리 작가한테 제작비를 최대한 펑펑 낭비하게 하면서 이 장단에 맞춰줄 생각이었다. 그녀가 먼저 물러서진 않을 작정이었다. 할 테면 해보라지, 얼마든지 받아줄 테니. 지금 내 앞에 있는 이 여자를 오래전 세상을 뜬 영국 산문계의 총아처럼 대해줄 테다. 제작자들은 쓸데없는 장면만 계속 찍어대면서 머리를 긁적거리겠지. 더 바람직하게는, 조금이라도 괜찮은 장면이 나오면 그녀의 남편이 좋아할지도 몰랐다.

"그러면 당신이 제인 오스틴이란 거군요." 소피아가 말했다.

"맞아요." 제인 오스틴 사칭 배우가 대답했다.

그녀의 눈은 건너편에 있는 주변 건물들, 도로, 골목을 빠르게 지나가는 사람들을 흘끔거리고 있었다.

"그리고 날 도와주겠다고 했고요, 맞죠?" 소피아가 물었다. 이 사칭 배우가 아까 한 거래에서 빠져나가게 하긴 싫었다.

"물론이죠." 여자가 떨리는 목소리로 대답했다. "어떻게 하면 제가 도움이 될 수 있을까요?"

"날 돋보이게 해주면 돼요." 소피아가 소곤소곤 말했다. 몰래카메라가 어디 숨어 있는지는 모르겠지만 보이지도 들리지도 않았다. "내 리드를 따라요. 내가 조명이 안 좋은 데로 가면 좀 더 화면발 잘 받는 지점으로 날 안내하고요. 괜찮아요, 전에도 아마추어랑 일해본 적 있으니까. 이 폭삭 망할 것 같은 작품도 내가 구할 수 있다고요. 하지만 당신도 당신 역할에 아주 제대로 몰두해야 해요. 당신이 진짜 제인 오스틴이라고 믿고 있는 것처럼 연기해야 한다는 말이에요."

"전 진짜 제인 오스틴인걸요." 여자가 말했다.

"바로 그거예요! 확신을 가지고 연기하는 거예요. 핵심은 내가 매력적이고 아름답고 관능적으로 보여야 한다는 거예요. 자, 우린 할 수 있어요." 소피아가 격려의 의미로 제인의 어깨를 토닥거렸다.

"저도 그러길 바라요." 제인 역을 맡은 여자가 말했다.

"좋아요. 잘될 거예요." 소피아가 일어서서 다시 목소리를 키웠다. "이제 어쩔까요, 제인 오스틴?"

"제 옷요." 자신의 엠파이어 라인 드레스를 가리키며 제인이 말했다. "왜인지 모르겠는데 이 옷이 이목을 끌더라고요."

"생각 잘했어요." 소피아가 말했다. "여기서 잠깐 기다려요. 이 소피아가 구해줄 테니까."

소피아가 그 골목을 떠나 뒤쪽 비탈길을 다시 올랐다. 함께 서 있던 제인이 길을 나선 소피아에게 큰 소리로 외쳤다.

"돌아올 마음은 있으신 거죠?"

소피아는 정말 돌아왔다. 옷이 든 가방을 가지고.

"이 옷 입어요." 소피아가 말했다.

소피아는 새로 생긴 이 후배에게 하비 니콜스에서 산 세련된 옷, 어딘가 오드리 헵번 같은 분위기가 풍기는 옷을 쫙 빼입히고 싶었지만 스톨 스트리트에서 문을 연 유일한 매장이 사마리탄 자선단체 매장밖에 없었다. 정사각형 체형의 판매원은 소피아에게 갈색 페이즐리 무늬 사파리 정장을 팔았다.

"이 옷이 여기서 유행하는 옷일 테니까 이 옷을 입으면 이목 끌 일이 없겠죠?" 제인의 걱정스러운 표정이 만면에 어른거렸다.

"아주 멋져 보일 거예요." 소피아가 자신에 찬 얼굴로 말했다. 사실 우스꽝스러워 보이겠지만 갑작스레 구하려니 그게 최선이었다. 소피아는 골목에 놓인 나무상자 더미를 가리켰다. "저기서 갈아입어요."

제인은 그 나무상자 더미 뒤에서 몸을 굽힌 채 엠파이어 라인 드레스에서 몸을 뺐다. "이건 남자 옷이네요."

"요샌 여자들도 바지 입어요." 소피아가 설명하면서 장단을 맞췄다. 그러곤 고개를 들어 하늘을 보았다.

저 위 건물에 달린 CCTV 한 대가 두 사람을 향하고 있었다. 소피아는 그 카메라를 못 본 체했지만 어깨를 돌리고 턱을 들어 올려 자신의 모습이 최상의 앵글에서 찍힐 수 있게 했다.

"전에도 바지를 입어본 적은 있답니다, 웬트워스 양. 저희 자매들하고 공연한 연극 〈무시무시한 잉글랜드의 역사〉에서 제가 조지 왕 역을 맡았거든요."

"그냥 소피아라고 불러줘요."

소피아는 일반 대중과 잭이 자신을 성으로 부르는 걸 듣게 하고 싶지 않았다. 성으로 부르면 왠지 자신이 거들먹거리는 사람이 되는 것 같았다. 늙은 것처럼 느껴지기도 했다.

"참 괴상하네요." 제인이 자신이 알아차린 점을 말했다. "어젯밤에 본 사람들도 서로 이름을 부르더라고요. 속옷은 그대로 입나요?"

"여기선 누구든지 이름으로 불러도 돼요." 소피아가 말했다. "그리고, 속옷은 그대로 입고 있고요."

소피아는 어떻게 하면 이 연기를 가장 잘 할 수 있을까 곰곰이 생각했다. 처음부터 끝까지 자신은 아무것도 모르는 사람인 것처럼 보이면서도 철학적이고 유식해 보이는 말을 은근슬쩍 던져서 남편의 사랑을 되찾아야 했다.

제인은 바지를 위로 올려 입은 다음 슈미즈를 바지 안에 쑤셔 넣었다. 슈미즈 때문에 볼록해진 부분은 셔츠로 가렸다.

"이러면 괜찮을까요?"

그녀의 얼굴은 대혼란 그 자체였다.

소피아는 제인을 위아래로 훑어보았다. 제인의 자그마한 몸은 껴입은 베이지색 꽃무늬 폴리에스테르 천 아래서 그야말로 헤엄을 치고 있었다. 고리 모양의 머리 타래 몇 개가 얼굴을 둘러싼 섭정 시대 헤어스타일은 그대로였다. 몸집 작은 광대 꼴이었다.

"훌륭해요." 소피아가 자신 있게 말했다.

제인은 바지의 허리밴드 부분을 더 이상 말 수 없을 때까지 말았다. 소피아는 골목 끄트머리까지 살금살금 걸어갔다. 그러고는 좌우를 살폈다. 일단 지금은 들킬 위험이 없었다. '경찰'이 보이지 않았다. 소피아는 제인에게 손짓으로 자신을 따라오라고 한 다음 함께 레일웨이 스트리트까지 걸어갔다.

"그러면……." 소피아가 기차역 쪽으로 걸어가면서 입을 뗐다. "부활한 거예요?"

소피아는 다음 카메라가 어디 있나 두리번거렸다. 눈에 보이는 카메라는 없었다. 어딘가 숨겨놓았을 것이다. 소피아는 덤불 속에 숨긴 카메라가 없길 바랐다. 아래서 찍는 건 실물보다 가장 못 나오는 앵글이기 때문이었다.

"뭐라고요?" 제인이 말했다.

"아니면 보닛 같은 데서 채취한 당신 DNA를 복제했대요?" 소피아가 코웃음을 쳤다. 즉흥 연기 실력은 좀 녹슬었을지 몰라도, 그녀는 지금 이 젊은 여배우를 도와 일을 진행시키려 노력 중이었다. 그런데 이 새로운 동지는 그녀가 한 말을 못 알아들은 척했다. 그래서 소피아는 계획을 한층 더 다듬었다. "당신 지금 다른 시간대에 있는 거잖아요. 그래서 어떻게 이 시간대로 왔을까 그냥 그게 궁금했던 것뿐이에요."

여자는 이 덫에 더 혹하더니 깜짝 놀란 얼굴로 소피아를 빤히 쳐다보았다.

"지금이 언제인데요?" 여자가 물었다.

소피아는 잠깐 아무 말도 하지 않고 미소를 지었다. 이제 폭로할 때가 당도했다. 지금이 이 서사에서 가장 중요한 순간이므로 연기를 아주 잘해야 했다.

"당신은 지금이 언제라고 생각하는데요?" 소피아가 태연한 목소리로 말했다.

"지금은 1803년이에요." 제인이 마치 큐 사인이라도 받은 듯 대답했다. 조심스러우면서 당혹감도 묻어나게 대사를 아주 잘 쳤다.

소피아는 고개를 끄덕이며 입을 열어 답을 해주었다. "유감스럽지만 아니에요. 지금은 2020년이랍니다."

"하느님 맙소사." 제인이 말했다.

그녀는 눈을 휘둥그레 뜨고 발을 동동 구르며 한 바퀴를 돌았다. 그러곤 눈을 감고 바닥에 앉더니 거의 실신할 것처럼 보였다. 소피아는 제인의 어깨를 흔들며 얼굴에 대고 후후 바람을 불었다. 여자는 뭔가가 퍼뜩 떠오른 듯했다.

"종이에 나온 날짜요, 어젯밤." 여자가 소피아한테 말했다.

"무슨 종이요?" 소피아가 물었다.

소피아는 이 여자한테 일어나라고 말해도 될지 말지 고민 중이었다. 하지만 여자가 방금 들은 소식에 (당연하게도) 충격을 받은 척 연기를 하고 있어서 흐름을 끊기가 싫었다.

제인이 소피아에게 전날 밤 건네받은 종이에 대해 설명해주었다.

"리허설 일일 촬영 계획표요? 맞아요, 거기 날짜가 나와 있었을 거예요. 2020년이라고." 소피아가 알려주었다.

이 제인 오스틴 사칭 배우가 온몸을 떨었다. 소피아는 이제 이 쇼를 즐기게 되었다. 아까는 이 배우를 과소평가했었다. 소피아가 장중하게 폭로를 이행하자, 이 여배우는 불신과 공포를 온몸으로 보여주며 반응을 보였다. 비록 촬영 뒷이야기 장면이고 저화질 비디오카메라로 찍을 공산이 크겠지만, 소피아는 상관없었다. 관객은 인간의 진짜 감정을 보면 그 어떤 플롯이라도 불신을 유보하는 법이라, 200년 전 시대에서 와 현대에 갇혔다는 이 사람의 이야기는 제아무리 매몰찬 사람의 마음도 움직일 게 분명해서였다.

14

제인은 무릎 위로 허리를 굽힌 채 심호흡을 했다. 어제 하루 동안 먹은 유일한 음식이 런던으로 가는 길에 먹으려고 싸온 비스킷이 다였음에도 제인은 그 얼마 안 되는 곡물을 갑자기 길바닥에 쏟아내고 싶어졌다. 하지만 사실을 확인받기 전까지는 몸의 그런 반응을 억눌러보려고 했다.

"말도 안 돼요." 제인은 소피아라 불리는 여자한테 말했다.

증거가 점점 확실해지자 그녀가 알던 바스에 무슨 일인가 일어났다는 사실을 무시할 수 없게 되었다. 하지만 그래도 제인은 여자가 내놓은 어처구니없는 현실이 착각일지도 모른다는 희망의 끈을 놓지 않았다.

"믿을 수 없어요." 제인이 말했다.

소피아가 속바지 차림의 지나가던 남자를 불러 세웠다. "실례합니다. 올해가 몇 년도죠?"

"저를 아세요?" 남자가 안경을 들어 올리며 말했다. "혹시 〈휠 오브 포춘〉(미국의 지상파 TV에서 방영하는 퀴즈쇼 프로그램-옮긴이)에서 나오셨나요?"

소피아가 한 손으로 얼굴을 가리며 재차 물었다. "아뇨, 지금이 몇 년도냐고요, 선생님?"

"2020년요." 제인의 동행인인 이 여자가 바보 같은 질문이라도 했다는 듯 남자가 언짢은 낯을 하고 씩씩거리며 답했다. 그러곤 안경을 다시 끼고 가버렸다.

"봤죠?" 소피아의 말에 제인이 움찔했다. 이건 결코 바람직한 상황이라고 할 수 없었다. 소피아는 쓰레기통에서 신문을 주워 제인에게 보여주었다. "다시 한번 봐요."

1면에 연설 중인 남자의 그림이 실려 있었다. 이 그림은 전날 밤 무도회장에서 제인을 겁먹게 했던 그림처럼 실물과 똑같았다. 소피아가 신문 상단에 인쇄된 날짜를 가리켰다. 2020년.

제인은 충격에 전율하며 어제 먹은 음식을 게워내야 하나 다시 한번 생각했다. 그러곤 소피아를 뚫어져라 바라보았다. 어쩌면 레이디 존스톤과 그녀의 뒷담화 기병대가 오스틴 가족한테 더 많은 스캔들과 재미를 짜낼 수 있기를 바라며 어떤 야심 찬 장난을 치고 있는 건지도 몰랐다. 대화 소재로 써먹으려고 이렇게까지 애를 쓰다니, 신문을 조작하고 배우들한테 돈을 주다니, 참으로 이례적인 책략이 아닐 수 없었다. 하지만 레이디 존스톤이 개입하지 않은 현실(이 여자가 말한 게 사실인)은 그보다 훨씬 터무니없었다.

또 한 대의 강철 마차가 무시무시한 소리를 내며, 이번에도 앞에서 끌어주는 말도 없이 그들을 지나갔다. 설사 제인이 시간 이동을 했다는 발상을 받아들일 수 있다손 치더라도, 그걸 그녀가 대체 무슨 수로 해냈다는 말인가? 무슨 조화를 부렸기에 몸과 마음을 왜곡하는 이 뛰어난 계략을 달성했다는 말인가? 싱클레어 부인의 소행이었을까? 하지만 그건 나머지를 다 합한 것보다 더 어처구니없는 현실이어야 가능한 일이었다. 양배추 냄새를 풍기는 치프사이드 출신의 후줄근한 여자가 알고 보니 막강한 마법사였다는 현실? 그 여자가 제인의 원고에 남긴 이상한 낙서가…… 주문이었다는 현실? 그 여자가 양배추 화로에서 마법으로 시간의 문을 열어 제인을 보냈다는 현실?

함께 길을 걷는 동안 제인은 주변 광경을 살피면서 논리적 설명이 없나 찾아보았다. 강철 마차가 세 번째로 지나갔다. 강철 마차가 가능한 이유는 찾을 수 있었다. 말 없는 우편 마차를 단순한 증기기관차와 혼동한 것이었다. 제인은 스무 살에 런던에서 아버지와 함께 머독의 증기기관차를 50여 미터 탄 적이 있었다. 기관차 연통에서 칙칙폭폭 뭉게뭉게 피어오른 회색 증기를 보고 깜짝 놀란 제인이 기관사한테 어떻게 작동하는지 설명해달라고 했었다. 기관사는 곤혹스러운 얼굴로 아버지한테 따님이 버릇이 없다면서 그런 건 여자가 궁금해할 일이 아니라고 말했다. 그래서 아버지가 제인을 위해 순회도서관에서 기관차 관련 책을 빌려다주었고 제인은 그 책으로 관련 개념을 독학했다. 이 마차의 알 수 없는 동력도 간단한 증기 내연기관의 덕으로 볼 수 있을 것이다. 사실 이 마차에서 증기가 뿜어져 나오지는 않았지만, 프랑스식이든지 대체 설계를 썼든지 했을 것이다.

바스의 바뀐 외관도 설명이 가능했다. 아마 강철과 유리를 이용한 개조가 이루어졌는데, 그녀가 크고 작은 숲을 쏘다니는 동안 못 보고 놓쳤을 것이다. 그녀가 어제 스톨 스트리트에 있는 동안 모든 걸 순식간에 정비한 게 틀림없었다. 바스는 늘 모든 걸 가장 먼저 가지려 안간힘을 써왔으므로, 지방의 젠트리 계층이 하루 만에 유행을 따르는 신축 건물을 급조하고도 남았으리라는 것이 제인의 생각이었다.

제인이 지금 상황을 논리적으로 설명할 또 다른 요소를 찾아 두리번거리는데 머리 위에서 바람이 윙윙 굉음을 내며 날카로운 소리를 냈다. 고개를 들어 하늘을 보니, 그 소리는 외피가 깃털이 아니라 눈부시게 빛나는 흰색 강철로 이루어진 새에서 난 소리였다. 그 길이는 시드니 하우스의 아파트 건물 스물네 채를 이어놓은 정도였다. 그 새는 공중 수백 킬로미터 높이에서 하늘을 쏜살같이 날았는데, 그녀가 그날 아침 관찰한 두 번째 종이었다. 바로 여기가 논리적으로 설명하려는 노력이 조금 힘들어진 부분이었다. 타조보다 1,000배는 큰, 저 거대한 강철 새가 굉음을 내며 하늘을 질주한 사실에 대해서는 그 어떤 논리적 설명도 존재하지 않아서였다.

그러다 이 모든 것에 논리적 설명이 존재한다는 사실을 깨달으면서 제인은 자신의 머리를 손으로 탁 쳤다. 물론 존재했다! 그녀 자신이 미쳤기 때문이었다. 모욕감과 평생 독신이라는 최종 선고를 받고 노망이 든 게 분명했다. 스톨 스트리트에 서서 1실링을 받고 연애시를 지어주는 여자, 그레이비소스 얼룩이 묻은 숄을 걸치고 보닛 대신 스튜 냄비를 뒤집어쓴 그 여자처럼 제인도 암울한 독신 신세에서 광기라는 포근한 담요 속으로 도망친 것이었다. 그녀는 실연이 사람을 광기로 내동댕이칠 수 있을 정도로 강력한 힘이라는 걸 믿어 의심치 않았다. 모든 건 다 그녀가 상상해낸 것이라는 걸 이제는 알 수 있었다. 런던까지 여행을 떠난 일도, 싱클레어 부인도, 밉살맞은 남자와 춤을 춘 일도 모두. 모든 건 그녀의 마음이 외로움에 대항하기 위해 짜낸 계략이었다.

이제 정신병이 있다는 걸 확인했으니, 앞으로 어떻게 해야 할 것인가? 어떻게 처신해야 할 것인가? 히스테리에 걸린 여자들을 위한 최신 유행 치료법은 바닷가로의 여행을 권한 다음, 밖에 자물쇠가 달린 우편 마차에 몰아넣고 브라이튼이나 라임 같은 휴양도시가 아닌 베들럼(1247년 영국 런던 남부에 세워진 베들럼 왕립 병원은 영국 최초의 정신질환 전문 병원이었다-옮긴이)으로 보내는 것이었다. 제인은 그처럼 매혹적인 말로를 혼자 힘으로 막아낼 수 있어서 기뻤다. 그래서 대신 최대한 멀쩡하게 행동하고 되도록 자신의 광기에 이목이 쏠리지 않게 하기로 결심했다. 만사가 순조로운 척, 새로 생긴 친구 소피아가 무슨 말을 하든 동조하는 척할 작정이었다. 소피아도 환각의 일부가 아니어야 할 텐데…… 하지만 안전을 기하기 위해 제인은 브라이튼에 가자는 제안은 무조건 거절할 생각이었다.

"그러면 당연히 과거로 돌아가고 싶겠네요. 당신이 살던 시대로?" 소피아가 말했다.

"사실." 제인이 조심스레 고개를 끄덕이며 대답했다. "그런 생각은 안 했어요."

"과거로 돌아가야 당신 책을 쓰죠."

제인은 이제 막 떨어진 광기의 늪을 헤매는 데 정신이 팔린 나머지 소피아가 한 말을 놓칠 뻔했다. "……내 책이라고요?"

"그래요, 당신 책. 제인 오스틴 책."

제인은 입을 열었지만 아무 말도 하지 않았다.

"나랑 같이 가요." 소피아가 가던 길을 계속 갔고 제인은 그런 소피아를 따라갔다. "내가 당신 작품 중 하나를 각색한 작품에 출연 중인 거 알고 있었어요?"

"죄송하지만 뭐 중 하나라고요?" 제인이 물었다.

"당신 책 말이에요. 『노생거 수도원』."

제인이 고개를 절레절레 저었다. "정말 죄송한데요. 이번에도 당신이 무슨 말을 하는지 이해를 못 하겠어요."

두 사람은 초가지붕이 있고 흰 돌로 지어진 오두막에 도착했다. 소피아가 문을 열고 제인을 안으로 안내했다. 아늑하고 안락한 집이어서 제인은 미소가 지어졌다. 제인이 자란 햄프셔의 교구 목사관을 떠올리게 하는 집이었다. 유리와 강철로 만들어진 가구 몇몇은 낯설었지만 응접실에는 포근한 벽난로와 벽 한 면을 다 차지할 정도로 어마어마하게 큰 책장이 있었다.

"여긴 내가 있고 싶어서 있는 게 아니랍니다." 소피아가 거대한 손가방을 창턱 위에 내던지며 말했다. "여긴 내 동생 집이에요. 하지만 당분간은 이 정도면 지낼 만할 거예요."

소피아가 다른 방으로 사라졌다가 잠시 후 겨드랑이에 책더미를 끼고 돌아왔다. 소피아가 그 책들을 한 권 한 권 테이블 위에 올려놓았다.

"내가 그 영화를 하겠다고 계약했을 때, 제작자들이 선물로 준 책들이에요. 나라면 보석이 더 좋았겠지만 그건 됐고요. 이 책도 좋은 거긴 해요. 초판본이거든요, 내가 알기로는."

제인이 숨을 멈추자 순간 집 안은 정적에 휩싸였다. 제인은 테이블 위에 놓인 책 여섯 권을 뚫어져라 쳐다보았다. 제목을 하나씩 차례대로 읽었다. 모두 작가가 같았다.

"세상에나."

제인이 할 수 있는 말이라고는 이게 다였다. 방이 펑펑 돌았다.

"그래요. 근사하죠, 그렇죠?" 소피아가 말했다.

"좀 앉아도 될까요?"

"전세 내도 뭐라고 안 할게요."

제인은 그게 무슨 말인지 몰랐지만 그래도 의자를 하나 잡아 뺐다. 손이 덜덜 떨렸다. 현재의 광기로 인한 망상 속에서 그녀의 마음이 부린 그 모든 농간 중 가장 잔인하기로는 이것이 단연 최고였다. 자신이 서서히 광기에 빠져들었다는 생각까지는 제인도 기꺼이 포용할 수 있었다. 하지만 그녀의 망상에 가장 소중한 꿈인 작품을 발표한 소설가라는 지위를 얻었다는 것까지 포함되어 있다면 더는 그럴 수 없었다. 그건 너무 잔인해 보였다. 자신의 이름이 인쇄된 걸 이렇게 보게 된 건 마음속으로 20년간 물어왔던 질문에 대한 답을 들은 것과 마찬가지였다.

제인은 지금 온몸으로 느낀 더없는 행복을 최대한 부풀려보려고 애를 썼다. 설사 사악한 환상이 마음을 집어삼킨 것일지언정, 그녀는 잠깐이나마 그 환상에 마음껏 탐닉할 작정이었다. 그래서 그 자리에 앉아 자신이 미치지 않았다는 생각에 마음껏 빠져들었다. 자신은 미친 것이 아니라 정말 주문에 걸려 시간 여행을 한 것이었다. 그녀는 지금 자신의 존재를 미래의 어느 시점에서 발견한 참이었다. 그 미래에서 그녀의 원고는 퇴짜를 맞기는커녕 인정받아 출판까지 되었고, 누군가의 집에 있는 책장에 놓이기까지 했다. 머릿속이 새하얘진 지금, 제인은 자신이 앉아 있어 다행이라고 생각했다. 안 그랬으면 기절하고 말았을 것이다. 제인은 눈을 깜박이며 그 책들 중 한 권을 집어 들었다. 표지에 이렇게 쓰여 있었다.

엠마 / 소설 / 제인 오스틴

제인은 그 책을 펼쳤다. 초상화 하나가 표지 뒷면에 실려 있었는데, 서른쯤 되어 보이는 여자를 그린 수채화였다. 여자는 베이지색 드레스 차림이었고 레이스 보닛 아래로 고수머리가 비져 나와 있었다.

"세상에, 이거 저네요." 제인이 말했다.

코가 부리처럼 너무 길었고 눈도 지나치게 동그랬지만, 초상화는 놀라울 정도로 그녀의 얼굴과 닮아 있었다.

"그 사람들, 캐스팅 한 번 잘했네요." 소피아가 중얼거렸다.

이번에도 제인은 그 말이 무슨 뜻인지 몰랐지만 더 중요한 일에 정신이 팔려 있었다.

"레이스 모자를 쓰고 초상화 모델을 선 적은 없었는데." 그녀가 그림을 가리키며 말했다.

세세한 부분도 이상했다. 사회 규범상 레이스 모자는 기혼 여성 전용이었기 때문이다. 자신의 초상화를 더 꼼꼼히 살펴본 결과 제인은 낯익은 화가의 주요한 특징을 확인할 수 있었다.

"카산드라가 그린 거야." 제인은 단언했다.

그래서 혼란스럽기도 하고 흥미롭기도 했다. 이 초상화를 위해 카산드라 앞에 앉아서 포즈를 취한 기억이 전혀 없어서였다. 그럼에도 이 그림은 카산드라가 그린 그림이 분명했다. 어떻게 된 일일까?

"카산드라가 누군데요?"

"우리 언니요." 제인이 대답했다.

"그럼 그렇지, 그럴 줄 알았다니까!" 소피아가 말하며 자랑스럽게 가슴을 내밀었다. 그녀의 풍만한 가슴이 자태를 뽐냈다. "이제 갈까요?"

"어디를 가는데요?"

제인은 소설책 표지를 다시 덮었다.

"어디든 단서를 찾을 만한 곳으로요."

"단서요?" 제인이 되물었다.

여전히 기묘한 감정에 사로잡힌 제인은 소설만 뚫어져라 쳐다보았다.

"네." 소피아가 고개를 끄덕이며 대답했다. "당신을 원래 시대로 돌려보낼 단서요."

15

"아까 받은 충격이 내가 감당할 수 있는 최대치인 줄 알았어요. 그런데 그게 최대치가 아니었네요." 제인이 말했다.

두 사람은 브라운 스트리트에 있는 조지 왕조 양식의 현대적인 흰색 건물에 도착했다. 해가 잿빛을 띠고 있는 것으로 보아 제인은 오후 3시쯤 되었을 것이라고 짐작했다. 그녀는 환상 속의 태양도 현실 속 잉글랜드의 태양처럼 뿌옇게 보일 수 있다는 점을 유심히 봐두었다. 제인은 건물 정면을 가만히 응시했다. 꼭대기에 가로질러 놓인 간판에 '제인 오스틴 체험 센터'라고 쓰여 있었다.

제인은 심호흡을 한 뒤 또박또박 말했다. "이 건물에 내 이름이 있네요."

그녀는 자신이 썼다고 하는 소설들을 본 이후로 여전히 현기증에 시달리고 있었다. 그런데 이제 이런 장소까지 본 것이다.

"대단하지 않아요?" 소피아가 말했다. "당신 인생에 관한 정보를 좀 모을 수 있지 않을까 생각했어요. 카메라에도 잘 나올 테고요."

제인은 머릿속이 너무 복잡해서 고개만 저었다. 그녀의 이름이 찍힌 건물은 어떻게, 왜 생긴 걸까? 안에는 대체 무엇이 있을까?

두 사람은 푸른색 정문을 통해 입장했다.

"저건 우리 집 거실이에요!" 제인이 놀라며 말했다.

현관홀에는 닮을 대로 닮은 오래된 오스틴 집안의 긴 의자와 오스틴 부인의 커다란 옷장이 있었다. 왜 오스틴 가족의 가구가 여기 있는 거지? 어떻게 여기로 옮겼을까? 가족들이 쓰던 물건이 통째로 이 낯선 건물로 옮겨지고, 가족이 쓰던 거실이 마치 전시장처럼 재현된 것을 보니 기분이 묘했다. 제인은 이번에도 머릿속이 새하얘지는 것 같아 마음을 가라앉히기 위해 긴 의자에 주저앉았다.

"거기, 파자마 입으신 분요." 한쪽 구석에서 어떤 목소리가 제인을 향해 날카롭게 외쳤다. "거기 앉으시면 안 돼요."

어떤 여자가 몹시 화가 난 얼굴로 튀어왔다. 여자는 몸에 잘 맞지 않는 자줏빛 드레스를 입고 흰색 보닛을 쓰고 있었다.

"뭐라고요?" 소피아가 대꾸했다. "파자마 아니거든요. 사파리 정장이에요! 구제라고요."

"그 가구도 마찬가지죠. 표지판 못 보셨어요? 그건 유물이에요, 값으로 매길 수도 없는!" 보닛을 쓴 여자가 언짢은 낯을 했다. "제인 오스틴이 바로 그 소파에 앉았단 말이에요."

제인은 그 소파를 보았다. 여자의 말이 거짓은 아니었다. 하지만 더 정확히 말하자면, 제인은 거실에 놓인 저 긴 의자에 늘 앉았고 마지막으로 거실에 있었을 때도 그 의자에 앉았다. 의자에는 제인이 한밤중에 책을 읽다가 촛농을 흘려 생긴 초승달 모양의 탄 자국도 팔걸이 위에 그대로 있었다. 황홀감과 당혹감이 동시에 엄습했다. 세세한 것에서 사실감이 느껴질수록 이 꿈은 점점 심란해졌다.

"그렇네요. 죄송합니다, 부인." 예의범절을 망각할 정도로 악몽에 빠지지는 않은 제인이 말했다. 그러고는 의자에서 일어섰다.

"티켓 두 장 주세요." 소피아가 미소 띤 얼굴로 말했다.

"다음 번 투어는 10분 후에 시작됩니다." 여자는 소피아의 돈을 받으면서 제인을 자세히 살펴보았다. "우리, 구면이죠?"

여자는 제인을 지나쳐 제인 뒤 벽을 뚫어져라 쳐다보았다.

"아닐 거예요, 부인."

"제기랄." 소피아 또한 뒤쪽 벽을 응시하며 말했다.

제인은 소피아의 신성모독성 언사에 움찔했지만 그녀 역시 뒤를 돌아보고는 그럴 만했다고 생각했다. 제인 뒤쪽 벽에서 그녀의 뒤통수를 내려다보고 있는 것은 다름이 아니라 아까 소설책 표지 뒷면에 있던 것과 똑같은 초상화를 실물 크기로 모사해놓은 그림이었다. 매부리코와 옷이 다르다는 점 외에 실물 제인은 그림 속 인물과 정확히 들어맞았다. 실물 제인이 초상화 속 제인과 똑같이 곤혹스러운 표정을 지었다.

"어머나, 그 사람들 캐스팅 한 번 잘했네." 소피아가 다시 한번 중얼거렸다.

"그 말이 무슨 뜻인지 전 아직도 모르겠어요." 제인이 말했다. "하지만 심정은 나도 당신과 같아요."

책 속 초상화에서는 양어깨가 잘려 나갔지만, 이 대형 모사화에서는 제인의 상반신이 더 잘 드러나 있었다. 제인은 이제야 자신이 메종 뒤 부아에서 산 베이지색 모슬린 드레스를 입고 있다는 걸 알아차렸다. 그녀의 눈을 초롱초롱 빛나게 해준 드레스이자 위더스 씨한테 입은 모습을 보여주지 못한 바로 그 드레스. 새로운 디테일 하나가 제인의 눈길을 아래쪽으로 잡아끌었다. 초상화 속 그녀가 반지를 끼고 있었던 것이다. 금반지 하나가 약지에 끼워져 있었는데 반지 위에 터키석이 박혀 있었다. 타원형 터키석이 크림색이 감도는 푸른빛을 발하고 있었다. 제인은 심호흡을 했다. 마치 영혼이라도 깃들어 있는 듯, 반지는 제인을 가까이, 더 가까이 오라고 손짓하는 것만 같았다. 혼란스럽기도 했다. 자신은 그런 보석을 소유하고 있지도 않았고 소유한 적도 없어서였다. 반지는 그림 속 그녀의 손가락에서 유독 돋보였다. 확 튀는 건 아니었지만 나중에 새로 덧그린 것 같았다. 제인은 이것도 자신의 망상이 만들어낸 또 하나의 기이한 디테일이라 여기면서도, 자줏빛 보닛을 쓴 여자한테 어느새 그 보석의 유래를 묻고 있었다.

"저 반지가 누구 반지인지 아시나요?" 제인이 여자한테 물었다.

"그건 오스틴의 반지예요. 늘 끼고 다녔죠." 여자가 너무 빤한 걸

묻는다는 듯 발끈하며 말했다.

"반지가 어디서 났는데요?" 제인은 머리를 긁적이며 한 번 더 물었다. "누가 준 거죠?"

여자가 어깨를 으쓱했다. "저 반지가 어디서 났는지 아는 사람은 사실 아무도 없어요. 제인 오스틴이 어쩌다 그 반지를 소유하게 됐는지 아는 사람도 없고요. 반지의 기원은 오늘날까지도 미스터리로 남아 있답니다."

제인은 고개를 절레절레 저으며 반지를 자신의 광기가 만들어낸 망상 속에서 우연히 맞닥뜨린 미심쩍은 리스트에 추가했다. 그 반지를 뚫어져라 응시하던 제인은 소피아가 그녀의 팔을 잡아당기며 자리를 뜨자고 하는데도 자신이 그 반지에서 시선을 떼지 못하고 있다는 사실을 발견했다. 반지보다 더 절박한 걱정거리는 많았지만, 이 반지의 등장은, 그것도 그녀의 이름이 외부에 새겨져 있는 건물 안에 걸린 수채 초상화 속 그녀의 손가락 위의 반지는, 그동안 본 이상한 일들이 내는 불협화음 속에서도 도저히 잊히지 않을 것 같은 기이한 일에 속했다.

"제인 오스틴 체험이 곧 시작됩니다." 보닛 쓴 여자가 큰 소리로 알렸다. "문 앞에서 줄을 서주세요."

제인과 소피아가 그쪽으로 갔다. 두 사람이 투어에 나선 유일한 인원이었다.

"제인 오스틴 체험 센터에 잘 오셨습니다." 여자가 운을 뗐다. "제인 오스틴의 고장, 바스에 오신 것을 환영합니다."

보아하니 여자가 투어 가이드도 맡고 있는 모양이었다.

제인은 코웃음을 쳤다. "내가 바스에서 제일 좋아하는 건 바스에서 나가는 길이라고요."

여자가 다시 한번 제인을 무섭게 노려보았다.

"제발 입 좀 다물고 있어요." 소피아가 제인한테 소곤소곤 말했다. "안 그러면 우리 둘 다 투어에서 쫓겨난다고요."

여자가 설명을 계속했다. "제 이름은 마저리 마틴입니다. 저는 오늘 잉글랜드 섭정시대 최고의 작가이자 역사상 가장 위대한 작가의 시대로 떠나는 여행을 함께할 여러분의 가이드입니다."

"당신은 이 여자를 좋아하도록 허락해줄게요." 제인이 소피아한테 말했다.

마저리가 고개를 돌려 이중여닫이문 쪽을 보았다. 그러곤 문을 거창하게 열었다. 어두컴컴한 방이 두 사람을 맞이했다.

"아무것도 안 보여요." 제인이 말했다.

"앉으세요, 두 분." 마저리가 말했다.

마저리가 덮개 없는 작은 마차들이 연결된 열차 쪽을 손짓으로 가리켰다. 제인과 소피아는 암흑 속에서 손으로 더듬더듬 자리를 찾다가 마침내 세 번째 칸에서 함께 앉을 수 있는 자리를 발견했다. 마저리가 맨 앞에 앉았다. 그녀가 단추를 누르자 열차가 앞으로 움직였다.

"맙소사!" 제인이 갑작스러운 움직임에 놀라 외쳤다.

"맙소사 소리 나올 만할 거예요." 마저리는 뽐내듯 가슴을 앞으로 내밀었다. "저희 센터는 실내 열차를 갖춘 바스 유일의 제인 오스틴 관광지랍니다."

"이 열차 계속 이렇게 홱홱 움직이나요? 현기증이 나네요." 소피아가 말했다.

"토하실 경우, 50파운드의 청소비가 부과됩니다."

"50파운드라고요! 그건 1년치 임금이잖아요." 제인이 말했다.

"그러게, 정말 너무하네요. 내가 내 위 속 내용물의 안전까지 책임질 순 없는 거잖아요! 아침으로 미모사(샴페인과 오렌지 주스를 섞은 알코올 음료-옮긴이) 한 잔밖에 안 마셨다고요."

열차가 양쪽에 유리함이 늘어서 있는 다른 방으로 들어가자 마저리가 첫 번째 유리함을 가리켰다.

"잘 보세요. 처음부터 시작합니다. 제인 오스틴이 세례 때 썼던 보닛입니다."

장미꽃 자수 장식이 있는 자그마한 모슬린 모자가 목재 받침대에 놓여 있었다.

"저건 내가 세례 때 썼던 보닛이 아니에요." 제인이 단호히 말했다.

마저리가 뒤돌아 제인을 도끼눈으로 쳐다보았다. 소피아가 팔꿈치로 제인의 옆구리를 찔렀다.

"자제 좀 해요. 이 여잔 배우가 아니라고요. 그냥 일반인이잖아요. 우리를 발로 뻥 차서 내쫓을 수도 있어요."

제인은 머리를 긁적이며 얌전히 있기로 했다.

"제인이 가장 좋아했던 취미 가운데 하나가 차 끓이기였습니다." 마저리가 꾹 참고 진행을 했다.

열차가 다음 유리함으로 이동했다. 그 안에는 도자기 찻잔 세트가 진열되어 있었다.

"이번에도 틀렸어요." 제인이 이번엔 작은 목소리로 말했다. "게다가 저건 내 찻잔 세트도 아니라고요."

이 모든 건 다 그녀의 정신이 꾸며낸 거창한 환상에 불과하다는 걸 제인도 알고 있었다. 하지만 그래도 자기 인생의 디테일 중 꽤 많은 부분이 되는대로 아무렇게나 사실과 다르게 나열되는 건 싫었다. 나머지 유리함들에는 모자와 장갑, 제임스 오빠의 책상, 카산드라 언니의 양말, 아버지의 기도서, 숟가락과 찻잔이 들어 있었다.

"뭐라도 알아보겠는 게 있어요?" 소피아가 말했다.

"네. 내 건 하나도 없다는 거요. 잠깐만요." 제인이 말했다. "실례합니다, 마저리 양. 저 리본은 뭐죠?"

길이 60센티미터에 너비 2.5센티미터 정도 되는 리본, 한때 핑크색이었지만 세월 때문에 누렇게 바랜 리본 하나가 마지막 유리함 속, 목재 가로대 위에 걸려 있었다.

"머리 묶는 리본이에요." 마저리가 어깨를 으쓱했다. "저기에 대단한 의미 같은 건 없어요. 여자들이 머리 묶을 때 쓴 장식용 리본이니까요."

이보다 더 틀릴 수 있을까! 제인은 리본을 보는 즉시 알아보았다. 한때 '첫인상' 원고를 묶는 데 썼던 리본의 양쪽 끝이 까맣게 타 시커멓게 그을려 있었다. 불꽃 끝자락에 닿은 걸 제인이 불구덩이 속에서 *끄집어낸* 리본이었다. 제인의 가짜 환상을 모셔놓은 이 제단에서 이 한 가닥의 리본이 제인에게는 나머지를 다 합한 것보다 훨씬 뼈아프게 와닿았다. 제인은 자신이 환상을 그 정도로 구체적으로 떠올린 걸 거라고 믿으려 안간힘을 다했다. 그 순간 열차가 갑자기 멈췄다.

"투어 마지막에 다다랐습니다. 캔디를 나눠드리니 받아가세요."

마저리가 구불구불한 그림자 윤곽이 있는 작고 얇은 갈색 원반을 두 사람에게 건넸다. 제인이 곁눈질로 보니 그 그림자 윤곽은 자신의 두상 윤곽과 꼭 닮아 있었다.

"고마워요." 소피아가 그 갈색 원반을 자기 입속에 얼른 넣었다.

제인은 소피아를 잘 지켜보다가 자신도 똑같이 했다. 단단했던 원반은 혓바닥 위에서 녹아 크림이 되었다. 제인은 눈을 감고 그 원반을 앞뒤로 움직였다.

"괜찮아요?" 소피아가 물었다.

"내가 먹고 있는 게 뭐죠?"

"초콜릿이에요." 제인은 초콜릿이란 말을 들어본 적도 없거니와 그걸 손에 넣을 자금을 가져본 적도 없었다. "마음에 들어요?"

"이게 투어의 압권이네요." 제인이 말했다.

두 사람은 그 건물을 나와 존 스트리트에 서 있었다. 제인은 아침에 일어났던 사건들을 곰곰이 생각해본 끝에 정신병이라는 자가 진단이 좀 더 꼼꼼히 검증을 받아 마땅하다는 결론을 내렸다. 이 모든 게 정말 망상이었단 말인가? 확신이 흔들리기 시작했다. 지금 자신이 경험하고 있는 일은 그녀가 광인으로 알려진 지인에게서 관찰한 광기의 실례와 달랐다. 이를테면 펌프룸의 수프 얼룩 시인은 자기 세상에 갇혀 혼잣말만 했는데, 그에 반해 제인은 다른 인간하고도 대화를 나눴다. 앞서 말한 여자는 코앞 하수도에서 썩고 있는 생선 냄새도 인식하지 못했지만, 제인은 초콜릿이 입안에서 녹을 때 맛을 느꼈다. 책도 실제로 만졌고 책 표지의 질감도 직접 느꼈다. 책 페이지에서 나는 바닐라 냄새도 맡았다. 오감이 모두 깨어 있었고 온전했다. 그녀가 말을 걸었던 사람 중 그 누구도 그녀를 아이처럼 대하거나 머리를 쓰다듬어주지도 않았다. 브라이튼행 마차를 권한 사람도 없었다. 모두 오감을 제대로 관장할

줄 아는 사람에 걸맞은 방식으로 그녀와 교류를 했고, 모두 그녀
를 제정신인 사람처럼 대했다.

제인은 광기가 자신을 장악했다기보다는 멀쩡한 정신으로 주문
에 걸려 2020년, 작가로서 명성이 너무나 대단한 나머지 그녀를
기린 박물관까지 건립된 해로 시간 이동을 당했다는 아주 희박한
가능성을 고려해보기로 했다. 그건 물론 완전한 허구였다.

16

두 사람은 박물관을 나왔다. 소피아는 제인 오스틴 사칭 배우
가 1803년에서 현재로 소위 시간 여행을 했고, 다 무너져가는 집
에 사는 마녀를 보러 런던까지 갔다 온 얘기, 어머니가 그녀의 원
고를 태웠다는 얘기, 마녀가 양배추를 좋아했다는 얘기까지 빼놓
지 않고 다 들었다. 소피아는 이 모험담에 매료되었다. 이 여배우가
왜 그렇게까지 자세히 얘기를 하는 건지 이해는 가지 않았지만 아
무튼 흥미롭기는 했다. 이 여배우는 대화 내용, 명칭, 사실 관계, 날
짜를 꽤 많이 기억하고 있었다. 나름대로 조사를 한 모양이었다.
소피아도 10대 시절 제인 오스틴 소설은 빼놓지 않고 모두 읽었다.
소설이 너무 좋아서 배우들이 보닛을 쓰고 나오는 시대극의 비밀
광팬이었다고 털어놓은 적도 있었다. 그래서인지 이 모든 게 몰래
카메라 연출을 위해 교묘하게 고안된 것일지언정, 소피아는 그 모
든 걸 듣고 있는 게 즐겁기만 했고, 자신의 역할에 완전히 몰두가
되었다.

"여기, 전에는 다 가정집이었어요."

제인은 거리에 늘어선 편의점과 옷가게를 가리켰다. 상자 같은 콘크리트 건물들이 바스의 유명한 석조 건물들이 있던 자리에 들어서 있었다.

"바스는 전쟁 때 폭격을 맞았어요." 소피아가 제인의 얘기를 듣고 알려주었다.

"어떤 전쟁요? 그 꼬마 하사(나폴레옹 1세의 별명-옮긴이)가 결국 침략했나요? 프랑스인들은 결코 믿을 사람이 못 된다니까요."

"제2차 세계대전요. 나치가 폭격했죠. 지금은 프랑스 사람들 안 싫어해요, 말하자면."

"온 세계가 전쟁을 벌였다고요?" 제인이 탄식을 했다.

"내 동생이 집에 오면 지금까지 있었던 일 다 들려달라고 하세요. 그래도 걔가 역사 선생님이거든요. 아주 두껍고 먼지 풀풀 날리는 수면제 같은 책도 가지고 있을 거예요."

녹이 슨 검은색 세단 한 대가 지나갔다.

"말은 어디 있는 거예요?" 제인이 물었다. "저걸 끌어줄 말 말이에요."

"안에요." 소피아가 그 차를 향해 손을 흔들며 말했다. "그러니까 기계가 있는데…… 무슨 작동을 하거든요."

소피아는 자동차가 어떻게 작동하는지 설명하지 않고도 똑똑해 보이려 애를 쓰느라 눈을 찡그렸다.

제인은 무슨 말인지 모르는 것 같으면서도 고개를 끄덕였다. "난 걷는 게 좋아요. 그래서 매일 걷죠. 비가 와도."

"여기서 그럴 가능성은 없어요. 6개월 동안 비가 안 왔거든요. 영국은 지금 가뭄이에요." 소피아가 말했다.

"혹시 종말이 온 건가요?" 제인이 물었다.

"어쩌면요." 소피아가 진지하게 대답했다.

두 사람은 앞으로 걸어갔다. 소피아는 뭔가 지식인처럼 보이는 말을 찾아서 대화를 계속 이어가려고 열심히 머리를 굴렸다. 이 제인 사칭 배우는 '난 이제 유명한 소설가' 장면 이후로 내내 기분이 가라앉아 있었다.

"현재에서 또 뭐 관찰한 거 없어요?" 소피아가 물었다.

"온 세상이 파라핀 냄새가 나요."

"파라핀? 석유를 말하는 건가요? 걱정스러운 상황이기는 하죠." 소피아가 코웃음을 쳤다. "틀린 얘긴 아니네요."

소피아는 빨리 과학과 역사에서 화제를 바꾸고 싶었다. 그녀의 남편이 보면 지루해 죽으려고 할 게 뻔했다. 즉흥 연기를 뭔가 더 영양가 있게 바꿔보기로 했다.

"그 마녀 얘기 좀 더 해봐요."

"그 여자 이름은 싱클레어 부인이에요. 런던에 있는 그 여자네 집에 갔었죠. 런던은 아직도 있나요?" 제인이 물었다.

"네, 아직 있어요. 그나저나 '주문'은요?" 소피아가 말했다.

"아직 가지고 있어요."

제인은 주머니에 손을 넣어 종이 한 장을 꺼냈다. 소피아는 그 종이를 자세히 살펴보았다. 누군가(십중팔구 소품팀에 속한) 검게 그을리고 누렇게 바랜 종이 위에 검은색 잉크 방울로 아무렇게나 휘갈겨 써놓은 것이었다.

"뭐라고 썼는지 난 못 알아보겠는데요."

"그 여자 엄청난 악필이었어요." 제인이 말했다.

소피아는 어떤 종류든 단서나 암시가 있는지 찾아보려고 그 종이를 이리저리 돌려보았다. 그래도 뭐라고 쓰여 있는지 해독할 수 없었다.

"소품팀에서 만들어준 거예요?"

제인은 기운이 빠졌다. "이게 심심찮게 일어나는 일이었으면 하고 바라고 있었어요. 그러면 어떻게 해야 할지 알 테니까요."

소피아가 고개를 절레절레 젓더니 종이를 건넸다. "나도 이게 뭔지 모르겠네요, 미안해요."

"저, 여기 갇힌 건가요?" 제인이 물었다.

"나도 몰라요." 소피아가 말했다. "그럴지도 모르죠. 또 기절하려고요?"

이 제인 사칭 배우는 맨몸 스턴트에 재주가 뛰어난 모양이었다. 무릎을 꿇더니 그대로 바닥으로 쓰러져버렸다. 소피아는 급히 다가가 제인을 부축했다. 이 장면에 이렇게까지 해야 하나 싶을 정도로 살짝 도를 넘은 것 같았지만, 이 배우가 너무 진짜처럼 기절하는 바람에 소피아는 그냥 내버려둘 수밖에 없었다. 소피아는 위에 달려 있는 CCTV를 흘깃 보고 두 사람이 한 장면에 나올 수 있게 여자의 어깨를 카메라 쪽으로 움직였다.

"괜찮아요?" 소피아가 다정한 목소리로 물었다.

"오빠들, 동생들, 아버지를 다시는 못 보겠죠. 어머니도." 제인이 처참한 얼굴로 대답했다.

소피아는 이 여자의 이마를 가볍게 눌러줘가며 장단을 맞췄다. "자, 자. 내가 도와줄게요. 쉬쉬, 소피아가 여기 있잖아요."

제인은 소피아를 올려다보았다. "그 여자 말이에요, 저한테……
주문을 건, 그런데 주문이라고 불러야 할까요?"

"그럼요, 안 될 게 뭐 있어요?" 소피아가 대답했다.

"바보 같은 말처럼 느껴져서요. 마법은커녕 그 여자한테 아무 힘
도 없었다고 믿으려고 지금도 굉장히 노력 중이거든요. 그 여자는
그냥 중매쟁이였을 뿐이에요."

"주문이란 말 근사하게 들려요." 소피아가 고개를 끄덕이며 말했
다. "시청자들도 굉장히 마음에 들어 할 거예요."

초자연적인 요소를 거론하면 늘 줄거리에 불길한 분위기와 로맨
스가 가미되게 마련이었다.

"누구라고요? 시청자요?" 제인이 물었다.

"신경 쓸 거 없어요." 소피아는 눈알을 굴렸다. 아마추어들. "그
래서…… 주문이 어떤 거라고요?"

"음…… 그게 싱클레어 부인이, 저한테 그 주문을 건 여잔데, 그
여자가 말하길 주문은 되돌릴 수 있댔어요."

"아주 잘됐네요."

"그런데 그 여자가 어떻게 되돌리는지는 얘기를 안 해줬어요. 그
여자를 찾아간 게 좀 어리석었구나 그런 생각이 들었거든요, 짐작
하시다시피. 이젠 그 여자 말을 좀 더 들어볼걸 후회가 되네요."

"알겠어요." 소피아가 어깨를 으쓱했다. 실은 즉흥극에서 이 부
분을 너무 흘려듣긴 했었다. "다시 한번 말해줘요, 싱클레어가 누
구라고요?"

"중매쟁이예요. 런던에 사는. 그 여자랑 만났을 때 뭐라고 했냐
면, '이런 곳엔 나 같은 사람이 늘 있어왔고 앞으로도 있을 거다'라

고 했어요. 그땐 터무니없다고 생각해서 그다지 귀담아듣지 않았거든요. 지금 생각해보니까 거기에 어떤 의미가 있었던 것 같아요."

소피아는 이제야 기억이 났다. 다 무너져가는 집, 양배추. 이건 관객의 흥미를 계속 붙잡아두기엔 까다로운 부분이었다. 사람들은 화면 밖에서 벌어진 행동을 들으면 지루해하기 때문이었다. 그래도 소피아는 흐름을 계속 이어가기 위해 최선을 다하면서 앞으로의 행보도 제안했다.

"그럼 가서 확인해보는 게 어때요? 거기로 다시 가보는 거예요."

"어디를 다시 가보는데요?" 제인이 물었다.

"런던으로 다시 가보자고요."

소피아는 제인을 동생네 집 손님방으로 안내했다.

밤이 되었지만 다음에 어떻게 하면 되는지 소피아에게 알려주러 오는 사람은 없었다. 덤불에서 튀어나와 '속았지!' 하고 외치는 사람도 없었다. 제인 오스틴 체험 센터 티켓값을 비용 처리해주겠다며 전화를 걸어온 제작사 쪽 직원도 없었다(아무튼 영수증은 보관하고 있었다). 제작자들이 이 코미디를 계속 진행시키기로 단단히 마음먹은 모양이니 소피아도 기꺼이 협조해야 할 것 같았다. 소피아는 이제 날이 저물었으니 일정을 마무리하자고 제안하면서 이 제인 오스틴 사칭 배우를 집으로 보내려고 애썼지만, 여자는 금방이라도 울음을 터뜨릴 것처럼 참담한 얼굴을 했다.

"전 갈 데가 없는걸요." 여자가 말했다. "그 순경이 절 체포하기라도 하면 어떻게 해요?"

소피아는 이 제인 사칭 배우가 저질렀다는 범죄가 무슨 범죄인지, 대체 무슨 범죄이기에 지금까지도 체포당할까 봐 두려워하고 있는 건지는 몰랐지만, 이 배우가 혹시 버스를 떠나버리는 바람에 이 일을 끝까지 완성하지 못하게 될지 모를 위험을 감수할 수는 없었다. 여기까지 왔는데 그럴 순 없었다. 그래서 소피아가 택한 가장 안전한 방법은 여자를 집에 머물 수 있게 해주는 것이었다. 찬장에서 찾은 통조림 수프 한 그릇을 제인에게 대접한 후(소피아는 전자레인지를 고장 내지 않고 수프를 데웠다는 데 꽤 뿌듯함을 느꼈다) 손님방으로 안내했다.

"당신은 여기서 자면 돼요."

소피아는 제인을 방으로 안내하며 침대 옆 협탁 위에 놓인 전등의 불을 켰다.

"그게 뭐예요?" 제인이 얼어붙은 채 손으로 전등을 가리켰다.

"탁상용 스탠드잖아요." 소피아가 말했다.

"탁상용 스탠드군요." 제인이 말했다.

제인은 소피아의 동작을 흉내 내며 스탠드 밑부분의 스위치를 찰칵하고 눌렀다. 스탠드가 꺼지자 방이 순식간에 깜깜해졌다. 제인이 스위치를 한 번 더 찰칵하고 누르자 전등이 다시 켜졌다. 제인은 이 동작을 재차 반복했다. 방이 밝아졌다 어두워졌고, 이내 또 밝아졌다 또 어두워졌다.

소피아가 제인의 손을 홱 잡았다. "제 생각인데 그냥 켜두는 게 좋을 거예요."

"굉장히 신기하네요." 제인이 감탄한 어조로 소곤소곤 말했다.

"잘 땐 이걸 입어요." 소피아가 말하면서 제인에게 실크로 된 핑크색 잠옷을 건넸다.

제인은 잠옷을 유심히 보았다. "당신은 나보다 바느질 실력이 훨씬 뛰어나네요. 그렇게 대단한 재주는 아니지만요."

"칭찬은 아꼈다가 도나텔라 베르사체한테 하세요." 소피아가 침대에 앉으며 말했다. "나는 아침 6시에 알람을 맞춰요. 그 사람들, 당신한테 내일 세트장에 나오래요?"

"'그 사람들'은 누구며, '세트장'은 뭐죠?" 제인이 물었다.

소피아는 한숨을 쉬었다. 이 배우는 끝까지 밀고 나가기로 작정한 듯 보였는데, 소피아는 이렇게 혼란이 지속되는 게 점점 지겨웠다.

"이제 캐릭터는 그만 연기해도 돼요, 알다시피." 소피아가 몸을 가까이 기울였다. "여긴 개인 거주지잖아요. 제작사가 감히 이 집 안에까지 카메라를 달았을 리는 없다고요."

"부인, 다시 한번 말하지만 전 당신이 무슨 말을 하는 건지 도통 모르겠습니다." 제인이 대꾸했다.

소피아가 다시 한숨을 쉬었다. "메소드 연기를 하시겠다? 알겠어요. 당신 방식은 존중해줄게요."

소피아도 이 코미디를 조금 더 오래 계속해야 할 모양이었다.

"한시라도 빨리 런던에 가야겠어요. 싱클레어 부인에 관한 정보를 찾으려면요. 그 여자 집을 찾을 수 있으면 주문을 되돌릴 단서도 찾을지 모르잖아요." 제인이 말했다.

"그럼요. 좋을 대로 하세요." 소피아가 대꾸했다.

그녀는 이 대화의 요점이 뭔지 알 수 없었다. 몰래카메라 스태프들이 이 귀염둥이 엑스트라를 쫓아 런던까지 가지는 않을 게 뻔했다. 그들이 관심 있는 인물은 스타 배우인 소피아 웬트워스이기 때문이었다. 그래도 소피아는 비극 배우의 즉흥 연기를 망치지 않으려 열심히 노력하면서 그녀의 응석을 다 받아주었다.

"내 동생이 가끔 런던에 가거든요. 걔한테 아침에 물어보세요. 어쩌면 당신을 데려가줄지도 모르니까." 소피아가 말했다.

"정말 잘됐네요. 그나저나 너무 부적절한 처사가 아닐까요? 혈육도 아니고, 약혼한 사이도 아닌 남자와 함께 여행하는 거요."

"비키니 차림으로 런던에 간다고 해도 아무도 신경 안 쓸 거예요."

이 배우는 이 말에 어리둥절해하는 것 같았다.

"주소는 치프사이드 러시아 로 8이에요. 혹시 거길 아시나요?"

"치프사이드요? 거긴 EC2예요. 종이 줘봐요. 내가 적어줄 테니까."

제인은 소피아한테 그간 고이 간직해왔을 또 다른 종이 소품을 건넸다. 그 종이에는 만년필로 예스럽게 쓴 런던 주소가 적혀 있었다. 소피아는 그 종이를 받아들고는 치프사이드의 우편 번호를 적었다.

"그게 뭐죠?" 제인은 소피아의 손을 가리키며 물었다.

"이거요? 펜이에요."

"만져봐도 될까요?" 제인이 공손히 말했다.

소피아는 고개를 끄덕이며 제인한테 펜을 건넸다. 제인은 그 펜을 종이 모서리에 얹은 다음 아무렇게나 써보았다. 그러곤 깜짝 놀랐다.

"잉크는 어디 있죠?" 제인이 펜을 코앞에서 든 채 유심히 살피며 물었다.

"펜대 안에요. 아무래도 깃펜보단 훨씬 편하겠죠?"

제인은 금덩어리라도 되는 양 펜을 들어올렸다. "지금까지 본 펜 중에서 가장 훌륭한 펜이네요."

"그럼 가져요."

"아뇨, 그럴 수 없어요. 자동으로 잉크가 채워지는 펜이면 엄청 나게 비쌀 텐데요."

"가져요."

제인은 또다시 놀라며 펜을 손 위에 고이 올렸다.

"난 이제 미용을 위해 자러 가야겠어요. 뭐 더 필요한 거 있어 요?" 소피아가 말했다.

"아뇨, 없어요. 감사합니다." 제인이 여전히 펜을 빤히 쳐다보며 대답했다.

소피아는 이 대화가 불쾌하지는 않았지만 굉장히 이상하게 느껴졌다. 남동생의 개인 거주지 안에는 카메라가 없다는 소피아의 단언에도 이 제인 사칭 배우는 이 소극을 계속하기로 단단히 마음을 먹은 듯했다. 그래도 소피아는 상관없었다. 뭐라고 꼭 집어 말할 수는 없었지만 이 배우는 어딘가 다른 세계에 속한 사람 같았다. 아까는 형편없는 연기라고 치부했던 요소들이 이제는 전부 다르게 느껴졌다. 제인은 펜과 탁상용 스탠드에 정말로 놀란 모습이었다. 소피아가 입만 열면 사람들 대부분은 멍을 때리며 다른 생각을 하는 반면, 제인은 소피아가 하는 모든 말에 관심을 보였다. 제인은 사람을 좋아하는 그런 짜증 나는 유형의 인간인 모양이었다. 소피아는 이 여자한테 냉철하고 전문적인 태도를 유지하면서 너무 많이 좋아하지는 말자고 다짐했다. 소피아는 스타 배우지만 이 제인이란 여자는 그녀를 골탕 먹이려고 영화사에서 고용한 무명 배우가 아니던가! 운만 좋으면 이 여자는 오늘 밤만 자고 내일 아침에 사라질 테고, 소피아가 다시 볼일은 없을 터였다.

"그럼 잘 자요, 제인 오스틴."

"안녕히 주무세요, 소피아."

17

프레드는 블랙 프린스 펍에 앉아 그날 저녁 세 번째 라거 잔을 완전히 비웠다.

4주 전, 누나 소피아가 집 앞에 나타나 그의 생활을 엉망진창으로 만들어버렸다. 뭔가 의미 있는 일로 누나에게서 연락을 받은 건 13년 만에 처음이었다. 누나는 레드 카펫 행사장부터 세트장까지 전 세계를 누비고 다니는 사람이었고, 남매는 생일이나 휴일 즈음 진짜 감정은 전혀 들어 있지 않은 짧고 웃긴 문자 메시지만 주고받았다. 농담과 술만 주고받는 것, 그것이 그들 가족이 살아오던 방식이었다. 누나가 남편과 별거에 들어갔다는 소식을 인터넷으로 알게 되었을 때, 그는 멋쩍고 마음에도 없었지만 얼굴 보러 가겠다는 제안을 했는데 누나는 답이 없었다. 그래서 참 다행이라고 여겼는데, 만일 누나가 그의 제안을 받아들였다면 무슨 말을 했을지 그로서도 알 수 없어서였다.

지난 몇 주 함께 살면서 누나는 이미 그의 스테레오를 고장 냈고, 그의 차를 긁었으며, 그의 와인을 몽땅 마셨고, 어떻게 했는지는 모르겠지만 그의 싱크대 서랍 하나하나에 쌀알을 흘려놓았다. 밤에 일어나서 돌아다니다 보면 여전히 쌀알이 발바닥을 찔렀다.

누나는 무슨 시대극(바스에서 다들 그러듯이 제인 오스틴 영화였다)을 찍는다며 바스로 돌아온 거였는데, 바스에는 자기 수준에 맞는 호텔이 하나도 없다면서 그의 집에 머물러도 되느냐고 물었다. 그로서는 누나의 그런 요청이 무척 놀라웠다. 소피아는 그냥 어떤 배우가 아니기 때문이었다. 소피아는 대스타였고, 마지막으로 얼굴을 본 것도 피커딜리 서커스에 있는 10미터 높이의 광고판을 통해서였을 정도였다. 소피아는 친척 집에 묵는 대신 귀빈실과 요트에 묵었기 때문에 남매가 함께 자란 작은 오두막집에 머무는 건 누나의 취향과 경제력에 한참 못 미치는 수준일 것이다. 그는 누나가 우려하는 부분을 무마시키고 바스 소재 호텔의 질에 대해 설명하며 안심시키려 해보았다. 결국 이 도시는 로마 황제들과 왕들을 2,000년 동안 접대해온 도시였고, 시내에는 적당히 비싼 가격의 괜찮은 방도 적잖이 있어서였다.

"내가 만족할 만한 방은 없을 거야." 누나는 끝까지 고집을 부렸다. "나, 여기 있을래."

누나는 얼굴을 긁적이더니 이내 바닥만 바라보았다. 대단하신 그의 누님이 그렇게까지 피곤하고 왜소해 보인 건 난생처음이었다. 남매는 아직 누나 부부의 결별에 대한 대화를 나누지 않았는데, 그는 앞으로도 그 얘길 꺼내지 않을 작정이었다.

"그럼 여기서 지내는 게 낫겠네." 누나가 꿈쩍도 하지 않을 것임을 깨닫고 그가 말했다.

곧이어 누나가 이상한 짓을 했다. 그를 껴안은 것이다. 프레드는 누나가 그를 꼭 껴안은 순간, 누나의 가죽 재킷이 꼬깃꼬깃한 셀로판지처럼 요란한 소리를 냈던 게 기억났다. 누나는 1분 가까이 그를 부둥켜안은 채 아무 말도 하지 않았다. 그가 짐작하기로 누나는 꽤 오랫동안 그(뿐만 아니라 십중팔구 그 누구도)를 껴안은 적이 없었다. 모든 게 다 너무 이상했다.

"내가 이랬다고 누구한테 말만 해봐, 네 급소를 날려버릴 테니까." 그 후 누나는 투덜대며 말했다.

정신을 차리고 보니 그는 누나가 새로 찍는 영화 세트장에서 엑스트라를 하고 있었다.

"재미있을 거야." 이 어처구니없는 부탁을 하면서 누나가 한 말이었다. "남매간에 우애도 쌓고!"

프레드는 껄껄 웃었다. 보통 누나는 자기 가족을 좀 더 멀리 떼어놓지 못해 안달이었는데 이젠 가족 중 한 명이 자기 일터 주위에서 얼쩡거렸으면 좋겠다니 그럴 수밖에. 무슨 일이 있는 게 틀림없었다. "제발, 응?" 그가 발상 자체를 비웃자 누나가 보인 반응이었다. '제발'은 부탁 자체보다 더 의미심장한 말이었다. 소피아는 절대 제발이란 말을 하지 않았다.

"세트장에서 친숙한 얼굴 보면 좋을 것 같아." 누나가 우물우물 중얼거리더니 이번에도 바닥만 바라보았다.

그는 자신의 누나가 근거 없이 자신감에 차 있고 툭하면 삐치는 데다 거만하기 짝이 없다는 걸 전혀 모르고 있었다. 그래서 못 이기는 척 세트장에 함께 가주겠다고 한 것이었는데, 누나의 얼굴에는 한 번도 본 적 없는 안도감이 만면에 어른거렸다.

승낙하자마자 그는 자신의 결정을 후회했다. 이미 2주째 그는 등 떠밀리듯 영화 세트장이라는 우스꽝스러운 세계에 발을 들인 참이었다. 영화 제작이란 주로 우두커니 서 있다가 헤드셋 낀 사람들한테 가끔 호통을 듣는 일인 것 같았다. 제작사에서는 그에게 프록코트와 승마 바지가 들어간 섭정시대 의상을 입혔다. 우스 꽝스럽다며 불평했지만 사실 이건 촬영장에서 하는 모든 일 중 그가 유일하게 즐겁게 여기는 부분이었다. 가끔 입시 준비생들한테 나폴레옹 전쟁에 관해 가르치곤 했는데, 이 옷들을 입으면 해적과 싸우는 사람처럼 꽤 용감무쌍해 보이지 않았을까 하는 생각도 들어서였다. 제작사에서는 그의 캐릭터가 해군 장교라며 해군 장교 스타일을 완성한답시고 플라스틱 검을 주었다. 아무도 보는 사람이 없을 때면 그는 그 칼을 앞뒤로 휙휙 휘두르곤 했다.

세트장에는 매력적인 여자들이 와글거렸다. 말도 안 되게 날씬한 몸매에 각지고 외계인 같은 얼굴을 하고 있어 가까이에서 보면 비현실적으로 보이는 이 여자들은 사실 잡지와 광고에서나 볼 법한 환상 속 여자들이었다. 하지만 잡지들이 다루고 싶어 안달하는 흔해 빠진 세트장에서의 로맨스를 이루겠다는 원대한 꿈은 여기 사람들하고 얘기를 나눈 순간 곧바로 그의 마음속에서 저 멀리 날아가버렸다. 이 여자들이 관심 있는 건 오직 하나, 바로 소피아였다. 결별 관련 가십거리를 알고 싶어 하거나, 소피아를 소개받고 싶어 하거나 둘 중 하나였다. 프레드는 전자에 가담하는 건 거부했지만, 초반엔 순진무구하게도 그 사람들 중 몇몇을 누나한테 소개해주었다. 하지만 소개하자마자 후회하곤 했다. 첫 번째 여자는 소피아한테 데모 영상을 주었다. 두 번째 여자는 목적이 무산되자 그즉시 그를 무시했다.

그는 맥주를 홀짝였다. 그래서 제인을 만났을 때 헷갈리기도 하고 화가 나기도 했었다. 제인은 연기, 춤, 데모 영상, 에이전트, 플랫폼, 홍보, 저탄고단, 팔로워 수 같은 얘기를 전혀 하지 않았다. 오로지 소피아한테 접근하기 위해 그에게 잘해주는 다른 여자들 같은 가식이 제인에게는 전혀 없었다. 사실 그녀의 행동은 오히려 그 반대였다. 자신에 대한 반감을 숨기려는 시도조차 하지 않았던 것이다. 오히려 적대감을 노골적으로 드러냈다. 그래서인지 그는 그녀와의 대화로 인한 충격이 여전히 가시지 않아 마음이 심란했다. 그녀는 그를 머리끝까지 화나게 했다. 도무지 갈피를 잡을 수 없는 여자였다.

프레드는 맥주잔을 다시 내려놓았다. 살짝 너무 세게. 폴이 그를 보며 한숨을 내쉬었다.

"그래. 네가 그 여자한테 데이트 신청을 했어. 그런데 그 여자가 널 거절했고." 폴이 말했다.

"거절한 거 아니야. 내가 데이트하자고 했더니 좋다고 했다고."

"그래서 어떻게 됐는데?" 폴이 물었다.

프레드가 어깨를 으쓱하며 웅얼웅얼 말했다. "……그러더니 튀어버렸어."

폴이 폴더폰처럼 몸을 반으로 접은 채 소리 없이 킬킬거렸다. 폴은 프레드가 일하는 학교의 체육과 보건 교사다. 폴이 선호하는 성교육 수업 방식은 학생들한테 확대한 임질 사진을 보여주는 것이었다.

"다 웃었냐?" 프레드가 묻고는 눈알을 굴렸다.

"미안." 폴이 소리 없는 킬킬거림을 진정시킨 후 자세를 바로 하고는 잔을 들어 올렸다. "건배, 튀어버린 여자를 위하여. 그녀에게 행운을 빌며!"

폴이 자기 잔을 프레드 잔 쪽으로 내밀며 건배를 제안했지만 프레드는 자기 잔을 폴 잔 쪽으로 조금도 내밀지 않았다. 그러자 폴은 훈훈하게 킥킥거리며 프레드가 잔을 내밀건 말건 자기 잔을 쨍그랑 부딪혔다.

"난 지금 이 순간 기분이 너무 좋은데. 너, 여자 운 기차게 좋은 거 보면서 짜증 났었거든. 그 제인이란 여자 진짜 마음에 든다. 너한테서 도망을 쳤다니 너무 안타까운걸. 안 그랬으면 그 여자랑 악수라도 했을 텐데. '섹시 눈빛'을 거부한 최초의 여자잖아. 보통 넌 시도도 안 하지. 여자들이 너한테 그냥 떼로 몰려드니까."

"아니거든." 프레드가 대꾸했다.

"그렇거든." 폴이 고개를 끄덕이며 말했다. "너한테는 어두우면서 생각에 잠긴 듯한 자학적인 분위기가 있는데 여자들이 거기에 홀딱 반한단 말이지. 게다가 너희 누나처럼 머릿결이 또 끝내주잖아. 그러니 여자들한테 환심을 살 필요도 없지. 네가 머리 한 번 휘날려주면, 여자들이 아주 난리가 나잖아. 날 보고 머리를 휘날려주는 여잔 없다고."

"넌 유부남이잖아." 프레드가 말했다.

"그러니까 더 최악이란 거지. 나딘조차 날 보고 머리를 휘날려주지 않으니 말이야. 법적으로 그럴 의무가 있으면서도. 참 아이러니하지." 폴이 한숨을 푹 내쉬었다. "네가 처음으로 관심 가진 여자가 널 두고 튀다니."

"관심 있었던 거 아니거든." 프레드가 우겼다.

"그런 걸로 하자. 기꺼이 믿어주지. 그런데 말이야, 수년간 너 좋다고 난리였던 여자는 많았는데 네가 나한테 따로 얘기한 건 이 여자가 처음이거든." 폴이 맥주를 한 모금 더 홀짝이고는 프레드의 반응을 살폈다. "한 잔 더?"

프레드가 내려다보니 자기 잔이 비어 있었다.

"고마워." 프레드가 어깨를 으쓱했다.

안 될 게 뭐람? 소피아한테 오늘 밤엔 리허설 없다고 세 번이나 확인한 끝에 결국 그만 좀 물어보라는 소리에 더해 이상한 놈이란 말까지 들은 참이었다. 프레드와 소피아는 둘 다 무책임한 시인이자 주정꾼이었던 아버지에게서 창조적 기질을 물려받았다. 소피아는 그걸 온몸으로 받아들인 반면, 프레드는 마음속 깊이 묻어놓고 있었다. 그래서 프레드의 창조적 기질은 엉뚱하고 갑작스러운 데서만 드러났기에 차라리 교직이 더 안전했다.

"프레드, 우리 교육대학 이후부터 쭉 친구였잖냐." 폴이 말하더니 안경을 벗고 헛기침을 했다.

프레드는 불안한 얼굴로 폴을 지켜보았다. 정말이지 사나이의 우정을 맹세하기라도 할 것처럼 보여서였다.

"그야 네가 불쌍하니까." 프레드는 대화 분위기를 좀 가볍게 만들 수 있길 바라면서 말했다. "나 아니면 누가 너한테 말을 걸겠냐."

"내가 오글거리는 말, 잘 못하잖아. 그러니까 대단한 연설 같은 건 기대하지 말고."

"난 괜찮아. 진짜로, 폴. 괜찮을 거라고." 프레드가 평소보다 살짝 큰 목소리로 말했다.

"너 괜찮을 거란 건 나도 알지, 이 자식아. 내가 하려던 얘긴 다른 얘기야." 폴이 짐짓 심각한 표정을 지으며 프레드를 바라보았다.

프레드는 마른침을 꿀꺽 삼키며 고갯짓으로 폴에게 하려던 말을 계속하라고 재촉했다. "뭔 얘긴데?"

"너무 번거롭거나 그런 게 아니라면, 매기의 대부가 되어주겠어?" 폴은 뿌듯하면서 희망에 찬 얼굴이었다.

프레드는 저도 모르게 심호흡을 했다.

그는 폴이 엉성하게 계획을 짠 바스 위쪽 숲으로의 사냥 여행이나 막판에 급히 예약한 프라하로의 주말 음주 여행 같은 걸 권하려는 줄 알았다. 사냥 여행은 둘 중 하나가 꼭 엉덩이에 총을 맞고 끝났고, 주말 음주 여행에서는 한 사람은 신발 한 짝을, 또 한 사람은 체면을 잃고 끝이 났다. 프레드가 폴한테 받는 초대는 대개 그런 초대였다. 그런데 세상에서 가장 소중하고 가장 아름다운 아기, 취미가 우유 먹기와 천국 냄새 풍기기인 아기의 후견인이 되어달라고? 프레드는 미소를 머금었다.

"이거 영광인데. 폴, 고맙다. 매기는 최고의 꼬마 아가씨잖아."

"좀 괜찮은 애지, 그렇지?" 폴이 미소를 지으며 말했다.

프레드가 고개를 끄덕이며 자신의 잔을 높이 쳐들었다. "매기를 위하여."

"매기의 대부를 위하여." 폴도 자기 잔을 높이 쳐들며 응수했다.

"프레드?" 어떤 여자의 목소리가 들렸다.

폴과 프레드, 둘 다 고개를 들어 올려다보았다.

"안녕하세요?" 프레드가 말했다.

어쩐지 눈에 익은 여자 두 명이 프레드 쪽으로 다가오고 있었다. 프레드는 이 여자들의 이름을 찾아 기억 속을 미친 듯이 뒤졌다.

"저 로라예요, 세인트 마거릿의." 첫 번째 여자가 고맙게도 이름을 말해주었다. "교사 대항 경기에서 함께 시합했었죠."

맞다.

"안녕하세요, 로라." 프레드가 말했다. "제가 기억하기로 여러분이 저희를 박살 냈죠, 아마."

"그 말은 하고 싶지 않았지만…… 네, 그랬죠." 로라가 웃으며 대답했다.

프레드는 이제야 기억이 났다. 로라, 발랄하고 상냥한 이 숙녀분은 네트볼 코트에서 욕도 서슴지 않는 포식자로 돌변했었다. 어느 시점엔가는 폴을 거의 울릴 뻔하기도 했었다.

"네트볼이 좀 거친 경기긴 하죠. 그걸 감안하면 여러분은 꽤 잘하신 편이에요."

"심판이 두어 번 우리한테 반칙을 뒤집어씌웠던 것 같은데요." 폴이 말했다. "그 경기는 공정하지 못했어요."

"그게 어떻게 불공정했다는 거죠?" 로라가 물었다.

로라가 눈에 불을 켜자 프레드는 겁이 났다. 프레드는 로라가 네트볼을 그에게서 억지로 빼앗으면서 영양이 위협하는 모습을 떠올렸다.

"사실 여러분들이 굉장히 잘했고 저희가 형편없었던 거죠." 폴이 말했다. "그러니 불공평한 거죠. 우리가 한 점 먹고 들어갔어야 했는데 그러질 않았으니까."

폴 뒤에 있던 여자가 미소를 지었다. 프레드는 그 여자 이름을 기억해냈다. 시몬이었나?

"전 시몬이에요." 여자가 말했다.

"윙 어택이었죠?" 프레드가 물었다.

그녀의 경기는 깔끔했고 골도 많이 넣었던 것으로 기억한다. 시몬이 고개를 끄덕였다.

"오늘 무슨 계획 있어요?" 로라가 물었다.

"그냥 괴로운 거 잊을 때까지 술이나 퍼마시려고요." 그 순간 프레드가 팔꿈치로 폴을 찔렀다. "아야."

"우린 인페르노에 가려고요." 로라가 근처 유명한 건물 이름을 들먹이며 말했다. 이 나이트클럽에서 나온 사람들은 거의 다 폭음의 위험을 경고하는 공익광고에 나온 사람들처럼 보였다. "오늘 밤엔 버킷이 원 플러스 원이래요."

"버킷에다 뭘 주는데요?" 프레드가 물었다.

"알코올요." 로라가 기분 좋은 목소리로 말하더니 골을 넣었을 때처럼 주먹 세리모니를 해보였다.

"굉장한데요." 폴이 말했다. "교사들을 술에 진탕 취하게 하는 위대한 전통을 따라주니 말이에요."

시몬이 다시 한번 미소를 지었는데 이번엔 프레드를 향해서였다. 이를 알아차린 폴이 프레드를 보고 눈썹을 치켜세웠다.

"저희랑 같이 가고 싶으면 같이 가셔도 돼요." 로라가 말했다. "네트볼 동작 몇 가지 보여드리면서 패스, 스테핑, 슈팅할 때 어디가 잘못됐는지도 가르쳐드릴 수 있고요."

"그거 정말 좋겠는데요." 폴이 말했다.

"생각해볼게요." 프레드가 말했다.

"부담 갖지는 마세요. 저흰 지금 가려고요. 어쩌면 이따가 볼 수 있을지도 모르겠네요."

"어쩌면요." 폴이 말했다.

두 여자는 손을 흔들며 나갔다.

폴이 프레드 쪽을 보며 말했다. "자, 청승은 이제 떨 만큼 떨었다. 저 여자가 너한테 미소 쏜 거 너도 봤지? 네트볼 괴물 로라 말고, 다른 쪽 말이야."

"시몬." 프레드가 말했다.

"그래, 시몬. 우린 인페르노로 간다."

프레드가 껄껄 웃으며 고개를 저었다. "말이 되는 소리를 해라. 처자식 있는 놈이."

폴이 고개를 저었다. "이게 다 나딘이 시킨 일이거든. 와이프가 네 웃픈 처지를 듣더니 오늘 밤엔 나더러 꼭 네 바람잡이 노릇을 해야 한단다."

프레드가 한숨을 쉬었다. "솔깃한 제안이지만 나는 그냥 여기 있으련다. 고맙다, 폴. 나중에 가자."

"너 진심이야?" 폴이 한동안 프레드를 빤히 쳐다보았다.

"완전." 프레드가 대답했다.

폴이 숨을 내쉬었다. "아휴, 다행이다. 순간 인페르노를 가야 하나 생각했었거든. 거기 생각만 해도 숙취가 생길 것 같아."

프레드가 웃었다. "내 말이."

"그러게, 친구." 폴이 웃으며 열쇠가 들었는지 확인하려고 자기 주머니를 툭툭 쳤다. "내일 보는 거지?"

프레드가 고개를 저었다. "내일은 런던에 가. 우리 학교에 오기로 한 프랑스 교환학생들을 만나기로 했거든."

"이런. 즐거운 시간 보내시게나, 친구. 그럼 목요일에 보자고."

두 사람은 어색하게 주먹 인사를 나눴지만, 둘의 주먹은 서로 빗맞았다. 잠시 후 폴이 나갔다.

프레드는 반은 비어 있는 초라한 술집 안을 둘러보았다. 그냥 그

나이트클럽이나 갈까? 혼자 가면 되지 않을까? 거기 가면 끝내주는 밤이 될 수 있을지도 몰랐다. 춤도 추고 술도 버킷으로 마시고!

고민을 하다 보니 500CC 한 잔이 어느새 세 잔이 되어 있었고, 급기야 그가 밤 12시 반 슬롯머신에 걸려 넘어지자, 술집 주인은 그에게 나가달라고 요구했다.

프레드는 그러겠다고 했다. 당연한 처사였다.

비틀거리며 집에 온 남자, 생각만 많고 정작 이룬 건 별로 없는 머릿결만 좋은 남자, 어젯밤까지만 해도 여자 운이 억세게 좋았던 남자, 프레드는 자기 집 현관에서 발이 걸려 넘어졌다. 아까 〈에일리언〉을 텔레비전에서 자정부터 밤새 방영해준다는 광고를 봤다. 잘됐군. 우주에서 벌어지는 살육을 보여주는 영화를 다섯 편이나 볼 수 있는데 그 여자가 무슨 필요가 있겠어? 프레드는 너무나 천재적인 자신의 계획에 고개가 절로 끄덕여졌다. 아침이면 모든 게 괜찮아질 거고, 그 분노 유발 여자에 대한 생각도 끝나 있을 것이다.

손님용 침실에서 텔레비전을 보면 소피아를 깨우지 않을 수 있다. 주방으로 우회한 프레드는 냉장고에서 반쯤 마시다 남은 로제 모스카토 한 병을 발견했다. 그 병을 들고 집 안을 비틀비틀 누비던 프레드는 병을 잠깐 내려놓고 셔츠 단추를 풀어 허공에 휙 던졌다. 셔츠가 천장 선풍기 날에 걸렸다. 프레드는 바지도 벗어서 벗은 그대로 바닥에 아무렇게나 내버려두었다. 〈에일리언〉 다섯 편을 집중해서 보려면 몸이 홀가분해야 했다.

프레드는 허리띠가 채찍이라도 되는 양 바닥 위 가상의 뱀을 향해 세차게 휘둘렀다. 그러곤 다시 술병을 집어 들고 계단을 올라

팬티 차림으로 손님용 침실에 들어섰다.

프레드는 텔레비전을 켰다. 1편이 시작되었지만 외계인은 아직 나오지 않았다.

잘됐군.

프레드는 와인을 병째 꿀꺽꿀꺽 마시다가 왜 이 병에 술이 반밖에 안 남았는지 기억해내고는 침대로 뒷걸음질 쳐 누군가의 머리를 깔고 앉았다.

18

제인은 잠에서 깼다. 비명을 지르려고 했지만 어마어마한 무게가 머리를 짓눌러 소리가 파묻혔다. 그것은 시야 또한 가렸으며, 숨조차 쉴 수 없었다. 제인은 이 미확인 물체를 주먹으로 마구 쳤다. 짓누르던 중량이 사라지자 제인은 이불을 끌어내리고 숨을 헐떡이며 침대에서 뛰쳐나왔다. 어둠 속에서 그녀 위로 어떤 형상 하나가 거대한 모습을 드러냈다. 제인은 방어할 무기가 없는지 주변을 더듬거렸다. 그러다 바닥에서 자신의 가죽 구두를 찾아내 그걸로 침입자의 머리를 세게 때렸다.

"이게 무슨 짓이죠?" 제인이 침입자를 한 번 더 가격하며 어둠에 대고 외쳤다.

"아야." 그 형상이 소리쳤다. "내 머리!"

"당신은 누구고 여기 무슨 일로 온 거죠?" 제인이 물었다.

"여긴 내 집이라고!" 술에 취한 목소리가 혀 꼬인 소리로 말했다.

"그러는 댁은 여기 무슨 일로 온 건데?"

소피아가 황급히 들어왔다. 그녀가 천장에 있는 마법의 초를 켜자 방 안에 빛이 쏟아져 들어왔다. 제인은 핑크색 잠옷 차림으로 침대 옆에 선 채 이 광경을 살펴보았다. 서른 정도 되어 보이는 술취한 남자가 속옷 차림으로 흐느적거리면서 머리를 문지르고 있었다. 벽에 걸려 있는 사진 액자는 연극 장면을 보여주고 있었지만, 등장인물들이 영원한 조각상이 되어 얼어붙어 있는 그림과 달리 그 액자 속 인물들은 액자 속에서 움직이고 있었다.

"이 변태가 날 범하려고 했어요." 제인이 속옷 차림 남자를 가리키며 말했다.

남자는 제인을 이글이글 노려보더니 두 팔을 들어 올려 항복 의사를 밝혔다. "말조심해요. 난 텔레비전을 보러 들어온 거니까."

제인은 코웃음을 치고 그녀 앞에 있는 남자를 주시했다. 남자는 보통의 인체와는 다른 근육과 피부를 뽐내고 있었다. 이 상황에 화가 났는지 뺨은 온갖 종류의 핑크색과 진홍색으로 새빨갛게 물들어 있었다. 두 사람의 눈이 마주치자 제인이 고개를 돌렸다.

"당신, 그 여자잖아." 남자가 말했다. "리허설의 그 여자."

제인은 남자의 얼굴을 찬찬히 살폈다. 남자 말이 옳았다. 함께 춤을 춘 남자였다. 제인의 가슴이 두근두근 뛰었다.

"뭐 이런 일이." 프레드가 비틀거렸다. "당신한텐 꽤나 곤란한 상황이겠네요."

"지금 무슨 말씀을 하시는 건지 전혀 모르겠네요, 미스터." 제인은 자신이 그를 얼마나 싫어했는지를 스스로에게 상기시키면서 말했다.

166

"알면서 그래요, 나랑 데이트하기 싫으면 솔직하게 싫다고 하면 됐잖아요. 난 상관없었는데. 바람맞힐 것까진 없었다고요!" 프레드는 균형을 잡으려 문손잡이를 움켜잡다가 고꾸라질 뻔했다.

"제인, 여긴 내 동생 프레드예요." 소피아가 말했다. "프레드, 여긴 내…… 동료, 제인이야."

제인과 프레드가 서로를 빤히 응시했다. 제인은 이번에도 볼이 달아오르는 게 느껴졌다. 그래서 서둘러 이불을 낚아채듯 잡아 자기 몸을 감쌌다.

"좋아요. 이제 쇼는 끝났어요. 프레드, 달밤의 파티는 네 방에서 너 혼자 하렴." 소피아가 프레드의 팔을 움켜잡더니 문밖으로 떠민 다음 제인에게 돌아왔다. "괜찮아요?"

제인이 고개를 끄덕였다.

"저 애가 정말로 당신한테 손을 대려고 그런 건 아니잖아요, 그렇죠? 그럴 애는 아니라서요."

"그럼요, 그냥 저분 때문에 깜짝 놀랐을 뿐이에요. 전 괜찮아요. 감사합니다."

"다행이네요. 그나저나 유감이에요. 프레드는 배우가 아니라 일반인이거든요. 그 애는 우리 장단에 맞춰주지 않을 거예요."

제인은 어리둥절한 얼굴로 소피아를 바라보았다.

"걔한테 '난 제인 오스틴입네' 하는 거 하지 말라고요. 이건 내 말대로 해요. 알았죠?"

제인은 고개를 끄덕였고 소피아는 잘 자라고 인사를 했다. 제인은 다시 침대에 누워 천장을 뚫어져라 쳐다보았다. 그 재수 없는 남자가 소피아의 동생이었다. 게다가 이 집에 산다! 제인은 그래서

화가 더 많이 났다는 사실은 그만 잊자고 마음을 다잡으며 잠을
자려고 애를 썼다.

다음 날 아침, 제인은 욕실에 들어서자마자 화들짝 놀랐다. 켄징
턴 궁전에도 실내 변소가 분명 있겠지만, 콸콸 흘러나오는 물을 두
눈으로 직접 보고 있자니 40분 내내 화장실에 감탄하지 않을 도리
가 없었다. 소피아는 그날 아침 일찍 일 때문에 나가기 전 제인한
테 깨끗한 옷도 주고 낙수 기계 사용법도 알려주었다. 그 낙수 기
계에서는 욕조로 물이 떨어졌다. 소피아는 그걸 '샤워기'라 불렀다.
"이건 뜨거운 물, 이건 차가운 물이에요."
소피아가 직접 보여주려고 수도꼭지를 돌렸다. 김이 펄펄 나는
물이 위에서 쏟아졌다. 제인은 눈앞에서 벌어지고 있는 경이로움
을 넋을 잃고 바라보았다.
이제 제인이 직접 그 마법을 부려볼 차례였다. 제인이 냉수 수도
꼭지를 왼쪽으로 돌리자 얼음장같이 차가운 물이 밑으로 콸콸 쏟
아졌다. 제인은 여기에 또 감탄했다. 전에도 물 펌프에서 수도꼭지
를 본 적은 있었지만, 누렇게 방울방울 뚝뚝 떨어지던 그 물은 은
빛 샤워기 헤드에서 우아한 수정 줄기가 되어 내려오는 이 물에 비
할 바 못 되었다. 그다음에는 아까 소피아가 보여준 것처럼 온수
꼭지를 점차 왼쪽으로 돌렸다. 물줄기 속으로 손가락을 넣었더니
물이 점점 따뜻해지는 게 느껴졌다. 수도꼭지를 더 왼쪽으로 돌리
자 실내가 수증기로 가득 찼다.
시드니 플레이스에 있는 제인의 집에도 마거릿이 매주 일요일 단
지에서 펄펄 끓인 물을 채워주는 욕조가 있었다. 집안의 가장인

아버지가 1순위로 그 물을 썼고, 그리고 어머니, 그다음은 카산드라 언니가 썼다. 막내인 제인은 물을 맨 마지막에 썼다. 제인이 들어갈 즈음 물은 베이지빛이 되어 있었다. 그런데 지금 제인이 올려다보고 있는 것은 오로지 그녀만이 독차지할 수 있는 맑고 투명한 물줄기였다. 제인은 물을 한 번 더 만져보았다. 그동안 알던 그 어떤 물보다 따뜻했다. 제인은 숨을 들이쉰 다음 핑크색 잠옷을 벗어 의자 위에 펼쳐놓았다. 욕실에 벌거벗은 채 서서는 염소 우유 물줄기로 목욕하는 클레오파트라 같은 호사를 누리는 자신의 모습을 상상했다. 그러곤 욕조를 넘어가 물 아래 섰다. 뜨거운 물이 등으로 콸콸 흘러내렸다. 견갑골이 욱신거렸다. 물이 몸 위로 떨어지자 제인은 한쪽 팔로 벽을 짚었다.

"어머나." 제인이 깜짝 놀랐다. "이건 가당찮은 일이야."

제인은 물줄기에서 뒤로 물러나 얼어붙을 듯 차가운 공기 속에 서 있었다. 몸이 오들오들 떨렸지만 물로 돌아가지는 않았다. 돌아가면 거기서 영원히 나오지 못할 수도 있었다.

그때 문손잡이가 덜컹거리더니 욕실 문이 빼꼼 열렸다.

"여기 사람 있어요!" 제인이 걷잡을 수 없는 공포감에 사로잡혀 새된 목소리로 말했다.

두려움에 사로잡힌 제인은 뒷벽 쪽으로 돌아섰다. 소피아가 알려준 수건을 찾아보았지만 수건은 손이 닿지 않는 가로대에 놓여 있었다. 돌아서서 수건 쪽으로 돌진할까 고민했지만 그러면 몸의 앞면이 노출될 위험이 있었다.

"아이쿠, 이런, 미안합니다." 남자 목소리가 말했다.

프레드! 소피아의 남동생은 문을 열자마자 문가에서 물러나며 문을 닫았다. 제인은 샤워실에서 뛰어나와 문손잡이를 면밀히 살펴보았다. 문손잡이 아래 놋쇠 잠금장치가 있어 돌려보니 찰칵하고 잠겼다. 제인은 세 번이나 문을 열어보았다. 문은 잠긴 상태 그대로였다. 제인은 분한 마음에 바닥에 주저앉았다. 제인의 어깨를 본 남자는, 물론 다른 데도, 이제껏 없었다. 제인은 숨을 고른 후 옷을 입기 시작했다.

제인은 소피아가 입으라고 준 옷이 너무 당혹스러운 나머지 창피함으로 인한 두려움은 잠시 접어두기로 했다. 그 옷은 남자들이나 입는 셔츠와 바지였다. 제인이 입어보았더니 피부에 닿는 느낌이 이상했다. 이제는 여자들도 연극에서 연기를 하기 위해서가 아니라 일상복으로 바지를 입었다. 그러면 요즘 여자들은 남자처럼 살아갈까? 이렇게 입으면 사람들은 그녀를 어떻게 대할까? 지금쯤이면 그녀는 부동산을 세 채 가지고 있으면서 연간 2만 파운드를 벌고 있을지 몰랐다. 그 생각에 정신이 팔렸던 제인은 욕실 밖 바닥을 가로질러 의자를 옮기는 소리를 듣자 참담한 굴욕감이라는 현실로 돌아오고야 말았다. 프레드였다. 이 진절머리 나는 남자는 그녀의 편안함을 뒤엎는 데 다시 한번 성공했다. 제인은 그가 먼저 기사도 정신을 발휘해서 이 나라까지는 아니더라도 이 집에서 나가주길 바랐지만, 그는 그러기는커녕 지금 코앞에 앉아 있었다.

제인은 문을 열고 그가 어디 있는지 찾아보았다. 프레드는 머리를 식탁 위에 얹고 있었다. 제인은 문가에서 슬금슬금 기어 나와 그에게 들키지 않고 지나갈 수 있기를 바라며 자신의 운을 시험해 보았다. 하지만 그녀가 그가 있는 곳에 다다랐을 때, 그가 식탁에서 고개를 들어 올리는 바람에 두 사람의 눈이 마주치고 말았다.

제인은 저 두 눈이 욕실에서 어디까지 봤을까 하고 생각했다. 그러자 자신의 두 볼이 진홍빛으로 물드는 게 느껴졌다.

"미안해요. 다시 한번 사과할게요." 그가 알아듣기 힘든 목소리로 말했다.

"죽을 만큼 창피할 따름이네요, 프레드 님. 무서울 지경이에요."

그가 고개를 가로저었다. "문을 잠그지그랬어요?"

"물소리를 듣고 안에 사람이 있다는 추론을 할 수는 없었나요?" 제인이 항변했다.

"좋아요, 당신도 내가 벗은 모습을 보지그래요? 그러면 공평해질 테니까." 그가 벌떡 일어서며 허리띠를 풀기 시작했다.

"그럴 리가요!" 제인이 외쳤다. "그만하세요."

그가 허리띠를 다시 조였다. "싫어요? 벗는 거 말고 다른 창피한 걸로요? 셀프로 넘어져드릴까요, 아니면 채소로 날 때릴래요? 쓰레기를 먹어드릴까요?"

제인은 웃지 않으려 애를 썼다. 요전날 밤의 악감정이 되살아났지만, 그 때문에 얼마나 짜증이 났었는지를 떠올리자 당장의 창피함을 극복할 수 있었다.

"당신, 달라 보이네요." 그가 제인을 자세히 살피며 말했다.

입고 있는 남성용 셔츠를 새삼 다시 한번 인식하게 된 제인이 셔츠를 꼭 움켜쥐었다. "이건 소피아 옷이에요. 경우에 맞지 않은 옷인가요?"

프레드가 고개를 가로저었다. "옷이 아니라 당신 머리를 말한 건데요. 머리를 바꿨네요."

제인은 손으로 머리를 매만져보았다. 욕실 수돗물에서 나온 수

증기가 제인의 머리를 원래 머리 상태로 돌려놓았다. 매일 밤 의무적으로 천쪼가리로 말았던 그리스식 고수머리가 풀려 있었다. 풀린 머리는 등 한가운데 정도 길이였고 얼굴 주변 머리카락만 길이가 달랐는데, 머리를 더 쉽게 말려고 항상 짧게 자른 탓이었다. 제인은 그 짧은 머리를 귀 뒤로 넘겼다.

"리허설 때문에 머리를 시대 양식에 맞게 스타일링 했었잖아요. 꼭 19세기 사람처럼 보이더라고요." 프레드가 콕 집어 말했다.

제인이 고개를 끄덕거리며 상냥한 목소리로 물었다. "그럼 지금은 어떻게 보이는데요?"

"여자처럼요." 프레드가 헛기침을 하며 어깨를 으쓱하고는 제인의 팔을 가리켰다. "한 가지가 빠졌네요."

제인이 그가 가리킨 부분을 내려다보니 소맷부리 단추가 풀려 있었다. "끼울 수가 없었어요."

"혼자 옷 입는 법도 몰라요?" 그가 넉살스레 물었다.

"매일 아침 혼자 옷 입고 있거든요!" 제인이 항변했다.

프레드는 제인이 무슨 공주라도 돼서 하녀가 옷을 입혀주는 줄 아는 모양이었다. 그래서 재빨리 그의 그런 잘못된 생각을 고쳐주었다.

"이 셔츠에는 단추가 엄청 많잖아요." 제인이 발끈하며 해명했다.

프레드가 제인 쪽으로 다가왔다.

"뭐하는 거예요?" 제인이 다급하게 물었다.

프레드가 숨결이 코앞에서 느껴질 만큼 제인한테 바짝 다가가자 제인은 꼼짝 못하고 얼어붙었다. 두 사람의 시선이 마주치는가 싶더니 프레드의 시선이 아래를 향했다. 그는 아무 말도 하지 않고 진주색 원반을 엄지와 집게손가락 사이에 잡았다. 제인은 그런 그를 지켜보았다. 그가 그 진주색 원반을 단추 구멍으로 미끄러지듯 끼웠다. 제인은 시선을 달리 어디에 두어야 할지 몰랐다. 그가 보여준 몸짓이 부드러워 놀라기도 했지만, 성가시다고 생각했던 남자가 이렇게 다정할 수 있다는 사실에도 놀랐다. 제인은 화난 티를 내지 않으려고 억지로 호흡을 가다듬었다. 그가 곁에 있어서 자신이 동요했다는 사실을 겉으로 드러내지 않으려고 제발 말을 차분하게 하자고 스스로 다짐했지만, 그 순간에 무슨 말을 해야 할지는 떠오르지 않았다.

"도움이 될지 모르겠지만 전 거의 아무것도 못 봤습니다. 샤워실에서." 그가 나지막하게 말했다. 버튼 채우기를 마친 그가 제인의 손목을 제인의 옆구리로 돌려놓았다. "창피해하실 만한 건 아무것도 못 봤단 얘기죠. 사실 오히려 그 반대였어요."

제인은 그를 쳐다보지 않은 채 고개만 끄덕였다. 너무 부끄러워 차마 그의 눈을 볼 수 없었다.

"오늘 런던에 볼일이 있으시죠?" 제인이 무거운 분위기를 바꿀수 있기를 간절히 바라며 말했다.

"패딩턴에 갈 겁니다." 그가 대답했다.

"제가 동행해도 될까요?"

프레드가 어리둥절한 얼굴로 제인을 쳐다보았다. "저랑 같이 가고 싶다고요?"

"네. 무슨 문제라도 있나요?" 프레드가 제인을 빤히 응시했다. "절대 짐이 되지 않도록 할게요."

"마음대로 하세요. 전 괜찮으니까." 프레드가 얼른 대답하고는 어깨를 으쓱했다.

남자와 함께 런던에 간다는 발상은 기껏해야 잘하는 짓일까 의심스러운 게 다였다. 그런데 이제 반대 성별의 밉살맞은 구성원이자 꺼림칙하기도 한 이 남자를 이용하려니 제인은 두려워 미칠 것만 같았다. 어색한 하루가 될 게 뻔하므로 그와 함께 가고 싶은 마음은 없었다. 하지만 런던에 갈 수 있는 다른 방법이 없었다. 집으로 돌아갈 확률을 최대한 끌어올리려면 이 불편하기 짝이 없는 경험을 견뎌야만 했다.

"거기까진 어떻게 가나요?" 제인이 물었다.

"기차를 탈 겁니다." 프레드가 양해를 구하고 자리를 떴다. 제인은 문가에서 기다렸고, 그는 1분 후 돌아왔다. 그런데 어딘가 달라 보였다. "갈까요?"

제인은 그를 자세히 살펴보았다. "방금 머리 빗고 오신 건가요?"

그의 머리는 옆으로 빗질한 다음 양쪽 귀 뒤로 넘겨져 있어 얼굴로 흘러내리지 않고 깔끔하고 단정하게 정돈되어 있었다. "어떤 여자가 머리가 지저분하다고 노래를 해서요. 잔소리 좀 그만하게 하려고요."

제인은 보기 좋다는 사실을 인정하지 않았다. 얼굴에 흘러내리지 않게 머리를 넘기니 그의 용모도 처음에 생각했던 것처럼 못마땅하지만은 않았지만 이 중 아무것도 그에게 언급하지는 않았다.

"잘하셨네요. 빗이 있긴 있었군요." 대신 이렇게만 말했다.

프레드는 눈알만 굴리고 아무 말도 하지 않았다. 그러고는 제인에게 현관문 밖을 가리켜 보였다.

19

소피아는 분장실 의자에 앉아 긴장 어린 미소를 지었다. 지난 2주 동안은 의상 가봉과 춤추기만 진행했었다. 오늘부터 제대로 된 리허설이 시작되었다. 조명이 공간으로 쏟아져 들어왔다. 각 분야 전문가들이 노출계, 필름 보전용 틀, 그리고 필름 너비를 확인했다. 가장 중요한 건 잭이 세트장 어딘가에 있다는 사실이었다. 전날 밤 LA에서 비행기를 타고 왔다고 들었다. 마지막으로 그를 본 게 5개월 전이었는데 이제 몇 분 있으면 그가 다시 그녀 옆에 서게 될지 몰랐다. 소피아는 침착하자고 다짐 또 다짐했다.

무례하게도 제작사는 10년 만에 처음으로 소피아한테 전체 캐스트 담당 메이크업 아티스트를 배정했다. 이것 또한 자존심 상하는 일이었지만 남편과 시간을 보내기 위해 꾹 참았다. 데릭이란 이름의 붙임성 좋아 보이는 남자가 메이크업 트럭으로 와서 자신을 소개했다.

"웬트워스 씨, 저는 열두 살 때부터 쭉 당신의 팬이었습니다."

소피아가 언짢은 얼굴을 했다. 시작부터 불길한 조짐이 보였다.

"어머 그러세요, 끔찍하기도 해라. 그래서 우리 아드님은 몇 살이신데요? 그럼 난 몇 살이란 얘기고?" 소피아가 목을 만지며 말했다.

"그런 뜻으로 드린 말씀이 아니고요!" 당황한 데릭이 떨리는 목소리로 말했다.

"괜찮아." 소피아가 데릭을 진정시키려 말했다.

침착하려면 그녀에게 그가 필요했기 때문이다. 결국 그녀에게 메이크업을 해줄 사람인데 작업하는 동안 내내 벌벌 떨게 둘 수도 없는 노릇이었다.

"신경 쓸 거 없어. 자, 오늘의 메이크업으로 난 전형적인 영국 아가씨 스타일을 생각했는데. 꾸밈없지만 고전적이면서, 핑크빛 볼에 크고 아름다운 눈으로." 소피아가 주문했다. "굉장히 영국적으로, 굉장히 오스틴스럽게."

"굉장히 훌륭하신 말씀이네요, 웬트워스 씨. 유감스럽게도 지시문에 파우더만 바르라고 되어 있네요. 메이크업은 하지 말래요." 데릭이 말했다.

소피아는 너무 놀라서 잠시 아무 말도 할 수 없었다.

"……지금 내가 잘못 들은 건가. 방금 메이크업 없다는 말을 들은 것 같은데."

데릭이 고개를 끄덕거렸다.

"지금 이 제작사가 한때 배트걸을 연기했고, 굉장히 고급스러운 탄산음료 회사의 브랜드 홍보대사도 맡았던 이 소피아 웬트워스한테 세트장에 와서 메이크업 없이 영화에 출연하라고 요구하고 있다는 말을 하고 있는 거야?"

데릭이 다시 한번 고개를 끄덕이더니 조심스레 뒤로, 소피아에게서 멀리 물러났다.

소피아는 거울에 비친 자신의 얼굴을 자세히 살펴보았다. "파운데이션도, 프라이머도, 다 바르지 말래?"

"당연히 그런 건 아니죠. 다 바르지 말라는 건 아니에요." 데릭이 그 말을 들은 즉시 안도한 듯 웃으며 말했다.

"정말 다행이다." 소피아가 안도의 한숨을 내쉬며 말했다. "그럼 발라도 된다는 제품이 뭔데, 데릭?"

"보습 크림하고 속눈썹 젤을 발라드리게 되어 있어요." 데릭이 당당하게 대답했다.

소피아가 얼굴을 찡그렸다. "속눈썹 젤? 그게 뭔데?"

"저도 정확하게는 몰라요." 데릭이 속눈썹 젤이 든 병을 들고 좌우로 흔들면서 자세히 살펴보았다. 투명한 물질이 튜브 한쪽 끝에서 반대쪽 끝으로 움직이는 게 보였다.

"데릭, 그거 내 눈엔 물로 보이는데."

"제 생각도 그래요." 데릭은 당당함이 초 단위로 줄어 들어가는 목소리로 말했다.

"그러면 보습 크림은요?"

데릭이 떨리는 손으로 크림이 든 병을 보여주었다.

"그거 슈퍼마켓에서 파는 보습 크림 아니야?" 소피아가 충격받은 얼굴로 묻자 데릭이 병에 붙은 라벨을 확인하더니 조심스레 고개를 끄덕였다. "난 이미 한 병에 200파운드 넘는 보습 크림을 바르고 있거든. 분쇄한 바다 생물이 들어 있는 크림이라고, 농담이 아니라 진짜로." 소피아가 잠시 멈췄다 말을 이었다. "그러니까 지금 내 얼굴은 민낯이 될 거고, 눈 밑 처짐도 보일 거고, 잡티랑 점도 화면에 그대로 나갈 거란 얘기네. 이미 양 다리 같은 소매가 달린 드레스를 입고 저 밖에 나가게 될 텐데. 제작사에서 또 뭘 어떻게 했으면 좋겠대? 우리 첫째 아드님?"

이래가지고는 누구에게도 좋을 게 없었다. 주름 자글자글한 민낯을 온 세상에 내보인다고? 그녀는 놀림감이 될 게 뻔했다.

"잭이 진짜 싫어할 텐데." 소피아가 말했다.

"그분 생각이었는데요." 데릭이 대꾸했다.

"뭐라고?" 소피아는 부들부들 떨면서 끔찍이 싫은 두 가지 중 어떤 걸 더 먼저 걱정해야 할지 열심히 고민했다. 결별 이후 처음으로 그녀의 민낯을 보이는 게 대중이란 점부터 걱정해야 할까, 아니면 남편이란 점부터 걱정해야 할까?

잭. 맙소사. 그가 모든 점 하나하나, 눈가 주름 하나하나, 눈 밑처짐과 터진 모세혈관, 늘어지고 갈라진 피부까지 다 보게 된다. 남편을 되찾을 가능성이 전에는 희박했다면 이젠 아예 사라진 셈이었다.

"데릭, 자기가 메이크업이 지닌 변신의 힘을 이해하고 있는 건지 모르겠네."

"제 말 믿으세요, 웬트워스 씨. 저는 알고 있답니다." 데릭이 자신의 직업을 상기시키기라도 하려는 듯 빗을 들어 올렸다.

"좋아, 그럼 내가 맨 얼굴로 밖에 나가면 모두에게 얼마나 끔찍한 비극이 될지도 잘 알겠네."

"비극은 없을 거예요." 데릭이 나긋나긋한 목소리로 말했다.

"입에 발린 소리 하지 마, 데릭. 우리 둘을 싸구려로 만들 뿐이라고. 이건 대재앙이고 자기도 그걸 알고 있어. 내가 마지막으로 메이크업 없이 밖에 나간 건 열두 살 때였어. 서른여덟에 처음부터 다시 시작할 생각 따위 없다고! 자기는 몰라, 데릭. 다들 날 비웃을 거야."

데릭이 고개를 푹 숙였다. "너무 안타깝네요, 웬트워스 씨."

소피아는 바닥을 쳐다보았다. "데릭, 자기가 아는지 모르겠지만, 내 남편이 이 영화의 감독이거든. 그 남자가 10년 결혼 생활 끝에 집에서 나간 이후로 5개월 동안 못 봤다고."

"저도 알아요, 웬트워스 씨." 데릭이 한숨을 쉬며 소피아의 팔을 어루만졌다.

"나한테는 아주 원대한 환상이 있었어, 오늘 프로 솜씨로 머리도 하고 메이크업도 받고 세트장에 나가겠다는. 잭이 날 보면서 자기가 인생 최대의 실수를 저질렀다고 느낄 거란 환상 말이야." 소피아가 웃었다. "난 내 남편이 아직 날 원할지도 모른다고 생각했거든. 그런데 이러면 가망이 없다고."

데릭이 소피아의 팔을 어루만지더니 금방이라도 울음을 터뜨릴 것 같은 얼굴이 되었다. 소피아는 움찔했다. 그녀가 원한 건 동정이 아니었기 때문이다. 하지만 이내 그의 얼굴이 밝아졌다.

"안약은 넣어도 되는 거겠죠?"

소피아는 미소를 지으며 좌절했다. "고마워, 데릭. 그거 아주 효과 만점이겠네."

데릭이 상체를 뒤로 젖힌 소피아에게 안약을 몇 방울 떨어뜨리는데 메이크업 트럭 문이 열리더니 한 쌍의 발이 계단을 오르는 소리가 들렸다.

"들어가도 되죠?" 어떤 여자 목소리가 말했다.

눈에 식염수가 가득 들어차 있어 옆에 앉은 게 누구인지 보이지는 않았지만 소피아의 귀는 캘리포니아 억양을 포착해냈다. 아는 목소리 같았다.

"이 안약 흡수되려면 얼마나 걸려, 데릭?" 소피아가 안달이 나서 물었다.

"몇 초면 돼요." 데릭이 말했다.

소피아는 눈을 뜨고 옆 의자 쪽으로 몸을 돌렸다. 시야는 여전히 흐릿했고 안약 방울이 볼을 타고 흘러내려 이제는 따끔하기까지 했지만, 눈을 가늘게 뜨고 보니 늘씬한 20대 천연 금발이 보였다.

"뵌 적은 없지만 열렬한 팬이랍니다." 의자에 앉은 사람이 만면에 미소를 띤 채 말했다. 치아는 어찌나 하얗던지 푸르스름해 보일 지경이었다.

"고마워." 소피아는 현미경을 들여다보는 미친 과학자처럼 다시 눈을 가늘게 떴다.

"코트니 스미스예요." 여자가 말하면서 손을 내밀었다. "이번 영화에 모시게 돼서 기쁘단 말씀 드리려고 왔어요."

소피아의 시야가 갑자기 또렷해졌다. 그녀는 지구상 가장 수입이 짭짤한 시리즈 영화의 여주인공 역을 자기 대신 꿰찬 생명체의 손을 꼭 쥐었다.

"소피아 웬트워스야."

두 사람은 악수를 했다. 소피아는 끈적끈적한 악수 끝에 손바닥에 습기가 달라붙은 것 같은 느낌을 받았다.

"방금 손을 씻었더니, 죄송해요." 코트니가 말했다. "함께 작업하신다니 얼마나 근사한지 몰라요."

그 순간은 누가 봐도 상서로운 순간이었다. 배트걸과 배트걸 배역을 빼앗아간 차세대 여배우, 처음 대면하다. 파파라치가 알았다면 저 밖에서 진을 쳤을 텐데.

"자기도 여기 메이크업 받으러 온 거야?" 소피아가 물었다. "지시문을 고려할 때, 난 금방 끝날 거야."

"아뇨, 이건 예비 트럭이에요, 조연용. 전 제 전용 트럭이 있고요. 제 영화에 출연하시게 돼서 기쁘단 말씀 드리려고 온 거예요."

"이렇게 고마울 수가." 소피아가 코트니의 말을 비웃으며 말했다.

소피아는 잭이 감독인 한 무슨 역할을 맡든 개의치 않았지만, 제작사에서 코트니 스미스, 배트맨 시리즈에서 그녀 역할을 대신 맡게 된 바로 그 코트니 스미스가 주인공, 캐서린 몰런드를 맡게 되었다고 발표했을 때는 자존심이 이만저만 상한 게 아니었다.

"소피아 얼굴에는 뭘 발라요?" 코트니가 이번에도 만면에 미소를 띤 채 데릭에게 물었다.

"보습 크림요." 데릭이 대답했다.

"잘됐네요. 그 정돈 허용할 거예요. 걱정 말아요, 당신 감시하려는 거 아니니까. '노 메이크업' 아이디어에 대해서는 브리핑받으셨겠죠? 정말 흥분되는 일이에요." 코트니가 양손을 번쩍 들어 보였다.

"그러게! 나도 너무 흥분되는데 티 안 내고 참고 있는 거잖아." 소피아가 응수했다.

"이번 일을 맡고 싶어 하다니 잭은 정말 대단해요. 제작사 주가가 확 올라가겠죠." 코트니가 말했다.

"트래버스 씨라고 부르는 게 어때, 그 사람 그렇게 부르는 거 좋아하는데. 뻐기고 싶겠지, 나도 알아." 소피아가 눈알을 굴리며 미소를 지었다. "그런데 진짜야, 그 사람 그걸 더 좋아해. 그럼 그이 마음에 쏙 들게 될걸."

코트니가 썩소를 날리며 고개를 끄덕였다. "잭은 우리 둘 다 메이크업을 안 하는 데 꽂혀 있어요. 그이는 모두가 제 나이처럼 보이는 걸 바라거든요."

잠시 말문이 막힌 소피아가 충격에 빠진 채 고개를 끄덕였다.

"메시지 아주 확실하게 접수했음, 오버." 소피아가 마침내 대꾸를 했다.

"전 이만 가봐야겠어요. 세트장에서 봬요." 코트니가 밝은 목소리로 말하고는 트럭에서 나가 계단을 한 칸씩 뛰어내렸다.

데릭이 문을 닫고 소피아 옆에 앉았다. "웬트워스 씨, 제가 드릴 말씀이 있는데요." 데릭이 소피아 쪽으로 몸을 기울였다. "코트니 스미스는 메이크업할 거예요."

소피아가 웃으며 자세를 바로 했다. "아까 자기도 안 한다고 그랬는데."

"코트니는 프라이머, 컨실러, 파운데이션, 속눈썹, 브론저, 하이라이터, 뭐 이것저것 다 발랐던데요. 티는 거의 안 나지만, 아마 스프레이 건으로 발라서 그럴 거예요, 바른 게 맞아요."

소피아가 입술을 물어뜯었다. "나는 메이크업도 안 하고 저 밖으로 나가는데 나보다 열다섯 살이나 어린 여자는 풀메이크업을 한다고?"

"유감이지만 그렇네요." 데릭이 말했다.

아까의 걱정은 시멘트처럼 딱딱하게 굳어 분노가 되었다.

데릭은 잠깐 동안 문 쪽을 뚫어져라 응시하면서 고개를 절레절레 젓더니 소피아의 팔을 어루만지며 아무렇지도 않은 듯 말했다. "웬트워스 씨, 코트니가 한 것 말인데요……. 제가 그 비슷한 걸 해드릴 수 있거든요? 화려한 건 아니지만 약간의 손질이랄까요?"

"아냐, 그러면 규정을 어기는 거잖아." 소피아가 고개를 저었다.

데릭이 어깨를 으쓱했다. "코트니가 똑같은 짓을 안 했으면 저도 권하지 않았겠죠."

"그래서 생각하고 있는 게 뭔데?" 소피아가 시치미를 뚝 떼며 물었다.

"살짝 '노 메이크업' 느낌의 메이크업이에요." 데릭이 똑같이 시치미를 뚝 떼며 대꾸했다. "제가 또 그쪽으로 대가거든요."

소피아는 흠칫했다. "그러다 코트니가 눈치채면? 일러바칠 게 뻔한데."

데릭이 고개를 가로저으며 씩 미소를 지었다. "그 여자 못 일러바칠 거예요. 왜냐, 자기도 똑같은 짓을 했으니까요. 그 여자가 일러바치면, 소피아도 일러바치면 되죠. 확실한 쌍방 폭망이 되겠지만요."

"난 잘 모르겠네." 소피아가 데릭을 조심스레 보며 말했다.

"하게 해주세요. 다 하고 나면 감독님이 눈길을 못 돌릴 걸요."

그 말은 소피아로선 도저히 거절할 수 없는 제안이었다. 소피아는 고개를 끄덕였다.

데릭이 미소를 지었다. "누우세요, 웬트워스 씨."

소피아는 데릭이 말한 대로 했다.

잭이 떠나고 한 달 후, 소피아는 대중의 눈총을 피해 LA에서 런던으로 도피를 했다. 영국의 초원을 느낄 필요가 있었다. 하지만 그건 결국 바보 같은 생각이었다. 타블로이드 지 기자란 기자는 모두 그녀의 런던 집 테라스 앞에 진을 친 것 같았기 때문이었다. 어느 날 초인종이 울려서 소피아는 기자들인 줄 알고 꺼지라고 소리를 질렀는데, 남편의 변호사들이 보낸 봉투를 가지고 온 집배원이었다. 그는 그녀에게 이혼 서류를 건네주었다.

그전까지 잭은 이혼 얘기를 꺼낸 적이 없었다. 그래서 소피아는 시범적인 별거를 예상했는데, 그가 진도를 빨리 나간 셈이었다. 소피아는 집 안에 숨어 충격에 휩싸인 채 법률 서류를 읽었다. 식음을 전폐한 채 두문불출하기를 3일, 소피아는 마침내 자신이 정말 굶어 죽을지도 모른다는 사실을 깨달았다. 그러면 훨씬 창피한 머리기사가 실릴 터였다. '괴로움에 시달리던 할리우드 스타, 홀로 굶어 죽다.' 소피아는 몰래 시내에 나가 저녁 식사를 사오려고 했지만, 그다음에 벌어진 일 때문에 차라리 집 안에 있을 걸 하고 후회하게 되었다.

누군가 최근 이혼 서류를 송달받은 소피아 웬트워스가 궁상맞게도 현지 마트에서 전자레인지 간편식을 사려고 한다는 정보를 언론에 찔러준 게 분명했다. 그녀가 원한 거라고는 그 마트에서 파는 먹음직한 셰퍼드 파이가 다였다. 레드와인 한 병과 이왕이면 등장인물이 다 죽는 피범벅 공포영화 DVD 박스세트를 곁들여 편안하게 파이를 먹을 생각이었다. 그때 하이에나 같은 사진사들이 급습을 했다. 그녀가 매장에 도착했을 때는 파파라치 의장대가 입구에 도열해 있었다.

그녀가 매장 안에 들어섰을 때, 사진사 중 한 명이 무슨 말인가 했는데, 소피아로서는 평생 못 잊을 말이었다. 그래서 소피아는 평상시엔 절대 하지 않던 일을 했다. 반응을 보였던 것이다.

"마음 편히 셰퍼드 파이 좀 먹자고요!" 그녀가 카메라를 들고 있던 남자한테 소리를 질렀다. 그 후 4일 동안, 가십 뉴스와 연예 뉴스 프로그램에서는 그 불후의 발언을 틀어주고 또 틀어주었다. 소피아는 그 말을 뱉자마자 후회했지만, 그날 그 반박의 말은 자기도 모르게 입에서 튀어나와버린 것이었다. 그것은 자기를 방어하기 위한 행동이었다. 그 남자가 뭐라고 했느냐고 나중에 에이전트가 물었지만, 소피아는 그 말을 다시 입에 담고 싶지 않았다. 그 사진사가 그녀를 술수에 말려들게 하려고, 팔릴 만한 사진을 건지려고 그 말을 했다는 건 그녀도 알고 있었다. 하지만 그 말은 그녀의 뇌리에 박혀 머릿속에서 사라지지 않았다.

"불쌍해서 못 보겠네." 그 파파라치가 이럴 줄은 몰랐다는 듯 고개를 절레절레 젓고 혀를 쯧쯧 차면서 한 말이었다. "당신, 내 침실 벽에 붙여놓은 포스터였다고요. 이젠 아무짝에도 쓸모없는 퇴물이 다 됐네."

"다 됐어요, 웬트워스 씨." 데릭이 알렸다.

소피아가 눈을 떴다.

"어떤 것 같아요?"

소피아는 거울에 비친 자신의 모습을 확인해보았다.

데릭이 마법을 부린 것 같았다. 눈가 주름은 흐려졌고 눈 밑 처짐은 위로 당겨졌다. 여전히 자기 얼굴처럼 보였지만 조금은 아름다워진 기분이었다. 데릭이 범죄 현장의 사악한 천재처럼 증거를 모조리 지워놓은 덕이었다.

"데릭, 금손의 소유자네."

"당신의 타고난 아름다움을 이끌어냈을 뿐이에요."

다시 마음이 약해진 소피아가 얼굴을 찌푸리며 바닥을 내려다보았다.

"만약 잭이 여전히 날……." 소피아는 말을 끝맺지 못했다.

'만약 잭이 여전히 날 원하지 않으면 어쩌지?'

데릭이 몸을 숙여 소피아를 보며 미소를 지었다. "그럴 리 없어요."

소피아도 데릭에게 미소를 지어 보이며 심호흡을 했다. 데릭이 소피아의 팔을 어루만졌다.

"준비됐어요?"

20

제인은 돌을 깔아 주변보다 높은 승강장 위, 프레드 옆에 서 있었다. 이 건조물에는 우편 마차가 아니라 열차를 맞이하는 정거장 같은 것이 자리하고 있는 모양이었다. 철로 두 줄이 발아래 땅바닥에 놓여 있는데 양방향으로 끝없이 이어져 있었다. 압도적인 광경이었다. 제인은 서쪽과 동쪽을 번갈아 보았다.

"여기가 열차가 오는 데인가요?" 제인이 물었다.

프레드는 고개를 끄덕인 후 셔츠 소매를 팔꿈치까지 돌돌 말아 올렸다. 제인으로서는 여태껏 농부들에게서밖에 보지 못했던 행위였다. 제인은 드러난 그의 아래팔을 보고 얼굴을 붉혔다. 아까 일로 인한 어색함이 아직 남아 있어서, 제인은 지금까지도 그의 눈을 똑바로 쳐다보지 못하고 있었다. 프레드도 제인 너머를 보는 것 같더니 이내 다른 데로 시선을 돌렸다. 그러더니 몸을 숙여 신발 끈을 묶었다.

"오늘 아침에만 신발 끈을 벌써 세 번이나 묶으셨어요. 신발에 무슨 문제라도 있나요?" 제인이 그에게 물었다.

"아뇨." 프레드가 못 믿겠다는 듯 웃으며 말했다. "신발 끈 세 번 묶은 적 없는데요."

"세 번 묶었어요." 제인이 대꾸했다. "주방에서 한 번, 여기 오는 도중 길에서 한 번, 그리고 지금. 혹시 끈이 끊어졌어요?"

"고맙지만 내 구두는 100퍼센트 멀쩡하답니다." 프레드가 헛기침을 했다.

제인은 이상하다는 듯 프레드를 보았다. 프레드는 제인을 어리둥절하게 만드는 행동을 정말 많이도 했다. 그의 기묘함이 21세기 사람이라서 그런 건지, 원래 그런 사람이라서 그런 건지 제인은 알 수 없었다. 프레드가 주머니에서 작은 오렌지색 카드를 하나 꺼냈다.

"그게 뭐죠?"

"내 티켓 말인가요?"

"열차에 타려면 그런 게 필요한가요?"

"티켓이 없어요?"

제인이 고개를 젓자 프레드는 승강장 가운데 근방에 있는 석조 건물 안으로 그녀를 데리고 갔다.

"런던행 티켓 한 장 주세요." 프레드가 유리 상자 안에 앉아 있는 것으로 보이는 남자한테 말했다.

"56입니다." 남자가 알려주었다. "현금인가요, 카드인가요?"

제인이 웃었다. "56실링이라고요? 20실링밖에 안 하는 우편 마차보다 좀 비싼 편이네요. 하지만 괜찮아요. 그 정도는 나한테 있으니까."

런던에서 혹시 필요할지 몰라 그날 아침 일찍 흰색 모슬린 드레스에서 70실링을 꺼내놓았었다. 이런 물가라면 얼마 못 버티겠지만 그래도 버텨야 했다.

티켓 파는 남자가 오만상을 찌푸렸다. "56파운드예요."

제인은 티켓 파는 남자가 있는 유리창에 가로놓인 강철봉을 단단히 붙잡았다.

"56파운드라고요?" 제인이 되풀이해서 말했다. "이게 무슨 말도 안 되는 소리죠?"

"왜 그래요?" 프레드가 물었다.

"이분이 자기 열차에 타려면 56파운드를 내래요. 잉글랜드 왕한테 황금 마차로 날 런던까지 끌고 가달라고 해도 50파운드면 될 텐데. 심지어 왕한테 말 노릇까지 시켜도 말이에요. 나한테 그만한 돈은 없다고요."

"돈 없으면 티켓도 없어요, 아가씨." 유리상자 속 남자가 제인에게 말했다.

제인은 모멸감을 느끼며 땅바닥만 쳐다보았다.

프레드가 고개를 절레절레 저었다. "진짜로 돈이 하나도 없어요?"

"그 정도 돈은 없어요." 제인은 출구 쪽으로 돌아섰다. "집까지 걸어서 돌아가야겠네요."

프레드가 얼굴을 찌푸렸다. "바보 같은 소리 하지 말고 이리 와요."

프레드가 자기 주머니에 손을 넣어 붉은색 지폐 두 장을 꺼냈는데, 각각 50파운드라고 찍혀 있었다.

"맙소사. 혹시 술탄이에요, 프레드 님? 그 돈 난 못 받아요." 제인이 눈을 휘둥그레 뜨며 말했다. 100파운드는 그녀의 1년치 용돈을 초과하는 금액이었다.

프레드가 고개를 가로저었다. "뭣하면 나중에 갚아요."

"그렇게 큰돈을 어떻게 갚을 수 있을지 모르겠네요." 제인은 아까보다 더욱 깊은 모멸감을 느꼈다.

"그 걱정은 나중에 합시다. 기차가 거의 다 왔으니까." 프레드가 말했다.

그러곤 그 지폐를 유리창 밑으로 통과시켰다. 그 안에 있던 남자가 프레드가 가지고 있는 것 같은 오렌지색 카드 한 장을 건넸다. 프레드가 티켓과 거스름돈을 집어 둘 다 제인한테 건넸다.

"잔돈은 가져요."

"도저히 그럴 수는 없어요." 제인이 겁에 질린 목소리로 말했다.

"그냥 가져요. 필요할지 모르니." 프레드가 우기며 또다시 자신의 주머니에 손을 넣었다. "혹시 지하철 탈 일이 생길지 모르니까 이 오이스터 카드(런던 시내 대중 교통과 그레이터런던의 내셔널 레일에서 사용할 수 있는 교통카드로, 오이스터는 굴을 의미한다―옮긴이)도 가지고 있어요. 그나저나 그 카드 충전해야 할 거예요."

제인은 자그마한 푸른색 카드를 받았다. 그 카드는 어떻게 봐도 굴은커녕 그 어떤 해양 생물과도 닮은 구석이 없었다. 제인은 카드를 이런저런 각도에서 자세히 살펴보았다. 어디에 쓰는 건지는 몰랐지만, 얼뜨기처럼 보이긴 싫었다. 그래서 그 물건을 지폐, 동전, 티켓과 함께 자신의 주머니에 넣었다.

"고마워요, 프레드 님." 제인이 진심으로 감사한 마음을 느끼며 말했다.

그녀는 그가 베푼 인정에 마음이 혼란스러웠다. 그동안 두 사람의 교류는 온통 분노와 조롱으로 점철되어 있었다. 이런 친절한 마음씨는 어디서 나온 것인가? 그는 왜 자기 돈 100파운드를 준 것인가? 그날 아침 일을 비롯해서 모든 일이 지금까지도 마음에 걸려서 이러는 게 분명하다고 제인은 짐작했다.

두 사람은 승강장으로 돌아왔다. 뿔피리 소리가 크게 들리더니 곧이어 강철이 강철을 때리는 소리가 철컥철컥 규칙적으로 들려 왔다. 제인은 소리의 출처가 어디인지 보려고 고개를 돌렸다. 옆으로 긴 거대한 녹색 사각형이 철로를 따라 내려오고 있었다. 그 직사각형 양 측면에는 '그레이트 웨스턴 레일웨이'라고 쓰여 있었다. 제인은 그것이 가까이 다가오자 너무 무서워 얼른 뒤로 물러났다. 이 세상에 존재하는 그 어떤 힘도 결단코 저런 걸 정지시킬 순 없을 것 같았다. 하지만 그게 멈춰 섰고 마법처럼 문까지 열렸다. 서른 명 남짓한 사람들이 그 마차에서 연이어 나왔는데, 다들 이 시대의 이상한 옷을 입고 있었다.

프레드가 기차에 올랐다. 제인도 그를 따라 마차 안으로 들어갔다. 마차 안에서는 절단된 금속 냄새가 났다. 좌석이 폭 좁은 극장 안처럼 마차를 따라 줄줄이 놓여 있었다. 제인은 빈 좌석을 포착하고는 회색 외투 차림의 어떤 남자 옆에 앉았다. 프레드가 어깨를 으쓱하더니 제인의 뒷열 좌석에 앉았다. 아까 그 마법의 문이 스스로 닫혔다.

발아래 어딘가에서 금속이 금속 위를 끽 소리를 내며 지나가자 이 녹색 고래가 요동을 치며 역을 빠져나왔다. 제인은 창문을 통해 바깥 풍경이 움직이는 걸 구경했다. 열차는 도시 외곽에 다다라 속도를 내기 시작했다. 주택과 도로와 상점들이 나무와 방목장으로 바뀌었다. 노르만 정복 당시 무너진 돌담은 1803년에 그랬던 것처럼, 또 그보다 7세기 전에 그랬던 것처럼 여전히 들판을 갈라 놓고 있었다.

윈저 가까이 왔을 때, 열차는 커다란 참나무 한 그루를 지났다.

제인은 깜짝 놀랐다. 그 나무는 그녀가 마지막으로 런던에 왔을 때 우연히 보았던 바로 그 나무였는데, 지금은 높이가 60미터는 되어 보였다. 제인은 그 나무가 무엇 무엇을 봤을지 궁금했다.

자신이 살던 시대와 그 전 시대가 다르게 돌아간다는 건 제인도 알고 있었다. 이를테면 중세에는 농노들, 화형, 파이 속 검은 새(18세기에 처음 만들어진 것으로 추정되는 'Sing a Song of Sixpence'라는 동요의 가사에 등장하는 검은 새를 말한다-옮긴이)가 있었고, 그보다 앞선 시대엔 한 여자가 잉글랜드 왕위에 올랐다. 그러니 2020년이란 해 역시 1803년과 마찬가지로 그와 비슷한 정도의 진보를 이룩했을 것이란 점을 고려해야 했다. 하지만 인간의 발전이 정확히 어떤 식으로 발현되었을까? 한 가지는 확실해 보였다. 인간은 육체노동을 없애고 그 자리를 마법으로 채웠다. 강철 상자가 옷을 빨아주었고, 또 다른 강철 상자는 그릇을 설거지해주었다. 마법이 초에 불을 붙이고 강철 마차를 움직였다.

제인은 마차 주위를 둘러보았다. 맞은편 자리에 앉은 여자가 속옷 차림으로 손바닥 위에 올려놓은 강철 상자를 가만히 보고 있었다. 그리고 그걸 누르며 미소를 짓고, 그것과 시시덕거리고, 그걸 보고 다정하게 웃기도 했다. 그것이 여흥과 편안함을 둘 다 주기라도 하는 것 같았다. 여자는 소중한 자식을 대하듯 그 상자를 대했다.

그때 그 상자에서 종소리 같은 소리가 울렸다. 여자가 그 상자를 보고 온 얼굴을 찌푸리더니 그걸 귓가로 들어 올렸다.

"지금 통화 못 해. 기차 안이야." 여자가 그 상자에 대고 말했다.

혼란스러워진 제인은 그 광경을 보고 고개를 절레절레 저었다. 저 여자는 대체 누구한테 말을 하고 있는 것인가? 잠시 후, 여자가 귀에서 그 상자를 떼어내더니 상자를 다시 쿡쿡 찌르고 귀여워하기 시작했다.

처음엔 21세기 인간들이 이 강철 상자를 지배한다고 생각했었다. 그런데 지금은 확신이 서지 않았다. 제인한테 기차표를 팔았던 남자는 매표소 안에서 그 상자가 시키는 대로 했다. 프레드가 그 남자한테 돈을 주자 손으로 그 상자한테 말을 했고, 그 상자가 곧이어 남자한테 돈과 표를 주었다. 그리고 남자는 그걸 프레드한테 전해주었다. 이런 상자들을 목격할수록 제인은 인간이 그 상자를 노예로 만든 게 아니라 그 반대인 것 같다는 생각이 강하게 들었다.

모든 게 다 신기한 나머지 제인은 마차 안과 창문 밖 중 어떤 것 때문에 눈이 더 즐거운지 알 수 없었다.

"굉장히 즐거워 보이네요." 프레드가 영문을 모르겠다는 듯 말했다. "열차에서."

"즐거우니까요!" 제인이 대꾸했다. "우리 인간이 그토록 경이로운 걸 발명했잖아요. 그렇지 않나요?"

프레드가 킥킥거렸다. "그렇죠. 하지만 낡아빠진 기차에 그렇게까지 열중하는 사람은 처음 봐서요."

"런던에서는 무슨 약속이 있는 거예요?" 제인이 물었다.

"직업 연수요. 그래요, 들리는 것처럼 굉장히 지루한 일이에요."

"당신한테 직업이 있군요? 나한테는 전혀 지루하게 들리지 않는데요."

프레드가 웃었다. "직업이 있죠. 학교 선생님이에요, 역사와 영어를 가르치는."

"정말 대단해요." 제인이 말했다. "성인(聖人) 같은 인내심의 소유자인가 봐요. 난 애들은 절대 못 가르칠 것 같던데."

프레드가 어깨를 으쓱했다. "좋은 날도 있고 아닌 날도 있고 그렇죠 뭐."

"직업이 당신한테 보람을 가져다주나요, 프레드 님?"

"보람요?" 프레드가 웃으며 되묻고는 그 부분에 관해 좀 더 생각을 해보는 것 같았다. "실제로 보람을 주기는 해요."

"좋으시겠어요." 제인이 웃으며 대꾸했다.

프레드와는 어색함이 아직 남아 있었는데, 그에게 돈을 받아 이제 빚까지 지는 굴욕을 당하는 바람에 그 어색함이 더 커진 상황이었다. 하지만 보면 절로 눈이 휘둥그레질 정도로 경이로운 것들이 너무 많아서, 런던으로의 첫 기차여행이 의외로 예상보다는 반정도 덜 끔찍하다는 생각이 들었다. 제인은 한 번 더 창밖을 내다보았다.

열차는 거대한 종착역인 패딩턴에서 그 여정을 마쳤다.

"갈까요?"

프레드의 말에 제인은 공상을 도중에 그만둬야 했다.

제인은 주위를 둘러보았다. 다른 승객들이 모두 떠나서 마차 안은 텅 비어 있었다. 제인의 머리는 여전히 열심히 돌아가고 있었다. 이 강철 괴물은 100킬로미터도 넘는 시골길을 한 시간 남짓 걸려 달려왔다. 제인은 녹색 괴물에서 내려 프레드와 승강장에 섰다. 표지판에 '8번 승강장'이라고 쓰여 있었다. 8번 승강장이라니! 그 말은 이 거대한 뱀 같은 게 최소 여덟 개는 이 지방을 누비고 다닌다는 의미였다. 제인은 하늘을 보았다가 입이 딱 벌어졌다. 머리 위로 강철과 유리로 된 둥근 지붕이 보여서였다. 지붕 양쪽 끝에서는 사람들이 여러 개의 돌바닥 승강장을 따라 바삐 오가고 있었고, 열차가 덜컹거리며 앞으로 나아가기도 하고 서서히 정차하기도 하면서 도착과 출발을 하고 있었다. 모든 게 어마어마하게 빠르게 움직이고 있었다. 제인이 너무 오랫동안 입을 벌리고 있는 통에 입속이 바싹 마를 정도였다.

프레드가 그녀를 출구 쪽으로 안내했다. 두 사람은 역에서 프래드 스트리트로 나왔다. 제인은 어마어마한 변화에, 유리와 강철로 지은 새로운 건물들에, 사람들에 놀라 주위를 두리번거렸다.

"자, 난 저쪽으로 가요." 프레드가 서쪽을 가리키며 말했다. "여기서부턴 혼자인데 괜찮겠어요?"

"앗." 허를 찔린 제인이 외마디 소리를 냈다.

"목적지는 아는 거예요?" 프레드가 제인의 표정을 살피며 말했다. "내가 같이 있어줄 수도 있어요."

제인은 프레드를 붙잡아둘 핑곗거리를 생각해낼 수 없었다. 그녀가 1803년에서 몰래 온 시간 여행자인데 21세기 런던을 샅샅이 뒤져 어떤 마녀를 찾아줄 길잡이가 필요할지 모른다는 생각을 프레드가 하고 있을 것 같지는 않았다.

"목적지는 알아요." 제인은 거짓말을 한 후 자신감 넘쳐 보이길 바라며 가슴을 활짝 폈다. "나 때문에 괜히 마음 쓰지 마세요. 약속이 있잖아요. 그 자리에 참석하셔야죠. 난 괜찮을 거예요."

"그럼 1시에 여기서 봐요." 프레드가 말했다.

"1시요? 오후?"

프레드가 고개를 끄덕였다.

제인은 죄책감이 느껴져 머뭇거렸다. 싱클레어 부인의 집에 도착해서 주문을 되돌릴 방법을 찾아 1803년으로 돌아가길 바라고 있어서였다. 그녀에게는 패딩턴으로 돌아올 마음이 조금도 없었다.

"알겠어요. 좋아요, 1시." 그녀는 이번에도 거짓말을 했다. "안녕히 가세요, 프레드 님."

모르긴 몰라도 이게 그를 보는 마지막이 될 것 같았다.

"그럼 안녕히." 프레드가 대꾸했다.

그러곤 길을 나섰다. 제인은 프레드 생각은 그만하기로 했다. 런던까지 용케 왔으니 이제는 집으로 돌아가야 할 때였다. 그래서 방향을 정하려 잿빛 하늘을 올려다보았다.

프레드 스트리트는 딱 한 번 걸어본 적이 있었다. 1801년 헨리 오빠를 방문했을 때 헨리 오빠와 함께. 그때 이후 몇 가지가 달라져 있었다. 식료품 저장실 크기만 한 빨간색 강철 박스 세 개가 그녀 왼쪽에 있었는데, 용도가 무엇인지는 알 길이 없었다. 오른쪽에는 상상 이상으로 큰 건물 두 채가 땅에서 우뚝 솟아 있었다. 사람들이 물결을 이루어 급히 지나갔는데, 이제까지 한 장소에서 본 적 있는 사람의 수보다 훨씬 많은 수였다. 감당할 수 있는 것보다 훨씬 많은 색과 훨씬 강한 빛이 눈에 쏟아져 들어왔다. 또 알아들을 수 없는 불협화음 같은 소리가 귀를 때렸다. 삑삑, 웅성웅성, 획획. 자신이 받은 교육과 지성을 자랑스럽게 여기던 그녀였지만, 사물과 사람이 일제히 예상할 수 있는 것보다 빠르고 시끄럽게 움직이고 있었다. 도로 맞은편에 나무 벤치가 하나 놓여 있는 게 보였다. 그 벤치 쪽으로 걸어가고 있는데 경적 소리가 크게 울렸다. 제인은 뒤를 돌아보았다. 커다란 강철 마차가 그녀를 향해 돌진하고 있었다. 제인은 간신히 그 마차의 경로에서 뛰어나올 수 있었다.

마부가 마차 창밖으로 고개를 내밀며 고함을 질렀다. "이 멍청한 년아!"

제인은 날카로운 비명을 지르며 벤치에 주저앉았다. 충격으로 손가락이 얼얼했다. 잠시 시간을 두고 상황을 파악하면서 이 임무를 성공시킬 가능성을 계산해보았다. 그녀는 자신보다 200년 먼저 이동해온 도시에서 길을 찾을 요량으로 런던 시내 한복판에 혼자 앉아 있었다. 자신이 변고를 당해 죽을지 모를 경우를 작성해보았더니 수십 가지는 되었다. 동쪽으로의 예정된 여정에서 맞닥뜨릴지 모를 지리적 난관은 차치하더라도, 도중에 어딘가에서 죽을지도 모를 위험이 더 크겠다고 결론을 내렸다. 치프사이드로 가는 길을 구축하는 건 고사하고, 지금 앉아 있는 벤치를 떠나려는 시도만으로 위험천만한 상황에 빠지고도 남을 처지였다.

21

거리 건너편에서 구겨진 바지를 입은 남자가 한 손으로는 뭘 파는지 모를 상점의 문을 열고, 나머지 한 손으로는 책더미를 무너뜨리지 않으려 안간힘을 쓰는 게 보였다. 남자는 붉은색 모직 외투를 입고 있었는데 숱 많은 머리뭉치에서 백발이 삐져나와 있었다. 남자가 책 묶음을 겨드랑이에 꼭 낀 채 열쇠를 돌렸다. 그때 책들이 느슨해지면서 길바닥으로 우르르 떨어졌다.

제인은 그쪽으로 걸어가며 말했다. "제가 도와드릴게요."

제인이 땅바닥으로 떨어진 책들을 모아 상점 주인에게 건넸다. 남자 위로 보이는 고색창연한 간판은 페인트가 벗겨져 있었고, '클라크의 도서 & 정기간행물'이라고 쓰여 있었다.

"고맙소." 남자가 제인한테 책을 받기 위해 손을 뻗으며 대답했다.

책 또 한 권이 그의 팔 위를 떠나 땅바닥으로 떨어졌다. 제인이 떨어지는 도중에 그 책을 붙잡았다.

"순발력이 아주 좋네! 어서 들어와요." 남자가 제인을 상점 안으로 안내했다.

안에서는 놀라운 광경이 펼쳐졌다. 침실 하나 정도 크기의 작은 공간에 불과했지만, 남자는 그 공간을 알차게 활용하고 있었다. 선반이 바닥부터 천장까지, 온 벽에 줄지어 들어서 있었다. 선반마다 책이 터질 듯 가득 꽂혀 있었고, 바닥에 쏟아진 책들은 빨강, 파랑, 노랑으로 알록달록하게 끝도 없이 이어져 있었다. 소설책이 꽂힌 그리스식 기둥들은 바닥에서 우뚝 솟아 거의 천장까지 닿아 있었다. 오직 책만 있는 동굴, 혹은 작은 지하 예배당 같았다. 곰팡내 나는 포근함이 실내를 가득 메웠고, 잉크 냄새와 나무 냄새가 어우러졌다.

"책방이네요!" 제인이 말했다.

오로지 책만 파는 상점을 본 건 생전 처음이었다.

"그렇다오." 기쁘게 놀란 얼굴로 책을 둘러보는 제인을 지켜보며 노인이 말했다. "한 놈 데려가겠소?"

"감사하지만 사양할게요." 제인이 말했다.

그녀는 부러운 눈으로 선반을 쭉 훑어보았다. 제인은 하루에 한 권씩은 책을 읽곤 했는데 벌써 3일째 한 권도 못 읽고 있었다. 문학 작품이라면 닥치는 대로 읽을 수 있었다. 하지만 책은 너무 비싸니 프레드가 준 돈을 아껴야 했다.

"공짜로 데려가라는 말이었다오." 노인이 제인이 망설이는 이유를 알아차린 듯 말했다. "도와줘서 고맙다는 의미로. 난 조지라고 합니다." 노인이 제인한테 손을 내밀었다. 처음 보는 사람들이 성이 아니라 이름만 말하는 데 아직도 적응 중이긴 했지만, 제인은 그래도 미소가 나왔다. 아버지 이름이기 때문이었다.

"제인이에요." 노인의 피부는 아버지의 피부처럼 노인다운 부드러움을 지니고 있었다. "호의는 감사하지만, 받을 수 없어요."

"아니, 받아야만 해요. 보물이 진흙 때문에 죽을 뻔한 걸 구해줬으니." 노인이 제인이 주워준 책들 중 한 권을 내밀었다. 제목은 『더버빌가의 테스』였다. "2쇄판이라오. 책 읽는 거 좋아하나요?"

"네." 제인이 말했다.

제인은 제일 가까운 곳에 있는 선반의 내용물을 훑었지만 열 권 중 한 권도 아는 책이 없었다. 제인은 그냥 이 광경 자체가 즐거웠다. 보통 도서관에 가면 이미 다 읽은 책밖에 없어서 기운이 빠졌으니까. 이 책들을 다 읽어나가려면 몇 년은 걸릴 게 분명했다.

"뭘 좋아해요? 소설? 스릴러, SF, 로맨스?"

제인은 호기심에 온몸이 굳었다. "SF요?"

조지가 제인을 창문 옆 선반으로 안내했다. 거기 있는 책들은 얇고 표지가 알록달록했는데, 다 제인이 처음 보는 책들이었다.

"이거 읽어봤소?" 조지가 『듄』이란 제목의 책을 건넸다.

제인이 고개를 가로저었다. "이 분야 책은 읽은 게 거의 없어요."

"이건 고전인데." 조지가 웃으며 말했다.

매장 뒤쪽에 푹신푹신한 안락의자가 놓여 있었다. 애용의 흔적이 역력한 녹색 가죽이 앉는 부분과 팔걸이를 덮고 있었다.

"저기 앉아서 책 읽으면서 있고 싶은 만큼 있어도 좋아요." 조지가 말했다. "대신 내내 나하고 같이 있어야겠지만 말이오."

제인은 점점 신이 났다. 어느 벤치에 앉아 좌절감에 빠져 있는 대신, 21세기의 이 책방에 앉아 책을 읽을 수 있다니.

"여기 혹시…… 제인 오스틴 작품이 있나요?" 제인이 충동적으로 물었다.

"당연히 있다오. SF는 아니지만." 조지가 제인을 가게 대각선 맞은편으로 안내했다. 그곳엔 '고전'이라고 손으로 써놓은 표지판이 있었다. 초조한 기대감에 갑자기 가슴이 부풀어 올랐다. 조지가 제인에게 작은 책 한 권을 건넸다. 붉은색 헝겊 표지는 오렌지빛으로 바래 있었고, 금색 글자로 작게 '오만과 편견, 제인 오스틴 지음'이라고 쓰여 있었다. 제인은 손으로 제목을 어루만졌다. "이건 7판일 거요, 1912년에 출간된."

제인은 손에 든 물건에 마음을 완전히 빼앗겨 고개를 끄덕일 뿐 아무 말도 하지 못했다. 제인이 책을 펼쳤다. 책등에서 종잇장 갈라지는 소리가 났고 기분 좋은 아몬드 냄새가 올라왔다. 누군가 햇볕에 널어 말리기라도 한 듯 페이지가 빳빳했다.

"월섬스토에 있는 어느 고등학교에서 건진 거라오." 조지가 말했다. "그 고등학교가 도서관 개조를 앞두고 있었거든. 이 딱한 책이 험한 대접을 받았다는 건 한눈에 알 수 있었지."

제인은 속표지를 펼쳤다. 누군가 '힐러리 도, 모퉁이 맞은편 12층'이라고 써놓았다. 제인은 그 글씨를 가만히 응시했다.

"이 사람은 누구죠?"

"학생이겠지. 커리큘럼에 있으니까."

"커리큘럼이라고요?

"『오만과 편견』은 학교에서 배우는 소설이니까. 중학교 때 안 읽었소?"

제인은 심호흡을 한 후, 그 책을 더욱 단단히 붙잡았다. 그러고는 알맞은 답변을 찾아 열심히 머리를 굴렸다. "읽었을 거예요. 그런데 까먹은 것 같아요."

"대입 영어를 이수하는 영국 애들은 어지간하면 다 오스틴 작품을 읽을 거요."

영국 애들 모두. 제인은 조지를 뚫어져라 바라보았다.

"아마 미합중국에서도 꽤 많은 아이들이 읽을 거요."

"미합중국이라고요?"

"미국 말이오." 조지가 알려주었다.

제인은 이번에도 눈 한 번 깜빡이지 않고 눈에 물기가 바싹 마를 때까지 조지를 뚫어져라 바라보았다. 이 신세계에서, 심지어 이 책방에서조차 그녀의 지위는 새로운 차원에 올라 있었다. 대체 얼마나 많은 사람들이 그녀를 알고 있는 걸까? 얼마나 많은 사람들이 그녀의 소설을 읽은 걸까?

제인은 책을 덮고 표지를 다시 한번 읽었다. 이 '오만과 편견'이란 제목은 대체 뭘까? 제인은 자신이 뭘 썼는지 궁금해 죽을 지경이었다. 문체를 바꿨을까? 아마도 이젠 시골 소극 대신 해적 이야기를, 오만한 해적 이야기를 쓴 모양이었다. 이 책 때문에 전과 달리 폭넓은 명성을 얻게 된 걸까? 제인은 페이지를 넘겨 읽기 시작했

200

다. 그러곤 한 단락 한 단락 읽어나가다 마침내 숨을 토해냈다.

그녀를 맞이한 건 새로운 해적 이야기가 아니었다. 새로운 문체가 책장을 빛내주고 있는 것도, 심지어 새로운 산문체가 등장한 것도 아니었다. 제인이 자신이 살던 시대로 돌아가는 데 성공하게 되어, 미래에서 지내는 동안 쓴 신조어가 나온 것도 아니었다. 제인이 지금 손에 들고 있는 책은 한 젊은 여자의 이야기였다. 그 여자는 왈가닥으로 똑똑하지만 가난한데도 잉글랜드에서 가장 부유한 남자의 청혼을 거절한다. 두 사람이 처음 만났을 때, 여자가 그 남자에 대해서 안 좋은 인상을 받아서였다. 이 소설은 바로 '첫인상', 토머스 카델이 퇴짜를 놓았고, 어머니가 난로에 넣고 태운 바로 그 소설이었다. 어찌저찌 이 작품 속 단어들이 좀 더 호의적인 출판업자나, 좀 더 훌륭한 취향을 가진 출판업자에게 가닿은 모양이었다. 책의 내용이 충분히 공감이 가는 내용이었으니 지금까지도 학교에서 가르치고 있는 것 같았다. 불덩이라고밖에 표현할 수 없는 어떤 것이 갑자기 제인의 혈관을 타고 세차게 흘렀다.

조지가 이 모든 걸 지어냈을지도 모를 일이었다. 하지만 낡아빠진 이 작은 책을 들고 있는 사람이 바로 그 안에 들어 있는 단어들을 쓴 저자인데 시간 여행을 왔을 거라고 조지가 추리해냈을 것 같지는 않았다. 대신 조지 눈에 보인 건 한숨을 쉬며 카펫 위를 앞뒤로 서성대는 여자였을 것이다.

"마음에 들어요? 그럼 가져가시오." 조지가 말했다.

"도저히 그럴 순 없어요."

"아니, 그래야 해. 책에 그런 반응을 보이는 사람이면 누구든 그 책을 가져야지. 내 말대로 해요."

제인은 선반 위의 다른 제목들도 훑어보았다. 『셰익스피어 전집』이 소포클레스의 『테베 3부작』 옆에 놓여 있었다. 초서의 『캔터베리 이야기』는 그녀의 소설 맞은편에 자리를 잡고 있었다. 그녀의 책들이 거장들 옆에 놓여 있었다. 또 한숨을 쉬고 카펫 위를 서성댈 때가 왔다.

"오스틴의 다른 작품들도 있다오."

조지가 선반에서 다른 제목을 골랐다. 『맨스필드 파크』. 제인은 이번에도 한 페이지를 골라 단숨에 읽어버렸다. 오히려 이 소설이 아까 책보다 더 큰 흥미를 선사했다. 제인은 읽으면서 자신의 문체라는 걸 바로 알아보았다. 표현과 재치 있는 말이 페이지에서 통통 튀었는데, 이는 그녀의 동시대 작가들의 진지한 모험담 및 로맨스와는 확연히 달라서였다. 그녀도 동시대 작가들의 글을 따라해보려고 했지만 써놓고 보면 언제나 그녀만의 어휘가 사라지지 않고 남아 있었다. 그런데 문체는 낯익은 반면 줄거리는 모르는 내용이었다. 패니라는 젊은 여자에 관한 이야기인데, 패니 역시 똑똑하지만 가난해서 부유한 친척의 피후견인 비슷한 존재로 살았다. 제인은 세 페이지를 순식간에 내리 읽었다. 그녀는 자신이 앞으로 쓰게 될 내용이 무엇인지 본격적으로 보려고 아예 자리를 잡고 책에 몰두했다.

"차 어때요?" 조지가 말했다. "가게에 이렇게 열심히 책을 읽는 사람이 있으니까 마음이 그렇게 좋을 수 없네요."

제인은 차를 마시겠다는 의미로 미소를 지어 보였다. 자신이 아직 쓰지도 않은 글을 읽는다니 이 얼마나 스릴 넘치는 일인가. 제인은 첫 번째 페이지로 돌아가 읽기 시작했다.

대략 30년 전쯤의 일이다. 헌팅턴의 마리아 워드 양은 겨우 7,000파운드의 지참금으로 맨스필드 파크의 토머스 버트람 경의 마음을 사로잡는 커다란 행운을 붙잡아……

단어들이 머릿속으로 들어오고 있는 도중에 제인은 책을 열었을 때만큼이나 신속하게 덮었다. 그러고는 책을 다시 선반 위에 올려놓고 일어섰다.

"괜찮소, 제인?" 조지가 말했다.

제인은 바닥을 뚫어져라 응시했다. 이건 불필요한 스릴이었다. 어떻게 자신이 아직 쓰지도 않은 책을 읽을 수 있겠는가? 이래가지고는 전혀 좋을 게 없었다. 거기 그렇게 앉아 자신이 아직 공들여 완성하지도 못한 책을 자랑스럽게 여기는 건 교만일 뿐만 아니라 그 자체로 위험 요인이기도 했다. 여기서 벗어나는 방법은 오로지 하나, 그녀가 살던 시대로 돌아갈 방법을 찾는 것뿐이었다. 그래야 이 책을 쓸 수 있었다. 제인은 조지에게 소설책을 건넸다.

"오스틴 책이 별로인가?" 조지가 물었다.

제인은 얌전히 고개를 가로저은 다음 주머니에서 종이 한 장을 골라 꺼냈다. "여기가 어딘지 아세요, 어르신?"

조지가 주소를 읽었다. "EC2? 알다마다."

"걷는 방법 말고 거기 도착할 수 있는 방법이 또 있을까요?"

"있지. 용기만 있다면."

제인이 환하게 웃었다. "어떻게요?"

"지하철을 타면 된다네."

22

소피아는 세트장으로 나갔다. 기쁘게도 그녀가 지나갈 때 촬영 조수는 미소를 지었고 조연출은 고개를 끄덕여 인사를 건네면서 방음 스튜디오로 가는 길을 가르쳐주었다. 그러나 그녀가 거의 처음 보자마자 사랑하게 된 남자가 반대편에 앉아 있는 모습을 본 순간, 소피아는 그들이 보여준 희망적인 미소를 떨쳐내고 정신을 차려야 했다.

감독 의자에 앉아 그날의 리허설 대사를 읽고 있는 잭은 잔뜩 집중한 얼굴이었다. 소피아는 그를 자세히 관찰했다. 5개월이나 떨어져 있었지만 남자 주인공 같은 그의 기골은 조금도 망가지지 않았고, 40대 중반이 다 되어가고 있는데도 머리카락은 여전히 풍성했다. 감독이라기보다 스타 배우처럼 보일 지경이었다. 베이지색 남방을 입고 세트장에 앉아 있을 게 아니라 턱시도 차림으로 전용기에서 눕다시피 앉아 있어야 할 사람이었다. 소피아는 심호흡을 했다. 잭한테 지금 모습을 보이기 직전인 지금이 오늘 하루 중 최고의 순간이 될 터였다. 그의 아름다운 얼굴을 보면, 두 사람이 여전히 커플이며 이제 곧 만나 커피를 마시러 갈 거라고 한순간이나마 스스로를 속일 수 있을 것 같았다. 이토록 유치하게 굴기에는, 10대 소녀 같은 안달하는 마음에 사로잡히기에는 너무 늙었지만, 사랑은 나이를 먹지 않았다. 여든이 되어도 그녀는 여전히 똑같이 느낄 것이었다.

소피아는 주변의 속닥거림을 인식했다. 조명주임과 전기기사들이 빤히 쳐다보면서 손가락질을 하고 있었다. 이 순간은 그 자체로 하나의 위대한 이야기였원. 예술가와 그의 뮤즈가 동화의 3막을 위해 다시 뭉쳤기 때문이었다.

잭이 보고 있던 대본에서 고개를 들더니 다시 숙였다. 잠시 후 다시 고개를 들어 그녀를 보았고, 두 사람의 눈이 마주쳤다. 소피아는 자신의 심장에 진정하라고 일렀다. 그러고는 태연하게 웃으며 숨을 너무 깊게 들이마시지 않으려 애를 썼다. 잭이 감독 의자에서 일어나 그녀 쪽으로 다가왔다. 소피아도 치마를 쳐들고 잭 쪽으로 다가갔다. 두 사람은 방음 스튜디오 한가운데서 만났다.

"안녕." 잭이 말했다. 하지만 미소를 짓지는 않았다.

소피아는 순간 깜짝 놀라 멈춰 섰다.

"어, 안녕." 소피아가 태연해 보이길 바라며 재빨리 대꾸했다.

"누굴 보내서 얘길 해줄걸. 아직 당신 없어도 돼. 코트니 담당 조명이 영 마음에 안 드네." 잭이 잠깐 멈췄다 말을 이어나갔다. "오늘 아침 트럭에서 2K 나오는 거 못 봤는데. 내가 말했잖아, 난 모든 장면에서 렌즈플레어를 원한다고."

소피아는 순간 움찔했다. 이게 다섯 달 동안 말 한마디 못 나눈 사람의 입에서 나온 소리라니. 전형적인 인사에 이은 카메라 계약 조건? 이건 그녀와 무관한 얘기였다. 일 얘기였다. 소피아는 눈앞에 닥친 문제에 초점을 맞췄다. 잭의 평상시 걱정거리가 돌아온 게 분명했다. 렌즈플레어는 한 프레임에 강한 빛을 다량으로 쏘아 아름다운 화면을 만들어내는 기법이지만, 광고 화면 같은 분위기를 주기 때문에 모든 영화에 적합한 것은 아니었다. 이번 영화에는 특히 더더욱. 〈노생거 수도원〉은 음영을 많이 써서 괴기스러운 느낌을 내야 하는데, 이건 잭의 촬영기사가 어떻게 만들어내야 하는지 잘 알고 있었다. 렌즈플레어는 프레임 하나하나를 유행하는 탄산음료 광고처럼 만들 게 뻔했다. 소피아는 잭 때문에 민망해졌지만, 지금 상황 때문에 행복해지기도 했다. 그녀를 곧 보게 된다는 생각에 잭도 싱숭생숭해진 걸까? 내가 무슨 말이라도 해야 할까? 아니야. 소피아는 잭의 기분을 상하지 않게 하면서 돕는 쪽을 택했다.

"알았어, 렌즈플레어." 소피아가 말했다. "그럼 내가 가서 물어보고 올게."

"뭐? 아니, 저 사람한테 한 말이야."

잭이 기분 나쁘게 킬킬거리고는 소피아 뒤에 있는 촬영 보조를 가리켰다. 촬영 보조가 검은색 대형 카메라에 렌즈를 끼우고 있었다.

"아, 그랬구나." 소피아가 바보가 된 기분을 느끼며 말했다.

그 카메라맨이 희죽거리더니 자리를 떴다.

"어떻게 지내?" 소피아가 쾌활함을 잃지 않으려 애를 쓰며 밝은 목소리로 물었다.

"바빴어. 그쪽에서 로케이션 두 군데를 퇴짜 놨거든. 미국 쪽 제작 책임자 존이 분명해. 그 작자 나한테 앙심을 품고 있거든. 이번 영화, 나중에 텔레비전 영화 꼴 났다고 내 탓 하기만 해봐, 아주."

소피아는 가슴을 졸이며 고개를 끄덕이고는 잭이 그녀의 안부를 물어주기를 기다렸다. 하지만 거기에 너무 목매지 않으려고 애를 썼다. 그는 모든 촬영장에서 늘 이런 식이었다. 늘 두서없고, 늘 사무적이었다.

소피아가 잭 트래버스를 처음 만난 건 스물다섯 살 때였다. 그녀를 유명 배우로 만들어준 영화 〈배트맨〉에서 배트걸 역으로 캐스팅되었을 때였는데, 잭이 그 영화의 감독으로 계약이 되어 있었다. 세트장에서 열린 리허설 첫날, 잭은 온종일 그녀를 무시했다. 배트맨 역을 맡은 배우 피터하고는 야구 얘기도 나누고, 체격 좋은 그에게 장난으로 어퍼컷과 잽도 날리는 등 화기애애한 분위기였다. 하지만 소피아한테는 말 한마디 건네지 않았다.

소피아가 캐릭터 관련 질문을 했을 때도 잭은 양해를 구하고 화장실에 갔었다. 소피아는 분노에 휩싸였다. 그래서 더이상 용납하지 않기로 했다. 일주일을 무시당한 끝에 주변에 물어물어 그의 주소를 알아낸 다음, 할리우드 힐 꼭대기에 자리 잡고 있는 그의 집으로 택시를 타고 갔다.

소피아는 그의 집 현관문을 쾅쾅 두드렸다. "대체 문제가 뭐죠?"

그가 문을 열자마자 그녀가 내뱉은 말이었다. 잭은 진짜 충격이라는 듯, 소피아를 자꾸만 위아래로 쳐다보았다.

"문제가 뭐냐고요?" 그가 기분 나쁘게 웃으며 물었다. "시간, 얼마나 낼 수 있죠?"

그가 소피아를 안으로 안내했다. 그의 집은 거대한 에셔의 그림, 즉 각기 다른 높이, 각양각색의 부속 건물이 놓인 공상 속 집처럼 보였다. 그는 소피아에게 얼음 조각처럼 생긴 병에 담긴 음료를 권한 후, 잔 바닥이 금색이고 양각 무늬가 있는 크리스털 잔에 그 술을 따랐다. 소피아는 그 모든 게 너무 어처구니없어서 코웃음을 쳤다. 그녀는 서머싯에 있는 침실 세 개 딸린 오두막에서 자란 사람이었다.

"내 문제는 내가 내 일을 전혀 모르고 있다는 겁니다." 그가 술을 따르면서 말했다.

소피아는 그 위스키를 기하학적 무늬가 있는 대리석 긴 의자 위에 뱉을 뻔했다.

"그게 무슨 말이에요?" 소피아가 웃으며 되물었다.

"내 말은 장편영화 감독을 어떻게 해야 할지 하나도 모르겠다는 거예요." 소피아는 그의 얼굴을 자세히 살피다가 거기서 고뇌를 보았다. "촬영장에는 딱 두 번 가본 게 다거든요. 한 번은 아버지를 뵈러. 나머지 한 번은 〈쇼트 스택〉 감독하러."

"〈쇼트 스택〉이 뭔데요?"

"내 단편요." 그가 가슴을 한껏 부풀리며 말했다.

"처음 들어보는데요."

"상도 몇 개 탔는걸요." 그가 항변했다.

그러고는 자기 잔에 술을 다 따른 후 그녀의 잔에 쨍그랑하고 부딪혔다. 그녀도 예의를 지켜 그의 잔에 자신의 잔을 부딪히고는 또다시 그를 자세히 관찰했다. 부드러운 크림 같은 액체가 그녀의 식도를 타고 넘어가자 배 속이 타는 듯한 느낌이 들었다. 와스프 (앵글로색슨계 백인 신교도로 미국 사회의 주류를 이루는 지배계급을 말한다-옮긴이)들은 최상의 술을 가지고 있구나.

"미안한데, 당신이 영화 촬영장에 두 번밖에 안 가봤다니 그게 어떻게 가능하다는 거죠?" 그녀가 이번에도 웃으며 말했다. "나만 해도…… 올해만 일곱 번인데. 지금은 겨우 6월이고요."

"과시하는군요." 그가 대꾸했다. "이 일, 아버지 백으로 얻은 거거든요."

그의 아버지, 도널드 트래버스는 1970년대 할리우드의 왕족이나 다름없는 인물로 아카데미 감독상 수상 전력이 있고, 주위들은 바로는, 업계에서 가장 불쾌하고 거만한 사람이라고 했다.

소피아는 이맛살을 찌푸렸다. "이 영화 예산이 8,500만 달러라고요. 그런데 어떻게…… 됐어요."

소피아는 잭이 술을 또 한 잔 들이켜는 모습을 지켜보았다. 그의 손이 떨리고 있었다. 그녀는 흥미진진한 미소를 얼굴에서 거둘 수가 없었다. 그럼에도 나서서 돕기는 해야 할 것 같았다. 할리우드 데뷔를 신경쇠약에 걸린 감독 때문에 망칠 순 없는 노릇이었다.

"제가 작은 비밀 하나 알려드릴게요, 트래버스 씨." 소피아가 말했다. "감독은 세트장에서 제일 쉬운 일이에요."

잭이 그녀에게 조소를 날렸다. "그게 무슨 말이죠?"

"영국에서 텔레비전 프로그램을 하나 한 적 있는데요, 아동용 프로그램이었거든요. 감독님이 좀 알코올중독 끼가 있었어요. 외로워서 그랬는지, 아무튼 세트장에서 종종 잠이 들곤 했는데 그렇다고 우리가 깨울 순 없잖아요. 예정보다 몇 시간이나 뒤처졌지만 피디는 우리한테 계속하라고 했어요. 그래서 그냥 계속했죠. 조감독은 우리한테 필요한 장면을 하나하나 확인했고, 카메라맨은 찍었고, 배우들은 연기를 했어요. 감독 없이 우리끼리 그날 모든 걸 찍은 거죠. 심지어 집에 일찍 간 날도 있었어요. 그 에피소드가 BAFTA 어린이 프로그램상까지 받았다니까요. 각본가가 각본을 굉장히 잘 썼거든요. 평소에 받던 쓰레기 각본보다 훨씬 나았어요. 캐스팅도 물론 좋았고요. 그러니까 당신이 할 일은 별로 없어요. 죽이는 촬영기사하고 뛰어난 AD만 있으면 영화 한 편 뚝딱이거든요. 그 둘만 갖추면 하루 종일 세트장에서 할 말이라곤 커피 주문밖에 없을 거라고요."

잭이 한참 동안 그녀를 빤히 응시했다.

잭이 여전히 아무 말도 없자 소피아가 물었다. "괜찮아요?"

"당신 정체가 뭐죠?" 마침내 그가 기가 막힌다는 얼굴로 그녀의 얼굴을 살피며 물었다. "어떻게 그런 걸 다 알고 있는 거죠. 그런 걸 다 알기엔 너무 아름다운데."

'왜냐하면 그게 내 삶이고 생명줄이니까요.' 소피아는 속으로만 대답하고 입 밖에 내지는 않았다.

사실 그녀는 모든 게 마냥 좋기만 했다. 세트장에서 벌어지는 다툼, 땀과 눈물. 세트장 사람들은 마치 전쟁터에 나가듯 준비를 했다. 어렸을 때 그녀는 비디오 대여점에 가서 한 번에 영화를 한 아름 빌려오곤 했었다. 그러곤 금요일 밤부터 월요일 아침까지 모든 블라인드를 내려놓고 그 비디오를 봤다. 오래된 고전, 뉴웨이브 작품, 러시아 대가들의 작품, 이탈리아 거장들의 작품까지 전부 걸신들린 듯 봤었다. 그래서 자신의 겉껍데기가 내면을 얼마나 반영을 못 하고 있는지, 자신의 외모가 두뇌와 얼마나 따로 놀고 있는지를 깨닫자 헛웃음이 나왔다. 그러다 문득 그녀가 아는 사람들을 떠올리자 이런 생각이 들었다. 언제는 그랬던 적이 있었나?

소피아가 고개를 들어 그의 얼굴을 보았을 때, 그는 여전히 그녀를 가만히 응시하고 있었다. 그의 표정은 그녀가 알고 있는 표정, 바로 욕망 어린 표정이었다. 그녀는 잭을 정면으로 보며 마른침을 삼켰다. 이 사람 끝내주게 잘생겼네. 순간, 소피아는 살짝 주눅이 들었지만 이내 자신도 끝내주게 예쁘다는 사실을 스스로에게 상기시켰다. 그녀는 그의 부드러운 푸른 눈동자와 미소 띤 얼굴을 가만히 응시했다. 그러곤 입술을 깨물었다.

그다음 날 세트장에서 잭은 촬영기사를 해고했다. 그 촬영기사는 비아냥대길 좋아하는 연장자로 그동안 그를 깎아내리기만 한 사람이었다. 대신 얼마 전 유럽에서 수상한 적이 있으며 소피아의 에이전트가 추천해준 독일 출신의 카메라맨을 고용했다. 그의 첫 조감독도 소피아가 추천한 꼼꼼하고 빈틈없는 여자로 갈아치웠다. 두 스태프 모두 오늘도 그를 위해 그의 영화를 찍을 예정이었고, 소피아는 잭의 자문 겸 친구가 되었다.

잭의 집에 갔던 그 첫날 밤, 두 사람은 키스하지 않았다. 키스는커녕 밤새도록 서로에게 거의 손 하나 대지 않은 채, 몇 시간 동안 영화 얘기만 했다. 마침내 택시를 부른 후 감독한테 잘 자라는 인사를 했을 때, 소피아는 영화보다 훨씬 대단한 일이 시작되려 한다는 걸 알아차렸다. 그 후 몇 개월에 걸쳐 소피아는 굴욕적이고 무서운 사랑에 빠졌다. 그 시기에 대한 기억은 그와 함께한 기억 말고는 하나도 남아 있지 않았다. 분명 머리를 빗고, 옷을 빨고, 숨도 쉬었을 텐데, 마치 두뇌에 있는 하드드라이브가 그런 순간들은 운영체제에 무의미하고 중요하지도 않다고 판단한 후 모조리 삭제해버린 것만 같았다. 그 시기에 대한 기억 중 남은 기억이라고는 그녀를 보고 미소 짓던 잭, 그녀와 함께 웃던 잭, 마침내 그녀에게 키스하던 잭밖에 없었다.

이 첫 만남에 대한 소피아의 회상은 잭이 단백질 바 마지막 한 입을 입속에 넣으며 아삭아삭 씹는 소리가 나면서 중단되었다. 그가 좋아하는 미국 브랜드 제품인데, 모르긴 몰라도 제작사에서 잭을 위해 궤짝으로 들여왔을 게 분명했다. 그 마지막 한 입을 씹어

먹은 잭은 트림이 나오자 주먹으로 입을 막았다. 살짝 새어나온 트림이 역겹기도 하고 위안이 되기도 했다. 그는 낯선 사람 앞에서 트림하는 법이 절대로 없어서였다. 역겹지만 친밀한 이 행동을 통해 그는 적어도 두 사람이 아직 함께인 양 그녀를 대해준 셈이었다.

소피아는 그의 기분을 좋게 해줄 만한 것, 일로 인한 고민에서 그의 주의를 돌릴 만한 것을 생각해내려 노력했다.

"애스턴 마틴은 어때? 나 안 보고 싶대?" 소피아가 물었다.

그가 눈을 초롱초롱 빛내더니 휴대폰을 내려놓았다.

"로스펠리즈에 있는 정비소에 내외부 세차를 맡겼거든. 당신도 그 휠을 봐야 하는데."

잭이 새로운 배기관이며, 차에서 지금은 붕 소리가 어떻게 나는지 자세히 말해주었다. 소피아는 그가 열정을 품는 대상이 뭔지 아직 알고 있다는 사실에 안도하며 한숨을 쉬었다. 그가 말하는 동안 고개를 끄덕거려가며 미소를 짓는 소피아의 내면에서는 단 몇 분이라도 잭을 독차지했다는 생각에 기쁨이 터질 듯 차오르고 있었다.

그때 코트니가 다가와 인사를 건넸다. "안녕, 여러분."

시간차를 두고 놀란 반응을 보인 코트니는 눈을 가늘게 뜨고 소피아의 얼굴을 다각도에서 자세히 살폈다. 데릭이 얼굴에 작업해준 비밀 복구공사가 떠오른 소피아는 마른침을 꿀꺽 삼켰다. 코트니가 입을 열자 소피아는 한 소리 들을 각오를 했다. 그런데 코트니가 입을 다물더니 다행스럽게도 안 하는 게 낫겠다고 생각했는지 아무 말도 하지 않았다. 소피아는 안도의 한숨을 내쉰 후 나중에 데릭한테 메이크업 기술뿐만 아니라 여배우 간의 물밑 다툼에 대한 약삭빠른 이해력에 대해서도 고마운 마음을 표하자고 다짐했다. 코트니는 소피아한테 미소를 지어 보이면서 다른 전략을 채택한 것 같았다.

"소피아, 미안하지만, 부탁 좀 할게요, 괜찮죠?" 그녀가 바닥을 가리키며 말했다. "지금 제 자리에 서 계시네요. 일정이 좀 늦어졌죠?"

"어머나, 미안. 당연히 비켜드려야지." 소피아가 대답했다.

"알겠지, 소프? 우린 바쁘다고. 할 일을 해야지."

"그럼! 얘긴 나중에 해." 소피아가 재빨리 말했다.

소피아는 갑자기 자신이 나이만 먹은 바보가 된 기분이 들었다. 자신이 세트장에서 15년 동안 일해왔다는 점을 모두에게 여봐란 듯이 상기시키기라도 한 것 같았다. 잡역부가 소피아한테 방음 스튜디오에서 빠지라는 손짓을 했다. 소피아는 의자에 앉아 리허설을 지켜보았다. 1분 뒤, 코트니가 뭔가 유심히 보는 것 같았다.

잡역부가 다시 와서 말했다. "죄송한데요, 그거 스미스 씨 의자랍니다."

"아, 알았어요." 소피아는 대답하곤 일어섰다. "내 의자는 어디 있는지 알려줘요, 거기 앉을 테니까."

잡역부가 소피아를 빤히 보더니 주위를 두리번거렸다. "선생님 의자는 없는데요."

그의 얼굴이 사색이 되었다. 주위를 둘러본 소피아는 그가 사실대로 말했다는 걸 두 눈으로 확인했다. 감독 의자 네 개가 모니터 근처에 놓여 있었는데, 의자마다 뒷면에 흰색으로 이름이 찍혀 있었다. 하나에는 코트니 스미스, 또 다른 하나에는 잭 트래버스, 나머지 두 개에는 제작자들 이름이 찍혀 있었다. 그중 어느 의자에도 소피아 웬트워스는 찍혀 있지 않았다.

"저기요, 제가 의자 하나 구해드릴게요!"

잡역부가 달려가서 의자를 하나 더 가지고 왔다. 나머지 의자들보다 훨씬 좋은 의자로 가죽 재질에 바퀴까지 달려 있었다.

소피아는 그에게 미소를 지어 보였다. "고마워요."

하지만 그 의자에 앉지 않고 메이크업 트럭 쪽으로 걸어갔다. 화끈거리고 메스꺼울 정도의 창피함이 부글부글 머리끝까지 끓어올랐다. 뒤통수가 따가우면서 땀이 나는 게 느껴졌다. 그 갈색 종이봉투가 근처 어딘가에 있을지 모르니까 찾아서 바람이나 불어넣어야겠다. 촬영장에서 상사병 걸린 여자애 노릇으로 부부 관계나 회복하려고 하다니, 자신이 너무 바보가 된 것 같았다. 효과나 있었으면 괜찮았겠지만, 잭은 그녀의 노력을 거들떠보지도 않았다. 자연스럽게 자기 일을 방패막이로 삼은 것 같았다. 방음 스튜디오 끄트머리에 다다른 소피아는 훨씬 작은 다른 모니터 옆에서 혼자 각본을 읽고 있는 잭과 정면으로 마주쳤다. 그녀는 하필 이 길을 골라 나가려고 했던 자신을 저주하며 그를 피하려고 했지만 그가 이미 위를 올려다본 후였다.

"어딜 가려고?" 그가 물었다.

금방이라도 울음이 나올 것 같았지만 소피아는 마른침을 삼킨 후 밝아 보이려고 애를 썼다. "트럭으로 돌아가려고. 거기가 더 좋아서. 내 방이잖아."

잭이 고개를 끄덕이더니 다시 고개를 숙여 각본을 읽었다. 소피아는 마른침을 꿀꺽 삼키고 다시 걷기 시작했다.

"소피아." 잭이 그녀를 불러 세웠고 소피아가 뒤를 돌아보았다.

"오늘 멋있어 보이더라."

그가 각본에서 고개를 들자 두 사람의 시선이 마주쳤다. 잭이 그녀에게 미소를 보냈는데, 그 미소는 소피아가 아주 잘 알고 있는 미소였다. 그 미소는 두 사람이 처음 만났을 때 그가 보여주었던 미소, 한쪽 입꼬리가 올라가 능글맞으면서도 귀여운 바로 그 미소였다. 갑자기 활기가 넘쳐 보이면서 그가 10년은 더 젊어진 것처럼 보였다.

"어머, 고마워."

소피아가 최대한 아무렇지 않은 척 말하고는 그에게서 돌아선 뒤 계속 걸었다. 그녀는 그가 확실히 안 보일 때까지 기다렸다가 참고 있던 미소를 지었다. 고객한테 거액의 팁을 받는 일이 데릭한 테 흔한 일인지는 모르겠지만, 아무튼 오늘은 거액의 팁을 받게 될 터였다.

23

제인은 런던 울렁증을 극복해보려는 시도에 나섰다. 일단 금속과 벽돌로 지어진 거대한 지하실 가까이 다가갔다. 그 위 표지판에는 '지하철'이라고 쓰여 있었다. 손에는 아까 프레드가 준 카드가 쥐여 있었다. 카드에는 푸른색 굵은 글자로 오이스터라고 찍혀 있었다. 매표소 안 남자가 그녀에게 남아 있던 돈 4파운드를 받더니 어떻게 했는지는 몰라도 카드에 그만큼의 가격을 더해주었다. 아니, 그랬다고 주장했다. 제인이 '이 전철이라는 것이 얼마나 기냐'고

물어보자 남자가 눈을 가늘게 떴다. 하지만 이내 숨을 토해내더니 관료다운 말투로 카드 사용법을 설명해주었다.

"카드를 원 위에 대세요. 그럼 개찰구가 열릴 거예요." 남자는 마치 병약자한테 하듯 아주 느릿느릿 말했다. 하지만 제인은 남자가 이루 말할 수 없이 고마웠다. "갈색 노선을 타고 옥스퍼드 서커스에서 붉은색 노선으로 환승하세요. 저기서요." 남자는 생글거리며 어떤 터널을 가리키고 말했다. "런던이 처음이신가 봐요?"

"오랜만에 왔어요." 제인이 대답했다.

제인은 그 터널로 내려가서 매표소 남자가 알려준 알 수 없는 원을 찾았다. 정확히 어느 정도 크기의 원을 찾아야 하는 건지 확신할 수 없었다. 스튜 포트만 한 크기? 연못 크기?

제인은 일렬로 늘어서 있는 강철 울타리에 다다랐다. 울타리마다 남자 손바닥만 한 크기의 노란색 원이 하나씩 있었다. 제인은 카드를 그 원 위에 놓았다. 두 울타리 사이의 개찰구가 마법처럼 쏙 들어가면서 제인을 안으로 들여보냈다. 제인은 서둘러 통과했다. 개찰구가 쾅 소리와 함께 닫히자 제인은 본능적으로 엉덩이를 잡았다. 개찰구가 꼭 내킬 때마다 제멋대로 열리고 닫히던 용수철 달린 농장 대문처럼 작동해서였다. 제인은 개찰구에 끼이지 않아 안도의 한숨을 내쉬었다.

그녀 뒤로 난폭한 농장 대문을 통과하는 사람은 점점 많아졌다. 한 남자는 그다지 운이 좋지 못한 탓에 들어오기도 전에 개찰구가 딱 닫혀버렸다. 그러자 옆구리로 개찰구를 세게 밀었고 닫힌 빗장 뒤로 눈알을 굴렸다. 그는 욕을 하면서 제복 차림의 남자한테 불평을 했다. 제인의 두려움은 배가되었다. 21세기 사람들조차 이 변덕스러운 문을 당해내지 못하다니. 그녀는 고개를 들어 위를 올려다보았다. 위에는 알 수 없는 표지판들이 걸려 있었다. 한 표지판에는 베이컬루 선이라고 쓰여 있고 글자 아래에 갈색 선이 칠해져 있었다. 제인은 아까 매표원이 알려준 내용이 생각나서 그 표지판을 따라갔다. 다음엔 또 뭐가 기다리고 있을지 몰라 벌벌 떨고 있는 와중에 수많은 인파가 물줄기처럼 제인의 주변을 에워쌌다. 제인은 발바닥이 땅에 닿을세라 서둘러 터널로 내려갔다.

앞쪽에서는 사람들이 걸어가는가 싶더니 갑자기 아래쪽으로 사라지고 있었다. 다들 추락이라기엔 너무 천천히 움직였는데도 그랬다. 제인은 공포에 떨며 그 지점에 접근했다가 사람들이 움직이는 계단을 타고 더 낮은 층으로 내려가고 있는 걸 보고 기절초풍했다. 제인은 뒤로 물러나 자세히 관찰했다. 사람들은 귀찮을 뿐 아무렇지도 않다는 듯 그 무시무시한 장치 위에 올랐다. 거대한 강철 톱니가 각 계단의 가장자리를 둘러싸고 있었다. 샛노란 터널 조명 속에서 번뜩이는 은색 톱니는 마치 금속으로 이루어진 동물의 가지런한 송곳니처럼 보였다. 사람들은 자신들을 먹어치우는 계단을 어떻게 피한 걸까? 제인은 걸음을 멈추고 숨을 참은 채, 그 계단에 뛰어올랐다. 염두에 둔 계단이 있었지만 착지를 잘못 계산하는 바람에 체크무늬 정장 차림의 노인과 같은 계단에 오르고 말았다.

"조심 좀 해요!" 노인이 말했다.

"정말 죄송합니다, 어르신. 제가 여기 사람이 아니라서요." 제인은 다음 계단에 뛰어올랐다. "이것 참 위험한 물건이네."

움직이는 계단은 끝없이 내려갔다. 얼마 후, 제인은 최소 지하 10미터 아래는 되어 보이는 곳에 서 있었다. 그녀는 아래를 내려다보았다. 계단 전체는 저 앞에서 끝나는데, 계단들이 평평해지더니 땅바닥으로 사라지고 있었다. 제인은 이번에도 잡아먹힐까 봐 무서웠다. 앞에 있는 사람들은 위를 올려다보지도 않고 내렸다.

"자, 갑니다." 제인은 노인한테 말했다.

그러고는 심호흡을 했고, 계단이 평평해졌다. 제인은 눈을 꼭 감고 계단에서 내려 단단한 지면에 착지했다.

"모두 잘하셨어요!" 제인이 앞에 있는 사람들한테 말했다.

정장 차림의 노인이 고개를 절레절레 저었다. 나머지 사람들은 제인을 무시하고 계속 앞으로 나아갔다.

제인은 갈색 노선 방향 이정표를 따라 지하 승강장에 도착했다. 바스에서 탄 열차보다 작은, 붉은색과 흰색이 칠해진 열차가 승강장에 멈춰 섰다. 열차의 문이 지각 있는 존재처럼 열렸는데, 나머지 문들도 마찬가지였다. 제인은 열차에 올라 바닥에서 천장까지 이어져 있는 기둥을 꽉 붙잡았다. 문이 스스로 닫히자 열차가 승강장에서 움직이기 시작했다. 잠시 후 열차가 터널에 진입하자 창밖은 어둠 속으로 곤두박질쳤다.

제인은 다른 사람들을 자세히 살펴보았다. 이번에도 객차 안 사람들 거의 모두가 작고 얇은 직사각형 상자를 가지고 있었고, 그 상자를 손에 올려놓고 가만히 바라보고 있었다. 사람들은 이 상자를 보고 미소를 짓기도 하고, 웃기도 하고, 감탄하기도 했다. 제인은 고개를 가로저으면서도 이 작은 직사각형 상자가 어떤 대단한 걸 가지고 있기에 다들 저러는 건지 너무나 궁금했다. 어떤 사람을 힐끗 보았더니 그 상자 안에서 연극 작품이 상연되고 있었다. 제인은 당황스럽기도 하고 무섭기도 했다. 아주 작게 줄어든 배우들이 화면 안에서 움직이고 서로에게 손을 흔들고 말을 하고 있어서였다. 충격에 휩싸인 제인은 고개를 절레절레 저으며 뒤로 물러났다. 마법 천지인 세상이구나. 사람들이 왜 이 마법 상자에 그토록 목을 매는지 알 것 같았다.

이번에는 사람들의 얼굴을 자세히 살폈다. 마차 안에 꽃장수들만 있는 것이든지, 여기 사람들은 얼굴에 분칠하는 걸 더이상 저속하게 여기지 않는 것이든지 둘 중 하나가 분명했다. 물방울무늬 외투 차림의 어떤 여자가 자기 입술을 빨갛게 칠하고 있었다. 소설책을 읽고 있는 또 다른 여자는 클레오파트라처럼 눈가에 검은색 선이 그려져 있었다. 어떤 여자는 가슴 위를 다 드러내놓고 있었다. 줄무늬 야회복 차림의 한 남자가 그 여자들을 힐끗 보더니 이내 자신의 작은 직사각형 상자를 다시 보기 시작했다. 21세기 남녀는 어떻게 교류하는 걸까? 세상이 달라진 걸까? 아직도 결혼이 목표에 해당할까? 제인이 인류학적 연구에 더 깊이 빠져들기도 전에 지하철이 옥스퍼드 서커스 역에 도착했다.

제인은 객차에서 내리자마자 안전하고 따뜻한 열차 안으로 다시 뛰어들고 싶어졌다. 인간적으로 가능하다고 생각했던 것보다 훨씬 많은 사람들이 비좁은 공간을 통해 우르르 줄지어 통과하는 아수라장이 눈앞에 펼쳐져 있어서였다. 사람들이 객차 안팎으로 떠밀려 들어가고 나와서는 돌바닥 승강장을 통과하고 가로질러 사방팔방으로 흩어지는 모습이 꼭 침몰 중인 배에서 탈출하는 생쥐 같았다. 제인이 이정표를 확인하려고 위를 쳐다보는 사이 거대한 인파가 그녀의 의사와 상관없이 자신을 휩쓸어 앞으로 데려가버렸다. 머리 위로 붉은색 노선 이정표가 보였다. 제인은 들끓는 인파

사이를 헤쳐 나와 그 이정표를 따랐다.

위험을 각오하고 움직이는 계단 두 개에 탑승하고, 또 다른 터널을 걸어서 통과한 끝에 제인은 붉은색 노선에 도달했다. 열차 한 대가 들어와 정차했다. 그 열차에 올라 자리에 앉아 숨을 고르기도 전에 지하철이 세인트폴 역에 도착해서 내려야 했다. 제인은 속도와 소음과 열기와 인파에 어찌할 바를 몰라 하며 숨을 토해냈다. 그리고 또 다른 이동 계단에 올랐는데, 이번에는 위로 이동하는 계단이었다. 다시 한번 교통카드를 동그라미에 대고 개찰구를 나온 제인은 환한 햇빛 속으로 던져졌다.

눈이 햇빛에 익숙해지자 제인은 세인트폴 대성당 전면에 시선을 고정했다. 성당이 마치 갑자기 땅바닥에서 피어나 하늘 높이 자란 것만 같았다. 순간 그녀는 자신이 1803년으로 돌아온 줄 알았다. 바로크 양식의 그 건물은 그녀가 마지막으로 왔을 때처럼 우뚝 서 있었지만, 한 바퀴 돌아보니 강철과 유리로 만들어진 괴물들이 건물을 사방팔방에서 에워싸고 있었다. 2층으로 된 커다란 빨간색 마차가 사람들 수십 명을 태우고 거리를 돌아다녔다. 말 없는 괴물들이 도처에서, 거리 위아래를 움직이며 경기와 괴로움을 유발하는 뿔피리를 불어댔다.

세인트폴 대성당을 보고 순간적으로 원래 시대로 돌아간 줄 알았던 제인은 안으로 들어오라고 손짓하는 듯한 그 옆 건물을 보자, 착각이고 뭐고 다 잊게 되었다. 갓 구운 빵 냄새가 그 건물 문에서 솔솔 흘러나오고 있었다. 배가 등에 붙을 듯 허기가 졌던 제인은 그쪽으로 향했다.

출입구 위에, 밝은 오렌지색을 배경으로 눈부신 흰색으로 쓰여 있는 글자는 세인즈버리였다. 그녀가 가까이 다가가자 마법의 유리 문이 스르륵 열렸다. 제인은 코로는 공중에 맴도는 뜨끈뜨끈하고 달콤한 빵 냄새를 따라가면서, 눈으로는 평생 본 적 없는 풍요롭고 괴이한 진열 식품을 좇았다. 일종의 실내 장터 같은 것이 열린 모양이었다. 제인이 살던 시대 스톨 스트리트에 있는 것과 비슷했지만 규모가 최소 열 배는 더 컸다. 한쪽에서는 이국의 과일과 채소 더미가 거대한 바닥을 가로지르며 화려한 빛깔을 뽐내고 있었다. 산처럼 쌓인 오렌지는 거대한 나무 상자에서 앞으로 넘쳐 나올 것 같았다. 제인이 오렌지를 본 건 딱 한 번이었는데, 그나마 그림 속 엘리자베스 여왕 옆에 놓여 있던 것이었다. 1,000그루의 사과나무에서 수확했을 사과는 또 하나의 거대한 산더미에서 알록달록 빛을 발했다. 거대한 양상추 언덕은 가로로 길게 놓여 있었다. 엄청난 크기의 냉동실에는 바닥부터 천장까지 종이상자가 한가득 쌓여 있고, 그 종이상자 하나하나에는 '벨리시마 고메 피자'라는 이탈리아어가 쓰여 있었다. 차가운 유리로 만들어진 거대한 진열장에는 대구, 연어, 이야기책에서나 보던 바다 생물인 문어와 게와 랍스터가 들어 있었다.

통로마다 줄지어, 층층이 쌓여 있는 선반들에는 건조식품, 비스킷, 각종 병 제품, 소스와 곡물 상자 및 용기가 우르르 쏟아질 듯 잔뜩 놓여 있었다. 아무 통로나 골라 걷던 제인의 눈에 적어도 50킬로그램은 되어 보이는 설탕 봉지가 밝은 빛깔 종이에 싸여 있는 광경이 눈에 들어왔다. 달콤한 장벽. 조금 전까지는 이 모든 게 다 꿈일지 모른다는 의심이 사라지지 않고 자꾸만 고개를 쳐들었다면, 이제 제인은 자신이 시간 여행을 왔다는 걸 확실하게 알 수 있었다. 가장 황당무계한 공상 속에서조차 저렇게 남아돌 정도의 음식을 떠올릴 수는 없을 것이기 때문이었다. 제인은 어딘가에 앉고 싶었다.

"제가 도와드릴 일이 있을까요?" 오렌지색 셔츠 차림의 여자가 제인에게 물었다.

"그게 뭐죠?" 제인은 여자의 가슴께를 가리켰다. 거기엔 이름이 작은 판에 적혀 있었다.

"이건 제 명찰인데요. 제 이름은 팸입니다." 제인은 간결하고 신속한 소개에 경악했다. 요즘 사람들은 옷에 이름표를 달고 다니면서 만나기도 전에 자기소개를 하는 모양이었다.

"왜 아무도 설탕을 지키지 않는 거죠?"

제인이 신기하다는 듯 팸한테 묻자 그녀가 제인을 이상하다는 듯 쳐다보았다. 제인은 그 통로를 쭉 더 내려갔다.

"그리고 이 우유는 다 어디서 난 건가요? 젖소들은 어디 있죠?"

팸이 크림색 흰 액체가 든 병들이 꽉꽉 들어찬 아이스박스를 자세히 살폈다. "솔직히 저도 모르겠네요. 그런 걸 물어본 사람은 없었거든요."

두 사람은 함께 설탕 구역으로 돌아갔다. 제인은 자신이 황금의 도시이자 젖과 꿀이 흐르는 땅, 엘도라도에 당도한 것이었지만, 대신 그 이름이 세인즈버리일 뿐이라고 생각했다.

"당신이 이 실내 장터로 굶주림을 없앤 게 분명해요." 지난달에만 해도 버스에서 적어도 네 명의 아이들이 굶어 죽었다. 제인이 그걸 알고 있는 이유는 죽은 아이들 모두 아버지가 예전에 세례를 해준 아이들이어서였다. "이젠 모두를 먹여 살릴 만큼 식량이 충분하군요."

"여전히 굶어 죽는 사람들은 있어요." 팸이 말했다.

제인은 깜짝 놀라며 팸을 돌아보았다. "어떻게 그럴 수가 있죠?"

"여기 있다는 건 아니고요." 팸이 고개를 저으며 말했다. "예멘에선 굶어 죽는다고 들었어요, 가여운 아이들."

"어떻게 그럴 수가 있죠?"

팸이 어깨를 으쓱했다. "인간은 여전히 인간이니까요."

제인이 한숨을 내쉬며 설탕 봉지 하나를 집어 들었다. "당신은 현명한 분이군요, 팸. 이 설탕은 얼마죠?"

"봉지당 50이에요." 팸이 대답했다.

"이 정도면 충분한 건가요?" 제인이 물었다.

제인은 남아 있던 지폐와 동전을 한 움큼 건넸다. 팸이 고개를 끄덕였다. 제인은 아까 책을 사지 않아서 다행이라고 생각했다. 설탕이 이렇게나 많은데 사지 않고 그냥 지나친다는 건 어리석은 짓 중 단연 최고에 해당했다.

"한 봉지 가져가야겠어요, 팸."

제인이 돈을 건네자 팸은 이번에도 그녀를 이상하다는 듯 쳐다보았다.

"저 앞에서 계산하세요, 손님. 계산대에서요." 팸이 제인한테 설탕 사는 법을 가르쳐주었다.

은색 상자와 딸랑거리는 소리, 혼란과 혼잡이 이어진 끝에 마침내 두 사람은 함께 거래를 완료했다. 팸이 반짝거리는 손가방에 설탕을 담아주었는데, 그 가방에도 세인즈버리라고 적혀 있었다. 제인은 그 건물을 나왔다.

제인은 세인트폴 대성당과 나란히 뻗어 있는 길로 돌아와 마지막으로 한 번 더 우회를 했다. 대성당 안으로 들어가 둘러보기 위해서였다. 그냥 갈 수는 없었다. 거대한 돔 지붕이 머리 위로 모습을 드러냈고, 먼지까지 다 보일 정도로 눈부신 빛이 노란색 파편이 되어 교회 아래로 흘러내렸다. 거대한 신랑(身廊)은 고래의 폐처럼 길게 뻗어 있었다. 21세기 사람들이 두셋씩 짝지어 속닥거리면서 웅장한 석벽 때문에 상대적으로 작아 보이는 조각상과 그림을 가리켜가며 여기저기 돌아다니고 있었다. 그들 한 명 한 명이 돌아가며 걸음을 멈추고는 위를 올려다보았다. 고개를 위로 향한 채 거대한 돔 지붕과 저 높이 원형으로 난 창문, 천국으로 가는 창문을 보기 위해서였다. 제인도 저들처럼 저랬던 적이 있었다. 열두 살 생일에 아버지와 런던 여행을 왔을 때였다. 본능적으로 위를 처다봐야 할 것만 같아서 아버지와 함께 위를 올려다보았다. 지금도 제인은 그때처럼 위를 올려다보았다. 얼굴에 내리쬐는 따뜻한 햇살에 미소를 지으며 살아서 런던까지 올 수 있게 해주셔서 감사하다는 기도를 드렸다.

24

제인은 교회를 나와 전과 마찬가지로 치프사이드까지 세 블록을 동쪽으로 걸어 내려갔다. 생각은 어느새 싱클레어 부인이 했던 말에 미쳐 있었다. 싱클레어 부인은 지금은 없겠지만 그 집엔 늘 그녀 같은 존재가 있을 거라고 했었다. 제인의 머릿속은 질문으로 가득 찼다. 그녀가 여기로 보내진 이유는 무엇일까? 단순히 싱클레어 부인의 실수 때문이었을까? 마법사들도 다른 직업을 가진 사람들처럼 실수를 저지르게 마련이다. 하물며 치프사이드에 사는 마법사라면 더더욱. 하지만 무엇보다 제인이 꼭 답을 알아야만 하는 질문이 하나 있었으니, 그건 어떻게 해야 이제까지 일을 없던 걸로 하고 집으로 돌아갈 수 있느냐 하는 것이었다.

밀크 스트리트에 다다르자 제인의 심장은 터질 듯 두근거렸다. 모퉁이의 맥줏집은 여전히 '덕 앤 와플'이었다. 자갈 깔린 길은 매끄러운 검은색 골목길이 되어 있었지만, 선술집 건물은 1803년과 마찬가지로 적갈색 사암 건물이었다. 제인은 그 거리를 계속 내려갔다. 군인교회와 창고들도 그 자리에 그대로 있었지만 전보다 더 깨끗해진 모습이었다. 재정비된 도로만 빼면, 전체적인 뼈대는 그녀가 떠나온 시대와 거의 똑같은 광경이었다.

제인은 걸음을 재촉했다. 기대감에 심장이 쿵쾅거렸다. 모퉁이를 돌아 러시아 로에 들어섰다.

기울어진 튜더 양식 건물은 사라지고 없었다.

제인은 믿을 수 없다는 듯 고개를 가로저었다. 종이에 적힌 주소를 확인해보았다. 소피아가 이상한 숫자와 글자를 더해놓은 주소였다. 그녀는 제대로 찾아왔지만 그 집이 자리를 떠났는지 그 자리에는 유리와 회반죽으로 지은 5층짜리 아파트가 서 있었다. 그 건물의 1층은 식당인 것 같았다. 정면에 '피자 익스프레스'라고 쓰인 푸른색 간판이 걸려 있었다. 제인은 충격에 빠져 뒤로 물러났다. 그 집이 그대로 있을 거라 확신했었다. 이 거리에 다른 집들은 그대로 남아 있었다. 어떤 착오가 있었던 게 분명했다.

제인은 식당 안으로 들어섰다.

"한 분이신가요?" 어떤 여자가 제인한테 말했다.

"죄송하지만, 여기가 러시아 로 8번지인가요?"

"네." 여자가 말했다. "혼자 오신 건가요?"

"여기 있던 집은 어떻게 됐나요?"

"저는 여기서 일한 지 두 달밖에 안 돼서 몰라요. 뭘로 주문하시겠어요?"

제인은 여자를 보면서 울지 않으려 애를 썼다. 실내 장터에서는 너무 배가 고파 입에 침이 고였지만 지금은 식욕이 전혀 없었다.

"조금 있다 다시 올게요." 여자가 자리를 떴다.

제인은 테이블에 앉았다. 정말이지 이해가 안 갔다. 그녀는 21세기 런던을 가로지르면서 한 번도 죽지 않고 살아남았다. 지하 열차, 제멋대로 날뛰는 농장 대문, 말 없는 강철 괴물을 모는 미친 마부들을 무사히 통과했으니, 이 집에 도착해서 그 집이 멀쩡히 그대로 서 있는 걸 볼 자격을 얻었다고 할 수 있었다. 웨이트리스가 다시 오자 제인은 걱정 때문에 속이 좋지 않았다. 이제 어찌하면 좋단 말인가?

"죄송해요. 뭘 주문해야 할지 아직 모르겠어요." 제인이 말했다.

"이 건물이 새 건물이란 말씀을 드리려고 온 거예요. 매니저님이 알려주시더라고요."

제인은 자리에서 일어났다. "고마워요. 그러면 이 건물 전에 있던 집은 어떻게 됐나요?"

"그 집은 무너졌어요. 작년에."

"그럴 리 없어요. 그 집은 늘 이 자리에 있어야 하는 집이라고요.” 제인이 말했다.

“신문에도 난 걸요.” 웨이트리스가 말했다.

“이렇게 멀리까지 왔는데.” 제인의 눈에 눈물이 그득 고였다. “전 이제 오도 가도 못하게 됐어요.”

“저도 다른 나라에서 왔어요. 아는 사람도 하나 없고, 정말 외로 워요.” 여자가 제인의 팔을 어루만지며 제인은 처음 듣는 구슬프면 서 깊은 억양으로 말했다. 그러곤 이마를 긁적였다. 긴 얼굴과 튀어 나온 광대뼈가 예카테리나 여제와 닮은 얼굴이었다. “하지만 전 친 구들을 사귀었죠. 무슨 말인지 아시죠?”

제인은 다정하지만 무의미한 말에 미소를 지으며 여자에게 고맙 다고 인사를 했다. 그러고는 입맛이 없다고 말한 후 밖으로 나왔다. 제인은 모퉁이에 서서 한숨을 내쉬었다. 희망이 모조리 사라졌다.

“저희, 사진 좀 찍어주시겠어요?” 어떤 목소리가 물었다.

제인은 목소리가 들린 쪽으로 고개를 돌렸다. 스물다섯쯤 되어 보이는 남자가 그녀에게 말을 건 것이었다. 남자는 자신과 옆에 서 있는 여자를 가리켰다. 남자가 무슨 말을 한 건지는 모르겠지만 미 소 지은 얼굴을 보자 암담한 상황에서 잠시나마 마음을 돌릴 수 있어서 살 것 같았다. 남자가 반짝거리고 얇은 직사각형 강철을 내 밀었다.

“다들 이런 걸 가지고 있네요.” 제인이 말했다. “유감스럽게도 저 는 작동법에 밝지 못하답니다.”

“보세요.” 남자가 제인 옆에 서서 자기 몸 앞으로 그 물체를 손에 쥔 채 말했다. 거기에는 그림 액자 같은 게 있었다. 러시아 로 8번 지 벽 옆에 서 있던 여자가 액자 안에 나타났다. 남자가 흰색 단추를 누르자 마법처럼 그 액자 안에 그림이 나타났다. 그 그림은 제인과 남자의 앞, 벽 옆에 서 있는 여자의 그림이었다.

"순간을 포착해주는군요." 남자가 감탄하는 제인을 보고 다정하고 악의 없는 웃음을 건넸다. "추억이 되겠어요. 추억을 포착해서 주머니에 넣는군요."

"그걸 이렇게 들어보세요." 남자가 그 물건을 제인한테 건넨 다음 그 상자가 그의 동행인 여자한테 향하도록 제인의 팔을 움직였다. 남자의 손이 닿은 감촉에 긴장이 되어 몸이 굳었지만 제인은 남자가 눈치채지 못하길 바랐다. 남자가 제인의 어깨 위치를 잡자 이제 동행한 여자가 액자 정중앙에 나타났다. 남자가 쪼르르 달려가 친구 옆에 섰다. 남자는 초상화 포즈가 안정적으로 잡히자 제인을 향해 고개를 끄덕여 보였다.

"이 건물, 작년에 무너졌대요." 남자가 말했다.

"저도 들었어요." 제인이 대답했다.

제인이 남자가 보여준 대로 상자 위에 있는 흰색 단추를 눌렀더니 그 상자가 찰칵 소리를 냈다. 남자가 다시 제인 쪽으로 달려왔다.

"잘 나왔네요!" 남자가 그 그림을 모든 각도에서 꼼꼼히 살피면서 말했다.

"해보길 잘한 것 같네요." 제인이 가슴을 활짝 펴며 말했다. "그게 제 첫 시도였거든요."

남자가 이번에도 사람 좋은 웃음을 건넸다. "잘하셨네요. 좋은 하루 보내세요."

"두 분도 좋은 하루 보내세요." 두 사람이 떠나려 몸을 돌릴 때 제인이 말했다. "죄송하지만, 선생님. 시간 좀 알려주실 수 있을까요?"

남자가 그 강철 상자를 보았다. "12시 반이에요."

"감사합니다." 제인이 말했다.

패딩턴으로 돌아가려면 지하철을 타고 15분을 가야 했다. 그게 지금으로선 최선이자 유일한 선택지였다. 치프사이드에 아무것도 남아 있지 않은 지금은 프레드한테 돌아가는 수밖에 도리가 없었다. 프레드를 다시 봐야 한다는 생각에 제인은 얼굴을 찌푸렸다. 그럴 일은 없을 줄 알았건만. 그런데 어쩔 수 없게 되었다. 제인은 세인트폴 대성당 쪽으로 나아가면서 끔찍하기 짝이 없는 그 움직이는 계단을 또 타야 한다는 생각에 마음을 굳게 먹었다. 세인트폴 대성당 광장을 가로지른 제인은 한 번 더 땅속으로 내려갔다. 단단한 강철 울타리에 도달하여 마법의 문을 열기 위해 동그라미 위에 갖다 댔던 카드를 꺼내려 주머니를 뒤적였지만 카드가 손에 잡히지 않았다. 주머니 속에서 손가락을 쫙 펴고 옷감 주름 사이사이를 훑어보기도 했다. 하지만 주머니는 텅 비어 있었다. 제인은 얼굴을 찡그렸다. 어딘가에서 주머니가 열린 게 분명했다.

제인은 표를 한 장 더 사려고 유리 부스 쪽으로 갔다가 걸음을 멈췄다. 주머니에 돈도 없어서였다. 제인은 양쪽 주머니 끝까지 손을 넣은 다음 주머니를 뒤집어 꺼냈다. 주머니 안의 내용물은 자리를 벗어나고 없었다. 카드도, 돈도. 아, 너무 바보 같았다! 제인은 몸에 있던 모든 걸 잃어버렸다. 가진 건 설탕 봉지밖에 없었다. 자신의 부주의함에 절로 우거지상이 되었다. 제인은 생각을 할 때면 종종 그랬듯 목걸이를 어루만지려고 목으로 손을 뻗었다. 그런데 아무것도 만져지지가 않았다.

제인은 목을 와락 움켜잡았다. 무릎을 꿇고 바닥을 손으로 쓸어

보았다. 프랭크가 준 십자가 목걸이는 사라지고 없었다. 어쩌다 장신구 간수도 제대로 못한 걸까? 여기로 오는 도중에 목걸이가 어딘가에 떨어진 것일지도 몰랐다. 지금 쏜살같이 달려가면 러시아로에 가는 길목 어딘가에 그대로 놓여 있지 않을까? 없어진 지 얼마나 된 걸까? 제인은 밀크 스트리트를 걸으면서 그 목걸이를 만지작거렸던 게 기억났다. 제인은 가슴이 철렁했다. 강철 상자를 가지고 제인한테 그림을 만들어달라고 했던 남자가 그녀의 어깨에 손을 댔었다. 제인은 구역질이 났다. 그 남자가 훔쳐간 것이다!

제인은 허둥지둥 다시 계단을 올라 세인트폴 광장으로 갔다. 시작은 너무나 좋았던 런던에서의 하루는 이제 엉망이 되고 말았다. 제인은 어찌해야 할지 몰라 고개를 젓다가 마침내 남아 있는 유일한 선택지에 다다랐다. 어깨를 으쓱했다가 툭 내리고는 북서쪽을 향해 다시 걷기 시작했다.

이번에는 그 어떤 변화에도 한눈을 팔지 않기로 했다. 피커딜리 서커스는 템스 강처럼 여전히 그 자리에 있었다. 단, 템스 강은 냄새가 훨씬 좋아졌고, 새 다리가 세 개나 놓여 있었다. 웨스트민스터 궁은 누군가 고딕 양식으로 개조해놓았다. 제인은 옥스퍼드 서커스에 다다랐다. 이제는 벽돌과 유리로 이루어진 거대한 건물들이 이 정신 사나운 광장을 사방에서 에워싸고 있었다. 문마다, 모퉁이마다 사람들이 계속 쏟아져 나왔다. 한 진열창에는 그녀의 책이 놓여 있었다. 제인은 깜짝 놀라 그쪽으로 달려갔다. 그 매장은 그녀의 초상화와 함께 그녀의 책을 특별 전시해놓고 있었다. 런던에서 가장 분주한 곳의 상점 정면에 그녀의 소설이 전시되어 있다니!

제인은 진열창에 있는 시계를 힐끗 보았다. 시곗바늘이 2시 15분을 가리키고 있었다. 제인은 한숨을 쉬었다. 2시 15분이라니! 이미 늦어버렸다, 약속 시간보다 한 시간도 넘게 지났는데 그녀는 런던을 겨우 절반밖에 가로지르지 못한 상황이었다. 애써 찾아갔던 일이 헛수고가 되었다는 생각을 하지 않으려 제인은 달렸다. 여기서부터 길을 제대로 알아맞힌다고 하더라도 제인이 패딩턴에 도착할 즈음이면 최소한으로 잡아도 프레드와 다시 만나기로 한 시간보다두 시간 넘게 늦을 판이었다. 오늘의 참담함은 이제 공포로 둔갑해 있었다. 집으로 돌아가지 못하게 된 것만 해도 충분히 끔찍한데이제 그보다 더 험한 운명에 직면할 참이었다. 프레드와 다시 만나지 못하게 되면, 그녀는 돈도, 식량도, 남한테 둘러댈 그럴듯한 이야기도 없이 새로운 런던에 남겨지게 된다. 프레드와의 재회가 얼마나 어색할지 예상하면서 얼굴도 찡그렸고, 그와 함께 시간을 더보내야 한다는 생각에 걱정도 했었지만, 아예 못 만날지 모를 가능성에 비하면 그건 낙원처럼 보일 지경이었다.

프레드가 그녀를 기다릴 가능성은 얼마나 될까? 제인한테는 지난번에 만나기로 해놓고 바람을 맞혀 프레드를 실망시킨 전력이있었다. 약속을 지키는 성인 남자는 또 기다려서 두 번이나 바보가 되지 않는 법이다.

며칠은 되는 것 같은 시간이 흐른 뒤, 제인은 시뻘건 얼굴로 숨을 헐떡이며 패딩턴에 있는 프레드 스트리트에 들어섰다. 소피아의 가죽 구두가 맨살에 닿는 바람에 발목에서 살점이 떨어져 나와 있었다. 제인은 그 사실에도 아랑곳하지 않고 앞으로 내달렸다.

거리를 내려오던 제인의 눈에 아까 앉았던 벤치가 들어왔다. 어떤 남자가 팔짱을 긴 채 부들부들 떨면서 앉아 있었다. 제인은 깜짝 놀랐다.

그 남자는 다름 아닌 프레드였다. 제인으로서는 프레드가 무슨 이유로 그녀를 기다렸는지 이해가 가지 않았다.

25

제인이 다가가자 프레드가 말했다. "두 시간이나 늦었잖아요."

"고마워요." 제인이 할 수 있는 말은 그게 다였다.

제인은 허리를 숙여 숨을 골랐다.

"기차를 놓쳤다고요." 프레드가 말했다.

"미안해요. 기다려줘서 고맙고요. 가버리지 않아서 얼마나 다행인지 몰라요."

진심이었다.

"길이라도 잃어버린 겁니까?" 프레드가 퉁명스레 물었다.

"아뇨."

"세인트폴에서 여기까지 지하철 15분이면 오잖아요. 대체 어떻게 된 거죠?" 그의 얼굴에는 여러 가지 감정이 뒤섞여 있었다. 거기엔 짜증은 물론이고 뭔가 다른 감정도 있었다. 안도감인가? "이번에도 날 바람맞히는 줄 알았다고요." 프레드 입에서 마침내 나온 말이었다.

"아니에요." 제인이 황급히 대꾸했다. 하지만 그녀에겐 나쁜 소식이 더 많았다. 그래서인지 갑자기 얼굴이 수치심으로 새빨갛게 달아올랐다. "걸어와서 그런 거예요."

프레드가 제인을 돌아보았다. "대체 왜 그랬어요?"

"내 굴 카드를 제대로 간수하지 못했어요. 사실 당신 카드지만."

"카드를 다시 안 샀단 말이에요? 내가 돈도 더 줬잖아요."

제인은 고개를 떨궜다. "당신이 준 돈도 잃어버렸어요. 바스로 가는 표도요. 다 잃어버렸어요."

프레드가 믿기지 않는다는 얼굴로 제인을 쳐다보았다.

제인은 자신의 목소리가 갈라져서 나오는 걸 느꼈다. "소매치기를 당했다고요, 알겠어요? 그 사람들이 돈도, 당신의 굴 카드도, 내 목걸이도 가져가버렸어요. 집은 그 자리에 없었고요. 난 이제 꼼짝없이 여기 갇혀버렸어요!"

제인의 눈시울이 흐려졌다. 눈물이 나오려고 하자 굴욕감이 엄습했다. 오늘 일어난 사건에 대한 프레드의 생각은 별로 신경 쓰이지 않았다. 제발 남들이 못 봤길 바랄 뿐이었다. 제인은 뒤돌아 프레드에게서 달아나며 다시 거리를 내려가기 시작했다.

"도망가지 말아요." 프레드가 제인 뒤를 쫓으며 말했다.

"가요. 난 내 길을 갈 테니까." 제인이 말했다.

"아뇨, 그러지 말아요." 제인을 따라잡은 프레드가 제인의 팔을 붙잡았다.

제인은 울지 않으려 눈을 깜빡였다. 하지만 소용없었다. 창피하게도 뜨거운 눈물이 얼굴을 타고 줄줄 흘러내렸다. 제인은 프레드가 비난하고 멸시할 줄 알았다. 그런데 그의 얼굴은 고통스러운 표정을 짓고 있었다.

"괜찮아요. 그냥 돈이잖아요."

제인은 고개를 흔들었다. "당신은 몰라요."

프레드는 양팔을 내밀었다가 제인이 물러서자 거두었고, 대신 손수건을 건넸다.

"고마워요."

제인은 울먹이며 손수건을 받아 두 눈을 가볍게 눌렀다. 자신이 이 재수 없는 남자 앞에서, 돈과 굴 카드뿐만 아니라 결국 목숨까지 신세를 지게 된 이 남자 앞에서 울고 있다는 사실이 도무지 믿기지 않았다. 제인은 하염없이 흐르는 눈물방울을 최대한 많이 닦아냈다. 프레드가 벤치에 앉더니 그녀에게 자기 옆에 앉으라는 손짓을 해보였다.

"어떻게, 좀 쓸 만한 것 같아요?" 프레드가 손수건을 가리키며 물었다.

그 손수건은 흰색이었고 이상한 물질로 만들어져 있었다. 꼭 천과 종이를 섞어놓은 것 같았다.

"아주 요긴하네요. 액체를 아주 잘 흡수하는데요."

"가져요." 프레드가 말했다.

"자기 손수건인데 돌려받지 않겠다고요?" 제인이 물었다.

"그건 그냥 티슈예요. 나한테는 그거 말고도 많이 있어요." 프레드가 안에 티슈 대여섯 장이 들어 있는 작은 봉지를 보여주었다. 제인은 고개를 저었다. 손수건이 저렇게 많다니 프레드는 굉장히 부유한 남자인 게 틀림없었다.

"잘 쓸게요. 고마워요." 제인이 말했다.

"세인즈버리에선 뭘 샀죠?" 프레드가 제인이 들고 있는 줄도 잊고 있었던 밝은 오렌지색 봉투를 가리키며 물었다.

"아, 설탕 한 봉지요." 제인은 봉투에서 설탕 봉지를 꺼내 들었다. "굉장히 터무니없는 가격에 샀답니다. 설탕이 그렇게 싼 건 처음 봤다니까요."

"설탕 가격을 예의 주시하나 봐요?" 프레드가 능글맞게 웃으며 말했다.

"당신은 안 그런단 말이에요?"

"지금은 안 그러는데 앞으론 그래야겠군요. 내가 특가품을 놓치고 있는 게 분명한 것 같으니 말이에요."

"사과드릴게요. 당신이 준 돈으로 이 설탕을 샀거든요. 받아요, 당신 거예요." 제인이 달콤한 결정체가 든 봉지를 그에게 들어 보였다.

프레드가 고개를 저었다. "감히 당신 설탕을 가져갈 순 없죠."

프레드는 늘 쌀쌀맞다고까지는 할 수 없지만 가끔씩 생각에 잠긴 얼굴로 제인을 응시하는 것 같았다. 제인은 이 표정을 늘 일종의 경멸로 해석했었는데, 지금은 자신이 착각한 건 아닌지, 뭔가 다른 의미가 있는 건 아닌지 하는 생각이 들었다. 그런 생각이 든 이유를 콕 집어서 말할 수는 없었지만, 그의 얼굴이 부드러워진 것이든, 그에 대한 그녀의 시선이 달라진 것이든, 둘 중 하나였다.

제인은 얼굴을 붉혔다. "나 때문에 기차 놓쳐서 정말 미안해요."

프레드가 어깨를 으쓱했다. "한 시간 후에 떠나는 열차가 있으니까 괜찮아요."

"당신 돈 100 파운드를 날린 것도, 손수건 못쓰게 만든 것도 미안해요."

"미안하단 말은 이제 그만해요." 프레드는 제인한테 침을 꿀꺽 삼키게 만드는 미소를 지어 보였다.

"약속은 어떻게 됐어요?" 제인이 물었다.

"완전 망했어요. 뭔가 똑똑한 걸 하기로 되어 있었는데 완전히 말아먹었거든요."

"어쩌다가요?"

제인은 두 무릎을 프레드 쪽으로 향한 후 그의 말에 귀를 기울였다. 프레드가 제인의 무릎을 흘긋 보더니 이야기를 시작했다.

"노르망디에 있는 저희 자매학교하고 교환학생 프로그램을 만들었거든요."

"교환학생요?"

"우리 학교 학생이 두어 달 동안 프랑스 가정과 함께 지내면서 그곳 학교에 다니는 거예요. 전쟁터 견학도 하고 파리도 가보고 프랑스어도 좀 배우는 거죠. 그 대신 프랑스 학생도 여기 와서 영국 관습을 배우고요. 차도 끓이고 런던타워도 가보고 제대로 줄 서는 법도 배우고. 다 재미있는 일이니까 학생들도 굉장히 좋아하거든요. 프랑스 쪽 학생들하고 교사들 몇몇이 오늘 아침에 런던에 도착해서 내가 만나러 갔던 거예요."

"세상에, 지금은 우리 영국인이 프랑스인들하고 그 정도로 친하군요. 학생들하고 이것저것 교환을 다 하고."

프레드가 웃었다. "좋은 치즈라는 치즈는 다 있는 나라잖아요. 아무튼, 우리 학교 프랑스어 교사인 마담 클루제가 이런 자리엔 보통 동행해주는데, 오늘은 몸이 안 좋아서 나 혼자 나갔어요. 난 역사 과목 대표로 나간 거였고요. 따라서 내가 아는 프랑스어라고는

'봉주르' 하고 '크루아상' 말고 없단 얘기죠. 도착하고 나서야 그쪽 사람들도 영어를 한마디도 못한다는 걸 알게 됐지 뭡니까."

"어머나." 제인이 말했다.

그가 하는 말의 대부분은 이해가 안 갔지만 말에 담긴 애정과 재치는 느낄 수 있었다. 프레드는 생글생글 활기찬 얼굴로 느긋하게 이야기를 해나갔다. 제인은 그런 변화가 놀라웠다. 지금까지 두 사람의 대화는 껄끄럽기만 했는데, 그녀 말고 다른 얘기를 할 때 (그러니까 두 사람 사이의 반감과 감정의 동요 얘기를 하지 않을 때 는)의 그는 전혀 다른 사람이 되었다. 마치 그녀가 프레드에게 긴장을 유발하는데, 좀 쉬운 주제로 넘어가면 그 긴장이 눈 녹듯 사라지는 것 같았다고나 할까. 제인은 이런 점이 실망스럽다기보다는 흥미로웠다.

"마담 클루제가 알면 나한테 굉장히 화를 내겠죠. 왜냐하면 내가 다 망친 것 같거든요. '사크레 블루(제기랄이라는 의미의 프랑스어-옮긴이), 당신 바보 천치군요'라고 말할 거예요." 프레드가 웃었다. "내가 그쪽 사람들한테 해줄 일이라고는 바스 관광 정보 조금 알려주는 게 다였는데, 아무래도 내가 영국과 프랑스 사이에 국제 분쟁을 일으킨 것 같더라고요. 내가 지어낸 수화 같은 걸로 계속 의사소통을 시도하기는 했죠. 한편으로는 계속 형편없는 프랑스식 억양이 섞인 영어를 써가면서요. 그러면 그쪽에서 이해할 줄 알았나 봐요." 프레드가 괴로워 죽겠다는 듯 양손으로 머리를 감싸 쥐었다.

제인은 다정하게 웃었다. "외교적 대참사로군요."

"내가 그 사람들 기분을 언짢게 했어요." 프레드가 계속 말을 이어나갔다. "지금 런던을 돌아다니면서 어디서 뭘 하고 다니는지 모를 프랑스인이 세 명 있다는 얘기죠. 전쟁을 도발한 게 아니기만 바랄 뿐이에요. 그러면 감자튀김을 또다시 프리덤 프라이(감자튀김을 영국에서는 칩스라고 부르고 프랑스에서는 프렌치프라이라 부르는데, 이라크 전쟁 때 프랑스가 미국을 비판하자 미국 의회 식당에서 항의의 의미로 프렌치프라이를 프리덤 프라이라고 불렀다-옮긴이)라고 부르고 수입 치즈도 불매해야 할 테니까요."

"그 프랑스 학생들하고 교사들, 지금도 당신이 떠난 장소에서 기다리고 있나요?" 제인이 물었다.

"그럴 겁니다." 프레드가 어깨를 으쓱했다. "아마 아직까지 점심을 먹고 있겠죠. 달리 어디 가야 할지도 모르고 있을 테니까요."

"당신의 그 노르망디 사람들을 좀 만나보고 싶은데요."

프레드가 손목시계를 확인하고는 어깨를 으쓱했다.

"이쪽이에요." 그가 어떤 골목길 아래를 가리켰다.

두 사람은 웨스트번 그린이라는 옛날 마을을 향해 북쪽으로 걷다가 웨스트번 파크 로드 아래 뾰족지붕이 있는 연립주택이 일렬로 늘어선 곳까지 왔다. 한쪽 모퉁이에 차와 케이크를 파는 가게가 있었다. 프레드가 제인을 안으로 안내했다.

"안농하쎄요." 가게에 들어서자 심한 노르망디 억양의 남자 목소리가 들려왔다.

테이블 중 한 자리에서 거구의 남자가 일어났다. 남자는 부드럽고 초조한 말투로 말을 하면서 무안한 얼굴로 프레드를 힐끗 보았다. 교복 차림의 10대 아이들 두 명이 남자 옆에 앉아 있었다.

"봉주르, 무슈." 제인이 남자한테 다가가자 남자가 기대감 가득한 얼굴로 제인을 쳐다보았다. "당신이 선생님이신가요?" 제인이 물었다, 프랑스어로.

프레드가 제인 쪽으로 고개를 홱 돌렸다.

"그렇습니다, 미스. 클로드 풀랑입니다, 잘 부탁합니다." 남자가 기쁨의 미소를 지으며 대답했다, 역시 프랑스어로.

"잉글랜드에 오신 것을 환영합니다, 풀랑 씨. 프랑스인은 여기서 가장 크게 환영받는답니다."

클로드가 환하게 미소를 짓더니 이내 가슴이 들썩일 정도로 껄껄 웃었다. "감사합니다. 그건 그렇고 클로드라고 불러주세요."

제인이 프레드 쪽을 보며 다시 영어로 말했다. "저분한테 뭐라고 전해드릴까요?"

프레드가 제인을 보고 미소를 지으며 고개를 절레절레 저었다. "시계도, 휴대폰도 없지만 프랑스어는 완벽하게 구사하는군요."

"저분 프랑스어가 완벽하죠. 제 프랑스어는 별로예요." 제인이 어깨를 으쓱하곤 다시 클로드 쪽을 보며 물었다. "프랑스 어디서 오셨나요, 클로드?"

"브르타뉴요." 클로드가 말했다.

"아름다운 곳이죠. 거기 사람들은 아직도 브르타뉴를 '리틀 브리튼'이라고 부르나요?"

"그렇답니다. 당신도 교사인가요, 미스?" 클로드가 물었다.

"어머, 아니에요. 저한테는 그 정도의 인내심도, 능력도 없답니다." 제인이 답했다. "프레드 씨한테 듣기로 당신이 정말 뛰어난 교사라네요."

제인이 프레드를 보고 미소를 짓자 프레드가 이번에도 고개를 절레절레 저으며 제인의 얼굴을 유심히 살폈다.

"당신이 뭐라고 하는지는 전혀 모르겠지만 아주 멋있게 들리는데요." 프레드가 헛기침을 하며 말했다.

"프레드 씨한테 제가 사과드린다고 전해주세요." 클로드가 말했다. "해명하고 싶다고요. 램폰 씨라고 다른 교사 한 분이 오시기로 되어 있었거든요. 그분이 영어를 하시는데 몸이 안 좋아서 호텔에 계세요. 저 때문에 모두 오늘 하루를 허비하게 됐네요."

제인이 이 상황을 프레드한테 설명했다. "당신의 하루가 허비됐나요, 프레드 님?"

프레드가 고개를 가로저었다. 이건 클로드한테 통역해줄 필요가 없었다. 이 거구의 사나이는 안도의 미소를 지으며 프레드의 손을 붙잡고 흔들더니 양쪽 볼에 두 번씩 입을 맞췄다.

"워워, 진정해요, 덩치 양반." 프레드가 웃었다.

제인과 프레드는 바스로 돌아가는 열차를 두 대 더 놓쳤다.

두 사람이 마침내 오후 6시 17분 열차에 올랐을 때는 해가 이미 저물어 있었다. 이번에는 서로 나란히 앉았다. 이 강철 괴물은 패딩턴 역을 슬슬 빠져나와 다시 한번 웨스트 컨트리로 나아갔다. 프레드는 창밖을 내다보았다.

"저, 사실 그 무도회장에서 쫓겨났었어요, 요전날 밤에." 제인이 프레드한테 말했다. 프레드가 창밖을 내다보던 고개를 돌려 제인을 바라보았다. "어떤 신사분이 날 쫓아냈어요. 당신을 찾았지만 다시 안으로 들어갈 수가 없었죠. 건물 앞에서 적어도 한 시간은 기다렸을 거예요."

"나도 당신을 찾았다고요." 프레드가 고개를 끄덕이며 말하고는 미소를 지었다.

두 사람 사이에 침묵이 흘렀다. 유일하게 나는 소리라고는 발아래서 열차 바퀴가 돌아가면서 내는 철커덕철커덕 소리와 밖에서 바람이 창유리를 때리는 쉭쉭 소리밖에 없었다.

프레드가 얼마 후 제인에게 물었다. "오늘 당신이 찾으러 갔던 그 장소 말인데요, 거기가 왜 그렇게 중요한 거죠?"

"내가 마지막으로 런던에 왔을 때 간 곳이 거기거든요. 하지만 이젠 없어요. 거기에 제가 필요한 정보가 있길 기대했는데."

프레드가 고개를 끄덕였다. "어떤 정보길래요?"

제인은 머뭇거리면서 어떻게 하면 소피아의 지시 사항을 어기지 않고 가장 그럴싸하게 대답할 수 있을까 궁리했다.

"내가 집으로 돌아가는 데 도움이 될 만한 정보요. 그 정보만 있으면 당신을 귀찮게 하지 않을 수 있거든요."

프레드가 다시 창밖을 내다보았다. "떠나고 싶어요?"

"네. 아니, 그런 건 아니지만 그래야만 해요." 제인이 말했다.

프레드는 고개만 끄덕인 후 아무 말도 하지 않았다.

열차는 푸르른 언덕과 별 터널을 덜컹덜컹 지났다. 제인은 창밖으로 하늘을 올려다보며 미소를 지었다. 별들만은 그녀가 살던 시대와 똑같아 보였다. 오리온 별자리는 여전히 새카만 하늘에서 눈부시게 빛났고, 리겔 별도 여전히 창백한 빛을 발했다. 저 위에서는 시간도 더 느리게 흐르고 바뀌는 것도 별로 없는 모양이었다. 하늘을 보느라 시간 가는 줄 모르고 있던 제인이 마침내 다시 열차 안으로 시선을 돌려 프레드를 건너다보았을 때, 프레드는 잠이 들어 있었다. 제인은 프레드의 얼굴을 지켜보았다. 편안하고 평화로운 얼굴이었다. 머리카락 한 가닥이, 그날 아침 그녀의 말을 듣고 빗었던 바로 그 머리카락 한 가닥이 그의 눈 위에 떨어져 있었다. 제인은 이 이상하기 짝이 없는 21세기 남자, 처음엔 분노를 자아내게 했던(지금도 여러모로 마찬가지인) 남자를 보고 고개를 절레절레 저으며, 혹시 이제껏 아주 조금이라도 자신이 그를 오판했던 건 아닐까 하는 생각을 했다.

프레드가 자세를 바꾸는 걸 보고 제인은 그가 깰지 모른다고 생각했지만, 그는 다시 좌석에 편안하게 기댈 뿐이었다. 제인은 다리에 뭔가 얹어진 것을 느끼고 아래를 보았다. 프레드의 손이 옆구리 쪽으로 툭 떨어지면서 제인의 한쪽 무릎에 얹히게 된 것이었다.

옆에서 잠이 든 프레드와 함께 기차를 타고 오는 동안 제인은 사건 몇 가지를 떠올렸다. 그녀는 200년 후의 런던을 여기저기 다녀보았다. 책방에서 자신의 소설을 팔고 있는 것도 보았다. 이 두 가지는 모두 머릿속을 꽉 채워 다른 생각을 못 하게 하기에 안성맞춤인 사건이었다. 그래서 메이든헤드에서부터 바스까지 오는 동안 계속 마음에 머물러 있는 한 가지가 지금 옆에서 자고 있는 남자와 함께 보낸 시간과 자신의 다리에 놓여 있는 그 남자의 손의 감촉이란 걸 알고는 화들짝 놀랐다.

26

그날 저녁 집으로 돌아온 소피아는 제인을 발견하고는 깜짝 놀랐다. "당신 아직도 여기 있어요?"

"네. 집으로 돌아갈 수가 없었어요." 제인이 대답했다.

소피아는 어리둥절한 얼굴이 되었다. "이 장난이 앞으로 얼마나 더 이어질지 궁금할 뿐이네요. 지금쯤이면 분명 예산도 바닥났을 텐데."

제인이 얼굴을 찌푸렸다. "아, 네. 그 집의 흔적을 못 찾았어요."

"무슨 집요?"

"싱클레어 부인의 집 말이에요. 런던에 있다고 했던."

"런던에 갔었어요?" 소피아의 얼굴은 경악 그 자체였다.

제인이 고개를 끄덕였다. "당신 동생하고 같이 갔었어요."

제인은 자기 볼한테 빨개지지 말라고 명령했지만 양 볼은 그 명령을 들을 생각이 없었다. 제인은 소피아한테 그 집이 런던에서 사라진 얘기, 소매치기를 당한 얘기, 사람 잡아먹는 계단 얘기를 했다. 소피아는 고블릿 잔에 와인을 따르며 고개를 끄덕거렸다.

"당신, 그 마녀 설정을 끝까지 가지고 가려는 거군요, 그렇죠?"

제인이 고개를 끄덕이며 대답했다. "어떤 책방에 내 소설이 있는 걸 봤어요."

"그래요, 봤겠죠." 소피아는 식탁에 앉아 와인을 단숨에 들이켰다. 그러고는 기나긴 한숨을 내쉰 후, 양어깨를 들썩이며 고개를 끄덕거렸다. "난 프로라고요. 이 흉내 내기 게임을 하루 더 하는 것쯤 얼마든지 할 수 있어요. 어느 거였어요?" 식탁 위에 놓여 있던 제인의 소설 여섯 권 중 소피아가 『설득』을 집어 들었다. "오늘 봤다는 책, 혹시 이거였어요?"

잠시 후 이 소설책은 두 가지 조화를 부리게 되는데, 그 조화는 한동안 두 사람의 대화를 지배하고 행동을 장악하게 될 터였다.

첫 번째 조화는 소피아의 손안에서 책이 흔들리더니 먼지로 변한 것이었다. 제인은 헉 소리를 냈고 소피아는 날카로운 비명을 질렀다. 두 번째 조화는 그 먼지가 모였다가 이내 허공으로 사라진 것이었다. 두 여자는 첫 번째 조화에 보였던 반응을 각자 거의 똑같이 되풀이했다.

제인은 소피아의 오른손을 뚫어져라 쳐다보았다. 소피아의 오른손은 여전히 앞으로 뻗은 상태 그대로 빈손이어서 아까 작은 책이 놓여 있던 공간에는 공기만 남아 있었다. 소피아도 자신의 손을 빤히 바라보면서 나머지 한 손으로는 고블릿에 와인을 한 잔 더 따랐다. 소피아는 그 와인을 쭉 들이켜면서 좀 전에 소설책이 놓여 있던 손을 계속 지켜보았다.

"당신도 봤어요?" 소피아가 이상할 정도로 차분한 목소리로 제인한테 물었다.

"책이 당신 손에서 사라졌어요." 소피아 못지않게 차분한 목소리로 제인이 대꾸했다.

"내 손에 단단한 물체가 있었거든요. 그런데 지금은 없어요."

"내가 본 바도 그랬어요." 제인이 떨리는 목소리로 말했다.

"그것참 다행이네요. 난 내가 환각을 본 걸지도 모른다고 생각했거든요. 무슨 일인지 나한테 설명 좀 해줄래요?" 소피아가 식탁 밑을 살폈다.

"나도 몰라요." 그건 사실이었다. 제인은 지금 머리가 핑 돌았다. "뭐하는 거예요?"

"당신 책이 있나 식탁 밑을 보고 있는 거예요." 소피아는 몸을 계속 숙인 채로 대답했다. "내가 떨어뜨렸을지도 모르잖아요."

"안 떨어뜨렸어요." 제인이 말했다.

"어쩌면 내가 이렇게 하면." 소피아가 도리질을 한 다음 손가락을 꼼지락거렸다. "책이 다시 돌아올지 몰라요." 소피아가 손바닥을 퍼덕였다. 책은 돌아오지 않았다. 제인도 소피아의 행동을 이리저리 따라했다가 현기증만 얻었다. "우리 처음부터 시작해봐요." 소피아가 다시 기이할 정도로 차분하게 말하기 시작했다. "CG로 책을 사라지게 한 건가?"

"무슨 말을 하는 건지 모르겠어요." 제인이 대꾸했다.

"됐어요. 요즘엔 아이패드로도 별 희한한 걸 다 하니까. 하지만 컴퓨터라도 분자를 사라지게 할 수는 없다고요. 마지막으로 취중에 헛것을 보았을 가능성은 제외했고요, 당신도 봤다고 했으니까." 소피아가 말했다.

제인은 고개를 절레절레 저었다. 소피아가 서성거리다 멈추더니 식탁을 쾅하고 내려쳤다.

"이제부터 당신한테 뭘 물어볼 건데 거짓 없이 대답해줬으면 좋겠어요." 소피아가 말했다.

"하세요." 제인이 대답했다.

"당신, 지금 내가 찍고 있는 영화의 제작자들이 꾸민 몰래카메라 작전에서 제인 오스틴으로 분한 배우인가요, 아닌가요?" 소피아가 제인의 눈을 똑바로 쳐다보았다.

"아니에요. 그런데 지금 뭐하는 거예요?" 제인이 대꾸했다.

소피아가 앉아서 양다리 사이에 고개를 묻었다. "머리가 터질 것 같아서 못 터지게 막고 있는 거예요. 당신도 나처럼 해봐요."

제인이 머리를 무릎 사이에 끼웠다. 골이 얼얼했다. 방금 벌어진 일 같은 건 생전 처음 보는 일이었다. 비슷한 방식으로 시간 여행을 했을 때를 빼고는.

"그럼 나한테 알려줘봐요, 당신이 누구라고 생각하는지?"

"난 제인 오스틴이에요."

"이제 알겠네요. 머리를 다리 사이에 끼우는 것도 효과가 없다는 걸." 소피아가 다시 바로 앉았다. "첫 번째 작전으로 돌아가야겠어요." 소피아가 고블릿에 와인을 세 잔째 따른 다음 제인을 겨누며 말했다. "지금 나한테 그게 CG가 아니라고 하려는 거예요? 무대 막 더미에서 나타난 게?"

"CG가 뭔지도 모르는걸요."

"당신은 지금 당신이 제인 오스틴이라는 걸 나한테 받아들이라고 하고 있는 거예요. 200년 전에 살았던 죽은 작가라는 걸."

"맞다니까요? 누누이 말한 대로." 제인이 대꾸했다.

"『노생거 수도원』을 쓴 소설가. 내가 출연 중인 망조 든 대규모 영화의 원작 소설을 쓴 바로 그 소설가라는 거네요."

"당신이 한 말 중에 이해가 되는 건 별로 없지만 그럼에도 그렇다고 대답할 수밖에 없어요."

"그런데 지금 여기로 왔고요?"

"말했잖아요, 주문에……."

"그래요, 마녀, 양배추 등등." 소피아가 손을 저으며 말했다. "그게 다 사실이라고요?"

"그래요."

"무대 막에서 나타났을 때 말인데, 어떻게 된 거죠?"

"말로 하긴 힘들어요." 제인이 대답했다. "방금 내 책에 일어난 일하고 비슷했어요."

"먼지 입자였다 뿅 하고 사라졌다고요?"

"네." 제인이 말했다.

소피아가 고개를 끄덕였다. "당신이 배우가 아니라고요? 아바타도 아니고?"

"그런 것 같아요."

"만화도 아니고요?"

"내가 알기로는요."

이때 제인은 알고 지낸 지 얼마 안 되는 짧은 시간 동안 소피아 웬트워스가 실제 일어난 사건을 내내 전혀 다르게 이해하고 있었다는 사실을 깨달았다. 소피아가 고블릿 잔을 비웠다.

"전엔 날 안 믿은 거예요?" 제인이 소피아한테 물었다. "내 이름이 제인 오스틴이라고 했을 때?"

"난 당신이 배우인 줄 알았다고요! 제대로 못 배운 배우."

"이젠 날 믿나요?"

소피아가 고블릿 잔을 비웠다. 제인은 소피아가 대답하길 기다렸다.

"내가 믿고 싶은 건, 당신이 날 함정에 빠뜨리려고 파견된 연기자인데, 내가 이 상황을 역으로 이용해서 화면발도 잘 받게 만들고 내 남편도 다시 손에 넣으려고 했다는 거라고요. 난 당신이 허공에서 뿅 하고 나타난 거나, 당신 책이 갑자기 사라진 게 촬영 기법이길 바란다고요." 소피아가 한숨을 내쉬었다. "내 말 좀 들어봐요. 그 일이 일어났을 때 굉장히 이상했거든요. 먼지가 사람이 됐잖아요. 잠깐만 실례."

소피아가 일어나더니 두 번째 와인 병을 찾아 꺼냈다. 와인 병을 딴 다음에는 고블릿 잔에 와인을 가득 채웠다. 그러곤 현관문을 열었다. 제인은 눈으로 계속 소피아를 좇았다. 소피아는 눈을 가늘게 뜨고 별이 빛나는 밤하늘을 보다가 유리잔을 입술로 기울여 내용물을 벌컥벌컥 들이켰다. 와인이 목구멍으로 반쯤 넘어갔을 즈음 소피아가 목을 컥컥거리며 숨을 못 쉬자, 제인은 소피아가 기절할지도 모른다고 생각했다. 하지만 소피아는 이내 와인을 다시 마시기 시작했고 고블릿을 완전히 비웠다. 소피아가 안으로 돌아왔다.

"정리해봅시다. 당신은 제인 오스틴이에요. 어떤 마녀한테 주문이 걸려서 당신이 살던 시대에서 사라졌고, 무대 막 더미에서 다시 나왔을 땐 여기였어요. 내가 하나라도 빼먹은 게 있으면 말해요."

제인은 아무 말도 하지 않았다.

"만약 내가 당신에 대한 불신을 거두고 이 이야기를 사실로 믿으면 나한테 어떤 불이익이 있을까요?"

"날 믿으면 이익밖에 없을 것 같은데요." 제인이 말했다.

소피아가 고개를 끄덕이고는 자리에서 일어나 목소리를 가다듬었다. "모두를 대신해서 말씀드릴게요. 21세기에 오신 것을 환영합니다, 제인 오스틴."

"지금이 21세기인가 봐요?"

"맞아요. 여기 있는 동안 계획이 어떻게 되는지요?"

"집으로 돌아갈 방법을 모색할 거예요."

"말 되네요." 소피아가 어깨를 으쓱했다. "이제 그 질문엔 답이 됐으니까, 다음 질문으로 가봅시다."

"그게 뭐죠?" 제인이 말했다.

"무슨 이유로 당신이 쓴 소설이 허공 속으로 사라진 걸까요?"

27

소피아는 제인을 데리고 나와 바스 중심지로 걷기 시작했다.

"지금 어디로 가고 있는 거죠?" 제인이 물었다.

"단서를 좀 더 모으려고요." 소피아의 걸음이 더욱 빨라졌다. "서둘러요."

"방금 와인 한 병을 다 마신 여자치곤 놀라울 정도로 민첩하시네요." 제인이 고개를 절레절레 흔들면서 말했다.

"고마워요. 그게 내 장기랍니다. 아 참, 내 남편 잭이 누구의 후손의, 후손의, 후손의, 후손의, 후손의, 후손의 후손인데." 소피아가 레일웨이 스트리트에 접어들었을 때 말했다. "몇 번째 후손이었더라?"

"여덟 번째요." 제인이 대답했다.

"아니에요." 소피아가 말했다.

"후손, 이 몇 번이나 들어가야 하는데요?" 제인이 물었다.

"나도 몰라요. 근데 여덟 번은 아니에요. 아무튼 그 사람, 당신 친척이에요."

제인의 몸이 굳었다. "내 친척, 후손, 그러니까 내 혈육이 살아 있다고 이해하면 되는 건가요?"

"네, 게다가 그 사람 잘생기기까지 했어요." 소피아가 대꾸했다.

"그 남자, 제 직계 가족의 후손인가요? 햄프셔의 오스틴 가문의?"

"바로 그거예요. 그 사람, 당신 친척이라고요, 제인. 그게 중요한 거죠. 그 남자, 런던에 있는 우리 다락방 구두 상자에 당신 편지를 서른 통이나 보관하고 있다니까요."

"이해가 안 돼요. 당신 남편이 내 편지를 가지고 있다고요? 뭐 때문에요?"

"그 사람 어머니가 물려줬거든요. 그 편지, 수집가들이 탐내는 물건이에요."

"그 사람은 누구의 자식인가요? 그보다 누구의 자손인가요?"

이 남자가 사실 그녀의 증손자인 걸까? 그녀는 본래 시대로 되돌아가 결혼을 하고 아이를 낳을 운명인 걸까? 몇 세대에 걸쳐 이루어진 신중한 결혼과 번식을 통해 잭이란 이름의 잘생긴 후손이 된 아이를? 그렇다면 결혼은 누구와 할 운명인 걸까?

"제임스일 걸요?" 소피아가 대답했다.

"그래요." 제인이 실망한 마음으로 고개를 끄덕이며 말했다. "나한테는 제임스란 이름의 오라버니가 있답니다. 이제 알겠네요."

"잭은 당신의 아주 먼 조카인 거죠." 소피아가 말했다.

제인은 맥이 빠졌다. 하지만 그렇다고 다른 자손이 없다는 뜻은 아니었다.

"조금이라도 닮은 데가 있나요? 그 사람을 만나봐도 될까요?"

"누구요?"

"당신 남편요." 제인이 말했다. "그 사람도 여기 바스에 사나요?"

"아뇨, 우린 별거 중이에요."

소피아는 마른침을 삼키며 땅바닥을 응시했다.

"이런, 미안해요." 제인이 놀란 기색을 보이며 말했다.

"미안해할 거 없어요."

소피아가 돌아서기 전, 제인은 소피아의 얼굴에 비친 심란한 기색을 보았다. 제인은 어떤 반응도 보일 수 없었다. 지금까지 결혼 생활이 중간에 끝난 사람을 한 번도 본 적이 없어서였다. 다른 인간한테 매여 평생을 비참하게 살거나, 불륜을 저지르거나, 증오에 허우적거리는 사람은 숱하게 보아왔지만, 부부 관계를 포기하거나 배우자한테 버림받은 사람은 한 명도 보지 못했다.

"당신이 세트장에 오면 볼 수 있을지도 모르겠네요, 세트장은 사람들이 영화를 찍는 곳이에요." 소피아는 억지로 얼굴에 미소를 짓고 있었다. "당신 소설이거든요. 잭은 거기 있을 거에요."

"영……화라고요?"

"연극 작품 같은 건데 더 화려한 거 있어요."

제인은 기쁨과 혼란과 호기심으로 가슴이 벅차올랐다. "나도 그걸 보고 싶어요."

두 여자는 바스 중심가에 있는 어떤 황갈색 석조 건물에 들어간 다음 이동하는 계단을 타고 2층으로 올라갔다.

"이거 나도 두어 번 타봤어요!" 제인이 기쁨에 겨워하며 말하더니 휘청거리며 계단에 껑충 뛰어올랐다. "내가 얼마나 잘 타는지 봐봐요."

"생각보단 잘 타네요." 소피아가 말했다.

소피아는 제인을 책꽂이가 가득 찬 커다란 방 안으로 안내했다.

"서재군요. 누구의 서재인가요?" 제인이 미소 띤 얼굴로 말했다.

"평민들의 서재예요. 모두의 서재랄까." 소피아가 말했다.

제인한테 이 개념은 전적으로 낯설게만 느껴졌다. 제인이 살던 시대에서는 한 남자가 책이 가득 실린 수레를 마을로 끌고 왔었다. 책의 대여 기간은 일주일이었다. 실내 서재는 사적인 공간이자 부자들만의 영역이었다. 제인의 오빠인 에드워드는 나이트 가문의 후계자가 되었을 때, 그 가족한테 웅장한 서재의 전형이라고 할 수 있는 서재를 물려받았다. 방문할 때마다 제인은 서가 속에 파묻혀 산더미처럼 쌓인 책들을 걸신들린 듯 읽으면서 며칠을 보내곤 했다.

"21세기에는 책이 이렇게나 많다니 정말 아연실색할 만하네요." 제인이 말했다.

누더기 차림의 한 남자가 두 사람한테 다가오더니 앙상한 팔꿈치로 소피아를 찔렀다. "〈닥터 지바고〉에서 정말 좋았습니다!"

소피아가 남자를 보며 눈알을 굴렸다. "제가 입에 발린 소리라고 거부하고 그런 사람은 아닌데요, 그건 줄리 크리스티였거든요."

"그 영화에서 참으로 아름다웠지요. 셀카 한 장 찍어도 될까요?"

남자가 한 팔을 소피아한테 둘러 포즈를 취하더니 나머지 한쪽 팔을 두 사람 앞으로 들어 올렸다.

"카메라가 없으시네요." 소피아가 말했다.

"없죠." 그가 팔을 내리며 대꾸했다. "그럼 사인은 어떨까요?"

"종이도 없으시잖아요. 펜도."

"그렇죠." 남자가 먼 곳을 응시하며 말했다.

소피아가 한숨을 쉬었다. "우리가 지금 안내 데스크로 갈 거거든요. 그동안 종이 찾아오시면 다녀와서 사인해드릴게요. 팬을 만나는 건 언제나 기분 좋은 일이니까요."

소피아가 제인을 멀리 데리고 갔다.

"당신, 굉장히 유명한 여성이군요." 제인이 말했다. "그러고 보니 사람들이 길거리에서 당신을 쳐다보면서 손가락으로 가리켰던 게 기억나네요."

소피아가 고개를 끄덕였다. "난 배우라고요, 제인."

"정말 멋져요. 무대 위에 나와 뽐내며 걷고 안달하며 시간을 보내는 서툰 배우라니(셰익스피어의 비극 『맥베스』 5막 5장에 나오는 맥베스의 독백-옮긴이). 오필리아를 연기하나요? 일렉트라를 연기하나요?"

"소싯적에는 그런 역을 맡았었죠. 그러다 유명해지면서는 순정파 아가씨, 액션 영화의 섹시한 보조, 마음씨 고운 창녀 역을 맡게 됐어요. 서른다섯을 넘기니까 입 거친 아줌마하고 할머니 역이나 들어오네요."

"그렇군요. 어쨌든 직업이 있는 거잖아요? 이 연기라는 걸로 수입을 얻는 건가요?"

"수입요? 제인, 나한테는 저택 여러 채에 수영장만 여섯 개가 있다고요. 그 여섯 개 중 어느 수영장에서도 수영은 못 해봤지만."

제인은 믿기지 않아 고개만 절레절레 저었다. "나는 자기 수입이 따로 있는 여자는 생전 만나본 적이 없어요. 다른 여자들도 직업을 가지고 있나요? 아니면 배우들만 직업이 있는 건가요?"

소피아가 어깨를 으쓱했다. "다른 여자들도 당연히 직업이 있죠. 여자 의사, 여자 변호사, 여자 환경미화원. 원하는 건 뭐든 할 수 있으니까요. 남자보다 돈은 적게 받겠지만 받긴 받아요." 소피아는 콧방귀를 뀌었다.

귀지나 파먹던 제인의 오빠 에드워드는 12세에 자식 없는 나이트 부부한테 입양되었다. 나이트 부부는 제인의 아버지 쪽 사촌이었다. 제인은 수학, 언어, 재치와 재능 면에서 에드워드보다 훨씬 뛰어난 면모를 보였지만, 에드워드 오빠한테는 그 모든 재능 중에서 가장 중요한 재능이 있었다. 바로 남자로 태어난 재능. 스물다섯 살이 되자, 에드워드 오빠는 영지를 세 개나 상속받아 임대료로만 연간 1만 파운드를 벌었다. 오빠와 똑같은 나이가 되었을 때, 제인은 아무것도 상속받지 못했다. 어느 날 제인이 직접 돈을 벌고 싶다는 소망을 표명하자, 에드워드 오빠는 제인더러 대놓고 창녀라고 말했다. 제인이 마지막으로 에드워드 오빠한테 말을 건 건 램즈게이트로 다녀온 오빠의 최근 휴가 여행에 대해 물어본 편지를 통해서였다. 에드워드 오빠는 답장에 아주 신나는 여행이었다면서, 마차에 자리가 남았으면 제인도 함께 갈 수 있었을 거라고 썼었다.

제인은 숭배와 심란함에 사로잡혀 스스로 돈을 버는 여성 친구, 소피아를 가만히 응시했다. 그 누구에게도 짐스러운 존재가 되지 않으면서 스스로 돈을 버는 소피아는 어떤 기분일까? 그 누구에게도 신세 질 일이 없다는 건 어떤 걸까?

소피아는 제인을 서재 뒤쪽으로 데리고 갔다. 거기엔 어떤 여자가 책상 뒤에 앉아 있었다. 소피아가 그 여자한테 인사를 했다.

"『설득』은 어디서 찾을 수 있을까요?"

그 여자가 눈을 가늘게 뜨고 책상 위에 놓인 커다란 강철 액자 같은 걸 보았다. "작가가 누구죠?"

소피아는 얼어붙었다. "작가는 제인 오스틴이에요."

여자가 웃으며 말했다. "아뇨, 제인 오스틴은 그런 제목의 책을 쓴 적이 없어요."

제인은 멈칫했다. 소피아가 제인의 소설이라며 여섯 권의 제목을 보여주었을 때, 제인은 그 제목들을 그 자리에서 바로 다 외워버렸다. 그리고 그 여섯 개의 제목은 그녀에게 자식의 이름처럼 소중한 존재가 되어 있었다.

"컴퓨터에서 확인 좀 해주실래요?" 소피아가 여자한테 말했다.

"그럴 필요도 없어요. 제인 오스틴은 그런 소설을 쓴 적이 없으니까요. 하지만 손님이 부탁하시니까……." 여자가 그 액자를 작동시키더니 그걸 소피아 쪽으로 돌렸다. "맞죠?"

소피아가 그 액자를 자세히 보더니 얼굴을 찡그렸다. "궁금해서 그러는데요, 제인 오스틴이 소설을 몇 권 썼죠?"

책상 뒤 여자가 물어보나 마나 한 질문이라는 듯 어깨를 으쓱했다. "다섯 권이죠."

제인은 몸서리를 쳤다.

소피아가 그 여자한테 고맙다는 인사를 한 후 제인에게 말했다. "가요."

그 서재 옆에는 커피를 파는 가게가 있었다. 제인의 시누이인 일라이자가 파리에서 보낸 편지에 그런 곳이 있다고 쓴 적이 있었고, 해리 오빠도 런던에 있을 때 그런 곳에 한 번 가보았다고 했다. 소피아가 테이블과 의자가 있는 곳을 가리켰다.

"앉아 있어요. 우리 마실 커피는 내가 주문할 테니까. 난 술 좀 깨야겠어요." 소피아가 한마디 덧붙였다. "이건 완전 대참사라고요."

가게 계산대에서 기다리던 소피아가 돌아와 제인 옆에 앉았다.

"뭔가 잘못됐다는 건 알겠어요. 그런데 그게 정확히 뭔지 모르겠네요." 제인이 말했다.

"제인, 당신 책이 사라졌어요. 당신이 『설득』을 안 쓴다고요! 소설을 여섯 편 썼는데, 이젠 다섯 권만 쓴대요. 나도 시간 여행 영화에 한 번 출연했었거든요. 롭이란 남자 옆집에 사는 소녀였죠. 롭한테는 여러 시간대를 앞뒤로 오갈 수 있는 능력이 있어서, 60년대에서 오늘로 왔다가 다시 돌아갈 수도 있었어요. 다른 시대로 이동할 때마다, 롭이 의도적으로 이런저런 사건들을 바꿔놓아서 다른 시대에서 그 결과가 달라지는 바람에 모두가 피해를 입었어요. 이를테면 과거에서 롭이 말을 건 어떤 남자는 결국 미래에 사람을 엄청 많이 죽이게 됐고, 롭하고 이야기를 하는 바람에 자기 미용사를 만나지 못한 어떤 사람은 그날부터 쭉 끔찍한 커트만 받았고요." 소피아가 말을 멈추더니 어깨를 으쓱했다. "솔직히 말해서 그영화가 걸작은 아니었죠. 《버라이어티》에선 '장르를 제대로 해석하지 못했다'고 평했으니까. 하지만 지금 그게 중요한 게 아니에요."

"중요한 게 뭔데요?" 제인이 말했다.

"중요한 건 롭이 한 시대에서 한 행동들이 다른 시대에서 일어난 일에 영향을 미쳤다는 거예요. 롭이 시간을 앞뒤로 왔다 갔다 하면서 이것저것 바꿔놓고 어떤 사건은 아예 없애버리다가 급기야자기 자신까지 없애버렸거든요. 내 기억이 정확하다면 우주까지도요." 소피아가 제인을 빤히 쳐다보았다.

"전혀 바람직하지 않은 얘기군요." 제인이 말했다.

소피아가 고개를 끄덕거렸다. "그게 바로 당신이 여기 남아 있으면 일어날 일이라고요."

음료가 도착했다. 제인은 자신의 음료를 조금 마시고는 얼굴을 찌푸렸다. 뜨거운 갈색 액체가 목구멍으로 넘어가면서 속에서부터 목을 죄어왔다.

"이 물질의 쓴맛은 정말 경악스럽군요." 제인이 말했다. "하지만 이상하게도 더 마셔야 할 것 같아요."

"그건 커피라는 거예요, 제인. 들이켜요."

소피아는 자기 컵에서 크게 한 모금 벌컥벌컥 들이켰다. 제인도 똑같이 해보았더니 머릿속이 땅벌처럼 윙윙거렸다. 이 음료는 울렁거리면서 동시에 만족스럽기도 했다. 어떻게 된 건지 모르겠지만 모든 게 더 또렷해졌다. 제인을 문제에 다시 집중하게 했다. 책이 소피아의 손에서 사라진 순간, 제인은 불안했다. 물론 그것을 사라지게 한 불가사의한 힘 때문이기도 했지만, 여기 올 때 목격했던 그 이상한 일과 다르지 않았기 때문이기도 했다. 하지만 진정한 공포감은 그녀가 쓴 무언가가, 출판되어 세상에 나오기까지 한 결과물이 이제는 사라졌다는 생각에서 나왔다.

"어쩌면 좋을까요?" 제인이 소피아한테 물었다.

"나도 모르겠어요. 피해는 이미 막대할지도 모르죠." 소피아가 테이블을 치우고 컵받침 접시를 집어 들었다. "이 접시가 당신이 살던 시간대의 당신을 나타낸다고 쳐요." 소피아가 그 접시를 테이블 한쪽 끝에 엄숙하게 내려놓았다. "당신은 1803년에서 온 여자예요. 인생의 어느 시점엔가 소설을 쭉 쓰죠. 이 책들이 출판된 다음 200년 후에도 남아 있어요. 그게 당신 이야기, 당신의 시간대예요." 소피아가 손가락으로 테이블을 따라 선을 그었다. "반면 이 찻잔은 현재의 당신이에요. 운명에 따라 그 책들을 쓰는 대신, 당신은 여기로 왔어요." 소피아가 찻잔을 컵받침 접시로부터 먼 곳으로 옮겼다. "당신은 여러 가지 사건의 다른 버전, 새로운 시간대를 만들어낸 거예요."

제인은 찻잔을 봤다가, 컵받침 접시를 봤다가, 다시 찻잔을 보았다. 그러곤 눈을 깜빡거렸다.

"여기 오래 머물면서 이 세계에 빠져들수록, 당신이 당신 시대로 돌아갈 가능성은 낮아질 거예요. 당신 시대에 있지 않으면 당신은 당신을 유명하게 만들어준 책을 못 쓰게 되고요." 소피아가 양손을 허공으로 번쩍 들어 올렸다. "당신한테 그 박물관을 보여주다니 내가 무슨 생각으로 그랬는지 모르겠네요. 모르겠어요, 제인? 세상 밖으로 나가서 사람들과 교류함으로써 당신은 역사를 바꿔놓은 거라고요. 런던에 가게 그냥 내버려두는 게 아니었는데. 벌써 당신 책 한 권이 사라졌어요. 더 많은 책이 그 뒤를 따를 거라고요. 당신이 계속 그러면 결국 당신 소설이 전부 사라질 거예요. 당신도 사라질 거고요."

소피아가 제인의 팔에 손을 얹더니 목소리를 낮췄다. "꽤 헷갈리는 얘기라 감 잡기 힘들죠. 이해하려면 시간이 좀 걸릴 거예요."

"내가 1803년으로 돌아가지 않으면, 그 책들을 결코 쓰지 못할 거란 얘기네요. 안 그럴 경우는 말하지 않아도 알 테고요."

제인은 찻잔을 들어 올려 또 한 모금을 벌컥 들이켰다. 쓴 물질이 혓바닥을 감싸더니 목구멍에서 오래 머물렀다. 이 음료는 속을 쓰리게 하고 정신을 번쩍 들게 하는 것 같았다. 정신을 차려보니 제인은 자리에서 살짝 움찔하고 있었다.

"어떻게 해야 할까요?" 제인이 멈칫하며 물었다.

소피아가 자기 찻잔을 집어 들었다. "당신을 원래 시대로 돌려보

258

내야 해요."

"하지만 싱클레어 부인이 사라진 걸요! 그러니 어떻게 그걸 하냐고요?"

"나도 몰라요. 그나저나 여길 잘 봐두는 게 좋을 거예요. 지금이 당신이 집 밖으로 나오는 마지막이 될 테니까."

제인은 매장을 둘러본 다음 안에 뭐가 있는지 훑어보았다. 커피가 나왔던 강철 상자는 서빙 카운터 위에서 번쩍이고 있었고, 금방이라도 주저앉을 듯한 나무 테이블과 의자들은 두셋씩 짝을 이루어 실내 여기저기 어지럽게 널려 있었으며, 공공도서관에서 잠깐 봤던 신사는 한쪽 모퉁이에서 졸고 있었다.

"뭘 자세히 봐야 하는 건지 잘 모르겠어요." 제인이 말했다.

"그냥 말이 그렇다고요, 제인." 소피아가 한숨을 쉬며 대꾸했다. "극적인 분위기 좀 내보려고 그런 거예요. 당신은 아무것도 보면 안 된다고요." 소피아가 제인의 고개를 움켜잡아 실내를 못 보게 자기 얼굴 쪽으로 돌렸다. "내 말은 당신, 21세기와 사랑에 빠지는 거 그만둬야 한다는 뜻이에요. 모르겠어요? 당신은 이미 이 세상 밖으로 나와 사람들하고 얘기도 하고 당신 책도 보고 지하철까지 탔다고요! 사진도 찍었어요, 그것도 휴대폰으로! 이 시간과 공간을 사랑하게 될수록 당신이 떠나게 될 가능성은 줄어들 거라고요! 프레드네 집으로 곧장 간 다음 당신은 다시는 밖으로 나오지 않는 거예요. 집으로 돌아갈 가능성을 여기서 더 떨어뜨리는 위험을 감수할 순 없잖아요."

제인이 고개를 끄덕였다. "하지만 내가 당신 동생의 집 안에 있으면 집으로 돌아갈 수단을 어떻게 찾겠어요?"

"당신은 밖에 나가면 안 돼요." 자기 컵을 비운 소피아가 결연히 일어섰다.

"왜 그래요?" 제인이 물었다.

"나한테 달렸어요, 제인. 이건 내가 떠나야 할 영웅의 여정이라고요. 내가 당신을 집으로 데려다줄게요."

제인은 어리둥절한 표정으로 고개를 끄덕였다. "어머나, 정말 영광인데요. 고마워요."

"천만에요. 이제 눈 감아요, 내가 집까지 바래다줄 테니까."

제인과 그녀의 구세주는 집까지 걸어갔다.

28

다음 날 아침, 소피아는 제인을 침대에서 끌어내 규칙과 요구 사항들을 귀가 따갑도록 읊었다. 모두 제인이 자기 자신과, 기억이 정확하다면, 우주를 지워버리지 않게 하기 위해 작성된 것이었다. '1번 규칙, 밖에 나가선 안 된다.' 소피아가 제인한테 토스트, 버터, 삶은 계란이 담긴 접시를 건네며 공표했다.

"정원에는 가도 되나요?" 제인이 창밖을 가리키며 물었다.

제인은 토스트 한 조각을 입속에 넣고 흐뭇한 얼굴로 씹었다. 빵이 집에서 먹던 것보다 훨씬 부드러웠다. 하녀 마거릿이 구운 오스틴 집안의 빵은 딱딱하기가 거의 돌과 맞먹는 수준이었다.

"돼요. 하지만 너무 많이 관찰하지 않도록 해요. 전봇대도 살펴보지 말고, 이웃집 담장 너머도 훔쳐보지 말아요. 또 무엇이 당신을 보내버릴지, 어떤 자극이 당신을 소설 소멸의 길로 보내버릴지 누가 알겠어요?" 소피아는 주방 여기저기를 씩씩하게 돌아다니면서 강철 상자들을 식기장에 놓았다. "전기를 보고 나면 그거에 마음을 빼앗겨서 여기 남고 싶어질지도 몰라요." 소피아가 설명하면서 또 다른 발명품을 숨겼다. "그러면, 아뿔싸, 당신이 돌아가지 않는다? 당신 소설이 모조리 사라지는 거죠!"

"전기가 뭔데요?" 제인이 물었다.

"봤죠? 벌써 관심을 보이고 있잖아요. 천만다행으로 전기가 뭔지 나도 잘 몰라요. 따라서 그걸 당신한테 설명해주고 싶어서 입이 근질거릴 일도 없죠. 우리처럼 전기라는 게 있는데 유용한 거다, 그냥 그렇게 받아들이고 넘어가요."

"그럼 난 하루 종일 뭘 해야 하죠, 아무 것에도 관심을 가져선 안 된다면? 벽만 바라봐야 하나요?"

"원하면 그렇게 해요. 앗, 그러고 보니 생각났는데요. 텔레비전도 켜지 말아요." 소피아는 겁에 질린 듯 아주 작은 목소리로 소곤거리면서 검지로 허공을 세게 내리쳤다. 제인이 어리둥절한 얼굴로 소피아를 쳐다보았다. "움직이는 그림 말이에요."

"그걸 텔레비전이라고 해요? 흥미로워라! 텔레(tele)는 그리스어로 '멀리 떨어져 있다'는 뜻이거든요. 비전(vision) 또는 비지오(visio)는 라틴어로 '본다'는 뜻이고요. 어설픈 혼종어 전통이 영어에서 계속 이어지고 있다니 가슴이 따뜻해지네요."

"아 뭐, 그만하면 됐고요. '2번 규칙, 흥미로운 것 그만 찾기.' 그냥 텔레비전 안 보겠다는 약속만 해요." 소피아가 말했다.

"약속할게요." 제인이 말했다.

그건 쉽게 약속할 수 있었다. 텔레비전이라는 현대의 발명품이 어디 있는지는 알았지만 과연 그걸 작동할 수 있을지도 의심스러웠다.

소피아가 주방용품을 숨기다가 갑자기 테이블에 있던 제인 옆에 와 앉았다.

"읽는 건 괜찮겠죠? 소일거리가 있어야죠." 제인이 물었다.

"해 될 건 없을 것 같네요. 어디 보자." 소피아가 책장 쪽으로 가서 제목을 쭉 훑어보았다. "당신 시대에 읽을 수 있었던 책만 읽어야 해요. 찾았다."

소피아가 선반에서 두껍고 무거운 책 두 권을 꺼내 제인한테 건네주었다.

"『젊은 여성에게 주는 설교』, 그리고 『윌리엄 셰익스피어 전집』. 이게 다예요? 이 두 권이?" 제인이 물었다.

"그 책이면 계속 버틸 수 있을 거예요. 그중에서도 이 책들은 읽어선 안 돼요."

소피아가 오스틴의 나머지 소설 다섯 권을 한 군데 모았다. 『엠마』, 『이성과 감성』, 『오만과 편견』, 『노생거 수도원』, 『맨스필드 파크』.

제인이 얼굴을 찌푸리자 소피아가 물었다. "왜 그래요?"

"『맨스필드 파크』는 조금 읽었어요." 제인은 마른침을 꿀꺽 삼켰다. "어제요. 런던에 있는 어떤 책방에서. 아주 조금밖에 안 읽었어요. 한두 페이지 정도. 많아야 세 페이지일 거예요."

"오스틴!" 소피아가 소리쳤다. "무슨 생각으로 그랬어요? 모르긴 몰라도 그게 원인일 거라고요! '3번 규칙, 자기 작품은 읽지 말 것.' 이번 규칙의 위험성은 아무리 강조해도 지나치지 않아요."

소피아가 책 더미를 유리 장식장 안, 먼지 쌓인 셰리주 병 옆에 놓았다. 그러고는 장식장 문을 잠근 후 열쇠를 주머니에 넣었다.

"이게 효과가 있길 빌자고요."

제인은 유리 뒤에 생긴 작은 소설책 탑을 응시했다. "당신은 언제 집에 오나요?"

"최대한 빨리 올게요." 소피아가 말했다.

프레드가 게슴츠레한 눈을 하고 욕실에서 나왔다. 몸에 걸친 것이라고는 허리에 두른 타월이 다였다. 제인과 소피아가 식탁에 앉아 있는 걸 보더니 펄쩍 뛰었다.

"누나 안 자고 뭐하는 거야?" 프레드가 소피아한테 말했다. 제인한테는 어색한 미소를 지어 보였다. "안녕하세요."

"안녕하세요, 프레드." 제인이 대꾸했다.

자신 앞에 펼쳐진 광경을 고려할 때, 그 말이 제인이 할 수 있는 최선이었다. 이날 이때까지 제인은 평생 남자의 가슴을 본 적이 단한 번도 없었다. 그런데 지금은 동일한 가슴을 이틀 동안 두 번이나 보고 말았다.

"촬영 시작 시간이 아침 6시라서." 소피아가 이유를 알려주었다. "있잖아, 프레드. 제인이 여기서 며칠만 더 지내려고 하는데, 괜찮지? 너한테 방해 안 되게 할게."

"괜찮아." 프레드는 얼른 대답하고는 헛기침을 했다. "난 상관없어."

그러고 나서 어깨를 으쓱하자 타월이 느슨해졌다. 하지만 타월이 떨어지기 전에 간신히 붙잡을 수 있었다. 프레드는 제인을 보았고 제인은 고개를 돌렸다. 제인은 자신의 두 뺨이 홍당무처럼 새빨개졌다는 걸 확실하게 알 수 있었다.

"주전자 어딨어?" 프레드가 물었다.

그는 반짝이는 강철 주전자, 소피아가 그릇장 안에 숨겨둔 바로 그 주전자가 놓여 있던 조리대 자리를 빤히 응시했다.

"그거 고장 났어." 소피아가 대답했다. "커피는 학교에서 마셔라. 그나저나, 시간 여행에 관한 책이 뭐더라?"

프레드가 소피아를 보고 얼굴을 찡그렸다. "『타임머신』이잖아, H. G. 웰스의. 그건 왜?"

"그 책, 언제 쓰였지?"

"몰라, 1850년?"

"미안, 소용없겠다." 소피아가 대꾸했다. "아무것도 아냐."

프레드는 소피아를 보고 이맛살을 찌푸리다가 제인 쪽을 보았다. "머무르는 동안 좀 더 편하게 지낼 수 있도록 뭐 좀 갖다드릴까요? 혹시 드시고 싶은 음식이라도?"

제인이 고개를 가로저었다. "음식이 너무 맛있어요, 고마워요."

"얘 좀 봐." 소피아가 프레드한테 큰 소리로 말했다. "이제 친절왕이라도 된 거니? 나한텐 특별한 음식 같은 거 한 번도 준 적 없으면서!"

프레드는 소피아의 말을 무시하고 제인한테 물었다. "옷이나 가방은 없나요?"

"옷은 내가 좀 줬다." 소피아가 말했다.

"그리고 제 옷은 저 흰 상자가 빨아주고 있답니다." 제인이 덜덜거리며 돌고 있는 싱크대 옆 상자를 가리켰다. 세탁기 문의 유리 너머로 그녀의 흰색 모슬린 드레스가 풍성한 비누 거품 속에서 열심히 돌아가고 있었다. "매주 남아도는 일곱 시간으로 여자들이

뭘 하는지 모르겠네요. 빨래라는 고된 일에서 해방되다니!" 제인
이 몹시 기쁜 얼굴로 말했다.

프레드가 껄껄 웃더니 자리를 떴다. 소피아는 프레드가 안 보일
때까지 기다렸다가 제인 쪽으로 고개를 돌렸다.

"그런 말은 하면 안 돼요, 제인. 당신도 요즘 사람인 척해야만 한
다고요." 무슨 말인지 알아듣지 못한 제인이 이맛살을 찌푸렸다.
"난 당신이 그 무대 막에서 나타나는 걸 본 사람이에요. 그러니 당
신이 당신 시대로 돌아갈 수 있게 돕는 건 나의 임무라고요. 하지
만 당신이 19세기 사람이라고, 제인 오스틴이라고 다른 사람들한
테 말하고 다니면, MI6에서 당신을 잡아가서 실험을 할 거란 말이
에요."

아직도 무슨 말인지 알아듣지 못했을뿐더러 이제는 전보다 더
혼란스러워진 제인이 이상하다는 듯 소피아를 바라보았다.

"나쁜 선례예요." 소피아가 고개를 절레절레 흔들며 말했다. "그
냥 프레드한테는 당신이 제인 오스틴이라는 말 하지 말아요, 기억
하죠, 내가 전에 말한 거? 시간 여행은 정상적인 사건이 아니에요.
사실 꽤 괴상한 일이죠. 프레드는 당신이 진짜로 누군지 모르고 있
잖아요. 그 애는 당신이 우리 영화에 나오는 배우라고 생각하고 있
다고요. 당신이 1803년에서 지금 시대로 왔다고 말하면, 걔는 당신
이 미쳤다고 생각할 거예요."

차츰 상황을 깨닫게 되면서 제인의 얼굴은 점차 하얗게 질렸다.
소피아가 진짜 신분은 비밀에 부쳐야 한다고 진작 말했지만, 제인
은 왜 그래야 하는지 완전히 이해하진 못했다.

"그 사람하고 이야기하는 내내 내가 오래전 과거에서 여기로 넘

어온 사람이란 걸 그 사람도 알고 있다는 듯이 굴었어요." 제인은 그와 나눴던 모든 대화를 떠올리고는 움찔했다. "그 사람, 날 어떻게 생각하고 있을까요?"

소피아가 이맛살을 찌푸렸다. "왜요, 걔한테 뭐라고 했는데요?"

"무엇보다도 설탕 가격에 대해 장황하게 설명을 늘어놓았어요." 제인이 양손으로 얼굴을 감쌌다.

"걱정 말아요." 소피아가 말했다.

"그 사람 곁에서 난 어떻게 행동해야 하는 거죠?" 제인이 미칠 듯한 두려움에 사로잡혀 물었다.

"당황할 것 없어요. 그게 그 애를 보게 될 마지막이었을 테니까. 하지만 프레드랑 접촉할 수밖에 없을 경우엔, 우리가 꾸며낸 이야기만 기억해요. 당신은 배우고 21세기 사람인 거예요."

"난 배우예요. 그리고 21세기 사람이에요." 제인은 고개를 끄덕이며 되풀이해서 말했다.

"혹시 '로마에 가면'이란 표현 알아요?" 소피아가 물었다.

"그럼요. 아우구스티누스, 서기 390년."

소피아가 실실 웃으며 말했다. "당분간은 '로마인처럼 행동'하는 게 어때요?"

"현대의 관습을 잘 관찰한 다음 그대로 따라해야겠어요."

"어차피 집에서 안 나갈 거니까 별문제는 없을 거예요."

소피아는 제인한테 작별 인사를 한 다음 나가면서 현관문을 탁 닫았다.

몇 분 뒤, 프레드가 나왔다. 오늘은 푸른색 셔츠 차림이 아니었다.

"전 근무하러 갑니다." 프레드가 다들 말하는 식으로 스스럼없이 말했다.

꽤 여러 번, 제인의 뇌는 처음 들어보는 요즘 표현이 들어간 말의 의미를 용케 알아냈다. 제인은 특히 '총알보다 빠르다'는 말이 마음에 들었다. 물론 그 말의 뜻을 추측해내기까지 어리둥절한 얼굴로 허공을 바라보며 무려 20초 동안이나 머리를 열심히 굴려야 했지만 말이다.

"누나는 벌써 나간 거예요?" 프레드가 물었다.

제인이 고개를 끄덕거렸다. 그러고는 혹시 조금이라도 어색함이 남아 있지 않나 프레드의 얼굴을 자세히 살폈다. 두 사람 사이는 어떻게 되는 것인가? 제인은 알 수 없었다. 런던에 다녀온 후 두 사람 사이의 분위기는 누그러졌지만, 런던행 전에 일어난 사건 때문에 생긴 반감이 아예 사라진 건 아니었다. 두 사람은 이제 친구가 된 건가? 물론 아니었다. 하지만 프레드는 아직도 그녀를 싫어하고 있을까? 그건 분간하기 힘들었다.

"누나가 당신 혼자 하루 종일 여기 있으래요? 세트장에서 당신은 필요 없대요?" 프레드가 물었다.

"……제가 몸이 좀 안 좋아서요." 제인은 머뭇거리다 서둘러 거짓말을 했다. 그러곤 기침을 하면서 기침과 함께 낸 소리가 코감기에 걸렸을 때 나는 소리와 비슷했으면 하고 바랐다. "전 밖에 나가면 안 될 것 같아요. 그럼 괜찮을 거예요. 읽을 책도 있고."

이 변명이 통했는지 어느 틈엔가 프레드가 불을 피워주겠다고 나섰다.

"몸을 따뜻하게 해야 해요." 제인이 극구 말렸지만 프레드는 뒷마당으로 나갔다. "나오지 말아요."

　제인은 뒷마당 쪽 유리창을 통해 프레드가 집 뒷담에 산더미처럼 쌓아놓은 통나무 중에서 60센티미터 길이의 통나무를 골라내는 걸 지켜보았다. 프레드는 소매를 걷어붙이고 그 나무를 그루터기 위에 놓았다. 그러고는 도끼를 머리 위로 치켜들었다가 너끈히 내리쳤다. 통나무가 반으로 쪼개졌다. 도끼를 쳐들어 통나무 반쪽을 세 조각 내는 동안 프레드의 턱 근육이 굳었다가 풀렸다.

　그걸 본 제인에게 열두 살 때의 기억이 떠올랐다. 햄프셔의 오스틴 사제관 주방에 있던 절임 당근 단지의 뚜껑이 들러붙어 잘 열리지 않았던 일이 있었다. 제인과 어머니는 이 용기에서 소금에 절인 채소를 어떻게 꺼낼 것인가를 두고 옥신각신했다. 제인은 과학적인 접근법을 선호해서 단지의 유리 부분을 차갑게 하고 그동안 뚜껑은 데우자고 했고, 반면 어머니는 단지를 긴 의자에 세게 부딪혀 보자고 했었다. 제인과 어머니는 각자가 내세운 방식을 다 시도해보았지만, 뚜껑은 접착제라도 바른 듯 여전히 단지에 단단히 들러붙어 있었다. 그때 사제관 주방장인 마틴이 들어오더니(보나 마나 제인과 어머니가 아웅다웅 벌인 논쟁 소리에 소환되었을 것이다) 두 사람한테서 조용히 단지를 가져갔다. 20대 젊은 남자인 마틴이 단지를 쥔 채, 뚜껑을 데우거나 세게 어딘가에 내려치지 않고서, 손으로 뚜껑을 돌리자 무슨 일 있었느냐는 듯 단지가 펑 하고 열렸다. 제인은 마틴의 아래팔에서 여러 근육이 당겨지는 걸 보고는 난생처음 여성과는 이질적인 남성이 존재한다는 걸 깨달았다.

　프레드가 장작을 안으로 가지고 들어와 벽난로 앞에 무릎을 꿇었다. 그리고 장작을 내려놓더니 불쏘시개를 밑에 깐 다음 큰 장작을 그 주변에 쌓았다. 그러고 나서 주머니에서 꺼낸 네모 상자로 불꽃을 일으켰다. 그 불꽃을 장작 쪽으로 낮춘 채 지켜보면서 얼마간 그대로 잡고 있었다. 처음엔 불이 붙지 않아서 손을 불가에 그대로 놓고 기다렸다. 제인은 그 광경에 깜짝 놀라 프레드를 지켜보았다. 장작에 불이 붙었는데도 프레드가 오렌지색 불꽃이 자기 손가락으로 널름거리는 걸 지켜보기만 했기 때문이었다. 제인은 이 부분이 특히 놀라웠다. 프레드가 일부러 그런 건지는 알 수 없었다. 불이 제대로 붙었는지 확인하고 싶을 뿐이었는지도 몰랐다. 하지만 프레드는 손을 필요 이상으로 불가 가까이 한참을 놔두었고, 그 광경은 그의 단면 일부를 드러내주었다. 그리고 그 단면은 제인으로 하여금 마음의 빗장을 풀게 했다. 그녀가 그에게서 감지한 것은 약간의 어둠, 전에 보지 못했던 어떤 무모함 혹은 파괴욕구 같은 것이었다. 마침내 그가 손을 거뒀다. 불길은 무서운 속도로 커졌고 곧이어 후끈한 온기가 실내를 훈훈하게 데웠다. 제인은 고마운 마음을 이루 다 표현할 수가 없었다.

"고마워요. 불 피우는 거 쉬운 일 아닌데." 제인이 말했다.

"별말씀을." 프레드가 말했다.

"그리고 우리가 춤을 췄던 밤 말인데요, 그때 당신이 당신은 잘하는 게 하나도 없다고 말했던 걸로 기억하거든요." 제인이 덧붙여 말했다. "저건 잘하시네요."

프레드가 고개를 끄덕거렸다. "나도 잘하는 게 있더라고요."

프레드는 미소를 지었지만 제인을 보지는 않았다. 제인은 프레드의 말을 어떻게 받아들여야 할지 몰라서 꿀 먹은 벙어리처럼 있었다. 그러곤 숨을 너무 깊이 들이마시지 않으려 애를 썼다.

"빨리 나아요, 제인." 프레드가 말하면서 제인의 팔꿈치에 손을 얹었다. 그러고는 인사를 하고 나갔다.

제인은 프레드가 보여주는 조롱과 다정함이 뒤섞인 흔치 않은 반응을 대할 때마다 깜짝깜짝 놀랐다. 그런데 두 사람의 상호 접촉에는 늘 그 두 가지가 짙게 깔리는 것 같았다. 프레드는 어느 순간에는 그녀가 성가신 듯 거리를 두면서 놀리거나 어딘가 다른 곳으로 가버리는가 하면, 또 어떤 때는 그녀가 필요로 할 만한 것들을 알아서 챙겨주면서 참을성과 배려심을 십분 발휘했다. 제인으로서는 뭐가 뭔지 전혀 알 수 없었다. 하지만 그가 자신을 어떻게 여기는지에 대한 수수께끼 풀이는, 지금 현재 처한 곤경에 실질적으로 아무 도움도 되지 않으므로 그만두라고 스스로를 타일렀다. 온 신경을 집으로 돌아가는 데 써야 할 때, 전적으로 자신과 무관한 사람의 의도가 무엇인지 고민하는 건 쓸데없는 노력에 불과했다.

불길이 벽난로에서 타닥타닥 타고 있었다. 시곗바늘은 7시를 가리키고 있었다. 제인은 한숨을 쉬었다. 더 나은 계획이 없는 상황에서 제인은 소피아가 오늘 그녀를 1803년으로 돌려보낼 수단을 찾아내는 데 성공하기만을 바랐다. 그때까지는 시간을 보내야 했기에, 제인은 포다이스의 『젊은 여성에게 주는 설교』를 펼쳤다.

29

제인은 『젊은 여성에게 주는 설교』를 세 번이나 다 읽은 참이었다. 전에는 잠이 오게 하려고 이 책을 읽었지만, 완독의 기회가 생긴 지금 보니 코미디로서의 잠재력도 어마어마하게 지니고 있는 책이었다. 젊은 여성의 도덕성과 순결에 관한 두 권 분량의 설교에는 건전한 충고도 아주 많았다. 하지만 세 번째 읽고 나니 어떻게 해서든 웃긴 부분을 찾아내는 능력이 고갈되었고, 시간도 이제 겨우 11시밖에 되지 않아 낭패감이 들었다.

소피아의 뜻에 거역할 마음은 없었다. 제인은 지시 사항에 따라 21세기의 문물과 절대 접촉하지 않겠다는 의욕에 가득 차 있었다. 그래야 소피아가 예언한 대로 자신과 자신의 소설, 나아가 우주까지 지워버리지 않을 수 있어서였다. 벽에 있는 스위치를 누르면 켜지고 여태까지 본 그 어떤 초보다 환하게 불타오르는 초도 못 본 체하려고 각별한 주의를 기울였다. 물도 얼려주고 음식도 차갑게 보관해주는 주방의 강철 상자를 보고도 신기해하지 않으려 스스로를 단속하기도 했다. 제인은 어쩌다 보니 오게 된 미래 시대가 이룩한 발명과 진보에 대한 감탄, 이끌림, 추측에도 오전 내내 마음을 굳게 닫았다. 이 장소에 너무나 마음이 혹한 나머지 남기로 마음을 먹어 모든 걸 망치지 않기 위해서였다.

이는 어마어마한 자제력을 요했다. 지금 세상은 제인이 혹할 게 너무 많은 세상이었다. 제인은 여덟 살 때 대형 괘종시계가 어떻게 작동하는지 보려고 그걸 분해했다가 어머니한테 물건 귀한 줄 모른다는 말을 들은 적이 있었다. 8개월에 처음 말을 했고 두 살에 이미 혼자 글을 깨우친 사람한테 주변 세상에 대한 호기심을 접으라고 하는 건 암사자한테 영양을 나중에 잡아먹으라고 요구하는 것과 마찬가지로 소용없는 일이었다.

게다가 그래봐야 무슨 손해가 있겠는가? 소피아는 제인이 21세기를 조금이라도 파고들면 역사의 흐름을 바꿔놓을 거라고 단언했지만, 이 의견은 좀 더 찬찬히 따져볼 필요가 있었다. 미래 세상에 있는 모든 물건이 제인의 존재를 위협하는 건 물론 아니었다. 권태로 인한 광기의 나락으로 떨어지는 걸 막기 위해 집 안을 한 바퀴 돈다고 해가 될 건 없을 것 같았다. 제인은 너무 많이 관찰하지는 말자고 스스로 다짐했다. 일단 소피아가 제인을 집으로 돌려보낼 열쇠를 발견하면, 어쨌든 제인은 1803년으로 다시 가게 될 터였다. 정당했다고 주장할 수 있는 위반이라는 점에 마음이 흡족해진 제인은 혼자 고개를 끄덕거리며 책을 내려놓았다.

제인은 자신이 살던 시대와 가장 비슷해 보이는 곳, 음식을 저장하고 조리하는 공간인 주방에서 시작했다. 물론 그때와는 다른 물건도 많고 집안일을 해주는 인력도 없기는 했다. 제인은 흰색 상자, 얼음도 안 보이는데 음식을 차갑게 해주는 물건을 열어보았다. 익힌 고기와 채소가 각종 상자와 병 안에 들어 있었다. 제인은 어떤 병 하나를 자세히 살펴보았다. 그 병은 투명한 물질로 만들어졌지만 유리는 아니었다. 모든 상자와 병을 이루고 있는 이 알 수 없는 물질은 무엇일까? 유리의 투명한 성질은 지니고 있되 훨씬 얇고, 가볍고, 희미하게 초가 탄 냄새가 나는 이 물질은 대체 무엇일까? 제인은 요즘 사람들과 그들이 발명해낸 것을 보고 다시 한번 고개를 절레절레 저었다. 요즘 사람들은 시간도 아끼고 좀 더 편하게 살겠다고 이런저런 장치를 많이도 만들어놓고는 다들 더 바삐 걸어 다니고, 더 괴로운 얼굴을 하고 있었다.

그 병에서 나아가 관찰을 이어가던 제인은 음식이 넘쳐나는 걸 보고 다시 한번 한숨을 내쉬었다. 그러곤 각종 고기를 맛보았다.

향신료가 입안을 가득 메웠다. 옛날엔 전염병을 막으려고 목에 마늘을 둘렀지, 음식에 넣는 법은 없었다. 소스도 한 병 한 병 맛을 본 다음(향신료 맛이 훨씬 더 강했다) 다시 제자리에 놓았다. 뒷면을 자세히 살펴 이 흰색 상자가 어떻게 그 안에 들어 있는 것들을 차게 해주는 건지 확인하기 위해 잡아끌려고 했지만, 흰색 상자는 무게 때문에 바닥에 떡 버틴 채 나무 그루터기처럼 꿈쩍도 하지 않았다. 제인은 허리가 아파오려고 해서 하는 수 없이 포기했다.

제인은 알아서 빨래를 멈춘 비눗물 상자 안에 축 처져 놓여 있는 자신의 모슬린 드레스를 자세히 살펴보았다. 옷을 꺼내려고 해보았지만 그 상자의 문을 비집어 열 수가 없었다. 이 강철 상자를 성나게 할까 봐 그냥 내버려두기로 했다. 서랍과 그릇장을 열어본 제인은 그 안에 칼과 소스팬이 들어 있는 걸 보았는데, 어떤 건 생전 처음 보는 모양과 크기였고 어떤 건 제인이 살던 시대와 똑같았다. 가위는 똑같았다. 제인은 화장실 분수대에서 물을 받아보기도 하고 실내 변소의 물 내리는 기계를 내려보기도 했다. 흰색 사발 같은 곳에 아주 깨끗한 물이 가득 차는 걸 보고 소스라치게 놀랐다.

제인은 계속해서 복도를 따라 내려갔다. 다음에 나온 문을 열어보고는 깜짝 놀랐다. 으레 식당으로 이어지는 문이겠거니 짐작했지만 그 문은 프레드의 잠자리로 들어가는 문이었다. 제인은 문을 닫은 후 복도에 서 있었다. 그의 사생활을 침해하고 싶지는 않았다. 그건 그렇지만 안에는 대체 무엇이 놓여 있을까? 프레드의 개인 소지품에 관심이 쏠리는 건 아니었다. 그의 숨겨진 비밀 같은 걸 발견하고 싶은 마음은 없었다. 하지만 남자의 침실이 어떻게 생겼는지 대충 보고 싶기는 했다. 제인은 남자의 사적인 공간, 심지어 남자 형제들의 방에도 들어가본 적이 없었다. 혹여 남자의 방을 글로 써야 할 날이 온다면, 문학가로서 묘사를 정확하게 해야 할 의무가 있다고 보았다. 해 질 녘까지는 아무도 돌아오지 않을 테니, 안을 최대한 짧은 시간에 후딱 본다면 해될 건 없을 것 같았다. 제인이 발로 문을 밀자 삐걱거리며 열렸다.

안은 널찍했고 정원이 내다보이는 내닫이창이 있었다. 터무니없을 정도로 커다란 침대에는 폭신폭신한 담녹청색 이불이 올려져 있었고, 한쪽 구석에 놓인 갈색 가죽 의자는 남자 셔츠와 바지가 차지하고 있었다. 창가에는 서랍장이 있었다. 맨 위 서랍을 열어보았더니 두꺼운 종이 뭉치가 있었다. 인쇄기로 찍은 것 같은 검은색 활자가 종이를 가득 채우고 있었다. 편지 한 통이 종이 더미 위에 놓여 있었다. 제인은 그 편지를 집어 들었다.

담당자께
제가 쓴 청소년 소설 '란즈엔드'의 처음 1만 단어 분량을 동봉합니다. 원고 반송을 위해 회신용 봉투도 넣었습니다. 뒷부분을 더 읽고 싶으시면 연락 주십시오.

제인은 원고를 노려보았다. 궁금해서 미칠 것 같았다. 아버지가 자신의 첫 소설 '첫인상'을 카델한테 보냈다가 출판업자가 답장을 보내서 상심했던 때가 떠올랐다.

제인은 편지를 한쪽으로 치웠다. 인쇄된 원고 제목이 바로 아래 페이지에 있었다. 제인은 천천히 심호흡을 했다. 마룻널이 삐걱거리자 죄책감에 문가를 돌아보았지만 문간은 비어 있었다. 집은 제인과 이 원고를 빼면 조금 전처럼 빈집이었다. 제인은 첫 페이지로 넘어갔다.

1장
화요일 오후 4시였다. 조지 드러먼드가 처음으로 마음을 먹은 것은. 폭죽은 형편없는 장난감이다.

제인은 잔뜩 긴장이 되었다. 프레드가 소설을 썼다니! 제인은 창턱에 앉아 흥분한 채 빠르게 읽어나갔다. 생전 처음 보는 표현들이 페이지 곳곳에 있었을 뿐만 아니라 욕설이 적잖이 등장해서 얼굴이 붉어졌다. 하지만 현대식 표현과 언어에 적응하고 나니까 이야기에 빠져들 수 있었다. 어떤 여자가 종양 때문에 고통스러워했다. 열두 살짜리 아들은 엄마를 구하려는 필사적인 심정으로 치료비 낼 돈을 모으기 위해 도보 경주 같은 데(어마어마한 거리라서 성인만 참가할 수 있다)에 나갔다. 제인은 소년이 과업을 달성하는지, 경주를 완주하는지, 어머니를 구하는지 빨리 알고 싶어서 페이지를 계속 넘겼다. 얼마 안 가, 제인은 원고를 반이나 읽어버렸다.

"안녕하세요, 제인." 어떤 목소리가 들려왔다.

제인은 겁에 질려 몸을 획 돌렸다. 원고의 주인이 문간에 서 있었다. 제인은 얼어붙고 말았다. 프레드의 얼굴에 어려 있던 미소는 제인의 손을 내려다본 순간 싹 사라졌다.

"여기서 뭐하는 겁니까?" 프레드가 말했다.

"미안해요. 시간 가는 걸 그만 잊는 바람에." 제인은 황급히 변명 거리를 찾았다.

숨 쉬라고 스스로를 재촉해보았지만 공포와 수치심에 사로잡혀 그럴 수가 없었다.

"그런데 이렇게 빨리 올 줄 몰랐어요."

"점심 먹으러 왔어요. 당신이 좀 어떤지도 볼 겸."

프레드가 고개를 절레절레 저으며 멋쩍은 표정으로 제인을 응시하더니 이내 원고 쪽으로 손을 내밀었다. 프레드가 원고를 가져가자 제인은 움찔했다.

"왜 아무 데도 안 보냈어요?" 제인이 물었다.

몰래 읽다가 걸려서 창피하긴 했지만 묻지 않을 수 없었다.

"뭘요?"

"당신 원고 말이에요. 왜 편지 속 그 신사분한테 안 보냈어요?"

프레드는 아무 대답도 하지 않았다. 제인은 바닥에서 발을 꾸물꾸물 움직였다. 두 사람은 말없이 그렇게 서 있었다.

결국 프레드가 입을 열었다. "옷 좀 갈아입어야겠어요."

프레드의 말투에 제인은 신경이 곤두섰다. 화가 나기는커녕 프레드는 더욱 차분한 모습이었다. 제인은 울고 싶어졌다.

"알겠어요. 정말 미안해요. 용서하세요."

제인이 종종걸음으로 프레드를 지나칠 때도 프레드는 아무 말도 하지 않았고, 제인이 나가자마자 문을 닫았을 뿐이었다. 제인은 꾸짖음을 들은 아이처럼 수치심에 휩싸여 주방에 앉아 있었다. 프레드가 의자에 펼쳐놓았던 셔츠와 바지로 갈아입은 모습으로 방에서 나왔다.

"프레드 님, 제발 내 사과를 받아주세요."

프레드는 제인을 지나치면서 제인의 눈을 쳐다보지 않고 말했다. "허락 없이 남의 방에 들어가지 말아주셨으면 합니다."

"그럴게요. 정말 미안해요." 제인이 말했다.

프레드는 나간다는 인사도 없이 현관문으로 나갔다. 제인은 거실에 있는 안락의자로 돌아가 설교집을 다시 한번 펼쳤다. 그러고는 '여성의 삼가는 미덕에 관하여'라는 표제가 달린 부분으로 가서 빼놓지 않고 다 읽었다.

30

아무리 노력해도 제인은 자신을 발견하던 당시 프레드의 얼굴에 떠오른 표정을 마음속에서 떨쳐낼 수 없었다. 그가 자신을 어떻게 생각하든지 아무래도 상관없다고 스스로를 다독이기는 했지만, 그래도 둘 사이의 어색함이 최대한 줄어들었으면 좋겠다는 마음은 사라지지 않았다. 어쨌든 지금 그의 집에 머물고 있고 집으로의 여정도 프레드와 소피아의 도움에 달려 있는 이상, 이 시점에서 나가달라는 말을 듣는다면 여간 낭패가 아니기 때문이었다.

프레드는 오후 늦게 집에 왔다. 제인은 안락의자에 엉덩이를 붙이고 앉아 문만 바라보면서 그가 돌아오길 기다렸다. 마침내 그가 들어왔다. 예상보다 늦게. 제인은 안락의자에서 벌떡 일어나 그가 인사하길 기다렸다. 갈색 외투를 벗고 제인한테 고개를 끄덕여 보였지만 프레드는 아무 말도 하지 않고 자기 방으로 가버렸다. 예의 바른 인사였지만 프레드의 냉담한 태도에 제인은 마음이 괴로웠다. 침묵은 분노보다 훨씬 우려스러운 시련이게 마련이었다. 프레드가 차라리 큰 소리로 책망을 하는 편이 더 나을 것 같았다.

제인은 상반된 두 가지 감정 사이에서 갈등하고 있었다. 첫 번째 감정은 한시라도 빨리 프레드와 화해해서 이 집에서 그녀의 신망을 회복하고 싶은 마음이었다. 그러려면 그의 소설이나 그 속에 나오는 등장인물 얘기는 더 이상 하지 말고 날씨나 가장 좋아하는 색깔같이 더 가볍고, 더 마음 편한 주제로 얼른 넘어가야 했다. 두 번째 감정은 이 남자한테 소설에 대해, 글쓰기에 대해, 그녀 인생의 빛이자 불꽃에 대해 이야기하고 싶은 불가항력적이고 불타오르는 갈망이었다. 두 번째 감정을 헤쳐 나가기로 한 제인은 사뿐사뿐 프레드를 따라 복도를 내려갔다.

"프레드 님, 제발 내 사과를 받아주세요." 프레드가 문을 닫아버리자 제인은 홀로 복도에 서 있게 되었다. "내가 한 짓이 용서받지 못할 짓이란 거 알아요." 제인이 문 너머 프레드한테 말했다. "난 정말 형편없는 인간이에요."

제인은 프레드의 노여움이 가라앉길 바랐다. 제인은 문밖에서 기다렸지만 프레드는 문을 열어주지 않았다.

제인은 한숨을 내쉬었다. "별로 위안은 안 되겠지만, 당신 소설이 너무 아름다웠어요."

문 뒤에서는 여전히 그 어떤 반응도 없었다. 제인은 털썩 주저앉아 이 집에서 나가달라는 말을 듣기까지 시간이 얼마나 있을까 하고 생각했다. 제인은 고개를 끄덕이며 제임스 포다이스로 돌아가 자신의 운명을 기다렸다.

얼마 후, 프레드가 응접실 문간에 모습을 드러냈다. 그는 한쪽 발을 앞뒤로 질질 끌며 바닥을 응시했다.

"마음에 들었어요?" 프레드가 뜸을 들였다 물었다.

제인은 책을 내려놓고는 솔직하게 말했다. "줄거리가 가슴이 아팠어요. 좋은 의미로. 독자의 고통을 느꼈어요."

프레드가 이맛살을 찌푸렸다. "독자의 고통? 그게 뭐죠?"

"계속 읽을 수밖에 없을 때 느끼는 고통 말이에요. 이미 너무 많이 읽어서 눈과 머리는 지칠 대로 지쳤는데 페이지를 계속 넘길 수밖에 없는 거 말이에요. 그다음이 어떻게 되는지 알아야 하거든요."

프레드가 미소를 짓자 제인의 가슴이 살짝 두근거렸다.

"그런데 당신 소설 중에서 딱 한 가지 이해 안 가는 게 있었어요." 신이 난 제인이 말했다.

프레드의 안색이 어두워졌다. "말도 안 돼요. 내 소설 자체가 말이 안 되는 내용인걸요."

경솔한 비평 한마디로 기껏 좋아진 분위기가 얼마나 순식간에 나빠졌는지를 인지하자 제인의 가슴은 철렁 내려앉았다.

"아니, 내가 사과할게요! 내가 하려던 말은…… 맙소사."

제인은 자신을 원망했다. 다른 사람들은 몰라도 누군가의 작품을 비평하는 것과 유익하건 아니건 의견을 내놓는 것, 그것이 지니고 있는 파괴력을 그 누구보다 잘 알고 있어야 할 그녀가 그런 짓을 하다니.

"뛰어난 찬란함과 감미로움으로 빛나는 작품이었어요. 내가 한 말이 뭐든 잊으세요." 제인이 애원조로 말했다.

계속 이런 식으로 나가다간 언제라도 떠나라는 소리를 들을 것 같았다.

"아뇨, 말해줘요. 난 알고 싶으니까. 소설이 어딘가 매끄럽지가 않아요. 그러다 보니까 꽉 막힌 느낌이 들고. 한 자도 더 못 쓰겠더 군요." 프레드가 간절한 눈으로 제인의 얼굴을 살폈다.

제인은 움찔했다. 최대한 신중하게 어휘를 골랐다. 말의 힘을, 자신의 내면에 못된 면, 즉 남을 평가하려는 본성이 있다는 걸 알고 있어서였다.

"그 소년이 엄마와 춤을 춘 이유가 이해가 안 됐어요." 제인이 말했다. 그러고는 내심 그가 더 이상 묻지 말아주었으면 하고 바랐다.

"무슨 말이죠?"

"내 말이 무슨 말인지는 중요하지 않아요. 난 아무것도 모르니까. 바보 같은 여자인 주제에 괜한 말을 했네요."

"하지만 말을 했으니까 그게 무슨 뜻인지 알려줘요." 프레드가 양손을 허리께에 얹고 숨을 토해냈다.

"엄마가 소년한테 춤을 추자고 하니까 소년이 춤을 추잖아요."

프레드가 고개를 끄덕이며 물었다. "그게 뭐가 어때서요?"

"그건 소년의 성격하고 맞지 않아요."

맙소사. 제인은 자신의 입에서 나온 말을 듣고도 믿기지 않았다. 줄거리에 모욕적인 평을 하고 등장인물의 명예도 훼손했다. 실은 아름답다고 생각했던 그의 짧은 이야기를 혹평하고 나니, 제인은 자신이 사악한 독설가, 불쾌한 마녀가 된 기분이었다.

"이 얘기는 나중에 다시 하는 게 어떨까요?" 제인이 가는 목소리로 말했다.

프레드가 웃으며 팔짱을 꼈다. "아뇨, 글쓰기에 대해 좀 아시나 봐요?"

"알긴요, 아무것도 몰라요. 그냥 내 의견일 뿐이에요. 내가 잘못 읽은 거겠죠."

프레드가 고개를 끄덕였다. "그렇더라도 계속해봐요."

제인은 심호흡을 한 후 주인공에 대한 자신의 의견을 최대한 짧게 말했다. "그 춤추는 장면이 진짜처럼 보이지가 않았어요. 그 소년은 자기 엄마한테 화가 나 있지 않나요?"

"아뇨, 소년은 자기 어머니를 사랑하고 있어요. 어머니는 훌륭한 여성이고요."

제인이 재빨리 고개를 끄덕였다. "나도 동의해요. 소년이 어머니를 사랑하고 있다는 거. 어머니는 늘 소년을 안아주고, 소년이 가장 좋아하는 저녁 식사를 기억해주고, 소년의 상처 딱지에 입을 맞춰주고, 옷도 수선해주죠. 소년이 고맙다는 말 한마디 한 적 없는데도요. 어머니는 녹초가 됐는데도 소년의 이야기를 들어줘요. 하지만 그렇다고 소년이 어머니한테 화를 내면 안 되는 건 아니잖아요. 아버지한테 버림받은 걸 어머니 탓으로 여기고 있으니까."

프레드는 안락의자에 앉아 아무 말도 하지 않았다.

"내가 틀렸나 봐요. 사과할게요. 아무 말도 하지 말았어야 했는데." 제인이 말했다.

"난 모르겠어요." 프레드는 제인의 얼굴을 살피듯 말했다. "부탁인데 계속해봐요."

이젠 길바닥으로 쫓겨나지 않기 위한 화해 시도, 그 이상이 되어버렸음을 깨달은 제인은 최대한 상냥하게 말했다. 제인은 지금 다른 작가의 영혼이 자신의 손아귀에 있으니 그걸 파괴해선 안 된다고 스스로에게 상기시켰다.

"어머니는 소년의 이야기도 들어주고, 소년을 보살펴주고, 먹여주는 존재지만, 소년도 어쩔 수가 없어요. 아버지가 떠나서 굉장히 화가 나 있는데 그 화를 풀 수 있는 유일한 대상, 다시 말해 부모 중 안 떠나고 남은 쪽에 푸는 거죠. 문제의 그날이 아마 어머니 생신날이었죠?"

"맞아요." 프레드가 머리를 긁적였다.

"어머니는 아들한테 생일날 받고 싶은 걸 말해요. '선물도 필요 없고, 케이크도 필요 없다'고 말하죠. '내 소원은 너와 춤을 추는 거란다. 엄마가 드레스도 입고 빨간 구두도 신고 있을 테니까, 네가 학교에서 돌아오면 함께 '마이 걸'을 틀어놓고 춤을 추자꾸나. 엄마가 원하는 건 네가 엄마랑 춤춰주는 거, 그거밖에 없어.' ……왜요?" 프레드의 표정을 알아차린 제인이 물었다.

프레드는 제인을 빤히 바라보았다. "그거 어머니가 말한 그대로 잖아요, 토씨 하나 빠진 것 없이."

제인은 마른침을 삼켰다. 그녀는 마치 머릿속에 그림을 그리듯 늘 글을 외웠다. 다른 사람한테도 들은 적 있는 말을 들으니 부끄러워졌다.

"아름다운 말은 쉽게 기억되니까요." 제인이 어깨를 으쓱하며 바로 말을 이었다. "아무튼 소년은 엄마와 춤을 추고 싶어 하지 않아요. 이제 아동기에서 벗어나려는 참이라 소년은 가정생활보다는 학교 친구들과 떠들며 장난치는 데 관심이 더 많거든요. 어머니의 그런 감상적인 부탁을 창피하게 여겨요. 그래서 소년은 약속 시간에 바쁠 거라고 둘러대지만 어머니는 내심 소년이 올 거라 믿고 있어요. 그런데 시간은 째깍째깍 흘러가는데 소년이 나타나지 않아요. 소년이 어머니와의 약속을 지키지 않은 거예요. 어머니는 사소한 일에 눈물 흘리며 우는 자신을 탓하지만 그래도 어쩔 수가 없어요. 그래서 어머니는 구두를 벗고 잠자리에 들 준비를 하죠. 그런데 그때, 다 잃었다고 생각한 그 마지막 순간에 소년이 와요. 소년이 집으로 달려와서는 어머니가 침대로 무거운 발걸음을 옮기고 있을 때, 현관문으로 뛰어 들어와요. 그러곤 어머니의 팔을 잡고 춤을 추죠. 어머니의 눈물은 기쁨의 눈물이 되고 두 사람은 다시 가족이 돼요."

"그게 뭐가 어때서요?" 프레드의 얼굴에는 고통스러운 표정이 역력했다. 그러곤 자신 없는 목소리로 물었다.

제인은 그를 지켜보며 심호흡을 했다. "난 소년이 집에 가지 않을 거라고 봐요. 소년은 순간적인 창피함 때문에, 어쩌면 조금 심술도 나서 어머니의 부탁을 거절하고는 절대로 어머니와 춤을 추지 않을 거예요."

프레드는 자신을 살인죄로 고발이라도 한 것 같은 얼굴로 제인을 노려보았다.

프레드가 고개를 절레절레 저었다. "말도 안 돼요. 그래선 안 된다고요. 너무 끔찍하잖아요."

"끔찍하죠. 슬프고, 고약한 데다, 사람이라면 곧바로, 아마도 죽을 때까지 후회할지 모를 일이니까요. 하지만 그게 핵심이에요. 인생이란 후회로 가득하다는 것."

"하지만 소년이 어머니와 춤을 추지 않으면, 우린 소년을 미워하게 된다고요." 프레드가 붉어진 얼굴에 슬픈 표정으로 바닥을 응시하며 말했다.

제인이 나지막하게 말했다. "난 그 소년이 정말 좋았어요. 가슴

속에 크나큰 슬픔을 품고 있는, 연약한 영혼의 소유자거든요. 소년은 자기 누나도 좋아했고 어머니도 많이 사랑했어요."

프레드가 고개를 들자 두 사람의 눈이 마주쳤다. 그의 얼굴은 꾸지람을 들은 아이처럼 다시 한번 어두워졌다. 소설의 주인공이 제인의 눈앞에 있었다. 지금 앉아 있는 공간이 제인이 말한 장면이 펼쳐졌던 바로 그 공간일 공산이 컸다.

제인은 이번에도 나지막하게 말했다. "어머니를 위해 도보 경주에 나갔었나요? 어린아이인데도 성인만 나갈 수 있는 대회에?"

"영국 끝에서 끝까지 걷는 대회였죠. 14일 동안 버텨야 했어요."

제인은 깜짝 놀랐다. "몇 살이었는데요?"

"열두 살이었죠. 아무한테도 알리지 않고 참가했어요. 출발선에 서니까 사람들이 못 가게 막으려고 하더군요. 하지만 나는 그 사람들을 지나쳐 달렸어요. 오는 내내 사람들이 응원해주었죠. 꼬마가 어른들 경주에서 달리려고 애쓴다고. 한동안은 좋았어요. 그런데 4일째 병이 나고 말았죠. 물을 얼마나 마셔야 하는지 몰랐거든요. 쓰러질 때까지 걸었던 것 같아요. 깨어나 보니 탈수로 병원 신세를 지고 있었어요. 의사가 하마터면 죽을 뻔했다더군요. 난 경주를 계속하고 싶어서 병원 침대에서 빠져나가려고도 해봤지만 간호사한테 걸렸어요." 프레드가 웃더니 고개를 푹 숙였다.

"쓰러지기 전까지 얼마나 간 거예요?"

"374킬로미터요."

"374킬로미터를 걸었다고요?"

프레드가 고개를 끄덕였다.

"뭐 때문에 기금을 모아야 했던 건데요?"

"내 목표는 800파운드를 모으는 거였어요. 어머니를 미국으로 날아가게 해드리려고요. 미국에서 새로운 암 치료법이 나왔다고 했거든요. 800파운드는 비행기 티켓 값이었어요."

단어들이 사납게 달려드는 것 같았다. 제인은 호기심 반, 놀라움 반으로 그 단어들을 받아들였다. 대체 사람이 어떻게 미국으로 날아간다는 거지? 새처럼? 대체 어떤 마법이 암을 치료한다는 거고? 제인은 본론으로 돌아가라고 스스로에게 상기시켰다.

"그래서 그 금액은 모았나요?" 제인이 프레드에게 물었다.

"내 사연은 뉴스거리가 되었어요. 2만 3,000파운드나 모을 수 있었죠."

굉장한 금액이었다. 제인은 놀란 얼굴로 프레드를 바라보았다. "맙소사! 그럼 어머니는요, 어머니는 어떤 반응이었는데요?"

프레드는 미소를 지으며 고개를 젓더니 아무 말도 하지 않았다. 대신 발을 바닥에서 꾸물꾸물 움직이며 머리를 긁적였는데, 그걸 보면서 제인은 어렸을 때부터 이어져온 버릇일 거라고 짐작했다.

마침내 프레드가 입을 열었다. "난 어머니한테 못되게 굴었어요. 버릇없는 아이였죠. 어머니는 날 위해 모든 걸 해주셨는데 난 어머닐 애먹이고 쌀쌀맞게 굴었어요. 춤 한 번 못 춰봤는데 어머닌 돌아가셨고요. 어머니한테 사랑한다는 말을 못 했어요, 한 번도. 어머닌 저한테 매일 사랑한다고 말씀해주셨는데."

"당신은 어린아이였잖아요. 남자아이들은 누구한테도 사랑한다는 말을 하지 않으니까요."

"한 번 정도는 말해줄 수도 있었을 텐데. 어머닌 내가 당신을 사랑하지 않았다고 생각하시면서 돌아가셨죠."

"당신은 어머니를 구하겠다고 영국을 종단했잖아요. 당신이 어머니를 사랑했다는 거, 어머니도 아셨을 거예요."

하지만 프레드는 고개를 저었다.

"소설 속 소년이 어머니와 춤을 추지 않는다면 의미가 더 깊어질 거예요." 제인이 속삭였다. "우린 소년을 더 사랑하게 되겠죠, 그게 더 인간다우니까."

프레드의 시선이 제인의 얼굴 여기저기를 오갔다.

"페이지가 더 있나요? 소설을 반밖에 찾질 못했거든요. 그게, 그러니까 내가 떳떳하지 못한 생각에 사로잡혀서 당신 방에 들어갔을 때요."

"완성을 못 했어요." 프레드가 대답했다.

"끝내야 해요!" 제인이 간절히 말했다. "왜 쓰다 말았어요?"

"그다음엔 뭘 써야 할지 몰랐거든요. 아마 거짓처럼 보이는 장면도 있었을 거예요." 프레드가 몸을 구부려 장난스럽게 주먹으로 제인의 팔을 툭 쳤다. 제인은 이 애정 어린 몸짓에 전율하며 얼굴을 붉혔다. "게다가 책 내는 게 얼마나 어려운 일인 줄 알아요?"

"나한테 아이디어가 있어요." 제인이 말했다.

"소설을 쓰지만 이도저도 안 되는 사람이 매년 얼마나 많이 생기는 줄 알아요? 세상엔 이미 책이 차고 넘친다고요. 나까지 보탤 필요는 없어요."

"그렇게 생각하다니 너무 충격인데요."

프레드가 어깨를 으쓱했다. "너무 힘들어졌어요. 무슨 소용이 있는지도 모르겠고요. 앞부분 일부를 직장 동료한테 보여주기도 했어요. 그 친구들이 유익하고 건설적인 의견을 몇 마디 해주고 나니까 손발이 오그라드는 것 같아서 앞으로 뭐가 됐든 창작은 다시는 하지 말자고 다짐했죠."

"그때가 바로 인내해야 할 때라고요." 제인이 단호히 말했다. "성 공하기 전이 가장 힘들게 마련이잖아요. 모든 걸 잃은 것 같은 바로 그 순간? 그 순간이야말로 글을 계속 써야 하는 순간이에요. 끝이 보이지 않더라도 자기 마음을 믿어야만 해요. 이 이야기는 당신 말 고는 아무도 쓸 수 없어요. 글쓰기는 외로운 직업인 법이고요."

"그럼 글이 떠오르지 않을 땐 어떻게 해야 하는 거죠?"

제인이 고개를 끄덕거렸다. "이 악물고 펜을 꼭 잡은 다음 계속 써야죠."

"엄청 괴롭게 들리는데요."

"괴롭죠. 설사 페이지를 채우더라도 다시 읽어보고 절망하거든요."

"엄청나군요." 프레드가 웃으며 말했다.

"그런데 다음 날 그걸 다시 한번 읽잖아요, 그럼 페이지에서 형 편없지 않은 단어 두 개는 발견한다니까요. 그럼 마음은 돌도 깨뜨 릴 정도의 고음으로 노래를 한답니다." 목소리가 높아진 걸 의식한 제인은 헛기침을 했다. "아니, 그렇다고 하더라고요."

프레드는 고개를 들어 제인을 바라보았다. 더는 프레드를 똑바 로 쳐다볼 수 없게 된 제인이 고개를 돌렸다.

"생각해볼게요." 프레드가 말했다.

"잘됐네요. 꼭 생각해보세요." 제인이 헛기침을 하며 말했다.

다시 한번 제인을 똑바로 쳐다본 프레드의 얼굴에는 아까와 다 른 표정이 어려 있었다. "그나저나 고마워요. 내 침실에 쳐들어온 건 빼고 나머지만. 내 소설을 읽고 재미있게 읽었다고 말해준 것도 고마워요. 그건 아무렇지 않은 일이 아니잖아요."

"천만에요." 제인이 말했다.

프레드는 일 때문에 다시 나가야 한다며 자리를 떴고, 제인은 그런 그를 지켜보았다. 어쩌다가 일이 여기까지 온 건지 제인은 몰랐다. 아까까지만 해도 그녀는 남의 방에 들어간 죄인으로서 그에게 기피 대상이 되어 절망의 수렁에 빠진 채 이 집에서 쫓겨날 각오를 하고 있었다. 그런데 이제 다시 친구가 되었다. 친구일 뿐만 아니라 동료이기도 했다. 그녀 앞의 남자는 그녀와 마찬가지로 한 페이지를 쓰느라 감내해야 할 고통과 희열, 이야기 하나를 들려주기 위해 영혼을 걸어야 할 때의 고통과 희열을 알고 있었다.

제인은 마음의 소요, 전에는 한 번도 겪어보지 못한 이상한 울렁거림을 느꼈다. 두 사람 사이에 아직 어색함이 남아 있기는 했지만 어떻게 된 건지 이제는 많이 누그러져 있었다. 하지만 그와 더불어 더 깊고, 더 편안한 무언가가 생겨났다. 그녀를 볼 때 프레드의 눈빛과 그녀가 주변에 있을 때 프레드의 태도는 완전히 달라져 있었다. 그를 대하는 그녀의 행동 역시 바뀌어 있었다. 이제 그들의 몸짓에는 어떤 일을 함께 겪었던 사람들 사이에 존재할 법한 친근함이 있었다. 어떻게 보면 어떤 일을 함께 겪은 게 맞기는 했다. 하지만 두 사람이 교류하는 방식에는 낯선 느낌도 생겼다. 마치 상대방에 대한 새로운 정보 혹은 새로운 감정을 완비한 채, 서로가 경계하는 것 같았다. 모든 게 전보다 긴장된 분위기를 풍겼다.

제인은 한편으로는 그를 다시 볼 일이 없기를, 더 이상 그와 대면할 일이 없기를 바라고 있었다. 그녀에게는 달성해야 할 더 중요한 일, 가령 책을 쓸 수 있도록 집으로 돌아가는 것과 같이 완수해야 할 과업이 있었다. 그러니 프레드 생각은 이제 그만해야 했다.

제인은 프레드의 싫은 점을 떠올려보려고 노력하기도 하고, 몇 분 동안이나 머릿속으로 그의 단점을 죽 나열하려는 시도도 해보았다. 그런 노력이 다 소용없게 되자, 제인은 생각을 다른 데로 돌릴 만한 일을 찾았다. 그래서 포다이스를 가지고 와서 제발 다음 설교를 읽자고 자기 자신에게 애원하다시피 했다. 한 줄 한 줄 눈으로 훑기만 할 뿐 아무것도 읽히지 않자, 제인은 읽다 보면 생각이 다른 데로 안 가고 배기지 못할 거라며 스스로를 안심시켰다.

그날 저녁 주방에서 소피아를 맞이하던 제인의 눈에 술과 그녀의 책이 들어 있는 반짝이는 유리 장식장이 들어왔다. 이제 작은 유리 선반에는 책이 네 권밖에 쌓여 있지 않았다.

책이 두 번째로 사라져 있었다. 이번에는 『이성과 감성』이었다.

"당신이 옮겼나요?" 제인이 한때 자신의 소설이 놓여 있던 텅 빈 자리를 가리키며 소피아한테 물었다.

소피아는 겁에 질린 얼굴로 고개를 흔들더니 와인을 한 병 더 집어 들었다. "이해가 안 돼요. 우린 다 제대로 했잖아요. 당신, 집에만 있었던 거 맞죠?"

"맞아요." 제인이 대답했다.

"21세기를 자꾸 접해서 1803년으로 돌아갈 가능성을 위험에 빠뜨릴 만한 짓을 저지른 건 아니겠죠?"

"그런 짓은 아무것도 안 했어요. 프레드하고 이야기를 나눴고 하루 종일 집 안에만 있었다고요." 제인이 말했다.

"그 두 가지 행동으로 우리가 눈앞에서 목격한 참사가 일어날

리는 없다고요!"

제인은 고개를 끄덕였다. 하지만 프레드의 방에 몰래 들어간 일, 그의 원고를 발견한 일 등에 대해서는 언급하지 않았다. 그 일들이 현재 처한 곤경과 관련이 있을 것 같지는 않아서였다.

"미안해요, 제인. 내가 내 임무를 게을리 했나 봐요. 남편도 되찾고, 내 배우 이력도 되살릴 생각에 정신이 팔려 있었거든요. 하지만 이제부턴 가만있지 않겠어요."

"아니에요, 소피아. 당신은 정말 잘해주었어요. 실수를 저지른 건 나예요." 제인은 마른침을 삼키며 죄책감을 느꼈다.

소피아는 고개를 저으며 양손을 허리께에 얹었다. "과감한 조치가 필요할 때예요."

"어쩌려고요?" 제인이 근심 어린 얼굴로 물었다.

"도서관엘 다시 가야겠어요. 이번엔 더 큰 데로."

31

소피아는 브리스톨대학의 아트리움에 들어섰다. 혼자만 튀는 것 같다는 말도 최대한 완곡하게 말한 축에 속했다. 넓디넓은 빨간 벽돌 건물은 4층까지 솟아 있었다. 서가, 컴퓨터, 카디건 차림의 남자들이 1층을 가득 메우고 있었다. 진지한 도서 애호가들에게 문학의 전당이나 다름없는 이 장소는 그녀를 딱히 반기지는 않았다. 그녀는 마지막으로 읽은 문헌이 그녀의 엉덩이 크기에 관하여 고찰한 기사인 사람이었다. 그래서 누군가 와서 나가달라고 할까 봐 불안했다.

평생 이런 식이었던 건 아니었다. 소피아도 어렸을 때는 독서를 좋아했었다. 주디 블룸의 책을 닥치는 대로 읽었고, 『페이머스 파이브』와 함께 범죄를 해결했으며, 루이스 캐럴과 여행을 떠났다. 그녀가 구두에 병적 집착을 보이게 된 것도 순전히 노엘 스트리트필드(『발레 슈즈』로 처음으로 직업 동화라는 분야를 개척했다는 평을 받은 어린이책 작가-옮긴이) 때문이었다. 블랙풀에서 지루하기 짝이 없는 휴가를 보내던 중 너무나 할 게 없던 나머지 전화번호부를 집어 들고는 A부터 M까지 절반이나 읽은 적도 있었다. 무엇보다도 소피아는 제인 오스틴을 열렬히 좋아했었다. 하지만 책을 읽은 지 너무 오래된 나머지 책 읽는 법을 까먹었을지도 모르겠다는 생각이 들었다.

고전 서가에 이르러 아무 열이나 고른 소피아는 얼굴을 찌푸린 채 그 열을 따라 무거운 발걸음을 옮겼다. 벌써 길을 잃은 느낌이었다. 그 열에 있는 책들의 제목을 쭉 훑어보았다.

"도와드릴까요?" 건너편에서 작은 목소리가 들려왔다.

소피아는 눈높이에 일렬로 놓인 책 사이를 들여다보았다. 그 목소리의 주인공은 비닐 커버를 씌운 책들이 실린 카트를 반대쪽 서가로 끌고 가던 사서였다.

"고맙지만 괜찮아요." 소피아는 거짓말을 했다. 그러고는 서가를 좀 더 살피는 척했다.

"『우크라이나 시 연감』이라." 남자가 소피아가 보고 있는 척하던 책을 가리켰다. "최고의 책이죠. 대부분이 감자에 관한 시거든요. 감자에 관한 시는 아무리 많이 읽어도 질릴 수가 없잖아요. 전 협탁에 소형 판본까지 두고 있을 정도라니까요."

소피아가 남자를 쏘아보았다. 남자는 칼라가 달린 검은색 셔츠에 구겨진 검은색 바지를 입고 있었는데, 멋도 없고 단정하지도 않은 차림이었다.

"앗, 거봐요. 희미하지만 웃고 계시네. 내 우크라이나 농담이 그렇게 구리지 않을 줄 알았다니까."

"고맙지만, 혼자서도 괜찮거든요." 소피아가 말했다.

그 사서는 알겠다는 듯 양팔을 들어 올려 항복의 몸짓을 해보이고는 다시 책꽂이에 책을 꽂기 시작했다. 소피아는 다음 선반으로 이동했다.

"불가리아 시도 훌륭하죠." 이번에도 그는 책들 틈 너머로 엿보고 있었다. "감자에 대한 비유적 표현이 좀 더 자유분방하지만, 뭐 다 가질 순 없는 거니까요."

소피아가 한숨을 내쉬었다.

"무슨 책 찾으시는지 저한테 말해보세요." 남자가 말했다. "제가 비밀 하나 알려드릴게요. 저, 여기 처음 온 게 아니랍니다. 그러니 그게 어디 있는지 알고 있을지도 모르잖아요."

"아닐 걸요." 소피아가 대답했다.

"야한 책인가요? 찾고 있는 게 야한 책인 거죠, 그렇죠?"

"아닌데요." 소피아가 말했다.

"알겠다. 『다빈치 코드』구나!" 그가 큰 소리로 외쳤다.

"목소리 좀 낮춰요! 여긴 도서관이라고요."

"저한테 알려줄 때까지 큰 소리로 말할 겁니다."

"알았어요." 소피아가 헛기침을 하며 말했다. "주문에 관한 책을 찾고 있어요."

"그렇게 어려운 일도 아니었네요. 문제없어요." 그가 자신이 몰던 카트를 놓아두었다. "아 참, 전 데이브 크로프트라고 해요."

"소피아 웬트워스예요."

"열혈 팬입니다."

데이브는 손을 내밀었다. 소피아가 눈알을 굴리며 그 손을 잡아 흔들었다.

데이브는 소피아를 4층으로 데리고 갔다. 그러고 나서 먼지 쌓인 서가가 늘어선 방으로 안내했다.

"마녀 섹션만 있는 서가도 있답니다." 데이브가 해맑게 웃으며 말했다. "웨스트 컨트리에서 마녀들을 엄청나게 화형했었거든요." 데이브가 소피아한테 어떤 책을 건넸다. 두터운 검은색 가죽으로 장정된 책이었다. "『말레우스 말레피카룸』(통칭 『마녀 잡는 망치』로 불리는 이 책은 마녀 사냥을 위한 교본으로 알려져 있다-옮긴이), 1487년. 광기가 극에 달했을 때 나온 중대한 마녀 관련 저서죠. 어떤 성직자가 썼는데 엄청 화가 난 것 같더라고요. 이 책이 마녀에 관한 최고의 안내서입니다. 마녀를 분간하는 법, 마녀를 체포하는 법, 마녀를 불태우는 법, 다 나오니까요."

소피아가 그 책을 집어 들었다. "마녀 잡는 법 말고 마녀에 관한 책은 없나요?"

데이브가 이맛살을 찌푸렸다. "마녀에 관한 책요?"

소피아는 어깨를 으쓱해 보인 후 태연하게 말했다. "그 왜 있잖아요, 마녀의 관점에서 쓰인 책. 이를테면 주문 거는 법이라든가."

데이브가 씩 웃었다. "주술서 말인가요? 주문 거시게요?"

"그럴 리가요." 소피아가 미소를 지었다가 잠시 뜸을 들이고 말했다. "실은 주문을 되돌리고 싶어서요. 진짜 주문요, 진짜 마녀가 건."

"그 마녀한테 이름이 있을까요?" 데이브가 말했다.

"네, 있어요. 이름이 싱클레어 부인이었거든요." 소피아가 말했다. "왜요?"

"오 이런, 죄송해요." 데이브가 웃으면서 대꾸했다. "전 농담하시는 줄 알았죠."

"날 바보라고 생각하는 거 알아요. 비극과 스캔들 때문에 광기에 내몰린 얼굴만 예쁜 여배우라고 생각하겠죠." 소피아가 선글라스를 고쳐 썼다.

"바보라고 생각 안 하는데요. 주문이 무슨 주문인데요?"

"꼭 알아야겠다고 한다면 말하는데, 우리 집에 제인 오스틴이 살고 있어요." 소피아는 헛기침을 했다.

데이브가 소피아를 빤히 쳐다보더니 억지 미소를 지었다. "제인 오스틴요?"

소피아는 고개를 끄덕였다. "재치 만점 작가 아가씨요. 그 아가씨가 여기, 내 집, 아니 실은 내 동생 집에 살고 있어요. 난 작은 집은 안 사거든요. 아무튼 오스틴이 주문에 걸려서 마법으로 시간 여행을 왔고, 결국 여기로 오게 됐거든요. 걸린 주문을 되돌려서 원래 살던 시대로 돌아가야 한대요. 나도 알아요, 이게 지금 얼마나 멍청하게 들리는지. 사실 내 말을 믿어줄 거란 기대도 없고요. 봐요, 내가 뭐랬어요, 책 전문가 씨. 그러니까 날 가만히 내버려두는 게 좋을 거예요. 도와줘서 고맙지만 내가 할 일이 좀 있어서요."

소피아는 자신의 여행용 손가방과 숄을 주섬주섬 챙기더니 문

쪽으로 향했다.

"저기요. 가지 말아요. 내가 미안해요." 데이브가 뒤에서 외쳤다.
"연락할 수 있는 번호라도 남기고 가요."

소피아가 걸음을 멈추고 뒤를 돌아보았다. "뭐 때문에요?"

데이브가 어깨를 으쓱했다. "혹시 내가 뭐라도 찾을 경우에 대비
해서요."

"그럴 일 없을 거예요." 소피아는 코웃음을 치더니 이내 되돌아
가 어떤 종이 뒷면에 번호를 하나 적었다. "여기요. 됐죠? 이제 가
도 되나요?"

데이브한테 종이를 건네준 소피아는 거기까지 다시 간 자신을
원망하며 출구 쪽으로 향했다.

"잠깐만요, 가지 말아요." 데이브가 소피아 뒤에서 큰 소리로 외
쳤다.

하지만 소피아는 이미 사라지고 난 뒤였다.

그날 오후, 소피아는 코트니 스미스와의 첫 번째 드레스 리허설
을 가졌다. 데릭이 다시 한번 '민낯' 메이크업으로 그녀의 얼굴을
결점 없는 완벽한 얼굴로 만들어주었지만, 코트니가 트럭에 들어
서자 데릭이 기울인 최상의 노력은 무의미해지고 말았다.

"해가 중천이에요, 마나님." 코트니가 꽤 그럴듯한 요크셔 억양
으로 말했다.

코트니의 억양이 어땠는지 머릿속을 되짚어 생각해본 소피아는
북미 출신이라 흉내 내기 힘들었을 텐데도 정확하게 구사했다는
생각에 실망했다. 소피아는 질투가 나 미칠 것 같았다.

"죄송해요. 제가 촬영보조 믹이랑 잡담 중이었거든요? 그 사람이 저 위 북쪽 출신이래요. 영국 영어를 써서 감정 좀 잡아보자는 생각이 들더라고요. 당신 의상 좀 보여주세요." 코트니가 말했다.

뒤를 돌아본 소피아의 얼굴에 미소가 떠올랐다. 적어도 이것만은 자랑스러워할 수 있을 것 같아서였다. 에이전트가 제작자들한테 귀띔을 해둔 덕이었다. 지금 소피아는 얌전하고 우아한, 굉장히 예쁘고 날씬해 보이는 크림색 실크 드레스를 입고 있었다. 그 모습이 꼭 아름답게 빛나는 그리스식 기둥 같았다. 팬들도 잭도 이 드레스를 입은 그녀의 모습을 사랑할 게 분명했다.

"글쎄, 난 잘 모르겠네요." 코트니가 그 드레스를 가리키며 말했다.

"뭐라고?" 소피아가 웃으며 말했다. "뭐가 문제인데?"

코트니가 어깨를 으쓱했다. "내가 잘못 생각하는 걸 수도 있지만, 그 드레스는 이 영화에는 적합하지 않은 것 같지 않아요?"

"어디가? 딱 그 시대 복장인데."

"나도 알죠. 하지만 당신 캐릭터에는 안 맞아요. 앨런 부인은 익살맞은 사람이지 섹스 심벌이 아니잖아요. 그 여자는 웃겨야 하는 캐릭터라고요."

소피아는 얼굴을 잔뜩 찌푸렸다. 코트니 말이 맞는다고 하더라도, 자기가 뭐기에, 일개 배우가 다른 여배우 의상에 가타부타 한단 말인가?

"좀 있다 다시 올게요." 코트니가 말했다.

소피아와 데릭은 서로를 쳐다보며 어깨를 으쓱했다. 얼마 후, 코트니가 걱정스러운 표정의 의상 담당자를 데리고 돌아왔다. 의상 담당자는 옷걸이에 걸린 다른 의상을 가지고 왔다.

"이거 입어보세요." 코트니가 그 드레스를 소피아한테 건넸다.

새 의상을 살펴본 소피아는 기함을 했다. "난 안 입을 거야."

"리허설일 뿐이잖아요. 한 번 입어봐요. 이 의상이 영 아니다 싶으면 다시 벗으면 되는 거고요."

소피아는 눈알을 굴린 후 커튼 뒤에 들어가 옷을 갈아입었다. 잠시 후, 커튼 뒤에서 나와 나머지 사람들 앞에 섰다. 데릭이 소리를 죽인 채 웃었다.

"왜 그래, 데릭?"

"너무 웃겨요." 데릭의 얼굴은 소피아의 표정을 보자 어두워졌다. "아. 그 옷, 원래 웃겨 보여야 되는 옷 아니에요?"

소피아는 거울로 달려가 거울에 비친 자신의 모습을 살펴보았다. 라임빛 녹색 벨벳이 드레스에서 가장 두드러진 특징이었다. 역시 벨벳 재질로 제작된 거대한 자줏빛 나비매듭이 가슴을 장식하고 있었다. 드레스에 딸린 모자에는 실물 모양의 과일 장식까지 달려 있었다. 아까의 소피아가 공작새처럼 보였다면, 지금은 영락없는 개구리였다.

"완벽해요." 코트니가 자신의 의견을 밝혔다.

"뭐라고? 설마, 농담이겠지." 소피아가 말했다.

"지금 얼마나 웃겨 보이는데요." 코트니가 고개를 끄덕거리며 말했다. "최고의 의상인 거죠. 관객들이 너무 웃다가 울부짖겠어요."

"그것참 유감이네." 소피아가 분노의 웃음을 지으며 말했다. "나한텐 이미 드레스가 있어. 그걸로 다시 갈아입을 거고."

"왜 그래요? 그냥 입고 있어요. 그게 잭이 원하는 옷이라고요."

잭이라고! 맙소사.

"절대 그럴 리 없어."

"잭한테 물어볼까요? 가서 잭 좀 데려와."

코트니의 말에 의상 담당자가 겁에 질려 황급히 달려 나갔다.

"여기에 잭을 끌어들이지 말라고! 어머, 안녕." 잭이 나타나자 소피아가 인사를 건넸다.

"와우." 트럭에 들어선 잭의 첫마디였다. 그가 소피아를 빤히 쳐다보았다.

"내 말이. 고마워." 지금 소피아는 두 가지 감정을 느꼈다. 잭이 이 드레스를 마음에 들어 하지 않아 다행이라는 안도감과 이 드레스를 입은 모습을 잭한테 보였다는 수치심. "나, 이 옷 벗을 거야. 후딱 입으면 되는 사랑스러운 크림색 드레스가 있거든. 잠깐만."

소피아가 갈아입으려고 몸을 돌렸다.

코트니가 잭의 팔에 손을 얹었다. "아냐, 잭. 당신 지금 핵심을 놓치고 있는 거라고."

소피아는 코트니가 잭한테 말하는 태도를 보고도 못 본 체했다. 잭이 저런 태도를 용납할 리 없었다.

"핵심이 뭔가요, 아가씨?" 잭이 미소를 지으며 코트니한테 말했다.

소피아는 살짝 기가 죽었다. 잭이 용납하려는 것 같아서였다.

"핵심은, 소피아 캐릭터는 원래 웃겨야 한다는 거야. 제인 오스틴이 희극적 요소를 넣은 거잖아, 잊었어? 이 의상이어야 그 의도를 따르게 되는 거라고."

소피아는 화가 났다. 정신을 차려보니 자신은 두 갈래로 갈라진 자아와 싸움을 벌이고 있었다. 한편으로 그녀는 아름다운 드레스를 입고 스크린에서 끝내주게 섹시해 보임으로써 남자들도 여럿

울리고 코트니 기도 꺾어놓고 싶었다. 다른 한편으로는 제인 오스틴을 존경하는 만큼, 현재 남동생 집에서 살고 있는 이 아가씨를 제대로 대접하고 싶은 마음도 있었는데, 그러려면 이 지긋지긋한 애송이의 제안을 따라야 했다. 이 딜레마는 순전히 제인 탓이었다.

"좋은 생각인데." 잭이 말했다. "괜찮지, 소프?"

"괜찮겠지, 뭐." 소피아가 말했다.

소피아는 잭이 '소프'라고 불러주면 안 괜찮은 게 거의 없는 사람이었다. 전엔 늘 그 이름으로 불러주었는데.

"잘됐네." 잭이 말했다.

"잘됐어요." 코트니가 거듭 말했다.

코트니는 잭한테 윙크를 하더니 그를 따라 메이크업 트럭에서 나갔다. 소피아는 그 자리에 그대로 서서 두 사람이 나가는 걸 지켜보았다.

옛날엔 소피아의 미모가 모두를 무장 해제시켰었다. 열네 살 때는 한 남자가 만취 상태로 어두컴컴한 기차 승강장에 서 있던 그녀에게 다가와 이렇게 말했다. "네 엉덩이는 내가 지금까지 본 그 어떤 엉덩이보다도 섹시해." 적어도 서른다섯은 되어 보이는 남자였다. 소피아는 너무 무서웠다. 그러다 이내 그걸 이용하는 법을 깨우쳤다. 날마다 거울에 비친 자신의 모습을 연구한 끝에 결국 외모, 걸음걸이, 웃음을 고안해냈다. 열다섯이 되자 그녀의 미모에 대한 소문은 온 마을을 열광시켰다.

몸매 또한 얼굴과 마찬가지로 완벽했다. 소피아는 그냥 마르기만 한 게 아니라 경주용 자동차의 보닛 같은 굴곡을 지니고 있었다. 이따금 영화판 영양사들이 경이로운 목소리로 찬양하듯, 소피아의 굴곡을 과학적으로 분석해본다면, 소피아는 항상성 유지를 위해 체지방 비율을 18퍼센트 언저리로 관리하면서 흔들리는 살이 절대 없게 하되, 가슴과 엉덩이만 예외로 두었다. 칼로리 계산을 하면서 괴로워하거나 굶는 일은 절대로 하지 않았다. 크리스마스라고 배 터지게 먹었다 싶을 땐, 그 후 사흘 동안 가려 먹으면 최상으로 다시 돌아오곤 했었다. 다른 건 필요 없었다. 그냥 그렇게 태어난 덕분에.

소피아는 순식간에 런던까지 진출한 경우였는데, 영국 왕립연극학교의 신성한 강당에 들어온 최연소 학생이었다. 다른 학생들은 그녀에게 손가락질을 하며 쑥덕거렸다. 재능으로 합격한 게 아니니 졸업하지 못할 거라고들 했다. 졸업이 8개월 남은 시점, 로열 셰익스피어에서 오필리아를 찾는다며 학교를 방문해서 오디션을 보았고, 오필리아 역 제안이 들어와서 수락했다. 그러니 다른 학생들 말이 옳긴 옳은 셈이었다.

소피아는 몇 년 동안 TV 드라마와 연극을 했는데 모두 괜찮은 영국 작품들이었다. 경찰이건 변호사건 레지던트건 맡는 역할은 늘 똑같았다. 마음만은 순수한 매춘부, 남자 주인공의 과거 많은 연인이었다. 진지한 역을 맡기엔 너무 아름다웠다. 먹고살 만은 했지만 소피아는 그 이상을 원했다. 돈이 충분히 모이자 소피아는 LA행 편도 티켓을 샀다. 그리고 3개월 뒤 배트걸이 되었다.

처음 그 배트걸 의상을 걸쳤을 때, 광택 있는 검은색 가죽이 그녀의 골반과 가슴에 딱 달라붙었고, 관객 중 이성애자 남자들(과 적잖은 수의 여성들도)은 절대 예전으로 돌아갈 수 없었다. 만화 원작 영화에 불과했지만, 욕망은 어처구니없는 설정조차 이기고도 남았다. 헤어 및 메이크업 디자이너였던 브론윈이 소피아의 머리를 몸매가 적나라하게 드러나는 검은색 레오타드에 맞게 리타 헤이워드 같은 옛날 할리우드 스타일로 붉게 염색했다. 결국 그게 신의 한 수가 되었다. 이미 독보적 외모의 소유자였던 소피아였지만 새빨간 머리까지 얻자 타의 추종을 불허하는 존재가 되었던 것이다. 조연에 불과했지만 소피아는 승승장구하며 영화계에서 자신의 길을 개척해나갔다. 조명 아래에서 불타는 듯 관능적인 곱슬머리를 어깨 위에서 찰랑였더니 인기는 소피아의 독차지가 되었다. 그렇게 역사가 만들어지고 기록이 깨지면서 스타가 탄생했다.

소피아도 그 붉은 머리가 마음에 들어서 계속 붉게 유지했다. 그 붉은색은 곧 그녀의 명함이 되었다. 탐스러운 루비빛 벨벳은 그녀의 머리 위에서 독보적으로 일렁였다.

서른네 살의 어느 날이었을 것이다. 소피아는 환한 대낮에 거울에 비친 자신의 모습을 우연히 보았다. 눈가의 잔주름이 거울 속에서 그녀를 되쏘아보고 있었다. 다른 사람 눈에는 미미해서 잘 띄지 않을 정도였지만, 깊은 고랑 하나가 왼쪽 눈 안쪽 언저리에서부터 이어져 광대뼈 살짝 아래까지 처져 있었다. 이 세상에서 이 정도면 자신은 아직 아름다운 여자라는 건 알고 있었다. 하지만 그녀는 이 세상에 살고 있는 게 아니었다. 모공은 커지고 주름은 확대되는 잡지와 광고판에 살고 있었다.

얼굴 위에서 피부가 살짝 갈라진 부분을 하나 발견하고는 소스라치게 놀라 제발 진정하자고 스스로를 타이른 적도 있었다. 하지만 그해 말이 되자, 눈가에 두 번째 잔주름이 첫 번째 잔주름에 합류해 있었다. 그녀의 피부는 곳곳이 거칠어지고 늘어져 있었다. 하지만 특정 조명과 메이크업이 있으면 여전히 끝내주게 예뻐 보인다고 스스로에게 말했다.

몇 달 뒤, 한 감독이 그녀의 전화에 답을 주지 않았다. 이건 전례 없는 일이었다. 소피아는 그 감독의 다음 영화에서 역할을 맡으면 될 거라고 생각했다. 그 배역은 자아를 찾으려는 한 해군장교가 관심을 보이는 상대였는데, 역할이 그녀보다 열 살이나 어린 배우한테 가자 소피아는 바보가 된 기분이 들었다. 다음 달, 한 패션 브랜드가 조용히 계약을 종료했다. 그녀는 앞으론 잘될 거라며 스스로를 안심시켰다. 10년 넘게 외모라는 단 한 가지로만 거래를 해왔는데 이제 그 가치가 하락했다. 하지만 사람들이 그녀의 외모만 좋아했을 리는 없었다. 열네 살에 처음으로 휘둘렀던 그 마력은 사라졌을지언정 그만한 가치가 있는 다른 것도 있지 않겠느냐고 생각했었다. 하지만 그건 착각이었다.

서른다섯 살을 넘긴 소피아는 분장실에 서서 스스로에게 자신이 옳은 선택을 했다고 받아들이려 애를 쓰고 있었다.

"코트니가 왜 이러는지 알고 있겠죠?" 데릭이 말했다. "그 녹색 드레스에 메이크업도 하지 말아라? 그 여자, 당신 그만두게 하려는 거라고요."

"뭐라고?" 소피아가 상념을 억지로 뿌리친 후 데릭을 돌아보며 되물었다. "난 절대 안 그만둘 건데."

하지만 이내 그만두면 어떨까 하는 생각이 들었다. 그만두면 그 끔찍한 드레스는 두 번 다시 입지 않아도 된다. 카메라 앞에서 웃음거리가 됨으로써 팬들의 마음을 돌아서게 하고 이력을 망칠 일도 없을 것이었다. 어떤 면에서는 그만두는 게 꽤 짭짤한 선택지인 것 같았다. 하지만 그러면 잭은 어떻게 될까? 그녀가 그만두면 잭하고의 사이는 어떻게 될까? 다시는 그를 보지 못하게 될 터였다. 그건 선택지가 아니었다. 그만두는 건 안 될 일이었다.

소피아는 데릭을 돌아보았다. "자기야, 난 안 그만둘 거야."

데릭이 고개를 끄덕였다. "잘하시는 거예요, 웬트워스 씨."

그때 거울에 비친 자신의 모습을 우연히 보게 된 소피아는 씁쓸하게 웃으며 방금 뱉은 말을 후회했다.

"하지만 난 어쩌면 좋을까? 이 세트장에 다시는 발도 들여놓고 싶지 않은데. 그 여자 옆에서 연기하는 건 끔찍하기 짝이 없고. 창피한 일만 계속 생기잖아. 그 여잔 날 싫어한다고. 다시 학교로 돌아가서 못생기고 냄새나는 여자애한테 괴롭힘당하는 기분이야. 그런데 실제론 못생기고 냄새나는 애가 아니라 아름답고 더 젊은 데다 냄새도 꽤 좋은 애란 말이지."

데릭이 소피아의 어깨를 꽉 잡으며 말했다. "콧대를 꺾어놓고 싶어요?"

데릭의 열의에 소피아는 깜짝 놀랐다. "그런 것 같아."

"살아오면서 저런 부류 몇몇을 접해본 사람으로서 말하자면, 저들은 딱 한 가지만 귀신같이 알아봐요. 약점. 걔네들은 약골을 노리죠. 당신도 약골이에요?"

"아닐걸."

"맞아요, 당신은 약골이 아니에요." 데릭이 씩씩하게 말했다.

"그래서 이제 어쩌라는 건데?"

"맞서는 거예요." 데릭이 대답했다.

"어떻게? 그 애랑은 경쟁이 안 되는데." 소피아가 풀 죽은 목소리로 말했다.

"돼요, 된다고요."

"하지만 어떻게……."

데릭이 말을 잘랐다. "당신은 똑똑한 여자예요. 어떻게 해야 할지도 이미 알고 있어요."

생각을 하면서 소피아는 다시 한번 거울에 비친 자신의 모습을 흘낏 보았다. 그러곤 데릭을 보고 고개를 끄덕인 후 계획 수립에 들어갔다.

32

잭은 코트니 장면은 전부 렌즈플레어를 요청했다. 그래서 슈롭서 출신의 예의 바른 조명 주임이 조그마한 거울을 찾아 분주히 돌아다닐 동안, 소피아는 코트니가 자기 부분을 리허설하는 모습을 지켜보면서 방음 스튜디오 측면에 우두커니 서 있어야 했다.

"좀 비켜줄래요, 소피아? 지금 제 시야를 막고 계시거든요." 코트니가 크게 외쳤다.

그러자 모두의 시선이 소피아에게 쏠렸다. 정신을 차려보니 소피아는 멍하니 허공을 응시하고 있었다.

"맙소사, 미안. 당연히 비켜드려야지." 소피아가 창피함을 느끼며 옆으로 비켰다.

코트니가 리허설을 마치고 소피아 쪽으로 걸어왔다.

"방금 큰 소리로 말해서 미안했어요." 코트니가 부리부리한 눈으로 가식적인 웃음을 지으며 말했다. "저한테는 시선이 중요하거든요."

"괜찮아. 나도 아니까." 소피아가 변명조로 말했다. "딴생각을 하느라 내가 실수를 한 것 같아."

"그럴 만도 하죠. 연극계 출신이니까 이해해요. 당신한테는 시선이 중요하지 않을 거예요."

소피아의 몸이 순간 굳어졌다. "시선 유지의 중요성은 나도 이해하고 있어."

"그런데 원래 연극 출신 아니에요?"

"맞아."

코트니가 머리를 뒤로 휙 넘겼다. "그러니까 내 말은, 이해가 간다고요. 당신이 배트걸을 빼앗긴 이유가."

소피아가 고개를 돌려 코트니를 매섭게 노려보았다. "뭐라고?"

코트니가 웃었다. "내 말은, 당신은 연극 출신이라 영화 쪽 훈련이 안 되어 있어서 연기가 연극 같고 구식이라고요. 그냥 연극이나 하는 게 나을지도 모르죠."

소피아가 갑자기 웃음을 터뜨렸다. "내가 연극배우 출신이라 배트걸에서 잘렸다고 생각하나 봐?"

소피아는 코트니의 얼굴을 빤히 바라보았다. 얘가 지금 왜 이러는 걸까? 코트니도 소피아를 보며 웃었다.

"당연하죠." 코트니가 일부러 느릿느릿 대답했다. "그 이유 말고 뭐가 있겠어요?"

"숙녀분들, 5분 뒤면 저 거울 다 됩니다." 촬영보조가 머리를 긁적이며 두 사람한테 말했다. "자리에 앉으세요."

잡역부가 의자 몇 개를 가져다주었고 두 사람이 앉았다.

"그럼 학교는 어디 다녔어?" 소피아가 코트니한테 물었다.

"비벌리힐스 고등학교요." 코트니가 하품을 하면서 대답했다.

"아니, 내 말은 어디서 연기를 배웠냐고. 대학에서? 아니면 연기 학원?"

"연기 학교엔 안 갔어요."

"이런." 소피아가 이맛살을 찌푸렸다.

"그게 문제가 된 적은 없었는걸요."

"연기 공부를 한 적이 한 번도 없다는 말?"

진짜 관심이 생기기도 하고 놀라기도 해서 한 말이었지만 그게 아픈 데를 건드린 모양이었다.

"난 연기 학교에 안 간 게 자랑스럽던데요. 연기는 가르친다고 되는 게 아니잖아요. 타고나야 되는 거지."

"그럼 연기를 공부하고 극화하는 과정을 배워봐야 아무 소용없다는 거야?" 소피아가 말했다.

"그럼요." 코트니가 자신 있게 대답했다. "가지고 태어나든지 아예 없든지 둘 중 하나죠."

"난 5년 동안 공부했는데." 소피아가 말했다.

"티가 나요." 코트니가 신랄한 어투로 말했다. "당신 연기는 특정 역할에만 적합하고 내 연기는 두루두루 다 적합하잖아요."

소피아가 미소를 지었다. "그러니까 당신 연기가, 말하자면 배트 걸에는 더 낫다?"

"물론이죠." 모여 있던 촬영보조들 몇몇이 조그마한 거울을 카메라에 고정시키면서 목을 길게 빼고 두 사람 쪽으로 몸을 기울이기 시작했다.

"이렇게 될까 봐 엄청 걱정했었다고요. 이젠 다 까놓고 말할 수 있겠네요. 그렇잖아도 몇몇한테 우리 연기 스타일이 안 맞는다고 말했는데."

"어떤 점이?" 소피아가 이를 악물고 말했다.

"내 연기는 자연스럽잖아요. 당신 연기는 연극 같고. 지난번에 〈배트맨〉역 다시 맡게 된 것도 순전히 운이었잖아요."

소피아가 조소를 날렸다. "그래서 '자연스러운' 연기가 뭐라고 생각하는데?"

"자연스러운 연기란 느낌대로 하는 거죠. 그 왜, 캐릭터에 빠져드는 거 있잖아요." 코트니가 신께 제물이라도 바치듯 양팔을 위로 치켜들었다. "아, 몰라요!"

"그리고 당신이 나보다 더 나은 배우라고 생각하는 거고?" 소피아가 물었다.

"당연히 아니죠!" 코트니가 고개를 격렬히 젓더니 이내 어깨를 으쓱했다. "뭐, 내가 맡은 역을 보고, 당신이 맡은 역을 보면 또 달라질 수도 있지만……." 코트니가 다시 한번 어깨를 으쓱하더니 한숨을 내쉬었다. "내 말은 그냥 연기는 쉽다는 거예요. 그런데 당신은 너무 진지하게 받아들이는 반면, 나는 힘을 빼고 편안하게 하잖아요. 난 그냥 흘러가는 대로 맡기죠. 그리고 그게 연기에서도 드러나고." 말이 점점 빨라지면서 코트니의 숨도 점점 가빠졌다. "세상이 끝난 것도 아니잖아요. 우리가 모두 다 최고가 될 수는 없는 것뿐이라고요."

조명과 촬영보조를 비롯해서 거울을 고정시키는 데 도움이 필요한지 확인하려고 카메라 쪽으로 몰려든 스태프가 많아졌다. 그들은 작업을 돕는 한편 두 사람의 대화를 들으려고 귀를 쫑긋 세우고 있었다.

"내기 안 할래?" 소피아가 심호흡을 했다. "우리 둘 다 똑같은 장면을 실연해 보인 다음 누가 더 잘했는지 정하면 어때?"

코트니가 폭소를 터뜨렸다. "뭐라고요? 싫어요."

"못 이길 것 같아서?" 소피아가 말했다.

코트니가 주위를 둘러보았다. 스태프 전체가 지켜보고 있었다.

"당연히 내가 이기죠." 코트니가 씩씩거리며 말했다. "좋아요, 해보자고요!"

"아주 좋아." 소피아가 대꾸했다.

이제 거울을 고정하는 척하던 시늉도 버리고 아예 대놓고 구경 중이었던 스태프들은 가타부타 말도 없이 리허설 세트장 위에 공간을 마련하고 있었다.

코트니는 몰려든 무리를 보고 시시하다는 듯 한숨을 쉬었다. "좋아요. 어떤 장면이죠? 〈배트맨〉이 좋을 것 같네요."

코트니의 말에 구경꾼들이 킬킬거렸다.

"장면은 '양동이에 물을 채워줘요'로 해." 소피아가 응수했다.

"그거요?" 코트니가 구경꾼 일부를 보고 웃었다.

구경꾼들도 소리를 죽이고 웃었다. 소피아는 스태프 중에 자기 편은 얼마나 되는지, 코트니 편은 또 얼마나 되는지 알 수 없었다. 들기로 코트니는 코코넛 워터를 달라, 설탕에 중독된 독재자처럼 수입 젤리를 달라 이런저런 요구를 하면서 스태프들 다수에게 무례하게 대했다고 했지만, 무서워서든, 젊고 예뻐서든 스태프들은 여전히 그녀를 좋아하고 있을지 모를 일이었다.

소피아는 마른침을 삼키며 자신이 괜한 짓을 벌인 게 아니길 바랐다. 자신에게 이걸 해내는 데 필요한 배짱이 남아 있는지조차 알 수 없었다.

"저쪽에 수도꼭지가 있어." 소피아는 방음 스튜디오 반대쪽을 가리켰다.

"난 안 보이는데요." 코트니가 말하곤 눈을 가늘게 떴다. 구경꾼들도 모두 그쪽을 보았다. "거기엔 수도꼭지가 없어요."

"그런 걸 연기라고 하는 거야." 소피아가 말했다.

"흥, 알겠어요. 수도꼭지는 실재하지 않는다는 거죠. 그럼 양동이도 마찬가지겠네요?" 코트니가 말했다.

"똑똑하네. 그게 바로 당신한테 떨어진 도전이야. 수도꼭지까지 걸어가서 양동이에 물을 채운 다음 양동이를 다시 여기로 가지고 와서 내 발치로 가지고 오는 거지."

"그게 다예요? 대사도 없이?"

"대사는 없어. 그냥 양동이에 물을 채워서 들고 오는 거야."

"난 상관없어요." 코트니는 팔을 툭툭 털고 한쪽 다리를 굽혀 앞으로 뻗은 후, 목을 쭉 빼고는 고개가 양어깨에 닿을 때까지 번갈아 스트레칭했다. "워밍업 하는 거예요."

그녀의 말에 스태프들이 킬킬거렸다. 코트니는 가슴을 심하게 부풀려가며 심호흡을 하더니 '수도꼭지' 쪽으로 깡충거리며 뛰어가 수도꼭지를 튼 다음, '양동이'에 물이 찰 때까지 기다렸다가 그걸 들고 소피아가 있는 쪽으로 다시 깡충거리며 뛰어왔다. 코트니는 가상의 양동이를 앞뒤로 흔들면서 〈배트맨〉의 주제가를 휘파람으로 불었다. 그러고는 양어깨를 휙휙 움직이며 바닥을 미끄러지듯 가로질렀다. 마지막으로 엉덩이를 쑥 내밀고 촬영보조한테 윙크를 했다. 촬영보조는 얼굴을 붉히며 노출계를 만지작거렸다. 코트니의 연기에는 귀여움이 철철 흘러넘쳤다. 스태프들은 싱글벙글하면서 늑대 휘파람을 불었다. 마지막으로 코트니는 가상의 양동이를 소피아의 발치에 내던진 후, 난이도 있는 루틴을 마친 체조선수처럼 인사를 했다. 스태프들은 웃으며 박수를 보냈다

"당신 차례예요." 코트니가 말했다. "휘파람 불면서는 못 할걸요."

"이런, 들켰네. 휘파람 못 부는 거." 소피아가 말했다. "그게 내 인생 최대의 비극 가운데 하나지. 그럼에도 나머지는 노력해서 꿀리지 않게 해내야겠네. 우선, 당신 양동이에 대해 물어봐도 될까?"

"내 양동이요?" 코트니가 되물었다.

"응. 당신이 방금 물을 담아 온 그 양동이. 어떤 종류였지?"

코트니가 코웃음을 쳤다. "몰라요, 그냥 양동이였어요."

"플라스틱 양동이? 아니면 스테인리스?"

코트니는 짜증 난다는 듯 어깨를 으쓱했다. "그게 뭐가 중요하다고. 플라스틱이에요."

"잘됐네. 거기에 지금 물이 얼마나 담겨 있지?"

"내가 어떻게 알아요? 가공의 양동이인데! 누가 그딴 데 신경 쓴다고."

"가공하는 게 당신 밥벌이 수단이에요, 후배님. 그리고 난 신경 쓰거든."

구경꾼들의 태도가 급변하면서 조용해졌다.

코트니가 소피아를 매섭게 노려보았다. "몰라요, 한 6갤런쯤."

"6갤런이라, 세상에! 유감스럽게도 나라고 야드파운드법(영국 고유의 도량형 단위계로 길이는 야드, 질량은 파운드를 단위로 한다-옮긴이)에 대해서 당신보다 더 잘 안다고 말할 순 없어. 영국의 측정 단위가 지닌 또 하나의 모순인데, 당신도 알다시피, 우린 거리엔 인치와 피트를 쓰고 부피엔 리터를 쓰잖아. 뭐 상관없지. 아무튼 내 짐작에 6갤런은 약 20리터 정도 될 거야."

"22리터예요." 데릭이 스마트폰을 손에 쥔 채 모여든 사람들 틈에서 큰 소리로 외쳤다.

소피아가 환하게 미소 지었다. "22리터! 고마워, 데릭. 자, 이제부터 내가 아는 등식이 나와. 1리터의 물은 1킬로그램에 해당한다는 놀라운 미터법 말이야. 딱 떨어지는 게 정말 좋지 않아?"

코트니는 고개를 끄덕일 뿐, 아무 말도 하지 않았다.

"내가 이렇게 무례하다니까, 나는 1킬로그램이 뭔지 알지만 당신은 당연히 모를 텐데. 자, 이제 당신을 위해 여기에 가까운 무게가 어떤 게 있는지 찾아볼까. 데릭, 조카 있지? 어제 세트장에 놀러 온 그 사랑스러운 아이 말이야."

"있죠." 데릭이 희색이 만연한 얼굴로 말했다. "존이라고."

"존이 몸무게가 몇이지?"

"3.5스톤(영국에서 쓰는 중량 단위-옮긴이)일 걸요. 그러니까 한 20킬로그램쯤 될 거예요."

"조카가 나이가 어떻게 되는데?"

"열 살이에요."

모여든 군중 사이로 소란스레 수군거리는 소리가 퍼졌다. 코트니는 그 소리가 난 쪽으로 고개를 돌리고는 마른침을 꿀꺽 삼켰다.

그러곤 다시 소피아 쪽을 돌아보았다. 이제 코트니의 얼굴은 걱정하는 기색이 역력했다.

"열 살이구나." 소피아가 데릭의 말을 되풀이했다. "코트니, 당신이 그만큼의 물을 담아서 나른 양동이가, 안에 열 살짜리 아이가 들어갈 만큼 큰데, 그 양동이가 가느다란 철사 손잡이가 달린 흔한 흰색 양동이, 그러니까 어부들이 물고기 내장을 넣는 그런 양동이라는 거네?"

코트니가 눈을 깜박였다. "……네, 맞아요."

"좋아, 그럼." 소피아가 일어서더니 공기 말고는 아무것도 없는 코트니의 발치 땅바닥을 가리켰다. "당신 양동이 좀 빌려도 될까?"

더 젊은 이 여배우가 눈알을 굴렸다. "그러시든지."

소피아는 그 가상의 양동이를 들고 가상의 수도꼭지 쪽으로 걸어갔다. 그러곤 수도꼭지를 왼쪽으로 돌렸다.

"오른쪽은 잠금, 왼쪽은 열림." 소피아가 노래를 했다.

아까 오른쪽으로 돌렸던 코트니가 마른침을 삼켰다. 소피아는 가상의 양동이를 채우는 동안 수돗가에서 꼬박 1분을 기다렸다. 코트니는 코웃음을 치며 발로 땅을 툭툭 쳤다.

"넘치기 직전까지 가득 채웠지?" 소피아가 코트니한테 확인하자 그녀가 쏘아보았다.

소피아는 가상의 수도꼭지를 잠근 다음 큰 동작으로 무릎을 꿇었다. 양손으로 가상의 양동이를 들어 올리면서는 가상의 무게에 얼굴까지 찡그렸다. 그런 다음 양동이를 자신의 오른손으로 옮겨 잡고 방음 스튜디오 반대편까지 비틀비틀 걸었다. 걸을 때마다 엉덩이를 낮춰서 허벅지에 부딪혀 튕기는 가상의 양동이를 잡아주었다. 방음 스튜디오를 가로질러 반쯤 왔을 때는 왼손으로 양동이를 바꿔 잡은 후 오른손을 쫙 펼쳐 풀어주었다. 소피아가 가상의 양동이를 코트니의 발치에 툭 내려놓더니 이마를 훔쳤다.

모여든 구경꾼 사이에서 웅얼거림과 킬킬거림이 새어나왔다.

"그럴싸하네요." 코트니가 말했다. "그래도 일반인들 취향엔 너무 연극 같긴 하죠."

"아직 내가 이긴 게 아닌 건 나도 알아." 소피아가 고개를 끄덕이며 말했다. "궁금한 게 있어. 저런 흰색 양동이를 밥차 옆에서 본 적이 있는 것 같거든. 거기, 선생님, 가져다주실 수 있을까요?"

소피아가 잡역부를 가리키자 그 사람이 후다닥 달려 나갔다. 코트니는 소피아를 비웃었지만, 소피아는 코트니에게 미소를 지어 보였다. 잡역부가 돌아왔다.

"잘했어요!" 소피아가 그의 등을 토닥여준 후, 코트니 쪽으로 돌아섰다. "이 영화의 스타인 당신이 나설 차례야. 우리한테 어떻게 하는지 보여주셔야지."

소피아가 코트니한테 진짜 양동이를 건넸다.

"됐거든요." 코트니는 그 자리를 벗어나려고 했지만 모여든 스태프들이 출구 너머를 가득 메운 채 웃으며 기다리고 있어서 쉽사리 지나갈 수가 없었다. 코트니가 다시 돌아왔다.

"자자, 우린 당신의 쉬운 연기 스타일을 배우고 싶은 학생들일 뿐이라고." 소피아가 말했다. "저쪽에 수도꼭지가 있네. 하고 싶지 않은 게 아니라면, 걱정되는 게 아니라면 하셔야지?"

코트니는 그 양동이를 가지고 방음 스튜디오 뒷벽에 있는 진짜 수도꼭지로 갔다. 수도꼭지를 왼쪽으로 돌린 다음 실물 흰색 양동이에 물을 받았다. 코트니가 가상의 양동이에 물을 채운 시간은 고작 2초가 다였다. 진짜 양동이에 물이 가득 차기까지는 딱 1분이 걸렸다.

"엄청 오래 걸리네, 그렇지?" 소피아가 말했다.

코트니가 양동이 손잡이를 잡고 들어 올렸다. 하지만 팔만 비틀어지고 양동이는 바닥에 그대로 있었다. 코트니가 얼굴을 찡그렸다. 이번에는 무릎을 꿇고 그걸 양손으로 들어 올려보았다. 코트니의 얼굴이 또 찌푸려지면서 양동이가 땅바닥에서 들렸다. 코트니는 이를 악물고 방음 스튜디오를 어기적어기적 가로질러 걸었다. 게다가 양동이가 허벅지에 부딪혀 튕기는 바람에 넘어질 뻔했다. 절반 정도 지점에 다다랐을 즈음, 코트니는 오른손으로는 더는 양동이를 못 들 것 같은 모습이었다. 안에서 열 살짜리 아이가 버티고 있으니 그걸 왼손으로 바꿔 들 수밖에 없었다. 오른손을 펼치고픈 충동을 꾹꾹 억눌렀지만 코트니는 양동이 때문에 빨개지고 뻐근해진 오른손을 쫙 펼칠 수밖에 없었다. 코트니가 오른손을 의도적으로 펼쳤다고 하더라도 코트니의 연기는 소피아의 양동이 나르기 연기 발치에도 못 미쳤다.

코트니는 양동이를 소피아의 발치에 툭 내려놓은 후 자리를 박차고 나갔다. 군중은 발을 구르고 휘파람을 불며 소피아의 이름을 연호했다. 소피아는 빼기는 승자처럼 보이지 않기를 바라며 새어나오는 환한 웃음을 억눌렀다. 데릭이 손을 들어 하이 파이브를 제안하자 소피아가 데릭의 손바닥을 찰싹 마주쳤다.

"와우, 웬트워스 씨." 데릭이 말했다.

"자자, 다들 하던 일 계속하세요." 조감독이 모여 있던 군중에 대고 소리쳤다. "5분 뒤에 다시 시작할 거예요."

스태프들이 흩어지자 카메라 옆에 서 있던 잭의 모습이 드러났다. 소피아를 건너다본 잭의 얼굴에 재미있어하는 기색이 엿보였다. 소피아는 마음이 설렜다.

"저런 건 난생처음 봐요. 코트니한테 제대로 보여주셨네요." 데릭이 말했다.

소피아는 고개를 끄덕이면서 건너편에 있는 잭에게 시선을 고정한 채 그의 미소를 만끽했다. 그러던 소피아의 눈이 가늘어졌다.

"내가 코트니한테 정확히 뭘 보여줬다는 건데?"

데릭이 비꼬듯 말했다. "젊음이 재능보다 중요하다는 것."

소피아는 씁쓸한 미소를 지었지만 더는 아무 말도 하지 않았다. 소피아는 자신의 트레일러로 돌아가는 잭을 지켜보았다.

"웬트워스 씨, 제가 드리고 싶은 말씀이 있는데요. 진짜 정말 진심으로 하는 말입니다." 데릭이 말했다.

소피아가 데릭을 보았다. "그게 뭔데, 데릭?"

"웬트워스 씨, 한 연기 하시네요."

"고마워, 데릭." 소피아가 웃으며 말했다.

소피아도 내심 알고는 있었지만, 데릭의 말은 데릭 본인이 의도한 것보다 소피아한테 더 크나큰 영향을 미쳤다.

33

"그러니까 재미있는 이야기를 좋아한다는 거네요?" 프레드가 그날 아침 제인한테 물었다. "혹시 당신도 영화광이에요?"

"영화요? 난 그게 뭔지도 모르는걸요." 두 사람은 지금 거실에 있고 제인은 설교집을 또 읽던 중이었다.

프레드가 웃었다. "영화가 뭔지 모른다고요? 영화에서 연기를 하고 있으면서?"

자신이 별나다는 티를 다시 한번 냈다는 걸 인지한 제인은 심호흡을 했다. 재빨리 머릿속을 샅샅이 뒤졌다. 영화. 그러고 보니 소피아도 언급한 적이 있었다. 연극 작품 같은 건데 더 화려한 것.

"아 참, 나도 아는 거예요!" 제인은 상황이 무마되기를 바라면서 열의를 가지고 말했다.

프레드가 웃으며 고개를 저었다. "당신은 참 이상한 사람이에요."

조롱하거나 괴롭히려고 한 말은 아니었지만, 그럼에도 제인은 그 말에 신경이 쓰였다. 사실 그 말은 제인을 이성을 잃을 정도로 화나게 하는 말이었다.

"나 이상한 사람 아니거든요. 난 한결같이 멀쩡하다고요." 제인이 씩씩대며 우겼다.

제인이 이런 방향의 대화를 못 견디게 싫어하는 건 물론 자신이 진짜로 이상하다는 사실을 잘 알고 있어서였다. 이상한 정도를 나타내는 척도에서 시간 여행을 온 작가는 보나 마나 맨 끝일 게 뻔했다. 하지만 그 이상으로 제인은 프레드한테 이상하다는 소리를 듣는 게 너무나도 싫었다.

"그럼요, 좋으실 대로." 프레드가 팔짱을 낀 채 웃으며 문가에 기댔다.

제인은 미심쩍은 눈으로 바라본 끝에 마음을 놓을 수 있었다.

아직 자신의 비밀을 발견하지 못한 것 같아서였다. 하지만 그가 자신을 놀리고 있는 것 같아서 짜증이 났다. 어제의 화해, 그의 글을 서로 나누면서 느낀 해방감과 친밀감은 어디로 갔단 말인가?

두 사람은 프레드가 제인을 조롱하면 그녀가 분노하던 때로 돌아가 있었다.

"한 번 갈래요?" 프레드는 헛기침을 하며 바닥을 응시했다. "그러니까 영화 보러 말이에요."

제인은 얼굴을 찡그렸다. 프레드가 자신을 싫어하는 게 분명한데도 모종의 행사에 함께 가자고 권하고 있었다. 제인은 어깨를 으쓱했다. 프레드는 고역을 즐기는 사람인 모양이었다.

"음, 글쎄요." 제인이 대답했다.

"내가 학교에서 돌아오는 오후에 가면 돼요."

제인은 프레드를 빤히 바라보았다. "정말이에요? 나는 입만 열면 당신을 화나게 하는 사람이잖아요."

프레드는 제인을 보며 미소를 짓고는 머리를 긁적였다. "입만 열면 날 화나게 하는 건 맞아요. 그래서 가자는 겁니다. 영화관에서는 입을 열면 안 되거든요."

"실은 가기 싫어요. 나는 밖에 나가면 안 되거든요." 제인이 눈을 가늘게 뜨며 도도한 어조로 말했다.

사실이 그랬다. 소피아는 이 점에 대해 확고했다. 제인은 프레드한테 퇴짜 놓을 핑계를 찾을 수 있어서 기뻤다. 프레드가 거듭 재수 없게 구는 지금은 가고 싶은 마음도 없었다.

"그게 영화의 묘미예요. 안에 있어야 되거든요." 프레드가 다시 한번 헛기침을 했다.

"그렇군요." 제인은 싫다고 말할 다른 이유를 떠올릴 수 없었다. 그렇다고 사실대로 털어놓을 수도 없는 노릇이라 그냥 그의 권유를 수락하는 게 더 안전하다고 판단했다. "좋아요, 그럼. 같이 갈게요."

"벌써 기대가 되는데요." 프레드가 말했다.

"나도 마찬가지네요." 제인이 쏘아붙였다.

누가 봐도 그녀를 마음에 들어 하지 않는 이 남자가 왜 자꾸만 자신에게 행락을 권하는지 그 이유를 모르겠어서 제인은 고개를 절레절레 저었다. 지금까지 남자가 이해가 됐던 적은 없었는데 앞으로도 그럴 일은 요원해 보였다.

그날 오후, 두 사람은 뉴 바스 메인 광장 뒤 한 골목 모퉁이에 있는 극장으로 들어섰다.

"저 사람들은 누구죠?" 안에 펼쳐진 이상한 광경에 놀란 제인이 물었다.

여자들 열 명이 무리 지어 웃고 떠들면서 모슬린 드레스 차림으로 그녀 쪽으로 다가왔기 때문이었다. 그 모슬린 드레스는 제인이 살던 시대에서 제인도 입던 그리스풍의 드레스였다. 그 여자들은 보닛도 쓰고 장갑도 끼고 안에 털이 달린 여성용 외투도 입은 채, 킥킥거리며 잡담을 나누고 있었다. 그 모습이 꼭 개인 무도회나 공개 무도회에 가는 중인 것 같았다. 그래서 제인은 자신이 다시 1803년에 발을 들인 줄로만 알았다.

제인이 가리킨 곳을 보며 프레드가 미소를 지었다.

"저기요, 저 의상들은 왜 입은 거래요?" 프레드가 나무 빗자루로 바닥을 쓸고 있던 젊은이한테 물었다.

"제인 오스틴 영화제 중이거든요." 빗자루 청년이 대답했다. "여기서 찍고 있는 새 영화를 기념하려고 예전 제인 오스틴 영화를 전부 상영 중이에요."

"기가 막히네요." 프레드가 제인을 가리키며 말했다. "이분도 그 영화에 출연 중인 배우거든요."

젊은이가 빗자루를 내려놓더니 손을 내밀었다. "대박이네요. 어떤 역이에요?"

"음, 저는, 그러니까……." 제인은 눈을 동그랗게 뜨고 청년을 보면서 적절한 답을 찾으려 애를 썼다. 유일하게 기억나는 대사는 소피아가 가르쳐준 대사밖에 없었다. 제인은 그 대사를 목이 졸린 듯 억눌린 목소리로 겨우 내뱉었다. "저는 배우예요. 21세기 사람이고요."

청년은 미소 띤 얼굴로 제인을 빤히 응시하면서 더 말해주길 기다렸다. 하지만 제인은 더는 아무 말도 하지 않았다.

"아, 알았다. 1급 기밀이란 거죠? 저한테 말은 해줄 수 있지만 그럼 절 죽여야겠죠?" 아무것도 이해할 수 없었던 제인 역시 청년을 빤히 바라보면서 한숨을 내쉰 다음, 멍한 얼굴로 고개를 끄덕이고는 그걸로 족하기만 바랐다. "좋아요, 뭐." 청년이 봐준다는 투로 말하더니 다시 바닥을 쓸기 시작했다.

"그럼 우리도 제인 오스틴 영화나 볼까요?" 프레드가 말했다.

"그래요." 호기심에 불타오른 제인은 순간 대답했지만, 이내 "안 돼요!"라고 외쳤다. "미안해요, 내가 보고 싶지 않아서 그래요."

자신의 행동이 이상했다는 건 제인도 알고 있었지만, 이번에도 역시 어쩔 수가 없었다. 본인의 창작 결과물에 노출될 경우의 위험에 대해서 너무나 잘 알고 있기도 했고, 외출을 감행함으로써 소피아가 정한 규칙 가운데 하나를 이미 어긴 이상, 영화같이 별것 아 닌 것 때문에 규칙을 하나 더 위반하고 싶지는 않아서였다.

"괜찮아요. 다른 거 보면 되니까. 제인 오스틴 팬은 아닌가 봐 요?" 프레드가 웃으며 말했다. "그 작가 작품이 별로예요?"

"네." 작전을 계속 끌고 갈 수 있길 바라면서 말했다. "끔찍해요."

프레드가 고개를 끄덕거렸다. "하긴 여기까지 와서 일하는 기분 나긴 하겠어요."

프레드가 티켓을 산 다음 제인을 어두컴컴한 극장 안으로 안내 했다.

"여긴 뭐 하는 데죠?" 제인이 물었다.

"영화관?" 프레드가 두 손 두 발 다 들었다는 듯 웃으며 무대 공 간을 가리켰다. "말했다시피, 당신은 이상한 사람이에요."

제인은 이번에도 그를 쏘아보며 반박하려고 하다가 주변 광경에 너무 놀라 논쟁을 이어갈 수 없었다. 천으로 된 6미터 정도 높이의 거대한 가리개가 무대를 가로질러 세워져 있었다. 그리고 그 가리 개에서는 일종의 연극 공연 같은 게 빛과 소리와 함께 번쩍이며 그 들에게 송신되었다. 두 사람이 자리에 앉자 극장이 점차 어두워졌 다. 관객들은 입을 다물었고 곧 본 공연이 시작되었다. 제인은 배 우들이 액자 안에서 움직이고 공연하는 걸 보았다.

"텔레비전 같은 건데 크기만 크네요." 제인이 프레드한테 소곤소 곤 말했다.

프레드가 제인을 보며 킥킥거렸다. "맞아요."

이야기는 다양한 장면을 통해 전개되었다. 배 한 척이 행성과 태 양을 지나 우주를 통과했다. 그 배의 선원들은 시도 때도 없이 이어진 유람과 모험에 있어서 오디세우스와 부하들 못지않았다. 제인은 단어 하나하나 놓치지 않았다. 이야기가 진행되는 도중 조용한 순간이 있어 제인은 극장을 둘러보았다. 관객들은 모두 주문에 걸린 듯 제인처럼 앞에 놓인 가림막만 올려다보고 있었다.

그때 깨달음이 찾아왔다. 모슬린 드레스 차림의 그 여자들은 옆 극장에서 멋진 소리와 배우들과 연극 무대를 갖춘, 지금 이 작품과 같은 맥락의 작품을 관람한 것이구나! 통로만 건너면 있는 극장에서 제인의 머릿속에서 나온 이야기를 틀어주고 있었다. 제인은 심호흡을 했다. 가슴이 두근거리며 설렜다.

"이제 알겠어요!" 제인이 어둠 속에서 큰 소리로 외쳤다.

"아 쫌." 그들 뒤 열 좌석에 앉아 있던 젊은 남자가 말했다.

"천 번, 만 번 사죄드립니다." 제인이 말했다. 그러곤 프레드를 보았다. "그 사람들, 옆에서 제인 오스틴 이야기를 보고 있어요!"

이번엔 관객 여럿이 자리에서 몸을 돌려 화가 난 얼굴로 제인한테 쉿 소리를 냈다. 제인은 다시 한번 사과했다. 프레드가 웃으며 제인한테 고개를 끄덕여 보이고는 속삭였다.

"맞아요, 바로 옆에선 제인 오스틴 영화를 상영 중이에요."

제인은 심호흡을 했다. 가림막을 보고 있는 관객들을 다시 한번 바라보고는 모슬린 드레스를 입고 보닛을 쓴 여자들을 생각했다. 그 여자들은 그녀 때문에 거기 있는 것이었다. 그런 생각을 하자 가슴이 뛰고 영혼이 뒤흔들렸다. 자신의 책이 출판된 것도 보았고, 자신을 기리는 박물관이 세워진 것도 보았는데, 이건 또 뭘까…… 이 모든 것은 의구심을 키웠다. 앞으로 자신이 얼마나 대단한 존재가 될지, 지금 시대에서 자신이 어떤 의미를 지니고 있는지 절반도 모르고 있는 걸지 몰랐다. 제인은 잠시 눈을 꼭 감았다. 그러고는 나머지 이야기를 조용히 감탄하며 보았다.

이야기가 끝나자 관객들이 나가려고 자리에서 일어섰다.

"마음에 들었어요?" 프레드가 제인한테 물었다.

"다른 것도 볼 수 있을까요?" 제인이 프레드한테 물었다.

프레드가 빙그레 웃었다. "그럼요, 얼마든지."

"고마워요." 제인이 프레드한테 말했다. "정말이지 엄청났어요."

프레드와 논쟁을 벌이기엔 지금은 가슴이 벅차오를 정도로 경이로웠으므로, 느낀 그대로를 말했다. 제인은 프레드가 자신을 비웃고 있을 거라 예상하고 그를 보았지만 아니었다. 그는 기쁜 얼굴을 하고 있었다.

"집에서 나오길 잘한 것 같네요." 프레드가 말했다.

두 사람은 집까지 걸어가는 동안 오늘 본 이야기, 우주여행에 나선 배, 등장인물들에 대해 긴 이야기를 나눴다. 이 이야기 말고 다른 이야기도 나눴지만 이번엔 다투지 않았다.

프레드가 얼마간 시간이 흐른 후 제인을 찾아왔다.

"밖에 나가도 될 만큼 컨디션이 좋아졌으니까, 바스를 탐험해보는 게 어때요?"

고맙게도 프레드는 이 거짓말을 아직까지 믿고 있었다.

"바스는 전에도 와봤어요." 제인이 대답했다.

"이미 와봤더라도 바스는 아름다운 곳이잖아요."

"저는 바스를 좋아하지 않아요." 제인이 대답했다.

사실대로 말한 것이었다.

"참, 그러고 보니 몇 번인가 그렇게 말한 적이 있었네요."

이 말에 제인은 욱했다. "그런 적 없는데요."

프레드가 고개를 끄덕였다. "어제 한 번, 바스가 얼마나 싫은지 말했고요. 그 전날 내가 스톨 스트리트를 언급하니까 빈정댔던 것 같은데요."

"순 헛소리만 하시네요." 제인이 코웃음을 쳤다.

바스에 대한 자신의 반감이 그렇게 노골적이었다는 것도, 그녀가 하는 말에 관심이 많아서 그걸 기록해놓기라도 한 것처럼 그녀가 했던 말을 그가 기억하고 있었다는 것도 당황스러웠다.

"뭐가 마음에 안 드는데요? 건물? 사람은 아니어야 할 텐데요." 프레드가 한쪽 눈썹을 치켜세우며 웃었다.

"당신이 태어난 마을을 안 좋게 말하기는 정말 싫지만, 여긴 잉글 랜드에서 가장 궁금하지 않은 곳이거든요." 제인이 재빨리 덧붙여 말했다. "물론 매력 있는 사람도 있다는 건 인정할게요."

프레드가 문에 기대며 말했다. "나쁘기만 한 건 아니군요."

"바스에서 조금이라도 기발하거나 흥미로운 장소가 있으면 한 군데만 대봐요."

"펌프룸은 어때요?"

"거기야말로 최악이죠!" 제인이 큰 소리로 말했다. "차 마시면서 음모나 꾸미고. 험담과 멍청이들의 온상이라고요."

자신의 언성이 높아진 걸 느낀 제인은 바닥만 응시했다.

"난 꽤 괜찮던데요. 바스 자체가 놀라운 곳이거든요."

"그럴지도요. 난 뭐라고 못하겠네요. 안에 못 들어가봤으니까."

"그건 너무한데요. 들어가보지도 않고 나쁘다고 하면 안 되죠.

안 읽어본 책을 태우는 것만큼이나 나쁜 일이라고요."

"좋은 지적이네요." 제인이 떨떠름하게 말했다. "그렇다고 가고 싶은 마음이 없었던 건 아니었어요." 제인은 창문을 응시하면서 프레드가 자신의 말투에 서린 비탄을 간파하고 자신을 동정하지 않길 바랐다. "난 거기 갈 이유가 하나도 없어요. 거기서 기꺼이 받아줄 만한 사람도 아니고요."

"그 말은 믿기 어려운데요." 프레드가 말했다.

제인은 마른침을 꿀꺽 삼키고 말했다. "한 번 초대를 받은 적은 있었어요."

프레드가 제인을 보았다. "어떻게 됐는데요? 왜 안 간 거죠?"

"그 신사분이…… 결국 무산됐거든요." 제인이 재빨리 덧붙여 말했다. "나는 펌프룸에서 환영받는 사람이 아니에요."

그러곤 이야기를 멈췄다. 그렇게 쓸데없는 기억을 가지고 또다시 아파하지 말라고 스스로에게 명령했다.

프레드는 놀란 얼굴이었다. "날 믿어봐요. 로마 목욕탕을 보고 나면 바스가 싫다는 말 다시는 안 하게 될 테니까. 원래 건물은 200살 가까이 된대요. 황제가 자기 연인을 위해 지었다나. 로맨틱하죠."

제인도 여러 번 들어서 잘 알고 있는 이야기였다. 온천과 온천의 역사, 그 장소가 얼마나 로맨틱하고 신비하고 아름다운 장소인지 등등, 그 주제를 다룬 책도 한두 권 읽었던 것 같았다. 다 좋은 얘기 일색이었지만, 그녀를 위한 장소는 아니었다.

"난 로맨스라는 개념을 좋아하지 않아요." 제인이 딱 잘라서 말했다. "로맨스는 속임수거든요. 온실에서 핀 꽃과 사탕은 동등한 대접을 받을 자격이 없어요."

"나도 같은 생각이에요. 그런 것들은 로맨스가 아니죠."

제인은 얼굴을 찌푸렸다. "그럼 뭐가 로맨스인데요?"

"로맨스란 배려하는 거예요. 힘든 하루 끝에 상대의 발을 주물 러주는 것, 발 냄새가 나더라도."

"끔찍하게 들리는데요." 내심 그 광경이 사랑스럽다고 생각하면 서도 제인은 다르게 말했다.

"로맨스란 상대방의 은밀한 욕망을 알고 그걸 실현시켜주는 거 예요."

제인은 마른침을 삼켰다.

그때 프레드가 물었다. "나랑 어디 좀 갈래요?"

"어디요?"

제인의 가슴은 프레드의 마지막 발언 때문에 여전히 두근거리 고 있었다.

"안 알려줄 거예요. 보여주고 싶은 게 있거든요."

못마땅한 마음에 고개를 가로젓던 제인은 이제 더는 참을 수 없 었다. 프레드 때문에 너무나 화가 났던 것이다.

"미안하지만 당신 행동 때문에 내가 너무 혼란스럽다는 말은 해 야겠네요, 프레드 님."

프레드가 한쪽 눈썹을 치켜세우더니 웃었다. "내가 어떻게 당신 을 혼란스럽게 하는데요?"

"나는 당신이 왜 자꾸 나한테 행락을 권하는지 그 이유를 알아 내려고 애쓰고 있다고요. 당신은 날 싫어한다는 의사를 분명하게 밝혔잖아요."

"내가요?" 프레드가 물었다.

"그래요." 제인이 움찔하며 대답했다. "날 놀리고 날 비웃고 내 성격도 제대로 모르잖아요. 당신은 내가 어떤 사람인지 몰라요. 날 제대로 보지도 않고요."

"난 아주 제대로 보고 있는데요."

"뭐가 보이는데요?" 제인이 눈을 가늘게 뜨고 물었다.

"내 눈엔 지적인 사람이 보여요. 너무 지적이라서 겁이 날 정도 죠." 프레드가 말했다.

제인은 마른침을 삼킨 후 믿기 힘들다는 투로 말했다. "그 말 정말이에요?"

"따뜻한 마음을 지닌 차가운 사람이 보여요. 남을 재단하지만 그럴 만한 이유가 있어요. 상처받은 적이 있어서 경계하고 있는 사람도 보이네요. 어리석은 짓은 못 봐주는 사람, 그래야 할 이유도 없죠. 당한 일이 있음에도 사람을 좋아하는 사람. 그리고 낙천주의자가 보여요……."

"낙천주의자라고요?" 제인은 말을 자르고 코웃음을 칠 수밖에 없었다. "그럴 리가요."

"낙천주의자가 맞는걸요. 세상을 증오하는 척하지만 사실 그 안에서 아름다운 걸 너무 많이 봐서 최대한 거기서 살고 싶어 하는 사람, 모든 걸 시도해보고, 모든 걸 보고 싶어 하는 사람." 프레드가 한쪽 어깨를 긁적이며 다음 말을 이었다. "너무 아름다워서 숨이 막히는 사람이 보인다고요." 프레드가 말을 멈추더니 제인을 똑바로 쳐다보았다. "내가 말한 것 중에 어느 부분이 틀렸나요?"

제인은 너무 놀란 나머지 말문이 막혔다. 프레드의 눈을 쳐다볼 수도 없었다. 난생처음 듣는 말이었다. 제인은 천장과 바닥을 번갈아 힐끗거렸다.

1분인지 한 시간인지 모를 시간이 흘렀다. 마침내 프레드가 다시 입을 열었다.

"이제 나랑 같이 갈래요?" 프레드가 말했다.

제인은 여전히 너무 놀라 입을 열 수 없었다. 그래도 고개를 움직이는 건 가능해서 고개를 끄덕였다.

"내일 아래층에서 봐요. 자정 15분 전에." 프레드가 말했다.

"자정 15분 전에요?" 제인이 물었다. "대체 뭘 할 건데 그렇게 늦은 시간이어야 하죠?"

"두고 보면 알게 될 거예요." 프레드가 음모라도 꾸미는 듯한 눈으로 바라보자 제인은 이번에도 마른침을 꿀꺽 삼킬 수밖에 없었다. "그럼 그때 봐요, 제인."

"그때 봐요." 제인이 대답했다.

제인은 설교집을 다시 잡고 억지로 한 번 더 읽기 시작했다. 자신의 숨소리가 유독 크게 들리는 것 같아 진정하라고 스스로를 타일렀다. 제인은 위태롭게 뭔가에 전속력으로 다가가고 있었다, 그게 뭔지도 모르면서. 멈추고 싶었지만 이 세상에는 그걸 멈출 수 있는 힘이 없는 것만 같았다.

그날 밤 집에 온 소피아가 말했다. "미안해요, 제인. 도서관 원정이 대실패로 끝났어요. 당신을 집으로 돌려보내는 법에 관한 정보를 하나도 못 찾았거든요. 할 일도 없이 하루 종일 집 안에서 인내하며 기다렸을 텐데. 당신의 미래와 행복을 나한테 전적으로 맡긴

채 말이에요. 도움이 될 만한 걸 찾아보려고 했는데 참담하게 실패
했네요."

"당신은 실패한 거 없어요, 소피아." 제인이 말했다.

소피아는 우울한 얼굴을 하고 있었다. "정말 힘든 하루였어요.
하지만 계속 노력하겠다고 약속할게요."

"고마워요, 소피아. 모든 게 다 고마워요."

"유감스럽게도 오늘은 당신이 살던 시대로 못 돌아가겠어요. 좋
은 소식을 가지고 올 수 있길 바랐는데. 하룻밤 더 여기 있어야겠
네요. 내일 다시 알아볼게요. 날 너무 미워하진 말아줘요."

"당연하죠. 당신이 미울 리가요."

제인은 건너편에서 주방으로 들어가고 있는 프레드를 보았다. 제
인은 재빨리 다시 소피아 쪽을 보며, 소피아가 못 보았기만 바랐다.
제인은 마른침을 삼켰다. 집으로 돌아갈 가능성이 점점 사라지고
있다는 불안감과 하루 더 머물러도 좋다는 허락을 받았다는 안도
감 사이에 갇힌 기분이었다.

이상한 금속 종소리가 소피아의 옷 속에서 들려와 제인의 공상
이 중단되었다.

"주머니에 종이 있어요?" 제인이 물었다.

"아, 이거 전화기예요. 어떻게 작동하는지는 묻지 말고요." 소피
아가 주머니에서 요즘 사람들은 다들 가지고 있는 것으로 보이는
얇은 강철 박스를 꺼내 유심히 보았다. "이건 모르는 번호인데." 소
피아가 얼굴을 찡그린 채 말하더니 이내 잔뜩 긴장했다. "잭일 거
야! 새 휴대폰인 거지. 아, 토할 거 같아. 나한테 왜 전화를 하는 거
지? 사과하려고 전화하는구나!" 소피아가 제인을 보았다. "빨리요,

그이한테 뭐라고 하죠? 이런 목소리는 어때요? 안녀엉." 소피아가
굵고 허스키한 목소리로 말했다.

"결핵 걸린 사람 목소리 같은데요." 제인이 말했다.

"알았어요, 그럼 조금 화사하게." 소피아는 다시 한번 연습을 했
다. "안뇨옹!"

"그게 더 나은 것 같아요." 제인이 어리둥절한 얼굴로 말했다.

강철 박스에서 계속 소리가 났다.

"예전엔 이런 거 잘했었는데. 좋아, 해보자." 소피아가 그 상자를
귓가에 갖다 댔다. "안뇽, 섹시 가이."

"웬트워스 씨이신가요?" 떨리는 남자 목소리가 물었다.

목소리는 강철 상자에서 나오고 있었다. 제인은 눈을 부릅뜬 채
잘 들으려고 몸을 더 기울였다.

"그런데요. 누구시죠?" 소피아가 다시 평상시 목소리로 말했다.

"저, 데이브 크로프트예요. 도서관에서 봤던."

소피아가 털썩 주저앉았다. "이 번호는 어떻게 알았죠?"

"당신이 줬잖아요." 상자 속 목소리가 말했다.

"그런데, 무슨 일이시죠?"

"그전 일, 사과드리고 싶어서요."

제인은 그 상자를 뚫어지게 쳐다보았다. 소피아는 열차에서 본
여자가 그랬던 것처럼 그 상자에 대고 말을 하고 있었다. 저기서
어떻게 소리가 나오는 거지? 안에서 나오는 목소리는 사람 목소리
인가? 제인은 눈을 부릅뜨고 마법을 부리는 이 얇은 직사각형 물
체 쪽으로 바짝 다가갔다.

소피아가 어깨를 으쓱하더니 한쪽 손을 허공에 대고 마구 흔들

었다. "안 그래도 돼요. 어차피 신경도 안 썼는걸요."

"다행이네요. 왜냐하면 제가 제 나름대로 조금 조사를 해봤거든요. 그때 말한 그 마녀 문제요." 그 목소리가 대꾸했다.

제인이 의자에서 벌떡 일어났다.

"뭐라고요?" 소피아가 코웃음을 치고는 눈알을 굴렸다. "나같이 정신 나간 여자가 찾던 마녀를 당신이 찾았다고요, 말도 안 돼."

"사실이에요, 찾았거든요." 목소리가 말했다.

34

소피아는 브리스톨대학 법학 도서관에 들어섰다. 사서인 데이브가 로비에서 그녀를 기다리고 있었다.

"왜 여기서 만나는 건데요?" 소피아가 데이브한테 물었다.

"싱클레어 부인이 안에 계시거든요." 데이브가 소피아를 위해 문을 열어주면서 소피아의 옷을 가리켰다. "새 옷인가요?"

"그냥 요즘 시험하고 있는 패션이에요."

소피아는 핑크색 진 반바지에 티셔츠를 입고 있었다. 티셔츠에는 가슴 부분을 가로질러 'Bazooka'일 수도, 아닐 수도 있는 단어가 쓰여 있었다. 돋보기안경을 안 끼고 있어서 소피아도 확신할 수는 없었다. 그녀의 눈은 돋보기안경 대신 무지갯빛 안경테에 알이 커다란 선글라스 뒤에 숨어 있었는데, 이 선글라스가 자외선 차단에 별 소용이 없을 거란 건 확실하게 알 수 있었다. 코트니 스미스가 지난달 《틴 보그》 커버에서 지금의 소피아와 똑같은 차림이었다. 핑크색 반바지 때문에 소피아의 허벅지 안쪽 피부가 쓸렸다.

"흉해 보이죠?" 소피아가 고개를 푹 숙였다.

"아뇨, 멋진데요." 데이브가 대답했다. "한발 앞선 유행이랄까. 전에도 멋져 보였지만요. 이쪽이에요."

데이브가 소피아를 중앙열람실 쪽으로 안내했다. 리사이틀 홀 천장이 머리 위에서 불쑥 모습을 드러냈다. 갈색 개인용 열람석이 커다란 열람실을 줄줄이 가득 메우고 있었고, 칸마다 학생들이 자리를 잡고 있었는데 대개는 자고 있었다. 데이브는 소피아를 나선형 철제 계단으로 안내해 뻥 뚫린 메자닌(층과 층 사이의 라운지 공간-옮긴이)으로 데리고 갔다. 책꽂이가 줄줄이 바닥을 가득 채우고 있었다. 데이브가 한 선반에서 파란색 법전을 한 권 뽑아 자세히 살폈다. 소피아는 페이지를 훑고 있는 데이브의 시선을 눈으로 좇았다. 데이브의 시선은 조심스러우면서 초조해 보였다.

"그런데 왜 날 도우려는 거예요?" 소피아가 눈을 가늘게 뜨고 물었다.

데이브가 법전을 덮더니 소피아를 올려다보았다.

"뭐라고요?"

"스무 살도 안 넘었을 것 같은데. 나…… 30대라고요. 혹시 연상한테 환상이라도 있어요?"

"아닌데요." 데이브가 웃으면서 계속 책을 읽어나갔다. "그리고 저 스물아홉입니다."

"난 당신 시나리오 영화화하는 거 못 도와요. 혹시 그걸 염두에 두고 있다면 말해두는 거예요."

"저, 시나리오 없는데요." 데이브가 대꾸했다.

"난 당신이랑 안 잘 거예요."

"나도 당신이랑 잘 마음 없는데요."

"있으면서!" 소피아가 우겼다. "다들 그런다고요."

데이브는 아무 말도 하지 않았다.

"자기가 좋은 사람이라 이런다고 말하진 말아요. 난 좋은 사람 딱 질색이니까."

데이브가 책을 내려놓았다. "〈세상에서 제일 따뜻한 난로〉 기억 나세요?"

소피아가 눈알을 굴렸다. "내가 교구목사의 가슴 빵빵한 딸, 나네트로 나온 드라마요? 내가 그거 잊으려고 몇 년을 노력했는데."

"그거, 저희 어머니가 가장 좋아하던 드라마였습니다."

"어머니한테 심심한 위로를 드려야겠네요." 소피아가 말했다.

"그럴 필요 없어요. 돌아가셨으니까." 데이브가 다시 책으로 눈을 돌리며 말했다.

소피아는 데이브의 팔을 찰싹 치고 나서 다정한 목소리로 말했다. "나한테 그런 말을 해서 꼭 산통을 깨야 했나요? 우리 어머니도 갑자기 돌아가셨다고요. 하필 점점 좋아지고 있던 딸 그때 돌아가셔서 나한테 못할 짓 하셨죠. 덕분에 참 힘들게 컸어요."

"우리 어머니도 그랬어요. 어머니 생각을 안 하고 6월 12일을 넘긴 적이 없다니까요. 바보 같은 양반. 다른 날이라고 생각을 안 하는 건 아니지만요." 데이브가 말했다.

"우린 둘 다 생각 없는 어머니를 두었었군요."

"〈세상에서 제일 따뜻한 난로〉 중에서 어머니가 가장 좋아하셨던 줄거리가 매튜스 목사님이 나네트랑 사랑에 빠졌을 때였거든요." 데이브가 말했다.

"아주 섹시한 성직자, 맷 목사님. 당시 장안의 화제였죠. BBC가 편지를 엄청 많이 받았었어요. 라이언 오는 요새 어떻게 지내는지 모르겠네요. 맷 목사님 역 맡았던 배우 말이에요." 소피아가 덧붙여 말했다. "십중팔구 어느 도랑에서 죽었을 거예요. 전화 한 번 해봐야지. 아무튼, 계속해봐요."

"매일 학교에서 집에 오면 어머니랑 같이 〈세상에서 제일 따뜻한 난로〉를 봤어요. 나네트랑 매튜스 목사님이 마침내…… 그 왜 있잖아요……."

"성스러운 결합을 했을 때요?" 소피아가 말했다.

데이브가 고개를 끄덕였다. "엄마가 굉장히 흥분하셨어요. 방송도 보고 테이프에 녹화도 한 다음, 끝나자마자 또 보셨죠."

"비디오테이프요? 내가 얼마나 늙었는지 떠올리게 하지 좀 말아줘요. 당신한테도 좋을 거 없다고요."

데이브가 어깨를 으쓱했다. "아무튼, 그래서 도와드리는 겁니다."

"엄청 옛날 드라마라 당신이 VHS로 저작권을 침해할 수 있었던 드라마에 내가 출연했기 때문에 날 돕는다고요?"

"덕분에 어머니 생각이 났거든요. 엑스레이를 찍었더니 온통 암세포투성이라 어머니 몸이 꼭 진주알이 가득 든 보물 상자처럼 보였는데, 그게 돌아가시기 전에 누린 약간의 기쁨이었어요."

소피아가 데이브를 빤히 바라보다가 콧방귀를 뀌었다. "흥, 좋아요. 날 돕는 거 허락할게요. 이것만 분명히 해두자고요. 내 동생네 손님방에 제인 오스틴이 살고 있다는 말은 사실이에요. 내가 미쳤다고 생각하는 건 아니죠?"

데이브가 어깨를 으쓱거렸다. "당신이 제인 오스틴을 봤다면 본 거겠죠. 제인 오스틴을 진짜로 봤다면, 그건 놀랄 일이겠네요. 영문학 작가 중 가장 위대한 작가가 집에 있다니. 당신이 미친 거라면, 난 저 아래 술집에서 안주 삼아 떠들 얘기가 생긴 거고요. 내가 보기엔 누이 좋고 매부 좋은 일인데요."

데이브가 책을 집어 들고 페이지를 넘겼다. 소피아는 다시 한번 데이브를 빤히 바라보았다. 데이브가 어느 순간 페이지 넘기던 걸 멈췄다.

"여기 있네요. 게다가, 이게 다 당신이 지어난 얘기라면 굉장히 정교한 거짓말이잖아요."

데이브가 가운데 줄을 손가락으로 가리킨 다음 소피아한테 책을 건넸다. 소피아가 책 쪽으로 고개를 돌린 후 데이브가 가리킨 단락을 소리 내어 읽었다.

"요약 고지문. 1810년 2월 2일. 치프사이드 러시아 로 8번지의 에멀라인 J. 싱클레어 대 국왕." 소피아가 놀라 소리를 질렀다. "이게 싱클레어 부인이에요? 제인이 사실을 말하고 있는 거네요?"

데이브가 기재 사항을 가리키며 물었다. "여기 쓰여 있는 게 그여자 주소인가요?"

"이거 진짜로 제인이 나한테 알려준 주소예요. 맙소사, 말문이 막히네." 소피아가 아연실색하며 웃었다. "알았어요. 이제 설명해봐요. 우리가 보고 있는 게 뭐죠?"

데이브가 책을 들어 올렸다. "우리가 보고 있는 건 사건 일람표예요. 당신의 싱클레어 부인이 범죄로 고발을 당했거든요."

소피아가 자세를 바로 했다. "마녀 재판이에요?"

데이브가 그 아래 줄을 읽었다. "아뇨. 중절도죄로 기소됐어요."

소피아가 얼굴을 찌푸리며 고개를 저었다. "뭘 절도했는데요?"

"옷을 훔쳤대요. 당시엔 그게 대단한 일이었거든요."

"유죄로 판결 났어요?" 소피아가 말했다.

데이브가 그 단락을 읽었다. "안 나와 있네요. 1층에 있는 기록보관실을 확인해봐야겠어요."

소피아와 데이브는 아래층으로 내려갔다.

소피아는 마음이 복잡해졌다. 제인의 이야기가 전부 사실이었다니. 싱클레어 부인이 정말로 실존 인물이었다니. 소피아는 이제 미스터리의 시작점에 와 있는 것이었다. 데이브가 먼지 쌓인 올드베일리(영국 런던의 중심부에 있는 중앙형사재판소-옮긴이) 기록이 놓인 선반을 보여주었다.

"이거 좀 흥미진진해지는데요." 소피아가 말했다. "보물 사냥꾼이 된 기분이에요. 책을 가지고 하는."

데이브가 책 한 권을 꺼내 책장을 샅샅이 뒤져본 후 한쪽으로 휙 던지더니 다른 책을 손에 잡았다.

"당신, 지금 이거 재미있어서 하는 거죠?" 소피아가 한쪽 입꼬리가 올라간 미소를 지으며 말했다.

"완전히요." 데이브가 말했다. "여기요."

데이브가 어떤 페이지를 펼치더니 곧이어 얼굴이 어두워졌다.

"왜 그래요?" 소피아가 물었다.

데이브가 고개를 절레절레 저었다. "싱클레어 부인은 혐의에 대해 유죄 평결을 받았어요. 추방형을 선고했네요."

"추방? 어디로요?"

데이브가 계속 읽어나갔다. "오스트레일리아로요. 그런데 죽었네요. 뉴사우스웨일스로 가는 배 위에서."

"그 여자, 남 생각을 너무 안 했네." 소피아가 머리를 긁적였다. "아휴, 이제 혼란스럽기만 하네요."

데이브는 책장 두 개 사이 바닥에 앉으며 말했다. "저도 마찬가지예요."

"실망했군요. 정말이지, 김 팍 새는 결말이기는 하네요."

"뭔가 찾은 줄 알았는데, 계속 찾아봐야겠어요." 데이브가 말했다.

소피아는 시계를 확인해보았다. "난 이만 가야겠어요."

데이브가 고개를 들었다. "만약 내가 뭔가 찾으면요?"

"뭐라도 찾으면 세트장으로 가지고 와요."

데이브가 자세를 바로 했다. "지금 영화 세트장 말하는 거예요?"

소피아가 어깨를 으쓱했다. "안 될 거 뭐 있어요? 입구에 당신 이름 올려놓을게요."

데이브의 눈이 초롱초롱 빛났다. "와우, 실제 영화 세트장이라니! 마법이 일어나는 곳이잖아요."

"생각만큼 화려한 데가 아니랍니다." 소피아가 활기차게 손을 흔들었다.

"당신한텐 아니겠죠. 하지만 나한테는…… 너무 신나는 곳이라고요! 스타 배우들도 있겠네요."

"그래요, 코트니 스미스도 거기 있을 거예요."

"전 당신을 말한 건데요." 데이브가 말했다.

"어머, 됐거든요." 소피아는 미소를 애써 숨기며 자리를 떴다.

35

코트니가 소피아의 팔을 잡더니 몸을 바짝 기울였다.

"소문 들었어요." 코트니가 미소 띤 얼굴로 속삭였다.

두 사람은 오후 리허설 때문에 다시 한번 스튜디오에 와 있었다. 코트니는 고대 그리스 여신풍의 드레스를 입고 있었다. 소피아는 다시 헐렁한 라임빛 녹색 드레스를 입었다. 두 사람 사이의 갈등과 소극적 공격은 같은 교향곡을 연주하듯 동시에 고조되었다가 가라앉았다. 금방이라도 총력전을 벌일 것 같아 보였지만 일단 어조와 몸짓을 극도로 자제하는 모습을 유지했다. 두 사람은 비싼 옷을 차려입고 극도의 매력을 뽐내는 서부 개척시대의 총잡이 한 쌍이 서로 상대방한테서 물러서든지, 아니면 보석 박힌 각자의 권총을 꺼낼 테면 꺼내보라고 도발하며 총격전이 벌어지길 기다리고 있든지 하는 것 같았다.

"남몰래 흠모하는 사람이 있던데요."

"나를?" 소피아는 땅바닥을 발로 차고 관심 없는 척했다. "그게 누군데?"

소피아로서는 잭밖에 생각나는 사람이 없었다. 잭이 무슨 말이라도 했나? 그렇게 티를 냈나? 소피아는 가슴이 두근거렸다.

"피트가 좋아한대요." 코트니가 대답했다.

소피아가 오만상을 찌푸렸다. "피트가 누군데?"

"유닛 매니저(영화 제작시 각 제작진이 필요로 하는 제반 사항을 공급해주는 사람-옮긴이), 피트요."

소피아는 머릿속으로 이런저런 이름들과 얼굴들을 대강 훑었지만 떠오르는 사람이 없었다. 급기야 코트니가 세트장 맞은편을 손가락으로 가리켰다. 문신 있는 70세 남자가 형광 베스트 차림으로 간이 화장실에서 나오고 있었다. 습진투성이 엉덩이골이 바지 밖으로 드러나 있었다.

"저 남자예요. 저 남자라면 당신을 침대에서 내쫓진 않을 거예요. 잘해보면 좋을 것 같던데."

"됐거든."

"어머, 왜요? 당신도 싱글이잖아요. 기회를 잡아봐요, 사랑을 찾을지도 모르잖아요." 코트니가 소피아에게 사악한 회심의 미소를 날렸다.

소피아는 의자를 쌓아올리고 있는 피트를 건너다보았다. 모르긴 몰라도 저 남자도 하나의 인격체인데 코트니가 왜 저 남자를 조롱하는 건지 소피아로서는 도저히 이해할 수 없었다. 소피아는 자신이나 피트나 비참하고 창피하긴 마찬가지라고 생각했다. 코트니가 피트한테 잔인한 농담을 하지 않았기만을 바랐다. 모르긴 몰라도 피트는 그냥 조용히 자기 일이나 하고 싶을 것이다. 소피아는 갑자기 걷잡을 수 없을 정도로 화가 났다.

"미안하지만 안 되겠네. 이미 교제 중인 사람이 있거든."

말이 나오자마자 소피아는 자신의 거짓말에 움찔했다. 코트니가 눈을 깜빡이더니 자세를 바로 했다.

"어머! 잘됐네요. 그 남자 이름이 뭐예요?"

소피아는 심호흡을 했다. 맙소사! 자신이 시작한 거짓말을 이제 계속 이어나갈 수밖에 없게 되었다. 급하다 급해, 섹시한 남자들 이름이 뭐가 있더라? 버티? 레지널드? 호레이쇼? 아냐, 그 이름들은 너무 안 섹시해. 소피아는 상상 속 인물들을 소환해보려고 했지만, 이쪽으로 다가온 잭 덕분에 상황을 모면할 수 있었다.

"준비 거의 다 됐어요." 잭이 카메라를 가리키며 말했다. "처음부터 갈 겁니다."

"잭, 소피아한테 만나는 사람 있는 거 알고 있었어요?" 코트니가 물었다.

소피아는 거듭된 거짓말에 당황스러웠다. 하지만 잭은 한 박자 늦게 무슨 말인지 깨닫고는 소피아의 눈을 쳐다보았다. 잭으로서는 아주 찰나의 주춤거림이었겠지만, 소피아한테는 그날 하루치의 만족감을 비축한 기분이 들게 하는 주춤거림이었다.

"맞아." 소피아가 도도하게 말했다.

"잘됐네." 잭이 힘 빠진 목소리로 말했다.

"잭한테 그 남자 이름 좀 알려줘요." 코트니가 말했다.

소피아는 이를 악물었다. 잭을 초조하게 만들고 있는 게 분명해 보이는 이 유치한 거짓말을 계속 밀고 나가고 싶어 미칠 것 같아서였다. 하지만 잭이 참담한 것 같은 얼굴로 쳐다보고 있으니까 이름을 하나도 떠올릴 수가 없었다.

"설마 있지도 않은 남자였어요?" 코트니가 이가 드러날 정도로 씩 웃으며 말했다.

"아니야…… 내가…….."

소피아는 이름을 생각해낼 수 없었다. 아니, 이름을 생각해내고 싶지 않았다. 이 모든 게 그냥 피곤하기만 했다. 그녀는 캘리포니아 출신의 이 20대 여자애와 경쟁이 안 됐다.

"가상의 남자친구라도 이름은 있겠죠."

코트니의 자줏빛 도는 푸른 눈이 기쁨으로 초롱초롱 빛났다. 근처에 있던 촬영기사가 킬킬거렸다.

그때 어떤 형상 하나가 군중을 뚫고 그들 쪽으로 다가왔다. 스태프들이 홍해처럼 갈라졌다. 데이브 크로프트가 한동안 서 있었음이 분명해 보이는 자리를 박차고 나온 것이다. 데이브가 성큼성큼 소피아한테 다가와 한 팔을 소피아의 어깨에 둘렀다.

"안녕, 자기." 데이브가 말했다.

코트니와 잭을 비롯해서 나머지 스태프들은 전반적으로 어리둥절해하며 이 장면을 구경했다. 소피아 역시 그 누구 못지않게 충격을 받았지만, 빠른 눈치와 연기 재능 덕분에 아무 말도 하지 않을 수 있었다.

"늦어서 미안. 헬스장에서 좀 오래 걸렸어. 중량 좀 치느라고."

데이브는 사서 복장에 가죽 구두를 신고 있었다. 데이브가 잭 쪽을 돌아보았을 때, 잭은 여전히 벌린 입을 다물지 못하고 있었다.

데이브가 손을 내밀었다. "데이브 크로프트라고 합니다. 그 남자 친구요."

소피아는 웃음을 꾹 참았다. 이 구경거리가 전체적으로 너무 바보 같기도 하고, 너무 깜찍하기도 해서 과연 믿을 사람이 있을지 의심스러웠다. 하지만 놀랍고 기쁘게도 모두 믿는 것처럼 보였다.

"잭 트래버스입니다." 잭이 헛기침을 하며 말했다.

두 사람이 악수를 나눴다. 코트니는 눈을 휘둥그레 뜨고 두 사람을 빤히 쳐다보았다. 코트니의 관자놀이에서 핏줄이 꿈틀거렸다.

"몰라 뵐 리 있나요." 데이브가 잭을 바라보며 말했다. "〈포레스트 검프〉는 제가 가장 좋아하는 영화랍니다."

"내 작품이 아닙니다만." 잭이 말했다.

"압니다." 데이브가 씩 웃더니 코트니 쪽을 바라보았다. "당신은 누구죠?"

코트니의 입이 딱 벌어졌다. "코트니 스미스예요."

데이브가 웃으며 고개를 가로저었다. "처음 뵙겠습니다."

코트니가 씩씩거리며 자리를 떴다.

데이브가 소피아를 보았다. "시간 있어, 자기야?" 자기야, 를 말할 때 데이브는 마치 평생 한 번도 말해본 적 없는 단어처럼 격격거렸다. "내가 보여주고 싶은 게 있는데."

"지금 소피아는 갈 수 없어." 잭이 불쑥 말했다. "당장 리허설할 장면이 있어서 말이야."

"5분만 있다 올게, 잭." 소피아가 말했다. "어차피 지금 당장은 나 없어도 되잖아."

소피아는 자리를 뜨면서 데이브한테 밖으로 따라 나오라는 손짓을 했다. 잭이 자리를 뜨는 그녀를 지켜보리란 걸 소피아는 경험으로 알고 있었다.

"아깐 정말 미안했어요." 밖으로 나오자 데이브가 말했다. "당신한테 팔을 두르고 남자친구란 소리를 하다니. 두 사람이 하는 얘길 들어서 그렇게 말했던 거예요. 진짜 그렇게 생각해서 말한 게 아니라요. 내가 당신 남자친구라니, 말도 안 되는 소리죠."

"그럼 됐어요, 당연히 그래야죠." 소피아가 말했다. 하지만 말하는 동안에도 아까 일로 지어진 미소는 여전히 남아 있었다. "그래도 고마웠어요. 그 록스타 같은 동작 말이에요."

"아, 그거요." 데이브가 미소를 지으며 발을 바닥에서 꾸물꾸물 움직였다.

"나한테 보여준다던 게 뭐예요?" 소피아가 시간 끌지 않고 물었다.

"여기요. 한 번 봐봐요." 데이브가 헛기침을 하면서 가방을 열었다. "싱클레어 부인에 관해 좀 더 깊이 파봤어요." 데이브가 책 한 권을 꺼내 책장을 획획 넘기기 시작했다. "제인 오스틴 관련해서 우리가 보유하고 있는 기록에 대해 생각을 해봤거든요. 전기는 다 너무 단편적이더라고요. 디킨스, 하디, 톨스토이 같은 작가에 대해서는 정보가 수두룩한데. 반면 제인 오스틴에 대해서는 아는 게 없다고 보면 되겠더라고요. 오스틴은 수수께끼의 인물이에요."

"어째서요? 제인 오스틴은 국민 작가잖아요."

데이브가 어깨를 으쓱했다. "제인 오스틴 관련 정보를 보관할 생각을 한 사람이 아무도 없었나. 나도 모르겠어요."

소피아가 얼굴을 찡그렸다. "본인한테 본인 일생에 대해 직접 물어보면 안 될까요? 지금 나랑 같이 살고 있으니까."

"그야 나도 알고 있기야 하죠." 데이브가 대꾸했다.

소피아는 미소를 지었다. 19세기 작가와 한집에 살고 있다는 주장을 들으면 누구라도 미쳤다고 생각할 것이다. 그런데 데이브는 그러지 않았다. 그 때문에 데이브가 정상으로 보이지는 않았지만, 그래도 기분은 좋은 일이었다.

"그런데 말이에요. 당신 집에 있다는 그 제인 오스틴은 아직 젊잖아요. 출판된 책도 없고, 업적도 없는 나이죠. 그녀가 왔다는 연도에는 아직 유명해지지 않았을 거라고요. 그러니까 우리한테 필요한 정보는 본인도 모를 거란 얘기죠." 소피아가 고개를 끄덕거렸다. "하지만 내가 아직 고려해보지 않은 정보의 출처가 하나 있어요. 바로 제인 오스틴이 평생 썼다는 편지 3,000통 말이에요. 그중 160통이 오늘날 현존한대요."

소피아가 한쪽 눈썹을 치켜세웠다. "제인이 싱클레어 부인한테 도 편지를 썼어요?"

"아뇨." 데이브의 대답에 소피아가 얼굴을 찡그렸다. "하지만 싱 클레어 부인은 제인한테 한 통 썼죠."

"뭐라고요?" 소피아는 심호흡을 했다. "나한테 보여줘봐요."

데이브가 아까 그 파란색 큰 책을 건넸다. 표지에 '소더비 연감' 이라고 쓰여 있었다. 펼쳐진 페이지에는 경매 일람표가 있었다.

"이건 골동품광한테는 스포츠면이나 마찬가지예요." 데이브가 말했다. 줄마다 이름과 날짜가 기재되어 있었다. "이건 제인 오스틴 이 받았거나 보낸 편지 중 알려진 편지의 세부 사항이에요."

소피아는 그 페이지를 훑다가 깜짝 놀랐다.

"여깄어요!" 소피아가 그 페이지 위의 한 항목을 가리키며 소 리 내어 읽었다. "에멀라인 싱클레어가 제인 오스틴한테 보낸 편지. 1810년에 쓴 편지네요!"

데이브가 고개를 끄덕거렸다. "오스트레일리아에 가기 전이에요."

"그럼 이제 어쩌죠?" 소피아가 물었다.

"우리가 그 편지를 찾아야죠."

"아, 신나! 우린 대담무쌍한 책 사냥꾼이 된 거라고요!"

소피아는 데이브를 보고는 미소를 지었다. 데이브는 눈만 깜빡 이다가 똑같이 미소를 지어 보였다. 그러곤 눈을 내리깔고 다시 책 장을 휙휙 넘겼다.

"도서관으로 돌아가기 전에 커피나 한잔해요."

소피아는 데이브를 밥차로 데려다주고 리허설을 위해 잭과 코트니가 있는 곳으로 돌아갔다. 세 사람 모두 나머지 장면을 리허설하는 동안 카메라 각도나 대본과 무관한 얘기는 한마디도 하지 않았다.

리허설 도중 소피아는 데이브가 에스프레소 머신으로 커피를 내리는 모습을 지켜보았다. 원두를 채우고 버튼을 누르자 펄펄 끓는 물만 나왔다. 데이브는 욕을 하면서 그 자리에서 펄쩍 뛰었다. 그러더니 누구 본 사람 없는지 주위를 흘낏 둘러보았다. 결국 그는 어깨를 으쓱하더니 포기한 것 같았다. 대신 티백을 그 뜨거운 물이 담긴 컵에 던져놓고는 홀짝홀짝 마셨다.

소피아는 그 모습을 지켜보면서 미소를 지었다. 미모가 전성기였던 시절, 무대 위에서 그녀는 랜슬롯한테 구애를 받았고, 활 잘쏘는 명사수 로빈한테 구조를 받았으며, 로미오한테 청혼도 받고 트리스탄한테 유혹도 당했다. 하지만 기사도 행위에 관한 한, 온화한 성격에 밑창 닳은 신발을 신은 데이브 크로프트가 좀 전에 그녀 옆에 서서 한 행동으로 무대 위 그 영웅들을 모두 이기고도 남을 것 같았다.

별 탈 없이 행복하게 몇 시간이 지나갔다. 그날의 리허설이 마무리되어 소피아는 옷을 갈아입고 집으로 가기 위해 트럭으로 돌아갔다. 트럭 안에 들어선 소피아는 깜짝 놀랐다.

"이거 언제 도착한 거야?" 소피아가 싱크대에서 메이크업 브러시를 세척하고 있던 데릭한테 물었다.

"한 20분쯤 전에요. 웬트워스 씨, 너무 아름다운 거 있죠."

데릭의 말은 사실이었다. 줄기가 긴 장미꽃 36송이가 크리스털 화병에 꽂혀 있었다. 선홍색 꽃잎을 뒤덮은 이슬방울이 오후 햇살에 반짝였다.

"누가 보낸 거예요? 카드가 없던데요." 데릭이 말했다.

카드가 없어도 소피아는 누가 보냈는지 알 수 있었다. "잭이 보낸 거야."

"저렇게 아름다운 색이 있다니. 너무나 눈부시게 아름다운 빨간색이에요. 어디서 본 적 있는 색이긴 한데 어딘지 딱 꼬집어낼 수가 없네요. 저거랑 같은 색이……."

"내 머리." 소피아가 속삭이듯 말했다.

소피아는 붉은 머리카락을 귀 뒤로 넘긴 후 테이블 위에 놓인 꽃을 가만히 응시했다. 가슴이 터질 것 같았다. 처음 사귀기 시작한 후로, 잭은 늘 이번처럼 그녀의 머리카락과 같은 색의 장미꽃을 주곤 했었다. 숨이 막힐 것 같았다.

그때 소피아의 전화기가 울렸다. 데이브 크로프트의 이름이 화면에 떴다. 데이브! 소피아는 제인과 관련 있는 중요한 일일지도 몰라서 받을까 생각했다가 음성사서함으로 넘어가게 내버려두었다. 데이브도 이해해줄 것 같았다. 전할 소식이 있으면 메시지 남기겠지. 소피아는 화면을 지켜보면서 기다렸다. 음성메시지가 뜨지 않았다. 소피아는 어깨를 으쓱하며 다시 걸겠지 하고 생각해버렸다. 그러곤 시선을 다시 장미꽃으로 향했다. 아주 멋진 촬영이 될 것 같았다.

36

결혼 생활의 전환점, 그러니까 분위기가 달라진 순간이 언제였느냐는 질문을 받는다면, 소피아는 4년 전의 한 사건을 떠올릴 것이다.

처음엔 잭과 소피아 둘 다 할리우드식 관계에서 예외가 되는 데열과 성을 다했다. "우린 다르게 살 거야." 결국 파경을 맞이한 무수히 많은 할리우드 커플들을 잘난 체하는 말투로 쭉 읊고는 그들보다 잘 살겠다고 맹세했었다.

감독으로서 촬영 후 작업, 시사회, 이런저런 회의를 두루 살펴야하다 보니 잭은 한 번에 몇 개월씩 LA에 있어야 했다. 그동안 사람들은 소피아를 제트기에 태워 인건비가 싸게 먹히는 곳이면 어디든 보냈다. 그런 곳은 대개 동유럽이었고, 그 당시에는 심지어 오스트레일리아에 가기도 했었다.

소피아는 기회만 생기면 LA로 돌아갔다. 그러던 중 〈배트맨〉 후속편을 편집하다가 공황발작(아직까지는 이때가 그의 최악의 순간이었다)을 일으키고 있는 잭을 편집실 바닥에서 발견했다. 영화 길이가 거의 다섯 시간 가까이 되는데 잭은 어떤 장면을 버려야 할지를 놓고 결정을 내리지 못하고 있었다. 창문도 없던 그 방에 함께 앉아 소피아는 잭을 진정시키면서 버릴 장면과 살릴 장면을 조심스레 제안했다. 그러고는 잭이 결정을 내릴 때마다 칭찬을 아끼지 않았다.

사실 잭은 생각이 너무 많았다. 노련한 감독은 잘못된 결정일지언정 결정을 내린다. 결정을 내리는 행위도 중요한 부분이기 때문이다. 소피아는 잭과 달리 어떻게 해야 할지 본능적으로 알았다. 어떤 스타일, 어떤 장면, 어떤 말로 이야기를 해야 할지 알았다. 몸을 부들부들 떨면서 울먹이는 얼굴로 편집실 바닥에 있는 잭을 보면서 소피아는 고개를 절레절레 저었다. 잭은 대체 자신한테 왜 이렇게까지 하는 걸까, 어쩌다 이 길이 자기가 원하는 길이란 확신을 갖게 된 걸까 하는 생각이 들어서였다. 소피아는 그를 사랑했고, 그래서 늘 그를 도왔다. 둘은 함께 편집을 마쳤다.

영화는 성공했다. 소피아와 피터는 1편에서 보여준 케미를 한층 더 끌어올렸고, 각본가는 난해하게 마련인 만화책 줄거리에 이번에는 감동을 더했다. 업계 신문은 명품 액션 영화라 선언하면서 칭찬 일색인 평을 실었다. 영화는 기록을 갈아치우며 속편 영화가 한번도 달성하지 못한 최고의 흥행 수익을 올렸다. 잭은 가는 곳마다 축하받기 바빴다.

모든 게 변한 건 바로 이즈음이었다.

두 사람은 곧장 〈배트맨 3〉의 제작 준비에 돌입했다. 함께 촬영을 시작해서 함께 끝냈고, 다시 한번 편집을 앞두게 되었다. 잭은 고전했고, 이번에도 소피아는 매일 밤 편집실에서 잭과 함께 작업을 했다. 잭이 소피아한테 영화사 시사회에 와달라고 했고, 소피아는 기꺼운 마음으로 참석했지만, 방해가 되긴 싫어서 시사회실 뒤쪽에 혼자 꼿꼿하게 앉아 있었다. 소피아는 큰 화면에서 편집된 필름을 지켜보는 잭의 뒤통수만 흘깃 보았다. 잭은 어깨에 힘을 빼고 편안하게 있었다. 영화는 성공적이었다. 잭한테 잘된 일이란 생각에 소피아는 미소를 지었다. 잭의 기분도 좋을 게 분명했다.

소피아가 극장을 나서려는데 한 중역이 자리에 앉아 있는 잭한테 몸을 기울이며 무슨 말인가 하는 게 보였다. 소피아는 우연히 그 말을 엿듣고 말았다.

"거기 털도 머리색하고 똑같나?" 그 중역이 화면을 가리키며 물었다.

배트걸인 소피아가 불타는 듯 새빨간 머리를 화면 가득 찰랑이며 프레임 안으로 뛰어드는 장면이었다. 소피아는 몸이 굳었다. 심호흡을 하고는 잭이 반박해주길 기다렸다. 소피아는 잭 트래버스가 자기 부인을 모욕한 저 무뢰한한테 따끔하게 한마디 해주는 걸 듣고 싶었다.

잭은 잠시 망설이면서 주위를 둘러보았다. 다른 중역들 몇몇도 소리를 죽인 채 웃고 있었다. 잭이 그 중역들 쪽을 보았다.

"아뇨." 잭이 대답했다. 그러곤 킥킥거렸다.

잭이 한 말이라고는 그게 다였다. 어두컴컴한 상영관에서는 폭소 잔치가 벌어졌다.

소피아는 극장을 나왔다. 필름을 손보고 하나부터 열까지 잭을 도우면서 그날 오전을 편집실에서 보낸 소피아였다. 그길로 집으로 가서 소피아는 펑펑 울었다. 몇 시간 후, 잭이 집에 왔을 때 소피아는 그에게 따졌다.

"거기 털이 머리색하고 똑같냐고?" 소피아가 물었다.

잭은 쿠키를 훔치다 걸린 아이처럼 뜨끔한 얼굴이었다. 하지만 이내 표정이 당당해지더니 화를 내며 소피아한테 손을 저었다.

"내가 뭘 어쩔 수 있겠어? 그 사람들이 돈줄인데."

"난 당신 부인이라고." 소피아가 말했다.

그러더니 잭은 그대로 막 나가기 시작했다. 맡은 일을 하느라 그

동안 부담이 말이 아니었다고 변명을 둘러댄 것이었다. 소피아한테
는 그 레오타드를 입고 예쁜 얼굴로 우두커니 서 있기만 하면 그
걸로 임무 완수 아니냐, 자신은 결정을 수백 번, 그것도 매번 옳게
내려야 했다는 것이었다.

소피아는 깜짝 놀라 마른침을 꿀꺽 삼키며 다시는 잭을 돕지 않
겠노라 맹세를 했다. '나 없이 어떻게 하나 두고 보자'는 생각이 들
었다. 〈배트맨〉 마지막 편은 성공을 거두었고 역대 최고 수익을 기
록한 3부작이 되면서 한 번 더 기록을 갱신했다. 점점 더 많은 파
티가 열렸고 LA라는 우물 안 사람들은 잭을 마치 암이 완치된 환
자처럼 대하기 시작했다. 소피아는 다른 영화를 찍으러 프라하로
갔고, 잭은 LA에 남았다. 두 사람의 관계는 결정을 유보한 채 냉담
한 상태 그대로였다.

영화사는 3부작의 성공에 힘입어 〈배트맨〉 4편 제작을 주문했
다. 언론에서는 감독과 주연 배우들이 여덟 자리 수의 수표를 받
게 될 거라며 호들갑을 떨었다. 하지만 그 당시 피터가 이미 나이
든 티가 꽤 났기 때문에 배트맨 역을 한 번 더 맡기엔 무리인 상태
였다. 40대 후반의 피터는 살을 뺐지만 목 피부가 늘어졌다. 소문
이 무성했다. 영화사에서 피터를 갈아치우려 한다, 이미 새 배트맨
을 물색 중이다 등등.

소피아는 매일 전화를 걸어 피터를 응원했다. 그에게는 여러 명
의 에이전트와 홍보 담당자들로 구성된 무시무시한 팀이 있어서
싸움이 가능했기에, 결국 영화사와 피터 진영 사이는 일촉즉발의
상황으로 치달았다. 이런저런 말이 나돌고 협찬이 위태위태해지면
서 피터가 하차할 것으로 보였다.

결국 영화사가 갈아치운 건 배트맨이 아니라 배트걸이었다.

영화사는 피터를 더 젊어 보이게 하려고 그를 더 젊은 여자 옆에 세웠다. 소피아는 그 결정을 듣자마자 이 바닥에서 오래 버틴 사람답게 받아들였다. 영화사가 피터가 아니라 소피아를 갈아치운 건 당연한 처사였다.

잭으로 말할 것 같으면, 사적인 자리에서는 소피아한테 부당하다느니 의리 없다느니 하면서 노발대발했지만, 공적인 자리에서는 아무 말도 하지 않았다. 기자 몇몇이 부부한테 유명세를 안겨준 영화에서 더 이상 부인의 연기를 지도하지 못하게 된 데 대한 의견을 물었을 때, 잭은 이번 일이 법정 소송 사건인 만큼 배심원단한테 영향을 주고 싶지 않다는 듯, 새 영화가 아직 제작 준비 단계이므로 의견을 말하는 건 부적절하다고만 언급했다. 소피아는 이번 일을 비수로 받아들이고는 그걸 두 사람이 서로에게 저지른 사소한 배신 행위 목록에 추가했다. 소피아가 LA로 돌아오자마자 둘은 갈라섰다.

소피아는 늘 그때가 잭이 변한 때라고 보고 있었다. 그래서 함께 시간만 보낼 수 있으면 그를 다시 바꿔놓을 수 있을 거라고 생각했지만, 사실 변한 건 소피아였고 잭은 내내 그대로였다. 심지어 그 첫날밤에도 잭은 소피아에 대해 어떤 특정한 관점을 가지고 있었다.

"이런 걸 다 알기에 당신은 너무 아름답다고요."

그녀가 분기탱천한 상태로 그의 집 문 앞에 도착해서 영화를 어떻게 감독해야 하는지 알려주었을 때 그가 한 말이었다. 당시엔 그걸 칭찬으로 받아들였다. 물론 정말 칭찬이었을지도 모르지만, 지금 보니 그 말에는 다른 의미도 있었다. 그건 마치 잭이 배신과 위장과 교활한 속임수를 썼다며 소피아를 비난한 것 같은 말이었다. 그러니까 소피아가 집에 올 당시에는 본색을 숨겼다가 뒤늦게 본색을 드러낸 것 아니냐는 비난이었던 것이다. 잭이 소피아를 아름답다고 생각했다는 건 스스로도 알고 있었지만, 아름다움이 바뀐다면 그래도 소피아를 소중하게 여겼을까? 초반에 잭은 소피아를 끔찍이 아끼고, 절실히 필요로 하는 것 같았다. 잭이 적어도 한동안은 자신을 사랑했다는 건 소피아도 알고 있었지만, 이제 그 사랑에 증오도 조금 섞여 있었던 건 아닐까 하는 의심이 생겼다.

37

프레드와 함께 비밀 장소로 떠나기로 한 자정이 다가올수록, 제인은 그 모든 노력이 어리석은 짓으로 보이기만 했다. 그래서 거실 창가에 앉아 입술을 잘근잘근 깨물었다. 소피아는 기분 좋게 손을 흔들면서 집을 나서기 전, 자신이 맡은 임무에 진전이 있었다고 안심시키면서 제인을 꼭 1803년으로 돌려보내주겠다고 재차 약속했다. 제인은 죄책감에 시달리며 그런 소피아한테 고맙다는 말을 했다. 아군이라고는 소피아밖에 없는 상황에서 이런 식으로 집에서 몰래 빠져나가 그 아군을 저버린다면 불신을 초래할 뿐만 아니라, 어리석은 짓이기도 해서 그녀를 1803년으로 돌아가는 길에서 한 발짝 더 멀어지게 할 뿐이었다. 이 집을 나서면 파국을 불러올 게 뻔했다.

그렇다고 프레드의 초대를 거절할 수도 없었다. 그녀는 소피아가 준 가장 좋은 셔츠와 남자 바지를 입고 머리도 여러 번 빗으면서 그런 자신을 저주했다. 마법의 양초를 껐다 켜면서 그 동작에 점점 몰두하던 제인은 프레드가 방에 들어왔는데도 알아차리지 못했다.

"지금 뭐하는 거예요?" 프레드가 재미있다는 얼굴로 제인한테 물었다.

프레드는 소매를 팔꿈치까지 걷어 올린 녹색 셔츠에 검은색 바지 차림이었는데, 눈동자가 일렁이는 에메랄드빛으로 빛나고 있었다. 제인은 자동 양초 스위치 장난을 그만두었다.

"아무것도 아니에요." 제인은 어깨를 으쓱하고는 등불의 기둥 부분을 손으로 쓰다듬며 자세히 살피는 척했다. "이 탁상용 등불이 대단하다고 생각하고 있었을 뿐이에요."

프레드가 능글맞게 웃었다. "탁상용 등불 자체의 팬인 건가요, 아니면 콕 집어서 이 등불의 팬인 건가요?"

"나는 빛을 뿜는 모든 발명품의 열렬한 팬이에요."

제인은 그 장치에서 고개를 들었다. 그 순간 자신이 어떤 기분인지 알 수 없었다. 계속되는 프레드의 놀림에 짜증이 난 걸까, 아니면 이제 곧 벌어질 일이 두려운 걸까? 제인은 두 감정 다 어느 정도씩 있는 걸 거라는 결론을 내렸다.

"갈까요?"

두 사람은 바스 중심가까지 어두운 거리를 걸었다.

"어디에 가는 건데요?"

제인이 물었지만 프레드는 대답하지 않았다.

두 사람은 어떤 무쇠 대문에 도착했다. 프레드가 묵직한 자물쇠를 딴 후 사슬을 뒤로 쓱 뺐다. 그러고는 대문을 활짝 연 다음 한쪽 손을 내밀었다. 제인이 그 손을 잡자, 프레드는 그녀를 석조 건물 안으로 데리고 갔다. 제인은 여기가 어디인지 보려고 눈을 크게 떴지만 주변은 어둠에 휩싸여 있었다. 잡고 있는 프레드의 손에서 온기가 느껴졌다. 제인은 진정하라고 스스로에게 명령을 내렸다. 그녀의 마음은 자꾸만 오락가락했다. 그래서인지 잠시도 한 가지 생각에 집중할 수가 없었다.

두 사람은 아치문 아래를 지나 돌을 깎아 만든 넓고 깊은 터널에 들어섰다. 발아래는 잘게 부순 판석으로 이루어진 울퉁불퉁한 길이 놓여 있었다. 프레드가 제인을 이끌었다. 제인이 날카로운 도로 포장용 돌에 걸려 넘어질 뻔했지만 바닥에 쓰러지기 전에 프레드가 붙잡아 일으켜 세워주었고, 두 사람은 계속 앞으로 나아갔다.

"혹시 날 죽이려는 거예요?" 제인이 가까스로 프레드한테 물었다.

"거의 다 왔어요." 프레드가 대답했다.

두 사람은 터널 끝에 다다라 더 넓은 공간에 들어섰다.

"다시 밖으로 나왔군요." 제인이 말했다.

아무것도 보이진 않았지만 공기가 달랐다. 프레드가 제인의 손을 놓고 자리를 떴다.

"날 버리고 가지 말아요, 프레드 님!" 제인이 큰 소리로 외쳤다.

"금방 올게요." 프레드가 신이 난 목소리로 말했다.

제인은 그 자리에 서서 유령이 잡아가지 않기만 바랐다. 한 치 앞도 보이지 않았지만 석재와 기둥으로 짐작되는 것 하나는 알아볼 수 있었다. 어깨와 얼굴에 닿는 공기가 따뜻하고 축축하게 느껴졌다.

"지금 당장 돌아오지 않으면 소리를 지르겠어요." 제인이 허공에 대고 외쳤다.

"10초만 줘요! 거의 다 왔으니까." 프레드가 어딘가에서 외쳤다.

제인은 머릿속으로 10까지 셌다. 아무 일도 일어나지 않았다. 입을 열어 비명을 지르려는데 머리 위로 노란빛이 번쩍였다. 제인은 고개를 들어 그 빛을 보았지만 빛이 너무 강해 아무것도 보이지 않았다.

"맙소사, 점이 보여요." 제인이 말했다.

"빛을 정면으로 쳐다보지 말아요. 미리 말해둘걸. 미안해요!"

제인의 시력이 점점 돌아왔다. 빛이 사방을 둘러싸고 있었다.

"세상에나." 제인이 말했다.

그녀 앞에 서 있는 것은 2층 높이의 회랑이 있는 안뜰이었다. 온기 도는 황금색 돌을 조각해서 만든 그리스식 기둥들이 통로를 떠받치고 있었고, 이무기 돌이 위에서 그들을 내려다보고 있었다. 안뜰 한가운데에는 잔디나 돌 대신 파스텔 그린색의 거대한 물웅덩이가 있었다.

"온천이군요." 제인이 깜짝 놀라며 말했다.

프레드가 웃었다. "바로 그 온천이에요. 단연 최고의 온천."

프레드가 거대한 등불을 움직이자 광선이 수면을 비추었다. 고리 모양의 수증기가 줄기를 이루어 수면 곳곳에서 소용돌이쳤다.

"이게 로마 목욕탕인가요? 펌프룸의?" 제인이 물었다.

프레드가 고개를 끄덕였다. "이게 바스가 이름을 딴 바로 그 바스랍니다. 이름값 톡톡히 하지 않나요?"

제인은 이 신성한 샘을 내려다보았다. 꿈속에서 본 것보다 멋있어 보였다.

"그런 것 같네요. 그런데 어떻게 밤에 들어와도 된다는 허락을 받은 거죠?" 제인이 물었다.

"허락 안 받았어요." 프레드가 대답했다. "쉿, 아무한테도 말하지 말아요. 저기 저 로마 조각상들 보여요?"

제인은 위를 보았다. 제인은 자신이 틀렸음을 알았다. 저 위 조각상들은 이무기 돌이 아니라 돌에 새겨진 네로 황제, 클라우디우스 황제, 율리우스 카이사르였다. 그들은 이 물웅덩이 위로 무시무시하게 떠올라 현장을 지켜보고 있었다.

"정말 훌륭해요." 제인이 말했다.

"저 조각상들이 산성비를 뒤집어쓰고 있거든요." 프레드의 말에 제인이 눈을 가늘게 떴다. "복원 전문가들이 가끔 와서 산성비를 깨끗이 닦아내죠. 내일 학생들을 데리고 복원이 잘됐나 살펴보러 견학을 올 거예요. 복원 전문가 중에 친구가 있는데 그 친구가 열쇠를 줬어요." 프레드가 손짓으로 온천을 가리켰다. "마음에 들어요?"

"이렇게 생긴 줄 몰랐어요." 제인이 말했다.

한 번도 허락받지 못했던 곳에 이렇게 서 있는다는 게 제인으로서는 믿어지지 않았다.

프레드가 환하게 웃었다. "로마인들이 뛰어난 건축가였잖아요."

"그렇게 뛰어났을 리 없어요. 지붕을 안 올렸잖아요. 열기가 모조리 빠져나가버리게." 제인이 손으로 가리키며 말했다.

수면에서 수증기가 피어올랐다가 이내 흔적도 없이 증발해버렸다.

"지붕 있어요." 프레드가 고개를 끄덕이며 말했다.

제인은 얼굴을 찌푸렸다. "난 안 보이는데요."

"이 각도에서는 안 보여요. 물에 들어가야 보이지." 프레드가 물을 가리키며 고개를 끄덕였다.

제인은 코웃음을 쳤다. "물속에서요? 말도 안 돼."

프레드가 웃었다. "지금이 일생일대의 기회예요! 여긴 일반 대중한테 개방된 수영장이 아니라고요."

매서운 밤공기 때문에 제인은 이미 덜덜 떨고 있던 중이었다. "얼어 죽을 거예요."

"안 그럴 거예요. 내가 장담할게요."

"안전한 거죠?"

"물론이죠. 복원 전문가들이 어제 물을 뺐거든요."

"물이 녹색으로 보이네요."

"그럼 마시지 말아요." 프레드가 웃으면서 대꾸했다. "무서워요?"

"하나도 안 무섭거든요." 제인은 두려움을 감추려고 핑곗거리를 찾았다. "해수욕복이 없어요."

"그렇게 말할 것 같더라고요. 자, 여기요." 프레드가 제인한테 똘똘 뭉친 옷감을 건넸다.

제인은 그것을 풀어보았다. "이게 뭐죠?"

"수영복이에요." 프레드가 말했다.

제인은 그 옷감을 집어들었다가 화들짝 놀랐다. 속옷 모양의 아주 작은 천쪼가리에 불과해서였다.

"나한테 이걸 입으라고요?" 제인의 눈알이 튀어나오려 했다. "너무 음란해요."

"이런, 미안해요. 매장에 있던 여자가 자기 할머니도 똑같은 걸 가지고 있다고 했거든요." 프레드가 제인한테 그 속옷에 붙여놓은 작은 카드를 보여주었다. 그것은 커다란 오렌지색 공을 들고 있는 백발의 할머니 사진이었다. 사진 속 여자는 해수욕복을 입고 있었다. "할머니도 재미있게 놀고 계시잖아요."

"그 할머니, 술에 취한 것처럼 보이는데요." 상황을 이리저리 따져보았을 때 그것만이, 즉 만취만이 유일하게 말이 되는 정신 상태 같아서였다. "이거 짓궂은 장난 아닌 거 확실한 거죠? 이게 여자들이 입는 옷이에요? 해수욕할 때, 공공장소에서?"

프레드가 웃었다. "확실합니다."

이 시대에 도착한 이후, 속바지 차림으로 발목과 가슴을 내놓고 다니는 여자들을 숱하게 보아왔기에 제인도 이런 불쾌한 사실을 알고는 있었지만, 자신이 그처럼 조금밖에 가리지 않는 옷을 입는다고 생각하니 인생의 신조와 관습을 모조리 저버리는 것만 같았다.

"미안해요. 난 못 입을 것 같아요."

"안 본다고 약속할게요." 프레드가 말했다. "그것 때문에 걱정하는 거 아닌가요?"

"아니에요." 제인은 거짓말을 했다.

그러곤 물 쪽을 보았다. 물은 반짝이고 있었다. 물속은 보이지 않았다.

제인의 오빠 프랭크가 함대와 함께 포르투갈의 프라이아 다 루스에서 수영을 했다고 편지에 쓴 적이 있었다. 편지에서 물은 따뜻한 황금빛이었으며 그때의 경험이 천국 같았다고 썼다. 오빠는 심지어 인어를 보았다는 주장까지 했었다. 프랭크 오빠한테서는 좀처럼 보기 힘든 시적인 표현이었다. 오스틴 집안사람들은 물을 아주 좋아했다. 모두 물이 지닌 신비함과 물에 몸을 담그는 일에 사로잡혀 있었다. 제인도 그런 물의 매력을 공유하고 있었지만, 이날

이때까지 물에 대한 경험은 이론에 그쳐 있었다.

"한 번 해봐요." 프레드가 말했다.

제인은 해수욕복을 쥔 채 얼굴을 찡그렸다. 교구 목사님이 설교단에서 설파한 메시지가 있었다. 남자한테 맨살을 보이는 것은 영혼을 치명적인 위험에 빠뜨리는 것이라는 내용이었다. 여자의 몸은 딱 한 사람만을 위한 것이었다. 남자의 눈길이 살에 닿고 나면, 그 남자의 시선으로 여자는 다른 남자들한테 몹쓸 여자가 되는 것이었다.

이 점에 있어서 이 시대의 사회적 관행에 비하면 그녀의 사고방식은 구식이라는 걸 제인도 알고는 있었다. 제인은 이 의복을 입고 프레드 앞에 선 자신을 상상했다. 프레드가 그녀를 보고 방긋 웃더니 시선을 다시 다른 데로 돌렸다. 제인은 안절부절못하며 머리를 긁적였다.

그때 프레드가 온화한 목소리로 말했다. "이건 괴로우라고 벌인 일이 아니에요, 제인. 난 당신이 좋아할 줄 알았거든요. 원하지 않으면 안 해도 돼요. 그냥 가면 되니까."

제인은 평생 동안 해수욕을 갈망해왔었다. "괴로운 게 아니에요."

전날 밤 프레드가 그녀의 성격을 두고 내린 정확한 판단, 그녀가 모든 걸 보고 싶어 하고 모든 걸 해보고 싶어 한다던 정확한 판단이 떠올랐다. 제인은 다시 한번 물웅덩이를 보았다. 녹색 물은 흐릿하기만 해서 수면 아래로는 아무것도 보이지 않았다. 제인은 아이디어를 하나 떠올렸다.

"내가 물속에 들어갈 때까지 안 보겠다고 해주면요."

"저기 기둥 뒤에 서 있을게요." 프레드가 고개를 끄덕이며 말했다. "절대 안 볼게요."

제인은 심호흡을 했다. 프레드한테서 해수욕복을 받아들고 회랑 뒤 동굴로 들어갔다.

38

제인은 옷을 벗은 다음 해수욕복의 다리 부분에 양발을 집어넣은 후 해수욕복을 위로 끌어올렸다. 몸이 떨렸다. 옷은 처음 생각했던 것보다 더 작게 느껴져서 몸을 거의 덮어주지 못했다. 제인은 이 정신 나간 계획에 동의한 자신을 저주했다.

"지금 나가요." 제인이 큰 소리로 말했다.

"난 여기 있을게요." 프레드도 큰 소리로 말했다. "난 기둥 뒤에 있어서 아무것도 안 보여요."

제인은 심호흡을 한 후 주위를 두리번거리며 동굴에서 걸어 나왔다. 프레드는 보이지 않았다. 제인은 서둘러 풀장 가장자리 쪽으로 가서 물속에 발가락 하나를 담갔다.

"따뜻하네."

제인은 얼어 죽을지도 모른다는 두려움을 날려버릴 수 있었다. 발이 물에 닿자 물결이 일면서 작은 파도가 풀 한가운데로 번졌다. 제인은 그 발을 뺀 다음 반대쪽 발을 물속에 담갔다. 물이 피부에 닿자 거품이 일었다. 이런 느낌은 난생처음이었다. 제인은 심호흡을 한 후 물속에 몸을 담갔다. 뜨거운 녹색 액체가 허리까지 닿았다.

꿈속에서 이곳을 상상한 적은 있었지만, 현실이 상상보다 1,000배는 더 나았다. 꿈속에는 석회질 물이 피부에 닿을 때 어떤 느낌인지는 나오지 않았다. 코끝을 간질이는 짠내와 달콤한 냄새도 나오지 않았다. 꿈은 로마 조각상들에 생긴 금, 돌에 낀 이끼, 발가락에 닿은 모래와 진흙을 생략해버렸다. 상상은 그녀의 뒤쪽 어딘가에 있는, 피와 살로 이루어진 진짜 남자가 있을 거란 점도 알려준 적이 없었다.

"들어갔어요?" 프레드의 목소리가 회랑 저 끝 어딘가에서 들려왔다.

"들어왔어요." 제인이 크게 소리쳐 대답했다.

주위를 둘러보았지만 그림자와 기둥밖에 보이지 않았다.

"뒤로 누워봐요." 프레드가 크게 외쳤다.

제인은 얼굴을 찡그리며 어떻게 물에서 뒤로 누우라는 거지 하고 이상하게 여겼다.

"그렇게는 못할 것 같은데요." 제인이 그림자 속에 대고 외쳤다.

"어깨를 뒤로 휙 돌려요." 프레드가 외쳤다. "그런 다음 손과 발로 노를 젓는 거예요."

제인은 머리를 뒤로 넘어뜨렸다. 뒤통수에 물이 닿자 거품이 일었다. 제인은 엉덩이를 위로 올린 후 기뻐하며 안도의 한숨을 쉬었다.

"내가 물에 뜨다니!" 제인이 흥분해서 소리쳤다.

"이제 위를 봐요." 프레드가 제인한테 소리쳤다.

위를 본 제인은 깜짝 놀랐다. "하느님 맙소사."

온통 밤하늘이 드리워져 있었다. 새까만 담요 같은 밤하늘에 반짝이는 다이아몬드 구멍이 난 것만 같았다.

"거기 지붕이 있을 거예요." 프레드가 말했다.

제인은 미소를 띤 채 눈가가 촉촉해지는 걸 느꼈다.

평생 동안 제인은 짐, 귀찮은 존재였다. 한 푼도 못 벌고 가계를 축내기만 하는 존재였다. 남들이 춤추는 동안 제인은 손가방만 들고 있었다. 개구쟁이 아이들의 부모가 무도회에 참석하는 동안 제인은 그 아이들을 봐주었다. 자기 몫을 다 하기 위해, 숙식을 정당화하기 위해 제인은 가능하면 의무를 다했다. 지금까지 그 누구도 이런 데 그녀를 데려와준 적이 없었다. 그런 대접을 받아본 적이 없었던 것이다. 제인은 두 팔을 쭉 뻗었다. 물은 그녀를 풀장 한가운데로 데려다놓았다. 하늘은 저 위에서 빙빙 돌았고 반짝이는 수천 개의 보석이 흐릿해지며 어른거렸다. 지금까지 그녀에게 이처럼 팔자 좋은 오락 활동을 준비해준 사람은 아무도 없었다. 제인은 이 기회를 걸신들린 듯 음미했다.

제인은 심호흡을 하다가(알고 보니 숨을 너무 깊이 들이마셨다) 공기 대신 물을 들이마시고 말았다. 기침을 하느라 조금 전에 익혔던 물에 뜨는 능력을 잃고 말았다. 다리를 내려 일어서보려고 했지만 바닥을 찾을 수 없었다. 제인은 한쪽 다리를 이리저리 움직이며 풀장 바닥을 짚으려고 했다. 하지만 수심이 너무 깊어서 일어설 수 없었다. 제인은 자꾸만 수심이 더 깊은 쪽으로 떠내려갔다. 제인이 다시 기침을 하기 시작했다.

"살려줘요. 난 수영을 못 해요!"

녹색 물을 고블릿으로 한 잔은 들이마신 제인이 물을 컥컥 뱉어냈다. 머리가 밑으로 가라앉았다. 제인은 풀장 밑바닥으로 가라앉았다. 탁한 물이 시야를 가로막았다. 양팔을 연신 휘둘렀지만 수면으로 다시 올라갈 수가 없었다. 점점 더 깊이 가라앉으면서 삼키는 물의 양도 많아졌다. 제인은 자신이 부르는 소리를 프레드가 들었기를 바랐다. 그때 마침내 발바닥이 풀장 바닥에 닿았다. 수면은 이제 사람 키 높이의 천장처럼 보였다. 어리석게도 숨을 들이마시는 바람에 제인은 다시 한번 한 입 가득 물을 마시고 말았다. 제인은 눈을 감고 열심히 머리를 굴렸다. 어느 순간 편안하게 잠에 빠지는 기분이 들었다.

그때 손 하나가 그녀의 허리를 감싼 채 위로 끌어올렸다.

프레드가 제인을 수면으로 잡아당겼다. 제인은 헐떡거리며 기침을 하면서도 아픈 걸 참고 신선한 공기를 한껏 들이마셨다. 물은 입안에 석회질과 쓴맛을 남겼다. 프레드는 제인이 풀장 측면으로 갈 수 있도록 도왔다. 옷을 입은 채로 물속으로 뛰어들었던 것이다.

제인은 풀장 끄트머리를 꼭 붙잡고 매달렸다. "물을 먹었어요. 혀보다는 눈이 더 즐거운 곳이네요."

제인이 눈을 닦았다. 숨을 쉴 때마다 코가 따끔거렸다. 손가락이 욱신거렸다. 프레드가 물밑 어딘가에서 한 손으로 제인을 붙잡았다.

"수영 못한단 얘기 왜 안 했어요?" 프레드가 물었다.

"나도 몰랐어요. 고마워요." 제인이 말했다.

프레드는 제인의 호흡이 점차 느려지면서 정상으로 돌아올 때까지 기다렸다.

"괜찮아요?" 프레드가 말했다. "정말 미안해요. 수영 못하는 줄 몰랐어요."

제인이 고개를 끄덕였다. "난 괜찮아요. 아주 멀쩡해요. 물을 좀 먹긴 했지만 그게 다인걸요."

제인은 자신이 괜찮다는 걸 확인시켜주려고 프레드한테 미소를 지어 보였다. 안심시키는 말과 끄덕거림이 몇 분간 이어진 끝에 프레드의 얼굴은 끔찍한 죄책감이 어린 얼굴에서 좀 더 마음 편한 얼굴로 겨우 돌아왔다.

"생각만 해도 끔찍해요. 내가 당신을 죽일 뻔한 거잖아요."

"천만에요. 오히려 날 살려줬잖아요." 못 튀어나오게 미처 막기도 전에 무심코 튀어나온 말이었다. "나한테 여기를 보여줘서 고마워요."

프레드가 제인을 가만히 응시했다. 제인은 물밑에서 프레드의 손이 아직도 자신을 잡고 있다는 사실이 점점 더 자각되었다. 프레드의 다른 쪽 손은 풀장 가장자리를 잡고 있었다. 프레드도 그 사실을 점점 자각하고 있는 것 같았다. 프레드는 시선을 아래로 향하다가 제인의 입술을 바라보았다.

그런 일에 관한 경험 면에서, 제인은 '부족'하다고 할 수 있었다. 이 땅에 태어난 지 28년, 안타깝게도 제인의 입술에 손을 대거나, 시선을 그쪽으로 이동시키거나, 지금 프레드가 하고 싶어 하는 것으로 보이는 행위를 하려는 의도를 보인 남자는 한 명도 없었다. 제인은 프레드의 얼굴을 흘깃 훔쳐보았다가 그의 눈에 당당함과 대담함이 서려 있는 걸 보았다. 제인의 심장이 마구 뛰면서 마음이 들썩였다. 그녀는 궁금했다. 그녀가 경험이 없다는 걸 프레드가 알고 있을지, 그녀가 잠자코 있거나 호흡을 할 때 엿보이는 어린애 같은 모습을 감지할지, 그 때문에 실망을 할지, 그녀가 다르게 움직여야 하는 건지, 모든 게 궁금했다. 프레드는 계속 제인을 바라보면서 미소를 짓고 있을 뿐이었다. 그의 몸짓에서는 그가 지금과 같은 상황, 즉 곧 닥칠지 모를 일을 다른 무엇보다 기뻐한다거나, 어쩌면 조금 두려워하고 있을지도 모른다는 표시가 전혀 나지 않는 듯했다. 제인은 심호흡을 하고 기다리면서 계속 숨을 쉬라고 스스로를 다그쳤다.

유감스럽게도 체스 선수의 두뇌를 소유하고 있는 탓에 늘 몇 수 앞서 생각하는 버릇이 있는 제인은 마음이 즐거운 일에서 걱정거리로 넘어가는 걸 느꼈다.

행위 자체가 걱정스러웠다기보다, 물론 그 행위가 궁금하기도 했고 겁도 났지만, 제인의 마음을 어지럽게 한 건 그 이후였다. 그가 마음먹은 일을 하고 나면 그 이후에는 어떻게 되는 걸까? 그의 키스가 어떤 느낌인지 알고 나서도 원래 시대로 기꺼이 돌아갈 수 있을까? 제인은 프레드의 얼굴을 힐끗 보았다. 일단 키스를 하고 나면, 비록 아는 것 없고 경험도 없는 그녀였지만 그를 떠나기 힘들어지리라는 것쯤은 알고 있었다. 이런 일에 휩쓸리게 되면 얼마나 감격스러울까! 하지만 그 이후 찾아올 고난의 시기는 절대로 마법 같은 순간 몇 번으로 달랠 수 없을 게 분명했다. 그럴 리 없었다. 사실 이 행위 자체가 어리석은 짓으로만 이루어져 있지 않던가.

"어떻게 수영도 안 배우고 자랄 수 있었던 거죠?"

프레드는 고개를 제인 쪽으로 기울이고 있었다. 그의 얼굴이 너무 가까워지자 제인은 숨이 턱하고 막혔다. 제인은 힘을 달라고 기도하면서 이 분위기를 중단시킬 방책을 모색했다. 그러다 아주 확실한 걸 하나 찾아냈다. 제인은 이 방법이 얼마나 확실할지 생각하며 두 눈을 꼭 감았다.

"왜냐하면 난 제인 오스틴이니까요." 제인이 선언하듯 말했다.

이 말은 바라던 효과를 낳았다. 프레드가 고개를 뒤로 빼더니 눈을 깜빡였다. 그는 제정신인 사람이 그런 선언에 보일 법한 반응을 보였다. 제인의 얼굴을 유심히 살피면서 이렇게 말했던 것이다. 그의 눈은 마치 자신이 잘못 들었을지도 모른다는 듯 희망에 가득차 있었다.

"뭐라고요?"

"내가 제인 오스틴이라고요." 제인이 다시 한번 선언했다.

"그 작가 말인가요."

프레드가 못 믿겠다는 듯 고갯짓을 했다. 멍한 눈빛이었다.

제인이 고개를 끄덕였다.

"그렇군요." 프레드는 아까부터 손이 놓여 있던 자리에서 손을 떨구더니 인상을 찌푸렸다.

프레드는 지금 무슨 생각을 할까? 그녀를 히스테리성 망상으로 유명 작가를 사칭하고 있는 미친 여자라고 생각할까? 아니면 그녀가 자신을 놀리고 있다고 생각할까? 어느 쪽이든, 그녀가 뱉은 말은 제 몫을 해냈다.

"없는 이야기까지 지어낼 필요는 없어요." 프레드가 말했다.

"절대 지어낸 이야기가 아니에요, 프레드 님." 제인이 말했다.

산통 깨기는 성공했다. 프레드는 제인과 거리를 두려고 뒤로 물러났다. 그리고 마치 아이에게 하듯 물에서 나올 수 있게 살살, 조심스럽게 제인을 도왔다. 그런 다음 수건을 덮어주었다.

"사실을 말한 거예요, 프레드 님."

제인은 다시 시도해보았다. 문제의 순간이 지나간 지금, 왜 다시 주장하고 싶은 마음이 든 건지 알 수 없었지만, 제인은 어쨌든 계속 주장했다.

"이 얘기 소피아 누나한테도 했나요?" 프레드가 고개를 끄덕이며 온화한 목소리로 물었다.

"나는 1803년에서 왔어요." 무의미했지만 제인은 말을 이어나갔다. "지금 시대로 시간 여행을 온 거고요. 내 말을 믿지 않는군요."

제인이 이 어처구니없는 복음을 전파한 것은 프레드를 내치는 효과를 보기 위해서였다. 하지만 그럼에도 프레드가 그걸 받아들이지 않자 가슴이 아렸다.

"우리 누나를 이용하고 있군요. 내가 집으로 데려다줄게요." 프레드가 슬픈 눈으로 제인을 바라보았다.

"준비되는 대로 집에서 나갈게요."

제인의 말에 프레드가 고개를 끄덕였다.

제인은 해수욕복 위에 원래 옷을 입었다. 프레드의 옷에서 물방울이 뚝뚝 떨어졌다. 입고 있는 셔츠가 몸에 딱 달라붙었다. 제인이 그에게 수건을 건넸지만 프레드는 고개를 가로저었다.

"제발요, 이렇게 부탁드릴게요, 프레드 님. 그러다 감기 걸려요."

마음이 누그러졌는지 프레드는 수건을 받아들었다. 물기를 대충 닦더니 수건을 다시 제인한테 건넸다.

두 사람은 말없이 집으로 돌아갔다. 프레드는 제인이 어두운 밤거리에서 길을 잃지 않을 정도는 되지만 대화는 전혀 불가능할 정도의 거리를 유지하며 앞서 걸었다.

두 사람은 집에 도착했다. 프레드는 제인에게 잘 자라는 인사를 한 뒤 자기 방문을 닫았다. 제인은 젖은 옷을 입은 채 손님방에 누웠다. 그러곤 벽시계를 응시했다. 저 시계의 바늘을 돌려놓을 수 있다면 얼마나 좋을까!

대신 제인은 두 눈을 감고 잔인했지만 잘한 일이라며 스스로를 다독였다. 제인이 프레드에게 취한 조치는 자기 보호만을 위한 것은 아니었다. 다른 의도도 있었다. 제인은 다른 남자들한테도 똑같이 대했었다. 키스를 하려고 했던 남자는 없었지만, 제인을 원하는 남자들은 있었다. 위더스 씨가 제인을 거절한 건 십중팔구 제인이 나이도 많고 가난했기 때문이었겠지만, 제인이 홀로 가슴속에 간직하고 있던 사실은 그녀 또한 남자들을 보내주었다는 점이었다. 그녀의 신분에 더 잘 어울리는 더 착하고, 더 가난한 구혼자도 보내주었다. 예전에는 이런 남자들을 거절했다. 나이가 문제가 되기 전까지는.

여전히 물이 뚝뚝 떨어지는 머리로 침대에 앉아 제인은 시간과 마음의 안정만 충분히 주어졌다면 묵묵히 순종하는 마음으로 지혜롭게 사랑을 키워갔을지 모를 괜찮은 남자들 서넛에 대해 곰곰이 생각해보았다. 그 남자들은 희망을 걸고 그녀를 찾아왔었다. 제인은 그 남자들이 멍청하다고 생각해서 농담과 조소로 저지했고, 그들로 하여금 자신들에게는 그녀를 행복하게 해줄 가능성이 없는 것처럼 느끼게 만들었다. 내면의 작은 목소리가 늘 그녀에게 도망치라고 명령했기 때문이었다. 제인이 편지와 지나가는 대화를 통해 알아낸 바로, 이 남자들은 다른 여자들과 지금 행복하게 살고 있다고 했다. 그 남자들 모두 다른 사람과, 아마도 그들에게 웃음은 덜 줄지언정 마음은 더 써줄 여자와 결혼을 했다.

제인은 외로움에 내재되어 있는 안전함이라는 안도감, 누군가 다가오면 달아나고 싶은 욕망을 늘 품고 있었다. 이런 생각을 하다니 내면에 죽음에 대한 동경을 품고 있는 게 틀림없다는 생각이

들라 치면 망각이라는 감정이 스며들도록 내버려두었다. 아니, 어쩌면 그녀는 사실 그냥 홀로 남겨지는 걸 좋아했던 건지도 몰랐다. 혼자 걷고, 혼자 생각하고, 혼자 있고, 다른 사람과 관계를 맺지 않고 혼자 사는 걸 좋아했던 걸지도 몰랐다. 제인은 이것 때문에 자신이 괴물 같은 끔찍한 인간이 된 건 아닐까 하고 생각했다. 어쩌면 그게 맞을지도 몰랐다.

제인은 이를 악물었다. 프레드한테 자신의 진짜 정체를 알렸지만 프레드가 믿지 않은 것이었다. 차라리 다행이었다. 떠나야겠다는 결심이 더 쉬워졌기 때문이었다. 그녀는 마땅한 성과를 얻은 것이다. 잠재울 수 있어서 다행스럽게 여겨지는 터무니없는 생각, 그런 생각이 득이 될 리 없었다. 제인은 그보다 요긴한 문제, 즉 소피아를 도와 집으로 돌아갈 수단을 확보하는 쪽으로 마음의 방향을 돌렸다.

39

프레드는 교사라는 직업을 즐기는 편이었다. 다이아몬드처럼 빛나는 날들, 학문적 희열과 학자적 통찰로 가득한 날들, 마침내 어떤 개념을 완전히 이해하게 되었을 때 아이들의 얼굴 가득 아른거리는 기쁨이 느껴지는 날들이 있기 때문이었다. 반면 그날 이룬 가장 큰 업적이 목숨을 부지한 채 일과를 마친 것에 불과한 날도 있었다. 그는 오늘이 후자에 속하는 날인 것 같다고 생각했다. 그와 폴은 열두 살짜리 아이들 스물다섯 명을 맡아 새로 복원한 부분을 관찰하기 위해 버스로 현장 학습을 갔었다.

아이들을 그 황갈색 건물로 인솔하면서 프레드는 귀엽게 흐트러짐 없이 뒤를 따르는 새끼 오리들을 데리고 도로를 건너는 어미 오리가 존경스럽다는 생각을 했다. 어미 오리는 어떻게 그걸 해내는 걸까? 프레드가 폴과 함께 인솔 중인 이 아이들 중에는 그렇게 귀엽고, 솜털 보송보송한 학생들은 없었다. 대신 땀 흘리며 험담하는 사춘기 아이들로 이루어진 거친 무리가 발을 질질 끌며 그들 뒤를 따르고 있었다. 이 아이들 중에 길을 건널 때 좌우를 살핀 아이들은 한 명도 없었고, 너나 할 것 없이 한꺼번에 우르르 사방팔방으로 급출발을 했다. 아침 9시 반밖에 안 되었건만 '신속하게 조심하면서 걸으세요!', '그건 먹으면 안 돼요!', '다들 화장실 다녀왔죠?' 같은 말을 목청껏 외치느라 프레드의 목소리는 이미 맛이 가 있었다.

프레드와 폴 일행은 기적적으로 출발 당시 인원과 똑같은 인원을 데리고 펌프룸에 도착했다. 프레드는 다시 한번 예의를 지켜줄 것을 당부하고는 아이들한테 안으로 들어오라는 손짓을 했다. 앞줄에 있던 소수의 무리가 말을 안 듣고 크게 떠들어대면서 서로 밀쳤다. 프레드는 그 아이들을 조용히 시키기 위해 황급히 앞쪽으로 달려갔다. 테스 존스가 맨 앞에 서 있었다.

"테스가 저 늙은 아줌마한테 욕했어요, 선생님." 또 다른 학생이 프레드한테 투덜거렸다.

그 학생은 프레드가 문제의 그 늙은 아줌마를 못 볼까 봐 손수 손으로 가리켜주기까지 했다. 백발에 펌프룸 표지가 찍힌 배지를 달고 있는 평범한 인상의 여자가 그들 모두를 매섭게 노려보고 있었다.

"안 그랬어요. 개소리란 말밖에 안 했어요."

여전히 그들의 말이 들릴 만한 거리에 있던 문제의 그 늙은 여자가 씩씩거리며 그들을 한층 더 매섭게 노려보았다. 프레드는 테스를 따로 불러냈다.

"무슨 일이니, 테스?" 프레드가 물었다.

테스는 코를 훌쩍이며 바닥만 쳐다보았다. 테스는 걱정할 필요가 전혀 없는 아이였으나, 최근 부모님이 별거에 들어가면서 행동이 불량해지고 있었다. 음주와 땡땡이로 걸린 적도 있었다. 테스는 똑소리 날 정도로 영리한 아이로 최고의 학생 중 하나였다. 네로 황제에 관한 선거사로 훌륭한 발표를 한 게 불과 지난주였다. 테스의 발표 내용은 본문을 인용만 했지 베껴 쓴 게 하나도 없었다. 테스를 퇴학시키자고 하는 교사들도 있었지만 프레드는 너무 성급한 처사라고 생각했다. '별거 중.' 프레드는 그 단어에 딸려오는 것들이 무엇인지 진심으로 알고 있었기 때문이었다.

"테스, 무슨 일인지 네가 얘기해보렴." 프레드가 말했다.

테스는 어깨를 으쓱했다. "죄송해요, 꺼벙이 선생님."

테스가 한 말은 이게 다였다. 전교생이 프레드를 꺼벙이 선생님이라고 불렀다. 프레드는 까다로운 아이들한테 특히 인기가 많았다. 폴은 그게 다 프레드가 러시아 문학을 읽고, 머리숱이 많고, 술을 좋아하기 때문이라고 농담처럼 말했지만, 다른 이유가 있다는 걸 프레드는 알고 있었다. 그에게는 어린 시절 경험했던 일들 중에 지금까지도 마음을 괴롭히고 있는 일이 있었는데, 그 아이들은 바로 그 점에 끌리는 것이었다. 때때로 어둠의 자식이 되곤 하는 그에게 아이들은 동병상련을 느꼈다.

"저 아줌마 가까이 가지 마. 알았지, 테스?" 프레드가 말했다.

테스가 고개를 끄덕이며 다시 한번 말했다. "죄송해요, 꺼벙이 선생님."

프레드는 테스를 다시 뒷줄로 보냈다. 오늘은 테스를 예의 주시할 필요가 있었다. 프레드는 녹초가 됐지만 다른 일에 정신을 팔수 있어서 다행스럽기도 했다. 로마 목욕탕은 겨우 6미터 떨어진 곳에 서 있었지만, 전날 밤 일 때문에 그에게는 그곳이 그 어느 때보다 멀게만 느껴졌다.

제인 오스틴. 이 얼마나 말도 안 되는 헛소리란 말인가.

"제인하고는 어떻게 됐어?" 폴이 프레드한테 재차 물었다. "그 여자, 또 도망갔어?"

"뭐라고? 아냐." 프레드가 대답했다. "뭐, 그런 셈이지."

"왜?" 폴이 물었다.

프레드는 몸이 굳었다. 도무지 설명할 길이 없었다. 그런 이상한 상황에 적합한 말은 없었다. 사실 있기는 했다. 그가 좋아했던(하지만 그를 좋아하지 않았던) 여자가 그에게 퇴짜를 놓으려고 장난을 쳤다. 사실 꽤 간단했다.

"그 여자, 너한테 상처를 줬구나, 친구."

"그냥 내 자존심 때문에." 프레드는 그 얘기를 시작하고 싶지 않아 농담조로 말했다.

"이젠 그 여자 나도 싫다." 폴이 고개를 절레절레 저었다. "널 그렇게 속이다니 쿨하지 못한데. 너같이 잘생긴 녀석한테도 감정이란 게 있는데 말이야."

프레드는 거절에 상처를 받은 게 아니었다. 그보다 훨씬 나쁘고 창피한 감정이었다. 슬픔이었다. 자신이 느낀 것들이 착각이었다는 게 슬펐다. 이제 그는 그중 진짜였던 건 아무것도 없었다는 사실을 받아들여야 했다. 그녀는 그와 다른 감정을 느낀 것이다. 안 지 며칠밖에 안 된 여자였다는 게 상황을 더 악화시켰다.

폴과 프레드는 아이들을 모아 연녹색 물이 앞에 펼쳐져 있는 안뜰로 입장했다. 아이들은 재잘거림을 멈추고 손가락질을 해가며 놀라는 모습을 보였다. 녹색 물이 담긴 깊은 호수는 낮에 보니 달라 보였다. 프레드는 물을 바라보며 고개를 절레절레 저었다. 제인은 분명 이상했다. 하지만 시간 여행이나 공상과학과는 무관한 귀여운 이상함이었다. 그에게 '님' 자를 붙여 부르다니 제정신이 아닌 게 분명했다. 또 본인을 '재귀대명사'로 지칭하면서 강조하기도 했다. 알고 있는 가장 심한 욕도 '멍청이'인 것 같았다. 프레드는 이런 점을 배우의 감정 조절, 다시 말해서 시대극 역할에 익숙해지려는 노력 탓이라고 여겼었다.

배우가 맞는다면 그녀는 훌륭한 배우였다. 그 어떤 기계에도 진심으로 마음을 빼앗긴 것처럼 보여서였다. 터무니없이 오랫동안 냉장고만 빤히 바라보기도 했고, 전등 스위치를 몇 개 깨먹기도 했다. 그러고 보니 첫 리허설 때 춤 강사한테 자신이 제인 오스틴이라고 말했던 것도 기억이 났다. 그 강사가 장난이 심하다며 나무라자 당황한 모습을 보였다.

그때 이상한 소리가 안뜰까지 들려왔다. 타닥타닥. 소리는 지붕에서 들려왔다.

"저게 무슨 소리지?" 프레드가 말했다.

폴이 고개를 가로저었다. "모르겠는데."

"저 소리는 마치……."

"비가 와요, 선생님." 한 아이가 소리쳤다.

나머지 학생들도 깜짝 놀랐다. 그들은 서로를 바라보다가 고개를 들어 지붕을 보았다.

"이게 얼마 만이지?" 폴이 프레드한테 물으며 하늘에서 떨어지는 물방울을 가리켰다.

"8개월 만이야." 프레드가 대답했다.

비가 건물의 갈라진 틈을 통해 탁탁, 똑똑 방울져 떨어졌다. 비는 오래된 창문에, 건물 바닥에 뚝뚝 떨어져내렸다. 빗방울이 욕탕물 위로 후두둑 떨어지자 물결이 바깥쪽으로 번졌다. 아이들은 깡충깡충 뛰며 깔깔 웃었고, 아이들 사이에서는 신이 나서 지르는 비명 소리가 번져나갔다.

"자자, 여러분, 비 처음 보는 거 아니잖아요."

폴이 아이들한테 큰 소리로 말했지만 아무 소용이 없었다. 아이들은 전 세계와 마찬가지로 비에 광적인 반응을 보였다. 그러다 아이들 몇몇 사이에서 물싸움이 일어났다. 학생들은 젖은 바닥 위에서 뛰어오르고 미끄러졌다. 아까 본 나이 지긋한 자원봉사자, 테스 존스가 헛소리한다고 했던 바로 그 자원봉사자는 이 광경에 경악하며 호통을 쳤다. 프레드와 폴은 아이들을 회랑 아래로 데리고 갔다.

"지금 쉬는 시간 하면 되겠다."

프레드의 말에 폴이 고개를 끄덕였다.

두 사람은 아이들을 모은 다음 맞은편 카페테리아에 모두를 앉혔다. 프레드가 인원수를 확인했다. 스물넷. 다시 세보았지만 결과는 똑같았다. 한 명이 비었다.

"테스, 어디 있어?" 프레드가 폴한테 물었다.

폴은 주위를 둘러보더니 어깨를 으쓱했다. 프레드는 테스의 친구들이 있는 쪽으로 가서 물었지만 아는 아이가 없었다. 폴이 학생들을 데리고 있는 동안 프레드가 비가 내리는 바깥으로 나갔다.

평상시 현장 학습 때 수반되던 것보다 훨씬 심한 아수라장이 프레드를 기다리고 있었다. 비 때문에 모두 난처해진 모양이었다. 사람들은 도로와 보도를 황급히 이리저리 오가다가 지붕 아래와 교회 지하실로 향했다. 우산 있는 사람이 아무도 없었다. 고개를 돌린 프레드는 테스가 도로 한가운데 서서 비를 구경하고 있는 걸 보았다. 테스는 걸음을 멈출 지점을 잘못 골라 서 있어선 안 되는 곳에 서 있었다.

"도로에서 나와, 테스." 프레드가 크게 외치자 테스가 뒤를 돌아보았다. 테스는 울고 있었다. 프레드는 고꾸라졌지만 테스한테 미소를 지어 보였다. "괜찮을 거야. 나랑 같이 가자."

머리 위로 비가 퍼붓자, 프레드는 전날 밤이 떠올랐다. 그의 집에서 지내고 있는 그 여자가 정말 제인 오스틴인 걸까? 터무니없어 보이긴 했지만 적어도 그편이 현재 처지, 다시 말해서 제인이 그를 밀어냈다고 보는 것보다는 나은 선택지였다.

테스가 고개를 끄덕이며 프레드 쪽으로 걷기 시작했다. 하지만 방향을 잘못 잡는 바람에 도로를 곧장 가로질러 마주 오는 차량 속으로 들어갈 판이었다. 위험천만한 상황이었다. 차 한 대가 테스를 피하려고 핸들을 꺾었다.

프레드는 가뭄이 끝나면 운전에 더 주의해야 한다고 사람들한테 주의를 주던 공익광고를 비웃었던 게 기억났다. 표지판과 라디오 방송에서는 영국 관료주의 특유의 지나치게 차분한 어조로 간만에 찾아온 습한 날씨가 위험을 유발할 수 있다고 알렸었다. 도로에 고여 있던 휘발유로 인해 도로가 미끄러워져 큰 사고를 야기할 수 있다는 것이다. 그 당시엔 비웃었지만 지금은 예언했던 상황이 실제로 벌어지는 걸 지켜볼 진기한 기회를 갖게 되었다.

테스를 피하기 위해 핸들을 꺾은 차는 마찰력을 잃고 전봇대를 박았다. 보편적 기준에 비추어볼 때, 이 사고는 경미한 축에 속하는 사고였다. 차는 시속 10킬로미터 이하 속도로 달리고 있었고, 전봇대에도 쿵 하는 타격만 입혔을 뿐이기 때문이었다. 다행스럽게도 운전자는 다친 데가 없어서 차에서 내려 이미 테스를 확인하러 걸어가고 있었다.

테스는 알아서 인도 쪽으로 걸어가고 있었다. 그때 프레드는 넘어진 전봇대에서 끊어진 전선 끝부분이 그 길에 새로 형성된 물웅덩이에 떨어져 있는 걸 보았다.

"테스, 잠깐만!" 프레드가 외쳤다.

테스가 못 듣고 계속 걸어가자 프레드가 그쪽으로 돌진해 위험은커녕 무해해 보이기만 하는, 전류가 흐르는 그 물웅덩이에서 테스를 뒤로 잡아당겼다. 하지만 비와 그날의 혼돈과 제인에 관한 생각 한두 가지에 정신이 팔린 탓인지 프레드 자신이 그 물웅덩이에 발을 들이고 말았다.

프레드가 이쪽으로 가면 큰일 나는데 하고 생각한 순간, 불꽃도 그와 같은 생각을 한 것 같았다. 전선은 물웅덩이에서 흔들거리다가 프레드의 발가락을 타고 왼쪽 발로 들어간 다음, 왼쪽 발에서 다리를 통과해 상반신까지 큰 타격을 입혔다. 전류는 흉부 혈액을 빠르게 통과해 좌심실 끝을 건드리고 어깨를 타고 넘어 팔을 휩쓸고 내려가 오른쪽 엄지를 통해 쏜살같이 몸 밖으로 나와서는 지금 프레드가 붙잡고 있는 전봇대를 통해 땅으로 빠져나갔다. 프레드는 새처럼 골목 맞은편으로 날아가 반대편 건물의 창문으로 나가 떨어졌다.

40

제인은 프레드의 심기를 어지럽힌 것 같아 안타까웠지만 지금 상황에서는 그게 순리에 맞는 처사였다. 다시는 그를 보지 못하게 될 터였다. 창문으로 뒤뜰을 응시하던 제인은 멋진 장면을 발견했다. 퍼붓는 비가 잔디 위로 요란하게 떨어지고 있었다. 누런 잎이 초록빛으로 살아나는 것 같았다.

그때 똑똑 현관문을 두드리는 소리가 들렸다. 제인은 누군지 확인하러 현관 쪽으로 갔다. 열쇠를 깜빡해서 소피아가 다시 온 걸지도 몰랐다. 아무튼 프레드가 아니기만 바랐다. 문을 열자 붉은 셔츠 차림의 한 남자가 현관에 서 있었다.

"어떻게 오셨나요?" 제인이 남자한테 물었다.

"저는 롭이라고 합니다. 병원으로 모시러 왔어요."

"무슨 말씀이신지 모르겠는데요." 제인이 말했다.

"웬트워스 씨가 보내서 왔습니다. 저는 세트장의 잡역부인데요. 웬트워스 씨 남동생께서 사고를 당했다고 합니다."

제인은 문기둥을 꼭 붙잡았다. "무슨 사고요?"

제인에게는 처음인 말 없는 강철 마차의 탑승은 약식으로 이루어졌다. 제인이 조수석에 앉고 세트장 잡역부(그게 뭔지는 모르겠지만) 롭이 마차를 몰아 바스 병원으로 갔다. 제인은 마차의 속도, 크기, 열린 창으로 세차게 들어오는 바람이 신기했지만 그런 모습을 애써 억눌렀다. 대신 증기 없이 엔진이 무슨 동력으로 움직이는지 곰곰이 생각해보았다. 어떤 바보 같은 이유 때문인지 몰라도, 제인은 21세기에 '사고'라는 말이 무슨 뜻일지에 점점 더 집착하게 되었다. 그녀가 온 시대에서 사고는 대놓고 말하기보다 쉬쉬하는 것이었다. 사고란 누군가 사지나 안구나 머리를 잃었다는 뜻이었다. 하지만 200년 동안 이룩한 그 모든 발전과 강철 건물과 지하 열차를 볼 때, 당연히 큰 사고는 완전히 없어졌을 것이, 멸종되었을 것이 분명했다. '사고'란 모르긴 몰라도 종이에 베거나 발가락을 부딪히는 것과 같이 뭔가 사소한 일을 의미할 터였다. 괴로워할 만한 일은 아닌 것이 분명했다. 제인은 그런 생각에 골몰하느라 말 없는 강철 마차에 처음으로 탑승한 경험을 허투루 날려버린 자신을 원망했다.

빨간 셔츠 차림의 청년이 제인을 바스 병원에 내려놓자 병원 직원이 제인을 복도로 안내했다. 제인도 아홉 살 때, 치아에 염증이 생겨 검사하러 병원에 가본 적이 있었다. 아버지와 함께 윈체스터행 우편 마차를 타고 갔는데, 의사도 겸하고 있다던 마을 이발사가 펜치로 왼쪽 어금니를 뽑는 동안 아버지가 제인의 손을 내내 꼭 잡아주었다. 그 이후 제인은 병원이 좋았던 적이 없었다. 제인은 프레드를 치료해주는 의사가 프레드의 안위를 위해서라도 자신을 치료해주었던 의사보다 조심스러운 의사이길 바랐다.

소피아가 기다리고 있던 방에 도착하자 그녀가 제인을 부둥켜안았다. 소피아의 얼굴은 눈물범벅이 되어 있었다.

"나도 아직 아무것도 몰라요. 그 애를 아직 못 봤거든요."

"가벼운 사고일 거예요." 제인이 확신에 찬 목소리로 말했다. "분명 괜찮을 테니까 걱정하지 마요."

제인과 소피아는 침묵 속에서 기다렸다. 곳곳에 놓인 강철 박스에서 삐삐 소리와 종소리가 울렸다. 얼마 후 간호사로 짐작되는 또 다른 병원 직원이 두 사람을 프레드가 누워 있는 방으로 데리고 갔다. 제인은 짜증을 느꼈다. 두 사람을 맞이한 건 부딪힌 발가락도 종이에 벤 손도 아니었다. 한쪽 눈과 한쪽 팔 위를 감싼 작은 붕대 말고, 두 사람 앞에 누워 있는 프레드한테는 긁힌 상처 하나 없었기 때문이었다.

소피아가 프레드를 부둥켜안았다. "어떻게 된 거야?"

제인은 문가에 남아 한 발짝도 더 가까이 가지 않았다.

"내 머리카락 뾰족해?" 프레드가 물었다.

그는 흰색 반소매 드레스 차림이었다. 제인은 바닥으로 시선을 떨궜다.

소피아가 주먹으로 프레드를 쳤다. "우린 네가 죽은 줄 알았어. 누가 무슨 얘길 해줘야 말이지!"

"난 괜찮아. 사실 최고야. 당장 나가서 헬스장도 갈 수 있을 것 같은데." 프레드가 말했다.

소피아가 말하는 동안 프레드는 시선을 제인 쪽으로 옮겼다가 곧바로 다시 소피아 쪽으로 옮기면서 제인을 본체만체했다. 제인은 자신이 있어선 안 될 자리에 있는 것처럼 느껴졌다. 가족끼리 있어야 할 자리에 끼어들었으니 그럴 만도 했다. 괜히 왔다는 생각이 들었다.

그때 한 남자가 방에 들어왔다. 남자는 대머리였고 눈동자가 연갈색이었다.

"어느 분이 누님이시죠?" 소피아가 손을 들었다. "전 마크스 박사라고 합니다."

제인은 그 남자를 자세히 살펴보았다. 요새는 의사들이 옷을 다르게 입는 모양이었다. 제인이 치료를 받았던 의사는 승마용 부츠에 프록코트 차림이었는데, 이 남자는 녹색 잠옷을 입고 있었다. 잠옷을 보고도 소피아는 개의치 않는다는 듯 의사와 악수를 나눴다.

의사가 제인 쪽을 보며 손을 내밀었다. "그럼 이쪽은?"

"제인이라고 합니다. 저는 가족이 아니에요."

그러고는 의사가 내민 손을 잡고 악수를 했다. 프레드가 제인을 다시 한번 보았다.

"어떻게 된 거죠, 선생님?" 소피아가 말했다.

"웬트워스 씨가 전기에 너무 가까이 다가갔어요."

"얘가 원래 한눈을 잘 팔았어요." 소피아가 다정하게 말했다. "집으로 데리고 가도 될까요?"

의사는 프레드의 병상 옆에 놓인 여러 상자 중 하나를 자세히 살폈다. 그 상자에서는 녹색과 파란색 광선이 빛나면서 규칙적으로 삐삐 소리가 났다. 의사는 잉크가 자동으로 채워지는 펜으로 뭔가 적은 후 다시 그 상자를 보았고, 그런 다음 적으면서 상자 보는 걸 두어 차례 더 반복했다. 마치 그 상자가 의사한테 노래를 음표로 받아 적으라고 시키고 있는 것 같았다.

"여기서 몇 시간 지켜봤으면 합니다만."

"꼭 그래야 하나요? 평소대로 짜증 나게 굴고 있는 데다 충분히 건강해 보이는데요."

소피아는 농담이라는 걸 보여주려고 얼굴을 고무처럼 일그러뜨려 미소를 짓고 있었지만, 눈에는 걱정하는 기색이 역력했다.

"환자분이 병원에 계속 계셨으면 합니다." 의사가 미소를 지으며 말했다.

상자와의 대화를 끝낸 의사가 방을 나갔다.

"여기 춥지 않아?" 프레드가 몸을 덜덜 떨었다. "병원에서 에어컨을 너무 세게 튼 것 같은데."

"이런 데는 늘 추운 법이란다." 소피아가 말했다.

"담요 좀 갖다달라고 해줄래?"

"이 누나는 네 가정부가 아니거든."

"내가 갈게요." 제인이 말했다.

방을 나갈 수만 있다면 아무래도 좋았다.

"아니에요. 괜찮아요, 제인." 프레드가 말했다.

제인은 프레드가 어떤 감정인지 알아내려고 프레드의 얼굴을 유심히 살펴보았다. 하지만 그는 먼 곳을 응시하고 있을 뿐이었다.

"아니에요. 내가 갔다 올게요."

제인이 병실을 떠나려고 할 때였다.

소피아가 침대 곁에서 물었다. "뭘 보는 거니, 프레드? 프레드?"

제인이 뒤를 돌았다. 무슨 이유에서인지 프레드는 바닥을 보고 있었다. 제인은 눈으로 그의 시선을 좇았다. 프레드가 뚫어지게 보고 있는 지점에는 반짝이는 흰색 바닥 말고 딱히 관심 갈 만한 것이 없었다. 프레드의 눈은 멍했다. 몸은 침대에 있었지만 마음은 이 방을 떠나고 없는 것 같았다.

"프레드?" 소피아가 다시 불러보았다.

프레드가 한쪽 어깨에 고개를 얹고 천천히 눈을 감았다. 움직임이 없는 것이 꼭 잠이 든 것 같았다. 소피아가 잠이 깰 정도로 세게 프레드의 어깨를 찔렀다. 프레드는 꼼짝도 하지 않고 계속 잠을 잤다. 소피아가 문으로 달려갔다.

"누구 없어요?" 소피아가 복도를 향해 외쳤다. "여기요!"

딸기색 머리를 한 여자가 방에 들어왔다. 그 여자도 강철 상자부터 살폈다. 그러더니 환자 쪽으로 이동했다.

"웬트워스 씨?" 여자가 프레드의 어깨를 흔들었다. "웬트워스 씨, 제 말 들리세요? 여기가 어딘지 아시겠어요? 웬트워스 씨?"

웬트워스 씨는 아무 대꾸도 하지 않았다.

41

딸기색 머리 여자가 그 강철 상자를 한 번 더 보았다. 여러 개의 숫자가 상자 가득 깜빡이면서 계속 바뀌고 있는 가운데, 모든 숫자가 빠르게 깜빡이며 오르내리고 있었다.

사람이 두 명 더 방에 들어왔다. 그들 모두 상자를 보았다. 어떤

선 하나가 상자의 테두리를 가로질러 이어졌는데, 꼭 담요 위 바느질 자국처럼 보였다. 여자가 벽에 있는 빨간색 동그라미를 눌렀다. 방 안에서 들리던 시끄러운 소리는 복도에서도 크게 울렸다. 메아리가 아니라 똑같은 소리가 또 다른 데서 시끄럽게 반복적으로 울리고 있었다.

담요 위에 죽 이어진 바늘땀 같았던 선은 이제 최고점과 최저점을 어지러이 오가며 마구잡이 높이와 길이로 상자 안 여기저기로 이동했다. 딸기색 머리 여자가 '심실세동'이라고 크게 소리쳤다. 말 속에 제인이 아는 라틴어가 일부 섞여 있기는 했지만 재배열된 단어는 난생처음 들어보는 말이었다.

"침대 낮춰요." 딸기색 머리 여자가 명령했다.

나중에 들어온 사람 중 한 명이 침대에 붙어 있던 L자형 핸들을 돌렸다. 똑바로 앉아 있던 프레드가 이제는 가로누워 있었다. 한 남자가 제인과 소피아를 조용히 방 끄트머리로 이동시켰다.

"밖에서 기다려주세요." 남자가 말했다.

제인과 소피아는 방 밖으로 나왔지만 문가에 계속 남아 방 안을 지켜보았다.

딸기색 머리 여자가 말 위에 올라타듯, 프레드 위에 올라탔다. 작고 동글동글한 데다 적어도 예순은 되어 보이는 여자가 영양처럼 우아하게 침대 위로 뛰어올라 주먹으로 프레드의 가슴을 쿵 하고 내려쳤다. 그러고는 강철 상자를 확인했다. 제인이 이제껏 보아온 그 모든 상자 중에서 이 상자가 단연 최고의 대접을 받고 있었다. 방 안에 있는 모든 사람이 그 상자의 명령을 따랐다. 그 상자는 웃으라고 명령을 내리기도 하고 얼굴을 찡그리라고 명령을 내리기도 했다. 딸기색 머리 여자가 얼굴을 찡그렸다. 여자가 한 손 위에 다른 손을 포갠 채 양손을 프레드의 흉골 한가운데 올린 후 아래로 눌렀다가 놓았다. 여자는 이 동작을 일정한 박자로 반복했다. 그 동작이 몇 차례 이어진 후, 또 다른 사람이 그녀의 어깨를 두드리더니 자신이 넘겨받겠다는 몸짓을 했다. 그 사람은 넘겨받을 태세를 갖춘 채 침대 옆에 서 있었다. 제인은 지쳐 있지만 결연한 모습의 딸기색 머리 여자를 지켜보면서 사람의 가슴을 위아래로 움직이게 하는 일이 굉장히 힘든 일이라는 사실을 알게 되었다.

병원 관계자 사이에 조용한 속닥거림이 오갔다. 무슨 말인지 제인은 거의 알아들을 수 없었다. 제인은 소피아가 사태를 가늠하고 있는 모습을 지켜보았다. 소피아의 얼굴은 핑크빛에서 잿빛으로 바뀌어 있었다.

모두 프레드를 보다가 상자를 보다가 했다.

"이제 어떻게 되는 거예요, 소피아?" 제인이 물었다.

"아!" 소피아는 더 이상 아무 말도 하지 않았다.

발소리가 복도를 따라 우레처럼 울리더니 어떤 남자가 바퀴 달린 강철 서랍장 같은 걸 방으로 밀어 넣었다. 그 강철 서랍장이 방으로 들어오면서 덜컹거렸다. 그 서랍장 위에는 흰색과 푸른색이 칠해진 강철 상자가 여러 개 놓여 있었다. 손수레를 민 남자가 병실에 먼저 와 있던 사람들한테 이런저런 물건을 건넸다. 먼저 와 있던 무리가 행동에 돌입했다. 한 사람이 투명한 마스크를 프레드의 입 위에 올려놓은 다음, 그의 목구멍에 끼운 풍선에 바람을 넣었다. 또 다른 사람은 프레드의 가운을 벗겼다.

그다음에는 머리가 백발인 남자가 들어왔다. 그 남자는 신사복을 입고 있었다. 그 남자 뒤로 더 많은 사람들이 우르르 들어왔다. 새로운 사람이 올 때마다 그 전 사람마다 나이가 높아지는 것 같았다. 30초도 안 되어 방 안에 열두 명이나 들어와 있게 되었다.

마크스 박사가 가장 마지막에 들어왔다. 손수레를 밀었던 사람이 박사한테 다리미처럼 보이는 검은색 주걱 두 개를 건넸다.

"200줄 차지." 손수레 남자가 큰 소리로 알렸다. "물러서세요."

마크스 박사가 그 다리미를 프레드의 가슴 위에 올렸다. 다리미에서 윙윙 소리가 났다. 크고 기복 없는 그 소리는 점점 거슬리는 소리가 되었다. 프레드의 몸이 침대에서 반 인치 정도 들떴다가 어린아이가 떨어뜨린 헝겊 인형처럼 쿵 하고 다시 떨어졌다.

다들 그 상자 쪽을 보았다. 상자가 그들이 원하던 답을 주지 않은 모양이었다. 다들 뭐라 뭐라 떠들며 속닥거렸고, 마크스 박사가 고개를 가로저었다. 마크스 박사는 다리미가 작동하는지 확인하려는 듯 다리미를 살폈다.

"어떻게 된 거예요, 소피아?" 제인이 물었다.

"프레드의 심장이 멈췄어요." 소피아가 대답했다.

제인은 고개를 끄덕였다. 아는 건 별로 없었지만 심장이 뛰라고 있는 거란 건 알고 있었다. 소피아는 더 이상 눈을 깜빡이지도, 숨을 쉬지도 않는 것 같았다.

제인은 옆에 있던 의자를 꼭 붙잡은 채 감정을 너무 드러낸 자신을 저주했다. 이 사람은 친구였을 뿐이다. 안 지 2주도 채 되지 않은 남자였다. 잘 알지도 못하는 사람들 일에 이렇듯 휩쓸리는 건 어리석은 짓이었지만, 제인은 소피아를 위해서라도 프레드가 살아나주길 바랐다.

소피아가 제인의 손을 붙잡았다. 제인은 소피아에게 조금이라도 위안이 되길 바라며 그 손을 꼭 쥐었다. 위안을 받아야 할 사람은 제인이 아니었다.

"200줄 차지." 손수레 남자가 큰 소리로 알렸다. "물러서세요."

마크스 박사가 다리미를 다시 프레드 위에 올렸다. 다리미가 웅웅거리더니 프레드가 다시 한번 침대에서 떠올랐다가 쿵 하고 떨어졌다. 모두 상자를 지켜보았다.

"젠장." 마크스 박사가 말했다.

소피아가 21세기 문물 관찰 금지령을 내린 이후, 제인은 신세계의 경이로운 물건들에 눈과 귀를 닫았다. '심정지', '1,000볼트' 같은 단어가 귓가를 마구 스쳐 지나가는 지금, 제인은 소피아의 말을 거역하고 지난 200년간 의학계에서 들인 온갖 노력을 빠짐없이 배우고 싶은 마음이 간절해졌다.

딸기색 머리 여자가 고개를 푹 숙였다. 손수레 남자는 땅이 꺼져라 한숨을 내쉬었다.

제인은 이 무리가 지치기 시작했음을 알아차렸다. 여전히 단호하고 노련한 몸놀림이 아니라 분위기에서 그것을 감지할 수 있었다. 딸기색 머리 여자의 목소리에서 확신이 점점 줄어들고 있었다. 마크스 박사의 명령도 활력이 점점 떨어졌다. 우울한 기운, 어떤 불안감 혹은 신념의 동요 같은 것이 방 안에 내려앉았다. 제인은 이 과정이 길어질수록 성공 가능성이 떨어진다는 걸 알아차렸다. 이 의사들과 간호사들이 방금 마친 과정은 제대로 따를 경우 환자를 회복시키게 되어 있는, 절대 어긋날 리 없는 단계별 과정이 아니었다. 그보다 그들은 단계가 진행될수록 그 앞 단계보다 가능성이 더 희박해지는 일련의 시도를 해본 것에 불과했다. 더 많은 상자와 관과 사람들이 이 도박에 추가로 동원되었지만, 소생 가능성은 줄어들고 있었다.

자신의 뜻에 따라 프레드를 떠나는 선택지가 주어졌을 당시, 제인은 그를 떠난다는 생각을 슬프지만 결연한 마음으로 받아들였다. 이제 그녀는 선택권을 빼앗겼다. 프레드가 뻔뻔하게 제인에게 먼저 물어보지도 않고 그녀의 인생에서 벗어나려 들고 있었다. 그런 제안을 받아들일 수는 없다고 생각했다.

"저 사람들 뭐하고 있는 거예요, 소피아?" 제인이 물었다.

"프레드한테 전기를 주고 있는 거예요." 소피아가 말했다.

"하지만 프레드가 이렇게 된 게 전기 때문이잖아요! 프레드한테 전기는 더 필요 없다고요!" 제인이 너무 큰 소리로 말하는 바람에 소피아를 깜짝 놀래키고 말았다. "효과가 있기는 한 건가요?"

소피아가 고개를 가로저었다.

"300줄 차지." 손수레 남자가 외쳤다. "물러서세요."

마크스 박사가 다리미를 한 번 더 올렸다. 프레드가 침대에서 살짝 떴다가 쿵 하고 떨어졌다. 눈은 여전히 감겨 있었다.

마크스 박사가 다리미를 내렸다. 그러고는 얼굴을 긁적였다.

그때 제인은 암울한 생각에 빠졌다. 소중한 것을 잃고 나서야 그것의 소중함을 깨달았다는 생각, 오랜 세월 수많은 바보들이 시달려왔던 바로 그 생각에 빠진 것이다. 프레드와 알고 지낸 시간 거의 전부를 통틀어, 제인은 집으로 돌아가는 문제에만 집착했고, 불완전하다고 생각되는 주문을 되돌리는 문제에만 골몰했다. 하지만 이제 보니 싱클레어 부인은 실수를 한 게 아니었다. 제인은 실수로 21세기에 떨어진 것이 아니었다. 그 마녀는 제인을 단 하나의 진실한 사랑에게 데려다주겠다고 약속했고, 말한 대로 데려다주었던 것이다.

제인이 이 시대에 남긴 유산, 그녀의 책, 작가로서 그녀의 명성이 정말로 눈앞에서 사라지고 있었다. 그녀가 원래 시대로 돌아가 그 책들을 창작할 가능성이 날마다 줄어들고 있었다. 하지만 집으로 돌아갈 가망이 없어지게 된 것은 그녀가 이 시대에 너무 매료되는 바람에 할 수 없이 남아 있어야 할 것 같다고 느꼈기 때문이 아니었다. 제인으로 하여금 떠나기 싫은 마음이 들게 한 것은 말 없는 강철 마차도, 지하 열차도, 남아도는 음식도 아니었다. 그건 사람이었다. 프레드는 제인한테 해수욕복도 사주었고, 제인과 춤도 추었다. 어린아이였을 때의 프레드는 죽어가는 어머니를 살리려고 잉글랜드를 걸어서 횡단하려고 했고 그 과업을 거의 완수할 뻔하기도 했다. 이제 그런 그가 제인이 얼마나 사랑하는지도 알지 못한 채 이승을 떠나려 하고 있었다.

언제나 이런 식으로 끝날 수밖에 없는 걸까? 싱클레어 부인의 약속에서 전기나 심근 손상에 대한 언급은 없었다. 싱클레어 부인은 제인이 이 시대에 도착하고 난 다음에 그가 살아남을지 말지에 대해서도 아무 말 해주지 않았다. 어쩌면 이것이, 세상을 떠나기 전 그를 잠깐 만나는 것이 그녀의 운명이었을지도 몰랐다. 이 얼마나 잔인한 운명이란 말인가! 이제 그녀는 어떻게 대처해야 하는 걸까? 함께했던 짧은 시간이라도 감지덕지하며 신께 감사 기도를 드려야 하는 걸까? 지난날을 아쉬워하며 입을 다물어야 하는 걸까? 제인은 그렇게 되지 않기를 빌었다. 하지만 신의 원대한 계획에서 그녀의 존재가 대체 뭐라고?

프레드가 이 호화로운 21세기 병원의 침상 위에 누워 그를 소생시키지도 못하는 전문가와 마법사에 둘러싸인 채 눈앞에서 죽어가는 동안, 제인은 그가 없는 세상에서 과연 계속 숨이나 쉴 수 있을까 하고 생각했다.

그때 상자가 삐삐 소리를 냈다.

모두 그 상자 쪽으로 고개를 홱 돌렸다. 상자는 한 번 더, 또 한 번 더 삐삐 소리를 냈다.

"심방세동."

딸기색 머리 여자가 더욱 21세기 같은 의학 용어를 큰 소리로 알렸다. 누군가가 고개를 끄덕였고, 또 다른 사람은 미소를 지었다.

"저 사람 살아난 건가요?" 제인이 물었다.

"그래요." 소피아가 울먹였다. "그런 것 같아요!"

마크스 박사가 고개를 끄덕거렸다. "수술실로 데리고 갑시다."

프레드를 담요로 꽁꽁 싸매고, 여러 개의 관을 벽에서 떼어내고, 프레드의 침상에 상자 여러 개를 놓는 등, 모두 발레라도 하듯 조화롭게 착착 움직였다.

"어디로 데려가시는 거죠?" 소피아가 울부짖으며 물었다.

"심장에 좀 더 손을 써야 합니다." 마크스 박사가 소피아한테 알려주었다. "환자분은 수술이 필요한 상태예요."

여섯 명이 프레드가 누운 침대를 붙잡고 제인과 소피아를 지나 방에서 밀고 나갔다. 프레드의 눈은 여전히 감겨 있었고 침대를 옮기는 동안 고개가 좌우로 흔들렸다. 관 하나가 그의 입에서 튀어나와 있었다.

"그이 머리 좀 조심해주세요." 제인이 경로를 막지 않게 소피아를 잡아당기며 작은 목소리로 말했다.

병원 사람들은 프레드가 누운 침대를 복도 아래로 굴렸다. 회전문을 지나면서 프레드는 시야에서 사라졌다. 소피아가 녹색 옷을 입고 책상 뒤에 앉아 있는 여자한테 무슨 일인지 설명하라며 큰 소리로 다그쳤다. 제인은 문가에 서서 프레드가 간 쪽을 지켜보았다. 그의 심장에 좀 더 손을 써야 한단다. 이제 그녀도 심장에 무언가를 지니고 다니게 되었다. 그녀는 자신의 작은 가슴이 과연 그 무게를 버텨낼 수 있을지 궁금했다.

42

제인과 소피아는 아까 기다렸던 방으로 다시 돌아왔다.

"난 이기적인 여자예요, 제인. 동생을 잃기라도 한다면, 난 죽을 때까지 슬퍼하기만 할지도 몰라요."

제인은 소피아의 손을 어루만졌다. "당신은 침착해야죠, 소피아. 의사가 수술은 한 시간 걸릴 거라고 그랬잖아요. 이제 겨우 3분 지났어요."

"그 애가 세상을 뜨면 나한테는 아무도 안 남게 돼요. 마릴린 먼로처럼 바르비투르 만찬을 즐긴 후에 침대에서 발가벗은 채 혼자 죽게 되겠죠."

소피아가 자신으로서는 도무지 알 길이 없는 인물과 장소를 언급할 때 제인이 그게 뭐냐고 묻지 않게 된 건 한참 전이었다. 그래서 제인은 그냥 고개를 끄덕이며 미소를 짓고는 할 수 있는 한 가장 힘이 날 만한 말을 건넸다.

"내가 아직 여기 있잖아요, 소피아. 난 안 떠날게요."

"지금이야 그렇게 말하겠죠." 소피아는 잠시 뜸을 들인 후 다시 입을 열었다. "……지금은 당신한테 이런 말을 할 때가 아닌 것 같지만, 싱클레어 부인이 1810년에 당신한테 편지를 한 통 써요. 그 편지를 어떻게 할지는 당신 선택에 달려 있어요."

제인은 앉은 자리에서 엉덩이를 들썩였다. "싱클레어 부인이라고 요? 그 부인이 나한테 편지를 썼다고요?"

소피아가 고개를 끄덕였다. "그 편지는 아직 남아 있어요. 우리가 그 편지를 언급한 책을 발견했거든요."

이 말을 듣고 제인은 곰곰이 생각해보았다. "편지에 뭐라고 쓰여 있는데요?"

"우리도 몰라요. 하지만 짐작은 할 수 있을 것 같아요."

"그 편지에 주문을 되돌리는 법이 나와 있을까요?"

"그 여자가 당신한테 그것 말고 또 무슨 말을 썼겠어요, 안 그래요? 두 사람, 어차피 펜팔 친구도 아니었잖아요."

먹먹해진 제인은 고개만 끄덕였다. 머릿속이 복잡해졌다.

"고마워요, 소피아. 나한테 해주겠다고 한 일은 모두 해줬네요."

"내가 안 해줄 것 같았어요?"

"한순간도 그렇게 생각한 적은 없어요. 그나저나 이 은혜에 어떻게 보답할 수 있을까요?"

"보답 같은 거 안 해도 돼요."

두 사람은 말없이 앉아 있었다. 집으로 돌아갈 수단이 생겼으니 제인은 기뻐해야 마땅했다. 어머니, 아버지도 다시 볼 수 있을 테고, 책도 쓸 수 있게 될 터였다.

소피아가 정면을 응시하고는 말했다. "내가 그 편지 찾지 않길 바라는 게 아닌 이상."

제인도 정면을 응시했다. "싱클레어 부인의 편지가 어디 있는지 찾는 일은 한 일주일쯤 미뤄도 되지 않을까요? 가족이 병원에 있는 이런 때 당신을 떠나는 건 너무 도리에 어긋나는 짓인 것 같아서요."

"알아요." 소피아가 제인의 팔에 손을 얹으며 말했다. "어디까지나 도리를 지키기 위해서란 거."

제인이 느끼기에 소피아는 하고 싶은 말이 더 있는 것 같았지만 다행스럽게도 그 말을 하지는 않았다.

수술은 한 시간으로는 어림도 없었다. 마크스 박사가 두 사람에게 온 것은 네 시간이 지난 후였다. 제인과 소피아가 자리에서 벌떡 일어났다.

"예후가 어떤가요, 선생님?" 소피아가 물었다. "쉽게 말하려고 애쓰시지 않아도 돼요. 제가 〈ER〉 세 편에 특별 출연을 한 적이 있는데, 그때 아름답지만 문제 많은 신경외과 의사 역을 맡았거든요."

마크스 박사가 눈을 가늘게 뜨고 소피아를 보았다. "환자분한테 전극도자절제술을 시행했습니다."

소피아가 잠시 머뭇거렸더니 물었다. "기억나게 좀 도와주시겠어요? 절제술이 뭐죠?"

"감전으로 환자분의 심장 순환계가 손상됐습니다. 전기생리 검사를 실시한 결과 SA 노드가 발화하지 않고 있었어요." 마크스 박사가 눈을 비비며 설명했다.

소피아가 알아들었다는 듯 고개를 끄덕였다. "제 친구를 위해 좀 자세히 설명해주시죠, 선생님."

마크스 박사가 제인을 보며 말했다. "환자분 심장 일부분이 사고로 손상을 입었습니다. 그 손상 때문에 심장이 정상적으로 뛰지 못하고 있었어요. 그래서 저희가 카테터를 삽입한 다음 전기 자극으로 손상 조직을 절제했습니다. 손상된 조직을 없앤 거죠."

몇 단어밖에 이해하지 못했지만 제인은 그걸로 충분했다.

"프레드의 심장 일부분을 없애셨다고요?" 제인이 물었다.

"털어놓으세요, 선생님. 그래서 살았다는 건가요?" 소피아가 애원조로 물었다.

"환자분은 생존하셨습니다." 마크스 박사가 알려주었다. "저희가 생각했던 것보다 손상이 더 심했어요. 그래서 심박조율기를 삽입했습니다."

"지금 면회가 가능할까요?"

의사는 두 여자를 데리고 복도를 내려가 다른 방으로 안내했다. 창백하고 작아 보이는 남자가 침대에 누워 있었다. 피부는 잿빛이었고 눈은 여전히 감겨 있었다. 입속에서 튀어나온 관 하나가 펌프로 공기를 넣고 있는 강철 상자에 연결되어 있었다. 제인은 이 의사가 왜 알지도 못하는 불쌍한 남자를 보여주는 건지 알 수 없어 어리둥절했다.

"프레드!" 소피아가 그에게 달려가 손에 입을 맞추었다. "언제 깨어날까요?"

"지금쯤 깨어날 것으로 예상했습니다만." 마크스 박사는 이번에도 눈을 비볐다.

"이 사람 상태가 어떤가요, 선생님?" 제인이 물었다.

"전 더 심한 경우도 봤습니다." 마크스 박사가 말했다. "물론 더 양호한 경우도 봤고요. 저희는 최선을 다했습니다."

"아버지가 프레드를 때린 적이 있었어요, 몇 차례." 소피아는 헛기침을 하며 말을 이었다. "그놈이 우리 어머니를 괴롭히곤 했거든요." 그러곤 억지웃음을 지었다. "그럼 프레드가 아버지 약을 올렸고, 아버지는 엄마 대신 프레드를 흠씬 두들겨 패곤 했죠. 그러다 프레드가 결국 병원 신세를 지게 된 적이 있었거든요. 그 일 때문에 더 안 좋아졌을 수도 있지 않을까요?"

의사가 소피아를 보며 말했다. "그랬을 것 같지는 않군요."

소피아는 고개를 끄덕이며 눈물을 훔쳤다. 제인은 소피아와 의사의 대화를 지켜보면서 깜짝 놀랐다.

"이제 어떻게 해야 할까요?" 소피아가 물었다.

마크스 박사가 고개를 끄덕였다. "기다려야죠."

네 시간이 더 흘렀다. 소피아는 프레드의 머리맡에 앉아 있었고 제인은 소피아 뒤에 서 있었다. 프레드는 아직도 깨어나지 않고 있었다. 제인과 병원까지 동행했던 빨간 셔츠 차림의 청년, 롭이 문가에 모습을 드러냈다. 소피아가 그 청년한테 가서 이야기를 나누더니 다시 제인한테 돌아왔다.

"나더러 세트장에 언제 다시 올 수 있냐고 묻네요. 리허설할 장면이 하나 있거든요. 친절하게도 롭이 날 기다리는 사람이 쉰 명이

나 있다고 알려주네요. 여기서 내가 할 수 있는 게 하나도 없다면 가서 그 장면 리허설하고 다시 돌아올게요. 게다가 내 계약서에 아픈 가족이 있을 경우 병가를 내도 좋다는 조항이 없다는 사실도 굳이 알려주는군요." 소피아는 괴로운 얼굴이었다. "그래서 롭한테 꺼지라고 했어요. 여기서 내가 할 수 있는 일은 없겠지만 그래도 저 애 혼자 내버려둘 순 없잖아요."

"내가 있을게요." 제인이 말했다.

"……괜찮겠어요?" 소피아가 물었다.

"가요. 가서 할 일을 하세요. 프레드가 깨어나면 내가…… 그렇게 되자마자 당신이 알 수 있도록 할게요. 당신이 돌아올 때까지는 내가 여기 앉아 있으면 돼요."

"고마워요."

소피아는 프레드의 이마에 입을 맞춘 후 빨간 셔츠 청년과 함께 떠났다. 제인은 침대 옆 의자에 앉았다.

이런저런 상자들에서 계속 웅웅, 윙윙 소리가 났다. 프레드의 머리에는 붕대가 칭칭 감겨 있었다. 모르는 액체가 가득 담긴 주머니들이 관을 통해 그의 팔에 연결되어 있었다.

딸기색 머리 여자가 방에 들어왔다. 그 여자는 여러 개의 박스를 꼼꼼히 살펴보더니 알아서 잉크가 나오는 펜으로 뭔가를 적었다. 그 여자가 제인을 보고 미소를 지었다.

"아까 오셨던 분이네요." 제인이 말했다.

"네, 맞아요." 여자가 대답했다.

"전 여기가 처음이에요. 제가 온 곳에서는 저도 제가 똑똑하고 사리에 밝은 사람이라고 생각했거든요. 그런데 온갖 상자와 관이 있는 이곳에 오니 전 무지렁이네요."

"전 수간호사 엘리자베스라고 해요. 여기 간호부장이죠." 여자가 다시 미소를 지으며 하녀 마거릿처럼 진하고 따뜻하고 짭짤해서 맛있는 비프스튜 같은 레스터셔 억양으로 말했다.

여자가 한 상자 쪽으로 걸어갔다. 어떤 유리 상자 안에는 아코디언 같은 게 들어 있었다. 휙 소리가 나면서 아코디언이 짜부라지면 프레드의 가슴이 부풀어 올랐다.

"이게 환자분 대신 호흡을 해주고 있는 거예요." 수간호사 엘리자베스가 말했다.

제인은 깜짝 놀란 얼굴로 고개를 끄덕였다. 수간호사 엘리자베스가 제인 뒤에서 움직였다. 그녀가 또 다른 상자를 가리켰다.

"여기 이건 환자분 심장을 모니터링하는 거예요."

제인은 그 상자를 살펴보았다. "저 선은 뭔가요?"

"환자분 심박이에요." 수간호사 엘리자베스가 대답해주었다.

제인은 미소를 지었다. 아치 모양과 골짜기 모양으로 이루어진 교향곡 악보가 상자의 테두리를 가로질러 오르락내리락하고 있었다. 제인의 눈앞에 펼쳐진 프레드의 심장 박동.

"당신은 제게 진실하셔야 해요." 제인이 여자한테 말했다. "들어와서 상자를 보고 종이에 기록만 하고 아무 말씀도 안 해주시네요. 전 알아야겠어요. 이분이 깨어날까요?"

"저희도 최선을 다하고 있습니다." 엘리자베스가 대답했다.

"그 점에 대해선 한 치의 의심도 하지 않습니다. 부인께서 규정상 아무것도 장담해선 안 된다는 것도 알고 있어요. 하지만 저는 여기 사람이 아니에요. 여러분들은 이 사람 살을 가른 다음 다시 꿰매놓으셨어요. 그러니 이 사람 심장 속을 보셨겠지요. 저는 그토록 귀하고 놀라운 재능은 한 번도 본 적이 없답니다. 그 모든 마법이 쓰였으니 저분은 당연히 회복하시겠죠. 제게 진실을 알려주세요, 훌륭한 부인이시여. 안 그러면 전 미쳐버릴지 모른답니다."

수간호사 엘리자베스가 온화한 표정을 지으며 고개를 끄덕였다. "지금 상황이 그렇게 좋아 보이지는 않아요. 환자분이 깨어나신다고 해도 뇌 손상이 없을 거란 보장도 없고요. 이제 더는 손쓸 수 있는 게 없답니다."

"어떻게 이 마법의 상자와 관들이 다 아무 소용이 없을 수 있는 건가요? 저도 소용없는 존재처럼 느껴지네요. 제가 할 수 있는 일이 있으면 좋겠어요."

"환자분 손을 잡아드리면 되죠." 수간호사가 말했다.

제인은 웃었다. "이 혁혁한 기계들에 비하면 저는 보잘것없는데요. 그런다고 도움이 되겠어요?"

"저도 잘 모르지만 도움은 된답니다." 수간호사가 말했다. "저는 몸 안의 모든 실(室)과 동맥의 이름을 다 댈 수 있습니다. 심장펌프 기전도, 동조율 변동도, 심방세동도 설명할 수 있고요. 근육 하나하나, 판막 하나하나 다 알려드릴 수도 있어요. 하지만 심장이 어떻게 작동하는지는 알려드릴 수 없어요. 그건 저도 모르니까요. 종양이 온몸에 퍼진 암 환자가 생존해서 크리스마스 때 형제를 만나는 걸 본 적도 있어요. 다발성경화증에 걸린 여자가 죽기 전에 손녀가 태어나는 걸 보는 것도 본 적이 있고요. 4번 경추 척수가 손상되었는데도 휠체어에서 일어나 딸을 결혼시킨 남자도 본 적이 있죠. 모든 의사와 간호사가 마음속으로는 알고 있는 게 있어요. 환자의 활력징후가 가장 좋을 때는 면회 시간 동안이라는 거요. 하루 중 그 어느 때보다 환자가 많이 죽는 시간이 바로 어두컴컴한 새벽 3시와 4시, 모두가 집에 가고 없는 동안이랍니다. 기계는 심장에 시동을 걸어줄 뿐이지 심장을 계속 뛰게 해줄 순 없어요. 사랑만이 심장을 계속 뛰게 해줄 수 있답니다."

제인은 프레드의 손을 잡았다.

"보이죠?" 수간호사 엘리자베스가 상자를 가리켰다. "환자분 심박이 상승했어요."

제인은 미소를 지었다. "진짜로요?"

수간호사 엘리자베스가 고개를 끄덕이며 상자를 가리켰다. 한쪽 구석에 65라고 나와 있던 숫자가 지금은 72로 나와 있었다.

"사랑하는 사람이 곁에 있을 때 저렇게 된답니다."

"저는 사랑하는 사람이 아니에요, 새로 사귄 친구일 뿐. 게다가 저는 저분 심기를 어지럽힌 사람이랍니다." 제인이 말했다.

"기계는 다르게 말하고 있는걸요."

제인은 그 뒤 여덟 시간 동안 프레드의 손을 놓지 않았다.

43

소피아가 돌아왔을 때 프레드는 여전히 잠이 들어 있었다.

"이제 그 손 놓아도 돼요, 제인." 소피아가 말했다.

"놓으라는 말 들을 때까진 안 놓겠어요." 제인이 말했다.

"내가 수간호사님한테 확인해봤어요. 손 놓아도 된대요. 화장실에도 가야 할 거 아니에요? 당신이 돌아올 때까지 프레드 손은 내가 잡고 있을게요."

제인은 프레드의 손을 놓고 화장실에 다녀오기 위해 자리를 떴다. 화장실에 와서는 새하얗게 빛나는 변소 10여 개를 보고 너무 놀란 나머지, 순간적으로 프레드 생각이 사라질 정도였다. 제인은 세차게 물이 나오는 수도꼭지 아래에서 손을 씻은 다음 프레드의 병실로 돌아갔다. 병실에 도착해서는 문가에서 걸음을 멈췄다. 소피아가 프레드의 귓가에 무슨 말인가 속삭이며 얼굴에서 눈물을 훔치고 있는 걸 보아서였다. 제인은 소피아가 다시 의자에 앉을 때까지 기다렸다가 헛기침을 해서 인기척을 냈다. 소피아가 미소를 지으며 눈물을 닦은 후 제인한테 의자를 건넸다.

할 수 있는 일도 없고 프레드가 깨어날 기미도 보이지 않자, 소피아는 다시 세트장으로 돌아갔다. 소피아는 일이 끝나는 대로 곧장 돌아오겠다고 약속했다. 제인은 프레드 곁에 다시 자리를 잡았다. 그러고는 자신의 손을 전에 올려놓았던 곳에 올렸다.

하루가 더디게 흘러갔고, 병원에서 일하는 사람들의 얼굴에는 다시 패배의 그늘이 드리워졌다. 수간호사 엘리자베스와 마크스 박사가 병실을 자주 찾아왔다. 프레드는 깨어나지 않았다. 그의 두 눈은 여전히 감겨 있었다.

제인은 프레드한테 말을 걸었다. "프레드, 지금 내 말이 들리는지 모르겠네요. 당신 마음을 언짢게 해서 정말 미안해요."

상자들이 삐삐 소리를 내며 윙윙거렸다.

"당신이 지금 힘이 없다는 거 나도 알고 있어요. 하지만 깨어날 힘을 내준다면 정말, 그게 제일 감사한 일이 될 것 같아요."

처음 만난 날 그에게서 도망쳤어야 했다. 이런 고통은 모르는 게 약이었다. 제인은 무릎을 치면서 스스로에게 정신 차리라고 다그쳤다. 이 사람 없이 28년을 살아왔는데 그걸 다시 못하란 법은 없었다. 그때 제인의 입에서 이제껏 그 누구에게도, 언니에게도, 사랑하는 아버지나 그 어떤 남자에게도 한 적 없던 말이 나왔다. 그 말은 비웃음을 살 정도로 진부하기 짝이 없는 의미 과잉인 말이라서 듣게 될 사람이 자는 동안 하는 게 가장 안전했다.

"사랑해요." 제인은 말했다.

제인의 상상에 불과했겠지만, 그 말을 한순간 프레드가 손을 꼭 쥔 것 같았다. 제인은 잠이 들고도 프레드의 손을 놓지 않았다.

제인은 그 느낌이 다시 나서 잠에서 깼다. 이번엔 너무나 뚜렷해서 착각일 리 없었다. 누군가 그녀의 손을 꼭 누르고 있었다. 아니, 꼭 붙잡고 있었다. 제인은 프레드를 바라보았다. 프레드가 눈을 뜬 채 천장을 응시하고 있었다. 소피아가 병실에 들어와 그런 프레드를 보았다.

"엘리자베스 수간호사님!" 소피아가 복도에 대고 외쳤다.

프레드는 덜덜 떨더니 손가락으로 허공을 가리켰다. 그의 눈은 툭 튀어나와 있었다.

"애가 숨을 못 쉬어요!" 소피아가 말했다.

수간호사 엘리자베스가 병실에 들어와 프레드 쪽으로 갔다.

"환자분 숨 쉴 수 있으니까, 이제 조용히 해주세요. 이건 좋은 신호예요. 자가 호흡을 시도 중인 거거든요." 수간호사가 프레드 쪽으로 돌았다. "웬트워스 씨, 이 관을 뺄 겁니다. 저 좀 도와주시겠어요?"

프레드는 촉촉한 눈을 하고 수간호사 엘리자베스한테 고개를 끄덕여 보이면서 똑바로 앉으려 애를 썼다. 수간호사가 그런 프레드를 진정시켜 다시 베개를 베고 눕게 했다. 제인은 프레드가 애쓰는 모습을 혼란과 고통 속에서 지켜보았다. 프레드는 두려운 표정이었다.

"제가 지금 이 관을 잡아당길 건데, 환자분이 기침을 해주셔야 해요." 프레드가 고개를 끄덕이자 수간호사 엘리자베스가 입안에 있던 관을 신속하게 잡아당겼다. 프레드가 컥컥거리더니 무서운 신음 소리를 토해냈다. 그의 눈에서 눈물이 새어나왔다. 제인은 탄식을 했다. 더 이상 보고 있기가 힘들어서였다. 미끈한 관 한 가닥이 그의 목구멍에서 빠져나왔다.

"잘하셨어요." 수간호사 엘리자베스가 말했다. "기침 계속하세요."

수간호사 엘리자베스가 다시 관을 잡아당겼고, 프레드도 다시 기침을 했다. 관이 빠져나오자 프레드는 긴장을 풀고 다시 침대에 누웠다. 땀 때문에 머리카락이 얼굴에 찰싹 달라붙어 있었다. 눈으로는 병실을 재빨리 훑었지만 말은 한마디도 하지 않았다.

"프레드?" 제인이 불러봐도 프레드는 아무 대답도 하지 않았다. 제인은 소피아를 보며 물었다. "프레드는 바보가 된 건가요?"

소피아가 어깨를 으쓱했다. "프레드, 정신 차렸으면 무슨 말이든 해봐."

"내 머리 삐죽삐죽해?" 프레드가 쉰 목소리로 간신히 말하고는 히죽 웃었다.

소피아가 프레드의 팔을 찰싹 때렸다. 찰싹 치던 것이 어느새 포옹이 되어 있었다. "그건 이미 물어봤잖아."

"조심해요. 그러다 프레드가 으스러지겠어요." 제인이 말했다.

소피아가 프레드를 안고 있던 팔에 힘을 풀었다.

"다시 봬서 좋네요, 웬트워스 씨." 수간호사 엘리자베스가 말하고는 프레드의 팔을 어루만졌다.

"부탁드립니다. 이제부턴 프레드라고 불러주세요."

수간호사 엘리자베스가 웃더니 여러 상자와 서류를 확인한 후 병실을 떠났다. 수간호사 엘리자베스는 병실을 나가면서 제인한테 윙크를 했다.

프레드는 제인한테 눈길을 돌렸다. "안녕."

"안녕, 프레드님. 어디 아픈 데는 없고요?"

"없어요. 고마워요." 프레드가 말했다.

제인은 자신이 계속 곁에 앉아 있었던 일에 대해 프레드가 무슨 말이라도 하기를 기다렸다. 그녀가 한 말을 그가 들었을까? 그도 알고 있지 않을까? 그도 이제는 그녀가 햄프셔의 제인 오스틴, 조지 오스틴과 카산드라 오스틴의 딸이라는 걸 믿지 않을까? 아니, 아직도 그녀가 자신과 동시대 여자이면서 그에게 상처를 주려고 일부러 이야기를 꾸며냈다고 생각하고 있을까? 그도 그녀와 같은 걸 느꼈을까? 하지만 프레드는 이런 의문에 답을 주지 않았고 아무 말도 하지 않았다. 제인은 너무 이기적으로 생각한 자신을 저주했다. 이 남자는 호된 시련을 겪었다. 이 상황에 두 사람 사이에 있었던 일을 생각하고 있을 리 없었다. 프레드는 제인한테 미소를 지어 보인 후 다시 소피아 쪽을 보았다.

"몸은 좀 어때? 지금도 춥니? 너 죽을 뻔했을 때 춥다고 했던 것 기억나?"

"지금 좀 춥긴 해, 소프." 프레드가 말했다.

"그건 나한테 맡겨." 소피아가 말하고는 병실을 나갔다.

프레드가 다시 제인을 보았다. "당신이 내 손을 잡아줬어요."

제인이 프레드를 쳐다보았다. 가슴이 점점 설레기 시작했다.

"나한테 왜 그런 말을 한 거죠?" 프레드가 말했다.

제인은 프레드가 자신의 어떤 말을 지칭한 건지 확신이 없었다. 펌프룸에서 한 말을 말하는 걸까, 아니면 병원 침상에서 한 말을 말하는 걸까? 진짜 정체를 고백한 걸 말하는 걸까, 아니면 사랑을 고백한 걸 말하는 걸까? 전자의 경우 프레드가 다 들었다는 건 알고 있었지만 후자는 어떤지 알 수 없었다.

"온천에서 한 말 말인가요?"

"당연하죠." 프레드가 대답했다.

그 얘기는 말하기가 더 쉬웠다.

"당신한테 거짓말을 할 수 없었어요. 나는 나니까요." 제인이 그 때 생각을 떠올리며 마른침을 삼켰다. 그러곤 단언했다. "당신이 날 믿든 말든 상관없어요. 나는 내가 나라고 말한 그 사람이에요. 그게 진실이에요."

"난 안 믿는다고 한 적 없어요."

제인은 심장한테 그만 좀 쿵쾅거리라고 명령했다.

"당신은 제인 오스틴이잖아요."

제인은 고개를 끄덕이며 헛기침을 했다. 그러고는 의자에서 엉덩이를 들썩였다.

"어떤 면에서는 늘 알고 있었던 것 같아요." 프레드가 말했다.

"그랬나요?"

"어딘가 이상하긴 했거든요." 프레드가 말하고는 미소를 지었다.

"어쨌든 앞으로 걱정할 날이 그렇게 길지는 않을 거예요. 난 곧 떠날 거니까." 제인은 아무렇지 않은 듯 말했지만 프레드가 어떤 반응을 보이는지 보려고 그의 얼굴을 유심히 살폈다. "누님께서 날 1803년으로 돌려보낼 방법을 확보했대요. 그분은 정말 용감한 구세주가 되어주셨어요. 영웅이나 다름없죠."

"누나가 그렇게 좋은 사람이라니까요."

"그래서 이젠 가봐야 해요. 책을 써야 하거든요."

"그럼요. 그래야죠." 프레드가 고개를 끄덕이며 대꾸했다. 그러곤 망설였다 말을 이었다. "아니면 잠깐만 더 있다 가도 되지 않을까요? 돌아가야 한다는 건 나도 알지만, 소피아 누나는 셰리주 한 병하고 담요 한 무더기 주면서 나한테 알아서 잘살라고 하고 떠날 거거든요. 딱 일주일만요."

제인은 잠시 생각해보았다. "일주일은 있어도 될 것 같네요. 당신이 회복할 수 있게 도우려면요."

두 사람은 서로를 가만히 바라보았다. 프레드의 눈빛에 서린 흥분과 두려움이 제인의 전신을 훑고 지나갔다.

"부탁하고 싶은 게 한 가지 더 있어요." 프레드가 말했다.

"세상에. 정말 바라는 게 많은 사람이군요, 프레드 님." 제인이 차분한 목소리를 내려고 애쓰며 대꾸했다.

"난 내가 원할 땐 독불장군이 될 수 있거든요."

"그럼 그 부탁이 뭔지 말해보세요." 제인이 말한 후 헛기침을 했다.

"전에 내가 하고 싶었던 걸 하고 싶어요." 프레드가 시선을 제인의 입으로 가져갔다가 다시 눈으로 옮겼다.

"당신 부탁은 요청에 더 가까운 것 같은데요, 프레드 님." 제인이 갈라진 목소리로 말했다. "그렇게 대단한 독불장군은 못 되시네요."

제인은 이제 숨 좀 쉬라고 스스로에게 상기시켰다.

"맞아요. 엄밀히 말해서 이건 요구해선 안 되는 일이에요. 유감스럽게도 이건 당신이 원해야지만 내가 할 수 있는 일이거든요. 당신도 원하나요?"

제인은 급기야 숨을 내뿜었다. 두 사람의 시선이 마주치자 제인이 고개를 돌렸다.

"다시는 심장 멈추지 않겠다고 약속할 건가요? 계속 열심히 뛰게 할 거라고?"

프레드가 웃었다. "약속할게요."

제인은 마른침을 삼켰다. "좋아요, 그럼."

프레드가 천천히 상체를 앞으로 내밀어 입술을 제인의 입술 위에 포갰다. 앞으로 1,000년을 더 산다고 해도, 소설을 100권 쓴다고 해도, 이런 느낌을 다시 알게 될 날이 다신 없으리라는 걸 제인은 이미 알고 있었다.

44

그날 오후 소피아가 면회 때문에 병원으로 돌아왔을 때, 제인은 프레드의 머리맡을 떠나던 참이었다. 제인이 환하게 웃으며 병상을 떠나자, 프레드가 잘 가라며 손을 흔들어 인사를 했다.

소피아는 병실을 둘러보았다. 프레드가 다니는 학교의 학생들이 보낸 풍선과 곰인형과 더불어 꽃다발과 카드가 띠 모양으로 장식되어 있었다.

"너무 멋있어요, 꺼벙이 쌤."

소피아가 10대 소녀 목소리로 말하면서 프레드의 팔을 찰싹 때렸다. 그는 어깨를 으쓱하고 미소를 짓더니 문밖을 내다보았다.

"너희 둘 화해했더라." 소피아가 제인이 걸어 내려간 병원 복도 쪽으로 고개를 끄덕이며 말했다.

프레드가 싱글벙글거리던 얼굴에서 미소를 싹 거두더니 코웃음을 쳤다. "그게 무슨 소리야?"

그건 프레드가 뭔가 들켰을 때만 들을 수 있는 웃음소리였다.

"나한테 내숭 떨지 마시지." 소피아가 대꾸했다. "너 내가 영 바보인 줄 아는 모양이구나."

"난 누나를 바보라고 생각한 적 없어." 프레드가 대꾸했다. "하지만 무슨 얘길 하는 건지는 모르겠네."

"너 제인 좋아하잖아. 그게 내가 하는 얘기다."

"그럴 리가!" 프레드가 말했다.

그러곤 10대처럼 가슴 위로 팔짱을 꼈다. 프레드의 아래팔에 연결된 기계의 전선들이 뭉텅이로 꼬이면서 알람이 울렸다. 프레드는 팔짱을 풀고 황급히 달려 들어온 간호사한테 사과를 했다.

소피아가 깔깔대며 고개를 절레절레 저었다. "그리고 너 내가 제인 이름만 꺼내면 신발 끈으로 꼭 그러더라."

"그러다니?" 프레드가 이번에도 코웃음을 치며 말했다.

"내가 제인 이름만 꺼내면 너 신발 끈을 묶잖아. 이미 묶여 있는 데도. 몸을 숙이고 끈을 푼 다음 다시 묶지. 그거 학교 다닐 때 좋아하는 여자애만 생기면 하던 짓 아니니. 몰리 파슨 때처럼! '몰리'라는 이름만 나오면 매번 신발 끈을 묶었지."

"누나가 가끔 거짓말한다는 건 아는데, 이번 건 진짜 최악이다." 프레드가 양손을 허리께에 놓았다. 환자복 차림으로 진지해 보일 요량이었다면 프레드는 실패한 셈이었다.

"그해 내내, 너 신발 끈을 이중 매듭, 삼중 매듭으로 아주 완벽하게 묶었잖아."

"완전 헛소리."

소피아는 철학적 질문을 제기하려는 교수처럼 양 눈썹을 치켜세운 채 턱을 손등 위에 올렸다. "제인은 지금 어디 있는 거야?"

프레드는 고개를 숙인 채 병상 끄트머리를 응시했다.

"봤지? 너 지금도 네 발 봤잖아! 하! 신발 끈 묶는 생각 중인 거지. 신발도 안 신고 있으면서. 너, 언제 그거 검사 한 번 받아봐라, 신발 끈 묶어서 사랑하는 감정 숨기는 강박증."

"닥쳐."

"너, 웃기도 더 많이 웃어. 그건 좋은 거지. 프레드, 네 탓은 아니야. 제인이 오죽 대단한 여자여야지."

프레드는 마른침을 삼켰다.

"너희 둘이 싸웠지, 그렇지? 하지만 지금은 화해했으니까 뭐. 다행이다. 제인이 엄청 끔찍한 말을 해가지고 네 속 뒤집어놨을 거야." 소피아가 한쪽 눈썹을 치켜세웠다.

"제인이 자기가 제인 오스틴이라던데." 프레드가 양손을 내려다보며 말했다.

"제인 오스틴 맞아."

소피아는 프레드의 반응을 기다렸다. 프레드가 고개를 홱 쳐들더니 다시 한번 팔짱을 끼려고 했다.

"팔짱 끼지 마. 알람 또 울리잖아." 소피아가 말했다.

프레드는 양팔을 옆구리에 내려놓은 채 침대에서 몸을 뒤척였다. "그래서 누나가 알고 있는 건 뭔데?"

"제인 말이야, 커튼 더미 속에서 나타났어." 소피아가 씁쓸하게 웃었다. "난리도 아니었다니까. 넌 다 놓친 거야."

"누난 미쳤어." 프레드가 말했다.

"부인할 수 없지." 소피아가 대꾸했다. "그렇다고 진실이 진실이 아니게 되는 건 아니거든."

"그런데 무슨 커튼?" 프레드가 물었다.

〈노생거 수도원〉 리허설 중에 제인이 바스 마을회관 극장 무대 끝에서 난데없이 나타났다니까. 네가 거기 있었어야 하는 건데. 너, 그 일 직후에 제인하고 춤춘 거야."

프레드가 고개를 끄덕이다가 멈췄다. "그때 술을 대체 얼마나 마셨던 거야?"

"전혀 안 마셨거든." 소피아가 대답했다. "갈색 종이봉투 몇 번 훅 분 거 말고, 진짜 완전 말짱한 정신이었다고. 꿈꾼 것도 아니었고 환각을 본 것도 아니었어. 차라리 그런 거였으면 좋겠다. 그럼 시간 여행 중인 19세기 작가의 무사 귀환을 도와야 할 일도 없을 테니까. 소원해진 남편 되찾아야지, 동생은 전류 흐르는 전선에 달려들었지, 내가 할 일이 이미 태산이잖니."

"누나가 하는 말이 얼마나 말도 안 되는지 누나도 알고 있는 거지?" 프레드가 말했다.

"완전히 잘 알고 있지. 그런데 있잖아. 내가 보니까 너도 말만 그렇지 이 황당무계한 제인 활극에 대해 생각을 아주 많이 한 것 같던데. 게다가 넌 내가 미쳤다고 생각하는 척하면서도 제인이 제인 오스틴인 걸 이미 알고 있고. 받아들이는 데 시간이 걸리긴 했지만."

프레드가 고개를 끄덕였다. "왜 나한테 말 안 했어?"

"그게 딱히 사람들한테 말하고 다닐 만한 일은 아니잖아. '제인 오스틴이 커튼 더미 속에서 나타났어요.' 구속복 차림으로 끌려가고 싶은 게 아니라면 말이야. 내가 지금 너한테 이 얘길 하는 것도 딱 보니까 네가 제인한테 홀딱 반한 것 같아서야."

프레드는 다시 한번 반박하려고 입을 열었다가 안 하는 게 낫겠다고 생각했는지 그냥 닫았다.

"지금까지 우리가 얘기한 모든 걸 받아들이게 된 게 언제인지 알려주라." 소피아가 말했다. "너한테 말해줄 게 더 있거든."

프레드가 다시 소피아를 보았다. "뭘?"

"제인 오스틴 어쩌구는 일단 다 무시해. 너, 제인한테 마음이 있는 거야?"

프레드가 침대에서 몸을 뒤척였다.

"음, 그게……." 프레드는 심호흡을 했지만 더는 말하지 않았다.

"너희 둘 사이에 이미 무슨 일인가 있었던 건 나도 알아. 그런데 내가 진짜 묻고 싶은 건, 네 마음이 얼마나 깊으냐는 거야."

"음." 프레드가 창밖을 응시했다.

"감전도 당한 마당이라 너한테는 좀 도박 같은 일이란 거 나도 알기 때문에, 피어나는 네 로맨스의 환상을 깨고 싶지는 않은데 안타깝게도 시간이 얼마 없어."

프레드가 소피아한테 언짢은 낯을 했다. "그게 무슨 말이야?"

"지금 당장 대답할 필요는 없어. 하지만 제인이 제인 오스틴이라고 믿든 말든, 제인은 돌아갈 거야. 1803년으로. 제인은 작가로서의 사명을 다하려 하고 있고, 곧 그렇게 될 거거든."

"뭐라고? 그게 무슨…… 알았어, 그래서 언제?" 프레드가 더듬더듬 말했다.

"나한테 지시만 내리면 곧바로. 제인을 집으로 돌려보낼 방법을 찾아냈거든. 어떤 친절한 젊은이의 도움을 좀 받긴 했지만, 이 작전은 내가 이끌었다고. 아무튼 요점은 제인이 집에 갈 거란 이야기야. 단……."

"단, 뭐?" 프레드가 말했다.

"여기 남아 있어야 할 이유가 생기지 않는 이상."

프레드가 한숨을 내쉬었다.

"내 생각엔 네가 그동안 매력남 자아를 발휘했고 사랑에 빠진 바보 같은 모습도 보여서 제인도 너에 대한 사랑을 키워온 것 같아. 나한테 제인을 집으로 돌려보낼 수단이 있는데, 네가 따라주지 않으면, 제인은 가겠지. 영원히 기다려주지 않을 거라고. 그럴 수도 없고. 이제 막 싹트기 시작한 사랑을 재촉한다는 생각 자체가 너무 싫지만 유감스럽게도 이 경우에는 좀 밀어붙여야 할 것 같아."

"어떻게 밀어붙인다는 건데?" 프레드가 물었다.

"네가 제인한테 남아 있어야 할 이유를 줄 필요가 있다는 거지."

"하지만 우린 서로를 잘 알지도 못하는데."

"나도 알지. 보통 때 같으면 나도 성급하고 노골적이고 요란한 애정 표현은 하지 말라고 조언할 거야. 그러면 십중팔구 대참사, 망신, 법원 서류를 보게 되거든. 내가 잘 알지. 하지만 지금은 보통 때가 아니잖아. 제인도 보통 여자가 아니고. 그래서 말인데, 네 감정이 그쪽으로, 그러니까 사랑, 가정, 아기, 행복하게 잘 살았대요 뭐 그런 쪽으로 흐르고 있다면, 인간적으로 가능한 한 빨리 제인한테 네 감정을 말하는 게 어떻겠니?"

45

소피아는 세트장으로 돌아갔다. 소피아는 구름 위를 걷는 기분이었다. 프레드가 깨어났고, 소피아 자신은 전남편인 감독한테 꽃다발도 받았다. 이보다 더 좋을 순 없었다. 언제 날 잡아서 잭한테 장미 꽃다발에 대한 감사 인사를 해야겠다고 생각했다. 하지만 그 전에 일단 혼 좀 나게 내버려둘 셈이었다. 소피아는 방음 스튜디오까지 걸어갔다가 데릭한테 손을 흔들어 인사를 했다. 데릭은 소피아를 보더니 깜짝 놀란 얼굴을 했다.

"왜 이렇게 빨리 돌아오셨어요? 오후 내내 병원에 계시지 않고?"

"다 잘됐거든. 프레드도 좋아졌고 거기 친구도 있어서. 사실 내가 꼽사리 낀 기분이 들어서 돌아왔어. 그런데 나 봐서 짜증이라도 나는 거야?"

"당연히 아니죠." 데릭이 말했다. "우리 트럭으로 가요."

데릭이 소피아를 방음 스튜디오에서 멀리 데려가려 했다. 소피아는 데릭이 자신의 어깨 너머를 흘끔거리는 걸 보았다.

"뭔데 그래, 데릭? 무슨 일이야?"

"아무것도 아니에요."

하지만 그 말을 하면서도 데릭은 소피아 뒤쪽을 흘깃했다가 재빨리 다시 소피아를 보았다. 소피아는 데릭이 자꾸 보는 게 무엇인지 보려고 고개를 돌렸다. 잭과 코트니가 커피 메이커 옆에 서 있었다. 잭의 한쪽 손이 코트니의 엉덩이에 가 있었다. 실수로 거기가 있는 것도, 차가 오고 있어서 길 밖으로 밀어내려고 거기 가 있는 것도 아니었다. 잭이 코트니의 둔부를 쓰다듬고 있는 이유는 자신의 만족 외에 딱히 없었다. 코트니가 뭔가 그의 귓가에 대고 속닥거리자 잭이 미소를 지었다. 그러곤 두 사람은 키스를 했다. 입술에. 소피아는 눈을 깜빡이며 손으로 귀걸이를 만지작거렸다.

두 사람을 보아하니 처음 하는 키스가 아니었다. 입술이 정확하면서 편안하게 교차할 수 있도록 코트니는 발뒤꿈치를 정확한 높이만큼 들어 올렸고 잭도 목을 딱 필요한 만큼만 숙였던 것이다. 누가 봐도 연습과 지식이 쌓인 동작이었다. 전에 이미 해보았지만 아직까지 질리지 않은 행위였다. 한창 사귀는 중에 나올 수 있는 그런 키스였다. 소피아는 눈을 세 번 깜빡이고 입술을 깨문 채, 아무도 알아차린 사람이 없길 바랐다.

"정말 유감이에요, 웬트워스 씨." 데릭이 말했다.

잭은 소피아한테 하던 그대로 코트니한테 키스를 했다. 오른손으로 코트니의 엉덩이를 감싸 쥔 채 관자놀이를 왼쪽으로 기울였다. '저 동작은 나만을 위한 게 아니었구나' 하고 소피아는 깨달았다. 저 동작들은 잭 자신의 DNA의 명령에 따른 힘줄과 뼈의 전형적인 움직임이었던 것이다. 그는 모든 여자들한테 저 동작 그대로 했을 것이다. 소피아는 자신의 눈앞에 펼쳐진 놀라운 광경을 헤아려보느라 잠시 걸음을 멈췄다. 10년 동안 자신이 키스했던 남자가 다른 누군가와 키스하는 모습을 지켜보기 위해. 이런 광경을 볼 일이 있는 사람은 소수일 테니 소피아는 자신이 재수가 좋다고 여겨야 할까 하는 생각을 했다. 키스할 때의 잭은 멋있어 보였다. 아니 대단해 보이기까지 했다.

소피아는 모두의 이목이 자신에게 집중되었다는 걸 깨달았다. 촬영진, 식사 공급업체 사람들까지. 그들 모두 소피아가 생전 처음 받아보는 시선으로 그녀를 빤히 응시하고 있었다. 그것은 바로 동정 어린 시선이었다.

"메이크업이 아직 제대로 안 된 것 같아, 데릭."

소피아가 침착한 목소리로 또박또박 말하고는 무표정한 얼굴로 트럭까지 유유히 걸어갔다. 데릭이 그 뒤를 따랐다.

"저 두 사람 사귄 지 얼마나 된 거야?" 소피아가 트럭 안에 들어서자마자 데릭한테 물었다.

"저도 몰라요. 얼마 전부터겠죠."

소피아는 죽을 것만 같았다. "얼마 전이면 오래된 게 아니잖아. 그러니까 아직 헤어질 가능성은 있는 거네."

하지만 이내 가슴이 철렁했다. 6개월 전에 있었던 어떤 일이 떠올라서였다. 프라하에서 촬영을 마치고 집으로 돌아왔을 때, 소피아는 잭의 휴대폰에서 미등록 번호가 보낸 메시지를 하나 발견했었다. 성적인 그림이 있는 메시지였다. 소피아는 사흘 내내 그 얘기를 꺼내지 않았다. 그러다 잭한테 따졌을 때, 잭은 오히려 남의 휴대폰을 훔쳐봤다며 소피아를 비난했다. 두 사람은 지독히 싸워댔고, 그로부터 일주일 후, 잭이 집을 나갔다.

"두 사람, 적어도 6개월은 사귀었어." 소피아가 말했다.

데릭은 고개를 푹 숙였다.

"너무 유감이에요. 그런데 더한 게 있어요. 코트니가 지금 당신 자르려고 기를 쓰고 있어요."

소피아가 고개를 휙 쳐들었다. "뭐라고? 말도 안 돼. 걔는 날 못 자르지."

데릭이 고개를 가로저었다. "이미 세트장 곳곳에 다 말하고 다녔대요. 코트니가 사람들한테 너무 힘들다고, 당신하고는 손발이 안 맞는다고 말하고 다니고 있다고요."

"우리가 손발이 안 맞기는 하지. 힘든 것도 맞고. 그렇다고 걔가 뭘 어쩌겠어? 일하다 보면 그럴 때도 있는 건데. 동료 배우가 더 잘할 수도 있는 거라고. 그렇다고 걔가 날 그냥 내보낼 순 없어. 내보내도 내가 걜 내보내야지! 스타는 나니까." 소피아의 얼굴이 어두워졌다. "아 참."

"스타는 코트니잖아요."

"그래, 코트니가 스타지." 소피아는 얼굴을 붉혔다. 또다시 맥 빠진 기분이 들었다. "이런 건 정말 질색이야."

그녀는 메이크업 트럭을 박차고 나가 잭의 트레일러로 갔다.

잭의 트레일러로 가면서 소피아는 할 말을 준비했다. 소피아는 잭을 질책할 작정이었다. 그에게 애인 혼 좀 내고, 촬영에 협조하게 하라고 말할 참이었다. 그리고 이 모든 게 다 얼마나 프로답지 못한 일인지 일장 연설을 하려고 했다. 하지만 막상 그의 트레일러에 들이닥쳐 앉아 있는 그를 보니, 프로 정신이니 원활한 제작이니 거창하게 울부짖으려던 생각이 머릿속에서 다 빠져나가고 말았다.

대신 소피아가 토해낸 것은 궁색하고 냉소적인 말들이었다.

"어떻게 이럴 수 있어, 잭?" 소피아도 자신이 하는 말이 들렸다. "당신, 날 웃음거리로 만들고 있잖아."

"미안해, 소프. 어쩌다 보니 그렇게 됐어. 일이 어떻게 돌아가는지는 당신도 알잖아. 우린 사랑에 빠졌다고."

"그럼 꽃다발은 어떻게 된 거야?"

"무슨 꽃다발? 아, 그거? 나도 모르겠는데."

잭이 어깨를 으쓱한 후 킬킬거렸다. 승리감과 자만심에 도취한 웃음이었다.

소피아는 잭의 얼굴을 똑바로 쳐다보았다. 그러면 그렇지. 고개를 들고 똑바로 쳐다보지 않았다면 소피아는 놓쳤을 것이다. 미소를 지을 때 그의 얼굴에 찰나의 순간 아른거린 그 무엇을. 그게 뭐였더라? 오, 그래. 승리감과 경멸감. 그는 여전히 그 어떤 여자도 자신을 돌아보게 만들 수 있었고, 본인도 그 사실을 알고 있었다. 게다가 사람을 뒤돌아보게 해놓고는 시간이든 애정이든 자신의 그 무엇도 내어주지 않아도 되었다. 잭은 식물을 좀 말라 죽였을 뿐인데 소피아가 득달같이 달려온 것이었다. 잭은 도대체 꽃다발을 왜 보낸 걸까? 아마 그가 직접 보내지는 않았을 것이다. 약 올리려고? 아하! 소피아는 그때 깨달았다. 바보 같으니라고. 그녀에게 팔을 둘렀던 그 사서 때문이었다.

소피아는 고개를 절레절레 저었다. "10년 결혼 생활을 훌훌 벗어던져서 행복해?"

"아니." 잭이 대답했다. "행복하진 않지. 그런데 코트니하고는 진지한 사이야."

소피아는 코웃음을 쳤다. "얼마나 심각한데? 그런 애송이하고."

"코트니는 지금 임신 중이야."

소피아는 아까 먹은 점심이 배 속에서 올라올 것 같았다. 그녀는 비틀거리다가 잭의 다리 위로 살짝 쓰러질 뻔했다. 잭이 허리를 숙여 소피아를 붙잡았다. 잭의 옷에서는 값비싼 세제 냄새가 났다. 그 옷도 가정부가 빨아주었을 것이다. 소피아는 의자를 하나 찾아 앉았다.

"소프? 무슨 말 좀 해봐." 잭이 소피아의 어깨를 어루만졌다.

소피아는 움찔하며 몸을 흔들어 잭의 손을 떨쳐냈다. 온몸의 감각이 사라진 기분이었다.

"몇 주나 됐는데?" 소피아가 지인 소식을 묻는 직장 동료처럼 상냥한 어조로 물었다.

"응?" 어리둥절한 표정이었다.

"임신 몇 주째냐고."

"아, 나도 몰라. 12주려나."

잭은 먼 곳을 보며 살짝 미소를 지었다. 그 미소를 짓게 한 것이 무엇일지를 떠올리자 소피아는 괴로워졌다. 모르긴 몰라도 그는 태교, 최근 보러 간 초음파를 떠올렸을 것이다. 아니, 어쩌면 코트니가 아기 옷으로 그를 깜짝 놀래켜주었을지도 모를 일이었다.

잭은 오래전부터 자신은 아이를 원치 않는다고 말해왔지만, 소피아는 잭이 마음을 바꾸리라 생각했다. 소피아는 잭이 그녀가 얼마나 대단한지 알게 되리라고, 오붓한 가족을 거부하다니 자신이 어리석었다고 깨달을 날이 오리라 생각했었다. 한 해, 한 해 세월이 흘렀고, 또 한 해가 흘러갈 게 뻔했다. 누군가와 다시 시작한 지가

너무 오래되었다. 소피아는 이 관계에 시간을 너무 많이 투자한 셈
이었다.

"소프, 괜찮은 거야?" 잭이 말했다.

소피아는 코를 훔치고는 잭을 똑바로 쳐다보았다. "그 여자가 더
젊어서 그런 거야? 내가 예전처럼 아름답지 않아서?"

"소프, 당신은 여전히 끝내주게 아름다워. 당연히 그럴 리 없지."

"나도 알지만, 그걸 물은 게 아니잖아. 내가 나이 먹어가고 있어
서 그런 거야?"

"너무 자책하지 마." 잭이 말했다.

"솔직하게 대답해주면 고맙겠어. 나, 그 정도 자격은 있잖아."

잭이 고개를 끄덕였다. "알았어. 당신은 나이가 더 많아. 외모도
예전 같지 않고. 하지만 그게 이유는 아니야."

소피아는 잭의 솔직함에 발끈했지만 고맙기도 하고 두렵기도 했
다. "알았어. 그럼 이유가 뭔데?"

잭이 한숨을 내쉬었다. "당신하고는 매사가 너무 힘들었어."

소피아는 웃을 수밖에 없었다. 자신이 이 관계 때문에 혼쭐이
나는 동안, 잭 자신은 끝없는 성공을 누린 것 같아서였다. 그는 그
어느 때보다 유명해지고, 부유해졌으며, 찾는 사람이 가장 많은 감
독이 되어 있었다.

"그런데 코트니하고는?" 소피아가 물었다.

"코트니하고는 모든 게, 너무 쉽게 느껴져." 잭이 말했다.

소피아는 잭을 노려보며 얼굴을 찡그렸다. 그때 그의 얼굴에 점
점 걱정스러운 표정이 어리더니 금방이라도 혼날 사람처럼 흠칫하
는 게 보였다.

"내가 미워?" 잭이 물었다.

소피아는 다시 의자에 기대앉아 조용히 있었다. 소피아는 잭의 얼굴을 유심히 보다가 그가 얼마나 잘생겼는지, 지금 봐도 얼마나 매력적인지를 알아차렸다. 그녀는 이렇게 소리 높여 외칠 참이었다. '응, 당연히 밉지. 누가 날 탓할 수 있겠어?' 소피아는 잭이 실망시켰던 그 모든 때, 자신이 입었던 그 모든 상처, 그가 미움을 받아도 싼 그 모든 이유들을 하나하나 꼽아가면서 그런 취지의 말을 준비했다. 그리고 그 말을 하려고 입을 열었다가 멈추고는 다시 닫아버렸다. 결국 소피아는 한숨을 푹 쉬고 지칠 대로 지쳐서는 고개를 절레절레 저었다.

"아니, 당신 안 미워."

그건 진심이었다. 소피아는 일어나서 트레일러를 나왔다. 소피아는 눈물범벅이 된 얼굴로 세트장을 가로질렀다. 너무 지쳐서 누가 볼까 신경을 쓸 기운도 없었다.

두 사람이 델라웨어 주, 호케신에 사는 버터워스 부부라면 끝까지 함께했을지 몰랐다. 그녀는 유치원 교사고 그는 레코드가게 주인이며, 시간이 날 땐 함께 꿀벌을 쳤다면 가망이 있었을지 몰랐다. 두 사람의 부모가 결혼 생활의 부침에 대해 제대로 가르쳐주었다면, 상황이 나빠졌을 때 함께 헤쳐나가라고 가르쳤다면, 성생활이 시들해지고 모두에게 피로가 일상이 되었을 때, 일 때문에 등골이 빠졌을 때, 끝까지 밀고 나가라고 가르쳤다면, 상처투성이 부부 관계일망정 50대에도 부부인 채로 어두운 터널의 반대편으로 나왔을지 모를 일이었다. 하지만 두 사람은 델라웨어 주, 호케신의 버터워스 부부가 아니었다. 잭 트래버스는 감독 조합에 속한 감독이었고, 소피아 웬트워스는 스타 배우였다. 두 사람은 보통 사람이 아닌 신적인 존재들이라서 설거지를 하거나 크리스마스 때 두 사람 중 누구의 가족을 찾아갈 것인지를 두고 다투는 사람들이 아니었다. 그리고 상황이 나빠졌을 때, 두 사람은 그걸 헤쳐나가지 않았다. 각자 안에 꾹꾹 눌러 담고 살아가다가 완벽을 찾아 다른 데로 가버렸다. 그리고 소피아가 다시 잘해보려 노력한 동안, 잭은 새로운 사람과 다시 시작하는 편이 더 쉽다고 생각한 것이다.

소피아는 잭 탓을 할 수 없었다. 수면 부족과 실망감이 잭이 지금 누리는 편안한 마음을 앗아가고 나면 조만간 코트니한테도 질릴 게 뻔할 테니까.

좋았던 시절도 있었다. 화려한 불꽃이 쏟아지던 초반에 특히 그런 날이 많았다. 하지만 이제야 뼈저리게 깨닫게 된 게 있다면, 소피아가 그와 함께하면서 느꼈던 열정과 황홀은 사실 열정과 황홀 없이 몇 날 며칠을 지낸 끝에 들었던 칭찬 한마디, 또는 다정한 손길 한 번에서 비롯된 것이었다. 두 사람의 결혼 생활은 오래전에 끝난 상태였다. 이걸 깨달았다고 해서 수월해지는 건 없었다.

46

소피아는 밤이 되어 제인을 병원에서 집으로 데리고 왔다. 그러고는 그날 있었던 일을 제인한테 들려주었다. 이야기를 마쳤을 때, 소피아는 주방 바닥에 앉아 있었다.

제인이 계속 아무 말도 하지 않자 소피아가 입을 열었다. "무슨 말 좀 해봐요."

제인은 고개를 젓더니 말을 하는 대신 소피아 옆에 가서 함께 바닥에 앉았다. 소피아는 평상시엔 세상 만물에 대해 할 말이 많았던 여자의 말문을 막아버릴 수 있어서 기분이 좋았다. 그런 놈 때문에 더 이상 눈물 빼지 말자고 스스로 다짐했음에도 소피아는 흘러내리는 눈물을 더는 참지 못하고 천치처럼 바닥에 앉아 하염없이 울기 시작했다. 제인이 어깨를 어루만져주자, 소피아는 더욱더 눈물을 쏟아냈다.

얼마의 시간이 흐른 뒤, 제인이 마침내 말을 했다. "당신 주머니에서 또 웅웅 소리가 났어요."

소피아는 주머니를 뒤적여 휴대폰을 꺼낸 다음 실눈을 뜬 채 눈물 고인 한쪽 눈으로 화면을 보았다. 데이브의 이름이 떠 있었다. 소피아의 가슴이 철렁 내려앉았다. 소피아는 통화를 거부한 다음 한숨을 내쉬었다.

"잭인 줄 알았는데." 소피아가 쓴웃음을 지으며 말했다. "그이가 전화라도 걸어서 내가 괜찮은지 살펴주길 바랐거든요. 난 바보 천치예요."

"자책하지 말아요."

"리허설 때 얼굴을 못 들겠어요, 제인. 그냥 별거 중이었을 땐 견딜 수 있었죠. 그런데 이런 일까지?" 소피아가 고개를 절레절레 저었다. "내일은 안 나갈 거예요. 날 자르고 좋아죽는 걸 두고 보진 않겠어요. 그만둬도 내가 그만둘 거예요."

"이 남자는 당신 결혼을 망친 사람이에요. 경력도 망치게 두려고요?" 제인이 말했다.

소피아가 웃으며 한쪽 눈썹을 치켜세웠다. "그럼 나더러 어쩌라는 건데요? 거기 가서 뭐…… 연기라도 하란 거예요?"

"그 비슷한 걸 하세요."

소피아가 씁쓸하게 웃었다. "설사 내가 나간다고 해도, 이 역할이면 우스워 보일 거예요. 난 이 영화에서 내가 아주 멋져 보일 거라는, 사람들 가슴을 찢어놓을 거라는 환상을 품고 있었단 말이에요."

"그게 당신 목표예요? 사람들 가슴을 찢어놓는 게?"

소피아가 어깨를 으쓱했다. "내가 아는 유일한 연기가 그것밖에 없거든요. 난 늘 섹시녀, 순정파, 매닉 픽시 드림걸(영화에 등장하는 캐릭터 타입 중 하나로 발랄하고 감수성이 예민하며 소위 사차원 같으며, 엉뚱하고 늘 밝기만 한 단편적 여성 캐릭터를 지칭한다-옮긴이) 역만 맡거든요."

"그게 뭔지는 모르겠지만, 끔찍하게 들리네요." 제인이 말했다.

"이러나저러나 난 이제 너무 늙어서 그런 역은 못 맡아요. 내가 여전히 봐줄 만한 외모라는 건 나도 알아요. 내가 여전히…… 섹시한 아줌마라는 것도 알고." 소피아가 잠시 움찔했다. "하지만 이제 더 이상 만화책 원작 속의 등장인물이 아니잖아요, 알겠어요? 더는 남자 주인공의 관심을 받는 발랄한 아가씨 역은 소화할 수 없다고요. 하지만 그게 내가 아는 연기의 전부니까 계속하면서 나 스스로를 속이고 있는 거고요. 여전히 젊은 척하려고 기를 쓰는 여자보다 더 비극적인 것도 없는데."

"그럼 척을 그만하세요." 제인이 대꾸했다.

소피아는 제인을 보았다. "그럼 뭘 하라고요?"

"당신이 맡은 역할을 연기해오던 특정한 방식이 있을 거 아니에요? 늘 남자들의 애정 공세를 받는 어여쁜 아가씨 역을 맡았고요."

"맞아요." 소피아가 어깨를 으쓱했다.

"하지만 이번 역은 다르고요?"

소피아가 고개를 끄덕거렸다.

"그럼, 연기도 다르게 해야죠."

"어떻게 해야 할지 모르겠어요. 대개 달콤하고 귀여운 대사만 하거든요. 그런데 지금은 어리석고 우스꽝스러운 대사만 하래요. 그런 대사는 어떻게 전달해야 할지 알지도 못하는데, 그건 나랑은 안 맞는다고요."

"일하면서 가장 행복했던 순간을 말해봐요." 제인이 말했다.

소피아가 조용해졌다. 레드 카펫 행사장, 언론 배급 시사회, 리무진, 환호성을 지르는 팬들을 모두 되짚어가며 생각해보았다.

"혹시 배로라는 마을에 가봤어요?" 소피아가 물었다.

제인은 고개를 가로저었다.

"아주 고약한 곳이죠, 저 위 북쪽에 있는. 거기 작은 극장이 있었어요. 난 열아홉이었고. 지역 극단에서 올린 〈리어 왕〉에서 코델리아를 맡았죠. 관객들이라고는 어르신들하고 포커 치는 날인 줄 알고 엉뚱한 날에 잘못 온 광부들밖에 없었어요. 막도 오르기 전에 환불을 요구한 남자도 있었죠." 소피아는 잠깐 말을 멈추고 눈물을 훔쳤다. "난 내 대사를 어떻게 말할지만 생각했어요. 그 당시엔 훈련도 거의 못 받았지만, 난 날 코델리아 입장에 대입해보려고 애를 썼죠. 친아버지가 우리를 떠나고 없을 때라 그 넌더리 나는 인간을 참고할 수도 있었지만, 난 거기서 감정을 끌어내진 않았어요. 코델리아의 목소리와 걸음걸이는 내 안에 있던 무언가에서 끌어낸 것이었어요. 그건 놓친 발표회나 못 받은 생일 카드보다 훨씬 깊은 데서 우러난 감정이었죠. 그건 다름 아닌 내 상상력이었어요."

"최고는 항상 상상력을 발휘하는 법이죠." 제인이 말했다.

"난 마지막 독백을 한 다음 리어 왕의 품에서 죽었어요. 그때 슬쩍 군중을 훔쳐봤죠. 그들은 넋을 잃은 채 날 뚫어져라 보고 있었어요. 장내는 바늘 떨어지는 소리도 들릴 정도로 조용했고요. 마치 다른 차원이 열린 것만 같았어요. 나는 누더기 의상을 입고 있었고 신발도 없이 맨발이었거든요. 시선을 들어 객석을 다시 한번 쳐다봤는데, 환불해달라던 아저씨가 아직 객석에 있는 거예요. 그것도 울면서. 그 아저씨는 공연이 끝난 후에 날 찾아와서는 20년 동안 의절했던 딸한테 전화를 걸 거라고 했어요."

"브라보." 제인은 미소를 지으며 소피아의 어깨를 어루만졌다. "이 캐릭터를 연기하는 데 필요한 도구는 이미 다 갖추고 있는 거네요."

"하지만 어떻게 써야 하죠?" 소피아가 물었다.

"앨런 부인이 어떤 말을 하는데요?" 제인이 물었다.

"첫 대사가, '너나 나나 변변하게 입을 옷 한 벌이 없구나!' 이거예요. 나한테 아주 우스꽝스러운 옷을 입힌다고요. 어떤 날은 머리에 진짜 배 모양 모자를 쓴 적도 있다니까요."

"어떤 배요? 프리깃함요? 아니면 스쿠너요?"

"잘 몰라요. 예인선이었을 거예요. 앨런 부인은 수를 놓다가 한 땀이라도 놓치면 모두에게 광고를 해요. 대체 왜 그러는 거죠?"

"여자들은 사과 잘하기로 소문났거든요." 제인이 어깨를 으쓱하며 말했다. "우리 여자들이 태어날 때부터 모두 걸리는 병이죠."

"앨런 부인은 자기가 자기 농담의 주인공이에요. 모슬린을 가지고 3분짜리 독백을 읊는다고요."

"내가 대체 어떤 인물을 만들어낸 걸까요?" 제인은 소피아한테 하기보다 자기 자신한테 물었다. "내가 만난 적 있는 사람을 토대로 썼을 텐데."

"누구요?" 소피아가 물었다. "혹시 당신 적 중에 누군가를 은근히 까려고 만든 인물 아니에요? 실토해요, 제인."

제인은 잠시 아무 말도 하지 않았다. "내가 알고 있는 여자들을 하나하나 다 되짚어 생각해보고 있는 중이에요. 이웃 중에 레이디 존스톤이라는 여자가 있거든요. 아주 심술궂은 사람이에요. 어쩌면 그 부인이 내가 앨런 부인의 토대로 삼은 여자일지도 몰라요. 앨런 부인이 혹시 잔인한가요?"

소피아는 고개를 갸우뚱했다. "사실 그렇지는 않아요. 전혀 잔인하지 않죠. 그보다는 뭐랄까…… 처량해요."

"어머, 처량한 사람이구나." 제인은 쓸쓸한 미소를 지어 보였다. "누군지 알겠어요."

"누군데요?"

제인은 가만히 바닥을 응시했다. 두 사람이 이야기를 나눌 때 소피아는 보통 제인의 정수리를 보았었다(소피아가 제인보다 키가 컸다). 그런데 눈높이가 같아진 지금, 소피아한테 제인의 얼굴을 제대로 볼 기회가 생겼다. 제인은 제인 오스틴 박물관에 있는 초상화에서보다 더 아담하고 예뻤다. 제인의 크고 아름다운 눈은 멀지도, 가깝지도 않은 어딘가를 응시하고 있었는데, 문과 벽 사이 공간을 뚫어버릴 기세였다. 제인은 내내 무슨 생각을 하고 있는 걸까? 그 누가 알랴? 아무튼 제인은 이런 식으로 어딘가를 응시하는 일이 종종 있었다.

"그 여자가 누군데요, 제인?" 소피아가 다시 물었다.

"그 여자, 아무도 아니에요." 제인이 미소를 지으며 말했다. "그냥 어떤 여자예요. 여기선 만물이 어떻게 변하는지가 아니라 사물이 어떻게 그대로 남아 있는지를 관찰했거든요. 여자들이 말도 더 많이 하고 몸도 더 많이 드러내더라고요. 어머니들이나 세탁부들이나, 몸종이나 공작부인이나 다 똑같아요. 양말을 깁고 밀가루를 반죽하는 동안에도 여자들의 마음은 이리저리 방황하고 가슴은 노래를 하죠. 우리가 쓰고 있는 가면 뒤로 어떤 생각들을 하고 있는 걸까요. 단언할 수는 없지만, 이 인물은 마음속으로 제2의 인생을 살면서 값비싼 옷감에 관한 수다 뒤로 처량함을 숨기고 있을 거예요."

소피아가 고개를 끄덕이며 자세를 바로 했다. "그래서 그 우스꽝스러운 대사를 어떻게 연기하라는 건데요?"

"그 대사들이 우스꽝스러운 건 특정 연령에 도달한 여자들이 우스꽝스럽기 때문이에요. 분별력과 지성을 갖춘 남자들도 그렇게 여겼죠. 내가 온 곳에서는 출산 능력과 지참금이 한 여자의 가치랍니다. 요즘엔 여자의 가치가 외모에 있는 것 같지만요. 지금까지 그 누구도 머리를 언급한 사람이 없었어요. 가끔 가슴은 얘기해도 머리 얘기는 전혀 없었죠. 나이가 든다는 건 다수가 누리지 못하는 특권이지만, 여자들은 그걸 저주로 여겨요. 그런데 그 여자는 나이가 든 여자예요. 그러니까 나이 든 여자처럼 연기하세요. 나이 먹으면서 따라오는 품위와 굴욕감을 온전히 느끼면서요. 살아남았다는 행복감과 젊음이 사라졌다는 슬픔을 고스란히 느끼면서요. 외모가 시들었다는 굴욕감과 그게 사실이라는 걸 알고 있다는 우아함을 보여주라고요." 제인은 고개를 소피아 쪽으로 돌렸다. "처음 당신을 만났을 때, 난 감탄하면서 우두커니 서 있었죠. 당신은 이 새로운 바스를 활기차고 눈부시게 거닐었거든요."

"이제 실망했을 테니 미안하게 됐네요." 소피아가 말했다.

"속마음을 털어놓은 당신은 지금 이 주방 바닥에 전보다 더 당당하게 앉아 있다고요. 이걸 비극이 아니라 해방으로 받아들일 순 없을까요? 겉치레가 사라지자 기회가 온 거라고."

"무슨 기회요?"

"진실을 알릴 기회요. 한때 당신은 겉만 번지르르한 장식품이었어요. 타인의 욕망을 채워주는 시녀 노릇을 했던 거죠. 이제 거기서 벗어날 수 있잖아요."

소피아는 눈물을 닦으면서 고개를 가로저었다. "벗어나서 뭐하게요?"

제인은 미소를 지으며 답했다. "원래부터 하게 되어 있던 일을 하는 거죠."

47

소피아는 녹색 드레스 차림으로 세트장에서 혼자 대기 중이었다.

"왜 이렇게 지체되는 거지?" 소피아가 데릭한테 물었다. "벌써 여기 30분째 서 있는 중이야. 땀나서 민낯 메이크업이 다 지워질 판이라고."

데릭이 어깨를 으쓱하더니 알아보겠다고 했다.

리허설 마지막 주에 접어든 때였다. 소피아는 언제 해고하려나 기다리고 있었다. 오늘 일정에 따르면 앨런 부인과 캐서린 몰런드는 저녁 무도회장에 들어서기 전 중요한 대화를 나누게 되어 있었다. 엑스트라 스무 명이 펌프룸 뒤 광장에 모여 있었다. 이 인원은 그날 400명까지 늘어날 예정이었다.

데릭이 돌아와 소피아한테 귓속말로 소곤거렸다. "코트니 때문이래요. 안 나오려고 한다는데요."

"자기 트레일러 안에 있대? 걔 지금 짜증 부리고 있는 거야?" 소피아는 잭을 불렀다. "잭, 당신의 스타 배우님이 왜 저러는지 좀 가봐야겠는데."

잭이 고개를 절레절레 저었다. "준비되면 자기가 나올 거야."

"우리 다 여기 그냥 서 있잖아. 영화 제작이 가르친다고 되는 게 아니라는 건 아는데, 지금 엄청 많은 사람들이 대기 중인 것도 알겠거든. 그리고 저 위 하늘에 대형 조명 보이지?" 소피아가 태양을 가리켜 보였다. "당신, 강한 조명 좋아하잖아. 저건 사라지고 나면 다시 켤 수도 없다고."

데릭과 엑스트라들 일부가 킥킥거렸다. 잭이 눈알을 굴리더니 탈의실 쪽으로 걸어갔다. 하지만 코트니 없이 혼자 돌아왔다.

"코트니가 안 나오겠대." 잭이 소피아한테 속삭였다.

소피아는 웃음을 간신히 억눌렀다. "코트니한테 계약서 얘기를 해봐. 당신 없이는 리허설이 안 되는 장면이라고."

"자긴 모르겠다는데."

"그럼 당신 매력을 발휘해보던가."

"실은 우리 싸웠어." 잭이 불쑥 말했다.

소피아는 입술을 깨문 채 씩 웃었다. "내가 눈물을 안 흘리더라도 용서해."

"당신이 가서 코트니하고 얘기 좀 해봐." 잭이 말했다.

"내가?" 소피아가 큰 소리로 말했다. "그 여자는 날 탄수화물보다 더 증오하는데. 난 아무 도움이 안 될 거야."

"그냥 가서 얘기 좀 해봐. 여자 대 여자로."

"코트니 트레일러에 혹시 날카로운 물체가 있는 건 아니겠지?"

"부탁이야, 소프." 잭이 불쌍한 표정을 지었다.

소피아는 한숨을 쉬며 자신의 파라솔을 데릭한테 건넨 후, 스커트를 들어올렸다.

"영화 제작을 위해서 얘기는 해볼게." 소피아는 코트니의 트레일러로 터덜터덜 걸어간 다음 문을 두드렸다. 답이 없었다. 소피아는 창문을 통해 안을 들여다보았다. "코트니?"

"가버려요." 코트니가 안에서 소리쳤다. 목이 메고 쉰 목소리였다.

소피아는 한숨을 푹 쉬고 나서 소리쳐 물었다. "어디 아파?"

소피아가 안을 들여다보려고 애를 썼다. 커튼은 그대로 쳐져 있었다.

코트니가 문 앞에서 말을 했다. "고맙지만 전 쌩쌩하거든요. 그러니까 좀 꺼져주세요."

"리허설 시작할 때가 돼서 그래. 엑스트라들도 다 자리 잡고 있어." 소피아가 대꾸했다.

"난 안 가요."

"알았어. 그럼 사람들한테는 뭐라고 둘러대야 해? 지휘봉 연습 중이라고 해? 아니면 UN 연설문 작성 중이라고 할까?"

"당신은 좋아죽겠죠."

"난 자기가 나와서 연기하는 게 더 좋지."

아무 응답도 없이 흐느껴 우는 소리만 들렸다.

소피아는 흠칫했다. "지금 이 소리 자기가 내는 거야, 아니면 고문당하는 고양이가 내는 거야?"

"날 좀 내버려두라고요!"

"나도 정말 그러고 싶어, 자기야. 그런데 유감스럽게도 나한테 자기를 데려오라는 지시가 떨어졌거든. 무슨 일인지 말해주지 않으면 계속 문밖에서 듣기 싫은 말만 골라서 큰 소리로 말하겠어. 나 그런 말 진짜 많이 알고 있어서 몇 시간 동안이고 할 수 있거든. 선택은 자기 몫이야."

문이 갑자기 열리는 바람에 소피아는 쓰러지듯 안으로 들어갔다. 트레일러는 오렌지색과 붉은색 실크, 황금 조각상과 양초로 장식되어 있었다.

"간디가 여기서 토하기라도 한 것 같네." 소피아가 말했다.

코트니는 퉁퉁 부은 눈으로 한쪽 구석에 쭈그리고 앉아 있었다.

"이거 다 각기 다른 종교인 건 알지? 저건 가네샤, 저건 부처잖아." 소피아가 황금 조각상 두 개를 손가락으로 가리켰다. "쟤네들 같이 두면 안 될걸. 화를 불러올지도 몰라."

"좀 닥쳐요. 내가 옥스퍼드에 안 다녔다는 이유만으로 날 놀려도 되는 건 아니잖아요."

"자기야, 나도 옥스퍼드 안 다녔어. 알코올중독에 빠진 몽상가

들 자식이 다니는 소년원에 다녔지. 그래도 인도 음식하고 중국 음식의 차이는 알아. 자기의 실용적인 접근법은 높이 살게. 여러 신한테 골고루 돈을 걸면 가장 안전하잖아. 결국 어떤 신이 최후의 승자가 될지 알 수 없는 법이니까." 소피아가 선향 하나를 집어 들었다. "여기는 사방이 다 잭의 흔적이네. 그이도 종교적 우상 숭배를 헷갈려 했거든."

"그 사람, 늘 이런 식인가요?"

바닥에는 작은 공처럼 똘똘 뭉쳐진 휴지가 여기저기 굴러다니고 있었다. 코트니가 그 가운데 하나를 집어 들고 코를 풀었다.

"이런 식이란 게 뭔데? 그 휴지 깨끗한 건지 의심스러운데." 소피아가 코트니의 손에 들린 축축한 휴지 뭉치를 가리키며 말했다.

"어젯밤, 내 에이전트가 〈본 드라이〉 1차 편집본을 보내줬어요."

소피아는 어깨를 으쓱했다. "처음 들어보는 제목인데."

"내가 출연한 새 영화예요. 식이장애로 죽은 어떤 코미디언의 전기 영화예요. 멍청하게 들리는 거 나도 알아요." 코트니가 갈기갈기 찢어질 때까지 쓴 휴지를 버리더니 소매로 콧물을 훔쳤다.

"나도 자기 말에 맞장구칠 수 있음 좋겠는데, 사실 되게 괜찮게 들려." 소피아가 말했다.

"나도 그렇게 생각했죠. 대본이 느낌이 굉장히 좋았거든요. 연기도 재미있었고요."

"그럼 뭐가 문제인 건데?"

"그 편집본을 잭한테 보여줬어요. 한 15분쯤 보더라고요. 그러더니 아무 말이 없는 거예요. 내가 그이한테 보여주고 싶어서 얼마나 설렜는데! 그런 역할은 생전 처음이었거든요. 어려운 영화였단 말이에요, 알죠? 대사도 엄청 많이 외워야 했다고요. 잭은 그날 오후 내내 컴퓨터만 보면서 계속 아무 말이 없었어요. 그래서 난 잭이 날 위해 연기 기법이나 참고 영상 같은 걸 찾고 있는 줄 알았죠. 그런데 알고 보니까 1970년대 워렌 베이티가 찼던 것 같은 롤렉스를 이베이에서 사고 있던 거였어요. 그래서 그 영화 어떻게 생각하는지 말해달라고 졸랐죠. 그런데 하는 말이, '내 생각엔 당신 코 좀 손봐야겠던데', 그게 다였어요."

소피아는 코트니의 코를 슬쩍 훔쳐봤다.

"지금 내 코 보고 있죠. 그만 봐요!"

"전엔 눈여겨본 적이 없어서." 소피아가 대꾸했다.

"그이 말이 맞는다고 생각하잖아요."

"사실대로 말하자면, 코가 꽤 크긴 하다. 전에는 못 봤는데 코끝이 좀 튀어나왔네. 재미있어."

"당신은 이게 재미있어요?"

"내 말 마저 들어봐. 자기 코는 큰 데다 매끈하지 않아. 그런데 길고 우아하기도 하지. 그런 코를 '귀족적'이라고들 해. 자기 코는 자기 얼굴을 잘 받쳐줘. 개성과 색깔을 부여해주고. 꽤 아름다운 코라고 할 수 있지. 코 수술을 하고 나면 경력이 끝장날 거야."

"내가 망하길 바라서 그렇게 말하는 거잖아요."

"나야 자기 망하길 바라지. 하지만 코 얘긴 솔직하게 말한 거야. 코 바꿨다면 다른 배우들하고 똑같아질걸. 자기는 그냥 스타잖아."

"그 사람은 그럼 왜 그런 말을 한 건데요?"

소피아가 한숨을 내쉬었다. "그이는 감독이잖아. 시각 정보에 목매는 사람이지. 신체적 결함을 지적하는 게 그 사람 일이라고."

코트니는 여전히 훌쩍이면서도 고개를 끄덕였다. "그렇지만 내 남자친구잖아요. 남자친구가 할 말은 아니죠."

"맞아, 아니야."

소피아는 일어나 문 쪽으로 향했다. 자신이 지니고 있는 얼마 안 되는 권력을 지키려 한다고 해서 코트니를 비난할 수는 없었다. 소피아도 한때 그랬던 적이 있었고, 그게 여전히 가능하다면 자신도 그렇게 할 것이기 때문이었다. 문가에 다다른 소피아가 머뭇거렸다.

"왜요?" 코트니가 말했다.

"나한테도 그 비슷한 말 한 적 있었어." 소피아가 말했다.

"정말요?"

소피아가 고개를 끄덕거렸다. "〈배트맨 1〉 개봉 전이었지. 같이 테스트 시사회에 갔는데 살 빼면 더 좋아지겠다고 그러더라."

"그 영화 진짜 좋았는데." 코트니가 말했다. "거기서 당신 정말 멋져 보였다고요. 지금은 〈본 드라이〉가 형편없게 느껴지네요. 아깐 아주 훌륭하다고 생각했는데, 지금은 구린 것 같아요."

"그 반대일걸. 이 대화만 놓고 보면 흥행할 것 같은데. 이제 나와서 리허설할 거야?"

코트니가 고개를 절레절레 저었다. "다들 날 비웃을 텐데요. 나는 까다로운 여배우가 되겠죠."

소피아가 뒤돌아 코트니를 보았다. "자기 까다로운 여배우 맞잖아. 이 일도 까다로운 일이고. 그 사람들은 우리가 하는 일 못해. 그러니까 그 사람들한테 꺼지라고 말해버려."

땅이 꺼질 듯 깊은 한숨 한 번과 마지막 휴지 한 장과 함께, 코트니는 이것저것 챙겨 세트장으로 향했다. 캐서린 몰런드와 앨런 부인 사이의 중요한 장면이었다. 코트니가 맡은 인물한테 더 중요한 장면이지만 소피아가 맡은 인물도 그 장면이 진행되는 내내 코트니 옆에 서 있어야 했다. 소피아는 코트니의 실수를 유도하려고 힘을 쓰지도 않았고, 대본에 없는 대사를 읊거나 애드리브를 하지도 않았으며, 어이없다는 듯 눈알을 굴리지도 않았다. 소피아는 코트니한테 대사를 떠먹여주면서 희극에서의 조연역을 연기해냈다. 그러자 최고의 장면이 나왔다. 주연을 돋보이게 하는 역을 맡은 선배 배우와 여주인공을 맡은 후배 배우는 환상의 콤비가 되었다. 잭이 컷을 외친 순간 이상한 일이 벌어졌다. 스태프들이 박수갈채를 보낸 것이다. 코트니는 신이 난 얼굴로 고개 숙여 인사를 했다. 소피아는 눈알을 굴리다가 덩달아 고개 숙여 인사를 했다.

순전히 제인 탓이었다. 제인이 소피아를 착한 사람으로 둔갑시켜 버렸다.

날이 저물 무렵이었다. 코트니한테는 리허설해야 할 장면이 하나 더 남아 있었다. 소피아는 코트니의 눈을 슬쩍 피해 메이크업 트럭으로 향했다.

"아뇨, 괜찮아요. 가지 마세요." 코트니가 소피아한테 큰 소리로 말했다.

소피아는 어깨를 으쓱한 뒤 현장에 남았다.

그 후, 리허설이 끝났다. 스태프들이 짐을 챙겼다. 카메라와 조명 트럭이 빠져나가고 모두 런던으로 돌아갔다. 모두 몇 주 뒤, 촬영 첫날에 복귀하게 되어 있었다. 소피아는 그 무리에 자신도 낄 거라 기대하지 않았지만(코트니와 휴전했다고 해서 소피아가 근처에서 얼썬거려도 된다는 건 아니었다), 촬영장 잡역부가 소피아한테 오더니 촬영 첫째 날의 일일 촬영 계획표를 주었다.

소피아는 잡역부한테 고맙다는 인사를 한 후, 그때 보자는 말을 했다. 소피아는 충격에 휩싸인 얼굴로 계획표를 뚫어져라 응시했다. 물론 그건 일일 촬영 계획표였다. 결국 그녀는 앨런 부인을 연기하게 되었다. 그뿐 아니라 소피아는 이제 앨런 부인을 어떻게 연기해야 할지도 알게 되었고, 뛰어난 동료 배우, 큰 웃음 주는 의상, 영화를 진두지휘하는 그럭저럭 쓸 만한 감독도 생겼다. 이 영화는 애초에 예견했던 망작이 되지 않을지도 몰랐다.

그런 생각을 하면서 들떠 있다가 갑자기 이 일이 다른 일 때문에 위험해질 수 있다는 사실을 깨닫게 되자 두려움이 스멀스멀 밀려왔다. 소피아는 동생한테 제인에게 당당하게 사랑을 고백하라고, 제인에 대한 감정을 털어놓아 그녀를 여기 남게 하라고 부추겼다. 소피아도 원하는 바였고, 제인과 프레드는 그럴 자격이 있는 사람들이었지만, 제인이 프레드와 함께 여기 남는다면, 주류 장식장에서 한 권씩 사라지던 소설은 지금처럼 계속 사라지다가 결국 하나도 남지 않게 될 터였다. 제인의 소설이 없어지면, 소피아의 영화 〈노생거 수도원〉도 사라질 게 뻔했다.

이제 막 잠재력을 보기 시작한 그 보석 같은 영화가 사라질 판이었다. 그런 상황을 생각하니 소피아는 온몸이 굳는 듯했다. 소피아는 자신이 제인한테 했던 그 모든 독단적인 요구들을 떠올리며 자책했다. 집 안에 남아 있으라고 경고하고, 원래 시대로 돌아가지 못하면 책을 영영 못 쓸 거라며 훈계까지 했다. 소피아는 자신이 벌어져선 안 된다고 경고했던 상황을 프레드한테 벌어지게 하라고 시킨 셈이었다.

소피아는 자신의 어리석음에 치를 떨었다. 역사상 가장 유명하고 선구적이며 뛰어난 작가의 글쓰기 이력을 장하게도 그녀 혼자힘으로 중단시켰을 뿐만 아니라 자신의 이력도 함께 망쳐놓을 수도 있었다.

소피아는 패닉에 빠지지 않으려 애를 썼다. 어쩌면 프레드가 사랑을 고백하지 않았을지도 모른다. 어쩌면 제인이 프레드를 거절했을지도 모른다. 소피아는 제인이 그 분야와 관련하여 자신에게조언을 구할 날이 오리란 걸 알고 있었다. 그날이 왔을 때 자신에게 올바른 말을 해줄 힘이 있을지 알 수 없었지만, 아무쪼록 그러기를 바랐다.

48

일주일의 입원 끝에 프레드는 퇴원해도 좋다는 허락을 받았다. 하지만 프레드가 점심으로 먹은 수프가 배 속으로 내려갔다가 얼마 후 다시 올라왔다. 제인은 바닥에 쏟아진 토사물을 치웠다.

"힘들게 해서 미안해요." 프레드가 말했다.

"힘들게 한 거 없어요, 프레드 님. 당신도 인간이고, 지금 아프잖아요. 일단 뒷간에 바래다줄 테니까 나머지 일은 이따가 걱정하기로 해요."

프레드는 아직 모든 일에 도움을 받아야 했다. 소피아가 일 때문에 꼼짝없이 붙잡혀 있어서 제인이 프레드의 간호를 도맡았다. 도움이 필요할지 모르겠다던 그의 주장은 옳았던 것으로 드러났다. 프레드는 화장실에 가는 데만도 이마에서 흘린 땀을 닦느라 손수건이 세 장이나 있어야 했다. 아주 사소한 동작도 각고의 노력을 요했다. 제인은 소파에서 일어나 계속 왔다 갔다 해야 했다. 제인은 프레드한테 차를 가져다주었고, 프레드가 식사를 할 때도, 세수를 할 때도 거들어주었다. 전에는 프레드가 거구에 장신으로 보였지만 지금의 프레드는 등가죽 아래로 갈비뼈가 드러나 있었고, 어깨도 앞으로 굽어 있었다.

엿새가 지났지만, 프레드는 병원에서 있었던 일에 대해 한마디도 하지 않았다. 제인은 프레드가 그 일에 관해 생각해보았는지 궁금했다. 제인은 자나 깨나 그 일 생각뿐이었다. 이제껏 머릿속 공간을 이토록 많이 차지한 생각은 없었다고 보아도 좋았다. 최근 죽을 뻔한 사고를 당하는 바람에 기계가 있어야 숨을 쉴 수 있을 정도였으니 프레드가 그 화제를 꺼내지 않는 것이 이해는 됐지만, 그렇다고 제인 자신도 그 화제를 의식하지 않을 수는 없었다. 게다가 그걸 구실 삼아 프레드가 기억을 완전히 상실한 것처럼 구는 것일까 봐 겁도 났다. 제인은 프레드가 침묵하는 이유를 이것저것 짐작해보면서 괴로워했다. 어쩌면 그녀의 선언이 너무 끔찍하고 어설퍼서 프레드가 잊으려 애를 쓰고 있는 것일지도 몰랐다. 그래, 아마 그런 걸 거야. 프레드는 제인한테 간호해주어서 고맙다는 태도 이상의 표현을 한 적이 없었고, 심지어 제인을 친구도 아닌 형식적 간병인 역할로 받아들이고 있는 것 같았다. 단순히 식사를 먹여주고 생리 작용을 거들어주는 사람 정도로 보는 것 같았다.

"고백할 게 있어요." 프레드가 어느 날 아침, 진지한 얼굴을 하고 말했다.

"화장실에 가고 싶어요?" 제인이 말하며 자리에서 일어났다.

"고맙지만 아니에요. 이 말을 해야 할 것 같아서요. 난 사실 당신 책을 한 권도 안 읽었어요."

제인은 다시 자리에 앉았다. 빤히 그를 응시하던 제인이 그의 말을 이해하기까지는 시간이 걸렸다.

"그러니까 지금 제인 오스틴 소설을 한 권도 읽은 적이 없다는 얘길 하려는 건가요?"

프레드가 고개를 끄덕거렸다. "맞아요. 난 정말 형편없는 인간이에요."

"어쩜 그럴 수가……." 제인이 말했다.

내심 화난 마음이 조금도 없는 건 아니었지만 제인은 가짜로 화난 목소리를 냈다. 여기에 프레드가 병원에서 두 사람 사이에 오고 갔던 일을 알은체해주지 않아 이미 느끼고 있던 모욕감이 더해지자, 어느새 진짜 감정과 가짜 감정이 똘똘 뭉쳐지며 생겨난 심란함에 사로잡히게 되었다.

"고등학교 때 『엠마』를 읽었어야 했는데, 책 대신 영화를 봤지 뭐예요."

프레드는 제인한테 뺨을 맞을 각오라도 했다는 듯 움찔했다.

"당신이 죽음의 문턱까지 다녀온 사람이 아니었다면 한 대 쳤을 거예요. 그나저나 당신, 영문학 교사 아니에요?"

"맞아요."

"어떤 사람 때문에 내가 쓴 책이 영어 과목 커리큘럼에 들어간다고 믿고 있었거든요."

"그것도 맞아요." 프레드가 민망해하며 말했다.

"그러면요? 당신은 그 소설을 안 가르치나요?"

프레드가 어깨를 으쓱했다. "난 강의계획서에 있는 책을 다 가르치지는 않아요. 당신 책을 가르쳐야 했던 적이 한 번도 없었기 때문에 읽어본 적이 없는 거라고요."

"그럼 재미로 읽으려고 한 권 집어든 적도 없었다는 말인가요?"

프레드가 웃었다. "미안하지만 없었어요. 이거 마음이 굉장히 안 좋군요."

제인이 팔짱을 꼈다. "당신도 읽어봐야 해요. 걸작이라고 들었거든요."

"그걸 의심한 적은 없어요. 나도 읽고 싶다고요."

제인은 가슴을 활짝 폈다. "읽고 싶으면 언제든 읽을 수 있어요. 그 책들, 문 잠긴 주류 장식장 안에 있으니까요."

"지금 어때요?" 프레드가 말했다. "서랍에 여분의 열쇠가 있거든요. 누나한테는 말하지 말고요."

제인은 자신의 소설 가운데 한 권을 가지러 갔다. 제인은 프레드한테 책을 가져다주게 되어 마음이 설렜다. 소피아가 경고했던 것처럼 제인 자신과 우주를 지워 없애게 될 수 있으므로 제인은 읽지 않을 작정이었지만 적어도 종이 냄새는 맡을 수 있어서였다.

제인은 유리 장식장 앞에서 우뚝 멈춰 섰다. 한때 거기엔 책이 여섯 권 있었다. 그리고 얼마 후에는 다섯 권이었다. 프레드가 입원하기 전에는 네 권이었다. 지금은 세 권밖에 없었다. 그녀의 책이 한 권 더 사라진 책들의 행렬에 합류하고 말았던 것이다. 제인은 응접실로 돌아갔다.

"책은요?"

"그럴 시간 없어요. 프레드, 운동을 해야죠." 제인이 대꾸했다.

자신의 책 얘기는 전혀 꺼내지 않았다.

제인은 조바심이 났다. 그녀가 계속해서 자신의 소설을 지워 없애고 있어서였다. 대체 무엇 때문에? 프레드에게서는 아직 사랑 고백도 없었다. 종노릇을 해준 데 대한 고마운 마음 말고는 그 어떤 마음도 전할 기미가 보이지 않았다. 이제 또 한 권이 사라지고 나니 제인은 이곳에서 자신의 처지가 점점 우스워지는 것만 같았다. 싱클레어 부인은 제인을 단 하나의 진정한 사랑에게 데려다주었지만, 그렇다고 프레드까지 단 하나의 진정한 사랑을 찾은 거라고 볼 수는 없었다. 제인은 마음을 주었지만 그 마음을 받은 사람은 제인에게 마음을 주지 않았고, 제인은 그 대가로 자신의 작품을 세상에서 사라지게 하고 있었다.

제인은 자신이 왜 여기 있는 건지 의아했다. 그녀는 어정쩡한 상황에 처해 있었다. 그렇게 꾸물거리는 건 품위를 떨어뜨리는 짓이었다. 제인은 상대 없는 1인 2역 연애를 하고 있는 셈이었다. 듣지 못할 사랑 고백을 기다리면서 이렇게 계속 꾸물대다가는 점점 더 우스워질 터였다.

제인은 소피아한테 그 편지를 가지고 와달라고 부탁하기로 마음을 먹었다. 이제는 그래야 할 때였다.

"그 철자들을 판 위에 놓아보세요, 안 그러면 회초리로 때릴 거예요." 제인이 엄한 목소리로 말했다.

"제인 오스틴한테 단어를 배우다니." 프레드가 씩 웃으며 말했다. "영광인 줄은 알지만 짜증 나는데요."

제인과 프레드는 자리를 옮겨 식탁에 와 있었다. 두 사람 사이에는 표면이 하얀 판이 하나 놓여 있었다. 알록달록한 색깔의 알파벳 철자들이 식탁 위에 널려 있었다. 파란색 L과 빨간색 m 등등. 뒷면에 자석이 붙어 있는 이 철자들은 아동용 보조 교재였다.

두 사람은 제인과 소피아가 퇴원 전 의료진과 나눈 대화의 결과로 시작하게 된 재활 운동을 하는 중이었다.

"전류 때문에 환자분 신체 일부가 손상된 상태예요." 간호사 한 명이 설명했다. "기억력도 손상을 입었습니다. 매일 해줘야 할 활동들이 있어요."

"할 일이 되게 많다는 말로 들리네요." 소피아가 얼굴을 잔뜩 찌푸렸다.

"작업치료사는 다음 달까지 예약이 꽉 찼습니다."

"치료비 두 배 드릴게요." 소피아가 말했다.

간호사가 코웃음을 쳤다. "전문가를 매수하시면 안 되죠!"

"난 원하는 건 뭐든지 할 수 있다고요. 유명 인사니까!" 소피아가 되받아쳤다. 그러고는 유명 인사라는 칭호가 찍혀 있기라도 하듯, 자신의 가슴을 손가락으로 가리켰다.

제인은 위험할 정도로 간호사의 얼굴 가까이 올라가 있던 소피아의 팔을 내렸다. "그럴 것까지는 없잖아요. 그 활동이란 게 뭐죠? 언어지도사가 시간이 날 때까지 내가 할게요."

"만만치 않을 텐데요." 간호사가 우려를 표했다. "영어를 잘하시나요?"

"저 정도 역량이면 충분할 겁니다." 제인이 말했다.

간호사가 제인에게 활동 목록을 주었고, 프레드가 집에 돌아온 이후부터 두 사람은 매일 한 과씩 함께해왔다. 프레드가 자신의 마음을 받아주지 않을 게 확실해진 지금, 제인은 이 임무를 수락한 것이 후회되었다. 일단 프레드가 회복하는 게 중요하므로 교습은 계속하겠지만, 제인은 가정교사 같은 냉담함을 가지고 임할 작정이었다.

"아까 내가 알려준 연관어가 뭐였는지 생각해낸 다음, 이 판 위에 철자를 붙여보세요."

제인의 지시에도 프레드는 가만히 있었다.

"기억이 안 나요?"

"규칙 좀 다시 알려줄래요?"

제인은 눈알을 굴렸다. "아까 내가 단어 목록을 줬잖아요. 기억안 나요?"

"모르겠어요. 어쨌든 내 기억력은 떨어졌잖아요." 프레드가 싱글 벙글 웃었다.

제인은 인상을 썼다. "당신한테 단어 쌍을 줬잖아요. '공-나무', '삼각형-촛대' 같은. 당신이 해야 할 일은 목록에 있는 단어들 중에서 어떤 단어가 어떤 단어와 쌍이었는지 기억하는 거고요. 그러니까 내가 '공'이라고 하면 당신은 그 단어의 쌍이었던 '나무'를 기억해내서 이 판 위에 철자를 붙여야 하는 거예요."

"촛대, 는 말해준 적 없는데요." 프레드가 말했다.

"틀림없이 말했거든요." 제인이 반박했다.

제인은 웃고 있는 프레드를 보았다.

"내가 잊었나 보네요." 프레드가 말했다.

프레드는 사무적이고 차갑게 지시하겠다는 제인의 결심을 함께 할 생각이 없는 게 분명했다.

"그럼 그다음 단어의 쌍도 잊은 거예요? '병'하고 같이 있었던 단어는 뭐죠?"

"사실, 그거 하나는 기억이 나요."

"다행이네요. 그럼 그 단어를 써보는 게 어때요?"

"철자를 어떻게 쓰는지는 몰라요. 단어는 '데스캔트'고요, 맞죠? 그게 무슨 뜻인지도 모르겠군요." 프레드가 씩 웃으며 자기 볼을 긁적였다.

"데스캔트요? 다른 선율보다 높은 선율이잖아요. 당신이 여태까지 살아남았다니 참 놀라운 일이네요."

"지금의 당신을 보니까 땍땍거리던 여자 선생님이 생각나요."

"그야 내가 땍땍거리는 여자 선생님이니까요. 당신은 건방진 학생이고요. 기억상실에는 아량을 베풀어주겠지만 철자를 제대로 못 쓰는 건 봐주지 않겠어요."

프레드가 철자 몇 개를 고르더니 그걸 판 위에 놓았다. 제인은 그 철자를 보고 떨떠름하게 고개를 끄덕여주었다.

"맞았어요. 다음 단어는 '돌'이에요."

짝이 되는 단어는 'terrific'이었다. 프레드는 그 철자들을 집어 판 위에 놓았다.

"아니죠. terrific에는 r이 두 개 들어가잖아요."

"좀 쉬운 단어로 골라줘요." 프레드가 말했다. "terrific은 사고 전에도 철자를 못 썼던 단어라고요."

프레드가 자신이 장난을 치고 있다는 걸 제인한테 보여주려고 이번에도 씩 웃어 보였다. 문학 교사가 이 단어들의 철자를 모를 리 만무했다. 제인은 분한 마음이 들었다. 자신은 속이 타들어가고 있는데 어째서 그는 환하게 웃고만 있는 걸까? 제인은 프레드의 말을 무시했다.

"다음 단어는 'bauble'이에요."

목록에서 그 단어의 짝이었던 단어는 'masterpiece'였다.

"물 한 잔 마셔도 될까요? 목이 마르네요."

"철자를 제대로 쓰면 물이 앞에 대령해 있을 거예요, 마법처럼."

"목이 바싹 타버렸어요. 안에서 익을 지경이라고요! 제발, 이렇게 빌게요. 물 좀 갖다줘요."

프레드는 제인이 물을 가져올 마음이 들게 하려고 흰색 판 위에 자석 달린 m을 놓았다.

제인은 물을 가지고 돌아와 프레드의 어깨 너머를 보았다. 프레드가 그다음 철자를 판 위에 올렸다. 제인은 얼굴을 찌푸렸다.

"아니죠. 틀렸잖아요. 거기 r을 놓으면 어떡해요." 제인은 눈을 가늘게 뜨고 프레드를 보았다. "지금 재미로 날 괴롭히는 거죠?"

프레드가 만면에 희색을 띤 채 철자를 더해 나갔다.

"거기는 s를 놓아야죠. 'm-a-r'이 아니라 'm-a-s'잖아요."

하지만 프레드는 제인의 말을 들은 체 만 체하고 r을 하나 더 놓았다. 제인은 판 위에서 완성된 단어를 뚫어져라 바라보았다. 아동용 철자를 놓는 프레드의 손이 떨리고 있었다. 부들부들 떨리고 있는 프레드의 손을 보고 제인은 숨을 죽였다. m이 하나 더, 그다음에는 e, 두 번째 단어가 완성되었다. me.

제인은 마른침을 삼켰다. 고개를 돌렸지만 프레드는 의자에서 사라지고 없었다. 사방을 휙 둘러보던 제인은 바닥에 무릎을 꿇고 있는 프레드를 발견했다.

"내 주머니 안에 손 좀 넣어주겠어요?" 프레드가 부탁했다.

제인은 프레드가 말한 대로 했다.

"반대쪽 주머니요."

제인은 프레드의 바지 주머니에서 상자 하나를 꺼냈다.

"열어봐요." 프레드가 말했다.

제인이 상자의 뚜껑을 열었다. 안에는 반지, 전에 본 적 있던 바로 그 반지가 놓여 있었다. 제인은 너무 놀라 뒤로 주춤했다. 크림빛이 감도는 푸른색 터키석이 온기 도는 금을 벼려 만든 반지에서 밝게 빛나고 있었다. 그림 속에서 반지를 보았을 때 느꼈던 것과 똑같은 감정이 그녀를 사로잡았다. 다만 지금은 그 느낌이 1,000배 더 강했다.

"이 반지, 우리 어머니 거였어요." 프레드의 말에 제인이 고개를 끄덕였다. "마음에 들어요?"

"아름다워요." 제인이 가까스로 뱉은 말은 이게 다였다.

이유를 생각해낼 수는 없었지만, 제인은 왠지 자신의 어머니 생각이 났다. 갑작스러운 프레드의 태도 변화에 깜짝 놀란 제인은 경악했다. 하지만 프레드의 얼굴을 보니 그가 전부터 이 일을 생각하고 계획하고 준비해왔다는 걸 알 수 있었다. 일사천리로 이루어진 사랑 고백에 제인은 가슴이 뛰었다. 심장이 쿵쾅거렸다.

"모든 게 너무 갑작스럽네요." 제인은 내내 바라오던 일이었음에도 충격과 성급하다는 생각 때문에 주저할 수밖에 없었다. "우린 서로 알게 된 지도 얼마 안 됐잖아요. 난 당신을 잘 알지도 못하는데, 당신도 날 잘 모를 테고요."

"더 알고 싶은 게 뭔데요?" 프레드가 물었다.

제인은 아무 말도 하지 않았다. 프레드가 힘들게 무릎을 꿇느라 땀을 비 오듯 흘리는 바람에 머리카락이 덩어리진 채 이마에 가로놓여 있었다. 제인은 그 머리카락을 한쪽으로 쓸어 넘겨주었다.

"혹시 날 못 떠나게 하려고 이 반지를 주는 건가요? 당신이 원한다면 난 얼마든지 남아서 당신을 돌봐줄 수 있어요. 계속 보살피고 도와줄게요. 그 이유 때문이라면 반지까지 줄 필요는 없어요."

"당신한테 남아서 날 도와달라는 게 아니에요. 그것 때문에 반지를 주는 것도 아니고요. 난 당신이 남아 있으면 좋겠어요. 내 간병인으로서가 아니라 내 부인으로. 당신을 사랑하니까."

제인은 나직이 말했다. "나도 당신을 사랑해요."

프레드가 미소를 지었다. 그러나 그 미소는 프레드의 얼굴을 이내 떠났다. 프레드는 제인이 무슨 말인가 더 하길 기다리는 눈치였다.

제인은 소름이 돋았다. 눈에는 눈물이 그득 고였다.

"확신하는 거예요?" 제인이 프레드한테 물었다.

프레드의 무릎이 부들부들 떨렸다. "내 평생 당신을 알고 지낸 것 같은걸요. 당신은 내 영혼까지 꿰뚫어 보는 사람이에요. 그래요, 난 확신해요. 그러니까 나랑 결혼해줄래요?"

너무 아름답고 정직한 말이라서 제인은 딱 한 가지 대답밖에 줄 수 없었다.

"네." 제인이 말했다.

프레드가 제인을 보고 활짝 웃자, 제인은 그를 포옹하면서 바닥에서 일어날 수 있게 부축했다.

3부
제인의 심장과 펜

49

매기의 세례식 날이 밝았다. 프레드가 대부를 하기로 되어 있었다. 제인과 소피아는 세례식용 꽃다발을 들고 일찌감치 세인트 스위딘 성당으로 갔다. 제인은 소피아가 약혼 선물로 사준 노란색 드레스를 입었다. 프레드는 제인한테 아름답다고 말해주고는 이마에 입을 맞추었다.

"당신이 꼭 봐야 할 게 있어요." 제인이 제대에 꽃다발을 놓으며 소피아한테 말했다. 제인은 소피아를 익랑 쪽으로 데리고 갔다. "여기 있다는 걸 까먹을 뻔했지 뭐예요. 당신도 재미있어할 거예요."

두 사람이 모퉁이를 돌자 제인이 흰색과 회색이 섞인 대리석 벽을 손가락으로 가리켰다.

소피아는 그 대리석 벽을 뚫어져라 보다가 눈을 가늘게 떴다. "내가 뭘 봐야 하는 건지 잘 모르겠는데요. 석공의 솜씨? 제인?"

제인은 겁에 질린 얼굴로 아무 말도 못 한 채 벽을 뚫어져라 바라보고 있었다.

"이제 가도 되는 거예요, 제인?" 소피아가 말했다. "우리 지금 면벽 수행하고 있잖아요."

"전엔 여기에 장식판이 있었어요." 제인이 말했다.

"장식판은 지금도 많은데요." 소피아는 나머지 벽 여기저기에 걸려 있는 황동판과 청동판을 쭉 가리켰다. "여기저기 먼지투성이네."

"아뇨, 어떤 장식판이 바로 여기 있었다고요." 제인은 대리석벽밖에 없는 빈 공간을 가리켰다.

이제야 알아들은 소피아가 제인을 보았다. "거기에 뭐라고 쓰여 있었는데요?"

"제인 오스틴이 예배 보던 곳, 이라고 쓰여 있었어요."

소피아와 제인은 다른 참석자들이 속속 도착하고 있는 와중에 교회를 나왔다. 지금 쓰고 있는 모자도 대략 마차 바퀴 크기와 맞먹는 크기였지만 소피아는 더 큰 모자로 바꿔 써야겠다는 핑계를 댔다. 다행스럽게도 프레드는 믿어주었다. 제인과 소피아는 세례식이 시작되기 전에 돌아오겠다고 약속한 후 집으로 향했다.

"어쩌면 그 장식판, 내가 상상한 걸지도 몰라요." 함께 교회 묘지에서 걸어 나올 때 제인이 허무한 목소리로 말했다. 제인은 차라리 그게 사실이길 바랐다.

"그럴지도요." 소피아가 말했다.

집에 가는 길에 두 사람은 서로에게 거의 아무 말도 하지 않았다. 소피아도 제인이 집에 가보고 싶어 하는 이유를 알고 있는 눈치였다. 제인은 특정 유리 장식장 안의 내용물을 확인해야만 했다.

게이 스트리트에 접어든 두 사람은 세례식 참석자들이 보이지 않게 되자 달렸다. 한 발 한 발 내디딜 때마다 제인의 두려움은 커져만 갔다. 둘 다 숨이 가빠 헉헉거리며 집에 도착했다. 소피아가 열쇠로 문을 더듬거리자 더 차분한 제인이 열쇠를 가로채 문을 열었다. 두 사람은 급히 안으로 들어가 거실로, 거실에 있는 유리 주류 장식장으로 갔다. 한때 소설 여섯 권, 얼마 후 다섯 권, 또 얼마 후, 세 권이 쌓여 있던 곳이 지금은 텅 비어 있었다.

소피아는 바닥에 주저앉아 양손으로 머리를 감싸 쥐었다. "제인, 당신 책이 전부 사라지고 없어요."

제인도 소피아를 따라 바닥에 주저앉았다. "이제 더는 글을 안 쓰니까요."

소피아가 자신의 침실에서 다른 모자를 찾는 동안 제인은 멍하니 벽을 응시했다. 소피아가 돌아왔다.

"유감이라는 말도 차마 못 하겠네요, 제인."

제인이 어깨를 으쓱했다. "이럴 줄 몰랐던 것도 아닌데요, 뭐. 여기 남아 있는 것, 집으로 돌아가 글을 쓰는 것, 둘 다 할 수 있는 게 아니잖아요? 제인 오스틴이 이 세계에 남아 있으면 그 세계에서는 소설을 쓸 수 없겠죠. 당신 예언은 반만 맞았네요, 소피아. 우주는 파멸시키지 않았고 나 자신만 파멸시켰으니까요."

달리 더 나은 계획도 없었고, 사람들은 두 사람이 돌아오길 기다리고 있었으므로, 제인과 소피아는 다시 세례식장 쪽으로 길을 나섰다. 도중에 두 사람은 함께 방문했던 제인 오스틴 박물관이 있던 건물을 지나갔다. 그곳엔 이제 제과점이 들어서 있었다.

두 사람은 확인차 바스 도서관에 들렀다. 처음 갔을 때 보았던 사서가 두 사람을 맞이했다.

"제인 오스틴 작품이 혹시 있을까요?" 소피아가 물었다.

사서는 기계 쪽으로 고개를 돌렸다. "이름 철자가 어떻게 되죠?"

"a-u-s-t-e-n요." 제인이 애처로운 목소리로 철자를 말했다.

사서가 상자에 이름을 타이핑해서 입력했다. "그런 이름의 작가는 없습니다."

소피아가 입술을 깨물었다. "어머나, 제인."

제인은 고개조차 끄덕일 수 없었다. 두 사람은 사서한테 고맙다는 인사를 하고 도서관을 나왔다. 두 사람 모두 어떤 기괴한 악몽을 꾸고 있는 건 아닌지 삼중으로 확인하기 위해, 소피아가 휴대폰이라는 강철 상자를 이용해서 공연 에이전트한테 전화를 걸었다.

"맥스, 다음 주 〈노생거 수도원〉 일일 촬영 계획표 좀 확인해줄래요?" 소피아가 그 장치에 대고 말했다.

"노생거 뭐라고요?" 전화기 속 목소리가 답했다.

소피아가 고개를 푹 숙였다. "오스틴 영화 말이에요. 바스에서 촬영 중인 거."

"생전 처음 듣는데요. 지금 무슨 얘길 하는 거예요?" 맥스가 잠시 뜸을 들였다 물었다. "괜찮은 거예요, 소피아?"

소피아는 고개만 끄덕인 채 아무 말도 하지 않았다.

"소피아?" 목소리가 계속 불렀다. "이 오스틴이란 사람이 누군데요? 그 남자, 작가인가요? 그 남자가 대리인 필요하대요?"

소피아는 휴대폰을 주머니에 다시 넣었다. 두 사람은 길을 계속 걸어 내려갔다.

"확실한 것 같아요." 제인이 말했다. "이제 받아들여야 할 것 같네요. 제인 오스틴은 사라졌다는 걸."

"이제 어떻게 할 거예요?" 소피아가 제인한테 말했다.

"나도 모르겠어요." 제인이 말했다.

사실이었다.

"프레드는 어쩌죠?"

제인은 고개를 가로저었다. 프레드는 어쩌지?

"당신은 내가 어떻게 해야 한다고 생각해요?"

"선택지는 두 가지예요. 당신 세계로 돌아가서 그 책들을 쓰거나 프레드랑 여기 남아서 행복하게 사는 것. 맞죠? 먼저 톡 까놓고 말해서, 그러니까 당신이 집으로 돌아가지 않고 따라서 책도 쓰지 않을 경우, 나는 망하게 돼요. 당신이 여기 남기로 결정하는 순간, 모든 게 사라지니까요. 당신 책도, 당신 박물관도, 당신이 남긴 유산도." 소피아가 암울한 웃음을 지었다. "당신 영화도. 그 말인즉슨 내 이력도 끝장이 날 거란 거죠. 한마디로 나한테는 재앙이 따로 없다는 얘기예요."

제인이 숨을 들이마셨다. "맙소사, 소피아. 당신 배역도 사라지는군요. 정말 미안해요."

"괜찮아요. 더 중요한 게 있잖아요." 소피아가 어깨를 으쓱하며 제인한테 미소를 지어 보였다.

"자기 직업에서 두각을 나타내는 여자? 나한테 그것보다 중요한 건 별로 없는걸요." 제인이 대꾸했다.

소피아는 제인의 팔을 잡으며 헛기침을 했다. "반면, 당신이 집으로 돌아간다면 책은 쓰겠지만 프레드의 마음에 상처를 주게 되겠죠. 당신 마음도 마찬가지일 테고. 그러니까 이게 꽤 어려운 문제란 얘기예요. 나, 정말 도움되죠?"

제인이 고개를 푹 숙였다.

"제인, 프레드를 사랑하나요?"

제인은 바닥을 응시했다. "이런 감정은 생전 처음이에요."

소피아가 한숨을 내쉬었다. 제인이 어깨를 으쓱했다. 도무지 결정을 내릴 수 없었다.

"좀 더 시간을 두고 결정해도 될까요?"

"여기 남기로 결정한다면, 남은 평생 동안 생각해봐도 되겠죠."

두 사람은 교회 쪽으로 걸었다.

"프레드를 보면 어찌해야 할지 알게 될 거예요." 제인이 자신만만하게 말했다.

하지만 곧바로 두려움이 엄습하면서 그 말을 내뱉은 자신을 원망하게 되었다. 갑자기 그를 보고 싶지 않아져서였다. 그를 보면 결정을 내릴 수밖에 없게 될 텐데, 그러면 시간에 등 떠밀리는 기분이 들 것 같았다. 그러다 곧이어 어떤 사실이 하나 떠올랐다. 그녀는 그를 떠날 각오를 이미 한 적이 있었다는 점이다. 그러니 그렇게 힘들리 없을 터였다. 그 각오를 한 번 더 하는 것도 가능할 것 같았다.

제인과 소피아는 소피아가 바랐던 것보다 더 빨리 교회에 도착한 후 문을 열고 통로를 걸었다. 프레드가 아기를 안고 제단 옆에 서 있었다. 제인의 얼굴을 본 프레드의 얼굴에 괴로운 표정이 떠올랐다. 프레드도 뭔가 달라졌다는 걸 알아차린 것이다. 그런 걸 눈치채지 못하기에 그는 너무 똑똑한 사람이었다.

"무슨 일이에요?" 제인이 다가가자 프레드가 물었다.

프레드는 아기를 품에 안고 이리저리 흔들고 있었다. 프레드가 마음에 들었는지 매기가 프레드의 얼굴을 만지며 옹알이를 했다. 프레드라면 훌륭한 아버지가 될 텐데.

그때 이상한 감정이 제인을 압도했다. 그 감정은 좀처럼 마음의 빗장을 푸는 일이 없는 제인으로 하여금 마음의 빗장을 풀게 했다. 그게 뭘까? 그것은 행복이었다. 한 세계가 닫히자 또 다른 세계가 열렸다. 제인은 더 이상 다른 사람 이야기를 글로만 쓰는 구경꾼이 아니었다. 이제 펜을 내려놓고 자신이 직접 그런 삶을 살아가고 있었다.

"아무것도 아니에요." 제인은 프레드 옆에 자리를 잡았다.

"날 떠날 건가요?" 프레드의 목소리는 불안정했다.

제인은 고개를 들어 프레드를 보며 심호흡을 했다. "난 아무 데도 안 가요."

제인은 책이 사라졌다는 얘기를 프레드에게는 하지 않았다. 소피아한테도 프레드한테 아무 말 하지 말아달라고 부탁해두었다. 이제 그 문제에 신경 쓸 이유는 없었다. 제인이 마음의 결정을 내렸기 때문이었다. 제인은 미래로, 미래가 담고 있는 기쁨으로, 자신이 결혼하게 될 남자가 있는 바로 여기, 21세기로 마음을 돌렸다.

50

교구목사가 당도해서 모두를 반가이 맞이했다. 제인과 소피아는 맨 앞줄에 앉았고, 푸른색 정장 차림의 프레드는 세례반 옆에 선 채 매기를 품 안에 안고 있었다. 예식이 시작되자 소피아가 흐느껴 울었다. 제인도 눈물을 훔쳤다.

교구목사가 매기에게 축복을 내렸다. "이로써 나는 성부와 성자와 성령의 이름으로 당신에게 세례를 줍니다."

제인은 미소를 지었다. 아버지가 셀 수 없이 여러 차례 되뇌었던 말이었다.

"아멘." 프레드가 응답했다.

교구목사가 매기의 이마에 물을 부었다. 제인이 살던 시대와 마찬가지로 보이 소프라노가 '어메이징 그레이스'를 불렀다. 그 후, 교구목사가 세례자 일행을 제단으로 불러서 이제는 제인도 사진이라고 불린다는 걸 알게 된 것을 위해 자세를 잡게 했다. 프레드가 제인한테도 함께 찍자고 해서 제인도 프레드 옆에 자리를 잡았다.

웅성웅성 난리법석에 아기가 잠에서 깼다. 아기 곰처럼 떼를 쓰던 아기가 금방이라도 울음을 터뜨릴 것 같은 얼굴을 했다. 모두 긴장했다. 노래와 성가와 말씀으로 정성스럽게 조성된 성스러운 분위기가 예정에 없던 우렁찬 울음소리로 깨지려 하고 있어서였다. 프레드는 당황했다. 제인이 프레드 품에 있던 아기를 데려다 안고 본능에 따라 얼렀다.

그 움직임을 감지했는지 아이는 가만히 기다렸다. 제인은 미소 띤 얼굴로 아이를 내려다보며 자신이 가진 최고의 패를 내보였다. 제인은 예전부터 포동포동하고 볼이 발그레한 아기들의 얼굴을 정말 좋아했다. 까다롭기 그지없고 산통으로 끝없이 우는 아기에게서도 미소를 이끌어낼 수 있었다. 아기들의 인기를 독차지하는 장난꾸러기 제인 이모였다. 이 21세기 녀석도 다른 아이들과 다를 바 없는 반응을 보였다.

아이도 자신이 가진 최고의 패를 선뜻 내놓았다. 제인을 올려다보며 까르륵 소리를 내고 미소를 짓더니 갑자기 제인한테 주문이라도 걸린 듯 웃음보를 터뜨릴 기세를 보인 것이다. 아기가 숨 가빠하며 숨넘어갈 듯 자지러지게 웃었고, 제인은 이제껏 들었던 그 어떤 소리보다 달콤한 이 소리에 감탄했다.

제인의 마음속 깊은 곳에서 무언가가 꿈틀거렸다. 영혼 밑바닥에서 치솟는 격렬한 사랑, 막을 길 없는 어떤 힘이 그녀도 모르게 샘솟았다. 이보다 더 사람을 현혹시키는 자연의 속임수가 있을까?

제인은 어머니가 요리법으로 시를 쓸 때 격렬한 질투를 느끼곤 했다. 오스틴 부인이 쓴 시구들은 재치가 넘치는 나머지 웃지 않는 사람이 없어서였다. 제인의 어머니는 독서를 즐겼지만 아주 늦은 밤이 되어서야, 모든 양말을 다 기워놓고, 모든 편지에 답장을 다 써놓은 후라야 책을 잡았다. 그래서 어머니가 책을 잡는 밤은 별로 없었다. 어머니는 제인보다 나이가 두 배 많았지만 독서량은 제인의 절반밖에 되지 않았다. 제인한테는 시간이 네 배 많았으니 당연한 결과였다. 자식들 걱정에 여념 없던 어머니를 보고 제인은 고개를 절레절레 저었다. 오스틴 부인은 헨리 오빠가 은행을 열 때 몸을 혹사해가며 발 벗고 나서서 은행에 꼭 맞는 커튼을 찾아주었고, 제임스 오빠의 서툰 설교도 몇 시간이고 들어주었다. 지금 제인은 그 이유를 보았다. 자식의 미소 한 번, 그게 유일한 이유였다.

제인은 자기 자식을 갖는 상상, 그리고 그 자식에게 자신의 인생을 바치는 상상을 해보았다. 그녀는 자식을 먹이고, 자식이 잠에서 깨면 자신도 잠에서 깨게 될 터였다. 그러면서 자신이 자식을 달랠 수 있는 유일한 존재라는 데서 자부심을 느낄 것이었다. 이 자부심은 그녀를 무력하게 하고 그녀의 시간을 앗아갈 게 뻔했다. 그 작은 생명체는 모든 걸 집어삼켜 급기야 오로지 그 생명체만을 돌보고 싶었던 마음까지 사라지게 할 게 분명했다.

"정말 타고났네요." 프레드가 감탄했다.

프레드의 말에 제인은 고개를 끄덕일 뿐이었다.

제인은 아기를 다시 프레드한테 건넸다. 아기와 그렇게 즐거운 시간을 보내놓고 왜 다시 돌려보내는지 모르겠어서인지 프레드는 어리둥절한 얼굴로 제인을 바라보았다. 세례식에 모인 사람들은 제인이 아이를 달래는 모습을 보고 미소를 지었고, 프레드는 그런 제인을 애정과 경외의 눈으로 바라보았다. 제인은 처음엔 신비하고 매콤했던 교회의 분향 냄새가 이제 메스껍게 느껴졌다. 하지만 억지로 미소를 짓고는 목구멍까지 꾸역꾸역 올라온 담즙을 다시 꾹 눌러 삼켰다.

다음 날 아침, 소피아는 제인을 보자마자 잔뜩 들떠서는 엄포를 놓았다. "오늘은 같이 웨딩드레스 입어보러 가는 거예요."

제인은 손사래를 치며 고개를 가로저었지만 얼굴은 웃고 있었다. "고맙지만 괜찮아요."

"왜요, 제인? 재미있을 거라고요!" 소피아가 말했다. "약혼의 백미가 바로 이건데."

"소피아, 약혼한 지 이제 겨우 이틀이에요. 그러니 혼례복은 아직 필요 없죠." 제인이 말했다.

"바로 그게 잘못된 생각이라고요, 제인. 지금이야말로 그걸 입어봐야 할 때예요. 웨딩드레스는 제작에 수개월이 걸리는 데다 이 여자들은 우리 꿈의 문지기나 다름없단 말이에요. 이 사람들하고 친해놓아야지 안 그러면 뒤처진다고요." 소피아가 커피를 쭉 들이켜더니 거대한 손가방을 움켜잡았다. "오늘 무조건 가는 거예요, 제인. 항복하는 게 나을 거예요."

소피아가 제인을 현관 밖으로 끌고 나왔고 잠시 후 두 사람은 함께 시내에 들어섰다. 두 사람이 마을 중심가에 도착하자 인상 좋은 남자가 그들을 보고 손을 흔들었다.

"여긴 데릭, 내 고문이에요." 소피아가 말했다. "이분이 우리가 지구 최고의 드레스를 찾는 걸 도와줄 거랍니다."

남자가 미소 띤 얼굴로 한 손을 내밀었다. 제인은 그 손을 잡고 악수를 했다.

"데릭, 이제 들어가서 입어볼 건데 흉해 보이면 가차 없이 말해줘." 소피아가 남자한테 주문했다.

"네, 웬트워스 씨. 아름다워 보일 게 확실하지만 그럴게요."

세 사람은 여섯 시간 동안 드레스 매장 다섯 군데를 돌아보고도 빈손으로 나왔다. 제인은 녹초가 된 기분이었다. 드레스 수십 벌을 입어보았고, 하나같이 다 아름다웠지만 소피아의 눈높이에 맞는 드레스는 한 벌도 없었다.

"바스에 있는 허접쓰레기 매장이란 매장은 다 간 것 같네." 소피아가 경악하며 말했다. "다 같이 유로스타에 올라타고 파리로 가는 게 좋겠어요. 거기 친구들이 있거든요."

제인은 집에 돌아가서 발을 쉬게 해달라고 사정했지만, 소피아는 시내에 남은 최후의 매장 하나를 기억해냈다.

"좀 오래된 데예요." 소피아는 싫다는 제인과 데릭의 의사를 무시한 채 웨스트게이트 쪽 모퉁이를 돌아 두 사람을 골목으로 질질 끌고 갔다. 소피아가 멈춰 서서 매장 정면을 가리켰다. "여기예요."

제인은 매장 간판을 보고 깜짝 놀랐다. "여기 와본 곳이에요." 간판은 바뀌었지만 이름은 그대로였다. 메종 뒤 부아. 오스틴 부인이 제인한테 드레스를 사주었던 바로 그 매장이었다. 왕실조달허가증은 여전히 문 옆 황동 문장에 새겨져 있었다.

"들어갈까요?"

제인이 진심을 담아 고개를 끄덕이자 모두 들어갔다.

안은 전과 달라진 게 없어 보였다. 흰색 회반죽 장미꽃은 여전히 천장을 둘러싸고 있었고, 황동 돌림띠도 여전히 표면이란 표면을 모두 빛내주고 있었다. 유리 진열장도 최근에 광택을 냈는지 여전히 번쩍거리고 있었다. 드레스는 바뀌었지만 실내는 제인이 기억하고 있는 200년 전 그대로였다. 점원들도 여전히 붉은색 크라바트를 매고 있었지만, 이제 남자들이 아닌 여자들이었다. 소피아가 그중 한 명한테 여기서 가장 좋은 드레스를 가져와보라고 했다. 한 여자가 고개를 끄덕이더니 줄자를 가지러 뛰어갔다.

그 여자가 제인의 치수를 잰 다음 일행 모두에게 샴페인이 담긴 잔을 대령했다. 또 다른 여자가 제인한테 실크 옷걸이에 걸린 드레스를 입어보라며 가지고 왔다.

점원 한 명이 제인이 드레스를 입어보는 걸 거들었다. "아르데코 스타일로 제작된 드레스예요. 실크 크레이프를 바이어스 재단했답니다."

제인이 점원과 함께 소피아와 데릭이 있는 곳으로 돌아갔다.

제인은 거울에 비친 자신의 모습을 응시했다. 거울 속에서 웬 백옥 같은 천사가 마주 응시하고 있었다.

"지금 내 눈에서 나오는 이 축축한 게 뭘까?" 소피아는 제인을 바라보며 미소를 짓고 있었다.

"이게 무슨 색이죠?" 거울에 비친 자신의 모습을 똑바로 바라보며 제인이 물었다.

제인이 살던 세상의 웨딩드레스에는 온갖 색조의 파란색, 금색과 크림색과 레몬색 줄무늬가 들어가 있었다.

"아이보리색요. 5월의 신부한테 딱이죠."

"모든 드레스를 흰색으로 만드셨네요."

"네. 웨딩드레스니까요, 손님."

"제인, 요즘 웨딩드레스는 다 흰색이에요. 흰색은 순결을 의미하죠. 신부가 처녀란 걸 상징하는 거예요." 소피아가 말했다.

"아, 그렇군요." 제인이 얼굴을 붉혔다.

"우리가 가식을 좀 좋아하거든요."

"그렇군요." 제인이 말하곤 고개를 푹 숙였다.

"어떠세요?" 한 점원이 제인한테 물었다.

제인은 어깨를 으쓱한 뒤 거울 속에 비친 모습을 한 번 더 살펴보았다. 어떠냐고? 이 아름다운 흰색 드레스는 마치 안 입은 듯 가벼웠다. 지금까지 제인은 남편감을 구하는 데 온통 정신이 팔려 있었지만, 잡힐 듯 잡히지 않는 남편이란 상품을 얻고 나면 그 후 벌어질 일에 대해선 한 번도 생각해본 적이 없었다. 혼례복을 입은 자신의 모습을 그려본 적도, 부인으로서 자신의 존재를 머릿속에 그려본 적도 없었다.

"어떡해야 하는 걸까요?" 제인이 말했다.

"의기양양? 정말 말도 못하게 아름다워요. 프레드가 정말 좋아하겠다." 소피아는 제인한테 한쪽 눈을 깜빡여 보이고는 곧장 매장 점원한테 시선을 돌렸다. "자, 이제 신부 들러리 드레스 차례예요. 신부 드레스가 아르데코니까 난 1970년대 위대한 개츠비 스타일이면 좋겠어요. 세련된 걸로. 다이아몬드 브로치도 있으면 좋겠고, 진주 귀걸이도 있으면 좋겠고, 스타일은 보니앤클라이드가 좋겠어요. 이것 좀 보여줘봐요."

여자가 황급히 자리를 떴고, 소피아는 원하는 사항을 이것저것 더 지시하면서 여자를 뒤따랐다. 제인은 거울 속에 비친 자신의 모습을 뚫어져라 바라보았다.

"정말 아름다우세요. 빈말이 아니랍니다." 데릭이 미소를 지으며 고갯짓으로 반대쪽에 가 있는 소피아를 가리켰다.

"고마워요." 제인이 대답했다. "결혼하셨나요, 데릭?"

"4년 전에요." 데릭이 미소를 짓고는 한쪽 손을 들어 올려 보였다. 금색 결혼반지가 손가락에서 우아하게 빛나고 있었다.

"축하드려요. 부인분도요. 부인분도 결혼식 날 이거랑 비슷한 옷을 입으셨나요?" 제인이 자신이 입고 있는 드레스를 가리켰다.

"사실 저한테는 남편이 있답니다."

"아." 제인은 데릭을 보며 심호흡을 했다.

"그이도 이거랑 비슷한 옷을 입고 싶어 했지만 천만다행으로 내 설득에 넘어갔죠." 데릭이 말하고는 킥킥 웃었다.

제인은 머리가 빙빙 도는 것 같았다. "그러니까 결혼을…… 남자랑 하신 건가요?"

"네. 괜찮으세요?"

"앤서니 삼촌." 제인이 중얼거렸다.

제인은 어느새 어떤 감정에 압도되어 자신도 모르는 사이 작게 놀라는 소리를 냈다.

"뭐라고요?"

"저한테 앤서니란 이름의 대부님이 계셨어요. 저희 가족의 친구였죠. 제가 가장 좋아하던 분이었고요. 그분은 변호사였는데 실력도 좋았답니다. 편지는 또 얼마나 잘 쓰셨는지 몰라요. 그분은 파티에만 가면 대환영을 받으셨어요. 따뜻한 마음씨와 훌륭한 유머 감각, 또 후한 선물로 모두를 재미있게 해준 분이셨거든요. 그분한테는 매튜란 이름의 신사분 친구가 있었어요. 어느 날, 한 이웃이…… 앤서니 삼촌하고 매튜 아저씨가 함께 있는 걸 발견했죠. 얼마 후 앤서니 삼촌의 사업은 망해버렸어요. 두 분은 해외로 가셨고요. 그 이후 우린 앤서니 삼촌 이름을 절대 입에 올리지 않게 됐죠."

"너무 마음 아프네요." 데릭이 말했다.

데릭의 얼굴에는 놀란 기색이 역력했다. 데릭은 새로운 시각을 가지고 제인을 유심히 보았다.

제인은 데릭에게 미소를 지어 보였다. "그런 일 본 적 있으신가요, 데릭?"

데릭이 어깨를 으쓱했다. "저희 아버지는 제가 말씀드린 이후로 저랑 연을 끊으셨답니다."

"맙소사."

"하지만 전 제가 사랑하는 사람과 살고 있으니까요." 데릭이 미소를 지었다.

제인은 거울에 비친 자신의 모습을 다시 한번 보았다. 점원들이 그녀를 받침대 위에 올려준 덕분에 드레스가 끝까지 펼쳐진 걸 모두가 볼 수 있었다. 제인은 조각상이 된 기분이었다.

"앤서니 삼촌도 그 친구분하고 사셨어요. 두 분이서 행복하셨을 거라 믿어요." 제인은 애써 밝은 미소를 지어 보였다. "삶에 힘과 기쁨이 함께하시길 빌게요, 데릭. 당신은 남들이 어떻게 생각하든 말든 당신이 선택한 삶을 살고 계시네요. 우리 모두가 당신이 지닌 용기의 절반만이라도 지니고 있다면 얼마나 좋을까요!"

"어머, 고마워요." 데릭이 대꾸하고는 미소를 지었다.

소피아와 점원들이 돌아왔다. "자, 어떻게 생각해?"

제인이 눈물을 훔쳤다. 데릭도 마찬가지였다. 매장 직원들도 감탄을 금치 못했다.

"저 손님 좀 봐! 너무 행복해하신다."

"신부 어머님께서도 마음에 들어 하실까요?" 점원 가운데 한 명이 물었다.

"글쎄요. 당신은 어떻게 생각해요, 제인?" 소피아가 나긋나긋한 목소리로 물었다.

"어머니도 미소 지으실 것 같아요." 제인이 말했다.

"어머니는 지금 어디 계시는데요?" 한 점원이 물었다.

"여기 안 계세요." 소피아가 이 주제와 관련해서 더 이상 묻지 못하게 하려고 단호한 목소리로 말했다.

제인은 소피아의 눈을 똑바로 보지 못했다.

"어머니 보시게 사진 한 장 찍어드릴게요." 점원들이 제인의 머리에 베일을 씌운 다음 꽃 한 송이를 주었다.

제인이 사진을 위해 포즈를 잡는 동안 데릭이 제인의 손을 꼭
쥐어주었다. 제인은 어느새 또 흘러내린 눈물을 훔치고 있었다.

51

다음 날 아침, 프레드가 봉투 한 뭉텅이를 들고 현관문으로 급
히 들어왔다.

프레드가 봉투 하나를 제인의 코앞에 들이밀었다. "이게 뭐죠?"

"우편물로 보이네요." 제인은 봉투 앞면에 찍힌 주소를 읽었다.
"편지잖아요, 당신 앞으로 온."

"블랙히스 제임스에서 온 편지잖아요." 프레드가 말했다.

"그렇게 쓰여 있네요." 제인이 대꾸했다.

"내가 출판사에서 보낸 편지를 왜 받는 건데요?" 프레드가 눈을
휘둥그레 뜬 채 물었다. "난 출판사에 편지를 보낸 적이 없다고요."

"그런데도 이렇게 편지가 왔네요." 제인은 턱을 치켜든 채 더는
아무 말도 하지 않았다.

프레드는 봉투를 다시 한번 보았다. "어떻게 감히 이럴 수가 있
어요?"

노기 띤 목소리였지만 봉투를 바라보는 눈에는 간절함이 역력
했다.

"안 열어봐요?" 제인이 물었다.

"쓰레기통에 버릴 겁니다."

하지만 프레드의 동작은 쓰레기통 속, 음식 찌꺼기가 닿지 않는

지점에 봉투를 조심스럽게 내려놓는 것에 더 가까웠다.

"내용이 궁금하지도 않아요?"

"안 궁금해요." 프레드는 애처로운 얼굴로 쓰레기 더미를 보았다.

"뜯지도 않은 채 쓰레기 사이에 놓여 있으니 별것 아닌 것처럼 보이네요." 제인이 말했다.

프레드가 실내를 이리저리 서성였다. 그러더니 그 봉투를 낚아채 듯 집어 들고는 못마땅한 듯 제인한테 헛기침을 한 후 찢어 열었다.

"큰 소리로 읽어봐요."

제인은 심호흡을 한 후 입술을 깨물었다. 속으로 원고를 보낸 일이 제발 잘한 일이었기를 바랐다.

"안녕하세요, 제출해주신 '란즈엔드'는 감사히 잘 받았습니다. 원고 전체를 읽을 수 있으면 좋을 것 같습니다. 아래 기재된 자세한 사항을 통해 제 사무실로 전화 주셔서 편리한 때 약속을 잡아주시면 감사하겠습니다." 프레드가 털썩 주저앉으며 말했다. "마음에 들었나 봐요."

"그 사람들도 인간이잖아요." 제인은 이마에서 흘러내린 땀줄기를 훔치며 어떤 신이 듣고 있는지는 모르겠지만 아무튼 그토록 후하게 자비를 베풀어준 것을 감사히 여겼다. 출판업자들이 변덕스러운 건 그녀가 살던 시대에나 지금이나 마찬가지인 모양이었다.

"믿기지가 않아요." 프레드가 말했다.

당연하게도 그의 얼굴에는 당황과 불신의 표정이 떠올라 있었다.

제인은 고개를 절레절레 저었다. "나도 아는 걸 어쩜 당신은 모를 수 있는 거죠? 당신은 명석해요. 책도 훌륭하고요."

"고마워요." 프레드는 제인을 끌어안더니 이내 포옹을 풀었다.

"하지만 원고를 다 못 썼는걸요!" 프레드가 겁에 질려 어쩔 줄 몰라 하며 말했다.

"어머나." 제인이 대꾸했다. "그렇네요, 그게 문제네요."

제인도 살짝 겁이 났다. 미완성 원고를 보내면서 그 부분을 간과했다.

"망했어요. 이제 어떻게 하죠?" 프레드가 안타까워하며 말했다.

"원고를 끝까지 써야죠."

"하지만 언제, 어떻게요? 난 직장이 있잖아요." 프레드가 잠시 궁리하더니 말했다. "다음 주가 방학이긴 해요. 하지만 2주밖에 안 되는데."

"원고를 완성하려면 단어를 몇 개나 써야 하는데요?" 제인이 프레드한테 물었다.

프레드가 마른침을 꿀꺽 삼켰다. "5만 단어쯤요."

"5만 단어라." 제인이 우려 섞인 목소리로 되뇌더니 밝은 목소리로 말했다. "걱정할 것 없어요. 방학이 얼마나 된다고 그랬죠?"

"주말까지 치면 14일이에요."

"아주 좋아요. 14일 동안 5만 단어죠? 그러면……." 제인이 고개를 갸우뚱했다. "하루에 3,500단어 정도 되겠어요."

프레드가 웃었다. "난 당신 계산만 믿을게요."

"그 정도면 어떻게 해볼 수 있을 것 같아요? 2주 동안 하루에 3,500단어씩?"

"아뇨." 프레드가 이번에도 웃었다.

"시도는 해볼 수 있을 것 같아요?" 제인이 잠시 궁리해보더니 말했다. "내가 도와줄게요. 원한다면."

프레드가 싱글벙글했다.

"왜 그래요?" 제인이 물었다.

"제인 오스틴이 소설 쓰는 걸 돕는다니까요."

2주간의 집필이 시작되었다. 아이러니하게도 제인이 가장 큰 도움을 주게 될 부분은 등장인물에 관한 조언이나 대화 쓰기가 아니었다. 구성이나 여러 장을 어디에 배치할지에 관한 것도 아니었다. 제인이 가장 큰 도움을 준 부분은 바로 요리와 청소였다.

제인은 프레드에게 아침, 점심, 저녁을 만들어주었다. 그에게 매일 커피와 옷가지와 아침 식사를 가져다주었다. 끝없이 반복되는 이 고된 일(먼지 털기, 바닥 쓸기, 세탁), 그녀가 바로 그걸 맡아준 것이었다. 제인은 주방에 있는 여러 발명품들의 사용법을 스스로 깨우쳤다. 제인의 일과는 전과 전혀 다르게 채워졌다. 제인은 그 점이 좋았다. 예전 삶에서는 불과 화로의 여신이라 절대 뽐낼 수 없었지만 지금은 그럴 수 있었다. 한 작가가 다른 작가를 돕는다고 하면 으레 어휘 및 문장 선택에 대해 조언하겠거니 생각하겠지만 제인은 그럴 정도로 어리석지 않았다.

이전 삶에서 제인이 가사 영역에서 맡은 딱 한 가지 임무는 아침 식사를 차리는 것이었다. 그 일은 매일 아침 딱 10분만 하면 되었는데, 식료품과 그릇들을 테이블 위에 놓아야 했다. 식사 후 식탁을 치워야 했던 것도 아니었다. 그 일은 하녀인 마거릿이 했다.

아침 식사와 점심 식사 사이에 제인은 글을 쓰고 편집하면서 몇 시간이고 들판을 걸었다. 오후에는 티타임을 위해 카산드라 언니와 엄마를 만난 다음 마을을 돌아다녔다. 저녁 식사 시간이 되어 저녁을 먹고 나면, 언니와 부모님은 연극이나 마을 무도회에 참석했다. 제인이 초대받는 일은 거의 없었다. 카산드라 언니는 무도회와 파티에서 소중한 자산에 해당하는 붙임성과 예모를 갖추고 있었다. 제인은 여전히 오만했고 바보들한테 즐거움을 주지 않겠다고 했다. 제인은 집에 남겨지는 걸 더할 나위 없이 기뻐했고, 가족들도 딱히 반대하지 않았다. 제인은 아무도 없는 조용한 집에서 글을 좀 더 쓰곤 했다.

제인은 하루하루를 자기가 좋아하는 일, 즉 산책과 사색, 글쓰기만 하면서 보냈다. 소설 '첫인상'을 이런 식으로 쓰고 고치는 데 4년이 걸렸다. 그 작품에 매일 꾸준히 매달린 결과였다. 혼자 있을 수 있는 시간만 기다리게 되었고, 동행 혹은 예의 때문에 혼자 있을 수 없게 되면 짜증이 났다. 그동안 쿠션에 수를 놓은 적도, 양말을 기운 적도 없었다. 치다꺼리할 남편도, 길러야 할 아이들도 없었다. 그래서 대부분의 시간을 혼자 쓸 수 있었다. 그녀의 정신은 이런 시간들, 침묵과 고독이 정신을 마음대로 여기저기 배회할 수 있게 해주는 그런 때 가장 큰 도약을 했다.

바로 이런 것들이 위대한 글쓰기 작업에 꼭 필요한 조건이었다. 온전히 나 자신일 수 있는 혼자 있는 시간, 그게 꼭 있어야 했다. 빨래, 허드렛일, 집안일에 쓸 시간은 없었다. 그런 하찮은 일에 쓸 뇌도 없었다. 그래서 제인은 프레드의 짐을 덜어주고자 그런 일을 전부 도맡은 것이었다. 모든 위대한 작가의 배후에는 위대한 여성이 있었다는 걸 제인은 기억해냈다. 여러 작가들의 전기를 읽어서 이 말이 사실이라는 걸 알고 있었던 것이다.

프레드는 글쓰기에 있어서 제인만큼 빠르지 못했다. 프레드 말고 작업 중인 다른 작가를 본 적은 없었지만, 제인이 관찰한 바에 따르면 프레드는 제인보다 글 쓰는 데 시간이 더 걸렸다. 프레드는 단어들을 적재적소에 배치하는 데 재능이 없었다. 게다가 제인에게는 늘 쉽사리 찾아왔던 집필 욕구가 프레드한테는 없었다. 제인은 두려움과 불신을 헤쳐나갔다. 자신이라면 그 누가 반대한다고 해도, 비난한다고 해도 글쓰기를 절대 멈추지 않을 것임을 알고 있어서였다. 프레드는 휴식 시간을 자주 가졌고 허드렛일이라도 돕겠다며 창작을 패곤 했다. 그것까지는 괜찮았다. 작가마다 작업 방식은 다르게 마련이었다. 제인이 몇 번인가 지금까지 쓴 글을 보여달라고 하자, 프레드는 제인한테 핀잔을 주면서 그냥 가달라고 했다. 제인은 웃으면서 프레드를 내버려두고 집안일을 했다.

2주가 다 되어갈 무렵, 두 사람은 원고 공개를 위해 다시 모였다. 제인은 주방에서 인내심을 가지고 프레드가 자신의 침실에서 나오기를 기다렸다. 프레드는 약속 시간보다 한 시간 늦게 방에서 나왔다. 그래도 제인은 개의치 않았다. 천재에게도 시간은 필요한 법이었다. 프레드는 피곤한 얼굴로 발을 질질 끌며 식탁 쪽으로 와서는 제인한테 원고를 내밀었다. 제인은 눈에 불을 켜고 페이지를 꼼꼼히 확인했다. 프레드는 머리를 긁적이며 아무 말도 하지 않았다.

"여기엔 50페이지밖에 없네요." 제인이 말했다.

혹시 양면에 글이 쓰여 있는 건 아닌가 해서 페이지를 뒤집어보기도 했다. 하지만 뒷면엔 글이 없었다.

프레드는 아무 말도 하지 않았다.

"몇 단어나 쓴 거예요?" 제인이 물었다.

"1만 단어 정도요." 프레드가 말했다. "얼추."

"하지만 5만 단어가 있어야 하잖아요."

"나도 알아요."

"그런데 이게 어떻게 된 거죠?"

"다 못 썼어요." 프레드가 화를 내더니 팔짱을 꼈다.

제인은 고개를 절레절레 저었다. "이해가 안 돼요. 왜 안 쓴 거죠?"

프레드는 아무 말도 하지 않았다.

"프레드?" 제인은 당황하기 시작했다. 그녀로서는 도무지 이해할 수 없었다. "힘들었으면서 왜 나한테 말을 안 한 거예요? 이렇게 될 때까지."

"당신이 화낼 줄 알았으니까요." 프레드가 말했다.

"화난 거 아니에요." 제인이 웃으면서 말했다.

"화났으면서! 당신은 지금 화가 났고 날 비난하고 있잖아요. 이 짓을 하라고 등 떠민 것도 당신이었고."

"그 말엔 동의 못 해요. 난 등 떠밀지 않았으니까요!" 제인은 방금 들은 말이 도무지 믿기지 않았다.

프레드가 코웃음을 쳤다. "당신이 출판사에 편지를 보냈잖아요! 내가 보내달라고 한 적도 없는데."

"난 당신이 고마워할 줄 알았어요. 그런데 그러기는커녕 이렇게 기회를 날려버리네요."

프레드가 제인한테 쏘아붙였다. "난 딱히 이 일을 벌이고 싶지 않았어요. 소용없을 테니까."

제인은 화를 누그러뜨렸다. "힘든 일인 거 나도 알아요. 하지만 이건 일시적인 문제일 뿐이잖아요. 지금이야말로."

"동트기 직전이 가장 어둡다, 나도 알거든요." 프레드의 목소리는 쌀쌀맞았다.

제인은 눈을 가늘게 뜨고 프레드를 노려보면서 자신도 잔인한 말을 생각하기 시작했다. 그러던 중 어렸을 때 잉글랜드 횡단에 필요한 1,300킬로미터 중 300킬로미터를 걸었다던 그의 어린 시절 이야기가 떠올랐다. 그때는 그의 용기에 감탄했지만 이런 생각도 했었다. '나라면 계속 갔을 텐데. 1,300킬로미터를 다 걸을 때까지, 그 무엇도, 그 누구도 날 막게 내버려두지 않았을 거야.'

"실패했다고 나한테 화를 내면 안 되죠." 제인은 말했다.

하지만 이내 자신이 도를 넘었다는 걸 깨달았다.

"난 나갈 테니까 그렇게 알아요." 프레드는 일어서서 외투를 잡아챘다.

"잠깐만요, 프레드. 내가 미안해요." 제인이 말했다.

"당신이 나한테 뭘 원하는 건지 모르겠어요." 프레드가 외투를 입으며 말했다. "당신이 원하는 걸 내가 줄 수 있는지도 모르겠고요."

프레드의 말과 말투가 너무 무서워서 제인은 깜짝 놀랐다. "당신한테 원하는 건 아무것도 없어요."

"그럴 리가요. 당신은 많은 걸 원하는데 난 그걸 당신한테 줄 수 없을 것 같네요."

"어디 가요?" 제인의 목소리는 점점 절박해졌다.

"여기만 아니면 어디든 상관없어요." 프레드가 집을 나갔다.

몇 시간이 지나자 제인의 화는 누그러졌다. 화는 누그러졌지만 프레드는 여전히 집으로 돌아오지 않고 있었다. 제인은 무기력하게 주방에 서서 문만 바라보았다. 제인은 프레드가 영영 돌아오지 않을지도 모른다는 생각에 걱정이 되기 시작했다. 생전 처음 느껴보는 괴로움이 그녀를 사로잡았다. 누군가와 이렇게 싸워본 것은 난생처음이었다. 게다가 자신이 사랑하는 남자와 싸워본 것도 난생처음이었다. 제인은 온몸이 갈기갈기 찢기는 것 같아서 집으로 가고 싶다는 것 외에는 아무 생각도 할 수 없었다. 또 한 시간이 지났지만 프레드는 여전히 그림자도 보이지 않았다.

제인은 프레드가 영영 가버렸을까 봐 걱정이 되었다. 그래서 바닥에 털썩 주저앉았다. 제인의 몸은 뼈와 피부를 단정하게 접어놓은 것처럼 보였다. 식탁 위에 놓인 원고들, 프레드가 이번에 새로 쓴 부분을 멍하니 응시하던 제인은 불현듯 부끄러워졌다. 그저 책일 뿐이었는데 프레드를 너무 몰아세웠다. 제인은 이제 와 후회가 되었다. 원고 위에 단어들이 뭐라고 그를 떠나게 했을까?

그렇다면 이건 사랑이 분명했다. 진저리날 정도로 무시무시하게 힘이 솟게 하는 것, 참을 수 없고 달콤하면서 아프고 고약한 것. 프레드가 돌아오는 것 외에 중요한 건 아무것도 없었다.

제인은 프레드의 노예였다. 그런데 그게 너무 행복했다. 그녀의 인생이 어떠할지 보여주는 그림이 지금 바로 앞에 펼쳐져 있었다. 그녀는 생의 대부분을 끊임없는 변화 속에서 보내게 될 터였다. 프레드의 감정이 어떤지 알고 싶어 하고, 프레드가 떠나는 건 아닐까, 그녀가 하라고 한 걸 프레드가 할까, 프레드가 상처를 주지는 않을까 하는 생각을 하면서.

프레드는 제인한테 항상 최우선인 사람이 될 터였다. 그녀는 자신을 불태워서라도 프레드를 따뜻하게 해줄 것이었다. 삶의 일정 부분은 프레드를 행복하게 하는 데 소모될 테고, 그녀가 프레드를 행복하게 하는 데 성공하느냐 마느냐 여부는 전적으로 프레드한테 달려 있게 될 터였다. 제인은 지금 다른 인간한테 자신의 심장을 양도하겠다는 계약을 하려는 참이었다. 프레드가 돌아오기만 한다면, 제인은 매일 그를 사랑하겠다는 약속도 할 수 있었다. 그때가 오면 오직 그 일만을, 프레드를 사랑하는 일만을 할 작정이었다.

그때 문이 열리더니 프레드가 들어왔다. 프레드는 외투를 벗어 현관 벽 고리에 걸었다. 그러고는 제인 쪽으로 돌아섰다. 제인은 안도감과 기쁨이 밀려오는 걸 느꼈다. 프레드가 저 문을 통해 들어오는 것보다 놀라운 광경은 본 적이 없다는 생각이 들 정도였다.

프레드가 제인을 보며 미소를 지었다. "내가 정말 미안해요."

"오, 프레드. 나도 미안했어요." 제인이 응답했다.

제인이 프레드한테 달려갔고 두 사람은 서로를 끌어안았다.

"다시는 당신을 못 보는 줄 알았어요."

제인은 자신이 프레드의 포근한 품 안에서 나오기 싫어 꾸물거리고 있다는 걸 알아차렸다. 프레드도 제인의 이런 마음에 부응하려는지 그의 팔에 힘이 실렸다. 제인의 내면에서는 새로운 감정이 뭉게뭉게 피어올랐다. 제인은 프레드의 어깨에 머리를 파묻었다.

프레드가 먼저 포옹을 풀었다. 프레드의 숨결이 거칠어져 있었다. 프레드는 제인을 차마 바라보지 못하겠다는 듯 바닥에 시선을 못 박았다.

"무슨 생각해요?" 제인이 프레드한테 묻고는 그의 얼굴을 유심히 살폈다.

프레드가 시선을 들어 제인을 똑바로 쳐다보더니 이내 고개를 절레절레 저었다.

"내가 무슨 생각하는지 당신은 알고 싶지 않을 거예요." 프레드가 대답했다.

제인은 프레드를 가만히 바라보다가 프레드의 손을 잡고 그를 그의 방으로 이끌었다. 방 안에 들어오자, 제인은 손가락을 단추로 가지고 갔다. 프레드가 다가가 제인의 손동작을 막았다.

"확신하는 거예요?" 프레드가 제인한테 물었다.

제인은 결혼 전에 알아버리게 되면 사회에서 추방당할 일들이 몇 가지 있다는 얘기를 아주 어릴 적부터 귀에 못이 박히게 들어왔었다. 생지옥이 기다린다는 것도. 불경한 결합에 빠진 여자들은 질병과 조롱이라는 벌을 받으며 존재 자체를 무시당했다. 참으로 끔찍한 일인 건 분명했다. 제인은 프레드의 얼굴을 보면서 그가 돌아와서 다행이라는 생각을 했다.

"그런 질문 다시는 하지 말아요." 제인이 대답했다.

그다음 한 시간은 순식간에 지나갔다. 일련의 순간들이 제인의 머릿속 깊이 각인되었다. 프레드가 이마에 주름이 잡힌 채, '제인'이라 부르던 모습. 제인의 신발 끈을 풀기 위해 상체를 숙인 프레드의 모습. 쇄골을 살짝 스치던 그의 손가락 마디. 귓가에서 나던 향기(제인을 염두에 두고 귓가에 바른 냄새라는 걸 제인도 알고 있었다). 그의 무게.

이 순간이 끝나갈 즈음, 프레드는 한순간 제인을 바라보았다. 그 눈빛은 두 사람이 처음으로 함께 춤췄던 날, 프레드가 제인을 바라보았을 때의 눈빛이었다. 그때도 그 눈빛이 어떤 의미인지 몰랐고, 지금도 제인은 그게 어떤 의미인지 알지 못했다. 그 눈빛은 낯설고 남성적인 어떤 것, 치욕과 욕망이 가득 찬 어떤 것이었다. 제인은 앞으로도 그 의미를 절대 이해하지 못한 채 평생을 살아갈 것 같다는 확신이 들었다.

"왜요?" 프레드가 제인한테 묻고는 마른침을 삼켰다.

"지금 당신이 날 바라보는 눈빛 말이에요. 평생 잊지 않겠어요." 제인이 대답했다.

그 후 제인은 프레드 옆에 누워 있었고, 프레드는 그런 제인을 껴안고 있었다.

"괜찮아요?" 프레드가 제인에게 물었다.

제인은 고개를 끄덕이며 미소를 지었다. "하지 말았어야 했어요."

"아뇨, 해야 해요, 평생 그것만 해야 한다고요."

프레드가 제인을 팔로 감쌌다. 제인은 숨이 막혀 컥컥거리면서 다시 누웠다.

일요일 저녁, 세상일이 대개 그렇듯 올 것이 오고야 말았다. 제인은 한동안 말이 없었다.

"괜찮은 거예요?" 프레드가 제인한테 물었다.

제인은 괜찮다고, 더없이 좋다고 우겼다.

"그 말만 벌써 세 번째예요." 프레드가 반박했다. "뭐가 문제인지 나한테 말해봐요."

제인은 그 얘기를 깊이 파고들고 싶지 않아서 미소를 지으며 프레드 곁을 벗어났다. 이런 식의 줄다리기는 지난 며칠 동안 끈질기게 계속되어왔다. 제인이 행복하고 평온하다고 우기면, 프레드는 나날이 걱정에 걱정을 더해가며 그 반대가 아니냐고 묻는 식이었다. 급기야 제인은 프레드한테 저녁을 차려주면서 프레드 앞에 접시를 놓기보다 툭 던지고 말았다. 그 바람에 접시가 떨어지면서 식탁에 부딪혀 깨졌다.

"그만하면 됐어요." 프레드가 식탁보 위로 쏟아진 음식을 쓸어 담으면서 말했다. "왜 그러는 거예요, 제인? 왜 그러는지 말해줄 때까지 꼼짝도 하지 않겠어요."

"내가 원하는 건 당신한테 저녁을 차려주는 게 아니라고요!" 제인이 큰 소리로 외쳤다. "왜 웃는 거죠?"

"나도 당신이 저녁 차려주는 거 원치 않아요. 당신은 형편없는 요리사거든요." 프레드가 이번에도 웃으며 대꾸했다.

"내 책이 전부 사라졌어요." 제인이 프레드를 쳐다보지도 않고 침울하게 말했다.

"이런, 제인." 이제야 모든 게 이해가 간다는 듯, 프레드가 제인의 손을 잡고 고개를 끄덕였다. "내가 정말 미안해요."

프레드가 의자를 앞으로 당겼다. 제인이 그 의자에 앉았다. 프레드는 제인 앞에 무릎을 꿇었다.

"제인. 그동안 나는 내가 먹을 음식은 내가 만들었고, 내가 입을 옷도 내가 빨면서 살았어요. 지금까지 20년 동안 그렇게 살았다고요. 그러니까 이 집에서 당신은 아무것도 하지 않아도 돼요."

"그럼 난 뭘 해야 하죠?"

"글을 써요. 새로운 이야기를 쓰는 거예요." 프레드가 말했다.

제인은 웃으면서 자신은 그런 생각은 꿈에도 하지 못했다고 시인했다. "맞아요. 못 쓰란 법 없잖아요? 여기서 쓰면 되죠."

프레드와 포옹을 하자 포근한 느낌이 제인의 온몸에서 사방으로 퍼졌다.

프레드가 종이와 잉크가 자동으로 나오는 펜을 건네며 물었다. "아니면 내 노트북 한번 써볼래요?"

제인이 싫은 기색을 비치자 프레드가 노트북이 무엇인지 설명해주었다. 프레드의 설명에 제인은 말문이 막혔지만 사양의 의미로 고개를 가로저었다.

"지금도 현대식 도구가 차고 넘치는데 깨끗한 백지 한 장하고 펜이면 족할 것 같아요." 제인이 말했다.

프레드가 말한 다른 물건은 나중에 시도해볼 참이었다.

"언제 돌아와요?" 문 쪽을 향하는 프레드한테 제인이 물었다.

"몇 시간은 있어야 돌아올 거예요."

제인은 고마움을 전했고 프레드는 집에서 나갔다. 제인은 자부심이 조금 솟구치는 걸 느꼈다. 이제 그녀의 차례였다. 그에게 제대로 본보기를 보여줄 셈이었다.

제인은 의자를 바짝 당겨 앉은 후 종이 위에 펜을 놓았다. 미소가 지어졌다. 어떤 새로운 소재로 글을 쓸 수 있을까? 가능성은 무궁무진했다. 이번엔 웃음이 나왔다. 머릿속을 뒤져보았지만 아이디어가 하나도 없었다. 하지만 문제없었다. 영감은 시간이 걸리는 법이었다. 제인은 뭔가 떠오를 때까지 앉아 있었다.

한 시간 뒤에도 제인은 좀 전과 똑같은 자세로 앉아 있었다. 티없이 깨끗한 백지가 그녀를 조롱하는 듯했다. 어떻게 된 일일까? 새로운 단어는 언제나 서서히 떠올랐지만, 한 시간 뒤엔 대개 적어도 뭔가 끼적이기라도 했었다. 그런데 지금은 말하기 우습지만 단한 줄도 떠올릴 수 없었다.

또 한 시간이 흐르자 제인은 새로운 현실을 확인했을 뿐이었다. 한때 그녀의 머릿속을 와글와글 가득 채웠던 아이디어들은 이제 떠나고 없었다. 그 어떤 이야기도 남아 있지 않았다.

제인은 프레드의 발소리가 현관문에 가까워지는 것을 들었다. 그러자 당황스러웠다. 몇 시간이 지났는데 한 자도 쓰지 못해서였다. 제인은 이와 똑같은 과오를 가지고 프레드를 탓했다. 제인은 애가 탔다. 프레드가 문을 열자 제인은 얼굴 가득 미소를 짙게 발랐다.

"어떻게 됐어요?" 프레드가 기대에 찬 얼굴로 제인을 바라보며 외투를 벗어 고리에 걸었다.

"아주 잘됐어요." 제인이 말했다.

제인은 진실을 말하기보다 거짓을 말하는 편이 더 마음이 편하다는 걸 알게 되었다.

"고마워요, 프레드." 제인은 진심으로 고마운 마음을 담아 덧붙여 말했다.

하지만 그 시간을 활용하지 못했다는 죄책감이 제인을 엄습했다. 자신이 나태하고 못된 사람이 된 것 같았지만 그래도 프레드를 껴안았다. 프레드는 자리를 뜨면서 제인한테 계속 글을 쓰라고 말하더니 남은 저녁 시간 내내 방해하지 않겠다고 약속했다. 제인은 고맙다고 말한 후 프레드가 가는 걸 지켜보았다.

프레드가 글을 쓰느라 힘들었다는 사실만도 충분히 괴로웠다. 하지만 제인 자신이 글을 쓸 수 없었다는 사실은 견딜 수 없을 정도였다. 프레드와 함께 누워 있을 때, 제인은 두 가지 상반된 감정에 빠졌던 기억이 났다. 첫 번째 감정은 포근함, 지상 최대의 안도감과 평온함이었다. 두 번째는 도무지 버릴 수 없을 것 같았던 막연한 두려움이었다. 그 행위는 그녀 내면에서 자라나고 있는 악마를 잠재우지 못했다. 그보다 오히려 그 악마를 키우고 말았다. 그 행위는 그녀 안에 새로운 열망, 또 다른 갈망을 불러일으켜 나머지 모든 욕망과 경쟁을 벌였다. 그렇다고 그 행위가 그녀에게 영감을 준 것도 아니었다. 그 사실을 알아차렸을 때 제인은 이상하다고 생각하면서 동시에 무섭기도 했었다. 모든 일이 지나간 지금, 제인이 확인한 사실은 이랬다. 그녀의 머리가 여전히 텅 비어 있다는 것. 꿈속 세상과의 교감이 끊겨버렸다. 이런 상황에서 그녀는 더이상 작가라고 할 수 없었다. 앞으로 계속 이런 상태일까? 영영 글을 못 쓰게 되는 걸까? 물론 상황은 달라질 것이었다.

기억이 돌아오면서 깨달음이 슬금슬금 제인의 내면으로 파고들었다. 최근 은근히 걱정했던 문제, 옷가게에서, 세례식에서, 그리고 프레드의 침대에서 야금야금 쌓여 작은 물결을 이루었던 혼란스러운 두려움이 이제 실현된 것이었다. 제인은 치프사이드에서 싱클레어 부인이 했던 경고를 무시했었다. 그녀는 싱클레어 부인의 말을 꾸며낸 말, 별것 아닌 것을 심오해 보이게 만들려고 한 허세 섞인 말쯤으로 치부했다. 그리고 불현듯 떠올랐다. 그녀가 맺은 계약과 얼결에 한 흥정이. 그녀가 스스로 봉인해버린 운명. '둘 다 가질 순 없다.' 제인은 이제야 그 말이 내포한 선택지가 이해되면서 자신이 내린 선택에 화들짝 놀랐다. 제인은 두 눈을 감았다.

제인은 무언가를 잘하는 데서 삶의 즐거움을 얻었다. 모르긴 몰라도 이 점은 제인에게만 있는 불행의 씨앗은 아닐 것이다. 제인은 자신에게 가장 자연스럽게 찾아오는 것, 자신에게 빛을 밝혀주는 것을 남은 평생 부정하며 살 수 있을까 하고 생각했다. 제인은 위더스 씨하고의 일 이후에 온몸에 일었던 작열감을, 그때 찾아온 글을 떠올렸다. 제인은 두려움과 은총에 사로잡혔었다. 프레드와 함께 있으면 행복은 느끼겠지만, 그런 기분은 절대 느끼지 못할 게 분명했다. 그때 제인의 간사하고 심술궂은 자아가 또 다른 생각을 떠올렸다. 제인이 몸서리칠 정도로 싫어하는 자아였지만 그 자아가 지닌 솔직함에는 감탄할 수밖에 없었다. 그 자아가 떠올린 생각이란, 프레드와 헤어지면 제인은 진정한 자기 자신으로 살 수 있을 뿐만 아니라 이별이 야기할 고통을 활용할 수도 있다는 것이었다.

두 사람이 서로 사랑하고 있다는 데에는 의심의 여지가 없었다. 둘 다 선한 사람들이기도 했다. 하지만 제인은 여기서 살 수 없고, 프레드는 거기서 살 수 없을 게 분명했다. 제인은 작가도 되고 누군가의 아내도 되는 게 불가능했다.

그날 밤 제인은 다시 한번 프레드의 침대로 갔다. 뜻밖에도 이번은 처음보다 더 기분이 좋았다. 끝나고 난 후, 프레드는 제인을 꼭 안은 채 아무 말도 하지 않았다. 이제 끝이었다. 제인은 알 수 있었다. 프레드도 그걸 알고 있다는 것을. 프레드가 마지막 포옹이란 걸 알고 있는 사람처럼 제인을 더 꼭, 필사적으로 끌어안았다. 아침에 제인은 머리 좀 식히고 오겠다는 말을 한 뒤, 얼른 옷을 입고 집을 나섰다.

52

제인은 특별한 목적지도 없이 버스를 돌아다녔다. 그러다 시간을 물어보고는 크게 당황했다. 벌써 몇 시간이나 지나 있어서였다. 프레드가 곧 그녀를 찾으러 올지도 몰랐다. 제인은 푸른 잔디밭이 있는 공터에 들어섰다. 고개를 돌렸더니 놀랍게도 프레드가 아니라 소피아가 미소 띤 얼굴로 제인 쪽으로 걸어오고 있었다.

"여긴 어쩐 일이에요?" 제인이 물었다. "내가 여기 있는 줄은 어떻게 알았어요?"

소피아는 어깨를 으쓱하며 미소를 지었다. "당신한테 이게 요긴하겠다 싶었어요. 쌀쌀해지고 있잖아요."

소피아가 제인한테 외투를 건넸다. 제인이 그 외투를 입은 후, 두 사람은 말없이 함께 걸었다. 그러다 어느새 숲 끝자락에 다다라 있었다. 이 세상에서 그녀가 살던 세상과 가장 비슷한 냄새가 나는 곳이 이 숲 가운데 바로 이곳, 나무 주변이었다.

"난 평생 독신으로 살아가요, 그렇죠?" 제인이 얼마 후 말문을 열었다.

"뭐라고요?" 소피아가 말했다. "웨딩드레스도 있고 반지도 있는데 무슨 말이에요."

"내 말은 1803년으로 돌아갈 경우예요. 평생 결혼을 안 하잖아요." 제인은 걸음을 멈추고 대답을 기다렸다.

"나라고 어떻게 알겠어요? 정말 터무니없는 질문이네요!"

웃으며 손을 휘젓는 소피아의 모습에서, 제인은 소피아가 그 질문을 예상하고 있었던 것 같다는 느낌을 받았다.

"당신은 내 책을 전부 가지고 있었잖아요, 몽땅 사라지기 전이지만." 제인이 말했다. "또 학교에 다니면서 나에 대해 배웠다는 말도 했었고요. 그러면서 내 생애를 전혀 모른다고 말하려는 건가요?"

소피아는 아무 말도 하지 않았다.

"돌아가면 내가 어떻게 되는지 알려주세요." 제인이 말했다.

"당신이 여기 머무는 동안 모든 게 달라졌잖아요. 그런데 그걸 알려줘봐야 무슨 소용이겠어요?" 소피아가 말했다. "왜 자신은 물론이고 모두를 힘들게 하려는 거예요?"

"나도 어쩔 수가 없어요." 제인이 말했다. "나도 똑같은 질문을 해봤어요. 그러니까 제발 말해줘요. 옛날에 당신이 배웠던 제인 오스틴이 어떻게 되는지."

소피아가 공원 벤치에 앉았다. 제인도 벤치에 앉아 소피아가 말해주길 기다렸다.

"알았어요." 소피아가 고개를 들어 하늘을 보았다. "말했다시피 당신이 여기, 이 시대에 머무르기로 결심한 순간 모든 게 달라졌어요. 하지만 내가 알고 있는 걸 말해줄게요."

"고마워요."

"내가 배운 제인 오스틴요? 어릴 때 읽은 책을 쓴 작가죠. 그래요, 제인 오스틴은 평생 독신으로 남아요."

제인은 고개를 푹 숙였다. 예상한 대로였다. 하지만 예상했다고 해서 감정이 무뎌지는 건 아니었다.

"그 제인 오스틴은 평생 자식도 갖지 않죠." 소피아의 목소리가 불안정하게 떨리고 있었다.

"그렇군요." 제인은 애써 미소를 지어 보였다.

"하지만 영어로 작품을 쓴 작가 중 가장 위대한 작가가 된답니다."

소피아와 제인은 둘 다 똑바로 앞만 보았다. 소피아가 제인의 팔을 어루만졌다. 소피아는 이 대화의 끝이 어디로 향하는지 알아차린 눈치였다.

"제인, 살아생전의 당신은 유명세를 얻지 못해요. 어쩌다 소소하게 인정받는 일은 있겠지만 요즘 같은 대접은 평생 모르고 지나갈 거고요. 자신이 얼마나 대단한 존재가 되는지도 평생 모를 거예요."

제인은 고개를 끄덕이고는 가만히 땅바닥을 응시했다. "그래도 글은 쓰겠죠?"

소피아는 한숨을 쉬며 애처로운 미소를 지었다. "글은 쓸 거예요."

땅거미가 내려앉았다.

멍 때리기와 한숨 쉬기 끝에, 소피아가 입을 뗐다. "당신은 돌아가야 해요."

"하지만 여기서도 책은 쓸 수 있지 않을까요?" 제인이 말했다.

"쓸 수 있겠어요?" 소피아가 대꾸했다.

제인도 이미 답을 알고 있었다. 그래서 한숨이 나왔다. "글을 쓰려면 불행해야겠죠? 그건 사는 게 아닌데."

"그 반대 상황이면 행복하겠어요?"

제인은 얼굴을 찌푸렸다. "하지만 거긴 정말 싫어요."

위더스 씨와의 결혼이 임박했을 때 모두 얼마나 행복했는지를 떠올리자 제인은 질색을 했다. 그런 사람들한테 결혼은 안 하고 대신 글만 쓰겠다는 말을 어떻게 해야 할까? 제인은 도저히 그런 대화에 직면할 수 없을 것 같았다. 독신을 선택했다는 말을 들으면 모두 앤 서니 삼촌한테 그랬던 것처럼 그녀와 연을 끊을 것이 뻔했다.

"난 내가 살던 세상하고는 맞지 않는걸요." 제인이 항변했다.

"세상하고 안 맞는 바로 그 모습에 매력을 느끼는 거예요. 책 이상의 다른 이유도 있고요."

"난 잘 모르겠어요. 길도 안 보이고." 자신의 책이 인쇄본으로 나온 것도 봤고 그 감촉도 느껴보았지만, 제인은 어떻게 하면 그곳으로 돌아가 그런 일들을 성사시킬 수 있다는 건지 알 수 없었다. 그런 역할은 다른 제인에게 주어진 역할이었다.

"길이 있어요." 소피아가 대답했다. "당신이 길을 만드는 거예요. 그럼 발자취가 남겠죠. 지금은 아니라고 하지만 당신 얼굴에 다 쓰여 있는 걸요. 이미 뭘 쓰고 싶은지 온통 그 생각뿐이잖아요."

"난 비참해지겠죠." 제인이 또박또박 말했다.

"그래요. 새벽 3시에 두려움에 떨며 잠에서 깨서는 괴로움을 떨치려고 새벽까지 글을 쓰겠죠. 당신이 그렇게 쓰게 될 책을 행복에 겨워 따분한 사람들이 사서 읽으면 잠시나마 일상에서 벗어날 수 있을 테고요. 당신이 그걸 소재로 글을 쓰면, 사람들은 그걸 읽고 직접 겪은 것 같은 기분을 느끼겠죠. 사람들은 당신의 고통을 탐식하고 그걸 위해 돈을 낼 거예요. 그게 바로 거래란 거죠. 당신은 사람들 대부분이 느끼는 것과는 비교도 되지 않을 정도로 살아 있다는 느낌을 받게 될 거예요."

"하지만 난 사랑 없이 살겠죠."

"사랑과는 거리가 먼 사람이 되겠죠." 소피아가 고개를 가로저으며 낮은 목소리로 말했다. 그러고는 미소를 지으며 눈물을 훔쳤다. "당신은 죽을 때까지 이 사랑을 잊지 못할 거예요. 그것 때문에 가슴을 쥐어뜯을 테고요. 하지만 그걸 이용해서 교향곡을 쓰게 될 거예요."

저물어가는 햇살 한 줄기가 지평선 너머로 떨어졌다. 산들바람이 불자 제인은 몸을 떨었다. 제인은 소피아가 준 외투의 단추를 채웠다.

"알겠어요."

"알겠다고요?" 소피아가 제인을 보며 물었다.

"날 집으로 데려다주세요." 제인이 말했다.

"진심이에요?" 소피아는 제인의 손을 잡고 입을 맞춘 다음 눈물을 훔쳤다. "프레드도 데려가면 안 될까요?"

제인은 의자 등에 몸을 기댔다. 그러고는 프레드 생각을 했다. 프레드는 그녀가 몇 시간이나 돌아오지 않고 있는데도 그녀를 찾으러 나오지 않았다. 프레드를 단념시키려고 소피아가 무슨 말인가 한 게 분명했다. 제인은 소피아가 프레드한테 무슨 말을 했을지 궁금했다. 조금만 더 프레드가 모르게 하려고 거짓말을 했을까, 아니면 사실대로 말했을까? 아무래도 후자일 것 같았다.

"그럴 수 없을 것 같아요." 제인이 말했다.

"그렇겠죠." 소피아가 되뇌었다.

두 사람은 잿빛 해가 바스 언덕 너머로 떨어지는 동안 집으로 걸어갔다.

예전 규칙으로 복귀하는 것이 최선의 전략이었다. 제인은 전처럼 집 안에만 머물며 현시대에 물들 위험을 차단했다. 집으로 돌아갈 가능성을 보장해줄 만한 일은 뭐든 했다.

"이미 엎질러진 물일 수도 있다는 사실을 받아들여야 해요. 어쩌면 당신을 1803년으로 돌려보내기엔 너무 늦은 걸지도 모르고요." 소피아가 가방을 들고 문 쪽으로 향하며 말했다.

제인은 고개를 끄덕였다. "어쩌려고요?"

"내가 잘못한 사람한테 들이대보려고요."

53

소피아는 브리스톨대학 도서관 정문 밖에서 기다렸다.

"안녕, 데이브." 소피아는 자신을 지나쳐 건물로 들어가려는 데 이브한테 말을 걸었다.

데이브는 무표정한 얼굴로 몸을 획 돌렸다. "여긴 웬일이에요?"

"당신 도움이 필요해요." 소피아가 말했다.

"미안하지만 안 되겠는데요." 데이브가 대꾸하고는 안으로 뛰어 들어갔다.

"당신 도움이 필요해요, 데이브. 제발 부탁이에요!" 소피아도 데이브를 따라 달렸다.

"됐거든요. 전화를 백번은 걸었는데 당신이 씹었잖아요. 사람한테 그러면 안 되죠."

"백번은 아니었거든요. 꽤 여러 번이긴 했지만. 내가 미안해요."

"당신은 정말 재수 없는 사람이에요!"

데이브는 '도서관 직원 전용'이라고 쓰여 있는 표지판이 달린 구역으로 들어가버렸다. 소피아는 정문 밖에서 기다렸다. 데이브는 나오지 않았다. 소피아는 직원 전용 구역으로 들어가려고 문을 통과하다가 데이브를 문으로 치고 말았다. 데이브는 거기 서서 계속 지켜봤던 것 같은데도 안 그런 척을 했다. 그러더니 이제는 차 끓이는 척을 했다.

"데이브, 내가 나빴어요."

"아무도 안 믿어줄 때 난 당신을 믿어줬다고요. 증거도, 아무것도 없이 제인 오스틴이랑 한집에 살고 있다고 말했는데도 말이에요. 나를 무슨 바보 천치로 만드는데도 당신을 믿었다고요."

"나도 알아요."

"그 편지 당신 손에 넣게 해주려고 내가 소더비에 전화를 몇 번이나 한 줄 알아요? 나비넥타이 맨 남자랑 통화까지 했다고요."

"정말 미안해요. 그 남자한테 다시 전화해줄 수 있어요?"

소피아가 간절한 얼굴로 데이브를 보았다. 데이브는 얼굴을 붉히면서 노발대발하다가 라미넥스 코팅된 카운터 위에 온통 차를 엎질렀다.

"당신한테 그러면 안 되는 거였어요. 하지만 지금 제인한테는 당신 도움이 필요하다고요."

데이브가 무뚝뚝하게 헛기침을 하며 고개를 절레절레 저었다. "미안하지만 안 되겠어요."

"알았어요, 그럼 딱 한 가지 질문만 답해줘요. 그럼 꺼져줄게요."

"해봐요." 데이브가 전혀 뜸들이지 않고 말했다.

"제인 오스틴이 가슴과 펜 중에 선택해야 하는 상황이라면 뭘 고를까요?"

데이브가 한숨을 쉬었다. "정말 사악하시네요. 내가 문학적 가정에 약한 건 또 어떻게 알아가지고."

"그럴 것 같았어요. 당신은 어떻게 대답할 건데요?"

"내 생각엔, 제인 오스틴이라면 한동안 가슴을 고를 것 같아요."

데이브가 차를 내려놓고는 팔짱을 낀 채 말했다. "그랬다가 엄청 슬퍼하면서 펜으로 가겠죠."

소피아가 고개를 푹 숙였다.

"무슨 일인데요?" 데이브가 물었다.

"당신이 방금 말한 대로 됐거든요." 소피아가 슬픈 목소리로 말했다. "펜을 선택하겠대요."

데이브는 카운터에 기댄 채, 생각에 잠긴 듯 고개를 위아래로 끄덕였다.

"제인이 1803년으로 돌아가고 싶어 해요. 너무 늦어버린 게 아니기만 바랄 뿐이에요. 싱클레어 부인이 1810년에 제인한테 편지를 썼다고 했죠. 그 편지 어디 있어요?"

두 사람은 그때 그 서가로 다시 갔다. 그러고는 한 번 더 소더비 경매 책자를 찾아냈다. 데이브가 문제의 페이지를 펼치더니 깜짝 놀랐다.

"사라졌어요."

데이브가 소피아도 볼 수 있게 손가락으로 그 지점을 가리켰다. 데이브가 한 말은 사실이었다. 싱클레어 부인의 편지를 자세히 설명해놓은 항목은 더 이상 그 페이지에 없었다.

"믿기지 않네요! 이 페이지가 그 페이지인데."

"이상한 세계에 온 걸 환영해요." 소피아가 말했다.

"그게 왜 없어진 거죠?" 데이브가 물었다.

"혹시 최근에 제인 오스틴 책 반납한 사람 봤어요, 데이브?"

뭔가 기억해내려 애를 쓸 때처럼 데이브가 고개를 위로 쳐들었다. "생각해보니까, 없네요."

"혹시 시간 여행에 대해 뭐 좀 아는 거 없어요?"

"그 주제 관련 책은 한두 권 정도 읽은 적 있을걸요." 데이브가 헛기침하며 발을 바닥에서 꾸물꾸물 움직였다. 소피아는 데이브가 뭔가 생각해내길, 소피아의 말을 이해하길 기다렸다. 데이브의 얼굴이 어두워졌다. "설마, 말도 안 돼."

"말 됩니다. 제인 오스틴이 내 남동생하고 사랑에 빠졌다고요. 내 동생 청혼까지 승낙했고."

"제인 오스틴이 동생분하고 결혼해서 여기 남으면, 돌아가서 책 쓸 일은 절대 없겠네요. 그러면 책도 다 사라질 테고요."

"그렇죠. 그러니까 편지는?"

"그럼 제인 오스틴은 더 이상 제인 오스틴이 아니게 되는 거잖아요. 유명하지도 않은 거고. 그런 사람의 편지는, 그러니까 그런 사람이 개인적으로 주고받은 편지는 골동품으로서 가치가 없어지죠. 수집한 사람도 없겠네요. 그 편지는 사라진 거예요."

소피아가 데이브 옆에 주저앉았다. "어쩌면 좋죠? 우리가 제인을 돌려보낼 가능성이 아직 있기는 한 걸까요?"

"나도 모르겠네요." 데이브가 머리를 긁적였다.

"이거 나쁜 일이겠죠?" 소피아가 물었다.

"좋은 일은 아니죠." 데이브가 말했다. "잠깐만요. 아무도 제인 오스틴을 기억 못 하는데 어째서 난 아직 제인 오스틴을 기억하고 있는 거죠? 영화도 없어지고 책도 없어졌잖아요."

"도서관 여자조차 제인 오스틴을 기억 못 하더라고요."

"좋아요. 우리 말고 아무도 제인 오스틴을 기억 못 해요. 그런데 우린 기억한단 말이에요. 왜일까요?"

소피아가 고개를 끄덕거렸다. "어떻게 된 건지는 모르겠지만 우린 예외가 됐어요. 왜냐하면 우린 지금의 제인을 알고 있으니까요."

데이브가 벌떡 일어났다. "어쩌면 내가 도울 수 있을지 모르겠어요. 하지만 정보가 더 있어야 하는데."

"제인에 관한?" 소피아가 물었다.

데이브가 고개를 끄덕였다. 그 순간 소피아가 갑자기 데이브의 팔을 꽉 잡았다.

"갑시다."

"어디를요?"

"당신이 만나봤으면 하는 사람이 있어요."

소피아는 데이브를 데리고 프레드의 집으로 돌아왔다.

"당신이 데이브군요." 제인은 데이브와 악수를 하려고 손을 내밀었다.

"당신이군요." 데이브가 놀라며 대답했다. 그러곤 소피아한테 말했다. "정말 제인 오스틴이에요."

"데이브, 여긴 제인 오스틴이에요."

데이브가 제인의 손을 잡고 흔들었다. "전 좀 앉아야겠어요."

소피아는 데이브가 기절하기 전에 의자를 하나 가지고 왔다.

"대박, 대박." 마침내 말할 기운을 회복하자 데이브가 말했다. "사진이랑 정말 빼닮으셨네요."

"그렇더라고요." 제인이 미소를 지었다. "제가 집으로 돌아갈 수 있게 도와주실 수 있나요, 데이브?"

"저도 잘 모르겠어요." 데이브가 말했다.

"혹시 탐정이신가요?" 제인이 물었다.

"아뇨." 데이브는 의기양양하게 가슴을 내밀었다. "전 사서예요."

"저한테 물어보고 싶은 게 있으시죠?"

데이브가 고개를 끄덕거렸다. "당연히 있죠. 글쓰기의 가장 좋은 점은 뭔가요?"

제인은 미소를 지었다.

"제인은 시간 여행을 말한 거거든요, 데이브." 소피아가 날카롭게 소리쳤다.

"괜찮아요, 소피아." 제인은 데이브를 보고 이번에도 미소를 지으며 말했다. "글쓰기의 가장 좋은 점이 뭐냐고요? 글쓰기는 의자를 가져가서는 영혼을 부여해준답니다. 글은 거짓말로 진실을 알려주기도 하고요. 꿈속 세상에 내 목소리를 더해줘요."

데이브도 제인에게 미소를 지어 보였다. 데이브는 의자에서 미끄러지듯 내려와 제인의 손이라도 어루만질 태세였다.

제인의 눈에 눈물이 그렁그렁 고였다. "제가 돌아갈 수 있게 도와주실 수 있나요, 데이브 님?"

"저도 그럴 수 있다고 답할 수 있으면 좋겠네요."

"어느 지점이 문제인 건가요?"

"당신 책이 사라진 거요. 그 바람에 작가 제인 오스틴도 사라졌거든요. 그래서 당신에 대한 공식 기록도 덩달아 사라졌어요. 우리의 유일한 희망이 싱클레어 부인이 당신한테 보낸 편지였거든요. 그런데 더 이상 그게 없어요."

제인이 얼굴을 찌푸렸다. "결코 바람직한 소식이 아니군요."

"싱클레어 부인의 편지를 그냥 다른 데서 찾으면 안 될까요?" 소피아가 물었다.

"안 되죠." 데이브가 말했다. "유명인, 제인 오스틴이 더 이상 존재하지 않으니까 그 편지도 역사 속으로 사라졌잖아요."

"그래도 편지를 쓰긴 썼을 거 아니에요? 싱클레어 부인과 제인의 계약도 여전히 남아 있는 거고요."

데이브가 잠깐 궁리하는 듯하더니 어깨를 으쓱했다. "그렇겠죠."

"다른 누군가가 그 편지를 보관하고 있을 수도 있지 않을까요?" 소피아가 물었다.

"그 편지가 현존할 가능성이 요만큼이라도 있다면, 방법은 딱 한 가지밖에 없어요." 데이브가 암울하게 웃으며 말했다. "그런데 굉장히 가망 없는 상황에서 일어날 법한 일이라서 내가 말하면 비웃을걸요."

"그래도 말해봐요." 소피아가 말했다.

"작가 제인 오스틴은 사라졌어요. 하지만 목사님 딸인 제인 오스틴은 사라지지 않았죠. 예전 사람들은 서로 편지를 주고받곤 했어요. 그것도 아주 많이. 그런데 어떤 가족들은 그런 편지들을 가보로 보관하기도 했어요. 누군가는 가족 소장품으로 제인의 편지를 보관하고 있을지 모른단 얘기죠. 하지만 요행히 누군가 편지를 보관하고 있다손치더라도, 그 편지를 찾으려면 전국의 모든 오스틴을 추적해야 할 거예요. 오스틴이라는 성 자체가 그렇게 많지는 않겠지만요. 그 가족 중에 편지를 보존한 가족이 있을지도 몰라요. 오스틴이라는 이름이 더는 유명하지 않으니까, 그 가족들은 여러분이 자기들을 왜 찾아왔는지 영문을 모를 거고요. 그러니 100만분의 1 확률, 모래사장에서 바늘 찾기 같은 일이라고 할 수 있죠."

소피아는 데이브가 얘기하는 내내 가만히 서 있다가 얘기가 끝나자 데이브를 현관으로 질질 끌고 갔다.

"그런데 우리 어디 가는 건데요?"

"거기 있어봐요, 제인." 소피아가 문을 열고 나가면서 말했다.

제인은 고개를 끄덕였다.

소피아가 데이브를 그의 차 쪽으로 잡아끌자 데이브가 물었다. "그러니까, 우리 어디 가는 거냐고요?"

"런던."

"거기 뭐가 있는데요?"

"100만분의 1짜리 가능성."

데이브는 자신의 폭스바겐 비틀을 몰고 프레드의 집이 있는 거리에서 나와 A36 고속도로를 탔다.

"진짜 형편없는 운전사군요." 소피아가 말했다.

"죄송해요. 너무 빠른가요?" 데이브가 말했다.

"아뇨, 너무 느려요."

스테이션왜건을 몰던 어떤 남자가 데이브와 소피아가 탄 차를 추월하면서 차창을 열고 욕설을 퍼부었다. 둘은 한동안 차에서 아무 말도 하지 않았다. 터덜터덜 M4로 접어들어 이 오래된 차의 속도를 높이려고 할 때, 소피아가 차창 쪽으로 고개를 돌렸다. 두 시간 27분 후, 두 사람은 노팅힐에 도착했다. 데이브가 흰색 조지 왕조 시대 연립주택가 도로에 차를 세웠다.

"저 집 엄청 비싸 보이네요." 데이브가 웅장한 건물 정면을 가리키며 말했다.

"맞아요, 엄청 비싸요." 소피아가 이제 곧 저 집을 잃게 될지도 모른다는 사실을 새삼 깨달으며 말했다. 그러곤 눈알을 굴렸다.

"내가 같이 가줄까요?"

"아니에요, 혼자 가는 게 나을 것 같아요. 오래 안 걸릴 거예요." 소피아가 말하고는 차에서 내려 정문을 똑똑 두드렸다.

"용건이 뭐야?" 잭 트래버스는 명품 운동복 차림으로 소피아가 벌어들인 돈으로 산 집 문간에 서 있었다.

"이혼 서류에 서명해줄게." 소피아가 말했다. "단, 조건이 두 가지 있어."

상대방의 말에 귀가 쫑긋해질 때면 으레 그러듯, 잭은 어깨를 활짝 폈다. "말해봐."

"첫째, 나와 아주 잘 맞을 것 같은 역할이 있으면 나한테 넘긴다."

"좋아. 당신은 재능 있는 배우니까, 소프."

"그래, 그렇지."

"둘째는?" 잭이 말했다.

"다락방에 편지를 넣어둔 상자가 있어. 그 상자를 줘."

잭이 눈을 가늘게 떴다. "뭐 때문에?"

"그 상자 아직 가지고 있기는 한 거지?"

"먼지 풀풀 날리는 옛날 편지를 뭉텅이로 넣어둔 그 구두 상자? 아직 가지고 있지."

"당신 어머니가 당신한테 남긴 거 있잖아." 소피아가 다그쳤다.

잭이 짜증 난 얼굴로 고개를 끄덕였다. "나도 알아. 속셈이 뭐야?"

"속셈 같은 거 없어." 소피아가 말했다.

"웃기시네. 그깟 편지 때문에 당신 돈 절반에다 이혼 수당까지 주겠다고? 이건 속임수가 분명해. 그 편지들 값이 좀 나가나 본데."

"값이 나가긴 뭘 나가."

"그럼 그 편지를 왜 달라는 건데?"

소피아는 언짢은 낯으로 어떻게 답할까 궁리했다.

"난 그 편지들이 늘 마음에 들었어. 그 편지들을 보면 우리가 생각나거든. 오래된 연애편지 같다고나 할까…… 그 안에 뭐가 있는지 누가 알겠어. 로맨틱하잖아. 그 편지들이 있으면 당신이랑 헤어지는 게 좀 수월해질 것 같아." 소피아가 역겨운 걸 간신히 참으며 말했다.

잭이 한숨을 쉬더니 소피아를 안타까운 눈으로 바라보았다. "알았어."

두 사람은 악수를 했다.

"그 편지들, 내가 가져가도 되겠지?" 소피아가 말했다.

잭의 눈이 휘둥그레졌다. "그걸 지금 달라고?"

"안 될 거 없잖아?"

잭이 어깨를 으쓱했다. "좋을 대로."

소피아는 쏜살같이 위층 다락방으로 달려갔다. 구두 상자를 찾은 소피아는 상자에 입을 맞추고 아래층으로 다시 내려왔다.

잭이 문간에서 기다리고 있었다. "찾았어? 잘됐네. 우리 잘 살았지, 소프? 그러니까 부부로서 말이야."

소피아가 미소를 지었다. "우리, 잘 살았지."

잭이 고개를 끄덕였다. "좋았던 때도 있었는데."

"결과가 좋았던 때가 좋았던 때였지." 소피아가 말했다.

잭이 웃었다. "〈배트맨〉 찍은 지 사흘째 되던 날 그 터키 체조선수가 세트장에서 나가버렸을 때 같은 날도 있었지."

"내가 가발을 끈으로 묶어 써가지고 우리, 컷어웨이(점프컷을 피하고 컷의 연속성을 유지하거나 장면 내 시간 생략을 위해 사용하는 편집 기법-옮긴이) 얻었잖아."

"당신이 그 영화 살렸지."

"우리가 살린 거지." 소피아가 말했다.

잭이 소피아를 보고 생긋 미소를 지어 보였다. "젠장, 당신 참 좋아 보인다. 한잔하고 갈래? 옛날 추억도 할 겸."

"나중에." 소피아가 말했다.

"그럼 이게 마지막이겠네." 잭이 말했다.

"잘 지내, 잭. 나중에 또 봐."

소피아는 잭의 팔을 어루만지며 크게 심호흡을 한 다음 떠났다.

54

소피아가 데이브가 기다리고 있던 차로 돌아왔다.

"괜찮아요?" 데이브가 초조한 목소리로 물었다.

"괜찮고말고요." 소피아는 데이브한테 구두 상자를 건넸다. "그 편지가 이 안에 있어야 할 텐데요. 나 방금 이것 때문에 이혼에 합의해줬거든요."

데이브는 소피아를 뚫어져라 보면서 깊은숨을 들이마셨다. 고개만 끄덕거리는 데이브가 마음을 가라앉히기까지 1~2분은 지나야 할 것 같았다.

"데이브, 이 일 계속할 거죠?" 소피아가 급기야 물었다.

"그럼요."

데이브는 후 하고 숨을 내뱉었다. 그러고는 구두 상자를 보았다. 뚜껑을 획 열어젖힌 다음 안을 자세히 살폈다. 내용물에서는 바닐라와 아몬드 냄새가 났다.

"멍청한 인간 같으니라고. 리그닌하고 셀룰로오스(목재를 이루는 주성분으로 모두 종이의 원료-옮긴이)가 분해됐어요. 이런 건 보존을 잘 해놔야 되는 건데."

"잭은 이게 제인 오스틴의 편지라는 걸 모르잖아요, 잊었어요?" 소피아가 말했다.

"그래도 그렇죠. 몇 백 년 된 편지잖아요. 자기 혈육이 남긴 편지고. 그런데 고작 구두 상자에 넣어놓다니."

마분지 상자 안에는 다양한 크기와 모양의 바짝 마른 누런색 종잇장 서른 장 정도가 놓여 있었다. 데이브가 극도의 주의를 기울이며 맨 위 종이를 집어 들었다.

"그거 제인의 편지예요?" 소피아가 물었다.

정사각형 종이 위에는 갈색 필기체 글씨가 빈틈 하나 없이 채워져 있었다.

데이브가 고개를 끄덕였다. "이거, 오스틴의 육필이에요. 난 어디서든 알아봤을 거예요. 이 길쭉한 소용돌이하며 경사진……."

"데이브." 소피아가 중간에 말을 가로막았다. "말 끊어서 미안한데요, 우리 빨리 넘어가면 안 될까요?"

"알았어요. 미안해요. 글씨체가 너무 예뻐가지고요."

"제인 오스틴한테 글씨체 칭찬하는 건 실비아 플라스(미국 태생의 시인으로 가스 오븐에 머리를 박고 자살했다—옮긴이)한테 빵 잘 굽는다고 칭찬하는 거나 마찬가지잖아요. 그나저나 편지엔 뭐라고 쓰여 있어요?"

"언니한테 보낸 편지예요. 뭐라고 쓰여 있느냐면, 제가 읽어볼게요. '사랑하는 카스 언니, 어젯밤 또 바보 같은 파티가 열렸어…… 랭리 양도 다른 땅딸보 여자애들이랑 다를 바가 없네. 넓적한 코에 하마 입, 유행하는 드레스를 입고 가슴은 여봐란듯이 내놓은 꼴이 말이야.'"

소피아가 미소를 지었다. "역시 재치 있다니까. 계속 읽어봐요."

"바스는 수증기와 그늘과 연기와 혼돈 그 자체야. 도무지 마음에 드는 사람을 찾을 수가 없네."

데이브가 그다음부터는 편지를 속으로 읽었다.

"뭐 실속 있는 건 없어요?" 소피아는 자신도 편지를 읽으려고 고개를 쑥 내밀었다.

"그 반대예요." 데이브가 말하며 편지를 내려놓았다.

"왜 그래요, 데이브? 왜 눈가가 촉촉해진 건데요? 정신 차려요. 지금 그럴 때가 아니란 말이에요."

"너무 슬퍼서 그래요." 데이브가 말했다. "오스틴은 바스를 끔찍이 싫어하고 있어요. 이런 기분이 들게 하는 곳으로 이 여자를 다시 돌려보내고 싶은 거 확실한 거예요, 그저 책이나 쓰게 하려고?"

소피아는 자동차 좌석에 몸을 묻었다. 1803년 제인한테 어떤 운명이 기다리고 있는지 알고 있어서였다. 그것은 바로 조롱과 고독이었다.

"맞아요, 확실해요." 소피아가 대답했다. "제인은 슬픔에 빠지겠죠. 그런데 바로 그게 제인을 작가로 성공하게 만들 거예요."

데이브를 고개를 끄덕이며 조심조심 다음 편지들을 뒤졌다. 데이브는 편지마다 첫 줄만 읽은 후 바로 소피아한테 넘겼다.

"그 편지가 여기 없으면 어떻게 되죠?" 소피아가 가라앉은 목소리로 물었다.

"제인 오스틴이 사라지겠죠." 데이브가 대답하고는 고개를 푹 숙였다.

그러고는 계속 편지를 읽어나갔다. 그다음 편지에서 제인은 오빠인 제임스한테 편지를 써서 오빠의 결혼 기념 파티에 참석해달라는 초대를 거절하고 있었다. 그다음 편지에서는 남동생 프랭크한테 실크 스타킹 한 켤레에 대하여 고마운 마음을 전했다.

"편지가 두 통밖에 안 남았어요." 데이브는 다음 페이지를 훑어보았다. "제인의 어머니가 앞부분을 썼네요. 뭔가 마음에 안 든대요."

데이브가 그 편지를 소피아한테 건넸다. 소피아도 그 편지를 읽고 데이브와 같은 생각을 했다.

"자, 대망의 마지막 편지는?" 소피아가 초조한 얼굴로 말했다.

데이브가 그 편지를 획 낚아챘다.

"못 보던 필체예요." 그러고는 큰 소리로 읽었다.

1810년 6월 18일
친애하는 오스틴 양
건강은 좀 어떤가요? 부모님은 잘 지내고 계시고요? 위장병에 도움이 될지 몰라 양배추 수프 조리법을 보냅니다.

런던에서의 삶은 고된 법이라지만 혹시 내 희생을 전제로라도 웃고 싶은 바람이 있다면 내가 최근에 올드베일리에 다녀왔다는 소식에 날아갈 듯 기뻐할지 모르겠군요. 호전적인 이웃과의 계속된 분쟁이 표면화되더니 어느새 내가 피고석에 앉아 있더군요. 난데없이 나타난 내 이웃이 마법을 썼다며 날 비난하자 법정이 웃음바다가 되었답니다. 치안판사를 비롯해서 모두가 웃음을 터뜨렸지요. 사람들이 웃는 걸 보고 난 밀고 나가기로 마음을 먹었어요. 그래서 내가 마녀라고 주장했지요. 그 말을 할 때는 최대한 미치광이 목소리를 냈고요. 그러자 원고 측 변호인이 나한테 내가 마법을 쓴 사례를 들어보라고 하기에, 이 촌극을 계속하기로 마음먹고는 내가 매일 저지르는 나쁜 짓을 쭉 늘어놓았어요. 판사한테 거는 주문을 지어낸 다음, 심지어 주문을 어떻게 걸어야 할지에 대한 조언도 서슴지 않았지요. 이를테면 어떤 주문이든 되돌리려면, 그 주문을 되풀이해서 말한 다음, 주문을 걸 대상의 피를 영험한 물건의 피에 더하라고 말이에요.

어쨌든 이 작전이 먹혔는지, 판사가 완전히 미쳤다면서 날 불쌍히 여기는 것 같더군요. 예상보다 가벼운 형을 선고한 걸 보면 말이에요. 그래서 그날 오후를 축하하면서 보냈지요. 내가 받은 벌은 머나먼 땅으로 떠나는 거랍니다. 도착하면 또 편지를 쓰겠지만, 그사이 어느 비 오는 날 오후, 당신이 집 안에 발이 묶여 이 편지를 다시 읽고 싶어질 일이 생길지도 모르겠군요. 양배추가 끓으면서 집에선 냄새가 나기 시작하네요.

에멀라인 싱클레어 드림

소피아는 미소를 지었다. 데이브는 편지를 내려놓고 비틀에 시동을 건 후, 다 닳은 타이어한테 최대한 빨리 굴러서 버스로 돌아가라는 명령을 내렸다.

"또 다른 발 묶인 작가를 자기가 살던 시대로 돌려보내는 데 내 도움이 필요하거든 말만 하세요." 데이브가 차를 굴려 M4 고속도로에 다시 오르면서 말했다.

"미안하지만 다른 작가는 몰라요." 소피아가 대꾸했다.

"아니면 언제 한잔하는 것도 좋겠네요." 데이브가 말했다.

소피아가 코웃음을 치더니 고개를 돌려 데이브를 바라보며 나무랐다. "어째서 나한테 아름답다는 말을 한 번도 안 하는 거죠?"

"뭐라고요?" 데이브가 이맛살을 잔뜩 찌푸렸다.

자기 말이 살짝 이상하게 들렸을 수도 있겠다는 생각에 소피아는 마른침을 꿀꺽 삼켰다. 하지만 그럴 만한 이유가 있었다. 소피아는 고작 편지가 담긴 구두 상자 때문에 잭한테 집과 결혼 생활을 거저 주다시피 한 것에 대해 조금은 억울한 기분이었다. 그래서 바로 옆에 있는 남자, 짜증 날 정도로 다정하고 잘 도와주는 이 남자한테 괜한 화풀이를 해서 자신의 분노를 표출하기로 마음먹은 상태였다.

"나의 몸매가 섹시하다는 말을 어쩜 한 번도 안 할 수 있는 거냐고요?"

데이브가 차선을 변경했다. "당신 몸매는 섹시하고, 당신은 아름다워요."

"그런 말을 전에는 왜 안 한 건데요?"

"그런 건 당신이 가진 것들 중에서 가장 눈에 덜 띄는 거니까요."

소피아는 도로를 뚫어져라 응시했다. "어머나."

차에서 철커덕거리는 소리가 났다.

데이브가 계기판을 확인하며 해명했다. "가끔 이런 소리가 나요. 좀 오래된 차거든요."

"그럴 줄 알았다니까." 소피아가 대꾸했다.

"이걸 살짝 흔들어주면 보통은 소리가 멈추거든요."

데이브는 핸들에서 튀어나와 있는 오래돼 보이는 막대기 중에 하나를 가볍게 흔들었다. 말한 대로 덜커덕거리는 소리가 멈췄다.

소피아는 머릿속으로 데이브에게 딱지 놓을 말을 만들었다. 정중하되 단도직입적으로 말할 생각이었다. 데이브는 그런 대접을 받아 마땅한 남자였다.

"저기요, 데이브. 당신은 참 좋은 남자예요." 소피아가 운을 뗐다.

데이브는 체념한 듯한 얼굴로 고개를 끄덕였다. 그러고는 데이브가 휴 하고 숨을 크게 내쉬었다.

"나도 다 이해하니까 괜찮아요. 설명은 필요 없다고요."

소피아는 생각했다. '내가 착한 남자하고 사귀는 게 가능할까?' 왠지 따분하고 지루하게 들렸다.

"네, 좋아요." 소피아가 말했다.

"좋다고요?"

"그래요, 좋다고요, 한잔해요." 소피아가 말했다.

데이브는 계속 도로만 주시했다. 어떤 할머니가 모리스 마이너를 타고 지나가면서 차창을 열고 데이브가 운전 실력을 늘릴 수 있을 만한 이런저런 방법들을 큰 소리로 외쳤다. 데이브는 소피아가 이제껏 본 적 있는 그 어떤 미소보다 환한 미소를 지은 채 손을 흔들어 그 할머니의 호통에 화답했다.

55

소피아는 제인한테 싱클레어 부인의 편지를 보여주었다. 그 편지를 읽은 제인이 한숨을 내쉬었다.

"소피아, 당신은 정말 대단한 사람이에요. 이 편지 때문에 돈깨나 들었을 텐데." 제인이 소피아의 팔을 어루만지며 말했다.

소피아가 헛기침을 했다. "그건 이제 신경 쓰지 말아요. 우리한테는 해야 할 일이 있잖아요. 당신 드레스 가져다줄게요."

제인은 온몸이 굳었다. "지금 당장 돌아가라는 건가요?"

"혹시 마음에 둔 다른 때가 있었나요? 나는 우리한테 시간이 얼마 없다고 생각했거든요."

"그랬던 것 같아요. 하지만 시간이 얼마 없긴 하죠." 제인은 고개를 돌려 집 안을 들여다보았다.

"프레드는 어디 있는 거예요? 출근했어요?" 소피아가 물었다.

제인이 고개를 끄덕였다. "지금 가면 작별 인사도 못 하겠네요."

소피아도 고개를 끄덕였다. "기다리고 싶어요?"

제인은 바닥만 물끄러미 응시했다. "아뇨."

"당신 드레스, 가지고 올게요."

한 시간 뒤, 제인은 흰색 모슬린 드레스 차림이 되어 있었다. 원래 신고 있던 목이 긴 갈색 구두로 갈아 신고 갈색 장갑도 끼고 보닛도 쓰고 외투까지 차려입었다. 머리도 그리스식 헤어스타일로 바꿔놓았다. 짧은 머리카락 가닥들이 얼굴 주위에 고리 모양으로 말려 있었다.

제인을 보고 소피아는 심호흡을 했다. "맙소사."

"달라 보여요?" 제인이 걱정하며 물었다.

"처음 만났을 때랑 정말 똑같아 보여요." 소피아가 말했다.

"다행이네요."

"키가 조금 커진 것 같기는 하지만요." 소피아가 심호흡을 했다. "준비됐어요?"

"준비됐어요." 제인이 말했다.

두 사람은 문으로 향했다.

"프레드가 와요!" 소피아가 창밖을 가리키며 소리쳤다. "쟤가 이 시간에 왜 여기 있는 걸까요?"

프레드가 정원에 나 있는 길을 걸어 올라오고 있었다. 제인의 표정이 굳어졌다.

"빨리요, 서둘러요!"

하지만 때는 이미 늦고 말았다.

길을 다 걸어 올라온 프레드는 어리둥절한 표정을 하고 있었다.

"프레드." 소피아가 밝은 목소리로 불렀다. "여긴 웬일이야?"

소피아와 제인, 둘 다 어색하게 고개를 끄덕이며 인사를 했다.

제인의 옷차림, 보닛이며 목이 긴 구두, 외투를 본 프레드의 얼굴에서 웃음기가 싹 사라졌다.

"왜 옷을 이렇게 입고 있는 거죠?" 프레드가 물었다.

제인은 프레드를 외면한 채 아무런 대답도 하지 않았다.

"제인, 어떻게 된 거예요?" 프레드가 제인을 뚫어져라 바라보았다. "무슨 일인지 나한테 말해줄 사람 없는 거야?"

제인은 고개를 가로젓고는 힘겹게 프레드를 보았다. "나, 집으로 돌아가요, 프레드."

뒷걸음질 치던 프레드가 주방 의자에 걸렸다. 그는 그길로 뒤를 돌아 문밖으로 나가버렸다.

"프레드." 제인이 뒤에서 그를 불렀다. "돌아와요."

소피아가 제인의 팔을 꼭 잡으며 말했다. "차라리 이게 나아요."

제인은 고개를 끄덕였다.

처음 만났던 건물에 도착한 제인과 소피아는 무대 뒤 공간으로 걸어갔다. 제인은 처음 모습을 드러냈던 지점, 그러니까 검은색 무대 막 더미 속에 자리를 잡았다. 프레드가 다가오던 모습, 그의 얼굴에 나타난 표정이 머릿속에서 좀처럼 떠나지 않았다. 제인이 소피아를 돌아보았다.

"뭐라고 할 말이 없네요. 이런 일은 난생처음이라." 제인이 말했다.

"이런 상황에 적합한 말 같은 건 없어요, 오스틴."

두 사람은 서로 부둥켜안았다. 소피아가 크게 소리 내어 읽기 시작했다.

"어떤 주문이든 되돌리려면, 그 주문을 되풀이해서 말한 다음 주문 대상의 피를 영험한 물건의 피에 더한다." 소피아는 어깨를 으쓱한 다음, 제인한테 핀을 하나 건넸다. "하는 데까지 해보자고요."

제인은 그 핀으로 손가락을 찌른 다음 주머니에서 원고 쪼가리를 꺼냈다. 그러고는 자신의 피를 그 종이 쪼가리에 떨어뜨린 후 마른침을 삼켰다.

"나를 단 하나의 진실한 사랑에게 데려다주세요." 제인이 주문을 외웠다.

"잘 가요, 제인." 소피아가 말했다.

"잘 있어요, 소피아." 제인은 눈을 꼭 감은 채 전처럼 먼지가 눈처럼 내리길 기다렸다.

아무 일도 일어나지 않았다.

제인이 눈을 떴다. "아직 여기 있네요."

"엥? 주문도 되풀이해서 말했고, 피 한 방울도 더했잖아요. 이해가 안 돼요." 소피아가 편지를 쭉 훑어본 후 제인한테 편지를 건넸다. "왜 맨날 함정 같은 게 있는 걸까요?"

"영험한 물건의 피를 주문을 걸 대상의 피에 더하라." 제인이 소리 내어 읽고는 얼굴을 찌푸렸다. "이거 영험한 물건 맞죠?"

제인은 싱클레어 부인이 맨 처음 주문을 휘갈겨 썼던 원고 쪼가리를 들어 보였다.

"맞아요." 소피아가 말했다.

"주문을 걸 대상도 나잖아요." 제인이 자신을 가리키며 말했다.

"그것도 맞아요." 소피아가 말했다.

두 사람은 아무 말 없이 서 있었다. 제인은 머릿속으로 빠르게 하나하나 되짚어보았다. 나를 단 하나의 진실한 사랑에게 데려다주세요.

"어머, 주문을 걸 대상은 내가 아니에요."

"당신이 아니라고요? 그럼 누군데요?" 소피아가 말했다.

"제인." 두 사람 뒤에서 목소리가 들려왔다.

어떤 형상이 어둠 속에서 두 사람을 향해 다가왔다.

"저 사람이에요." 제인이 말했다.

"우리가 여기 있는 줄 어떻게 알았어요?" 제인이 프레드한테 물었다.

프레드를 보자 제인은 안도감과 슬픔이 동시에 느껴졌다.

"생각해봤어요." 프레드가 말했다.

제인의 얼굴에 떠오른 미소를 보자 프레드는 혹시나 하는 희망의 눈빛으로 제인을 바라보았다.

"나한테 그럴 권리는 없지만, 혹시 친절을 베풀어 당신의 피 한 방울을 주실 수 있을까요?" 제인이 프레드한테 말했다.

프레드는 얼굴이 어두워지더니 고개를 가로저었다. "싫어요. 사실 당신을 막으려고 온 거니까요. 내가 피를 주지 않으면 어떻게 되는 거죠?"

"내가 1803년으로 돌아갈 수 없게 돼요."

"잘됐네요. 그럼, 집에서 봅시다."

"안 돼, 프레드. 가지 마!"

소피아가 외쳤지만 프레드는 이미 사라지고 없었다.

제인은 팔짱을 낀 채 바닥에 앉아 있었다. 소피아는 맨 나무 바닥을 초조하게 왔다 갔다 하면서 이런저런 계획을 떠올려보았다.

"내가 프레드한테 스팀타월 면도를 해준다고 하면 될 것 같아요. 일부러 실수해서 그 애 목에 칼자국을 낸 다음에 얼마가 됐든 뿜어져 나오는 피를 모으는 거죠."

"뜨거운 면도날을 그이 목에 갖다 대면 조금 위험할 것 같지 않아요?" 제인이 말했다. "당신이 오렌지 자르는 걸 본 적 있는데 칼솜씨가 영 시원찮던걸요."

"맞아요. 그런데 내 이력서에는 칼 던지기도 올라 있죠. 이상하기도 하지." 소피아가 손가락으로 벽을 톡톡 두드렸다. "프레드가 자는 동안 내가 프레드 피를 빼기로 한 계획으로 가자고요. 내가 온라인 혈액 채취 과정을 수강할게요. 교육을 다 받고 나서 프레드가 렘수면에 빠질 때까지 기다렸다가 주삿바늘을 푹 찔러 넣어서 피 몇 방울만 확보하는 거예요. 프레드도 그 정도 피는 안 아까워할 거예요."

"어떻게 프레드가 눈치 못 채게 프레드 팔에 있는 혈관을 열겠다는 건데요?" 제인이 물었다.

"내가 프레드한테 저녁 식사로 칠면조하고 퀘일루드(마약성 진정제-옮긴이)를 잔뜩 먹일게요."

"칠면조 요리법은 알아요?" 제인이 물었다.

"몰라요. 하지만 퀘일루드만 있으면 프레드는 아무것도 모를 거라고요."

"안 돼요. 그중에 쓸 만한 아이디어는 하나도 없어요."

"왜요? 칠면조 아이디어는 확실할 것 같은데."

"왜 안 되냐면 하나같이 다 당신 남동생 피를 훔쳐야 하니까요. 프레드한테 피를 빼앗는 건 안 될 말이에요. 우리, 일단 집으로 돌아가요, 소피아. 프레드가 피를 안 주겠다고 한다면, 그럼 어쩌면 내가 떠나는 게 해선 안 되는 일일지도 모르죠."

두 사람은 일어서서 문 쪽으로 향했다.

"제인." 프레드가 문간에 다시 나타났다.

"프레드!" 제인이 소리쳐 불렀다.

그러고는 프레드한테 갔다. 다시금 안도감이 제인을 엄습했다. 프레드를 보는 순간, 모든 게 분명해졌다.

"이런 건 무시할래요." 제인은 편지를 가리키며 말했다. "당신이 갈 때마다 매번 가슴이 찢어지는 것 같아요. 다시는 당신을 떠나고 싶지 않아요. 여기 남겠어요." 제인은 미소를 지었다.

프레드가 제인이 들고 있던 핀을 빼앗아 자신의 손가락을 찔렀다. 손가락 끝에 진홍색 핏방울이 맺혔다.

"안 돼요, 프레드. 내 말 못 들었어요? 남겠다고 했잖아요. 당신 곁에."

"그건 내가 원하는 게 아니에요." 프레드는 손을 들어 올려 제인한테 내밀었다.

제인은 망설였다. 바깥쪽으로 부풀어 오른 핏방울은 결국 줄기가 되어 금방이라도 바닥에 떨어질 것 같았다. 제인은 원고 쪼가리를 내밀어 페이지 위에 그 핏방울을 받았다. 방금 흘린 새빨간 핏방울이 아까 떨어뜨려 갈변한 그녀의 핏방울과 합쳐지더니 하나가 되었다.

"고마워요, 프레드." 제인이 갈라진 목소리로 말하더니 자신의 양손을 내려다보았다. 제인은 터키석이 박힌 반지를 빼서 프레드한테 내밀었다. "받을 자격이 있는 사람한테 주세요."

프레드가 고개를 가로저었다. "그 반지는 내 아내 거예요."

제인은 고개를 끄덕이며 눈물을 훔쳤다. "2020년식 작별 인사는 어떻게 하는 거죠?"

"당신이 하던 대로 하면 돼요. 포옹한 다음에 조만간 다시 보자고 말해주는 거예요. 그 말이 사실이 아닐지라도." 프레드의 목소리가 갈라졌다.

"진정한 영국식 작별 인사군요." 제인이 목이 멘 목소리로 말했다.

제인이 프레드를 꼭 껴안았다. 그때 제인의 몸에서 작은 소리가 새어 나왔다. 그 소리는 울부짖느라 숨이 막힌 듯한 소리, 제인이 이제껏 한 번도 낸 적 없던 소리였다. 여기 머무름으로써 제인은 자신과 프레드 모두를 파괴하고 말았다. 그런 생각만으로도 마음은 편해지지 않았다.

"조만간 다시 봐요."

제인은 가까스로 이 말을 입 밖으로 낼 수 있었다. 하지만 그 말소리는 꺽꺽거리는 소리에 지나지 않았다. 소피아는 흐느껴 울고 있었다.

"참 좋았어요, 그렇죠?" 프레드가 제인의 귓가에 대고 속삭였다.

"좋았어요." 제인도 속삭였다.

제인은 프레드에게서 떨어져 무대 막 더미 위에 올라섰다. 그러곤 원고를 들어 올렸다.

"나를 단 하나의 진실한 사랑에게 데려다주세요."

제인은 두 눈을 꼭 감았다. 하지만 아무 일도 일어나지 않았다.

프레드가 미소를 지으며 눈물을 훔쳤다. 실내가 점점 어두워지더니 눈이 내리기 시작했다.

"프레드." 제인이 외쳤다.

프레드가 고개를 홱 쳐들고 제인을 보았다. 프레드의 눈은 눈물에 젖어 있었다.

"혹시 날 보고 싶고, 찾고 싶어지면 찾을 수 있을 거예요. 알겠죠? 언제나 당신 곁에 있을게요."

프레드가 고개를 끄덕였다.

눈발이 점점 세지더니 공간이 빙글빙글 돌았다.

"날 찾겠다고 말해줘요. 약속해줘요." 제인이 말했다.

"약속할게요." 프레드는 혼란에 빠진 얼굴로 고개를 세차게 저으며 대답했다. "당신을 찾을게요."

제인은 먼지로 이루어진 형태로 변하더니 사라졌다.

56

제인은 눈을 떴다. 산지기의 오두막에 앉아 있었다.

바깥 숲에는 어둠이 내려앉아 있었다. 달빛이 마을로 돌아가는 길을 비춰주었다. 솔잎 쌓인 오솔길 위로 뻗은 나무들 사이를 빠져나와 숲 가장자리에 도달한 제인은 고개를 들어 저 앞을 보았다. 멀리, 하늘을 배경으로 바스의 윤곽이 보이기 시작했다. 크레센트(바스의 명물 중 하나인데, 초승달 모양으로 고급 주택이 늘어서 있는 곳-옮긴이)와 서커스(원형 모양의 타운하우스-옮긴이)의 지붕들이 하늘 풍경을 망쳐놓고 있었다. 펌프룸의 돔 지붕은 에이번 강 옆에 그대로 있었다. 굴뚝들은 열심히 연기를 내뿜고 있었다.

비가 내렸다. 제인의 고수머리 가닥들이 이마에 찰싹 달라붙었다. 외투도 흠뻑 젖어 있었다. 제인은 마을 한복판에 있는 바스 수도원에 다다라 펄트니 다리를 건너 시드니 플레이스까지 걸어갔다. 그러고는 모퉁이에 서서 시드니 플레이스를 지켜보았다.

시드니 하우스의 정면에 구경꾼들이 모여 있었다. 레이디 존스톤이 미소 띤 얼굴로 모두에게 무슨 말인가 속닥거리며 모여든 사람들 사이를 춤추듯 돌아다니고 있었다. 오스틴 부인은 눈물로 얼룩진 얼굴을 하고 경찰관과 이야기를 하고 있었다. 제인은 그 광경에 자신도 모르게 깜짝 놀랐다. 시간이 전혀 흐르지 않았기 때문이었다.

제인은 두어 차례 심호흡을 한 다음, 이제 곧 하려는 일을 하기에 충분한 양의 공기를 들이마셨기를 바랐다. 잠시 후 제인은 군중 쪽으로 가서 그 사이를 비집고 나아갔다. 운집한 군중 사이에서 속닥거리며 히죽히죽 웃는 소리가 들려왔다. 사람들이 제인한테 손가락질을 하며 뚫어져라 쳐다보았다. 경찰관은 수첩에 뭔가를 적다가 멈췄다.

"어디 있다 이제 오시는 겁니까, 아가씨?" 경찰관이 말했다.

구경꾼들은 일제히 입을 다물고 숨을 죽인 채 제인의 대답을 기다리는 듯했다. 하지만 제인은 경찰관과 군중 모두를 무시하고 건물 안으로 들어가버렸다. 오스틴 부인이 제인을 따라갔다.

집 안에 들어간 제인은 어머니한테 혼쭐이 날 각오를 했다. 그런데 어머니는 아무 말도 하지 않았다. 그러더니 무릎을 꿇었다.

"바보 같은 계집애." 오스틴 부인이 흐느끼면서 낮은 목소리로 말했다. 그러고는 제인을 안았다.

"어머니, 죄송해요."

오스틴 부인은 제인을 응접실로 데리고 갔다.

"물에 빠진 생쥐꼴이네." 오스틴 부인은 제인의 머리를 말려주려고 하녀한테 수건을 가지고 오라고 시켰다.

"무사히 돌아와서 정말 다행이다, 제인." 어떤 남자 목소리가 말했다.

제인은 시선을 들어 위를 보았다. 오스틴 목사가 문설주에 기대 있었다. 풀어헤쳐진 백발이 물에 젖어 목 주변에 들러붙어 있었다. 왼쪽 신발의 밑창도 어디론가 사라지고 없었다. 이번만은 아버지가 원래 나이 70세보다도 늙어 보였다.

제인은 오스틴 목사한테 달려갔다. "아버지."

제인은 아버지의 어깨에 얼굴을 파묻고 엉엉 소리 내어 울었다. 아버지는 제인 때문에 거의 뒤로 쓰러질 뻔하기까지 했다.

"진정하렴, 얘야." 아버지가 움찔하고는 제인의 머리를 쓰다듬었다. "다 괜찮을 거다."

제인은 죄책감에 시달렸다. "아버지, 죄송해요. 이렇게 습하고 추운 날씨에 내내 밖에 나가 계시게 해서."

"쉿! 제인, 난 괜찮단다." 앉으려고 의자를 잡는 아버지의 손이 떨리고 있었다.

"뭐하러 저를 찾는다고 나가셨어요? 다른 사람들 시키시지."

"그런 일을 남한테 맡길 수야 없지." 아버지가 바닥을 응시한 채 미소를 지었다.

"오, 아버지." 제인이 아버지를 껴안았다.

제인의 어머니가 한숨을 내쉬었다. "제인, 우리 딸. 도망갈 것까지는 없었잖니. 위더스 씨는 우리 모두한테 상처를 주었는걸. 그 중매쟁이한테는 이 엄마가 엄중히 항의해두었어. 하지만 희망이 전혀 없는 건 아니란다. 쌔고 쌘 게 남자니까. 우리가 네 남편감 꼭 찾아주마."

"전 남자 필요 없어요, 어머니."

"엄마도 알아. 그렇지만 때가 되고 기분도 좀 나아지면, 남자를 만나고 싶어질 거야."

제인은 고개를 가로저었다. "어머니, 저, 결혼 안 할 거예요."

"하게 될 거란다, 제인."

"안 할 거예요. 제 말 들어보세요, 어머니. 전 마음의 결정을 내렸어요. 죄송해요."

오스틴 부인은 훌쩍거리며 가슴을 쥐어뜯었다. "큰일 났어요, 여보. 우리 딸이 정신이 나갔나 봐요."

그때 하녀 마거릿이 수건을 가지고 들어왔다.

"신경 쓰지 말렴, 마거릿." 오스틴 부인이 제인한테 머리를 말리라는 듯 수건을 손가락으로 가리켰다.

마거릿은 고개를 까딱한 후 살금살금 뒷걸음으로 나갔다.

오스틴 부인은 제인을 도끼눈으로 보았다. "네 말이 무슨 말인지 똑똑히 말해다오, 얘야. 마지막 말은 정말 어처구니가 없구나."

"저, 결혼 안 할 거예요. 지금도 앞으로도."

오스틴 부인이 벌떡 일어났다가 다시 앉았다. 그러고는 다시 벌떡 일어났다. "그래, 남편 없이 어떻게 살아갈 작정인 거니?"

"작가가 될 거예요."

"작가라니! 여보, 의사를 불러야겠어요. 우리 애가 정신이 나갔나 봐요. 그럼 누가 널 부양한다니, 제인?"

"전 아무것도 바라지 않아요. 내 손으로 돈을 벌 수 있을 때까지는 굶어 죽어도 좋아요."

"돈을 번다고? 이게 무슨 바보 같은 얘기니? 제인, 넌 그럴 수 없어. 엄마가 굳이 상기시켜줘야겠니, 넌 여자라는 걸?"

"아니, 전 할 수 있어요, 어머니. 두 눈으로 보기도 했는걸요."

오스틴 부인은 눈을 가늘게 뜨고 자기 딸이 한 말을 가늠해보고는 얼굴을 유심히 살폈다.

"너, 어딘가 달라졌어." 오스틴 부인이 단호히 말했다.

제인은 당황했다. 머리와 드레스를 전과 똑같이 보이게 하려고 그렇게 애를 썼는데도 들키다니.

"봐요, 여보."

오스틴 목사가 자기 딸을 찬찬히 보았다. "난 달라졌는지 모르겠는걸."

"내 눈엔 보여요." 오스틴 부인이 말했다. "분명히 달라졌어요."

"전 여전히 어머니 딸이라고요." 제인이 말했다.

오스틴 부인이 이마를 긁적였다. "늘 넌 너무 똑똑하다고 말한 것도 다 널 위해서였는데."

"꽤 많은 부분이 어머니한테 물려받은 것인걸요."

"네가 여자로 태어난 게 천추의 한이구나." 오스틴 부인이 투덜거렸다. "하지만 여자로 태어난 걸 어쩌겠니. 받아들여야지."

제인은 어머니의 손을 잡았다. "그냥 결혼만 한 자식보다 소원을 성취한 자식을 보는 게 더 행복할 것 같지 않으세요?"

"소원 성취라니! 이 얘길 왜 하는 거니? 제인, 넌 이 문제에 대해 충분히 생각해보지 않은 거야."

"그 반대랍니다, 여사님. 이 문제에 대해 몇 번이고 생각해봤는걸요. 원고 고쳐 쓰는 동안 숙식을 해결할 수 있게 헨리 오빠한테 돈을 조금만 투자해달라고 해야겠어요."

오스틴 부인이 코웃음을 쳤다. "턱없는 소리! 그런 바보 같은 계획에 헨리가 너한테 돈을 줄 리 없어."

"헨리 오빠는 바보 같은 계획을 들어도 기뻐할 거예요, 어머니. 그리고 투자도 해줄 거예요. 왜냐하면 어머니뿐만 아니라 오빠도 이게 확실한 투자라는 걸 알고 있으니까요."

"난 모르는 얘기다." 어머니가 콧방귀를 뀌었다. "우리가 그 원고는 카델 씨한테 보냈단다. 그분이 답을 주셨어."

"제 원고를 불 속으로 던져버리기 전에, 어머니도 읽으신 거네요, 그렇죠?"

"기억이 안 나는구나." 그러곤 오랫동안 아무 말이 없던 어머니가 어깨를 으쓱하며 말했다. "읽었으면 어때서?"

"제 눈을 똑바로 보면서 글을 쓰면 안 된다고 저한테 말해보세요. 그럼 어머니가 누굴 고르든 그 사람과 결혼도 하고, 단 한 글자도 안 쓸 테니까요."

구경꾼 몇몇이 여전히 밖에서 기웃거리며 투덜거리고 웅성거렸다. 그중에는 레이디 존스톤의 목소리도 끼어 있었다. 제인의 어머니가 창가로 가서 창문을 닫아버리자, 방 안에 침묵이 감돌았다.

마침내 제인의 아버지가 입을 열었다. "제인, 사랑하는 내 딸아. 글쓰기가 너한테는 가장 중요하다는 건, 이 애비도 알고 있단다. 하지만 절대 결혼하지 않고 혼자 살겠다니, 반려자 없이 살겠다니, 제인, 그건 너무 슬픈 일이구나. 넌 네가 뭘 포기하겠다는 건지 모르고 있는 거야."

제인은 심호흡을 하고서 아버지를 보았다. "아버지, 제가 뭘 모르는 것처럼 보일 수도 있다는 건 저도 알아요. 하지만 제가 뭘 포기하려는 건지 저도 진심으로 잘 알고 있어요."

아버지는 슬픈 눈으로 제인을 바라보았다.

오스틴 부인이 오만상을 찌푸리며 앉았다. "너무 위험천만한 일이야, 제인."

"어머니, 이 세상에 있는 모든 위대한 일들도 위험하긴 마찬가지랍니다."

오스틴 부인은 자기 딸을 가만히 바라보았다. 응접실에는 다시 침묵이 흘렀다.

마거릿이 다시 들어왔다.

"부인. 어머나, 죄송합니다."

방 안을 둘러보다 말없이 무표정한 얼굴들을 본 마거릿이 자신이 중대한 토론을 방해했음을 알아차린 모양이었다. 사과의 뜻으로 상체를 숙이고 무릎을 굽혀 인사를 한 후, 황급히 뒤를 돌아 나가려고 했다.

"아니야. 무슨 일이니, 마거릿?" 오스틴 부인이 말했다.

마거릿이 걸음을 멈추고 조용한 목소리로 오스틴 부인한테 말을 했다. "요리사가 제인 양이 돌아왔는지 물었고요, 린델 부인은 내일 또 오시나요? 다시 오시면, 요리사가 스톨 스트리트에서 비싸게 파는 닭을 사와야 하느냐고 묻네요. 린델 부인이 지난번에 내어드린 요리를 드시고 저희한테 화를 내셨거든요. 고기에서 냄새도 나고 온통 산탄투성이라면서요."

"난 괜찮기만 하더구만." 오스틴 목사가 중얼거렸다.

응접실에는 다시 침묵이 내려앉았다. 오스틴 부인은 계속 자기 딸을 노려보았다. 마거릿은 한 번 더 물러나려다가 오스틴 부인이 말을 하기 시작하자 걸음을 멈췄다.

"요리사한테는 오스틴 목사님이 잡아오신 새면 충분할 거라고 전하거라." 오스틴 부인이 가슴을 활짝 펴면서 말했다. "제인이 결혼을 안 할 거라면, 중매쟁이한테 계속 상점에서 사온 비싼 고기를 먹일 수야 없지."

마거릿은 고개를 끄덕인 후 미소를 지으며 나갔다. 제인의 눈에는 눈물이 그득 고였다.

"당신, 진심인 거요?" 오스틴 목사가 말했다.

"사랑해요, 어머니." 제인이 난생처음, 낮은 목소리로 말했다.

오스틴 부인이 눈에서 눈물을 훔쳤다. "이제 어쩔 거니?"

제인은 미소를 지으며 어깨를 으쓱했다.

제인은 벽을 뚫어져라 바라보았다. 원래 시대로 돌아온 지 6주가 지났다. 제인은 불면증에 시달리고 있었다. 매일 밤 그녀는 '오늘 밤 저는 반드시 자야만 합니다, 너무 피곤하기 때문입니다'라고 애원했다. 시계가 11시를 알리고, 12시를 알리고, 1시를 알려도 잠은 끝내 오지 않았다. 새벽 2시가 되자, 제인은 자리에서 일어나 차를 마신 다음 걷기로 마음을 먹었다. 새벽 3시가 되었을 때는 다시 잠자리에 들었지만, 한 일주일은 푹 쉬기라도 한 듯 눈이 말똥말똥하고 정신이 맑았다. 새벽 4시, 제인의 어깨 위에는 이 세상 모든 고민거리가 얹혀 있었다. 새벽 5시가 되자 제인은 오늘 밤엔 자기 글렀다는 사실을 받아들였다. 새벽 6시에 깜빡 잠이 든 제인은 온 집안이 또 하루를 견디기 위해 일어나 들썩이는 소리에 아침 7시에 걸어 다니는 유령 상태로 잠에서 깼다.

제인은 몇 시간 동안이나 울었다. 자기 방에서는 바닥에 주저앉아 훌쩍였고 숲속 나무 둥치에 기대어서는 화가 난 듯 울부짖었다. 마음속에서 이런저런 기억들이 자꾸만 스르륵 사라져가고 있었다. 제인은 그의 숨결도 잊었고, 그의 손가락 마디가 어땠는지도 잊어버렸다. 가슴속 아픔은 좀처럼 사라지지 않았다. 온 집안이 잠든 어두운 밤이면, 제인은 천장을 하염없이 바라보며 프레드를 생각했다. 너무 어마어마한 일이 있었기에 그 생각에서 벗어날 수 없었다.

세상 물정 모르는 그녀의 가슴은 대체 어쩌자고 타인에 대한 사랑에 뛰어든 걸까? 프레드를 알기 전, 제인은 그럭저럭 견딜 만한 평원에 존재했었다. 외롭기는 했어도 지금에 비하면 낙원이었다. 그동안 책에서 읽은 사랑은 모두 뜨거운 여름날, 활활 타오르는 불길, 꿀에 절인 아몬드였다. 이제 직접 경험해보니 제인은 그게 다 시집을 팔아먹으려 남자들이 쓴 거짓이란 걸 알게 되었다. 사랑은 봄에 움트는 새싹, 폭신한 초원이 아니었다. 사랑은 아편으로 만든 약물이었다. 아편 같은 사랑 첫 한 방울이 혈관으로 흘러 들어가면 그동안 존재하는지도 몰랐던 고통을 없애준다. 그 약물은 빠져나가면서 전에 메워주었던 것보다 더 깊은 구멍을 남기고 간다.

제인은 블랙 프린스로 가서 런던행 표를 샀다. 싱클레어 부인을 한 번 더 방문할 생각이었다. 새로운 주문을 손에 넣게 되면 프레드를 다시 품에 안을 수 있을지 몰랐다.

"런던행 왕복표 주세요." 제인이 마부한테 말했다.

"6실링입니다." 마부가 말하며 손을 내밀었다. "또 오셨네요, 아가씨."

"뭐라고요?" 제인이 말했다.

제인은 마부를 수상한 눈으로 보았다.

"전에도 제 마차에 타셨잖아요." 마부가 해명했다.

제인은 뒤로 한 발짝 물러나 손등으로 눈을 비볐다. 마부한테 잠깐만 시간을 달라고 하고는 다시 돌아가지 않았다. 그 대신 제인은 펌프룸에 가서 바깥에 서 있었다. 펌프룸의 황갈색 전면을 응시하면서 프레드가 데려가주었던 그날 밤을 떠올렸다. 제인은 석재 벤치에 앉아 두 눈이 빨갛게 부을 때까지 울었다. 행인 여럿이 지나갔지만 제인한테 괜찮으냐고 묻는 사람은 없었다. 펌프룸 앞에서 펑펑 울고 있는 여자가 전혀 놀랍지 않은 모양이었다.

눈물이 말라버려 더 이상 나올 눈물도 없게 되자 제인은 기운을 차리고 일어나 집까지 걸어갔다. 침대에 기어 올라가서는 그대로 잠이 들었다.

새벽 3시에 잠에서 깨었을 때는 다시 어둠이 찾아와 있었다. 이번에는 도망치지 않았다. 대신 침대에서 일어나 책상 앞에 앉았다. 그러고는 펜을 집어 들었다. 손가락 마디가 하얗게 될 정도로 펜대를 꽉 쥔 다음 새로운 이야기를 시작했다.

57

소피아가 갑자기 프레드의 침실에 난입하더니 프레드의 발을 힘껏 걷어찼다.

"아야." 프레드가 앓는 소리를 했다.

프레드는 이불로 머리를 감싼 채 바닥에 누워 있었다.

"여기 양조장 차렸니?" 소피아가 말하고는 마룻바닥에 널브러져 있는 빈 맥주병을 발로 찼다.

"내가 도와줘야 할 일이라도 있는 거야?" 프레드가 물었다.

어머니가 돌아가셨을 때도 프레드는 이랬다. 그래서 프레드의 앞날이 어찌 흘러갈지 잘 알고 있었다. 프레드는 술에 절어 폐인처럼 살다가 몇 년이 지나서야 겨우 회복할 게 뻔했다.

"제인한테 네 피는 왜 준 거니?" 소피아가 프레드를 다시 발로 찼다.

"아야, 나도 몰라." 프레드가 이불을 끌어내려 얼굴을 내밀었다.

"피 안 준다고 하고 제인을 여기 붙잡아둘 수도 있었잖아. 제인도 잘 지냈을 텐데. 다행으로 여겼을걸. 그런데 넌 제인을 돌려보냈어. 대체 왜 그런 거야?"

"나도 모른다고."

"자기가 정말 좋아하는 걸 해야만 제인이 행복할 수 있다는 걸 알았으니까 그런 거지. 너무 사랑해서 놔준 거야."

프레드가 어깨를 으쓱했다. "마음대로 생각해."

"이건 제인이 원한 게 아니잖아."

"닥쳐." 프레드가 으르렁거렸다.

"알았어, 그래. 제인은 가고 없다고. 나도 제인이 보고 싶어. 너, 죽을 때까지 퍼마시는 것도 괜찮아. 나도 그게 얼마나 좋은지 아니까. 어떻게 하면 죽을 때까지 퍼마실 수 있는지 요령도 알려줄 수 있다고. 낚시나 단지에 네 손톱 수집하기 같은 취미를 골라서 이 시간을 보내든가, 아니면 제인 오스틴이 너한테 얼마나 잘못했는 지 떠들어댈 수도 있겠지. 반송장처럼 사는 건, 숨만 쉬는 거지 사 는 게 아니라고. 아주 훌륭한 선택지다. 너 그렇게 살 거야?"

프레드가 눈알을 굴렸다. "아니."

"그럼 좋았어. 그 선택지를 완전히 버리지는 않고 일단 보류하는 거야. 이제, 두 번째 선택지가 있어."

"그게 뭔데?" 프레드가 투덜거렸다.

소피아가 창턱에 앉았다. "좀 바보 같고 감상적이고 오글거리는 거야. 듣고 싶지 않을걸."

프레드가 끙끙거리더니 내키지 않는다는 듯 말했다. "난 듣고 싶 은데."

소피아가 헛기침을 했다. "좋았어, 자, 시작한다. 제인 오스틴을 기리는 거야."

프레드가 자기 누나를 똑바로 쳐다보았다.

"복창해. '나는 한때 태양을 보았고 그건 정말 아름다웠다. 이제 그 태양이 사라져서 슬프지만, 어떤 사람들은 평생 그런 걸 구경도 못 하기도 한다. 나는 나한테 그런 걸 보여준 이 우주를 고맙게 여 길 것이고, 그녀를 도왔듯 나 자신도 도울 것이다. 그녀가 갔다고 얼굴 찌푸리는 일은 이제 그만두고 그녀가 여기 왔었다는 데 만족 하며 미소를 지을 것이다.' 꽤 오글거리네, 그치?" 소피아가 얼굴을 찡그렸다.

"토 나온다." 프레드가 대꾸했다.

"그러니까 그게 너한테 떨어진 두 가지 선택지라고. 처량한 술고래 노숙자로 살래, 아니면 웃으면서 살래? 어느 쪽을 택할 거야?"

"십중팔구 두 번째겠지." 프레드가 우물우물 말했다.

"탁월한 선택이십니다." 소피아가 프레드한테 엄지손가락을 세워 보였다.

잠시 후, 프레드가 힘없이 말했다. "너무 아파."

소피아가 얼굴을 찡그렸다. 그러고는 프레드 옆 바닥에 앉았다.

"내일도 아플 거야. 내일모레도 아플 거고. 그러다 어느 날 아침, 잠에서 깼더니 전날보다 덜 아픈 날이 올 거야. 그때까지 버텨봐."

프레드가 고개를 끄덕이며 바닥에서 일어나 문가로 갔다.

"어디 가?" 소피아가 물었다.

"두 번째 선택지를 실천하려고." 프레드가 대답했다.

"나, 안 안아주고? 그렇게 비장한 말을 해줬는데?"

프레드가 눈알을 굴리며 자기 누나를 포옹했다. "고마워, 소프."

"제인을 보내주다니, 너 참 대단한 일 한 거야." 소피아가 프레드의 귀에 대고 속삭였다.

촬영 첫날이 왔다. 〈노생거 수도원〉이 다시 제작 명단에 올랐지만 소피아 말고 그걸 아는 사람은 없었다. 소피아는 메이크업 트럭에 들어가 오랜 친구한테 인사를 건넸다.

"오늘은 메이크업 안 할 거야, 데릭." 소피아가 포옹 인사를 하면서 말했다. "컨실러는 개나 줘버려. 화장품이니 연고니 다 갖다 버리자고. 오늘은 내 얼굴로 나갈 거야."

"웬트워스 씨, 괜찮으신 거예요?" 데릭이 물었다.

"괜찮고말고, 데릭."

"눈가 잔주름 손 안 봐드려도 괜찮으시겠어요?"

"내버려둬, 데릭. 화장은 벗겨내고 그 안에 폐허가 된 성을 보여주자고."

데릭이 얼굴을 찌푸렸다.

"하지만 민낯 메이크업은 어쩌고요?" 데릭이 공손한 목소리로 속삭였다. "그때 진짜 좋았잖아요."

"좋았지. 이제 그 시절은 지나갔어. 자기도 한 잔 따르도록 해. 술이 필요해질 테니까."

그 후, 데릭은 소피아의 기존 메이크업을 지웠고, 소피아는 라임 빛 녹색 벨벳 드레스를 입었다. 주름이 그녀의 민낯에 가득했다. 눈 밑에 검은 그림자가 반달 모양으로 드리워져 있었다. 한때 보들 보들하고 매끄러웠던 그녀의 피부에는 붉은 얼룩이 점점이 피어나 있었다.

"어때, 데릭?"

데릭의 얼굴에는 이상한 표정이 떠올랐다. 행복하면서 동시에 슬픈 것 같은 얼굴이었다.

"지금이 전보다 사랑스러워 보여요." 데릭이 눈물을 훔쳤다.

"우리 둘 다 그럴 리 없다는 거 알겠지만, 어쨌든 그 칭찬은 고맙게 받을게."

소피아가 세트장으로 나가다 잭과 맞닥뜨렸다.

"당신인지 못 알아볼 뻔했어." 잭이 소피아를 보고 말했다.

"이게 내 원래 모습인걸. 거슬려?" 소피아가 말했다.

"아니." 잭은 대답만 하고 아무 말도 덧붙이지 않았다. 그러고는 소피아를 목적지까지 바래다주었다.

소피아는 액션 지시를 기다렸다가 모슬린에 관한 3분짜리 독백 대사를 읊었다. 크게 하라고 쓰여 있는 대사는 모두 작게 연기했다. 사소하게 느껴졌던 부분은 거창하게 연기했다. 전에는 큰 소리로 외쳐야겠다고 생각했던 대사를 지금은 위엄 있는 미소와 함께 작게 속삭였다. 라임빛 녹색 드레스는 조롱을 자아내기보다(그런 면도 없지 않아 있기는 했지만) 그녀의 대가다운 연기에 셰익스피어풍 광대와 처연한 지혜, 인상적인 아이러니와 끝 모를 슬픔을 더해주었다. 불멸의 대사, '너나 나나 변변하게 입을 옷 한 벌이 없구나'를 칠 때가 오자, 소피아는 그 대사를 마치 등장인물이 영화에는 나오지 않았지만 여기저기서 오랫동안 해왔던 말인 것처럼 체념조로 뱉었다. 그 말을 한 번 더 함으로써 이제 그녀는 품위 있는 절망에 빠지기 직전에 놓이게 되었다.

소피아는 그 대사를 시무룩하거나 신랄하게 치지도 않았고, 정말 옷이 없다는 듯 몸을 노출해서 싸구려 패러디나 상투적인 개그가 되게 전달하지도 않았다. 대사를 하는 동안 빈정대거나 깔깔대지도 않았다. 소피아는 그 대사를 다정하고 이해심 깊은 눈으로, 눈물이 글썽글썽한 눈으로 연기했다. 앨런 부인은 신경 쇠약이었을지도 모르고 그냥 모든 게 다 지겨운 여자였을지도 모른다. 누가 알겠는가? 하지만 다크서클과 이혼 서류와 영화의 원작을 쓴 작가의 조언 덕분에 그날 소피아는 앨런 부인을 1차원에서 3차원으로 끌어올려놓을 수 있었다.

소피아는 그날 밤 집으로 돌아와 술을 한 잔 따랐다. 그러고는 자신의 영화배우 경력에 작별의 건배를 보냈다. 영화배우를 하면서 돈도 많이 벌었고 덕도 많이 봤으니 이만하면 됐다고 생각했다.

소피아는 친구를 생각하며 주름진 눈에서 흐르는 눈물을 훔쳤다. 이제 그녀를 스타로 대접해주는 사람은 아무도 없었다. 그녀를 가장 섹시한 여자로 선정하는 잡지도 없었다. 소피아는 건배 후 잠자리에 들었다.

몇 달 뒤, 소피아가 소파에 대자로 누워 평화로운 오후를 즐기고 있는데 전화가 울렸다. 맥스 밀슨이 건 전화였다.

"지금 앉아 있어요?" 그녀의 에이전트가 말했다.

"누워 있는데요. 자세가 중요해요?"

"소피아, 당신이 여우조연상 후보에 올랐어요." 맥스가 말했다.

"뭐에 올랐다고요?"

"오스카 말이에요! 〈노생거 수도원〉에서 연기한 앨런 부인으로요. 빨리 샴페인 따요!"

소피아는 마시던 음료가 목에 걸렸다. 이미 프로세코 한 병을 야금야금 마시고 있던 중이었다. 아까비!

"어떻게요?" 소피아가 전화기에 대고 다급하게 물었다.

"그게, 절차가 정확히 어떻게 되는지는 나도 모르지만 아카데미에서 후보자 명단을 작성한 다음 회원들하고 협의할 거예요."

"아뇨, 그 어떻게가 아니라 어떻게 내가 후보에 지명된 거냐고요? 할망구 연기를 했잖아요! 아름답고 섹시하게 나온 영화를 수십 편은 찍었는데, 그 영화로는 아무것도 못 받았다고요. 누리끼리한 녹색 감자포대를 입었더니 인정을 받는다고요? 이게 말이 돼요?"

"소피아, 당신이 연기를 아주 잘했어요. 꾸밈없는 연기였어요."

"후보에서 빠질래요."

"아니, 해야 해요. 사람들이 당신한테 알랑거릴 테고 선물도 엄청나게 받게 될 거라고요." 맥스가 말했다.

"알겠어요, 그럼."

전화를 끊은 후, 소피아는 미소를 지었다.

그 후 몇 주는 축하 문자와 전화와 업계 방문이 쏟아지면서 흐지부지 지나갔다. 문자보다 통화를 하고 싶었던 사람한테서는 문자가 왔고, 통화보다 문자가 더 나은 사람들한테서는 전화가 왔다. 방문은 다시는 볼일 없기를 바랐던 사람들한테 받았다. 소피아는 네 살 이후 매일 밤 욕조에서 오스카상 수상 소감을 연습해왔다. 바비 인형과 머리빗을 비롯해서 그녀에게 조금이라도 도움을 준 존재 모두에게 감사한 마음을 전하면서 지나치게 감상적이고 눈물을 자아내는 연설을 하기도 했다. 나이를 먹으면서 감상적인 말들은 서서히 앙심 가득한 증오 발언이 되어, 그녀를 넘어뜨린 사람들 이름을 호명하고는 마음에도 없는 감사 인사를 전했다. 하지만 결국 실전으로 다가온 문제의 2월, 시상대에 서서 여우조연상 트로피를 받았을 때 소피아가 남긴 소감은 다섯 마디가 다였다.

"이 상은 당신한테 바칠게요, 제인." 그러고는 무대에서 퇴장했다.

충격으로 말문이 막혔는지, 볼썽사납게 멍한 얼굴로 한동안 있던 관중은 하는 수 없이 소피아한테 기립 박수를 보냈다.

58

프레드는 버스로 돌아가는 열차를 타기 위해 패딩턴에 있는 프래드 스트리트를 걷고 있었다. 역으로 향하던 중, 무언가가 프레드의 눈길을 끌었다. 헌책방의 먼지 낀 창가에 줄지어 놓여 있던 책더미였다. 프레드는 혼자 싱글벙글 웃었다. 제인이 자기 책을 한 권도 안 읽었다며 놀렸던 게 생각나 헌책방 안으로 들어갔다. 서점은 바닥부터 천장까지 책이 꽉 들어차 있는, 금방이라도 무너질 것 같은 공간이었다. 주름이 자글자글한 남자가 프레드한테 다가왔다. 그의 명찰에는 조지라고 쓰여 있었다.

"집으로 가는 열차 안에서 읽을거리를 찾으시나?"

"제인 오스틴 책 아무 거나 있을까요?" 프레드가 물었다.

조지가 미소를 지었다. "있고말고."

조지가 프레드를 고전서가 쪽으로 안내했다. 프레드는 책등을 훑어보았다. 제인은 작품이 어느 정도 있는 작가였다.

"어떤 작품을 추천하시나요? 어리석은 질문이었다면 죄송합니다."

"전혀. 제인 오스틴에 관한 질문은 자주 받는 편이거든. 기꺼이 도와드려야지." 조지가 소매를 걷어붙이더니 한 권을 골라잡고는 천천히 책장을 훑었다. 그러곤 이맛살을 찌푸리더니 다른 책을 집어든 후 표지를 톡톡 두드리며 말했다. "이걸 추천하겠소."

프레드가 책을 받아 소리 내어 읽었다. "『설득』."

"『오만과 편견』, 『엠마』처럼 정곡을 찌르는 말과 재치가 넘치는 화려한 작품은 아니라오. 그 작품들은 제인 오스틴의 과시용 작품이라고 볼 수 있지. 자신이 왜 역대 최고의 작가인지를 보여주는 그런 작품이랄까. 반면 이 작품은 제인 오스틴이 나이가 들었을 때쓴 책이오. 좀 더 잔잔하지. 죽기 전에 마지막으로 쓴 작품이라오."

프레드가 씁쓸한 얼굴을 하더니 조용해졌다.

"괜찮으시오, 손님?" 조지가 말했다.

"네." 프레드가 말했다. "그게…… 제인 오스틴이 죽었군요."

"그럼. 오스틴은 아주 오래전에 죽었는걸." 조지가 말하면서 표지를 손으로 톡톡 두드렸다. "이 작품 한 번 읽어보시오. 이게 진짜 제인 오스틴이니까."

프레드는 책장을 휙휙 넘기며 물었다. "무슨 내용이죠?"

"후회에 관한 내용이라오." 조지는 프레드한테 구슬픈 미소를 지어 보이며 대답해주었다.

프레드가 고개를 끄덕였다. "이 책으로 할게요."

"그럼 이리로." 조지는 프레드를 계산대로 안내했다. "제인 오스틴 팬이면 우리 우편물 수신자 명단에 가입해보시오. 제인 오스틴의 밤, 북클럽이 자주 있거든."

프레드가 헛웃음을 지었다. "가입하겠습니다."

"잘하시는 거요. 성함이 어떻게 되시나?"

"웬트워스요." 프레드가 말했다.

조지가 먼지 낀 키보드로 이름을 타이핑했다.

"이름은?"

"프레드입니다."

조지가 타이핑을 하다 말고 프레드를 빤히 쳐다보았다.

"성함이 프레데릭 웬트워스라고?"

"무슨 문제라도 있나요?" 프레드가 물었다.

조지가 미소를 지으며 프레드한테 책을 건넸다. "그럴 리가. 책 재미있게 읽으시오, 손님."

프레드는 바스로 돌아가는 열차에 올랐다. 회의가 오후 3시에 끝나는 바람에 처음에는 초등학생들과 관광객 무리 사이에 서 있었다. 메이든헤드쯤 오자, 그 초등학생들과 관광객들이 하차해서 객차가 텅 비게 되었다. 프레드는 가방에서 『설득』을 꺼내 첫 페이지를 펼쳤다.

오후 햇살이 차창으로부터 흘러 들어왔다. 바깥에서는 시골 풍경이 휙휙 지나가고 있었다.

서머싯에 자리 잡은 켈린치 저택의 주인, 월터 엘리엇 경은 재미를 충족시키기 위해 책을 읽고자 할 경우에는 언제나 준남작 명부만을 꺼내 읽는, 그런 사람이었다······

프레드는 움찔했다. 호흡이 느린 구식 소설이어서 학교 때 억지로 읽었던 두꺼운 법전 같았다. 프레드가 이런 교재를 지정하면 학생들은 늘 눈알을 굴렸다. 프레드는 벌써 고어와 긴 문장에 막히고 말았다. 구글로 '준남작 명부'를 검색해야 했다. 몇 단락 더 읽던 프레드는 만연체 문장을 읽다가 마음이 심란해져 하나도 이해를 못 하고 있었다. 그래서 책을 내려놓고 창밖 구경을 했다. 들판이 흐릿한 에메랄드빛 녹색이 되어 쉭쉭 지나갔다.

프레드는 다시 책을 집어 들고 이번엔 내려놓지 않기로 마음을 단단히 먹었다. 열 페이지를 읽었다. 이를 갈면서 그다음 페이지를 읽어나간 프레드는 마지막 단어에 다다르자 안도의 한숨을 쉬었다. 프레드는 휴 하고 숨을 토해내며 고개를 끄덕거렸다. 할 수 있겠다는 생각이 들었다. 프레드는 제인을 위해 끝까지 읽어야겠다고 다짐했다. 그래서 그다음 페이지의 맨 윗부분으로 갔다. 이제 세미콜론과 각종 절 다음에 어떤 내용이 이어질지 알게 되었으니 읽어나가기가 한결 쉬워졌다. 제인의 문장은 수동태라서 의미가 끝부분에 몰려 있었다. 최후의 순간까지 기다렸다가 자신의 의도를 밝히느라 그런 것이었다. 요즘에는 못마땅하게 여겨지는 기법이었다. 모든 글쓰기 스승들이 누가 봐도 알 수 있게 요점을 앞줄에 배치하라고 가르치는 시대였다. 하지만 문체가 편안해지자 요점이 분명해졌다. 촌철살인적 어구가 없는 문장은 하나도 없었다. 프레드는 월터 엘리엇 경에 관해 계속 읽어나갔다.

프레드는 미소를 지었다. 마침내 독창적이고 익살맞은 단어들이 보기 좋게 배열된 것이 눈에 들어왔다. 제인은 문장 몇 줄로 등장인물 한 명을 뚝딱 만들어냈다. 월터 엘리엇 경을 만난 적은 없었지만, 프레드는 그 비슷한 사람을 백번은 만나봤다. 2장을 읽는 데는 시간이 아까의 절반밖에 걸리지 않았다. 3장에 오자 어떤 변화가 일어났다. 열 페이지나 읽었다는 건 까맣게 잊은 채 자기 자신을 다그쳐가며 제인의 작품을 열독하고 있었던 것이다. 그저 제인을 사랑해서 견디고 읽었던 것이, 이제는 제인이 이 책의 저자라는 사실도 잊은 채, 그저 다음에 어떤 일이 벌어지는지가 궁금해서 읽게 되었다. 프레드는 미소를 지었다. 젠장. 그가 오랫동안 혹시나 하고 의심해왔던 사실이 확증된 순간이었다. 그건 그가 위인의 앞길을 막고 있었다는 사실이었다. 제인은 프레드 때문에 어마어마하게 따분했을 게 분명했다.

프레드는 누군가의 시선이 느껴져서 고개를 들었다. 그 또래의 낯익은 여성이 맞은편 좌석에 앉아 있었다. 그 여자가 책을 들어

보였다. 제목을 보니 그 여자 역시 『설득』을 읽고 있었다.

"시몬 맞죠?" 프레드가 말했다. "세인트 마거릿 학교의 윙 어택 포지션."

"맞아요." 시몬이 말하면서 고개를 절레절레 젓고는 책을 가리키며 물었다. "마음에 들어요?"

"정말 좋은 작품이에요, 그렇지 않나요?" 프레드가 말했다. "재치가 넘치네요."

"대가잖아요." 시몬이 말하고는 미소를 지어 보였다.

열차가 레딩 역에 정차했다.

"재미있게 읽으세요. 전 내려야 해서요." 시몬이 말했다.

열차에서 내린 시몬은 열차가 역을 서서히 빠져나가는 동안 프레드를 향해 손을 흔들었다. 프레드도 시몬을 향해 손을 흔들어 답례를 했다.

열차도 계속 바스를 향해 달렸고, 프레드도 계속 책을 읽었다.

다음 부분에는 둘째 딸인 앤 엘리엇에 대한 묘사가 나와 있었다. 앤은 똑똑하고 성실한 독신 여성이었지만, 재정적으로 낭비벽이 심한 아버지한테 의존할 수밖에 없는 처지였다. 한 장, 한 장 쭉 읽어나가다 보니 앤이 헌신적인 이모이자 남의 말을 잘 들어주는 사람이라는 사실을 알게 되었다. 앤은 젊은 시절 자신을 사랑했던 젊은 남자의 청혼을 거절했는데, 나이가 들어서는 그걸 후회하고 있었다. 프레드는 그 장 마지막에 가서 창밖을 내다보았다. 드넓게 펼쳐진 초원이 도망치듯 지나갔다.

이건 슬픈 책이었다.

프레드는 페이지를 넘겼다. 새로운 등장인물인 해군장교가 소개

되었다. 창밖 여기저기를 응시하던 프레드는 항해 중인 남자 형제들에 대한 제인의 애정을 떠올렸다. 다시 책장으로 시선을 돌린 프레드는 두 단어에서 눈을 뗄 수가 없었다.

책이 바닥에 탁 하고 떨어지면서 객차 안에 그 소리가 울려 퍼졌다. 그 바람에 객차 연결통로에서 꾸벅꾸벅 졸고 있던 인부가 깜짝 놀라 잠에서 깼다. 프레드는 사과하는 의미로 고개를 끄덕여 보였다. 그러고는 책을 집어든 후, 재차 확인해보았다.

그 해군장교의 이름이 프레데릭 웬트워스였던 것이다.

프레드는 숨을 토해냈다. 그 페이지를 급히 훑어본 다음 뒷장으로 넘겼다. 다음 페이지에는 글자가 없었다. 대신, 웬트워스 제독을 그려놓은 선화(線畵)가 있었다. 웬트워스 제독은 조지왕조 시대 해군 제복을 입고 있었고 어깨까지 내려오는 땋은 머리는 리본에 묶여 있었다. 턱수염은 없었지만 구레나룻은 있었다. 조지왕조 시대 견장과 긴 머리로 위장해놓았지만, 그 페이지에서 프레드를 응시하고 있는 것은 다름 아닌 프레드 본인의 얼굴이었다.

프레드는 눈을 비볐다. 그림이 자신과 너무 닮아서 움찔할 수밖에 없었다. 어떻게 해서 이런 일이 일어났는지 그는 알 것 같았다. 귀신같은 기억력의 소유자였던 여자인 만큼 제인이 그의 피부 굴곡 하나하나, 그의 코에 있는 작은 융기까지 사랑하는 언니한테 말해주었을 테고, 또 언니인 카산드라는 고개를 끄덕이며 야무진 손으로 그런 세부 사항 하나하나를 그대로 그렸을 것이다. 하지만 이목구비가 정확하다는 사실 외에 무언가 알 수 없는 점이 그를 무장 해제시켰다. 그림 속 프레드가 미소를 짓고 있어서였다. 그 표정은 이가 드러날 정도의 환한 미소 덕분에 나온 표정이 아니었다.

오히려 입은 꼭 닫은 채 위아래 입술이 맞닿아 있었다. 미소는 책장 위에서 따뜻한 시선을 던지며 밝게 빛나고 있는 눈에서 흘러나온 것이었다. 지고지순한 사랑에 빠진 표정이라는 말이 그 표정을 가장 잘 설명한 말일 듯했다. 프레드는 그걸 딱 한 사람한테만 췄다. 제인은 그때 그 표정을 영원히 기억하겠노라는 약속을 했고 그 약속을 지켰다.

59

제인은 포사이드에 들어갔다. 포사이드는 스톨 스트리트에 있는 잡화점으로 우표를 비롯한 문구류를 팔았다. 포사이드 씨가 직접 카운터에 앉아 신문을 큰 소리로 여기저기 띄엄띄엄 골라 읽고 있었다. 제인이 설탕 봉지를 카운터 위로 툭 던졌다. 기쁘게도 설탕은 21세기에서 출발한 여정에서 살아남아주었다. 막판에 주머니에 쑤셔 넣어와서는 지난 며칠에 걸친 다작 활동에 신나게 쓰다 보니 어느새 잉크가 거의 닳아버린 볼펜 한 자루와 함께.

"저한테 얼마나 주실 수 있죠?" 제인이 물었다.

포사이드 씨가 신문에서 고개를 쳐들었다. 그러고는 봉지에 손가락을 찔러 넣어 흰색 결정체의 맛을 보았다.

그가 코웃음을 쳤다. "10실링."

"사기술이 완벽의 경지에 다다르셨네요." 제인이 말했다.

포사이드 씨가 팔짱을 꼈다. "15실링."

제인이 발끈했다. "아마 벅스턴 씨도 이 설탕을 사고 싶어 하실

걸요."

"그러라지." 포사이드 씨가 어깨를 으쓱거리며 말했다.

제인은 설탕 봉지를 들고 상점에서 나가려고 했다.

"알았어, 알았다고. 20실링 주마." 포사이드 씨가 제인 뒤에서 외쳤다.

"80요." 제인이 뒤로 돌면서 말했다.

"60." 포사이드 씨가 말했다.

제인이 미소를 지었다. "좋아요."

제인은 포사이드 씨의 상점을 나와 지폐를 주머니에 넣었다. 비교를 해보자면, 포사이드 씨는 제인이 21세기에 설탕 값으로 낸 돈의 300배를 제인한테 준 셈이었다. 자신의 첫 상거래가 너무 뿌듯했던 제인은 가슴을 활짝 폈다. 60실링이면 1년치 잉크와 종이를 살 수 있는 돈이었다.

제인은 오른손을 쫙 폈다. 그날 아침 이미 네 시간이나 글을 쓴 뒤라서 빨리 집에 가고 싶은 생각뿐이었다. 어머니가 제인의 원고를 태운 것이 전화위복이 되었다. 물론 제인은 전에 자신이 썼던 글을 단어 하나 빼놓지 않고 모두 기억하고 있었다. 하지만 그걸 다시 쓰려니 똑같이 쓰기가 망설여졌다. 어렸을 때부터 제인은 글을 통해 세상을 물어뜯었고 세상에 반감을 보였었다. 그녀의 글에 등장하는 인물들은 늘 노골적이고 영악한 말을 하다가 결국 폭력과 조롱이라는 최후를 맞이했다. 하지만 이제 제인은 어느새 자신의 여주인공을 동정 어린 시선으로 보면서 글을 쓰게 되었다. 여주인공의 승리는 어리석은 친구들의 희생이 아니라 여주인공 자신의 재능과 기품 같은 별난 요인을 통해 이루어졌다. 농담은 사라지지 않았다. 제인에게는 여전히 놀리는 재주가 있었기 때문이었다. 안 놀리기엔 세상이 제인한테 놀림거리를 너무 많이 준 탓도 있었다. 하지만 제인은 사랑만은 절대 놀림감으로 삼지 않았다. 알고 보니 제인은 구제 불능의 바보였다!

젊은 여자 둘이 거리에 서서 레이스 장갑 낀 손으로 얼굴을 가린 채 제인을 보고 킥킥거렸다. 위더스 씨 사건과 마을에서 잠깐 실종 되었던 사건 이후, 남한테 관심 많은 바스 여자들은 제인을 히스테리 환자로 못 박아버렸다.

제인의 행동을 고려해볼 때, 그 여자들의 주장이 어쩌면 타당한 지도 몰랐다. 무도회마다 그녀를 꺼렸고, 거리에서는 손가락질이 이 어졌다. 제인이 그 젊은 여자 둘을 향해 손을 흔들자, 두 여자는 크게 당황했는지 가던 길을 계속 갔다.

모퉁이를 돌자마자 제인은 혼자 흐뭇하게 웃었다. 그러고는 주머니에 손을 집어넣었다. 터키석 박힌 금반지를 가운뎃손가락에서 쏙 뺀 다음, 그 반지를 다른 손가락에 쏙 끼우고는 손을 동그랗게 말아 쥐었다.

제인은 올바른 결정을 내린 걸까? 물론이었다. 몸을 숙여 구두 끈을 묶으며 제인은 떨리는 손으로 눈물을 훔쳤다.

그리고 13년 뒤, 윈체스터에서 임대한 집의 응접실 긴 의자에서 죽음을 맞이할 때, 제인의 머릿속에 마지막으로 떠오른 것은 처음으로 함께 춤을 추던 당시 그녀의 손을 잡아주던 프레드였다.

하지만 일단 지금 제인은 베넷 스트리트에 들어선 다음 광장을 가로질렀다. 그날 저녁 열리는 무도회를 위해 많은 사람들이 줄을 서서 우드룸으로 들어가고 있었다. 부부들은 팔짱을 낀 채 정문 옆에서 기다렸다. 노신사 셋은 프랑스에 관해 토론을 벌이고 있었다. 젊은 아가씨 무리는 가장 최근에 만난 연인과 싹수가 있을지 없을지를 두고 수다를 떨고 있었다.

제인은 그들 사이를 헤치고 나와 펄트니 다리 쪽으로 향했다. 분홍빛과 노란빛으로 물든 하늘에서 내리쬐는 햇살을 받은 제인의 얼굴은 생기가 넘쳤다.

감사의 말

제가 『오만과 편견』을 처음 읽은 건 열다섯 살 때였습니다. 재치 넘치는 이 사랑 이야기의 작가가 평생 독신이었고 자식도 없었다는 사실을 알고는 허를 찔린 기분이 들었습니다. 바로 거기서 『제인 인 러브』는 탄생했습니다. 이 아이디어가 한 권의 소설이 될 수 있게 도와주신 분들께 감사한 마음을 전하는 바입니다.

내가 존경해 마지않는 포지 그레이엄 에반스 작가, 그레이엄 심션 작가, 마커스 주삭 작가는 저에게 시간과 지혜와 호의를 아낌없이 베풀어주셨습니다. 그리고 캐롤라인 오버링턴 작가는 평생을 통틀어 최고의 조언을 해주셨습니다. 모든 걸 시작할 수 있게 해준 크리스 울칼트와 리즈 버크에게도 감사한 마음 전합니다.

초기 독자들은 다음과 같습니다. 매들린 번즈와 샬럿 로런스, 내가 쓴 1장을 읽고 검토해주셨어요. 루시 맥긴리는 플롯 포인트를 제안해주었고 시간 여행 논리를 주셨죠. 샐리 유든은 이 소설에서 가장 웃긴 대사를 일부 더해주셨습니다. 엘로이즈 기브니와 데이비드 오도넬은 원고를 처음부터 끝까지 한 번도 아니고 두 번씩이나 읽고 매번 주옥같은 의견을 주셨습니다. 데이비드 기브니는 응급 카트가 어떻게 덜컹거리며 움직이는지 보여줌으로써 병원 장면에 생기를 불어넣어주셨어요. 도미닉 기브니는 저한테 할 수 있다고 말해주었습니다. 제인 기브니는 저한테 늘 글을 쓸 수 있는 자신감을 북돋워주었어요.

타냐 팔머는 법 관련 전문 지식을 제공해주었고, 캐시 캐스커와 오스트레일리아 작가 센터는 대본을 소설로 바꾸는 법을 알려주셨습니다. 그레이스 워스는 저한테 제인 오스틴 머그를 보내주었습니다.

대니얼 라자는『제인 인 러브』가 좀 더 폭넓은 독자와 만날 수 있게 애써주셨고 훌륭한 피드백을 제공해주셨습니다.

진 릭먼즈는 이 책의 열렬한 지지자가 되어주었고 이 책을 솜씨 좋은 사람들한테 맡겨주었습니다. 알리 와츠는 이야기에 깊이와 감동을 더해주었습니다. 어맨더 마틴은 매 장을 촘촘하게 만들어주고 모든 대사를 세련되게 만들어주었으며 원고를 소설로 만들어주었습니다. 퍼넬로피 구즈는 정확성과 세련미를 더해주었습니다. 킴벌리 앳킨스는 제인 오스틴이 사랑을 제외한 모든 것을 놀림감으로 삼았다고 말해주었습니다.

마지막으로 나의 남편, 데이비드는 저만의 프레드 웬트워스가 되어주었습니다. 당신은, 내 영혼을 꿰뚫어 보는 사람이에요.

레이철 기브니

제인 인 러브

1판 1쇄 발행 2021년 12월 30일

지은이 | 레이철 기브니
옮긴이 | 황금진
펴낸이 | 송영석

주간 | 이혜진
기획편집 | 박신애 · 최미혜 · 최예은 · 조아혜
외서기획편집 | 정혜경 · 송하린 · 양한나
디자인 | 박윤정 · 기경란
마케팅 | 이종우 · 김유종 · 한승민
관리 | 송우석 · 황규성 · 전지연 · 채경민

펴낸곳 | (株)해냄출판사
등록번호 | 제10-229호
등록일자 | 1988년 5월 11일(설립일자 | 1983년 6월 24일)

04042 서울시 마포구 잔다리로 30 해냄빌딩 5 · 6층
대표전화 | 326-1600 **팩스** | 326-1624
홈페이지 | www.hainaim.com

ISBN 979-11-6714-007-4 03840